KB111479

'세상에서 가장 짧은 시'라 일컬어지는 하이쿠는
5·7·5의 열일곱 자로 된 한 줄의 정형시이다.
말의 홍수 시대에 자발적으로 말의 절제를
추구하는 문학, 생략과 여백으로 다가가려는 시도,
단 한 줄로 사람의 마음에 감동과 탄성을
불러일으키는 독특한 하이쿠의 세계를
류시화 시인의 감성과 깊이 있는 해설로 읽는다.
오랜 집필과 자료 조사를 통해 완성한 이 책은
바쇼, 부손, 잇사, 시키 등 대표적인 하이쿠
시인들을 비롯해 가장 널리 읽히고 문학적으로도
평가받는 작품들을 모두 담고 있다.
숨 한 번의 길이만큼의 시에 인생과 계절과
순간의 깨달음이 담겨 있다.

백만 광년의 고독 속에서 한 줄의 시를 읽다

백만 광년의 고독 속에서 한 줄의 시를 읽다

바쇼·잇사·부손 외 — 류시화 엮음

연금술사

하이쿠는 반쯤 열린 문이다.
활짝 열린 문보다 반쯤 열린 문으로 볼 때
더 선명하고 강렬하다.
하이쿠는 생략의 시다.
보이는 것으로 보이지 않는 것을
여백과 침묵으로 마음을 전한다.
하이쿠는 영원 속의 순간을 포착하고
순간 속에서 영원을 발견하는 문학이다.
꽃과 돌의 얼굴에서 심연을 보고
숨 한 번의 길이에 깨달음을 담는다.

차례

일러두기

1. 하이쿠는 1행으로 쓰거나 운을 구분하기 위해 3행으로 쓰는데, 여기서는 영어로 번역할 때처럼 3행으로 번역했다. 단, 해설에서는 1행으로도 번역했다. 자유율 하이쿠는 모두 1행으로 옮겼다.

2. 작품의 순서는 바쇼, 부손, 잇사, 시키의 하이쿠를 5편씩 돌아가며 신되, 이 네 명을 제외한 시인들은 그 사이사이에 연대순으로 실었다.

3. 일본어 원문은 하이쿠에만 달았다. 와카, 렌가, 그 밖의 시는 원문을 생략했다. 그러나 권말 해설에는 모두 실었다.

4. 원문 표기는 하이쿠가 지어졌을 당시의 표기를 따랐다. 예) 思ふ(思う), しおるる(しおれる), 食ひ(食い) 등. 단, 한자 읽는 법은 현대어로 표기했다.

5. 촉음(작은 っ)은 하이쿠에서는 한 음가를 가지므로 원문대로 큰 つ로 표기했다. 원문에서 작은 っ로 쓴 경우는 그대로 따랐다.

6. '하이쿠'는 근대 이후의 명칭이고 그 이전에는 '하이카이' 혹은 '홋쿠'로 불렸으나, 여기서는 혼란을 피하기 위해 '하이쿠'로 통일했다.

7. 하이쿠는 흔히 시라고 하지 않고 구(句)라고 하지만 이 책에서는 하이쿠를 시로 불렀다. 짧지만 한 편의 시로서 부족함이 없기 때문이다.

8. 하이쿠의 번역은 원문에 충실하게 옮기는 것을 원칙으로 삼았다. 따라서 『한 줄도 너무 길다』(류시화 엮음)의 번역과는 차이가 있을 수 있다.

9. 일본어 표기는 국립국어원의 일본어 표기법을 따랐다. 'ち'와 '쓰'로 혼용되는 'つ'는 표기법에 따라 '쓰'로 하고, 받침 'ん'은 'ㄴ'으로 통일했다.

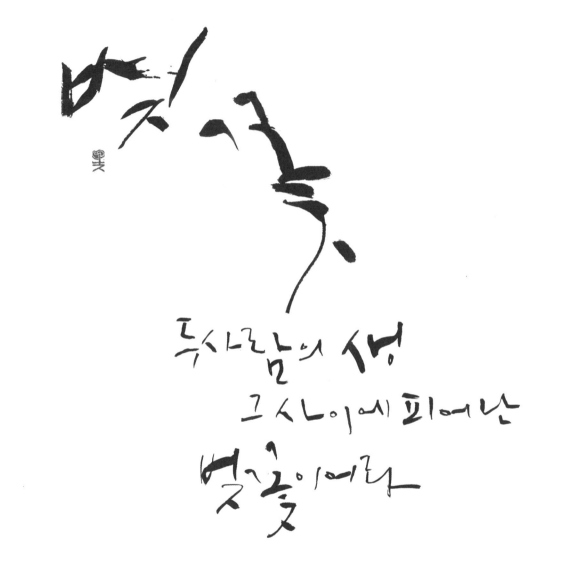

두 사람의 생
그 사이에 피어난
벗꽃이어라

바쇼

命 二つの中に生きたる 桜 哉

芭蕉

'모든 사물의 끝은 허공인데 그 끝이 허공이 아닌 것이 꽃'이라고 서정주 시인은 썼다. 여행 중인 바쇼가 지나간다는 소식을 듣고 달려온 고향 친구와 19년 만에 재회했을 때 지은 하이쿠이다. 이전의 벗꽃을 함께 본 사람을 다시 그 나무 아래서 만난 감회, 먼 날의 추억과 지금 이 순간에 살아 있음의 경이를 읊고 있다. 더불어 두 사람이 같은 미의식을 공유하는 정신적 기쁨까지 담겨 있다. 모두가 좋아하는 바쇼의 대표작 중 하나이다. 원문의 '이키타루(生きたる)'는 단순히 '살아 있는'이 아니라 재회의 기쁨에 잠긴 두 사람의 눈으로 올려다보니 '더욱 눈부시고 생생하게 피어 있는' 꽃의 의미이다. '두 개의 생' 사이에 그 둘을 이어주는 또 하나의 생을 가진 벗나무의 꽃이 만발해 있는 것이다. 우리가 이곳에 부재해도 꽃은 변함없이 필 것이다.

10

오래된 연못
개구리 뛰어드는
물소리

바쇼

ふるいけ　かわずとび　　みず　おと
古池や 蛙 飛こむ水の音
芭蕉

어떤 소리는 침묵을 깊어지게 한다. 그 소리는 순간의 파문이며, 이내 영원이라는 고요 속으로 돌아간다. 바쇼가 자신의 오두막에서 제자들과 개구리를 주제로 하이쿠 모임을 열었을 때 지은 작품이다. 시각과 청각, 고요와 파문, 옛날과 현재 등 여러 세계가 결합해 깊이를 갖는다. 겨울에 갇혀 있던 묵은 연못에 개구리 뛰어드는 물소리로 인해 봄의 숨결도 느껴진다. 바쇼풍의 시 세계를 확립한 이 작품으로 '하이쿠의 역사가 움직였다'고 할 만큼 바쇼 자신에게나 하이쿠 역사 양쪽에 중요한 의미를 갖는다. 열일곱 자로 언어의 세계에 일대 혁명을 일으켰다는 평가를 받는 바쇼는 평범한 언어와 단순한 서술만으로도 깊은 의미를 전달할수 있음을 최초로 보여 주었다. 하이쿠에 대한 이해는 바쇼의 이 하이쿠를 이해하는 것에서 시작된다고 할 정도로 가장 알려진 작품이다.

장맛비 내려
학의 다리가
짧아졌어라

바쇼

五月雨に鶴の足 短くなれり
さみだれ　つる　あしみじか

芭蕉

여름 장맛비에 물이 불어난 여울, 그곳에 서 있는 학의 다리가 매우 짧아 보인다. '긴 다리'의 대명사인 학에게도 장마는 예외가 아니다. 계절의 변화는 인간을 포함한 모든 존재를 둘러싼 숙명적인 환경이다.

　여름 장맛비 누에는 뽕나무 밭에서 병이 들었네
五月雨や 蚕 煩ふ桑の畑
さみだれ　かいこわずら　くわ　はた

마쓰오 바쇼(松尾芭蕉)는 일본인이 자기 나라의 문학을 말할 때 맨 먼저 언급하는 인물 중 한 명이다. 하급 무사의 아들로 태어나 인간 세상에 회의를 느껴 방랑 시인의 길을 걸었다. 전국을 여행하며 쓴, 산문과 하이쿠가 실린 여러 권의 여행기는 자연의 아름다움과 힘, 평범한 존재의 경이, 만물의 무상함 등을 일깨운다. 언어유희에 빠진 기존의 시에서 탈피해 깊이 있는 문학을 추구했다. 문하에서 수많은 시인들이 탄생했다.

가는 봄이여
새는 울고 물고기
눈에는 눈물

바쇼

行く春や鳥啼魚の目は泪
芭蕉

봄은 혹한의 겨울에서 벗어나 일제히 꽃이 피는 특별한 계절이다. 그 봄
이 떠나가니 새까지 슬피 울고 물고기 눈에도 눈물이 반짝이는 것처럼
보인다. 45세의 봄, 바쇼는 제자 한 명과 함께 오두막을 출발해 동북쪽
으로 5개월 동안 2,400킬로미터에 이르는 도보 여행을 떠났다. 이때 강
의 다리까지 배웅 나온 제자들과의 작별을 아쉬워하며 읊은 하이쿠이
다. "환영의 세상이라는 것은 알지만 막상 이별이 다가오니 눈물이 멎지
않는다."라고 시 앞에 적었다. 옛날의 여행은 지금과 달리 죽음을 각오하
고 다시는 못 만날지 모른다는 생각이 있었다. 바쇼는 떠남을 추구한
시인이다. 이 하이쿠로 시작되는 기행문 『오쿠노호소미치(奥の細道_깊은
곳으로 가는 좁은 길)』는 뛰어난 하이쿠들과 함께 그의 여행자 정신을 담
고 있다. '방랑 미학 실천자'로 불리게 된 면모가 문장마다 배어 있다.

고요함이여
바위에 스며드는
매미의 울음

바쇼

閑かさや岩にしみ入る蟬の声
芭蕉

방랑 중 들른 산사에서 지은 작품으로 『오쿠노호소미치』에 실린 하이쿠 중 가장 절창으로 평가받는다. 명상적인 관점에서 보면 앞의 개구리 하이쿠와 쌍벽을 이루는 작품이다. 깎아지른 바위 위에 세워진 절에서 바쇼가 느낀 고요는 매미가 요란하게 울어 대는 현실의 세계와는 다른 차원의 고요, 넓은 천지에 가득한 고요이며, 그것으로 인해 마음이 투명해진 세계이다. 71세의 나이에 바쇼의 발자취를 따라 『오쿠노호소미치』 전 여정을 걸어서 여행한 현대 소설가 모리 아쓰시(森敦)도 지적했듯이, 바쇼는 주의 깊게 설정한 비교와 대비 구조를 통해 독자를 더 깊은 차원의 경험으로 끌어들인다. 이어령의 해석처럼 '다만 작가가 한 일은 매미와 바위를 서로 만나게 하여 나란히 한 공간에 놓아둔 것일 뿐'이지만 그것을 통해 새로운 의미가 탄생한다.

나비 한 마리
절의 종에 내려앉아
잠들어 있다

부손

釣鐘に止まりて眠る胡蝶かな

蕪村

언제 누가 종을 칠지 모르는 상황, 나비의 평화로운 잠과 예고된 결말의 대비가 강렬하다. 독일어로는 '절의 종에/ 나비가 앉아 있다/ 그 종을 칠 때까지는'으로 번역되었다. 전쟁 영화 〈서부 전선 이상 없다〉는 이 작품에 영감을 받아 마지막 장면을 대포 포신에 앉은 나비로 끝맺었다.

이 하이쿠는 불교학자 스즈키 다이세쓰(鈴木大拙)가 영문판 『선과 일본 문화』에 소개해 서구에 충격을 안겨 주었다. 다이세쓰는 "우리는 나비에게 인간의 판단을 적용하려고 하지만, 우주적 무의식의 생명을 상징하는 나비는 어떤 상황에서도 분별심을 버리고 걱정과 번민과 의혹으로부터 자유로운 절대 믿음과 두려움 없는 생을 누리고 있다"라고 해석한다. 근대 하이쿠 시인 마사오카 시키는 고서점에서 우연히 부손의 시집을 발견해 읽고는 '바쇼 이후 최고의 시인'이라고 확신했다.

여름 장맛비
큰 강을 앞에 두고
집이 두 채

부손

五月雨や大河を前に家二軒

蕉村

곧 범람할 것만 같은 큰 강 옆에 집 두 채가 나란히 있다. 장맛비에 시시
각각 불어나는 강물의 역동성과, 금방이라도 물살에 휩쓸릴 것만 같은
집의 긴박감이 풍경을 압도한다. 강은 탁류이다. 시인은 탁류의 시대적
소용돌이를 바라만 보고 있는가, 아니면 온몸으로 맞서고 있는가? 언제
강이 넘칠지 모르는 상황 속에 집 두 채가 그림처럼 배치되어 있다.

바쇼가 세상을 떠난 후 제자들도 하나둘 죽고 하이쿠가 퇴색해 갈 무
렵, 밝고 선명한 색채를 들고 등장한 이가 요사 부손(与謝蕪村)이다. 시인
이 되기 전에 화가로 이미 자리 잡았기 때문에 하이쿠에서도 사실적이
고 회화적인 묘사가 강하다. 바쇼는 풍경 속에 들어가 시를 쓰지만 부
손은 풍경 밖에서 쓴다고 할 만큼 원근의 배치가 주는 공간감이 뛰어나
다. 시키는 이 하이쿠만큼은 '바쇼를 뛰어넘었다'며 극찬했다.

저녁 바람에
물결이 왜가리의
정강이 친다

부손

夕風や水青鷺の脛をうつ
<ruby>夕<rt>ゆうかぜ</rt></ruby>風や<ruby>水<rt>みずあおさぎ</rt></ruby>青鷺の<ruby>脛<rt>はぎ</rt></ruby>をうつ

蕪村

시의 힘은 세상과 사물에 대해 눈을 뜨게 한다. 삶의 진정한 의미는 새로운 것을 보는 것이 아니라 새로운 눈을 뜨는 데 있다. 왜가리가 얕은 여울에 서 있다. 황혼과 함께 바람이 불어 잔물결들이 새의 정강이를 치고 있다. 왜가리는 멀리서도 사람이 다가가면 날아가 버린다. 따라서 부손은 먼 거리에서 관찰했을 것이고 주위는 낮처럼 밝지 않았는데도 모든 걸 보고 있다. 옛사람의 눈은 오늘날의 우리보다 좋았다. 좋은 시력은 신체적인 눈의 능력만이 아니라 마음의 눈에 달린 일이다.

물이 빠지자
허수아비 다리가
가늘고 길어라
水落ちて細脛高きかかし哉

17

꿈속 일인 듯
손끝으로 잡아 본
작은 나비

부손

うつつなきつまみごころの胡蝶哉

蕪村

날개를 잡으면 현실이 아닌 듯한 기분이 드는 나비. 어쩌면 가장 생생한 나비는 꿈속에서 잡아 본 나비인지도 모른다. 이 하이쿠에는 여러 가지 해석이 있다. 부손이 나비를 쥔 것이라고 하는 이도 있고, 나비가 꿈처럼 꽃잎을 잡고 있는 것이라고 하는 이도 있다. 시인 안도 쓰구오(安東次男)는 이 작품을 바쇼의 다음 하이쿠와 대비시킨다.

무엇보다도 나비의 현실이여 애처로워라
何よりも蝶の現ぞあはれなる

소설가이며 영화감독인 다카하시 오사무(高橋治)는 "화가 부손의 나비 하이쿠는 세상에 무수히 있는 나비 이미지들과는 다르다."라고 말한다.

숨어 있는 병사의 투구 위에 내려앉은 나비
伏勢の錣にとまる胡蝶哉

모란꽃 져서
고요히 겹쳐지네
꽃잎 두세 장

부손

牡丹散りて打ちかさなりぬ二三片
ぼたんち　　う　　　　　　　　　に さんぺん

蕪村

흐트러짐 없이 곱게 피어 있던 모란이 한 잎씩 지기 시작한다. '고요히 겹쳐지네'라는 묘사가 꽃잎이 지는 순간부터 바닥에 떨어지기까지의 시간적 흐름을 영원한 시간처럼 느끼게 한다. 그리고 생명의 모태인 가지에서 졌지만 아직 살아 있는 무엇인가도 전달된다. 꽃이 지기 직전의 완성된 아름다움과 무너지듯 떨어지는 허무함까지 담았다.

　　모란 꺾으니 뜰에는 아무것도 안 남았어라
　　牡丹切つて庭にものなくなりにけり
　　ぼたん き　　　にわ

부손은 스무 살 무렵 시를 배운 뒤 바쇼의 발자취를 짚어 동북 지방을 여행했다. 그 후 교토에 정착해, 방랑으로 생을 보낸 바쇼와 달리 두문불출하며 시와 그림에 몰두했다. 살아 있었을 때 시인보다 화가로서 유명했으며, 하이쿠에 회화적 표현을 도입한 최초의 시인이다.

울음 울면서
나무 위의 풀벌레
떠내려가네

잇사

鳴きながら虫の流るる浮木かな

一茶

고바야시 잇사(小林一茶)의 시는 '낯선 땅에서 방황하다가 같은 영혼을 가진 사람을 만난 듯한' 기분이 들게 한다. 나뭇가지는 머지않아 급류에 휩쓸릴 것이지만 풀벌레는 그런 사정도 모른 채 노래하고 있다. 인간을 포함해 시간의 강에서 탈출할 수 없는 모든 존재가 처한 상황이다. '풀벌레'는 가을을 상징하는 계어(계절을 나타내는 단어_季語)이다. 하이쿠에 반드시 포함되어야 하는 계어는 단순한 시적 소재가 아니라 시간 속에서 살아가야만 하는 존재 상황을 암시하는 하이쿠의 핵심이다.

가을바람에
걸어서 달아나는
반딧불이여

秋風に歩いて逃げる蛍かな

벼룩 네게도
분명 밤은 길겠지
외로울 거야

잇사

<ruby>蚤<rt>のみ</rt></ruby>どもがさぞ<ruby>夜永<rt>よなが</rt></ruby>だろ<ruby>淋<rt>さび</rt></ruby>しかろ

一茶

부손 사후에 또다시 진부한 하이쿠들이 지배할 무렵 문단의 기인이며
이단아로 불린 잇사가 나타났다. 그는 누구보다 불우한 삶을 살았으나
하이쿠에서만큼은 유머와 인간미를 잃지 않았다. 노벨 문학상 수상 작
가인 멕시코 시인 옥타비오 파스는 말한다. "잇사는 인간과 벌레와 동
물과 별들의 운명 사이에 존재하는 날카롭고 고통스러운 관계를 발견
한다. 그의 시에는 고통을 나누는 우주적 형제애, 인간이든 곤충이든
세계 속에 사는 유한한 생명이라는 공동체 의식이 담겨 있다."

좁긴 하지만
뛰는 연습이라도
내 집의 벼룩
<ruby>狭<rt>せま</rt></ruby>くともいざ<ruby>飛習<rt>とびなら</rt></ruby>へ<ruby>庵<rt>いお</rt></ruby>の<ruby>蚤<rt>のみ</rt></ruby>

이상하다
꽃그늘 아래 이렇게
살아 있는 것

잇사

斯う活きて居るも不思議ぞ花の陰
一茶

꽃그늘은 나무 그늘과 다르다. 꽃그늘 아래 서면 살아 있는 것의 어떤 불가사의에 놀라게 된다. 세계는 불가사의하고 삶 자체가 불가사의하고, 꽃이 피는 것도 불가사의하다. 방랑 시인 사이교(西行)는 썼다.

　꽃을 보면 그럴 만한 이유가 없으면서도
　마음 깊은 곳에 번뇌가 일어라

잇사는 일기에 "떠도는 생활 36년, 고통스러운 삶 속에 하루도 즐거움 없이, 자신을 알지 못하고 흰머리 날리는 늙은이가 되었다."라고 적었다.

　번뇌의 세상
　아무리 벚꽃이
　피었다 한들
苦の娑婆やさくらが咲けばさいた迚

여윈 개구리
지지 마라 잇사가
여기에 있다

잇사

痩　蛙 まけるな一茶是に有り
<small>やせかわず　　　　　いっさこれ　あ</small>

一茶

여름은 개구리의 번식기, 암컷을 두고 수컷들이 사투를 벌이는 계절이다. 잇사는 힘없는 마른 개구리를 응원한다. 힘내라고, 여기 너처럼 말랐지만 널 응원하는 잇사가 있다고. 강자를 선호하는 사회에 허약한 잇사의 개구리가 맞서고 있다. 파리, 벼룩, 개구리처럼 약하고 천대받는 존재를 향한 동정심과 연대감이 잇사 하이쿠의 강점이다. 그는 아무도 관심 갖지 않는 약자에게 친밀감을 갖는다. '개구리 시인'으로 불릴 만큼 개구리에 대한 하이쿠를 3백 편 넘게 썼다. 이 하이쿠는 일본과 미국의 초등학교 교과서에 실려 있다. '여윈 개구리'는 잇사 자신이면서 병약하게 태어난 자신의 첫아들이다.

별을 점치는 것 같은 얼굴이구나 이 개구리
天文を考へ顔の蛙哉
<small>てんもん　かんが　かお　かわずかな</small>

연잎 위에서
이 세상의 이슬은
일그러지네

잇사

蓮の葉に此世の露はいびつ也

一茶

"쓴 글이 종이 위에 솟아오르는 것처럼 보이는 것은 종이가 가진 생명이다."라고 서예가 시노다 도코(篠田桃紅)는 말했다. 종이 위에 연잎 하나가 솟아오르고, 그 위에 이슬방울이 나타난다. 이슬은 얹힌 장소에 따라 일그러지지만 그 참본성은 변함없다.

　　이슬이 지네 추한 이 세상에는 볼일 없다고
　　露ちるやむさい此世に用なしと

보잘것없는 사물들로 뛰어난 시를 썼기 때문에 잇사는 종종 파블로 네루다와 비교된다. 그가 지은 수천 편의 하이쿠에는 평범하고 반복적인 시도 있지만 누구도 흉내 낼 수 없는 독창적인 작품들이 넘쳐 난다.

　　이슬의 세상 이슬 속에서도 다툼이 있네
　　露の世の露の中にて喧嘩哉

몇 번씩이나
내린 눈의 깊이를
물어보았네

시키

いくたびも 雪の深さを 尋ねけり

子規

밖에서는 폭설이 내리고 있고 시인은 눈이 얼마나 내렸는지 어머니와
여동생에게 묻는다. 직접 확인할 수 없는 이유는 몸을 움직이지 못할
만큼 병이 깊기 때문이다. 눈은 내리고 죽음을 눈앞에 둔 한겨울 고독
이 깊다. 눈 내리는 풍경을 내다볼 수 있게 제자가 장지문을 유리문으
로 바꿔 주었으나 시키는 얼마 후 숨을 거두었다.

　눈 오늘 밤 내리겠지 하고 말하고 잠이 든다
　雪こよひ積まんと言ひて寝ぬる哉

하이카이로 불리던 것을 '하이쿠'라는 명칭으로 확립시킨 마사오카 시
키(正岡子規)는 잇사가 죽고 40년 후에 태어났다. 스물세 살에 폐결핵에
걸려 서른다섯에 짧은 생을 마감할 때까지 잊혀져 가는 하이쿠의 세계
를 세상에 알리는 일에 혼과 열정을 바쳤다.

노란 유채꽃
확 번져서 환해진
변두리 동네

시키

菜の花やはつとあかるき町はづれ

子規

변두리 동네의 유채밭은 더 정이 간다. 시야에 돌연 나타난 유채밭의 환한 빛이 마음속까지 번진다. 시키가 추구한 객관 사생의 회화미가 드러난다. 그 회화미는 정반대의 암울한 겨울 풍경에도 똑같이 살아 있다.

새해 첫날
관을 마주쳤다
한밤중에

新年の棺に逢ひぬ夜中頃

시키의 공로는 잊혀져 가던 부손 같은 시인을 발견하고 하이쿠의 위상을 재정립해 문학의 위치에 올려놓은 일이다. 당시 지식인들은 하이쿠를 시골에 묻혀 사는 사람이 한가로이 읊는 정도의 낡은 문학으로 여겼다. 시키는 그 낡은 문학에 새로운 빛과 의미를 부여했다.

손바닥 안의
반딧불이 한 마리
그 차가운 빛

시키

手の内に 蛍 つめたき 光 かな
子規

시키는 무조건 바쇼를 칭송하는 데 반대하고 부손의 객관미와 회화미
를 높이 평가했다. 이 하이쿠에도 색감이 살아 있다. 자신의 병에 대해
서도 시키는 놀랄 만큼 객관적이어서 자기 연민을 버렸다. "주관적이면
두렵고 고통스럽지만, 객관적이면 냉정하게 자신의 죽음을 바라볼 수
있다."라고 수필 『병상 여섯 자(病牀六尺)』에 썼다. 손 안의 반딧불이처럼
시인의 정신이 빛나고 있다.

　반딧불이 잡는 종이 봉지 속 캄캄한 어둠이여
　　蛍 狩 袋 の中の闇夜かな

시키는 반딧불이에 대한 하이쿠를 60여 편이나 썼다.

　반딧불이에서 반딧불이에게로 바람이 불어 가네
　　蛍 から 蛍 へ風のうつりけり

떠나는 내게
머무는 그대에게
가을이 두 개

시키

行く我にとどまる汝に秋二つ
子規

처음 객혈을 한 날 두견새 울음을 듣고 필명을 '시키(子規_두견)'로 정한 문학청년은 요양차 고향에 갔다가, 중학교 교사 나쓰메 소세키를 만났다. 두 사람은 의기투합해 하이쿠 모임을 이끌었다. 2년 후 도쿄로 돌아간 시키가 문예지 〈두견(호토토기스_ホトトギス)〉을 창간하자, 소세키는 그 잡지에 처녀작 『나는 고양이로소이다』를 연재해 근대 문학 최고의 소설가로 떠올랐다. 시키는 고향을 떠나며 소세키와 작별할 때 위의 하이쿠를 지었다. 다음의 하이쿠도 시키가 그에게 보낸 편지에 적혀 있다.

    가을바람 속

    살아서 서로 보는

    그대와 나
    秋風や生きてあひ見る汝と我

한 송이 지고
두 송이 떨어지는
동백꽃이여

시키

一つ落ちて二つ落ちたる椿哉
<ruby>一<rt>ひと</rt></ruby>つ<ruby>落<rt>お</rt></ruby>ちて<ruby>二<rt>ふた</rt></ruby>つ<ruby>落<rt>お</rt></ruby>ちたる<ruby>椿哉<rt>つばきかな</rt></ruby>

子規

동백꽃이 지는 곳은 독자의 내면이다. 시가 존재할 수 있는 배경에는 그 언어를 교환하는 주체가 존재하기 때문이다. 시인의 내면이 언어를 탄생시키는 것처럼, 독자의 내면도 시를 읽는 순간 그 언어의 탄생에 깊이 관여한다. 시는 독자가 언어에 의미를 부여하며 읽지 않으면 무의미하다. 즉, 주체적인 독자를 만들어 내는 언어가 시의 언어이다. 해석이 다양할수록, 주체적인 독자가 많아질수록 그 시가 가진 의미도 깊어진다.

양귀비 피어 그날의 바람결에 흩어지네
芥子咲いて其日の風に散りにけり

그날 비바람이 강했다. 그의 마음속에서도 꽃이 진 것이 느껴진다.

한 겹 또 한 겹 흩어져 날리네 여덟겹벚꽃
一重づつ一重づつ散れ八重桜

추워도
불 가까이 가지 마
눈사람

소칸

寒くとも火になあたりそ雪 仏
宗鑑

원문의 '눈부처(雪仏)'는 '눈을 뭉쳐 만든 부처'이다. "추울 때는 어떻게
해야 하는가?"라고 묻자 중국의 한 선사는 "추울 때는 너 자신이 추위
가 되라."라고 답했다. 춥다고 불 가까이 가면 눈사람은 자신의 존재 자
체를 잃게 된다. 바쇼 이전 시대의 대표적인 하이쿠 시인 야마자키 소칸
(山崎宗鑑)은 무사 집안에서 태어나 젊어서부터 쇼군(일본 무신 정권의 수
장) 옆에서 궁중 서예가로 활동했다. 그러나 쇼군이 젊어서 병사하자 생
의 덧없음을 느끼고 출가했다. 자유분방한 삶을 살았기에 궁핍했으며
불안정한 정신의 소유자였다는 설이 있다. 그럼에도 이 하이쿠에서 보
듯이 세상과 타협하지 않으려는 투지가 빛난다.

꽃의 향기를 훔쳐서 달아나는 폭풍우여라
花の香を盗みて走る嵐 かな

두 손 짚고서
노래 불러 바치는
개구리여라

소칸

手をついて歌申しあぐる蛙かな

宗鑑

바닥에 두 손 짚고 반듯이 앉아 울고 있는 개구리는 지체 높은 분 앞에서 규칙에 충실한 시를 읊는 우스꽝스러운 시인을 닮았다. 멀뚱멀뚱 굴리는 눈도 시 궁리하는 모습을 연상시킨다. 소칸은 격식에 얽매이기보다 형식주의를 거부하고 민중적인 색채에서 시의 길을 찾았다.

　　나의 아버지

　　돌아가실 때에도

　　방귀를 뀌어

わが親の死ぬるときにも屁をこきて

거의 최초의 하이쿠 선집이라 할 수 있는 『신선이누쓰쿠바집(新撰犬筑波集)』을 편집한 소칸은 하이쿠의 중요한 개척자이다. 그는 봄날의 축축한 안개를 '봄의 여신이 서서 누는 오줌'이라고 표현한 놀라운 시인이다.

달에 손잡이를 달면
얼마나 멋진
부채가 될까

소칸

月に柄をさしたらばよき団扇哉

宗鑑

상상력은 관계가 먼 둘을 잇는 예술적 능력이다. 해학을 바탕으로 시작
된 하이쿠의 시조답게 소칸의 작품은 기지와 재치가 뛰어나다. 달을 소
재로 하고 있어서 운치가 있지만 내용은 서민적인 정서를 노래하고 있
다. '하이쿠를 어렵게 생각하지 말라'는 소칸의 음성이 이 하이쿠에서
들리는 듯하다. 소칸은 선승 잇큐(一休) 밑에서 참선 수행을 하며 유머
를 배웠다. 왕의 서자로 태어난 잇큐는 세 차례나 자살을 시도한 특이
한 인물로, 향을 만들어 팔아 겨우 연명할 정도로 핍진한 삶을 살았다.
인생의 고통을 극복하려는 노력에서 탄생한 유머는 더욱 절실하다. 소
칸은 죽기 전 마지막으로 다음의 시를 썼다.

　　소칸은 어디 갔는가 하고 누가 찾으면
　　잠깐 볼일이 있어 저세상에 갔다고 전해 주시오

여름밤은 밝았어도
떠지지 않는
눈꺼풀

모리타케

夏の夜は明くれどあかぬまぶた哉

守武

'여름밤'이라는 계어가 생의 신속함을 상기시킨다. 여름밤은 짧아서 잠이 모자라지만, 밤이 짧기 때문에 오히려 밤을 새우게 된다.

동틀 무렵의

늦가을 차가운 비

마음에 스며

あかつきの秋時雨かなあはれかな

소칸과 함께 하이쿠 창시자로 평가받는 아라키다 모리타케(荒木田守武)는 이세 신궁에서 신관 일을 하며 시에 뛰어난 재능을 보였다. 당시의 시풍을 천박한 웃음이라 비판하고, 품격이 담긴 시문학을 강조했다.

무엇인가 밟아서 부수는 소리 들리네

何やらんふみつぶしたる音はして

꽃잎이 떨어지네
어, 다시 올라가네
나비였네

모리타케

落花枝に帰ると見れば胡蝶かな

守武

원문을 직역하면 '떨어진 꽃잎 가지로 돌아가길래 보니 나비여라'이다.
허공에 날리며 지는 꽃잎들 중 하나가 다시 나뭇가지로 돌아간다. 놀라
서 자세히 보니 나비이! 그 순간 허무가 생명으로 도약한다.
에즈라 파운드는 이 하이쿠를 영역 소개하며 말했다. "옛날 중국의 어
느 시인은 말해야 할 것을 열두 행으로 말할 수 없다면 차라리 침묵하
는 편이 낫다고 단언했다. 그러나 하이쿠는 더 짧게 말한다." 그러면서
그는 모리타케의 이미지 중첩 기법을 이용해 '군중 속 얼굴들의 혼령/
젖은 검은 나뭇가지의 꽃잎들'이라는 2행시를 썼다. 그리고 긴 시보다
선명한 이미지가 더 중요하다고 판단해 이미지즘 운동을 일으켰다.

　　나팔꽃에 비바람 친다 곧 지겠지
　　あさがほの花のしけくやしほるらん

날아가는 매화
가벼웁게도
신들의 봄

모리타케

飛梅やかろがろしくも神の春

守武

9세기의 귀족이며 시인인 스가와라노 미치자네(菅原道眞)와 관련된 전설에 따르면, 지방으로 좌천되어 교토의 집을 떠날 때 평생 사랑하던 매화나무를 향해 미치자네가 읊었다.

　　동풍이 불면 향기를 퍼뜨려라 매화꽃이여

　　주인 없다고 봄일랑 잊지 말고

그러자 그 매화나무가 주인의 뒤를 따라 지방까지 날아와 그곳에서 꽃을 피웠다. 모리타케의 하이쿠는 이 이야기에 영감을 받은 것이다.

　　꽃보다도 코 속에 있었네 꽃의 향기는

　　花よりも鼻に在りける匂ひ哉

꽃향기는 어디에 있는가? 꽃에 있는가, 코 속에 있는가? 일본어에서는 '꽃'과 '코'의 발음이 같다. 모리타케는 이런 식의 언어 구사에도 능했다.

내 전 생애가
나팔꽃만 같아라
오늘 아침은

모리타케

朝顔にけふは見ゆらん我が世かな

守武

바람에 잘 찢기는 나팔꽃의 꽃말은 '덧없음'이다. 시인은 자신의 전 생애를 한 송이 나팔꽃에 비유하고 있다. 모리타케의 사세구(辭世句)이다. 사세구는 죽으면서 마지막으로 남기는 시를 말한다. 이를테면 『헤이케 이야기(平家物語)』의 무사 다다노리(忠度)는 다음의 시를 사세구로 남겼다.

　　저녁이 와서 나무 아래 묵으면

　　꽃이 나를 재워 주겠지

젊어서 요절한 무사 오키타 소지(沖田総司)도 다음의 사세구를 남겼다.

　　움직이지 않으면

　　어둠으로 멀어지는

　　꽃과 물이여

動かねば闇にへだつや花と水

모든 사람이
낮잠을 자는 것은
가을 달 때문

데이토쿠

<ruby>皆<rt>みな</rt></ruby><ruby>人<rt>ひと</rt></ruby>の<ruby>昼寝<rt>ひるね</rt></ruby>のたねや<ruby>秋<rt>あき</rt></ruby>の<ruby>月<rt>つき</rt></ruby>

貞德

가을 달은 너무 아름다워 늦게까지 달구경을 하게 된다. 그래서 다음
날 낮잠의 원인이 된다. 바쇼도 다음의 하이쿠를 썼다.

　　아홉 번 달 때문에 일어났어도 아직 새벽 4시
　　<ruby>九<rt>ここの</rt></ruby>たび<ruby>起<rt>お</rt></ruby>きても<ruby>月<rt>つき</rt></ruby>の<ruby>七<rt>なな</rt></ruby>ツ<ruby>哉<rt>かな</rt></ruby>

도쿠가와 이에야스(德川家康)가 에도(지금의 도쿄)에 막부(쇼군을 중심으로
한 무사 정권)를 세우면서 전쟁이 끝나고 평화가 찾아왔다. 사람들 대부
분이 문맹을 벗어나 서민 문학이 탄생하고 유머와 해학을 내세운 대중
시가 인기를 끌었다. 인쇄술 발달로 시가 전국적으로 읽히고 문학이 상
품화되면서 오락성과 교훈이 담긴 글을 쓰는 직업 작가가 등장했다. 소
칸과 모리타케 시대에는 자신들 모임에서만 시를 낭송하고 즐겼지만 시
대가 달라졌다. 이때 등장한 사람이 마쓰나가 데이토쿠(松永貞德)이다.

시드는 빛은
무엇을 근심하는
살구꽃인가

데이토쿠

しおるるは何か杏子の花の色
貞徳

'살구(あんず)'와 '근심하다(案ず)'의 발음이 같은 것을 이용해 시인은 근심에 잠긴 여인의 낯빛을 살구꽃의 시드는 색감에 교묘히 중첩시켰다.

세차게 내리는 소리 아프다고 말하는 겨울비

きつくふるをとやいたやとゆふ時雨

여기서도 '아프다(いたや)'와 '판잣집(板屋)', '말하다(言う)'와 '저녁(夕)'의 발음이 같은 것을 이용하고 있다. 따라서 '세차게 내리는 소리 판자 지붕 때리는 저녁 겨울비'로도 해석된다. 데이토쿠는 고전에 능통한 학자로 하이쿠 규칙을 정리하고 문하에 많은 시인을 배출했다. 그의 등장으로 하이쿠는 급속도로 발전했다. 그는 죽기 전에 이렇게 썼다.

내일은 이렇겠지 어제 생각한 일도

오늘 대부분 바뀌는 것이 세상일이라

흰 이슬방울
분별없이 내리네
어느 곳에나

소인

白露や無分別なる置き所
宗因

이슬은 내릴 곳과 내리지 말아야 할 곳을 구분하지 않고 어디에나 내린다. 더러운 곳에도 내려 함께 더러워진다. '이슬은 몸 둘 곳 없다'는 전통적인 표현을 반전시켜 여러 가지 의미를 담았다.

유채꽃 한 송이 피어 있는 소나무 밑
菜の花や一本咲きし松のもと

니시야마 소인(西山宗因)은 전통적인 틀을 깨고 용어나 소재의 자유를 추구했다. 그가 주도한 단린파(談林派) 하이쿠는 데이토쿠가 이끈 데이몬파(貞門派)의 격식이나 말의 기교에 반발해 자유로운 표현을 더 중요하게 여겼다. 바쇼와도 잠시 교류했으며, 바쇼 시 세계에 영향을 주었다.

바다는 조금 멀어도 꽃나무 사이에
海は少し遠きも花の木の間かな

산다는 것은
나비처럼 내려앉는 것
어찌 되었든

소인

世の中 よてふてふとまれかくもあれ
<ruby>よ<rt>よ</rt></ruby> <ruby>なか<rt>なか</rt></ruby>

宗因

하이쿠의 매력은 어떤 계기로든 한번 읽으면 기억에 오래 남는다는 점
이다. 세상을 심각하게 생각하면 끝이 없다. 세상은 나비의 꿈과 같은
것이어서, 나비가 이 꽃에서 저 꽃으로 날아다니는 것처럼 우리도 자기
가 좋아하는 일을 하면서 살아야 한다. 바쇼의 시선도 나비에 머문다.

　　나비의 날개

　　몇 번이나 넘는가

　　담장의 지붕
　　蝶 の羽のいくたび越ゆる塀の屋根

현대 하이쿠 시인 가토 슈손(加藤楸邨)은 다른 세계를 노래한다.

　　사람이 와서 나비 떠나간다 나의 무언의 세계
　　ひとが来て 蝶 去る我の無言界

바라보느라
고개가 뻐근하다
꽃이 필 때면

소인

ながむとて花にもいたし頸の骨

宗因

일본인들이 말하는 꽃구경은 주로 벚꽃 구경이다. 에도 시대에 도시와
마을이 발달하자 각지에 벚꽃 명소가 생겨났다. 그래서 꽃 필 무렵이면
먹고 마실 것을 챙겨 꽃구경 가는 풍습이 유행했다. 그 전까지는 시 속
의 꽃은 '매화'를 가리켰는데 에도 시대부터는 벚꽃 인기가 높아져 벚꽃
을 가리키게 되었다.

　　늦게 핀 벚꽃 너에게 부는 저녁의 강풍 나에게도
　　いさ桜 われもそなたの夕あらし

『고금와카집(古今和歌集)』에 실린 아리와라노 나리히라(在原業平)의 와카
가 있다.

　　이 세상에 벚꽃이 없었다면
　　봄의 마음 한가로울 것을

꽃을 밟으니
함께 아쉬워하는
목화 면양말

소인

花を踏んで同じく惜む木綿足袋

宗因

목화도 꽃이므로 목화로 만든 면양말이 꽃 밟는 것 주저한다는 것이다.
옛 조상들은 벌레가 많이 나오는 계절에는 느슨하게 삼은 오합혜 짚신
을 신었다. 십합혜 짚신은 씨줄 열 개를 촘촘히 엮은 것이어서 질겼으나
오합혜는 다섯 개 씨줄을 듬성듬성 엮은 것으로 쉽게 닳았다. 실용성을
마다하고 오합혜를 신은 까닭은 벌레를 밟지 않기 위함이었다.
바쇼가 썼다고 전해지는 다음 하이쿠도 감각이 못지않다.

    결국 누군가의
    살을 어루만지리
    이 잇꽃은
    行末は誰が肌ふれむ紅の花

잇꽃 염료로 붉게 염색한 천은 결국 뭇 여인의 살결을 어루만질 것이다.

이 숯도 한때는

흰 눈이 얹힌

나뭇가지였겠지

다다토모

<ruby>白炭<rt>しらずみ</rt></ruby>や<ruby>焼<rt>や</rt></ruby>かぬ <ruby>昔<rt>むかし</rt></ruby> の<ruby>雪<rt>ゆき</rt></ruby>の<ruby>枝<rt>えだ</rt></ruby>

忠知

백탄은 화력이 세어 일본에서는 다도 의식에 사용한다. 찻물을 데운 숯이 하얀 재가 되어 숯의 모습 그대로 남아 있어서 숯이 되기 전의 나뭇가지에 흰 눈이 얹혀 있던 모습과 같다. 이 한 편으로 간노 다다토모(神野忠知)는 '흰 숯의 다다토모'라 불리게 되었다. 직역하면 '흰 숯이여 타지 않은 옛날에는 눈 얹힌 가지'이다.

아무도 관심 갖지 않는 강둑에 제비꽃 하나

<ruby>何<rt>なに</rt></ruby>の<ruby>氣<rt>き</rt></ruby>もつかぬに<ruby>土手<rt>どて</rt></ruby>の <ruby>董<rt>すみれ</rt></ruby> <ruby>哉<rt>かな</rt></ruby>

아무도 신경 쓰지 않는 강둑에 핀 제비꽃은 시를 쓰는 시인과 같다.

푸른 바다에 날개 희고 검은 오리 머리는 붉다

<ruby>青海<rt>あおうみ</rt></ruby>や<ruby>羽白<rt>はじろ</rt></ruby><ruby>黒鴨<rt>くろがも</rt></ruby><ruby>赤<rt>あか</rt></ruby>がしら

푸른 바다라 말하지만 온갖 색의 새들로 사실은 바다도 가지각색이다.

서리 내리는 달
있는 것은 죽은 몸의
그림자

다다토모

<ruby>霜月<rt>しもつき</rt></ruby>やあるは<ruby>亡<rt>な</rt></ruby>き<ruby>身<rt>み</rt></ruby>の<ruby>影法師<rt>かげぼうし</rt></ruby>

忠知

서리 내리는 달인 음력 11월에 다다토모는 불분명한 이유로 자살했다. 딸이 꽃다운 열일곱 나이에 죽은 것이 이유였다는 설도 있다. 죽기 전에 이 사세구를 지었으며, 이렇게 덧붙였다. '삶에 밀려오는 복잡하고 덧없는 일들, 슬프다!' 열일곱 자로 표현할 수 있는 것은 한정적일 수밖에 없으나 그 한 줄 시 속에 뜨겁게 소용돌이치는 삶의 순간이 담겨 있다. 부손과 동시대에 활동한 시인 다카기 도자쿠(高城都雀)도 겨울에 죽었는데 마지막으로 다음의 하이쿠를 지었다.

무로 돌아가네

서리와 눈

개의치 않는 곳으로

<ruby>無<rt>む</rt></ruby>に<ruby>帰<rt>かえ</rt></ruby>るみぞ<ruby>雪霜<rt>ゆきしも</rt></ruby>のいとひ<ruby>無<rt>な</rt></ruby>し

겨울 눈꽃의
시새움인가
꽃의 눈보라

미토쿠

雪花のへんぼうなれや花の雪
未得

지는 모습까지 사랑받는 거의 유일한 꽃이 벚꽃이다. 꽃눈 하나에 두세 송이 꽃이 피기 때문에 눈보라가 흩날리는 것 같다. 글자 수가 한정된 하이쿠에서 '꽃'은 주로 벚꽃을 의미한다. 이시다 미토쿠(石田未得)는 늦은 나이에 데이토쿠에게 시를 배워 에도 하이쿠 시단의 중심이 되었다.

　　사색의 시작은 들국화의 긴 꽃대를 바라보면서
　　ながめしは野菊のくきのはじめかな

들국화의 긴 줄기 끝에 핀 꽃을 아름답다고 생각하고 바라본 것이 깊은 사색의 시작이 되었다. 그래서 국화 가꾸기가 취미가 되고 사는 보람이 되었다. 그 계기는 한 개의 긴 줄기를 가진 들국화, 그 아름다움에 반했을 때이다. '깊은 생각을 한다'는 뜻의 '나가메(眺め)'와 '길다'는 뜻의 '나가메(長め)'를 엇걸었다.

산 물고기
칼자국의 소금이여
가을바람

시게요리

生魚の切目の塩や秋の風

重頼

칼자국도 쓰라린데 상처에 소금까지 뿌리면 더 쓰라리다. 게다가 가을
바람까지 분다. 칼자국에 스미는 소금과 몸에 스미는 가을바람의 '스미
는(しみる)'이 생략되어 있다. 풍경을 객관적으로 묘사한 듯하지만 이처
럼 숨은 장치가 시를 더 깊게 한다. '하이쿠는 생략을 통해 더 많은 것
을 말하는 문학'이다.

실 장사를 하던 마쓰에 시게요리(松江重頼)는 서민적인 시풍을 특징으
로 하는 데이토쿠에게 하이쿠를 배웠다. 실 장사꾼이 이름난 시인이 되
었다는 것은 당시 산업 발전을 바탕으로 조닌(町人)이라 불리는 신흥 세
력인 상인과 수공업자들이 문화의 중심축이 되었음을 의미한다. 시게
요리가 혼자서 엮은 전17권의 하이쿠 선집 『에노코집(犬子集)』은 에도
시대 하이쿠의 출발점이 되었다. 책을 내느라 실 사업도 기울었다.

잠깐 멈추게
꽃이 핀 쪽으로
종 치는 것은

시게요리

　　　　やあしばらく花に対して鐘撞く事
　　　　　　　重頼

꽃은 작은 울림에도 떨어질 수 있다. 행여 꽃이 질지도 모르니 꽃 핀 쪽으로는 종을 치지 말라고 승려에게 부탁하고 있다. 『신고금와카집』에 실린 승려 시인 노인(能因)의 다음 시에 영감을 받아 쓴 것이다.

　　봄날 해 질 녘 산중 마을에 오니
　　저녁 종소리에 꽃이 졌어라

바쇼도 노인의 이 시를 읽고 다음의 하이쿠를 지었다.

　　종 치지 않는 마을 무엇을 하나 봄날 저녁
　　鐘撞かぬ里は何をか春の暮

다도의 스승 가와카미 후하쿠(川上不白)도 썼다.

　　고요함 속 꽃도 건드리지 않는 종소리
　　しずかさや花にさはらぬ鐘の声

처음부터
벌어져 피는구나
눈꽃은

시게요리

初めからひらいて咲や雪の花
重頼

'눈꽃'은 고목과 죽은 가지에서도 핀다. 그래서인지 눈꽃은 보는 것만으로도 치유가 된다는 연구가 있다. 봄꽃보다 순백의 눈꽃이 더 화려하게 느껴질 때가 있다. 여성 하이쿠 시인 지요니(千代尼)는 썼다.

잎도 쓰레기도 한 꽃받침이어라 눈꽃은
葉も塵もひとつ台や雪の花

시게요리가 하이쿠 작법을 가르칠 목적으로 쓴 책 『게후키구사(毛吹風_'털을 불어 상처를 찾는다'는 뜻)』는 하이쿠뿐만 아니라 에도 시대 초기의 지방 특산물들을 담고 있는 중요한 자료이다. 이 책에서 시게요리가 말한 '슬플 때는 내 몸 하나(悲しい時は身一つ)'는 일본인들이 좋아하는 명언 중 하나이다. 슬플 때는 그 사람밖에 그 슬픔을 알지 못하므로 슬픔에 처하면 결국 혼자 극복하지 않으면 안 된다는 의미이다.

밤에 내린 눈
알지도 못한 채로
잠이 갓 들어

시게요리

夜ふるを知らぬは雪や寝入りばな

重頼

하이쿠는 지적 경험이 아니라 지금 이 순간의 실존적 경험이다.

가을이 옴을

이 아침 한 발로 느끼네

잘 닦인 툇마루

秋や今朝一足に知るのごび縁

시게요리는 상인이면서도 예민하고 섬세한 감성의 소유자였다.

순례하는 막대기만 가는 여름 들판

順礼の棒ばかり行く夏野かな

사람의 키를 가릴 만큼 풀이 무성한 여름 들판을 순례자가 가고 있는데 멀리서 보면 풀 때문에 그의 모습은 보이지 않고 그가 짚은 막대기 끝만 저절로 움직여 가는 것 같다. 한 폭의 그림을 보는 듯한 풍경이다.

시원함의
덩어리 같아라
한밤중의 달

데이시쓰

涼しさのかたまりなれや夜半の月

貞室

무더운 낮이 지나고 밤 되어 달을 바라보니 그 시원함이 눈으로 느껴져
마치 달이 시원함이 뭉쳐진 둥근 덩어리 같다. 시인 니시와키 준자부로
(西脇順三郎)는 "하이쿠는 먼 것을 연결하고 가까운 것을 분리시켜 지금
까지 없던 새로운 관계를 만든다."라고 정의했다.

종이 가게 주인 야스하라 데이시쓰(安原貞室)는 문학에 조예가 깊었다.
데이토쿠의 제자였으나 시 이론에서 다른 시인들과 충돌이 잦았고, 죽
기 전에 자신이 쓴 책을 다 불태웠다.

녹아서
서로 화해했구나
얼음과 물

打解て 氷 と水の仲なほり

오는 해의
미음에 매달린
목숨이어라

데이시쓰

来るとしのをも湯につなぐ命哉
貞室

데이시쓰는 어려서부터 남달리 예술에 안목이 높았다. 봄날 꽃 피는 새
벽이나 가을 달밤, 또는 눈 내린 아침이면 현악기를 뜯거나 피리를 불었
다. 어느 해 겨울, 병들어 새해를 맞이했을 때 이 하이쿠를 지었다. 한 그
릇의 죽에 매달린 목숨, 생애 끝 무렵의 시라서 울림이 더 크다.

　　아, 이거! 이거!
　　이 말만 되풀이한
　　벚꽃 핀 요시노 산
　　これはこれはとばかり花の吉野山

바쇼가 인정한 데이시쓰의 대표작이다. 아름다움에 맞닥뜨리는 순간
언어가 끊긴다. 3만 그루의 벚나무가 일제히 꽃을 피우는 나라 현 요시
노 산, 그 장관 때문에 벚꽃은 우주를 내포하고 있다는 말이 생겨났다.

여름이라 마른 거야
그렇게 대답하고
이내 눈물짓네

기긴

夏痩せと答へて後は涙かな

季吟

누군가 "왜 수척해졌느냐?"라고 묻자 여름이라 입맛이 없어서 그렇다고
대답하지만 자신도 모르게 눈물이 흐른다. 아무 일 없는 것처럼 감춰도
마음에서 드러나는 것이 있다. 기타무라 기긴(北村季吟)은 데이시쓰와
데이토쿠에게 시를 배웠다. 좋은 하이쿠를 많이 남기진 못했으나 그의
문하에서 뛰어난 시인들이 탄생했다. 무엇보다 바쇼와 소도에게 시를
가르친 스승으로 일본 문학사에 이름이 길이 남았다. 어떤 이는 이렇게
자신은 큰 나무가 못 되어도 다른 큰 나무들의 거름이 된다. 하이쿠 스
승답게 그의 이름 '기긴'은 '계절을 읊는다'는 의미이다. 임종 때 쓴 시가
그의 묘비에 새겨져 있다.

꽃도 못 보고 두견새도 못 기다리고 떠나네
이 세상 다음 세상 걱정하는 일 없이

섣달그믐날
정해진 것 없는 세상의
정해진 일들

사이카쿠

おおみそ か さだ　　よ　さだ
大晦日定めなき世の定めかな

西鶴

내일 무슨 일이 일어날지 아무도 모르지만 인간 세상에는 수많은 정해진 일들이 있다. 특히 한 해를 보내고 새해를 맞이할 때는 인간이 정해놓은 따라야만 하는 절차들이 많다. 덧없는 세상이지만 규칙에 따를 수밖에 없는 것이 현실의 삶이다.

중세 일본 문학의 중심인물인 이하라 사이카쿠(井原西鶴)는 유명한 소설 『호색일대남(好色一代男)』의 저자로 세태 소설 작가이다. 도시민을 주인공으로 한 진정한 근대 소설은 사이카쿠에 의해 시작되었다 해도 틀리지 않다. 그의 작품은 서민들에게 인기가 높았으며 오늘날에도 드라마나 영화로 만들어진다. 소인에게 하이쿠를 배운 그는 다작으로 유명해 가볍다는 평을 받았으나 여러 편의 뛰어난 작품을 남겼다. 인간 삶의 슬픔과 허무, 사라져 가는 것들의 쓸쓸함을 예민하게 포착했다.

궤짝 속으로
봄이 사라져 가네
옷을 갈아입으며

사이카쿠

長持へ春ぞ暮れ行く更衣

西鶴

'고로모가에(更衣)'는 음력 4월 1일이면 봄옷을 벗고 여름옷으로 갈아입던 일본의 옛 풍습이다. 꽃구경하며 입었던 옷, 소매 긴 옷이 봄과 함께 궤짝 속으로 들어간다. 오니쓰라도 썼다.

봄과 여름이
손마저 엇갈리는
옷 갈아입기
春と夏と手さえ行きかふ更衣

아내 사후에 사이카쿠는 삭발한 승려의 모습으로 전국을 방랑했다. 아이 셋을 낳았지만 두 아이는 요절하고 남은 딸은 눈이 멀었다.

죽으리라고 생각하지 않았던 꽃 아쉬워라
死にやろと思はず花や惜しむらん

뜬세상의 달
더 본 셈이 되었네
마지막 두 해

사이카쿠

浮世の月見過ごしにけり 末二年

西鶴

"인생 50이라고 하는데 이제 나는 52년을 살았다. 가을 보름달을 2년이나 더 보았으니 얼마나 행운인가." 사이카쿠는 이 시를 마지막으로 쓰고 죽었다. '우키요(浮世)'는 '뜬세상', '덧없는 세상'을 의미한다. 에도 시대 사람들은 이 세상을 '우키요'라고 표현했다. 땅에 닿지 못하고 부초처럼 떠 있는 것이 삶이라 여겼기 때문이다. 그들은 세상에서의 삶을 곧 사라져 버릴 꿈 같은 것, 환상 다음에 이어지는 또 다른 환상, 실체 없는 공허한 신기루에 불과하다고 여겼다.

　내 마음이 여기에 없었나

　네가 울음을 멈추었었나

　소쩍새야

心 ここになきかなかぬか 時鳥

자세히 보면
냉이꽃 피어 있는
울타리여라

바쇼

よく見れば 薺 花咲く垣根かな

芭蕉

냉이는 시골 길가나 들에서 조용히 흰 꽃을 피우는 풀이다. 작고 수수해 눈에 안 띄는, 서민적이고 애틋한 풀꽃이다. 그러나 주의해서 보면 독자적인 아름다움을 가진 꽃이다. '자세히 보면'이 설명적이라서 하이쿠답지 않다는 평을 듣기도 하나, 바쇼가 오히려 하고 싶었던 말은 그것이었다. 분명한 존재감을 가진 꽃이지만 자세히 보지 않으면 발견할 수 없다. "주위에 있는 것들을 잘 보고 시를 읊으라."라고 바쇼는 가르쳤다. 가깝고 흔한 세계에서 미와 의미를 찾고, 못 보고 그냥 지나칠 수도 있는 일상의 한 부분에 감동하며 거기서 진리를 읽는 예민한 감수성을 가지라는 것이다. 현대 하이쿠 시인 고에다 에미코(小枝恵美子)는 쓴다.

　　냉이꽃 피어 터벅터벅 걷는다 냉이꽃 피어
　　なずな咲くてくてく歩くなずな咲く

들판의 해골 되리라
마음먹으니
몸에 스미는 바람

바쇼

野ざらしを 心 に風のしむ身かな
芭蕉

여행 도중에 쓰러져 들판에서 비바람 맞는 백골이 될지도 모른다. 그것을 각오하니 가을바람이 몸에 스민다. 시인으로서 이미 명성을 얻고 많은 문하생을 거느려 안락한 삶을 살 수도 있었으나 바쇼는 서른일곱의 이른 나이에 돌연 에도 변두리 오두막으로 은거했다. 그러나 2년 후 에도에 일어난 대화재로 오두막에 불길이 옮겨붙어 간신히 목숨만 건진 그의 마음에 '일소부재(一所不在)', 한곳에 오래 머물지 않는다는 관념이 싹텄다. 이윽고 진정한 문학을 추구하겠다는 결의를 다지고 41세의 가을, 최초의 방랑을 떠났다. 이 하이쿠는 그 떠남의 시로, 여기서 제목을 딴 첫 여행기 『노자라시 기행(野ざらし紀行)』의 서문에 실려 있다. 가을부터 이듬해 초여름까지 여덟 달을 에도에서 출발해 일본 동해를 거쳐 나고야, 교토를 지나는 이 여행으로 바쇼의 시에 일대 전기가 찾아왔다.

여행자라고
이름 불리고 싶어라
초겨울 비

바쇼

旅人と我名よばれん初しぐれ

芭蕉

"첫 겨울비 내리는데 나는 다시 길 위에 서 있다. 지금까지는 '바쇼'로 '스승'으로 불렸지만 오늘부터는 여행자로 불릴 것이다." 마흔넷 되던 해, 바쇼는 또다시 여행길에 올랐다. 이 하이쿠는 그 여행의 기록 『오이노코부미(笈の小文_여행 상자 속 짧은 글)』 서두에 "하늘은 금방이라도 비가 내릴 듯한데 이내 몸은 바람에 날리는 나뭇잎처럼 정처 없다."라는 글과 함께 실려 있다. 앞의 『노자라시 기행』을 다녀온 지 3년, 바쇼는 명성이 더 높아지고 여행길에서는 많은 제자들이 스승을 만나기 위해 기다리고 있었다. 방랑이 바쇼의 수명을 단축시킨 것은 부정할 수 없는 사실이다. 그는 병을 앓는 몸을 이끌고 무엇인가에 홀린 듯 계속 걸었다. 걱정이 된 제자들이 만류했지만, 이제 누구의 말도 여행에서 삶의 의미와 시의 길을 찾으려는 그의 생각을 멈추게 하는 것이 불가능했다.

무덤도 움직여라
나의 울음소리는
가을바람

바쇼

つか　うご　わ　な　こえ　あき　かぜ
塚も動け我が泣く声は秋の風
芭蕉

열일곱 자의 절제된 시 형식의 대가이지만 바쇼는 '통곡의 시인'이라 불
릴 만큼 하이쿠에 울음과 눈물이 많다. 시인은 구원자가 아니다. 함께
울고 슬퍼할 뿐이다. 시적 재능을 갖추었으나 젊은 나이에 병사한 고스
기 잇쇼(小杉一笑)의 죽음을 애도하며 지은 하이쿠이다. '무덤도 움직여
라'에 바쇼의 슬픔이 응축되어 있다. '가을바람'으로 비유된 울음소리는
바쇼의 심령의 소리이며 허무를 찢는 외침이다. 차(茶) 도매상을 하며
시를 쓰던 잇쇼는 자신의 고장을 바쇼가 여행 도중 들른다는 소식을 듣
고 자기 집에서 묵어가기를 간절히 바랐으나 갑자기 병에 걸려 바쇼가
도착하기 전에 죽고 말았다. 한 번도 만난 적 없지만 자신을 사모하던
잇쇼를 바쇼는 제자처럼 여겼다. 바쇼답지 않은 과장된 토로로 들리지
만, 타인의 죽음에 대한 슬픔이 창공에 퍼져 죽은 영혼을 움직인다.

너무 울어
텅 비어 버렸는가
매미 허물은

바쇼

声にみな泣きしまふてや蝉の穀
芭蕉

원문 그대로 옮기면 '소리로 모두 울어 버렸구나 매미의 허물'이다. 울음
으로 짧은 생을 보내는 매미. 시인은 그것을 텅 빈 매미 허물과 연결시
킨다. 울음은 존재를 채우면서 동시에 비우는 힘이 있으며, 정화의 과정
과 같아서 순수에 가까워진다. 일본학 학자 해럴드 헨더슨은 '온 존재
로 울었구나/ 소리 그 자체가 될 때까지/ 매미의 허물'이라고 번역했다.
'울음 명상'이 있다. 하루 3시간씩 일주일 동안 우는 명상이다. 처음엔
슬픈 일을 떠올리며 억지로 울지만 차츰 존재 깊은 곳에서 자신도 인식
하지 못하던 울음이 나온다. 수많은 생의 울음이 그곳에 고스란히 숨어
있다가 터져 나오는 것이다. 울음 명상 이후에는 슬픔을 느끼는 차원이
달라진다. 그때는 더 이상 축적된 슬픔이 아니게 된다. 그 전에는 온 존
재로 울어 본 적이, 텅 비워 본 적이 없는 것이다.

나팔꽃
한 송이 깊이 모를
심연의 빛깔

부손

朝顔や一輪深き淵の色
蕪村

자세히 보면 모든 존재가 깊이를 알 수 없는 심연을 가지고 있다. 아침 이슬이 담긴 나팔꽃은 연못의 심연처럼 짙은 남색을 띠고 있다. 연약하나 견고한 실체이다. 부손 사후에 활약한 미우라 조라(三浦樗良)도 썼다.

　나팔꽃

　이슬도 엎지르지 않고

　나란히 피었네
朝顔や露もこぼさず咲きならぶ

현대 하이쿠 시인 히노 소조(日野草城)는 오랜 와병 끝에 한쪽 눈의 시력마저 잃었을 때 모든 기교를 버린 나팔꽃 하이쿠를 썼다.

　평범하게 피어 있는 나팔꽃을 사랑한다
平凡に咲ける朝顔の花を愛す

외로움에
꽃을 피웠나 보다
산벚나무

부손

淋しさに花咲きぬめり山 桜

蕪村

부손의 작품치고는 색채감이 약하다는 평을 듣지만 외로움에까지 엷은
색채를 입히는 문인화가의 감각이 여기서도 드러난다. 외로움에 참기
힘들어하는 것은 부손 자신이며, 그 외로움 때문에 산벚나무가 눈에 들
어왔다. 중세 일본에서 시인 백 명의 시를 한 수씩 모아 엮은 『백인일수
(百人一首)』에 승려 교손(行尊)의 시가 실려 있다.

　　함께 서로를 가엾게 여기자

　　산벚꽃이여

　　너밖에는 아는 이도 없으니

현대 하이쿠 시인 오구시 아키라(大串章)도 썼다.

　　밭 가는 사람에게 기울어 피었구나 산벚꽃

　　耕人に 傾き咲けり山ざくら

62

봄날의 바다
온종일 쉬지 않고
너울거리네

부손

はる　うみひねもす
春の海 終日のたりのたり哉
かな

蕪村

봄날 바다가 너울거리는 풍경은 어디서나 볼 수 있는 흔한 소재이다. 그
러나 그 무미건조함이 이 하이쿠의 묘미이다. 시의 세계로 들어간다는
것은 무미건조함에서 특별함을 발견하는 일이다. 부손 생존 시에도 높
이 평가받은, 생명력으로 일렁이는 봄 바다의 느낌을 주관과 객관에 치
우침 없이 있는 그대로 표현한 대표작 중 하나이다.

　어제도 저물고

　오늘도 또 저물어

　가는 봄이여

きのふ暮けふ又くれてゆく春や
くれ　　　また　　　　　　　　　はる

가는 봄도 아쉬운데 저무는 봄날 저녁은 아쉬움이 두 배이다. 조선 시
대 문인 오숙도 '작은 바람에 꽃이 지고 작은 비에 봄은 간다'고 썼다.

한 촛불을
다른 초에 옮긴다
봄날 저녁

부손

燭 の火を 燭 にうつすや春の夕

蕪村

봄날 저녁은 저물면서도 쉬이 저물지 않는 분위기가 감돈다. 서서히 어두워져 가는 방 안에 몇 개의 촛불을 켠다. 초에서 초로 불을 옮기면서 실내도 봄답게 환해진다. 정경이 눈에 선하고, 언외에서 전해지는 무어라 표현하기 어려운 것이 있다. 한 초를 기울여 다른 초에 불을 붙이듯 어두운 마음에 시심을 전하는 시인의 마음이 소중하게 다가온다.
현대 하이쿠 시인 후지타 소시(藤田湘子)는 죽기 전 병상에서 썼다.

　봄날 저녁, 좋아하는 단어들을 불러 보라
　春 夕 好きな言葉を呼びあつめ

부손은 그 말에 답한다.

　작은 새 오는 소리 반가움이여 판자의 차양
　小鳥来る音うれしさよ 板 庇

짧은 밤
벌레의 털에 맺힌
이슬방울들

부손

短 夜や毛虫の上に露の玉

蕪村

밤이 짧은 여름, 아직 나비가 되지 못한 애벌레의 초조함을 말하려는
듯 두 개의 계어를 겹쳐 놓았다. 짧은 밤은 여름의 계어이고 이슬은 가
을의 계어이다. 한 편의 하이쿠에 계어가 둘 이상인 것을 겹침계어(季重
なり)라 하는데 자주 사용하진 않는다. 짧은 시에 계절이 둘이면 감각의
혼란이 오기 때문이다. 세밀화 붓을 가진 부손의 감각이 살아 있다.

아침 바람이 털 흔드는 것 보인다 쐐기벌레
朝風の毛を吹き見ゆる毛虫かな

고은 시인의 하이쿠적인 시도 같은 울림을 갖는다.

죽은 나뭇가지에 매달린

천 개의 물방울

비가 괜히 온 게 아니었다

나의 별은
어디서 노숙하는가
은하수

잇사

<ruby>我<rt>わ</rt></ruby>が<ruby>星<rt>ほし</rt></ruby>はどこに<ruby>旅寝<rt>たびね</rt></ruby>や<ruby>天<rt>あま</rt></ruby>の<ruby>川<rt>かわ</rt></ruby>

一茶

여름도 끝나 가는데 은하수 속 나의 별은 어디서 객지 잠 자고 있는가?
사람은 모두 자신의 별이 있다는데 나의 별은 지금 어디에 있는가? 쉰
아홉 살에 쓴 하이쿠이다. 밤이 깊어지면 은하는 더 찬란하지만 아직
생은 갈피를 잡지 못하고 있다. 이듬해 쓴 하이쿠에서도 잇사는 쓴다.

홀로인 것은
나의 별이겠지
은하수 속에
<ruby>一人<rt>ひとり</rt></ruby>なは<ruby>我<rt>わ</rt></ruby>が<ruby>星<rt>ほし</rt></ruby>ならん<ruby>天<rt>あま</rt></ruby>の<ruby>川<rt>かわ</rt></ruby>

시키가 쓴 단가가 있다.

모래알처럼 수많은 별 그 속에
나를 향해 빛나는 별 있다

죽은 어머니
바다를 볼 적마다
볼 적마다

잇사

亡き母や海見る度に見る度に

一茶

잇사 나이 마흔아홉, 바다를 보며 어머니를 그리워하고 있다. 어머니가
생전에 바다를 좋아했을까? 세 살 때 어머니가 세상을 떠났기에 잇사
는 어머니의 품을 알지 못하고 자랐다. 끝없이 넓은 바다는 모성의 상징
이다. 그래서인지 '바다(海)'라는 한자에는 '어머니(母)'가 들어 있다.
잇사의 이 하이쿠에는 계절을 상징하는 단어가 없다. 이것을 무계(無季)
하이쿠라고 한다. 어머니를 그리워함에는 계절이 없기 때문이다. 바다
를 보며 눈물짓는 잇사. 평론가 고바야시 히데오(小林秀雄)는 말한다. "울
지 않는 사람이 있다면 그것은 그 사람의 감성이 고갈되었기 때문이
아니라 그 사람의 별로 영리하지도 않은 뇌가 다소 바쁘기 때문이다."

　두말할 필요 없이 뻐꾸기는 울보 스님
　閑古鳥泣き坊主に相違なく候

옷 갈아입어도
여행길에는
같은 이가 따라나서네

잇사

衣 がへ替ても旅のしらみ哉
一茶

마치 불행을 끌어당기는 사람처럼 잇사의 전 생애가 하나의 비극이었다. 생모가 죽자 아버지는 곧 재혼을 했고, 계모는 아들을 낳았다. 잇사의 옷은 이복동생이 싼 오줌으로 거의 매일 젖었으며, 동생이 울 때마다 계모는 잇사에게 욕을 해 대며 매질을 해 하루에 백 번도 넘게 맞았다. 눈이 퉁퉁 붓지 않은 날이 없었다. 계모는 밥을 주지 않는 것으로 종종 어린 잇사를 벌했다. 들에 나가 일을 해야만 했기에 공부도 할 수 없었다. 잇사가 열세 살 때 잇사 편이던 할머니마저 세상을 떠나자 아버지는 가족의 불화를 해결하기 위해 잇사를 에도의 한 지식인 집에 고용살이로 보냈다. 그러나 잇사는 곧 그 집을 떠났다. 이후의 행적에 대해서는 자세히 알 수 없다. 다만 늘 춥고 배고프고 잠잘 곳이 없었다고 잇사는 쓰고 있다.

자식이 있구나
다리 위의 걸인도 부르는
반딧불이

잇사

子ありてや橋の乞食もよぶ蛍
一茶

동화에나 나옴직한 계모에게 시달리며 유년기를 보낸 잇사는 어른이
되어서도 궁핍의 밑바닥을 벗어나지 못했다. 거처가 없어 친구나 동료
문인 집에서 식객으로 지냈다. 고바야시 지쿠아(小林竹阿)라는 스승 밑
에서 하이쿠를 배울 때는 자신의 호를 '거지 두목 잇사'라고 불렀다.
잇사의 하이쿠는 오늘날 일본뿐 아니라 서양 교과서들에도 실려 있으
며, 하이쿠를 모르는 일본인일지라도 잇사의 하이쿠 한두 편은 외울 정
도이다. 그의 하이쿠가 전 세계에서 인기를 얻는 이유는 자신의 불행한
운명을 시로 승화시켰기 때문이다. 그는 자신이 겪는 시련과 슬픔을 시
로 쓴 것이 아니라 시라는 무기로 그것들을 이겨 냈다.
　　원숭이도 자식을 업고 가리켜 보이는 반딧불이
　　猿も子を負ふて指差すほたる哉

죽이지 마라
파리가 손으로 빌고
발로도 빈다

잇사

やれ打つな蠅が手をすり足をする

一茶

치지 마라, 손만이 아니라 발로도 빌면서 살려 달라고 애원하고 있지 않은가. 잇사의 가장 유명한 하이쿠이다. 긴박한 상황 속, 짧은 시에 등장하는 존재가 셋이다. 파리와 파리를 죽이려는 사람, 죽이지 말라고 말하는 사람. 강자에 대한 반감과 약자에 대한 동정이 강력하다. 잇사의 시를 영역 소개한 미국 시인 로버트 블라이는 "잇사는 세계에서 가장 위대한 파리의 시인, 가장 위대한 개구리의 시인이다."라고 단언했다. 누구보다도 고난에 찬 밑바닥의 삶을 살았기에 잇사는 전통적인 시풍에 얽매이지 않고 자유로운 소재와 대담한 언어를 구사할 수 있었다.
잇사와 동시대에 활동한 세이비(成美)의 하이쿠가 있다.

파리 다 때려잡겠다고 기를 쓰는 마음이여
蠅打ってつくさんとおもふこころかな

장작을 팬다
누이동생 혼자서
겨울나기

시키

薪をわるいもうと一人冬 籠
子規

메이지 시대에는 폐병이 유행해 "일본 전역이 기침을 하고 있다."라는 말
이 나돌 정도였다. 도쿄에 있는 시키의 집 대문을 열면 "쿨럭, 쿨럭." 하
는 기침 소리부터 들렸다고 제자 교시(虛子)는 적었다. 나이 스물셋에 발
병, 그 후 숨을 거둘 때까지 시키는 병상 생활을 하며 어머니와 누이동
생의 헌신적인 간호를 받았다. 나중에는 결핵균이 척추에 침투해 걷는
일조차 어려웠다. 그래서 마루에 엎드려 시를 썼다. 모습은 보이지 않지
만 겨울을 나기 위해 누이동생 혼자 뜰에서 장작 패는 소리가 들린다.
자신을 위해 애쓰는 여동생에 대한 애틋함과 미안함이 전해진다.
시키가 '두견새'를 의미하는 이름으로 필명을 정한 것은 객혈을 하는 자
신을, 피를 토할 때까지 운다고 전해지는 두견새에 비유했기 때문이다.
이름처럼 35년의 짧은 생에 수많은 하이쿠를 썼다.

귤을 깐다
손톱 끝이 노란색
겨울나기

시키

蜜柑剥く爪先黄なり冬籠
子規

"예술은 다음과 같이 이루어지는 인간 활동이다. 한 사람이 어떤 기호를 통해 자신의 삶에서 느낀 감정을 다른 사람에게 전하고, 거기에 감염된 사람은 같은 감정을 체험한다."라고 톨스토이는 썼다. 여동생이 장작 패는 집에서 병든 오빠는 귤을 먹고 있다.

　　약 먹고 나서
　　귤을 먹는다
　　추운 방
　　薬のむあとの蜜柑や寒の内

시키처럼 결핵을 앓은 히노 소조는 귤 내음을 쓴다.

　　처녀는 지금 먹고 있는 귤의 향기를 입고
　　をとめ今たべし蜜柑の香をまとひ

72

맨드라미
열네다섯 송이
피어 있겠지

시키

^{けいとう} ^{じゅうし} ^{ごほん}
鶏頭の十四五本もありぬべし

子規

이 하이쿠는 회화적일 순 있어도 순수 객관은 아니다. '피어 있겠지'는
주관이다. 맨드라미가 실제로 있는가의 여부도 확실치 않다. 삶은 어느
순간부터는 객관이 될 수 없고 불확실해진다. 이 해에 시키는 병이 악화
되어 몸을 일으킬 수 없게 된다. 그래서 간신히 내다보이는 뜰의 식물이
나 상상 속 대상을 시로 썼다. 그중에는 옆집에서 얻은 맨드라미도 있었
다. 그 꽃이 올해도 피어 있는지 모르지만 '열네다섯 송이'라고 추측하
고 있다. 이 불확실한 추측이 그의 목숨을 겨우 지탱하고 있다.

　　머리 들어서

　　가끔씩 내다보네

　　뜰의 싸리꽃
^{くびあ} ^{おりおりみ} ^{にわ} ^{はぎ}
首上げて折折見るや庭の萩

물 항아리에
개구리 떠 있다
여름 장맛비

시키

水瓶に 蛙 うくなり五月雨
みずがめ かわず さつきあめ

子規

개구리에게 물 항아리는 고요한 세계 그 자체이다. 그 고요한 공간을 에워싸고 장맛비가 퍼붓는다. 바쇼의 개구리에는 정적에 파묻히는 소리가 있는 반면에 시키의 개구리에는 역동적인 움직임에 에워싸인 소우주의 정적이 있다.

부초 위에 올라타고 떠내려가는 개구리
浮草にのつて流るる 蛙 かな
うきくさ なが かわず

1950년대에 하이쿠를 처음 접한 비트 제너레이션의 미국 시인 앨런 긴즈버그도 매우 비슷한 하이쿠를 썼다.

약국의 항아리에
개구리 떠 있다
길에는 여름비

여름 소나기
잉어 이마를 때리는
빗방울

시키

夕立にうたるる鯉のかしらかな

子規

어떤 시는 현장을 보는 것보다 더 강렬하다. 그러나 이제 우리는 시를 쓰는 대신 디지털카메라로 사진을 찍는다. 그것이 더 선명하지만 그 선명함은 평면적이다. 시는 사물 하나하나가 지닌 상징과 중의적인 의미를 몇 개의 선명한 단어로 전달하려는 노력이다.

부손의 하이쿠 '저녁 바람에 물결이 왜가리의 정강이 친다'가 떠오른다. 시대와 무관하게 예술은 미묘한 차이를 두며 동일한 주제를 반복한다. 원문을 직역하면 이렇다.

　　여름 소나기에 두들겨 맞는 잉어의 머리

〈두견〉지 동인 하시모토 후샤(橋本風車)는 청각으로 묘사한다.

　　소리로 멈추는 소나기 사람들이 걸어 나온다

音より止むスコール人が歩き出す

오두막의 봄
아무것도 없으나
모든 게 있다

소도

宿の春何もなきこそ何もあれ

素堂

진달래 몇 그루와 햇볕만으로도 봄은 마음을 채운다. 봄이 주는 가장
큰 선물은 단순한 기쁨이다. 아무것도 없지만 모든 것을 누리는 사람의
삶은 언제나 봄이다. 잇사도 쓴다.

아무것도 없지만

마음 편안함이여

시원함이여
何もないが 心 安さよ 涼しさよ

야마구치 소도(山口素堂)는 양조장집 장남으로 태어나 가업을 물려받았
으나 동생에게 넘겼다. 기긴 문하에서 하이쿠를 배울 때 바쇼와 알게 되
었다. 하이쿠 외에는 선배 격인 점이 많아 바쇼의 시 세계에 많은 영향
을 미쳤다. '긴 글은 소도, 짧은 글은 바쇼'라는 말이 있다.

꼭지 빠진 감
떨어지는 소리 듣는
깊은 산

소도

蔕おちの柿のおときく深山哉
_{ほぞ} _{かき} _{しんざんかな}

素堂

인적 없는 산, 감 떨어지는 소리에 적막이 더 깊어진다. 소도는 이 하이쿠 앞에 '소리가 없는 것보다 오히려 외로움이 더 깊다'라고 적었다.

　　사람 기다리는데 한쪽으로 낙엽 불어 가는 바람의 길

　人待や木葉かた寄る風の道
_{ひとまつ} _{このは} _よ _{かぜ} _{みち}

시와 예술을 통해 긴밀하게 교류한 소도와 바쇼는 단순한 가까움을 넘어 사상적인 일체감을 느꼈다. 특히 두 사람을 묶은 정신은 은둔에의 지향이었다. 소도는 서른여덟 살에 속세와 인연을 끊고 은거 생활을 시작했으며, 바쇼도 얼마 후 세속의 모든 지위를 내려놓고 은거에 들어갔다. 이렇게 당대의 두 시인은 서로 자극을 주고받았다. 소도는 연꽃을 좋아해 '연못옹(蓮池翁)'이라 불렸다. 은둔에 들어가기 전 바쇼와 함께 하이쿠 문집 『에도양음집(江戸両吟集)』을 펴냈다.

세상에 들러
잠시 마음 들뜨는
섣달그믐날

소도

市に入りてしばし 心 を師走かな
いち　い　　　　　　こころ　　しはす

素堂

소도 하이쿠의 특징은 생략에 있다.

　눈에는 푸른 잎, 산에는 두견새, 첫 가다랑어
　目には青葉やまほととぎす初 鰹
　め　　あおば　　　　　　　　　はつがつお

대표작인 이 하이쿠에서도 '눈에는'에 대응하는 '귀에는'과 '입에는'을 생략하고 있다. 다 말해 버리면 시에서 멀어지기 때문이다.

세상을 떠나 살다가 연말에 사람들 오가는 거리에 내려오니 마음이 들뜰 수밖에 없다. 산중 거처로 돌아가며 쓴 또 한 편의 하이쿠가 있다. 소도의 마지막 하이쿠다. 지면에 떨어진 그림자를 주인 삼아 몸이 그림자를 따라가는 감성이 돋보인다.

　나를 데리고 내 그림자 돌아오는 달 밝은 밤
　われつれて我影帰る月夜かな
　　わがかげかえ　　つきよ

날이 밝으면
반딧불이도 한낱
벌레일 뿐

아온

夜が明けて虫になりたる蛍かな

阿言

수백 년이 흘러도 이름이 기억되는 시인이 있는가 하면 한두 편의 시만 전할 뿐 생몰 연대조차 알 수 없는 시인도 많다. 아온(阿言)도 그중 한 사람이다. 현대 일본을 대표하는 유명한 시인 다니카와 슌타로(谷川俊太郎)는 무명에 대한 동경을 말하며 "『만엽집(万葉集_일본에서 가장 오래된 시집)』에도 작자 미상의 시가 많다. 그런 식으로 작품을 남기는 것이 가장 좋다."라고 토로했다.

현대 하이쿠 시인 니시노 후미요(西野文代)의 하이쿠가 있다.

　　아이가 반딧불이와 숨을 맞추고 있다
　　ほうたると息を合はせてゐる子かな

어디선가 반딧불이를 바라보고 있는 아이가 반딧불이의 깜박이는 빛에 맞추어 숨을 들이마셨다가 내쉰다. 두 생명이 그렇게 숨 쉬고 있다.

땅에 묻으면
내 아이도
꽃으로 피어날까

오니쓰라

土に埋めて子の咲く花もある事か
鬼貫

오니쓰라의 첫아들은 총명한 아이였지만 다섯 살에 천연두로 숨졌다. 그래서인지 그는 무네치카(宗邇)라는 본명을 버리고 죽은 이의 혼백을 뜻하는 '오니(鬼)'가 들어간 이름을 필명으로 택했다. 오니쓰라는 죽은 후 아들 무덤에 합장되었으며, 현재까지 묘비가 남아 있다.

이 가을에는
무릎에 아들 없이
달구경하네
この秋は膝に子のない月見かな

바쇼, 부손, 잇사와 함께 4대 하이쿠 시인으로 꼽히는 우에시마 오니쓰라(上島鬼貫)는 열세 살 때부터 하이쿠를 배웠다. '진실 이외에 시는 없다'는 것을 깨닫고 기교를 배제한 자신만의 시풍을 추구했다.

목욕한 물을
버릴 곳 없네 온통
풀벌레 소리

오니쓰라

<ruby>行<rt>ぎょうずい</rt></ruby> 水の<ruby>捨<rt>す</rt></ruby>てどころなき <ruby>虫<rt>むし</rt></ruby>の<ruby>声<rt>こえ</rt></ruby>

鬼貫

풀벌레를 울게 만드는 본성은 무엇인가? 잇사는 썼다.

저무는 날이 그리도 반가운가 풀벌레 소리
<ruby>暮<rt>くる</rt></ruby>る<ruby>日<rt>ひ</rt></ruby>をさう <ruby>嬉<rt>うれ</rt></ruby>しいか<ruby>虫<rt>むし</rt></ruby>の<ruby>声<rt>こえ</rt></ruby>

모든 시인은 근본적으로 생태주의자이다. 몸 씻은 대야의 물을 버려야
하는데 사방에 풀벌레 소리라서 버릴 수가 없다. 눈에 보이는 것이 전부
가 아니라고 믿을 때 사람의 감각은 예민해진다. 이 하이쿠는 매우 유명
해져서 '오니쓰라는 밤새 대야의 물을 들고 다니네(<ruby>鬼貫<rt>おにつら</rt></ruby>は<ruby>夜中<rt>よなかたらい</rt></ruby> <ruby>盥<rt></rt></ruby>を
<ruby>持<rt>も</rt></ruby>ち<ruby>歩<rt>ある</rt></ruby>き)' 같은 풍자시도 등장했다. 오니쓰라의 하이쿠가 청각적인 반
면에 동시대 시인 후교쿠(不玉)는 시각적으로 썼다.

달빛이 너무 밝아 재떨이 비울 어둔 구석이 없다
<ruby>名月<rt>めいげつ</rt></ruby>や<ruby>灰吹<rt>はいふき</rt></ruby><ruby>捨<rt>すて</rt></ruby>る<ruby>陰<rt>かげ</rt></ruby>もなし

여기야 여기
불러도 반딧불이
떠나 버리네

오니쓰라

こいこいといへど 蛍 が飛んでゆく

鬼貫

어떤 것은 왜 부를수록 더 달아나는가? 오래 붙잡아 둘 수 있는 것은 많지 않다. 오니쓰라는 여덟 살에 이 하이쿠를 지어 주위를 놀라게 했다. 바쇼보다 열일곱 살 적은 그는 '동쪽의 바쇼, 서쪽의 오니쓰라'라고 불릴 만큼 천재 시인이었으나 두 사람의 차이는 문하생에 있었다. 바쇼가 많은 제자를 두고 시대를 풍미한 반면에 오니쓰라는 제자를 거의 두지 않고 혼자서 시에 전념했다. 바쇼의 반딧불이 하이쿠도 있다.

　　풀잎에서 떨어지자마자 날아가는 반딧불이
　　草の葉を落つるより飛ぶ 蛍 哉

에도 시대 중기에 활약한 도코요다 조스이(常世田長翠)도 썼다.

　　반딧불이 날아가라 뿌리 없는 풀인 내 몸에게서
　　 蛍 とべ根なし草なる我が身より

해골의 겉을

옷으로 치장하고

꽃구경하네

오니쓰라

_{がいこつ} _{うえ} _{よそお} _{はなみかな}
骸骨の上を粧ひて花見哉

鬼貫

봄이 찾아와 사람들은 좋은 옷을 차려입고 밖으로 나가지만 시인의 눈
에는 꽃구경하는 이들 모두 해골과 다름없다. 한 줄 시 속을 섬광처럼
지나가는 삶의 진실이 있다. 오니쓰라는 이 하이쿠 앞에 '미인이라도 종
이 한 장 차이'라고 적었다. 폐결핵 걸린 시키가 화답한다.

　해골이 되어

　나무 아래서

　꽃구경하네
　_{がいこつ} _{こかげ} _{はなみかな}
　骸骨となつて木陰の花見哉

맹인이었던, 바쇼 이전 시대의 스기키 보이치(杉木望一)는 썼다.

　꽃 속에 와서 사람들 웃음소리 듣는 봄의 산
　_{はな} _こ _{ひとわら} _{はる} _{やま}
　花に来ぬ人笑ふらし春の山

나무를 쪼개 보아도
그 속에는
아무 꽃도 없네

오니쓰라

木をわりて見れば中には花もなし

鬼貫

꽃은 나뭇가지 속에 있는가, 아니면 뿌리 속에 있는가? 실체를 추구하는 눈은 어디까지 파고들어야 하는가? 잇큐 선사의 비슷한 일화가 있다. 하루는 산길에서 만난 떠돌이 중이 잇큐에게 시비 걸며 물었다. "부처가 어디에 있는가?" 잇큐는 말했다. "여기 내 가슴속에 있다." 그러자 떠돌이 중이 칼을 들이대며 말했다. "정말로 있는지 가슴을 열어 봐야겠다." 이에 잇큐는 조용히 시 한 수를 읊었다.

　벚나무의 가지를 부러뜨려 봐도 그 속엔 벚꽃이 없네

　그러나 보라, 봄이 되면 얼마나 많은 꽃이 피는가

시를 통해 진리를 추구한 오니쓰라는 계속해서 질문을 던진다.

　무슨 까닭에 긴 것 짧은 것 있나 고드름은

何ゆゑに長みじかある氷柱ぞや

매화를 아는

마음도 자기 자신

코도 그 자신

오니쓰라

우메　　こころ　　はな
梅をしる 心 もおのれ 鼻もおのれ

鬼貫

모든 진리는 결국 자기 자신에게 향한다. 한 승려가 오니쓰라에게 "진리
는 무엇인가? 시는 무엇인가?" 하고 묻자 오니쓰라는 하이쿠로 답했다.

　뜰 앞에

　피어 있는

　흰 동백

ていぜん　しろ　さ　　つばき
庭前に 白く咲いたる 椿 かな

지금 눈앞에 피어 있는 동백꽃이 하얗다. 그것으로 충분하다. 동백의 존
재를 묘사하기 위해 다른 소품이나 미사여구는 불필요하다. 진실 또한
그러하다. 겉을 치장하고 외부의 것을 보탤지라도 자신의 실제 존재는
거기 '흰 동백'처럼 변함이 없다. 모든 비본질적인 것을 걷어 냈을 때 남
는 것이 진리이고 진정한 나이다.

피기만 해도
바라보기만 해도
꽃 지기만 해도

오니쓰라

咲くからに見るからに花の散るからに
鬼貫

피니까 마음이 설레고, 바라보니까 설레고, 지니까 더 설레는 것이 꽃이다. 피는 걸 바라보는 사이에도 진다. 잇큐 선사는 '봄마다 피는 꽃을 볼 때 생의 무상함을 아파하라'고 썼다. 사이교도 썼다.

　　나는 이 세상에 살아 있는데
　　왜 벚꽃은 찬사를 보내는 군중의 눈앞에서
　　그토록 무정하게 떠나가는가

바쇼와 함께 오니쓰라는 술자리 여흥으로 전락한 하이쿠를 문학 차원으로 올려놓았다. 일본 문학 번역가 도널드 킨은 오니쓰라를 '바쇼의 선구자'라며 높이 평가한다. 하이쿠가 기교적으로 변질되어 가는 것을 격정한 오니쓰라는 자연과 인생의 '진실'을 어린아이처럼 솔직하게, 지적 허영을 버리고 열일곱 자로 표현하는 것이 하이쿠라고 역설했다.

백어
눈까지는 흰 물고기
눈은 흑어

오니쓰라

<ruby>白<rt>しら</rt>魚<rt>うお</rt></ruby>や目までしら<ruby>魚<rt>うお</rt></ruby>目までしら<ruby>魚<rt>うお</rt></ruby>目は<ruby>黒<rt>くろ</rt>魚<rt>うお</rt></ruby>

白魚や目までしら魚目は黒魚

鬼貫

백어는 몸체가 무색투명한 물고기이지만 까만 점을 찍은 것 같은 눈이 있어서 흑어라고 불러도 무방할 정도이다. 사물에 대한 정의는 이렇듯 가변적이고 불확실하다. 열린 눈으로 사물을 보는 사람은 세상의 정의에 의존하지 않고 자신의 예민한 감각을 따른다.

오니쓰라는 바쇼와 마찬가지로 인간과 자연을 보는 시선의 혁신을 주도한 사람이다. 그의 눈은 손가락 한 마디만 한 새끼 백어의 점 같은 눈, 물 위에 떠 있는 물새의 생을 놓치지 않는다.

물새
무거워 보이는데
물에 떠 있네

水鳥の重たく見えて浮きにけり

애인이 없는
몸에게도 기쁘다
옷 갈아입기

오니쓰라

恋のない身にも嬉しや更衣
こい　　　　み　　　　うれ　　　ころもがえ

鬼貫

언어적 기교가 시의 수준을 좌우한다고 믿는 시대에 반기를 들듯 하이
쿠는 진실한 경험에 얼마나 가닿았는가를 좋은 시의 기준으로 삼는다.
지적인 개입이나 꾸밈은 하이쿠와 거리가 멀다. 자기 연민도 허용하지
않는다. 잇사의 다음 하이쿠도 그렇다.

　　옷 갈아입고 자리에 앉아 봐도 혼자여라
　　衣替て坐って見てもひとりかな
　　きぬかえ　すわ　　み

여기서 '혼자'는 비관이 아니고 동정을 구함도 아니다. 다만 혼자라는
사실을 확인하고 고독을 있는 그대로의 사실로 받아들이고 있을 뿐이
다. 어느 봄날 오니쓰라는 지인이 에도에서 보낸 편지를 받는다.

　　편지 읽으면 에도에도 봄비 내렸어라
　　状見れば江戸も降りけり春の雨
　　ふみみ　　え　ど　ふ　　　はる　あめ

세상을
진흙이라 보는 눈도
하얀 연꽃

오니쓰라

世を泥と見る目も白き蓮かな

鬼貫

놀라운 하이쿠이다. 세상을 진흙탕이라고 본다면, 그대는 그 진흙탕에
서 피어난 하얀 연꽃이라고 시인은 말하고 있다. '진흙 속에 핀 저 연꽃
은 곱기도 하지/ 세상이 다 흐려도 제 살 탓이네' 하고 〈정선아라리〉는
노래한다. 오니쓰라는 시적 기교보다는 내적 느낌을 표현하는 데 치중
했다. 시는 사물의 본질을 꿰뚫어 보고 통념에서 벗어난 눈으로 세상을
보려는 노력이라고 믿었다. 오니쓰라가 진정한 의미에서 최초의 하이쿠
를 쓴 시인이라고 평가받는 이유가 거기에 있다.

　　　물결 밑에 내

　　　발자국 찍힌 모양

　　　그대로 있겠지
　　　波の底に我が足形の有るやらん

산골짜기 물
돌도 노래를 하네
산벚꽃 피고

오니쓰라

谷水や石も歌よむ山ざくら

鬼貫

산골짜기는 그늘져서 늦게 녹는다. 산벚꽃 필 무렵이면 얼음도 풀려 골짜기 물은 꽃잎을 싣고 돌들 위로 질주한다. 이맘때면 돌들도 노래를 한다. 흐르는 물, 단단한 돌, 부드러운 꽃잎이 어우러져 봄을 맞는다.

　　먹구름 아래

　　매화가 별이 되는

　　한낮이어라
雨雲の梅を星とも昼ながら

흰 꽃의 밝음이 먹구름에 깊이를 더한다. 상상력이 힘을 발휘하는 순간이다. 곧 비가 쏟아지고 그 별들은 땅에 질 것이다.

　　말하지 않는 꽃도 귓속의 귀에게는 말하네
順ふや音なき花も耳の奥

휘파람새가
매화나무 잔가지에
똥을 누고

오니쓰라

<ruby>鶯<rt>うぐいす</rt></ruby> が<ruby>梅<rt>うめ</rt></ruby>の<ruby>小枝<rt>こえだ</rt></ruby>に<ruby>糞<rt>ふん</rt></ruby>をして

鬼貫

잘 어울리는 둘을 비유할 때 '매화에 휘파람새'라고 한다. 그런데 오니쓰라는 노래하는 새가 아니라 똥 싸는 새를 읊어 우아함과 비속함의 경계를 허문다. 새똥도 시어가 될 수 있는가? 시어라는 것도 인간의 구분에 불과하다. 오니쓰라는 또 매화 꽃술과 속된 코털을 대비시킨다.

옮겨 오면서
코털도 뽑지 않았구나
이 매화꽃

<ruby>宿替<rt>やどが</rt></ruby>えに<ruby>鼻毛<rt>はなげ</rt></ruby>もぬきぬ<ruby>梅<rt>うめ</rt></ruby>の<ruby>花<rt>はな</rt></ruby>

잇사도 한 수 읊는다.

휘파람새가 흙 묻은 발을 닦는 매화꽃

<ruby>黄鳥<rt>うぐいす</rt></ruby>や<ruby>泥<rt>どろ</rt></ruby>あしぬぐふ<ruby>梅<rt>うめ</rt></ruby>の<ruby>花<rt>はな</rt></ruby>

벚꽃 필 무렵

새의 다리는 둘

말의 다리는 넷

오니쓰라

桜 咲くころ 鳥 足 二本 馬四本

鬼貫

진리 외에 시는 없다는 깨달음이 녹아 있다. 새의 다리는 둘, 말의 다리는 넷. 이 진리 외에 다른 말을 보태는 것은 인간을 미혹에 빠트리는 일이다. 감동의 마음으로 보면 새의 다리가 둘, 말의 다리가 넷인 것은 놀라운 기적이다. 오니쓰라는 또 썼다.

눈은 가로로

코는 세로로

꽃 피는 봄

目は横に鼻は縦なり春の花

13세기 일본 조동종 창시자 도겐(道元) 선사가 중국에서 10년간 수행한 후 돌아와서 한 첫마디 말이 이 '안횡비직(眼横鼻直)', 즉 '눈은 가로, 코는 세로'였다. 단순한 진리를 깨치는 데 10년의 수행이 필요했던 것이다.

새는 아직
입도 풀리지 않았는데
첫 벚꽃

오니쓰라

<u>鳥</u>はまだ<u>口</u>もほどけず <u>初</u><u>桜</u>

鬼貫

'입도 풀리지 않은 새'와 '이제 막 꽃봉오리를 벌린 꽃'의 대비가 돋보인다. 이 새는 '봄을 알리는 새(春告鳥)', 즉 휘파람새이다.

내 몸에 남아 있는

겨울 매화

그 향기여

<u>冬梅</u>の<u>身</u>にあまりたるにほひ<u>哉</u>

매화는 추위를 견디고 피어나기 때문에 꽃송이가 작아도 향이 짙다. 그 작은 꽃에서 어쩌면 그토록 강한 향이 날까 의문이 들 정도이다. 그러나 보름달 아래서는 모두가 꽃이라고 오니쓰라는 말한다.

나무도 풀도 세상 모든 것이 꽃 달의 꽃

<u>木</u>も<u>草</u>も<u>世界</u>みな<u>花月</u>の<u>花</u>

헤매 다니는 꿈
불타 버린 들판의
바람 소리

오니쓰라

かけまはる夢や焼け野の風の音

鬼貫

왜 우리는 꿈속에서 자주 낯선 장소, 낯선 길을 헤매는가? '불타 버린
들판'은 봄의 일로, 해충을 죽이기 위해 농부들이 불을 놓은 것이다. 검
게 탄 들판을 한 영혼이 헤매 다닌다. 바쇼 13주기 추모 모임에서 발표
한 하이쿠이다. 바쇼의 마지막 하이쿠 '방랑에 병들어 꿈은 시든 들판
을 헤매고 돈다'가 중첩되어 있다. 누군가 당나라의 운문 선사에게 물었
다. "나뭇잎이 시들어 떨어지면 어떻게 됩니까?" 선사가 답했다. "나무는
앙상한 모습이고 천지에는 가을바람만 가득하다."

　　따뜻한
　　겨울 양달의
　　추위여라

あたたかに冬の日なたの寒さかな

내 것이라고 생각하면

삿갓 위의 눈도

가볍게 느껴지네

기카쿠

我が雪と思へば軽し笠の雪

其角

이 하이쿠로부터 '내 것이라고 생각하면 가벼운 삿갓의 눈'이라는 속담
이 생겼다. 자신의 이익이 되는 일이라면 고생을 고생이라고 생각하지
않게 된다. 고통스럽고 힘든 일도 자기 때문이라고 생각하면 마음에 걸
림이 없어진다. 다카라이 기카쿠(宝井其角)는 어린 나이에 바쇼의 문하
생이 되었다. 바쇼의 십대제자(蕉門十哲) 중에서도 으뜸가는 제자로, 바
쇼 이후 하이쿠 시단을 이끌었다. 그러나 방탕한 생활과 술로 마흔일곱
에 생을 마침으로써 바쇼의 시풍도 더 이상 맥이 이어지지 못했다.

한 해의 끝

물의 흐름과 같아라

인간의 운명은

年の瀬や水の流れと人の身は

첫눈 위에
오줌을 눈 자는
대체 누구지

기카쿠

_{はつゆき　このしょうべん　なに}
初雪に此 小 便は何やつぞ

其角

첫눈은 순결해서 축복의 느낌마저 들게 하는데 그 첫눈 위에 노란 오줌 자국이 있다. 대체 어느 놈 짓인가? 잇사도 비슷한 하이쿠를 썼다.

똑바르구나

오줌 눈 구멍

대문 밖의 눈
_{まっすぐ　しょうべんあな　かど　ゆき}
真直な 小 便穴や門の雪

기카쿠는 도덕적이고 잇사는 미학적이다. 기카쿠는 순백의 첫눈을 더럽힌 미적 감각이 결여된 사람에게 화내고 있지만, 잇사는 눈에 난 노란 오줌 구멍의 똑바름에 감탄하고 있다. 원래 민중의 해학에서 출발한 하이쿠는 종종 미적 감각을 훼손한다. 아름다움만이 삶의 가치는 아니기 때문이다. 때로는 추함이 진실에 더 다가간다.

단칼에 베인
꿈은 정말이었나
벼룩 문 자국

기카쿠

切られたる夢は 誠 か蚤の跡
其角

꿈에서 칼에 베여 놀라 깨니 벼룩 물린 자국이다! 이 시를 읽고 또 다른 제자 교라이가 "기카쿠는 정말로 기교가 뛰어납니다. 벼룩에 물린 사소한 일을 누가 이렇게까지 쓸 수 있을까요."라고 하자, 바쇼는 "그렇다, 그는 작은 일도 거창하게 표현하는 재주가 있다."라고 평했다.

　　죽음 바다에 떠서 땀에 젖은 잠이여 꿈속의 사람
　　死の海を汗の浮寝や夢 中 人

기카쿠는 스승과 달리 야단스러운 시풍을 구사했다. 그가 쓴 하이쿠 '목소리가 쉰 원숭이 이가 희다 봉우리의 달(声かれて猿の歯白し峰の月)'을 읽고 바쇼는 말했다. "그대는 특별한 걸 말하려 하고 멀리 있는 것에서 대단한 걸 발견하려고 한다. 그러나 그것들은 모두 그대 가까이에 있음을 잊지 말아야 한다."

저 걸인
하늘과 땅을 입었네
여름옷으로

기카쿠

乞食かな天地を着たる夏衣

其角

한 사람의 걸인이 벌거숭이가 되어 하늘과 땅을 옷 삼아 걸치고 걸어간
다. 하이쿠는 인간의 있는 그대로를 긍정한다. '천의무봉(天衣無縫)'이라
는 말은 '하늘의 옷은 꿰맨 흔적이 없다'는 뜻으로, 주로 시나 문장이 일
부러 꾸밈이 없고 자연스러움을 가리킨다.
어느 날 기카쿠가 다음의 하이쿠를 썼다.

　고추잠자리 날개를 뽑으면 고추
　赤とんぼ羽根を取ったら唐辛子

이에 바쇼는 "그러면 고추잠자리가 죽어 버리기 때문에 하이쿠의 정신
에 어긋난다."라며 이렇게 고쳐 썼다.

　고추에 날개를 붙이면 고추잠자리
　唐辛子羽をつけたら赤とんぼ

휘파람새 우는
새벽이 추운
귀뚜라미

기카쿠

うぐいす　あかつきさむ
　鶯　の　暁　寒しきりぎりす

其角

기카쿠의 사세구이다. 휘파람새는 봄의 계어이고, 귀뚜라미는 가을의 계어이다. 계절이 지나서도 살아 있는 풀벌레의 고통을 자신에 비유하고 있다. 바쇼가 죽자 기카쿠는『바쇼옹 임종기(芭蕉翁終焉記)』를 썼다. "꽃 피는 봄은 머리가 무겁고 눈이 흐려져 마음이 우울했다. 뜰에 있는 연못과 돌의 냉기를 품은 여름 피서지는 특히 습기를 머금어 밤에도 잠을 못 이루고 아침에는 몸이 아팠다. 가을은 단지 슬픔을 더할 뿐이었다. 스승은 세상의 무상함을 느끼고 문을 닫아걸어 찾아온 사람들도 그를 만나지 못하고 돌아가야 했다. 그가 올해 특히 노쇠해졌음을 다들 안타까워했다. 고독하고 몹시 가난했지만 스승은 덕에 있어서는 무한했다. 거의 2천여 명의 제자가 가깝고 먼 여러 곳에서 한결같이 그에게 신뢰를 보냈다. 우리의 이해를 뛰어넘는 일이었다."

한밤중
움직여 위치 바꾼
은하수

란세쓰

真夜中やふりかはりたる天の川
まよなか　　　　　　　　　　　あま　かわ

嵐雪

은하수는 가을밤에 더 선명하게 보이기 때문에 가을의 계어이다. 가시거리 끝에서 우주의 광대함을 보여 주는 별들의 강이 은하수이다. 잠깐 잠들었다가 깨어 보니 은하수마저 위치를 바꾸었다. 어쩌면 변화는 유한한 것들이 영원을 획득하기 위해 채택한 교묘한 방법인지도 모른다. 모습은 바뀌되 그럼으로써 존재를 지속할 수 있기 때문이다.

핫토리 란세쓰(服部嵐雪)는 농부의 아들로 태어나 봉건 영주 밑에서 무사로 있으면서 불량스럽게 술집을 드나들었다. 그러나 바쇼에게 시를 배우고 기카쿠와 함께 바쇼 문중의 쌍벽을 이루었다. 바쇼는 '내 오두막에 복사꽃 벚꽃 있고 내 문중에 기카쿠 란세쓰 있네'라고 읊었다.

칠석날 나도 하룻밤을 유곽에서 은하수
我や来ぬひと夜よし原天の川
われ　き　　　　よ　　わらあま　がわ

매화 한 송이
한 송이만큼의
따스함이여

란세쓰

うめいちりんいちりん　あたた
梅一輪一輪ほどの 暖 かさ

嵐雪

매화는 잎이 나기 전에 먼저 꽃이 핀다. 모진 추위 속에서 매화 한 송이
가 필 때마다 조금씩 따뜻해지는 것을 느낀다. 도겐 선사는 매화 한 송
이가 피어난 것을 '부처의 눈'이라 했다. 추위에 굴하지 않고 꽃을 피우
기에 속세를 이겨 낸 깨달음의 상징이다. 바쇼도 썼다.

　　매화 향기에

　　쫓겨서 물러가는

　　추위여라
うめ　か　お　　　　　　　　さむ
梅が香に追ひもどさるる寒さかな

소로우는 사랑하는 이의 죽음 뒤에 썼다. "곧 얼음이 녹고 찌르레기가
나타나 언제나처럼 즐겁게 노래하리라. 변치 않는 평온함이 신의 얼굴
위에 나타나리라. 우리는 슬퍼하지 않으리라. 신이 슬퍼하지 않는다면."

젖은 툇마루
냉이 나물 넘치네
흙 묻은 채로

란세쓰

濡縁や 薺 こぼるる 土 ながら

嵐雪

일상에서 시의 소재를 발견하라는 것이 바쇼가 말년에 제자들에게 가르친 정신이었다. 그것을 제자인 란세쓰가 잘 구현하고 있다. 기카쿠가 자신의 탈속적인 삶을 말하기 위해 '사립문에서 나는야 여뀌 먹는 반딧불이(草の戸に我は蓼食ふ蛍哉)'라고 읊자 바쇼는 '나팔꽃 보며 나는 밥 먹는 사나이(薺に我は飯喰ふ男哉)'라는 하이쿠로 응수했다. 특별한 것을 찾으려고 하지 말고 나팔꽃처럼 아침 일찍 일어나 밥해 먹는 평범한 일상에서 시를 찾으라는 것이다.

란세쓰가 붓으로 그린 나팔꽃에 대해 바쇼는 다음의 하이쿠로 품평했다. 어떤 꽃은 서툴게 그릴 때 더 잘 표현된다.

나팔꽃은 솜씨 없이 그려도 애틋하여라
朝顔は下手の書くさへあはれなり

얼굴에 묻은
밥알을 파리에게
떼어 주었네

란세쓰

顔につく飯粒蠅にあたへけり

嵐雪

밥알 하나를 서로 나누며 파리와 인간이 함께 번영하는 길은 없을까?
아무 내용도 아니라서 시가 아니라고 말할 수도 있겠지만 하이쿠는 그
아무것도 아닌 일을 의미 있게 바라보기 위한 강력한 도구이다. 아무것
도 아닌 일의 의미를 느끼지 못하면 죽을 때까지 세상은 거의 아무것도
아닌 일들의 연속으로 지나가게 된다.

현대 하이쿠 시인 고마쓰 가쓰쇼(小松月尚)는 썼다.

　　쳐 죽이면서 파리의 전생을 생각한다
　　叩きたる蠅の前世思ひけり

이와타 유미(岩田由美)도 쓴다.

　　손등에 앉은 봄의 파리를 본다
　　手の甲に止まりし春の蠅を見す

아기 못 낳는 여자
인형 모시는 것
애처로워라

란세쓰

<ruby>石女<rt>うまずめ</rt></ruby>の<ruby>雛<rt>ひな</rt></ruby>かしづくぞ<ruby>哀<rt>あわ</rt></ruby>れなる

嵐雪

아이를 낳지 못하는 여인이 딸아이의 행복한 미래를 기원하는 인형 축제에 진열할 인형을 소중히 다루고 있다. 란세쓰의 첫 번째 아내는 온천장에서 몸 파는 여자였는데 일찍 죽었다. 그 후 란세쓰는 기생을 아내로 맞아들였지만 아이를 낳지 못했다. 훗날 부부는 불교에 귀의했다. 한때는 너무 곤궁해 기카쿠의 집에서 얹혀살았다. 잠시 바쇼와 사이가 멀어졌는데, 방랑을 떠나는 바쇼에게 송별의 하이쿠를 전했다.

초겨울 찬 바람에 불려 가는 뒷모습
<ruby>木枯<rt>こ が</rt></ruby>らしの<ruby>吹<rt>ふ</rt></ruby>き<ruby>行<rt>い</rt></ruby>くうしろすがた<ruby>哉<rt>かな</rt></ruby>

죽기 전에 다음의 하이쿠를 남겼다.

잎 하나 지네 아, 잎 하나 지네 저 바람 위
<ruby>一葉散<rt>ひとはち</rt></ruby>る<ruby>咄<rt>とつ</rt></ruby>ひとはちる<ruby>風<rt>かぜ</rt></ruby>の<ruby>上<rt>うえ</rt></ruby>

죽은 사람의
소매 좁은 옷도 지금
볕에 널리고

바쇼

亡き人の小袖も今や土用干し

芭蕉

제자 교라이의 여동생의 죽음을 애도하며 쓴 하이쿠이다. 고인이 생전에 입던 소매 달린 옷이 빨랫줄에 널려 있다. 일본에는 삼복 때 곰팡이나 벌레 등의 피해를 막기 위해 옷과 책을 햇볕에 내다 너는 연중행사가 있다. 그것을 도요보시(土用干し), 또는 무시보시(虫干し)라고 하며, 이를 소재로 한 하이쿠가 많다. 지요니는 썼다.

　　내다 널 수 없는 여자의 마음이여 옷 너는 날
　　かけたらぬ女心や土用干し

바쇼 하이쿠의 특징은 다양성이다. 그는 남의 시를 모방하지도 않았지만 자기 작품을 모방하지도 않았다. 대개 자신의 스타일이 확립되면 비슷한 형식의 작품을 양산하기 마련이나 바쇼는 시의 소재와 주제를 반복 재생산하지 않았다. 늘 새로워야 한다는 것이 그의 시정신이었다.

한밤중 몰래
벌레는 달빛 아래
밤을 뚫는다

바쇼

夜 竊に虫は月下の栗を穿つ
芭蕉

일본 시문학은 예로부터 표현적인 미가 아니라 언외에 감도는 어딘지 모르게 쓸쓸한 정적미와 섬세미를 강조했다. 이것이 12세기의 가인 후지와라노 도시나리(藤原俊成)가 제창한 미적 이념인 유현(幽玄)이다. 유현은 알기 어려울 정도로 깊고 미묘한 정취를 말한다. 이 유현의 미가에도 시대의 하이쿠로 계승되어 바쇼의 근본이념인 와비(佗び)와 사비(寂び)로 이어졌다. 둘 다 소박하고 차분한 멋, 그리고 물질적 빈한함과 적막함 속에서 정신적 충만을 발견하는 미의식이다. 교라이는 "사비는 쓸쓸함이 아니라 내부에서 스며 나오는 고요를 의미한다."라고 했다. 바쇼 연구가 이모토 노이치(井本農一)는 "부족하지만 어떤 의미에서는 풍부하고, 차갑지만 따뜻함이 있으며, 쓸쓸하지만 완전히 고독하지 않고, 어둡지만 도리어 밝은 것과 같은 경지가 사비이다."라고 풀이했다.

흰 이슬도
흘리지 않는 싸리의
너울거림

바쇼

白露もこぼさぬ萩のうねり哉
芭蕉

싸리나무들이 아래로 휘어져 너울거리고 있지만 그 위에 얹힌 이슬들
은 한 방울도 떨어지지 않고 아침 햇살에 반짝이고 있다. 제자 산푸(杉
風)의 집 둘레의 울타리를 묘사한 것이다. 바쇼 하이쿠의 또 다른 사상
은 호소미(細み), 즉 섬세함으로, 미묘한 경지에서 발견하는 아름다움이
다. 사물을 자세히 보면 그곳에 아름다움이 있고 너울거림이 있다. 싸리
에 얹힌 이슬처럼 바쇼는 언제나 자연의 미묘함에 시선을 향했으며, 지
적으로 지어낸 시를 거부했다.

떠나는 가을
손을 벌렸구나
밤송이
行く秋や手をひろげたる栗の毬

첫눈 내리네
수선화 잎사귀가
휘어질 만큼

바쇼

初雪や水仙の葉のたわむまで

芭蕉

눈의 무게에 못 이겨 수선화의 긴 잎사귀가 바닥에 닿도록 휘어져 있다.
그것이 전부이다. 바쇼는 휘어진 수선화의 잎사귀 그림 왼쪽에 이 하이
쿠를 써 넣었다. 가능한 한 덜 보여 주어야 시의 의미가 깊어진다는 자
신의 충고를 스스로 따르고 있다.

바쇼 시의 또 다른 근본이념은 시오리(撓り)이다. 대상에 대한 섬세한 감
정, 자연과 인간사를 응시하는 눈이 그것이다. 바쇼가 뛰어난 시인으로
불리는 것은 아름다운 시를 지었기 때문이 아니다. 시가 아름다움이나
낭만을 위한 도구가 아니라 섬세한 시선으로 더 깊은 본질에 가닿기 위
한 수단이라는 것을 자각했기 때문이다.

두 손으로 뜨자 벌써 이가 시린 샘물이어라

掬ぶよりはや歯にひびく泉かな

휘파람새가
떡에다 똥을 싸는
툇마루 끝

바쇼

鶯 や餅に糞する 椽の先
芭蕉

음력설에 떡을 해서 툇마루에 말리고 있는데 새가 와서 똥을 싸고 날아
갔다. 산푸에게 보낸 편지에 바쇼는 "바로 이런 하이쿠를 쓰기 위해 노
력해 왔다."라고 썼다. 바쇼 시정신의 마지막 이념은 가루미(軽み_가벼움)
이다. 가루미는 평범한 일상에서 소재를 발견해 평범한 일상의 언어로
시를 쓰는 것이며, 작위적이고 화려한 언어나 심각한 몸짓, 과도한 서정
성 등을 탈피하는 것이다. 바쇼는 말년에 가루미를 일컬어 와비, 사비,
호소미보다 훨씬 높은 경지라고 했다.

　　　나무 아래는

　　　국이고 반찬이고

　　　온통 벚꽃잎
木のもとに汁も 鱠 も 桜 かな

몸에 스민다
죽은 아내의 빗을
안방에서 밟고

부손

身にしむや亡妻の櫛を閨に踏

蕪村

사소한 사물 하나가 누군가의 부재를 확인시킬 때가 있다. 부재의 확인
은 마음에 스산한 가을을 가져온다. 죽은 아내에 대한 감정, 발에 밟힌
빗의 감촉이 한기처럼 몸에 스민다.

부손의 실제 이야기는 아니다. 부손은 장가갈 만큼 경제적 여유가 없어
서 마흔다섯이 되어서야 혼인했다. 그림을 잘 그린 아내는 스무 살 이상
젊었으며 늦게 딸을 얻었다. 부손은 늘그막에 기녀에게 마음을 빼앗겨
'실에 매달린 연처럼 어쩔 줄 몰라' 했지만 아내는 아버지뻘인 부손을
따뜻하게 포용했다. 결국 벗들의 충고로 기녀와 헤어졌으나 끝내 미련
이 남아 부손은 다음의 하이쿠를 지었다.

　　둥근 엉덩이 빛을 발하며 가는 반딧불이여
　　桃尻の光りけふとき 蛍 哉

모기 소리 난다
인동초 꽃잎
떨어질 적마다

부손

蚊の声す忍冬の花の散るたびに

蕪村

흰 인동꽃이 피는 시기는 6월에서 7월 사이. 덩굴이 겨울에 말라 죽지 않고 봄에 다시 싹이 나기 때문에 '겨울을 이겨 내는 풀'이라는 이름이 붙었다. 꽃이 지는 시기는 모기가 기승을 부리는 시절과 맞물린다. 낮에 우거진 잎 뒤에 몸을 숨긴 모기들이 꽃잎 떨어질 때마다 놀라 윙윙거리며 날갯짓 소리를 낸다. 나쓰메 소세키도 이에 못지않은 하이쿠를 썼다.

두들겨 맞고
낮의 모기 토하는
목어여라

叩かれて昼の蚊を吐く木魚かな

'목어'는 나무로 만든 잉어 모양의 북으로, 절에서 매달아 놓고 불공을 할 때 막대기로 두드린다.

큰 짐수레가
요란하게 울리자
떠는 모란꽃

부손

地　車　のとどろと　響　く牡丹かな
じ ぐるま　　　　　　　　ひび　　　ぼ たん

蕪村

하이쿠의 언어는 의미보다는 소리, 움직임, 시간, 풍경을 전달하는 수단
이다. 대상의 미세한 떨림까지 놓치지 않고 포착한다. 그 목적이 훌륭히
이루어졌을 때 의미는 자연스럽게 전달된다. 그래서 하이쿠의 스승들은
"의미는 저절로 드러나게 하라."라고 가르쳤다. 커다란 짐수레가 요란하
게 땅을 울리며 지나가자 화중왕(花中王)이라 불리는 모란조차 그 진동
에 금방이라도 꽃잎이 질 듯 몸을 떤다.

부손이 살았던 18세기 에도 사회는 농민 반란이 잦고 상인들의 경제력
이 무사 계급보다 커진 격동기였기 때문에 이 하이쿠의 배경에는 '지옥
처럼 혼란스러운 현실 사회'가 가로놓여 있다고 평론가 요시모토 다카
아키(吉本隆明)는 설명한다. 이는 18세기만의 일이 아닐 것이다. 더 크고
더 요란한 수레들이 날마다 인간의 삶을 향해 돌진해 오고 있다.

홍매화 꽃잎

떨어져 불타는 듯

말똥 위에서

부손

こうばい　らっか もえ　　うま　ふん
紅梅の落花燃らむ馬の糞

蕪村

김이 모락모락 나는 말똥 위에 꽃잎이 얹혀 있다. '불타고 있다'고 단정
했다면 독단적이었을 것이고 독자의 상상력을 강요하는 것이 되었을 것
이다. 매화의 고운 꽃잎과 더러운 말똥의 결합을 통해 아름다움으로 추
함을 끌어올리고 있다. 부손의 하이쿠에서 종종 엿보이는 미학이다.

　　걸인의 아내

　　이를 잡고 있다

　　매화꽃 아래
しらみ　　こじき　つま　　うめ
　虱とる乞食の妻や梅がもと

고상하고 우아한 이미지의 대표적 상징이며 동양인에게 더없이 사랑받
는 매화를 머리가 헝클어진 혐오스럽고 누추한 거지 여인과 결합시킴
으로써 우아함(雅)으로 속됨(俗)을 끌어올리고 있다.

가을의 시작
무엇에 놀라는가
점치는 사람

부손

<ruby>秋<rt>あき</rt></ruby>たつや<ruby>何<rt>なに</rt></ruby>におどろく<ruby>陰 陽 師<rt>おんみょうじ</rt></ruby>

蕪村

원문의 음양사(陰陽師)는 운세를 봐 주는 사람이다. 우연한 일인지, 의도된 배치인지 모르지만 가을이 시작될 무렵 길을 지나다가 손님의 점을 쳐 주고 있는 점쟁이를 보았다. 점쟁이는 입을 벌리고 무척 놀란 표정이다. 계절 변화에 따라 달라지는 인간의 운명을 점치고 있는 점쟁이의 우스꽝스러운 모습이 그려진다. 미래를 점치려는 행위는 우스꽝스러울 수밖에 없지만 또 다른 정취가 담겨 있다. 부손은 그것을 문인화의 한 폭처럼 생생하게 묘사하고 있다. 또한 점치는 사람을 등장시켜 계절이 바뀌는 불가사의함까지 표현하고 있다. 한여름과 달리 가을의 스산한 바람이 불면 인간을 비롯해 뭇 생명에게는 외로움과 불안감이 밀려온다. 운명을 점치는 사람은 무엇을 보고 그렇게 놀랐을까? 그런데 정말로 미래의 일을 보게 된다면 놀랄 수밖에 없지 않을까?

꽃그늘 아래
생판 남인 사람은
아무도 없다

잇사

花の陰赤の他人はなかりけり
はな　かげあか　た にん

一茶

오르한 파묵은 소설 『눈』에서 썼다. "눈은 생의 아름다움과 삶이 짧다
는 느낌을 불러일으켰고, 모든 적의에도 불구하고 인간이 서로 닮아 있
으며, 우주와 시간은 무한하지만 세계는 좁다는 것을 느끼게 했다. 그렇
기 때문에 눈이 오면 사람들은 서로를 끌어안는다." 꽃 역시 '인간이 서
로 닮아 있다'는 사실을 일깨운다. 꽃나무 아래서는 빈부귀천의 구분이
없다. 마을이라는 의미로 쓰이는 '부락'은 에도 시대에는 사회적으로 차
별받는 집단을 가리키는 말이었다. 반역 정신을 가진 잇사는 그 시대에
는 드물게 부락 사람들 편에 서고, 꽃나무 아래서처럼 차별 없는 평등
세계를 노래했다. 바쇼 시대의 오가와 하리쓰(小川破笠)도 썼다.

　아내로 삼고 싶은 사람 많아라 꽃구경할 때
　妻にもと 幾人思ふ 花見かな
　つま　　いくたりおも　はな み

115

때 낀 손톱
냉이풀 앞에서도
부끄러워라

잇사

あかづめ　なずな　まえ
垢爪や 薺 の前もはづかしき

一茶

일본에서는 음력 정월 이렛날에 냉이를 비롯해 봄의 대표적인 일곱 가
지 푸성귀를 삶아 그 물로 손톱을 적신 후 자르는 풍습이 있다. 액운을
물리친다는 믿음 때문이다. 잇사는 지금 파릇파릇한 봄나물 앞에서 손
톱에 때 낀 자신을 부끄럽게 여기고 있다. 또한 손톱 때를 벗겨 내고 봄
나물처럼 싱그럽게 살겠다는 의지도 담겨 있다. 오니쓰라도 썼다.

　　엿샛날과 여드렛날 사이 이렛날의 냉이풀이여
むい か ようか なか　なの か　　　　　かな
六日八日中に七日のなずな 哉

'무이카요카 나카나나노카노 나즈나카나'의 운율이 풀처럼 풋풋하다.
이날 냉이 뜯으러 가는 사람들을 바쇼는 이렇게 쓴다.

　　일 년에 한 번 소중하게 뜯는구나 냉이풀
ひと　　　　いち ど つ　　　　なずな
一とせに一度摘まる 薺 かな

116

사람이 물으면
이슬이라고 답하라
동의하는가

잇사

<ruby>人間<rt>ひとと</rt></ruby>はば <ruby>露<rt>つゆ</rt></ruby>と <ruby>答<rt>こた</rt></ruby>へよ <ruby>合点<rt>がってん</rt></ruby>か

一茶

시인은 시간의 정원에서 사색하는 철학자이며 시는 '사라지는 것들에 바침'이다. 새로이 소생하는 것들의 경이로움, 계절과 함께 사라지는 것들의 애잔함, 끝없이 순환하는 시간, 단순하지만 미로처럼 보이는 그것들을 시인은 응시한다. 불가사의하게도 어떤 질문은 답을 찾을 수 없다. 인생이 무엇이냐고 누군가 물으면 이슬과 같은 것이라고 답하라고 잇사는 말한다. 그것에 동의하지 않을 자 누구인가? 그러나 잇사를 허무에 젖은 사람으로 본다면 섣부른 판단이다. 그는 또한 경이를 발견한다.

갈퀴덩굴에서

저런 작은 나비가

태어나다니

<ruby>葎<rt>むぐら</rt></ruby> からあんな <ruby>小蝶<rt>こてふ</rt></ruby>が <ruby>生<rt>うま</rt></ruby>れけり

내 옷소매를
풀잎이라 여기나
기어오르는 반딧불이

잇사

我が袖を草と思ふか這ふ蛍
一茶

순수한 인간이란 작은 존재들에 대한 감성이 깨어 있는 사람이다. 하찮아 보이는 생명과 미물들에 대한 잇사의 관심과 애정은 끝이 없어서, 그는 저세상에서도 이 귀엽고 사랑스러운 존재들에 대한 하이쿠를 계속 쓰고 있을 것만 같다. 어두운 밤, 얇은 옷소매를 통해 반딧불이의 형형한 불빛이 얼굴 쪽으로 점점 가까이 다가온다. 그 빛을 받아 우리의 존재가 밝아진다.

잇사와 같은 소재를 노래하지만 부손의 하이쿠는 더 회화적이다.

좁은 소매 속

불 켜고 기어오르는

반딧불이

狩衣の袖のうら這ふほたる哉

118

무엇에 대해
고개를 *끄*덕이나
마타리꽃은

잇사

何 事のかぶりかぶりぞ女郎花
<ruby>何<rt>なにごと</rt></ruby>事のかぶりかぶりぞ<ruby>女郎花<rt>おみなえし</rt></ruby>

一茶

여름과 가을을 잇는 마타리는 대 끝에서 여러 줄기로 나뉘어 줄기 끝마다 꽃이 피기 때문에 바람이 불면 마치 고갯짓을 하듯 흔들린다. 바쇼도 마타리의 고갯짓을 놓치지 않는다.

한들한들
더 이슬 같아라
마타리꽃은
ひょろひょろと<ruby>猶露<rt>なおつゆ</rt></ruby>けしや<ruby>女郎花<rt>おみなえし</rt></ruby>

마타리꽃에 얹힌 그 덧없는 이슬조차 단맛과 짠맛에 따라 내 것, 네 것을 다투는 세상이라고 잇사는 노래한다.

달고 짜다면 필시 나의 이슬 남의 이슬
<ruby>甘<rt>あま</rt></ruby>からばさぞおらが<ruby>露人<rt>つゆひと</rt></ruby>の<ruby>露<rt>つゆ</rt></ruby>

불 밝혀도
불마저 힘이 없다
가을 저녁

시키

灯ともせば灯に 力 なし秋の暮

子規

가을은 혼의 계절이며 시의 계절이다. 산문은 조금 지루하게 느껴지고,
하루아침에 냉정해진 공기는 마음을 시리게 한다. 시가 그 영혼을 위로
한다. 이때가 되면 인간을 포함한 자연의 모든 것이 힘을 잃는다.

　　목숨에는

　　아무 일도 없어라

　　저무는 가을
　　命 には何事もなし秋の暮

가을은 밖으로 열려 있던 마음을 안으로 향하게 한다. 가을의 존재론
적 의미가 그것이다. 병든 시인은 '목숨은 아직 별일 없다'고 말한다. 담
담한 운율로 자기 목숨의 일을 말하고 있지만, 가을 저녁이 되면 폐결핵
앓는 시키의 이 하이쿠 두 편이 가슴에 스민다.

옆방의 불도
꺼졌다
밤이 차다

시키

次の間の 灯 も消えて夜寒哉
子規

우리를 따뜻하게 하는 것은 타인의 불이다. 그 불이 소등되는 순간 더 추워지고, 마음 한편을 밝히던 불도 꺼진다. 외로움을 지탱해 준 것은 나의 불빛이 아니라 타인의 불빛이었던 것이다. 가을이 깊어지면서 밤의 추위가 느껴지기 때문에 '밤의 추위(夜寒)'는 가을의 계어이다.

　걸인이

　동전 세는 소리

　밤이 춥다
乞食の銭よむ音の夜寒哉

잇사는 다른 추위를 말한다. 자기 안의 불이 꺼졌을 때의 추위이다.

　옆방에서 새는 불빛으로 밥 먹는 밤의 추위여
次の間の灯で飯を喰ふ夜寒哉

한 줄의 시와

감을 좋아했다고

전해 주시오

시키

<ruby>柿<rt>かき</rt></ruby><ruby>喰<rt>く</rt></ruby>ひの<ruby>俳句<rt>はいく</rt></ruby><ruby>好<rt>この</rt></ruby>みと<ruby>伝<rt>つた</rt></ruby>ふべし

子規

원문은 '감 먹는 것의 하이쿠 좋아했다 전해 주시오'이다. 시키는 감을 좋아해 교과서들에 실린 대표작도 감과 관련된 것이다(407쪽). 폐결핵이 소화기 장애를 가져와 감을 먹지 말라고 의사가 충고할 정도였다.

　　좋아하는 감을 먹을 수 없다 몸이 아파서

　　<ruby>我好<rt>わがすき</rt></ruby>の<ruby>柿<rt>かき</rt></ruby>をくはれぬ<ruby>病哉<rt>やまいかな</rt></ruby>

곁에서 감 먹는 사람을 원망하기까지 한다(<ruby>側<rt>かたわら</rt></ruby>に<ruby>柿<rt>かき</rt></ruby>くふ<ruby>人<rt>ひと</rt></ruby>を<ruby>怨<rt>うら</rt></ruby>みけり). '감의 시인'이라는 별명답게 감에 대한 하이쿠를 수없이 썼다.

　　감 먹는 것도 올해로 마지막인가 생각했다

　　<ruby>柿<rt>かき</rt></ruby>くふも<ruby>今年<rt>ことし</rt></ruby>ばかりと<ruby>思<rt>おも</rt></ruby>ひけり

　　감 보니 생각나네 나라의 여관 심부름하는 소녀의 얼굴

　　<ruby>柿<rt>かき</rt></ruby>に<ruby>思<rt>おも</rt></ruby>ふ<ruby>奈良<rt>なら</rt></ruby>の<ruby>旅籠<rt>はたご</rt></ruby>の<ruby>下女<rt>げじょ</rt></ruby>の<ruby>顔<rt>かお</rt></ruby>

살아 있는 눈
쪼아 먹으러 오나
파리 소리

시키

活きた目を突きに来るか蠅の声
子規

병으로 움직일 수조차 없는 자신에게 파리가 집요하게 덤벼들고 있다.
누워 있는 자신을 끊임없이 집적대는 더러운 파리에 대한 불쾌감, 파리
를 미워하면서도 쫓아 버리는 일조차 뜻대로 되지 않는 병약한 자신에
대한 자조가 섞여 있어서 읽는 사람도 견디기 어렵다. 줄곧 병상에 누
워 지내야 하는 우울과 신체의 고통으로 자주 짜증을 내며 간병하는
어머니와 여동생에게 분노의 화살을 돌리던 시기의 작품이다. 이 무렵
자살의 유혹에도 시달렸다. 자신의 사진 뒷면에 이 하이쿠를 적고 〈병
중〉이라는 제목을 붙였다. 처음 원고에는 '파리가 난다'라고 시각적으로
썼다가 후에 '파리 소리'라고 청각적으로 수정했다.

파리채 들고 앉아서 조는 간병이어라
蠅打を持て居眠るみとりかな

어린 은어들
두 갈래로 나뉘어
헤엄쳐 오르네

시키

若鮎の二手になりて上りけり

子規

강이 두 갈래로 나뉜 곳에서 어린 은어 떼가 두 무리로 헤엄쳐 오른다. 보는 것만으로도 활기차고 생명 넘친다. 일본어에서 '어린 은어'는 '팔팔하고 기운찬 것'을 비유한다. 은어는 가을 산란기에는 알을 낳으러 강을 내려가고, 강에서 부화한 치어는 바다로 내려가 겨울을 난다. 벚꽃 지는 시기가 되면 이 은어 새끼들이 무리 지어 강 상류로 올라온다. 이 하이쿠를 지을 무렵 시키는 대학 중퇴 후 〈니혼(日本)〉 지 기자로 취직해 신문에 하이쿠 이야기를 연재하면서 하이쿠 혁신 운동을 시작했다. 역동적인 은어 떼의 생생한 묘사를 통해 객관 사생의 하이쿠는 이렇게 쓴다는 것을 보여 주는 듯한 작품이다. 잇사도 은어 하이쿠를 썼다.

　　어린 은어는 서쪽으로 지는 꽃잎은 동쪽으로
　　わか鮎は西へ落花は　東　へ

봄날의 꿈
미치지 않는 것이
한스러워라

라이잔

春の夢気の違はぬが恨めしい
来山

고니시 라이잔(小西来山)은 시와 술을 사랑하고 바람 같은 삶을 산 시인이었다. 오사카의 약재상 집안에서 태어났으나 열여덟 살에 동생에게 가업을 양보하고 시인이 되었다. 바쇼보다 열 살 아래이나 서로 교류한 기록은 없다. 젊었을 때 이미 하이쿠 심사와 비평을 할 만큼 시적 재능이 뛰어났다. 하지만 술을 좋아해 하루도 술잔을 내려놓은 적이 없었다는 동료 시인의 기록이 있다. 속세에 집착하거나 세상을 두려워하지 않는 성격이었다. 여성보다 인형을 좋아해서 결혼하지 않는다는 소문도 있었지만 실제로는 두 번 결혼했다.

쉰아홉 늦은 나이에 후처와의 사이에서 얻은 아들이 태어난 지 얼마 안 돼 죽었다. 꿈에서 건강하게 뛰노는 아이를 보고 깨어난 봄날, 미치지 않는 것이 한스럽다고 슬픔을 토로하고 있다.

흰 물고기들
마치 움직이는
물빛 같아라

라이잔

白魚やさながら動く水の色
来山

백어는 몸이 가늘고 길며 몸속이 다 보일 정도로 투명하다. 그래서 무리 지어 움직이면 마치 물빛이 일렁이는 것 같은 착각이 인다. 눈과 몸통 중앙에 발광체가 있어 반딧불이처럼 빛나기 때문에 어스름 속에서 보면 더 매력적이다. 시인은 사물의 깊이에 도달하기 위해 미세한 차이에 주목한다. 옥타비오 파스의 시도 같은 울림을 갖는다. '투명한 고요 속에/ 한낮이 머물고 있었다/ 투명한 공간은 투명한 고요이기도 했다/ 땅의 벌레들도 돌들 사이에선/ 빛이 같아서 그냥 돌멩이들이었다'.

　뒤돌아보면
　추워 보이는 해 질 녘
　산벚꽃
　見かへれば寒し日暮の山ざくら

벚꽃 피어서
죽고 싶지 않지만
몸이 병들어

라이잔

花咲いて死にとむないが 病 かな

来山

죽는 것이 슬픈 이유는 세상에 아름다운 것이 많다는 증거이다. 추하고
고통스러운 것들뿐이라면 죽는 것이 슬프지 않을 것이다. 자크 프레베
르는 세상의 모든 꽃들은 이렇게 말하며 진다고 썼다.

　　죽도록 말해 주고 싶어요

　　삶은 아름다운 거라고

하루는 만취해 걷던 라이잔이 검문에 걸리고도 이름을 대지 못해 옥에
갇혔다. 2,3일 모습이 보이지 않자 걱정이 된 문하생들이 찾아서 겨우
풀려났다. "감옥에서 고생하셨겠군요." 하고 묻자 라이잔은 "밥 끓여 먹
을 필요도 없이 편하고 한가로웠다."라며 아무렇지 않게 대답했다.

　　내 잠자는 모습 고개 들어서 보니 춥구나
　　我が寝たを首上げて見る寒さ哉

오늘 밤의 달
그저 어둔 곳만이
보여라

라이잔

今日の月 ただ暗がりが 見られけり
<ruby>今<rt>きょう</rt></ruby>日の<ruby>月<rt>つき</rt></ruby> ただ<ruby>暗<rt>くら</rt></ruby>がりが <ruby>見<rt>み</rt></ruby>られけり

来山

어머니가 죽은 날 눈이 멀도록 술에 취해 이 하이쿠를 썼다. 바깥의 밝음이 안의 어둠일 때가 있다. 슬플 때는 달빛조차 어둠을 더 뚜렷하게 할 뿐이어서, 자신도 모르게 그 어둠에 기대게 된다.

술을 좋아하고 섬세한 감수성을 지닌 라이잔은 섣달그믐날 제자가 떡국 재료를 보내자 그날 술안주로 다 먹고 '나의 봄은 초저녁에 끝나 버렸다(我が春は宵にしまふてのけにけり)'라고 읊었다. 풀벌레 소리 유명한 고장 이마미야에 초막을 짓고 살다가 다음의 유명한 사세구를 남기고 세상을 떴다.

　　라이잔은 다만 태어난 죄로

　　죽는 것일 뿐

　　원통할 게 아무것도 없다

맨 먼저 본
나뭇가지이겠지
지는 꽃잎을

조소

<ruby>眞<rt>まっさき</rt></ruby>先に<ruby>見<rt>み</rt></ruby>し<ruby>枝<rt>えだ</rt></ruby>ならんちる<ruby>桜<rt>さくら</rt></ruby>

丈草

꽃 피는 것을 맨 먼저 보는 것은 그 꽃을 피운 나뭇가지이고, 지는 꽃을
맨 먼저 보는 것도 그 나뭇가지이다. '지고 있는 꽃, 저것은 꽃 피는 것을
내가 가장 먼저 본 나뭇가지'로도 해석된다.

나이토 조소(內藤丈草)는 무사였으나 검을 버리고 시인이 되었다. 바쇼의
십대제자 중 한 명으로 꼽힌다. 20대 중반의 젊은 나이부터 은둔 생활
을 했다. 어려서 어머니와 사별하고 독신으로 살면서 병과 기구한 운명
탓에 고독하게 지냈다. 시와 선 수행이 일치하는 길을 걸었다.

풀벌레 소리에

기침 소리 섞인다

잠에서 깨어

<ruby>虫<rt>むし</rt></ruby>の<ruby>音<rt>ね</rt></ruby>の<ruby>中<rt>なか</rt></ruby>に<ruby>咳<rt>せ</rt></ruby>き<ruby>出<rt>だ</rt></ruby>す<ruby>寝覚<rt>ねざめ</rt></ruby>かな

쓸쓸함이
밑 빠진 듯 내리는
진눈깨비여

조소

淋(さび)しさの底(そこ)ぬけて降(ふ)るみぞれかな
丈草

쓸쓸함의 끝, 고독의 극한이 느껴지는 날씨가 있다. 지금 그 고독의 극
한을 관통하며 진눈깨비가 퍼붓고 있다. 눈비가 섞여 내리는 진눈깨비
는 눈 같은 화려함이 없고 어둡고 축축해서 마음 깊은 곳의 적막감을
상징하는 겨울의 계어이다. 사람의 마음이 그릇 같은 것이라면 물처럼
서서히 쓸쓸함이 고일 것이다. 그 그릇의 밑바닥이 빠진 것처럼 진눈깨
비가 퍼붓는 실존적 고독을 '밑 빠진 듯 내리는 진눈깨비'라는 말로 묘
사하고 있다.

떠나는 가을

사오일 만에 풀이 죽는

억새꽃
行秋(ゆくあき)の四五日(しごにちよわ)弱るすすき哉(かな)

붙잡지 않는

힘으로 떠 있는

개구리여라

조소

取り付かぬ 力 で 浮かぶ 蛙 かな

丈草

개구리는 물과 싸우지 않는다. 무엇을 붙잡으려 한다면 물속으로 가라
앉을 것이다. 삶의 격랑 속으로 자꾸 가라앉는다면 무엇인가를 붙잡으
려 하고 있기 때문이다. 조소는 '힘(力)'을 '마음(心)'으로도 바꿔 썼다.

에도 시대 중기의 시인 요코이 야유(橫井也有)는 썼다.

　　떴다 가라앉았다

　　울며 세월 보내는

　　개구리

　　浮きしずむ身を泣きくらす 蛙 かな

근대 시인 도미야스 후세이(富安風生)의 하이쿠도 있다.

　　떨어진 꽃잎 가득한 수면 위에 개구리의 눈

　　一めんの落花の水に 蛙 の目

비에 굽어진
보리 이삭에 좁아진
샛길이어라

조소

雨に折れて穂麦に狹き径かな
　あめ　お　　ほむぎ　せま　こみち

丈草

자연 속 풍경들로 인해 우리의 심안(心眼)이 열릴 때가 있다. 이 심안은
일상의 먼지로 흐려져 있다가도 어느 순간 맑아져 눈앞의 사물을 투명
하게 비춘다. 선 수행을 한 조소의 심안이 보리 이삭에 좁아진, 물방울
맺힌 싱그러운 길을 보여 준다. 미우라 조라의 심안도 열린다.

　고요함 속
　떨어져 서로 스치는
　꽃잎 소리
　しづかさや散るにすれあふ花の音
　　　　　ち　　　　　　　　　はな　おと

시를 쓰는 일은 심안을 열기 위한 것임을 바쇼의 하이쿠도 보여 준다.

　눈 그친 사이 연보라색으로 돋아나는 땅두릅나물
　雪間より薄　紫　の芽独活哉
　ゆきま　　うすむらさき　め　うど　かな

132

아지랑이여
다만 무덤 밖에서
살고 있을 뿐

조소

陽炎や塚より外に住むばかり

丈草

병든 몸으로 스승 바쇼의 무덤을 찾았을 때의 하이쿠이다. 산 자와 죽은 자는 단지 무덤 안에 있는가, 무덤 밖에 있는가의 차이이다. 아쿠타가와 류노스케(芥川龍之介)가 소설 『점귀부(点鬼簿_죽은 사람 이름을 적은 장부)』에 이 하이쿠를 인용했다. 바쇼가 죽기 전날, 병상을 지키던 제자들이 각자 하이쿠를 지었다. 바쇼는 조소의 다음 하이쿠만을 칭찬했다.

약탕기 옆에
웅크리고 앉은
추위여라

うづくまる薬缶のもとの寒さかな

바쇼와 조소는 서로를 무척 좋아했다. 바쇼가 죽자 조소는 움막을 짓고 살다가 마흔둘 이른 나이에 죽었다.

목욕통 밑이
허수아비 몸뚱이
마지막 거처

조소

すい ふ ろ　した　　かかし　　み　おわ
水風呂の下や案山子の身の終り

丈草

논밭에 서서 여름과 가을 내내 옷이 해지도록 열심히 봉사한 허수아비
가 종말을 맞이해 목욕 가마솥 아궁이 속에 누워 있다. 존재의 가치는
쓸모에 있다고 세상은 가르치지만 그 쓸모는 한계가 있음을 보여 준다.
바쇼의 문하생 미즈타 마사히데(水田正秀)도 썼다.

　　장작으로도 쓸 수 없게 된 썩은 허수아비
たきぎ　　　　　くち　　かかし　かな
薪 ともならで朽ぬる案山子哉

조소는 예민한 감성을 지닌 천성적인 시인이었다.

　　조문객들
　　잠시 끊겼을 때
　　귀뚜라미 울음
くやみ　　　ひと
悔 いふ人のとぎれやきりぎりす

134

물 밑바닥
바위에 가라앉는
나뭇잎 하나

조소

<ruby>水<rt>みず</rt></ruby><ruby>底<rt>そこ</rt></ruby>の<ruby>岩<rt>いわ</rt></ruby>に<ruby>落<rt>おち</rt></ruby>つく<ruby>木<rt>こ</rt></ruby>の<ruby>葉<rt>は</rt></ruby>かな

丈草

나뭇잎 하나가 물 밑 바위에 가라앉는다고 말하고 시인은 말을 멈춘다.
더 말을 하면 독자가 그 나뭇잎에 다가가는 것을 방해하기 때문이다.
나뭇잎의 탄생과 죽음의 전 과정이 물속에서 떠오른다. 필름을 거꾸로
돌리듯 나뭇잎은 다시 공중으로 비상해 나뭇가지로, 초록의 여름으로
돌아간다. 그리고 봄의 싹으로, 자신이 나온 근원으로. 그 근원은 물 밑
바닥 바위에 떨어진 낙엽의 생과 연결되어 있다. 한 줄의 시에서 생명의
발단과 시간의 순환이 만나고 있다.

물 밑바닥을
보고 나온 얼굴의
쇠오리여라
<ruby>水<rt>みず</rt></ruby><ruby>底<rt>そこ</rt></ruby>を<ruby>見<rt>み</rt></ruby>て<ruby>来<rt>き</rt></ruby>た<ruby>顔<rt>かお</rt></ruby>の<ruby>小<rt>こ</rt></ruby><ruby>鴨<rt>がも</rt></ruby>かな

귀뚜라미 운다
길 떠나려는 이의
밥상 아래서

조소

きりぎりす啼くや出立の膳の下
丈草

풀벌레 울음은 그 자체만으로 한 편의 하이쿠이다. 일본 전역을 방랑하
며 시를 쓴 소기(宗祇)의 시 속에서도 풀벌레가 운다.

우는 풀벌레

아랑곳하지 않고

풀이 시드네

鳴くむしの 心 ともなく 草かれて

풀 그늘에서 울고 있는 벌레의 초조함 따위는 아랑곳하지 않고 가을이
되어 풀이 시들고 있다. 시키는 뜻밖의 장소에서 귀뚜라미를 울게 한다.
떠남을 재촉하는 듯한 소리이다.

신발 상자 속에서 귀뚜라미가 울고 있네

下駄箱の奥になきけりきりぎりす

네, 네 하고 말해도
계속 두드리네
눈 덮인 대문

교라이

応応といへど敲くや雪の門
去来

눈 내리는 밤, 누군가 대문을 두드린다. "나가요, 나가요." 하고 말하며 문을 열어 가지만 쌓인 눈에 흡수되어 듣지 못하는지, 아니면 다급한 일인지 문 두드리는 소리가 절박하다. 눈 쌓인 겨울 풍경, 손님의 문 두드리는 소리, 시인의 응답하는 소리가 한 줄 시에 생생하게 묘사되어 있다. 집과 대문까지 거리, 그 사이의 차가운 공기와 쌓인 눈의 두께까지도 전해진다. 의문은 왜 바깥에 있는 그 사람이 계속 문을 두드리는가 하는 것이다. 그것이 읽는 이의 마음을 계속해서 두드린다.

무카이 교라이(向井去来)는 독특한 개성 때문에 바쇼의 제자들 중 가장 무게감 있는 존재였으며 바쇼와 특별히 가까웠다. 바쇼와 제자들의 대표 문집 『원숭이 도롱이(猿蓑)』를 엮었다. 그의 하이쿠 이론서 『교라이초(去来抄)』는 바쇼 하이쿠 연구의 으뜸가는 책으로 꼽힌다.

고향에서도

이제는 객지 잠 신세

철새는 날고

교라이

故郷も 今はかり寝や渡り鳥

去来

고향은 시인을 배반한다고 혜세는 토로했다. 타지에서 살다가 오랜만에
고향에 들른 교라이는 고향이 더 이상 아늑한 곳이 아님을 느꼈다.

무슨 일인가

꽃구경하는 사람

허리에 찬 검

何事ぞ花みる人の長 刀

장검을 허리에 차고 꽃구경하는 무사에 대한 일갈이다.

도의 마음이

일어나네 꽃봉오리

맺힐 때

道心のおこりは花のつぼむ時

손바닥에서 슬프게도 불 꺼진 반딧불이여

손바닥에서
슬프게도 불 꺼진
반딧불이여

교라이

手の上に悲しく消ゆる蛍かな
て　うえ　かな　き　ほたる

去来

슬픈 일은 어떤 존재가 내 손에 앉아 빛을 발하는 것이 아니라, 그 빛이 꺼지는 일이다. 그 한 가지 슬픔이 천 가지 기쁨을 사라지게 만든다. 교라이에게는 지네조(千子女)라는 이름의 여동생이 있었다. 교양 있는 집안에서 자란 지네조는 재주 많은 여성이었으며 하이쿠에도 뛰어났다. 교라이는 여동생을 무척 아꼈지만, 그녀는 불행히도 결혼 1년 만에 죽고 말았다. 이 하이쿠 속 반딧불이는 그 여동생 지네조이다.
지네조는 세상과 하직하며 다음의 하이쿠를 썼다.

쉽게 빛나고
또 쉽게 불 꺼지는
반딧불이여
もえ易く又消え易き蛍かな
やす　またき　やす　ほたる

반딧불이

손바닥에서
슬프게도 불꺼진
반딧불이여

추켜올린
괭이의 번쩍임
봄날의 논밭

산푸

振りあぐる鍬の光や春の野ら

杉風

쌀 한 톨을 만드는 데 여든여덟 번의 노동이 필요하다고 한다. 괭이를
추켜올리는 동작, 햇빛에 반사된 첫날의 번쩍임, 봄날 들녘의 평화로움
과 역동성이 동시에 전해진다. 생선 도매상을 운영한 스기야마 산푸(杉
山杉風)는 평생에 걸쳐 바쇼의 경제적 후원자였다. 문학적 재능은 부족
했으나 바쇼를 충실히 따랐으며 자신의 오두막을 고쳐 바쇼에게 거처
로 제공했다. 그의 하이쿠는 평범함이 갖는 진실성을 담고 있다.

　초겨울 찬 바람 어쩐지 새 한 마리 추워 보여라
　　凩に何やら一羽寒げなり

특별하지는 않지만 새가 느끼는 추위에 공감한 사람만이 쓸 수 있다.

　낮잠 자는 사람 손에 들린 부채는 동작을 멈추고
　　昼寝して手の動きやむ団扇かな

이름 몰라도
모든 풀마다 꽃들
애틋하여라

산푸

名は知らず草毎に花哀なり

杉風

이름 없는 풀과 꽃은 없다. 우리가 이름을 모를 뿐이다. 무명초는 '이름 없는 풀'이 아니라 '이름이 알려지지 않은 풀'이라는 뜻이다. 이름과 상관없이 모든 존재들이 세상 속에서 자기만의 꽃을 피우고 있다.

부손의 문하생 요시와케 다이로(吉分大魯)도 같은 노래를 한다.

여름풀이여

꽃을 피운 것들의

애틋함이여

夏草や花有もののあはれ也

근대 하이쿠 시인 무라카미 기조(村上鬼城)의 하이쿠도 있다.

여름풀 위에 고치를 만들고 죽는 풀벌레

夏草や繭を作りて死ぬる虫

땔감으로 쓰려고
잘라다 놓은 나무에
싹이 돋았네

본초

骨柴の刈られながらも木の芽かな

凡兆

자연은 어떤 상황에서도 최선을 다한다. 땔감으로 쓰려고 잘라다 놓은
잡목에서 싹이 트고 있다. 강인하고 갸륵한 생명력이다. 잘려서도 싹을
틔우는 나무의 반역. 시인 자신의 삶을 이야기하고 있다.

노자와 본초(野沢凡兆)는 의사였다고 전해지나 확실하지 않다. 방랑 중
인 바쇼를 만나 문하생이 되어 시를 배웠으나 곧 멀어졌다. 밀수죄를 저
질러 코를 베이는 형벌을 받을 뻔했지만, 시인으로서의 명성 덕분에 추
방으로 대신했다. 만년을 매우 궁핍하게 보냈다.

눈 내리는가
등잔불 흔들리는
밤의 여인숙

雪ふるかともしびうごく夜の宿

143

길고 긴

한 줄기 강

눈 덮인 들판

본초

ながながと川一筋や雪の原
_{かわひとすじ} _{ゆき} _{はら}

凡兆

푸른 강과 흰 눈, 좁은 강줄기와 드넓게 펼쳐진 설원, 강의 곡선과 들판의 평면, 여기에 원근감이 더해지면서 그림을 보는 듯한 상상력을 불러일으킨다. 본초는 사실적인 하이쿠 작법에 뛰어났다. 회화적 구도를 바탕으로 수식어나 설명 없이 묘사하는 그의 시풍은 당시까지의 하이쿠에서는 볼 수 없던 획기적인 기법이었다. 이것은 스승인 바쇼에게도 영향을 주었으며, 바쇼로부터 높이 평가받았다.

꽃 지는데 절 문 닫아걸고 떠나다

花散るや伽藍の枢落としゆく

저녁 무렵 문을 닫아거는 빗장 소리와 꽃 진 뒤의 여운이 겹쳐진다.

겹쳐져 있다 눈 쌓인 산과 눈이 없는 산

かさなるや雪のある山只の山

경전을 읽는 사이
나팔꽃은
활짝 피었네

교리쿠

かんきん ま あさがお さか かな
看経の間を朝顔の盛り哉
許六

모리카와 교리쿠(森川許六)는 무사 집안 출신으로 그림에 재능이 뛰어났다. 바쇼의 제자가 되었을 때 바쇼가 말했다. "그림에 있어서는 그대가 나의 스승이 되라. 시에 있어서는 내가 그대의 스승이 되리라." 교리쿠는 자신의 재능에 자부심이 강했으며 다른 시인들을 시답잖게 여겨 "오직 나만이 바쇼 시정신의 핵심에 접근했다."라고 주장하곤 했다.

　　없는 소매를 흔들어 보이는 참억새꽃
　　　そで ふっ み おばなかな
　　ない袖を振て見せたる尾花哉

죽기 전에 다음의 사세구를 썼다. 자부심 이면의 기상이 느껴진다.

　　재능 없는 사람만 죽는다고 생각했는데

　　재능 있는 사람도 죽어야 한다면

　　얼마나 잘 죽겠는가!

145

나팔꽃의

뒷면을 보여 주네

바람의 가을

교리쿠

朝顔の裏を見せけり風の秋

許六

우리는 앞모습이 진짜라고 생각하지만, 뒷모습이 실상을 더 잘 보여 줄 때가 있다. 뒷모습은 앞모습이 숨기고 있는 허무와 좌절까지 보여 준다.

법회 참석한 파르스름한 머리 신참 비구니

御命講や頭の青き新比丘尼

누군가 시를 가르쳐 달라고 청하자 교리쿠는 자신은 그럴 만한 재능이 없다며 거절했다. 평소에 보인 자신감을 상기시키자 교리쿠는 말했다. "모든 것은 농담일 뿐이다. 심각하게 받아들이지 말라."

쑥뜸이 다 탄 사이에도

춥구나

봄바람 불고

灸の点干ぬ間も寒し春の風

146

피는 꽃을
번거롭게 여기는
늙은 나무

보쿠세쓰

咲く花をむつかしげなる老い木哉
木節

계절에 장단을 맞추긴 하지만 노목은 어딘지 음울한 얼굴을 하고 있다. 꽃 피우는 일마저 이제는 번거로운 듯하다. 그러나 꽃향기는 늙은 나무가 더 진하다는 말이 있다. 일생의 대부분을 떠돌이로 생활하며 일본이 자랑하는 전통 악극 노(能)를 완성시킨 제아미(世阿弥)는 노 이론서『풍자화전(風姿花伝)』에서 말한다. "숨겨야만 꽃이다. 숨기지 않으면 꽃이 아니다. 이것이 꽃이구나 하고 보는 이가 알면 안 된다. 그것은 참된 꽃이 아니다. 시든 아름다움은 꽃보다 한층 높은 경지이다."

모치즈키 보쿠세쓰(望月木節)는 바쇼의 문하생이며 의사였다. 바쇼의 임종 때 간병을 했지만 차도가 없자 그는 다른 의사의 치료를 제안했다. 하지만 바쇼는 "나의 명이 다했다면 누구도 내 병을 고칠 수 없다. 나는 죽을 때까지 그대를 믿는다."라고 말하며 제안을 거절했다.

친해졌지만
헤어져야만 하는
허수아비여

이젠

<ruby>近付<rt>ちかづき</rt></ruby>に<ruby>成<rt>な</rt></ruby>りて<ruby>別<rt>わか</rt></ruby>るる<ruby>案山子<rt>かかし</rt></ruby><ruby>哉<rt>かな</rt></ruby>

惟然

같은 들판에서 잠들고, 밥 먹을 그늘을 제공해 준 허수아비, 가까워졌으나 작별해야만 한다. 히로세 이젠(広瀬惟然)은 양조장집 아들로 태어나 유복한 상인의 양자로 들어갔지만 장사에는 관심이 없어 매일 책을 읽고 시를 썼다. 어느 날 문득 인생무상을 느끼고 처자식을 버리고 집을 떠나 떠돌이의 삶을 살았다. 바쇼에게 하이쿠를 배워 자신만의 독특한 시풍을 추구했으며, 이는 훗날 잇사의 구어체 시풍에 영향을 미쳤다. 바쇼와 잠시 작별하며 이 하이쿠를 썼다.

헤어진 뒤

감 하나 먹으며

오르는 언덕

<ruby>別<rt>わか</rt></ruby>るるや<ruby>柿食<rt>かきく</rt></ruby>ひながら<ruby>坂<rt>さか</rt></ruby>の<ruby>上<rt>うえ</rt></ruby>

물가 돌에 앉아
물결을 향해 우는
꼽등이 한 마리

이젠

磯際の浪に啼きいるいとどかな

惟然

꼽등이는 흘러가는 무엇을 향해 그토록 우는가? 모든 존재는 흐르는
물가에서 울고 있는 꼽등이와 같은 상황임을 암시하고 있다. 바쇼의 제
자이지만 스승이 쓴 하이쿠 속 '바위에 스며드는 매미의 울음'과는 또
다른 정취가 있다. 여러 지방을 걸식 방랑하며 떠돌아다닌 이젠. 한번은
그가 교토에 있다는 말을 듣고 딸이 찾아왔다. 그러나 그는 딸을 만나
지 않고 다음의 하이쿠를 남기고 홀연히 떠났다.

　　무거운 눈
　　아무리 털어 내도
　　털어 내어도
　　おもたさの雪はらへどもはらへども
아버지의 마음을 알아차린 딸은 불교에 입문했다.

149

오늘이라는
바로 이날 이 꽃의
따스함이여

이젠

けふといふ 今日この花の 暖かさ

惟然

모든 하이쿠의 명제는 오늘 이 순간이다. 봄에 쓰는 가을의 하이쿠가
있지 않듯이 유일한 진실은 지금 이 순간에 피는 꽃이다.

매화꽃 붉고 붉고 붉다
梅の花赤いは赤いはあかいかな

'미치광이 시인'으로 사람들 입에 오르내린 이젠은 어느 날 바람도 없는
데 흩어져 날리는 매화꽃을 보고 감동해 돌연 깨달음을 얻고 승려가
되었다는 일화가 있다. 바쇼 사후에도 걸식 방랑을 계속했다.

헤치며 가는
눈밭이 움직이면
벌써 봄나물
ふみわける雪が動けばはや若菜

파초에는 태풍 불고
대야에 빗물 소리
듣는 밤이여

바쇼

芭蕉 野分して 盥 に雨を聞く夜かな
<small>ばしょうのわき たらい あめ き よ</small>

芭蕉

잎이 넓어 비 듣는 소리가 크기 때문에 백거이는 '창 너머 내리는 밤비,
파초가 먼저 안다(隔窓知夜雨 芭蕉先有聲)'라고 썼다. 지금 밖에서는 태풍
이 파초를 흔들고 집 안에서는 천장에서 새는 빗물이 대야에 떨어진다.
정경이 궁핍할수록 시인의 생활은 역설적으로 더 풍요롭게 드러난다.
바쇼의 오두막 앞에 제자 리카(李下)가 파초 한 그루를 선물했다. 강변
의 습한 토양에서 파초는 무럭무럭 자라 마침내 사람들은 그 오두막을
'파초암(바쇼안)'이라 부르기 시작했다. 이를 기념해 바쇼는 이듬해 문집
부터 도세이(桃青)라는 호 대신 '바쇼(파초)'라는 이름을 썼다. 바쇼는 이
파초암을 근거지 삼아 여러 곳을 여행했다. 산문 〈파초를 옮기며〉에서
바쇼는 파초를 좋아하는 이유를 "비바람에 쉬이 찢김을 사랑할 뿐."이
라고 썼다.

여름에 입은 옷
아직 이를 다
잡지 못하고

바쇼

夏衣 いまだ虱を取り尽くさず

芭蕉

방랑을 마치고 오두막에 돌아와 읊은 시로, 오랜 여행 후의 평온함이
드러난다. 몸에 스미는 가을바람 속에 떠난 『노자라시 기행』은 이가 들
끓는 여름옷을 걸치고 이 하이쿠와 함께 막을 내렸다. 여행 중에 65편
의 하이쿠를 썼으며, 이 하이쿠가 암시하는 것은 '그동안 쓴 시와 여행
메모들을 아직 수정하지 못했다'는 의미라고 해석하는 학자들도 있다.

볼만하구나 폭풍우 지난 후의 국화

見所のあれや野分の後の菊

폭풍이 지난 후의 국화의 모습은 곧 바쇼 자신의 모습이다. 둘 다 간신
히 살아남았다. 먹으로 직접 그린 그림에 써 넣은 하이쿠이다.

초겨울 찬 바람에 향기 묻어나는 늦게 핀 꽃

凩に匂ひやつけし返り花

산길 넘는데
왠지 마음 끌리는
제비꽃

바쇼

山路來て何やらゆかしすみれ草
芭蕉

『노자라시 기행』 중에 쓴 하이쿠이다. 제비꽃은 4월과 5월에 자주색으로 피는 풀꽃이다. 산길을 넘느라 지쳤을 것이고 목도 말랐을 것이다. 그때 돌 틈에 핀 작은 꽃을 발견했다. 주목을 끄는 화려한 꽃이 아니었다. 그저 어디에나 피어 있는 평범한 꽃이었다. 그러나 그 꽃에 마음이 끌렸다. 가녀린 꽃의 위엄이 존재에 다가와 여행자의 갈증을 채워 주었다.

릴케는 『말테의 수기』에 썼다. "한 줄의 시를 쓰기 위해서는 때가 오기를 기다려야 하고 한평생, 되도록이면 오랫동안 의미와 감미를 모아야 한다. 그러면 마지막에 열 줄의 훌륭한 시를 쓸 수 있을 것이다. 새들이 어떻게 나는지 느껴야 하며, 작은 꽃들이 아침에 피어날 때 어떤 몸짓을 하는지 알아야 한다. 시는 사람들이 주장하는 것처럼 감정이 아니고 경험이기 때문이다. 시는 알지 못하는 곳에 난 길, 뜻밖의 만남이다."

야위었지만
어쩔 수 없이 국화는
꽃을 맺었네

바쇼

痩せながらわりなき菊の蕾かな

芭蕉

힘에 겨워도 때가 되면 온 힘을 다해 꽃을 피울 뿐 국화로서는 다른 도
리가 없다. '어쩔 수 없이'라는 단어에 야윈 국화를 바라보는 애틋한 감
정이 담겨 있다. 고된 여행과 만성적인 소화불량으로 많이 야위었지만
아직도 열정적으로 시를 창조하고 있는 자신의 모습을 투영시키고 있
다. 다산 정약용도 같은 눈으로 국화를 바라본다.

　비 내린 뒤 야윈 국화 누운 채로 꽃이 피었네(雨餘殘菊臥開花)
쓸쓸한 고독이 가진 미묘한 아름다움이다. 잇사 역시 썼다.

　야윈 국화도
　비틀비틀거리며
　꽃을 피웠네
　痩菊もよろよろ花と成りにけり

거미 무슨 음으로
무어라고 우는가
가을바람

바쇼

<ruby>蜘蛛<rt>くも</rt></ruby><ruby>何<rt>なん</rt></ruby>と<ruby>音<rt>ね</rt></ruby>を<ruby>何<rt>な</rt></ruby>と<ruby>鳴<rt>な</rt></ruby>く<ruby>秋<rt>あき</rt></ruby>の<ruby>風<rt>かぜ</rt></ruby>

芭蕉

바쇼는 묻는다. "거미여, 이 바람 소리로 너는 무슨 내용의 울음을 울고 있는가? 나의 인생도 너처럼 차가운 허공에 걸려 있다." 눈에 보이는 거미는 울지 않는데 보이지 않는 바람이 울고 있다는 역설을 담고 있다.

　　이슬 방울방울

　　시험 삼아 덧없는 세상

　　씻고 싶어라
　　<ruby>露<rt>つゆ</rt></ruby>とくとく<ruby>試<rt>こころ</rt></ruby>みに<ruby>浮世<rt>うきよ</rt></ruby>すすがばや

『노자라시 기행』에서 바쇼는 자신을 "승려처럼 보이지만 속인에 가깝고, 속인처럼 보이지만 삭발을 했다."라고 묘사했다. 나고야의 하이쿠 모임에 초대받은 자리에서는 초라한 자신에 대해 '찬 바람 분다 이 몸은 돌팔이 의사 같아라(<ruby>木枯<rt>こがらし</rt></ruby>の<ruby>身<rt>み</rt></ruby>は<ruby>竹齋<rt>ちくさい</rt></ruby>に<ruby>似<rt>に</rt></ruby>たる<ruby>哉<rt>かな</rt></ruby>)'라고 읊었다.

초겨울 찬 바람
무엇으로 세상 건너나
집 다섯 채

부손

こがらしや何に世わたる家五軒

蕪村

인간의 고뇌는 이 세상을 어떻게 건널 것인가에 대한 것이다. 찬 바람이
그 고뇌를 더한다. 고가라시(일본에서 늦가을부터 초겨울에 부는 세찬 바람)
속에 웅크린 추운 집들과 그 집에 사는 사람들을 바라보는 인간애가 전
해진다. 이 황폐한 겨울, 저 사람들은 무엇으로 생계를 이으며 어떻게
이 세상을 건너는 걸까? 부손답게 '다섯 채'라고 수를 단정해 동질성과
긴장감을 더하고, 원경과 근경을 배치했다. 거기에 차갑게 불고 지나가
는 바람이 동적인 분위기를 더한다.

초겨울 찬 바람
종에 작은 돌들
불어 가 부딪치네
木枯や鐘に小石を吹きあてる

문을 나서면
나도 길 떠나는 사람
가을 저물녘

부손

門を出れば我も行く人秋の暮れ

蕪村

인간을 '호모 비아토르'라고 하는데 '떠도는 사람', '길 위의 사람'이라는 뜻이다. 한곳에 정착하지 않고 삶의 의미를 찾아 스스로 떠나는 존재를 가리킨다. 호모 비아토르는 길 위에 있을 때 아름답다. 꿈과 열정을 잃고 현실과 타협하며 남들과 똑같이 살아가는 삶은 비루해진다. 집을 떠나 자기 자신과 대면하는 시간을 가진 사람만이 성장해서 돌아온다. 신영복은 '부딪치는 모든 것을 배우고 만나는 모든 것과 소통하며 끝없이 변화하는 것'이 길 가는 사람의 자세라고 했다.

오늘뿐인 봄을
걷고 걸어서
작별했어라
けふのみの春をあるひて仕舞けり

국화 키우는
그대는 국화의
노예여라

부손

菊作り 汝 は 菊の 奴 かな

蕪村

국화 전시회에 국화를 출품하려면 전년도부터 토양 관리, 꺾꽂이, 분갈이, 꽃눈 따기, 물 주기, 소독, 비료 주기 등 온갖 정성을 쏟지 않으면 안된다. 따라서 부손의 야유는 과장이 아니다. 국화 재배를 고매한 취미로 여기는 사람에게 부손은 "당신은 국화 키우는 일에 혹사당하고 있으니 국화의 종이나 다름없다."라고 말한다. 아니면 국화 시중드는 일에 몸과 마음을 바치는 사람이 문득 자신의 처지를 한탄하며 스스로 내뱉는 독백일 수도 있다. 행위가 존재를 노예화할 때 불행은 시작된다. 그때 순수한 기쁨은 사라진다.

바쇼는 쓴다.

국화꽃 빨리 피어라 국화 축제 다가오니
早く咲け九日も近し菊の花

가엾은 민들레
꽃대가 부러져서
젖이 흐르네

부손

<ruby>憐<rt>あわれ</rt></ruby> みとる <ruby>蒲公莖<rt>たんぽぽくきみじか</rt></ruby> <ruby>短<rt></rt></ruby> して <ruby>乳<rt>ちち</rt></ruby> を <ruby>渇<rt>あま</rt></ruby> せり

蕪村

'민들레꽃을 꺾으면 어머니의 젖이 준다'는 말이 있을 만큼 민들레 꽃대를 꺾으면 흰 즙이 흐른다. 원문처럼 세로로 쓰면 민들레 줄기 같은 한 줄의 시에 흐르는 '흰 젖'이 더 잘 느껴진다. '가엾다'고 표현하고 있으나 연민의 감정보다 노란 꽃과 흰 즙의 색채감이 강하다. 잇사는 길에서 발견한 제비꽃과 자신을 동일시한다.

수레에 눌려
짓뭉개어져 버린
제비꽃이여

<ruby>地車<rt>じぐるま</rt></ruby> におつぴしがれし <ruby>菫哉<rt>すみれかな</rt></ruby>

짓뭉개어진 보라색 꽃의 색채감보다 '수레'로 상징되는 거친 세상에 대한 분노와 연약한 제비꽃을 애처롭게 여기는 심정이 더 강하다.

재 속의 숯불
숨어 있는 내 집도
눈에 파묻혀

부손

うづみ火や我かくれ家も雪の中

蕪村

불은 화로의 재 속에 있고, 화로는 나의 오두막 안에, 오두막은 눈 내리
는 밤의 어두운 세상 안에 있다. 그리고 이 모든 것의 중심에 내가 앉아
있다. 눈에 파묻힌 오두막은 재 속 숯불처럼 따뜻하다. 커다란 차가움과
작은 따뜻함, 큰 어둠과 작은 불빛이 공존한다. 비교 문학자 히라카와
스케히로(平川祐弘)는 이렇게 묘사했다. "한 곳에 불씨가 있고, 그것을
덮은 재가 있으며, 그 위를 덮듯이 화로에 붙어 앉은 주인이 있고, 그 작
은 방을 에워싼 작은 집이 있다. 그리고 그 집을 덮은 눈이 있다. 오두막
지붕 위에는 눈 내리는 밤하늘의 어둠이 끝없이 펼쳐져 있다. 따뜻함을
간직한 재 속의 불씨를 중심으로 한 줄의 시가 동심원을 그리며 우주를
향해 뻗어 나간다."(『서양의 시 동양의 시』에서) 번잡한 세상으로부터 숨은
한겨울 칩거의 그림 같은 풍경이다.

쇠못 같은
앙상한 팔다리에
가을 찬 바람

잇사

かな釘のやうな手足を秋の風

一茶

잇사는 다부진 체격에 손발도 크고 튼튼한 골격의 소유자였다. 그런 그
가 병에 걸려 객지에서 두 달 반이나 누워 지내야 했다. 겨우 회복되어
다른 장소로 가는 중에 이 하이쿠를 썼다. 쇠못처럼 앙상해진 팔다리
로 가을바람 속을 걸어가는 고뇌에 찬 그림자가 보인다.

　　달팽이야
　　봐, 봐, 너의
　　그림자를
　　蝸 牛 見よ見よおのが影ぼふし

그러나 잇사는 강하기 때문에 어떤 고난도 딛고 다시 일어선다.

　　남 못지않은 다부진 표정이구나 이 달팽이
　　一ぱしの面 魂 やかたつむり

저녁 제비여
나에게는 내일도
갈 곳 없어라

잇사

夕 燕 我には翌のあてもなし
　　　　ゆうつばめわれ　　　　あす

一茶

봄이 무르익은 저녁 무렵, 제비는 기다리는 새끼들에게 바쁘게 먹이를
물어 나르지만 나에게는 '내일에 대한 기대'도 없는 외로운 시각이다.

　　　오늘도

　　　장구벌레

　　　내일도 또한

けふの日も棒ふり虫よ翌も又
　　　ひ　ぼう　　　むし　あす　また

똑같은 날을 반복하는 자신을 물속에서 떠올랐다 들어갔다를 반복하
는 모기 애벌레에 비유하고 있다. 유머와 재치가 뛰어난 사람이지만 때
로는 자신의 처지에 대해 자조적인 기분이 드는 것도 부정할 수 없다.

　　　쓸모없는 이 몸도 초대하네 모내기 새참

むだな身も呼び出されけり田植酒
　　　み　　　よ　だ　　　　　　たうえさけ

새끼 참새야
저리 비켜 저리 비켜
말님 지나가신다

잇사

雀の子そこのけそこのけ御馬が通る

一茶

세력가가 말을 타고 가는데 어린 참새가 길에 날아와 앉았다. 말발굽에
밟히기 전에 피하라고, 잇사는 다급히 외친다. 여기서 '말'은 아이들이
가지고 노는 장난감 말이라는 해석도 있다. 잇사의 하이쿠는 작고 힘없
는 존재들에게 바친 헌시들이다. 그 힘없는 존재에는 자신도 포함된다.
강자가 약자를 연민의 눈으로 바라보는 것은 도덕적 덕목이지만, 같은
약자의 입장에서 약자에게 다가가는 것은 시다.

　　이리 와서 나하고 놀자 어미 없는 참새
　　我と来て遊べや親のない雀

아내가 온종일 하이쿠만 짓는다고 지적하자 잇사는 하이쿠로 답했다.

　　여름 매미의 울음은 이 세상에 주는 선물
　　夏の蝉なくが此世の栄よう哉

163

나무 아래
나비와 머무는 것도
전생의 인연

잇사

木の陰や蝶と宿るも他生の縁
（き　かげ　ちょう　やど　たしょう　えん）

一茶

끝없는 환생윤회 속에서 한 번도 만나지 않은 이는 없다는 말이 있다.
'나비'라는 이름을 가진 여자아이에게 산길 안내를 받아 걸어가는데 갑
자기 비가 쏟아져 나무 아래서 비를 긋게 되었다. 그때 쓴 하이쿠이다.

사이좋구나
다시 태어난다면
들판의 나비
むつましや生まれかはらば野辺の蝶
（う　のべ　ちょう）

헤세는 나비에 대해 '이처럼 순간적인 반짝임으로 / 이처럼 지나가는 바
람결에 / 행복한 눈짓을 하며 / 사라져 가는 것을 나는 보았다'라고 썼다.

가엾어라 나를 따라오는 나비
気の毒やおれをしたふて来る小てふ
（き　どく　こ）

164

고향에는

부처 얼굴을 한

달팽이들

잇사

古郷や仏の顔のかたつむり

一茶

'고향에는 부처 얼굴에 붙은 달팽이들'이라고도 해석한다. 일본에는 약 7백여 종의 달팽이가 있어 사람들과 친근하다. 달팽이에게도 불성이 있는가라고 물으면 잇사는 물론 있다고 대답한다. 상상력은 일반적으로는 관계가 없어 보이는 요소들 속에서 동질성을 발견하는 능력이다.

달팽이 그 몸 그대로 자고 일어나고

でで虫の其身其まま寝起かな

돈, 집, 옷 등 인간이 신경 쓰는 것들에 달팽이는 전혀 상관하지 않는다.

달팽이 부처

몸을 둥글게 말고

잠이 들었네

蝸牛仏ごろりと寝たりけり

달팽이가
머리를 쳐드니
나를 닮았네

시키

<ruby>蝸牛<rt>ででむし</rt></ruby>の <ruby>頭<rt>かしら</rt></ruby> もたげしにも <ruby>似<rt>に</rt></ruby>たり

子規

결핵균이 척추까지 번져 이제 스스로 움직일 수 있는 것은 목뿐이다.
마루에 엎드린 채 머리를 쳐들고 앞뜰을 바라보는 시인의 모습은 뿔을
떨며 머리를 쳐든 달팽이와 닮았다. 시인도 머리를 쳐들고 달팽이도 머
리를 쳐든 장면이다. 마치 시키가 지금도 살아서 달팽이 닮은 얼굴을 쳐
들어 이쪽을 바라보고 있는 듯해 가슴이 먹먹하다.
산문 『병상 여섯 자』에서 시키는 쓰고 있다. "이 여섯 자 병상도 나에게
는 너무 넓다. 고통이 극심할 때는 1.5센티미터도 몸을 움직이지 못한
다. 여섯 해 동안이나 바깥세상과 단절되어 누워 있는 병자의 모습이란
대개 이런 것이다. 깨달음이란 어떤 경우에도 아무렇지도 않게 죽음을
맞이하는 일이 아닐까 생각했었는데, 깨달음이란 어떤 경우에도 아무
렇지도 않게 살아 있는 일이었다."

부서져 다한
가난한 절 마당
파초는 자라고

시키

<ruby>破<rt>や</rt></ruby>れ<ruby>盡<rt>つく</rt></ruby>す<ruby>貧乏寺<rt>びんぼうでら</rt></ruby>の<ruby>芭蕉哉<rt>ばしょうかな</rt></ruby>

子規

허물어진 담장, 기울어진 문짝들. 그리고 주지승은 근처 무덤에 묻혔다.
그러나 절 마당의 파초는 푸르른 잎사귀를 너울거리고 있다.

　　사람 없는 절에 좋은 도둑맞았어도 첫 벚꽃
　　<ruby>無住寺<rt>むじゅうじ</rt></ruby>の<ruby>鐘<rt>かね</rt></ruby>ぬすまれて<ruby>初桜<rt>はつざくら</rt></ruby>

인간의 일은 시작과 끝이 있고 번성과 몰락이 있지만 자연은 어느 곳에
서든 소생한다. 진정한 절, 진정한 생존자는 자연이다.

　　배꽃 피었네 전쟁 끝난 뒤 무너진 집
　　<ruby>梨咲<rt>なしさ</rt></ruby>くやいくさのあとの<ruby>崩<rt>くず</rt></ruby>れ<ruby>家<rt>いえ</rt></ruby>

서산대사로 알려진 휴정(休靜)선사의 시가 있다

　　배꽃 천만 조각　　　　　梨花千萬片

　　빈집에 날아든다　　　　　飛入淸虛院

발에 밟힌

바닷게의 사체

오늘 아침의 가을

시키

ふみつけた蟹の死骸やけさの秋

子規

누군가의 발에 밟혀 화석처럼 갯벌에 박힌 바닷게의 사체가 있다. 살았을 때는 밀물과 썰물을 따라 움직이며 집게로 물거품을 붙잡았었다. 그 껍질의 부서짐과 함께, 한때는 튀어나온 눈을 굴리며 끈적한 점막을 내뿜던 존재도 흔적 없이 사라지는 것인가? 그 존재가 지각하던 빛과 색채 역시 영원히 정지하는 것인가? '오늘 아침의 가을(今朝の秋)'은 하이쿠에서 입추를 의미한다.

근대 하이쿠 시인 산키(三鬼)는 쓴다.

　　바닷게 죽어

　　하늘 향하고 있는

　　바다 밑 무덤

蟹死にて仰向く海の底の墓

돌에 앉아 잠든 나비
나의 슬픈 인생을
꿈꾸고 있는지도 몰라

시키

石に寝る 蝶 薄命の我を夢むらん

子規

꽃이 아니라 차가운 돌에서 자는 나비, 혹시 지금 나의 삶을 꿈꾸고 있는 것이라면, 고단하고 슬픈 꿈일 것이다. 그렇다면 미안하다, 나비여.

첫 나비

닿으면 부러지는

마른 억새풀

初 蝶 のさはれば折れる枯 薄

불운한 생 때문인지 시키는 나비에 대한 하이쿠를 여러 편 썼다.

거꾸로 매달려

무슨 꿈 꾸고 있나

풀잎의 나비

さかさまに何の夢見る草の蝶

불 켜면
인형마다 그림자
하나씩

시키

灯ともせば雛に影あり一つづつ

子規

일본은 '인형 왕국'이라 불릴 만큼 인형의 종류가 다양하며 단순한 완구나 장식품의 기능을 넘어 인간 생활과 밀접하다. 만듦새가 뛰어나고, 입혀 놓은 전통 의상은 풍부한 색채미를 자랑한다. 3월 3일의 히나마쓰리(인형 축제)는 여자아이의 건강과 행복을 비는 인형을 상자에서 꺼내 한 달 동안 전시했다가 치우는 날이다. 이날이 지나서도 인형을 치우지 않으면 아이가 시집을 늦게 간다는 속설이 있다. 고케시 인형은 모양이 단순하다. 과거에는 생계에 도움이 못 되는 여자아이는 버림받거나 방직 공장 또는 사창가로 보내지곤 했다. 그런 아이에 대한 기억의 증표로 만들어 간직한 것이 고케시 인형이라는 설도 있다. 그래서인지 고케시 인형은 표정이 없다. 화려한 인형, 단순한 인형, 무표정한 인형. 불을 켜면 모두가 산 사람처럼 자기만의 그림자를 하나씩 가지고 있다.

추워서 잘 수 없다
잠들지 않으면
더욱 춥다

시코

寒ければ寝られず寝ねば猶寒し
支考

인생에 한두 번은 누구나 경험하는 일이다. 바쇼는 '설견주(雪見酒_내리는 눈을 감상하며 마시는 술)'를 마시고 다음의 하이쿠를 지었다.

술을 마시면 더 잠 못 드는 눈 내리는 밤
酒飲めばいとど寝られぬ夜の雪

가가미 시코(各務支考)는 어려서 아버지를 여의고 일찍 승려가 되었으나 환속해 바쇼의 제자가 되었다. 성격이 이기적이라는 혹평을 받아서인지 시에 추위와 고독이 많다. 시코는 바쇼가 임종하는 자리에서 유언을 대필했으나 바쇼의 문집 출간 이야기를 꺼냈다가 교라이에게 욕을 먹고 옆방으로 가서 다음의 하이쿠를 썼다.

꾸지람 듣고 옆방으로 가니 더욱 춥구나
叱られて次の間へ出る寒さかな

부러워라
아름다워져서 지는
단풍나무 잎

시코

うらやまし 美 しうなりて散る紅葉
支考

시코는 산문에서 "아름다운 것은 스스로 적절한 순간에 태어난다. 가장
중요한 것은 이 순간을 감지하는 것이다."라고 썼다.

　여기저기

　흩어진 봄이여

　모란 꽃잎 위
　ちりぢりに春やぼたんの花の上
지는 꽃잎들로 인해 봄이 여기저기 흩어진다는 표현은 정확하다.

　지금

　한 가마니 사 둘까

　봄눈 내리네
　いま一 俵 買おうか春の雪

서 있는 것
아무것도 없는 시든 들판에
학의 머리

시코

<ruby>野<rt>の</rt></ruby>は<ruby>枯<rt>か</rt></ruby>れてのばすものなし<ruby>鶴<rt>つる</rt></ruby>の<ruby>首<rt>くび</rt></ruby>
支考

시든 들판에서 학은 고개를 빼고 무엇을 보는가? 시 속에 숨은 것은 학의 눈에 비친 들판 풍경이며, 우리의 모습도 그 눈동자에 비쳐 있다.

시코는 스승을 이용해 명성을 얻으려 한다고 비난받았다. 그러나 바쇼는 그를 배척하기보다는 논쟁가적인 재능을 높이 사고, 평생 간직한 불상을 그에게 주라고 유언까지 했다. 시코는 스승의 변함없는 신뢰에 보답해 바쇼 시의 뛰어난 이론가로서 바쇼를 일본 전역에 알리는 최대 공로자가 되었다. 바쇼 사후에는 각지를 다니며 일화와 글을 수집해 『오이닛키(笈日記_여행 상자 일기)』를 펴내는 등 큰 공을 세웠다. 스승과 제자로 지낸 기간은 불과 4,5년 남짓이었지만 바쇼가 하이쿠의 성인으로 추앙받기까지는 시코의 헌신적인 노력이 있었다. 바쇼 문하에서 수많은 뛰어난 시인들이 등장한 것은 바쇼의 그릇이 그만큼 컸기 때문이다.

연잎 위에다
오줌을 누니
사리가 구르네

시코

蓮の葉に小便すれば御舎利かな
支考

시인이 되기 전, 시코는 걸식하는 승려로 전국을 돌아다녔다. 으뜸가는 시 이론가였으나 죽지도 않았는데 자신의 장례식을 주최한 뒤 다른 이름으로 책을 내는 등 광인의 면모가 있었다. 미치지 않고 세상을 살아가는 것이 더 미친 짓임을 보여 주려고 한 것이다. 그러나 당대에는 이해받지 못하고 비난의 대상이 되었다.

들에서 죽으면 들을 보며 나를 생각하라 풀꽃
野に死なば野を見て思へ草の花

논란이 많은 시코를 품어 줌으로써 바쇼는 인격적으로도 제자들에게 깊은 존경을 받았다. 교라이는 바쇼에 대해 기록했다. "스승님은 자비심 많은 심성으로, 어떤 자가 스승님의 문하생이라며 허세 부려도 그의 귀천과 멀고 가까움을 따지지 않고 허용하는 일이 많았다."

174

깨어진 종
울림마저 덥다
한여름 달

호쿠시

われ鐘の 響 も暑し夏の月
北枝

한여름의 더위가 달에 반향되는 금속성의 둔탁한 소리로 다가온다. 유
대교 신비주의에서는 자기중심적인 상태를 '깨어진 영혼'이라고 한다.
그 영혼은 완전한 종처럼 청량하지 않다. 그래서 깨어진 종은 덥다.
다치바나 호쿠시(立花北枝)는 무사들의 검을 갈아 주는 미천한 일을 했
지만 시적 재능이 뛰어나 바쇼의 10대 제자 안에 들었다. 『오쿠노호소
미치』여행 중인 바쇼를 만나 동행했다. 바쇼의 말을 받아 적어 『산중문
답』으로 펴냄으로써 오늘날 바쇼를 이해하는 중요한 토대가 되었다.

　　옮겨 앉는
　　날갯짓 시원하다
　　매미 소리
居り替る羽音涼しや蝉の声

사마귀가
허공을 노려보는
늦더위

호쿠시

かまきりの虚空をにらむ残暑かな

北枝

사마귀는 독특한 인상, 갈퀴 달린 다리, 그리고 정지 동작으로 노려보기가 특징이다. 다시 찾아온 늦더위가 힘들기는 인간이나 사마귀나 마찬가지다. 그러나 사마귀는 뭘 이까짓 더위쯤 하고 허공을 노려본다. 살아 나갈 힘이 전해진다. 호쿠시는 또 다른 사마귀 하이쿠도 썼다.

사마귀가
잡아당겨 엎지른
싸리의 이슬

かまきりや引きこぼしたる萩の露

현대 하이쿠 시인 노무라 기슈(野村喜舟)는 긴 다리를 포착한다.

흔들흔들 바람에 몸을 젓는 사마귀

ゆさゆさと風に身を漕ぐ蟷螂かな

불타 버렸네
그렇긴 하나 꽃은
이미 진 다음

호쿠시

焼けにけりされども 花は散りすまし
北枝

호쿠시가 살던 동네에 대화재가 발생했다. 호쿠시의 집과 벚나무들도
전소했다. 꽃 피는 계절이었지만 불행 중 다행으로 벚꽃은 이미 피었다
진 후였다. 호쿠시는 이 하이쿠로 바쇼의 격찬을 들었다. 재난을 당한
제자를 위로하기 위함만이 아니었다. 물질적인 것은 없어졌어도 마음속
꽃은 사라지지 않았다는 믿음이 시에서 전해진다. 더구나 일상에서 시
를 건져 내는 바쇼의 사상과도 일치한다. 호쿠시의 집에 두 번째 화재가
났을 때 시코는 호쿠시에게 다음의 하이쿠를 적어 보냈다.

불타 버렸네
그렇긴 하나 꽃이
아직 피기 전
焼けにけりされども 桜 咲かぬうち

연못의 별
또 후드득 내리는
겨울비

호쿠시

<ruby>池<rt>いけ</rt></ruby>の<ruby>星<rt>ほし</rt></ruby>またはらはらと<ruby>時雨<rt>しぐれ</rt></ruby>かな

北枝

갑자기 비가 내리자 연못의 별들은 물방울 파문으로 흔들리다가 사라진다. 그러다 비가 그치면 다시 수면에 반짝이며 나타난다. 겨울로 넘어가는 시간의 흐름이 담겨 있다. 빗소리를 재현하기 위해 가운데 일곱 자를 '마타하라하라토'라고 구음으로 썼다.

　　한 논에서 다음 논으로 흘러가는 물소리
　　<ruby>一田<rt>ひとた</rt></ruby>づづ<ruby>行<rt>ゆき</rt></ruby>めぐりてや<ruby>水<rt>みず</rt></ruby>の<ruby>音<rt>おと</rt></ruby>

호쿠시의 하이쿠는 이렇듯 열일곱 자 안에 시간의 연속을 담고 있다.

　　적막함 속 깜빡이며

　　한 자씩 사라지는

　　반딧불이
　　さびしさや<ruby>一尺<rt>いっしゃく</rt></ruby>くへてゆく<ruby>蛍<rt>ほたる</rt></ruby>

쓰고 보고
지우고 마침내는
양귀비꽃

호쿠시

書いてみたりけしたり果てはけしの花

北枝

호쿠시의 사세구이다. '케시(けし)'가 '양귀비'와 '지우다'의 뜻이 있음을 이용했다. 썼다가 지우듯이 삶 자체가 시를 쓰는 일과 같다. 마지막에는 뜰의 양귀비꽃을 본다. 쇼케이(松逕)의 사세구도 떠오른다.

　　세상에서의 부끄러운 일 쓰다가 지워 버리는 봄날의 여행

　　世の恥を書き捨てにして春の旅

호쿠시는 스승인 바쇼의 시를 지적하는 걸 주저하지 않았으며, 그의 지적을 바쇼는 높이 평가했다. 극도로 빈곤했지만 출세에 무관심해 술을 좋아하고 광인의 기질이 있었다. 앉아서 조는 것으로 유명했다. 여행 도중 호쿠시와 헤어지면서 그 아쉬움을 바쇼는 다음 하이쿠로 표현했다.

　　작별의 시 부채에 쓰고 찢는 아쉬움이여

　　物書で扇引さく余波哉

그것도 좋고

이것도 좋아지는

늘그막의 봄

료토

それも応これも応なり老の春

涼菟

모든 것에 대해 좋다고 말하지 못하고, 이것저것을 바로잡아야 한다고
마음이 주장한다면 아직 진정한 봄을 맞이하지 못한 것이다. 자기를 내
려놓은 사람의 뜰은 언제나 봄이다. 시키도 같은 울림의 하이쿠를 썼다.

새해의 첫날 옳고 그른 것 없는 다만 인간일 뿐

元日は是も非もなくて衆 生 なり

이와타 료토(岩田涼菟)는 신관으로 살다가 바쇼가 죽기 직전 문하생이
되었다. 자신만의 시풍을 펼쳐 문하생이 많았다. 그림에도 뛰어났다.

괭이질 한 번에

눈 구경하는

봄나물

一すくい 鍬に雪見るわかな哉

알았네
새벽에 울음 우는
저 소쩍새

료토

合点ぢゃその 暁 のほととぎす

료쿠

涼菟

임종의 순간이 다가오자 료토는 유언을 하기 시작했다. 그러자 사람들이 료토에게 "당신 같은 사람이 사세구 없이 죽는다는 것이 말이 됩니까?" 하고 말했다. 료토는 눈을 뜨고 말했다. "알았네, 새벽에 울음 우는 저 소쩍새." 이에 발치에 있던 제자 오쓰유가 물었다. "지금 대체 무슨 생각을 하시는 겁니까?" 다른 제자는 붓을 들어 그 사세구를 받아 적었다. 료토는 오쓰유의 물음에 답하지 않고 바로 숨을 거두었다. 소쩍새 우는 소리를 들으라는 것만 한 사세구가 없음을 오쓰유는 왜 몰랐을까? 마지막 순간까지도 시인의 귀는 깨어 있었다.

료토는 병중에 다음의 시를 썼다.

지금까지는 다른 사람만 죽는다고 생각했는데
내 몸에도 이런 행운이 내릴 줄이야

첫눈 얹히네
올해 가지를 뻗은
오동나무에

야스이

_{はつゆき} _{ことし} _{きり} _き
初雪や今年のびたる桐の木に

野水

공자는 『논어』에서 아들 백어에게 "시를 배우지 않는 마음은 마치 담벼락을 마주 보고 선 것과 같다."라고 했다. 담벼락처럼 감정이 메마른 이에게 오동나무에 내리는 눈은 그저 평범한 자연 현상일 뿐이다.

오카다 야스이(岡田野水)는 다도에 통달한 시인이었다. 젊어서 바쇼의 제자가 된 직후에 아내와 사별했다. 죽기 전에 아내가 뜰에 오동나무를 심었다. 백거이는 이사 가서 오동나무에 걸린 달을 보고 흥에 겨워 집값을 더 주었다지만, 죽은 아내가 심은 오동나무는 빨리 자라 일 년 만에 가지를 뻗어, 지금 그 나무 위로 첫눈이 내리고 있다.

바쇼의 또 다른 제자 핫토리 도호(服部土芳)는 썼다.

　　오동잎 위에서 빛 넓어지는 반딧불이
_{きり} _は _{ひかりひろ} _{ほたる}
　桐の葉に 光 広げる 蛍 かな

보이는 곳
마음 닿는 곳마다
올해의 첫 벚꽃

오토쿠니

見る 所 おもふところやはつ 桜
乙州

가와이 오토쿠니(川井乙州)는 여행 중인 바쇼를 만나 누이 지게쓰와 함께 제자가 되었다. 바쇼에게 거처를 제공하고, 바쇼가 미완성으로 남겨 놓은 기행문집『오이노코부미』를 바쇼 사후에 정리 출간한 업적이 크다.

　　잠 오지 않아

　　열어 둔 창틈으로

　　어둠 속 매화
　　寝ぐるしき 窓の 細目や 闇の 梅

매화 향을 맡기 위해서는 불면의 밤을 보내야만 하는 것처럼 새벽녘까지 잠이 오지 않아 한 뼘 열어 둔 창틈으로 매화 향이 스민다.

　　산들바람 분다 나보다 먼저 백합꽃에게
　　すず 風や 我より 先に 百合の 花

풀벌레여
울어서 업보가
다 지워진다면

오토쿠니

虫よ虫鳴いて因果が尽きるなら

乙州

가을의 하이쿠에는 온갖 풀벌레 소리 가득하다. 저마다의 업보를 지우려는 듯 울고 또 운다. 시인들도 시를 쓰면 업보가 다 지워진다고 생각하는 것처럼 시인 야기 주키치(八木重吉)는 노래한다.

　　벌레가 울고 있다

　　지금 울어 두지 않으면

　　아무 소용 없다는 듯

바쇼도 쓴다. 도롱이벌레는 도롱이 모양으로 엮은 초가지붕에 산다.

　　도롱이벌레

　　소리 들으러 오라

　　풀로 엮은 움막

蓑虫の音を聞きに来よ草の庵

내 나이
늙은 것도 모르고
꽃들이 한창

지게쓰

わが年(とし)の寄(よ)るとは知(し)らず花盛(はなざか)り

智月

'꽃잎 하나가 날려도 봄이 깎여 나간다(一片花飛減却春)'라고 두보는 썼다. 바쇼의 문하생 중 최고의 여성 시인으로 꼽히는 가와이 지게쓰(河合智月)는 남편과 사별 후 바쇼의 문하생이 되었다. 열 살 연하인 바쇼와 가까이 지내, 교토에 머물 때 바쇼는 자주 그녀의 집을 찾았다. 바쇼와 제자들의 문집 『원숭이 도롱이』를 만들 때 경제적 지원을 아끼지 않았다. 바쇼는 떠나며 자필 시문집 『환주암기(幻住庵記)』를 선물했으며, 지게쓰는 그것을 애정의 증표로 간직했다.

『백인일수』에 실린 당대의 미인 오노노 고마치(小野小町)의 와카가 있다.

　　꽃의 색 허무하게 바래 버렸네

　　나의 몸도

　　장맛비 내리는 사이에

귀뚜라미가
울고 있네 허수아비
소매 속에서

지게쓰

きりぎりす鳴くや案山子の袖のうち

智月

열일곱 자의 하이쿠 속에서 울고 있는 귀뚜라미는 계절의 무상함을 이야기하며 지금 우리 자신 안에서도 울고 있다. 그러나 자연은 순환하며, 순환의 과정에 이별이란 없다고 소로우는 일기에 썼다. "자연은 결코 서두르는 법이 없다. 짧은 봄날이 마치 무한히 지속되기라도 하듯, 싹은 서두르거나 허둥대는 일 없이 천천히 부풀어 오른다. 귀뚜라미의 울음소리에 귀를 기울여 보라. 언제나 변함없는 고르디 고른 곡조의 그 울음소리는 지금의 시간을 영원으로 여기라는 충고이다."

　나이가 드니
　목소리 기운 없구나
　귀뚜라미
　年寄れば声はかるるぞきりぎりす

이름을 듣고
또다시 보게 되네
풀에 핀 꽃들

데이지

名を聞いてまた見直すや草の花

低耳

이름을 듣고 다시 보게 되는 것은 미사부로 데이지(弥三良低耳)의 하이쿠이다. 데이지는 바쇼의 『오쿠노호소미치』에 하이쿠 1편이 실렸을 뿐, 지방 상인이라는 것 외에는 알려진 바가 없다. 바쇼에게 거처를 제공하는 등 경제적 지원을 한 하마다 샤도(浜田酒堂)의 하이쿠도 있다.

　　　여러 가지 이름도 어려워라 봄날의 풀들
　　いろいろの名もむづかしや春の草

현대 하이쿠 시인 고지마 겐(小島健)은 사소한 희망을 이야기한다.

　　　돌아갈 집 있어

　　　꺾어 간다

　　　풀꽃들
　　帰る家ありて摘みけり草の花

풀잎에 앉은
귀뚜라미
다리가 부러졌네

가케이

草の葉や足のをれたるきりぎりす

草の葉や足のをれたるきりぎりす

荷兮

옛날 관리들이 풀벌레를 잡아 궁중에 바치는 것을 '무시에라비(虫選び)'
라고 했다. 풀벌레들을 모아 놓고 그 울음소리나 자태를 가지고 우열을
가리는 놀이인 '무시아와세(虫合せ)'를 위한 것이었다. 풀벌레를 잡으면
날아가지 못하도록 일단 다리를 부러뜨렸다.

일본에서는 옛날에 귀뚜라미 소리를 '바늘 찔러, 실 찔러, 누더기 찔러'
라고 표현했다. 곧 추운 계절이 다가오니 옷을 준비하라는 통보라는 것
이다. 중국 『시경』은 이렇게 묘사했다. '7월 들에 있고, 8월 처마에 있
고, 9월 문에 있고, 10월 귀뚜라미 우리 집 마루 밑에 들어온다'.

야마모토 가케이(山本荷兮)는 여행 중인 바쇼를 만나 제자가 되었다. 바
쇼와 제자들의 문집 7부작 중 첫 세 권 『겨울날(후유노히_冬の日)』『봄날
(하루노히_春の日)』『빈 들(아라노_曠野)』을 편집해 이름을 남겼다.

꽃 피기 전에는
기대하는 이도 없는
진달래여라

하리쓰

咲くまでは待つ人もたぬ躑躅かな

破笠

시인 다니카와 슌타로는 썼다. "큰 나무가 될 필요는 없다. 어디에도 없는 자기만의 나무가 되면 된다. 그러면 누군가 그 나무를 찾아올 것이다. 화려한 꽃이 될 필요는 없다. 자기 고유의 꽃이 되면 된다." 자기만의 꽃을 피우기 전에는 아무도 눈길을 주지 않는다.

오가와 하리쓰(小川破笠)는 시인이자 뛰어난 화가였다. 젊었을 때부터 바쇼의 거처에 드나들며 다른 문하생들과 교류했다. 바쇼 사후 10년 동안 행적이 끊겼으나 쉰 살이 넘어 옻칠 공예가로 다시 세상에 등장했다. 옻칠 공예는 어려서부터 배우는 것이 보통인데 늦깎이이면서도 독자적인 세계로 주목을 받았다. 또한 그가 그린 바쇼의 초상화는 예술성을 논하기 전에 바쇼와 가까이 지낸 사람이 그린, 바쇼의 실제 모습에 가장 근접한 초상화라는 의미에서 귀중한 자료이다.

둥근 집이야말로
사각 집보다 좋아라
한겨울 칩거

로센

마루야　시카쿠　후유
丸屋こそよけれ四角な冬ごもり

露川

둥근 집은 무덤이다. 우리는 사각의 집에 살다가 마지막에는 겨울에 칩
거하듯이 둥근 집으로 들어간다. 그 집도 나쁘지 않다고 시인은 말한
다. 삶의 매 순간이, 그리고 죽음을 맞이하는 순간까지도 시가 될 수 있
다. 결국 우리의 생은 시 한 편으로 남는다. 그것이 사세구의 의미이다.
바쇼의 제자 사와 로센(沢露川)이 세상을 떠나면서 지은, 그의 시비에 적
혀 있는 하이쿠이다.

바쇼의 또 다른 제자 구보타 쇼히(窪田松琵)는 나팔꽃 사세구를 썼다.

나팔꽃이여

나도 바라는 것은

영겁의 세월

아사가오　와레　메아　주우만오쿠도
朝顔や我も目当ては十万億土

저세상이
나를 받아들일 줄
미처 몰랐네

하진

こしらへて有りとは知らず西の奥
巴人

직역하면 '마련되어 있는지는 알지 못했네 서쪽 깊은 곳'이다. 우리의 삶은 서쪽 깊은 곳으로 여행을 떠나기 위한 준비 과정이다. 예상하지 못했지만 그곳으로 가는 길은 이미 마련되어 있었다. 하야노 하진(早野巴人)의 사세구이다. '서쪽 깊은 곳'은 서방정토, 즉 저세상을 말한다.

하진은 어렸을 때 바쇼가 방랑한 길을 더듬으며 여행했으며 바쇼의 제자들에게서 하이쿠를 배웠다. 훗날 부손의 스승이 되어 하이쿠 역사에 이름을 남겼다. 열다섯 살에 부모를 잃고 고아가 된 부손은 하진에게 경의를 표하며 "스승 하진이 나를 외로움에서 구해 냈다. 스승은 여러 해동안 나를 친자식처럼 돌봐 주었다."라고 고백했다.

　오는 발자국 소리 모두 옆집으로 향하는 겨울비 내리고
　既に来る足音余所へ小夜時雨

넓은 들판을
단 한입에 삼키네
꿩의 울음

야메이

_{ひろ} _の _{ひとの} _{きじ} _{こえ}
広き野をただ一呑みや雉子の声

野明

"시가 모든 사람에게 감동을 주기는 쉽다. 그러나 한 사람이나 두 사람에게 감동을 주기는 어렵다."라고 바쇼는 말했다. 모두에게 감동을 주는 시를 읽는 일이 중요한 것이 아니다. 어떤 시를 찾아 그 시를 이해하는 한두 사람 속에 자신이 포함되어야 한다. 봄의 너른 들판, 어디선가 꿩이 날카로운 비명을 지른다. 그 비명이 온 들판을 다 삼켜 버린다. 한 미약한 존재의 가느다란 외침이 우주를 흔들 때가 있다.

사카이 야메이(坂井野明)는 바쇼의 제자 교라이와 가까워 교토 부근에 머물며 시를 썼다. '야메이(들판의 빛)'라는 필명은 바쇼한테서 받았다.

현대 하이쿠 시인 하시모토 다카코(橋本多佳子)의 작품이 있다.

번개 치는 들판에서 돌아온 고양이를 껴안다
_の _{かえ} _{ねこ} _だ
いなづまの野より帰りし猫を抱く

북쪽은 아직
눈으로 씻을 거야
봄의 기러기

쇼하쿠

北はまだ雪であらうぞ春のかり

尚白

기러기는 시베리아와 사할린, 알래스카 등지에서 살다가 한국, 일본, 몽골 등지에서 겨울을 난다. 알류샨캐나다기러기는 1,700킬로미터를 이동한다. 잇사는 기러기를 맞이하며 이렇게 썼다.

　　오늘부터는 우리나라 기러다 편히 자거라
　　今日からは日本の雁ぞ楽に寝よ

고사 쇼하쿠(江左尙白)는 많은 시인 지망생을 바쇼에게 이끌었으나 '평범한 것에서 시를 찾는' 바쇼의 시풍을 이해하지 못하고 등을 돌렸다.

　　큰 바람 불어

　　소리 잦아드는

　　가을비
　　大風や鳴きしづまりて秋の雨

시월이어서
아무 데도 안 가고
아무도 안 오고

쇼하쿠

<ruby>十<rt>じゅうがつ</rt></ruby> 月や<ruby>餘所<rt>よ そ</rt></ruby>へも<ruby>行<rt>ゆ</rt></ruby>かず<ruby>人<rt>ひと</rt></ruby>も<ruby>来<rt>こ</rt></ruby>ず

尚白

가을에는 고독해야 하며, 그래서 마음이 가난해져야 한다. 부손은 그것을 '가난에 사로잡히다 가을 아침(貧乏に追つかれけりけさの秋)'이라고 표현했다. 가을이 되어 가난해졌다는 뜻이 아니다. 가을은 우리 존재의 본질적인 가난을 상기시키며, 그것이 가을이 주는 정신적 선물이다. 이 선물을 열어 보지 않은 자는 겨울이 춥게 느껴질 수밖에 없다. 시인은 지금 외로움을 말하는 것이 아니라, 가을을 맞아 스스로 고독을 선택하려는 의지를 표현하고 있다.

　　두견새 운다
　　오늘만큼은
　　아무도 없다
<ruby>時鳥<rt>ほととぎす</rt></ruby> けふに<ruby>限<rt>かぎ</rt></ruby>りて<ruby>誰<rt>だれ</rt></ruby>もなし

어린아이가
혼자서 밥을 먹는
가을날 저녁

쇼하쿠

をさな子やひとり飯くふ秋の暮

尚白

왜 쓸쓸한 저녁에 혼자서 밥을 먹고 있을까? '엄마가 세상을 떠난 아이의 애틋함'이 하이쿠 앞에 적혀 있다. 하이쿠 영역자 R. H. 블라이스는 말한다. "소녀가 엄마를 잃은 것은 그리 오래전 일이 아니다. 소녀는 전적으로 무력하다. 아마도 친척 중 누군가가 밥을 차려 준 뒤 다른 일로 바빠 소녀를 혼자 먹게 두었을 것이다. 유년기 고독의 아픔이 느껴진다. 이 시는 본질적으로 우리 모두 어리고 우리 모두 고아라는 사실을 상기시킨다. 우리 모두 절대적인 고독 속에서 밥을 먹는다는 것을. 그리고 이보다 더 깊은 인식은 먹는 것의 비애이다. '우리는 살기 위해 먹는다.' 우리는 배고픔에서 한 발자국만, 죽음에서 머리카락 한 올만큼만 벗어나 있을 뿐이다. 자신의 비애에 대한 소녀의 망각, 밥을 먹는 동안의 그 자기 망각 상태와 동일한 망각 상태에서 우리는 살아가고 있다."

어제는 무궁화
오늘은 나팔꽃으로
저무는구나

쇼하쿠

<ruby>昨日<rt>きのう</rt></ruby>は<ruby>木槿<rt>むくげ</rt></ruby><ruby>今日<rt>きょう</rt></ruby>は<ruby>朝顔<rt>あさがお</rt></ruby>にて<ruby>暮<rt>くら</rt></ruby>しけり

尚白

죽을 무렵이 되자 쇼하쿠는 제자들에게 말했다. "나는 곧 세상을 떠날 것이다. 이제 깊이 생각할 시간이 없기에 이 하이쿠를 사세구로 삼는다." 젊은 시절에는 화려한 색으로 오랫동안 피어 있는 무궁화꽃이었으나 늙어서는 아침에 피었다가 저녁에 지는 나팔꽃 같은 것이 인생이다. 미우라 조라도 나팔꽃에서 생의 의미를 읽는다.

　　나팔꽃에부터 불기 시작하는 가을바람
　　あさがほに<ruby>吹<rt>ふ</rt></ruby>そめてより<ruby>秋<rt>あき</rt></ruby>の<ruby>風<rt>かぜ</rt></ruby>

나팔꽃은 여름의 꽃이다. 가을이 그 뒷면에서부터 다가온다. 덧없음의 상징인 나팔꽃은 시의 주된 소재이다. 나쓰메 소세키도 한 편 썼다.

　　나팔꽃 이제 막 피었을 뿐인 목숨이어라
　　<ruby>朝貌<rt>あさがお</rt></ruby>や<ruby>咲<rt>さい</rt></ruby>たばかりの<ruby>命<rt>いのち</rt></ruby><ruby>哉<rt>かな</rt></ruby>

소금 절인 도미의
잇몸도 시리다
생선 가게 좌판

바쇼

塩鯛の歯ぐきも寒し魚の棚
芭蕉

황량한 가게 모습과 죽은 생선의 희게 드러난 잇몸이 겨울 추위를 더한다. 단순히 계절적 감각을 묘사한 것 이상으로 존재의 비장미가 전해진다. '춥다'는 느낌을 넘어 살아 있는 것의 무거움과 가벼움을 동시에 표현한 대표작 중 하나이다. 이 무렵 바쇼는 몇 개의 치아를 잃었다.

하이쿠는 압축과 생략의 문학이며, 최소한의 언어로 뜻을 전달하려는 시도이다. 옥타비오 파스는 시론집 『활과 리라』에서 바쇼의 하이쿠를 언급하며 이렇게 말했다. "시는 '새를 놀라게 하지 않고 새장으로 들어가는 것'과 같다. 새는 언어를 의미한다. 결국, 말없이 하고 싶은 말을 하는 것이 시다. 그래서 '가벼운 깃털은 무거운 돌이다'라고 하는 것이다."

　　파 뿌리 하얗게 씻어서 세워 놓은 추위여라
　　葱白く洗いたてたるさむさ哉

모란 꽃술 속에서
뒷걸음질 쳐 나오는
벌의 아쉬움이여

바쇼

牡丹蘂ふかく分出る蜂の名残哉

芭蕉

더 누리고 싶지만 작별하지 않으면 안 되는 순간이 있다. 여행 도중 지인의 후한 대접을 받고 이에 감사하는 마음을, 모란꽃 속에서 한껏 꿀을 빨다 뒷걸음질 쳐 나와야 하는 꿀벌에 비유하고 있다. 그 마음을 표현하기 위해 글자 수까지 늘려 8·8·5로 썼다. 규칙에 따르기에는 아쉬움이 너무 크다는 것이다. 여행을 자주 한 바쇼는 작별의 심정을 노래하는 하이쿠를 많이 남겼다.

대합조개가 두 몸으로 갈라져 떠나는 가을
蛤のふたみに別れ行く秋ぞ

헤어짐의 아쉬움을, 좀처럼 떨어지지 않는 대합조개의 껍질과 살에 비유하고 있다. 두 몸(후타미)과 자신이 향하는 후타미(二見)라는 장소를 엇걸었다. 대합조개는 후타미 지방의 특산물이다.

마른 가지에
까마귀 앉아 있다
가을 저물녘

바쇼

枯れ枝に 烏 のとまりけり 秋の暮
芭蕉

늦가을 저녁의 적막한 풍경이 수묵화를 보는 듯하다. 제자 시코가 엮은
『하이카이 십론(俳諧十論)』에서 바쇼는 "시를 귀로 듣지 말라. 눈으로 시
를 보라."라고 했다. 헐벗은 가지에 내려앉은 까마귀는 저녁이 내리는 것
과 맞물린다. 저녁에서 밤으로의 이동뿐 아니라 가을에서 겨울로의 계
절 변화도 담겨 있다. 개구리 하이쿠와 함께 당시의 화려한 시풍에서 벗
어나 꾸밈없고 담담한 자신만의 시 세계로 전환한 대표작이다. 영미 시
에 가장 많은 영향을 준 일본 시를 꼽으라면 단연 바쇼의 이 하이쿠이
다. 이미지즘 문학과 월리스 스티븐스의 〈검은 새를 보는 열세 가지 방
법〉에 영감을 준 것은 널리 알려진 사실이다. 하이쿠 속 까마귀가 한 마
리인가 여러 마리인가에 대한 해석이 다양하다. 훗날 바쇼는 "다른 시
인들의 시는 채색화이지만 내 시는 먹으로 그린 그림이다."라고 말했다.

여름 장맛비
다 모아서 빠르다
모가미 강

바쇼

五月雨をあつめて早し最上川

芭蕉

열일곱 자로 한 세계를 창조하는 천재성이 잘 드러난다. 물이 불어 무서운 기세로 흘러가는 강이 역동적이다. 운동감과 공간감이 결합해 잠자고 있던 감각을 깨운다. 『오쿠노호소미치』 여행 중인 바쇼는 배를 타고 강을 내려갈 계획이었으나 비가 그칠 때까지 기다리며 몇 명의 시인에게 시를 가르쳤다. 일본은 사계절의 나라가 아니라 장마라는 우기가 더해진 오계절의 나라라고 시인 우다 기요코(宇多喜代子)는 말했다. 도쿄의 장마 기간은 평균 43일에 달한다. 생동감 넘치는 또 다른 하이쿠.

　여름 장맛비

　하늘에서 불어 떨어진

　오이 강

五月雨の空吹き落せ大井川

둘이서 본 눈
올해에도 그렇게
내렸을까

바쇼

二人見し 雪は 今年も 降りけるか
芭蕉

여행을 함께한 제자를 떠올리며 이 하이쿠를 썼다는 것은 중요하지 않다. 사람들의 가슴에는 그리움이 있으며, 내리는 눈이 그 그리움을 일깨운다. 우리는 같은 시공간에 있지 않지만 또 함께 있는 듯한, 시공간의 경계가 희미해지는 경험을 한다. 보르헤스는 이렇게 표현했다. "우리는 이 시간의 일부 속에서만 존재한다. 어떤 시간 속에 당신은 존재하지만 나는 존재하지 않는다. 다른 시간 속에는 나는 존재하지만 당신은 존재하지 않는다. 또 다른 시간 속에서는 우리 두 사람이 함께 존재한다."

　어찌 되었든 죽지 않았다 눈 속의 마른 억새꽃
　　ともかくもならでや雪の枯尾花

길고 힘든 여행에서 돌아와 쓴 하이쿠이다. 폭설에 구부러진 억새풀처럼 지치고 허약해졌지만 그래도 몸을 가누고 시를 쓰고 있다.

파를 사 들고
겨울나무들 속을
돌아왔다

부손

葱買うて枯木の中を帰りけり
ねぎ か　　かれ き　　なか　　かえ

蕪村

시인 하기와라 사쿠타로(萩原朔太郎)는 이 하이쿠를 다음과 같이 풀이했다. "겨울나무들 속을 지나가 교외의 집으로 돌아가는 사람. 거기에는 파를 삶는 생활이 있다. 빈곤, 빚, 아내, 아이, 작은 셋집, 차가운 벽, 램프, 외로운 삶. 그러나 또 뭐라 말할 수 없는 진지한 삶이다. 낡고, 그립고, 사물의 냄새가 스며든 집, 불이 붉게 타는 화로, 부엌에서 일하는 아내, 아버지의 귀가를 기다리는 아이. 그리고 파를 삶는 생활! 이 하이쿠가 전하는 하나의 시적 분위기는 이러한 인간 삶의 한적한 정취를 고조시키고 있다. 그것은 인생을 슬프게 하는 외로움이면서 동시에 또 그립고 사랑스러운 것이다. 바쇼의 하이쿠에도 '한적함'이 있지만 부손의 시적 정취는 한층 인간 생활 속에서 직접 느낀 한적함이다. 이 하이쿠는 특히 그것을 말해 주는 대표적인 작품이다."

꽃에 저물어
집으로 돌아가는
머나먼 들길

부손

花に暮れて我家遠き野道かな

蕪村

꽃구경에 날 지무는 줄 모르다가 어두운 들길을 걸어 집으로 돌아온다. 가슴 설레는 꽃구경과는 대조적으로 어둑어둑한 저녁 들판은 수평적이고 단조롭다. 꽃나무들의 화려함과 들길의 회색이 삶의 두 공간을 암시한다. 그 공간 속을 점 하나가 이동한다. 그 점이 향하는 곳은 집이다.

봄바람 불고

둑이 길기만 하여

집도 멀어라

春風や 堤 長うして家遠し

반면에 잇사는 꽃구경하는 날, 집 없는 자의 쓸쓸한 마음을 전한다.

저녁의 벚꽃 놀이 집 있는 사람들은 바삐 돌아가네

夕 桜 家ある人はとくかへる

큰스님께서
똥을 누고 계신다
마른 들녘에

부손

大徳の糞ひりおはす枯野哉

蕉村

덕 높은 큰스님께서 살찐 엉덩이를 내리고 앉아 뒷일을 보고 있다. 시들고 황량한 들판이 승려의 용변 보는 모습 너머로 펼쳐져 있다. 부손은 손이 아니라 눈으로 시를 쓴 시인이라는 평을 듣는다. 그는 먹이나 물감보다 언어를 사용해 훨씬 뛰어난 그림을 그렸다.

자신을 아끼던 스승 하진이 세상을 떠나자 부손은 긴 방랑길에 올랐다. 서른여섯에 떠도는 생활을 접고 이후 15년은 그림에만 열중했다. 하이쿠 시인으로 입지를 다진 것은 예순 살 이후의 일이다. 먼저 화가로서 실력을 쌓은 다음 시에 전념한 것이다. 이 작품에서 보듯이 부손의 하이쿠에는 회화적인 요소가 강해 일반인이 접근하기 쉽다. 화가와 시인, 두 가지 재능이 결합된 결과이다. 부손은 죽기 전 여섯 해 동안 전체 하이쿠의 절반을 쓸 정도로 마지막 순간까지 문학에 열정을 불살랐다.

앉아서 졸며
내 안으로 숨어드네
한겨울 칩거

부손

居眠りて我にかくれん冬ごもり
いねむ　*われ*　　　　　*ふゆ*

蕪村

칩거는 자신만의 시간을 갖기 위해 자기 안으로 숨는 것이고, 잃어버린 자아를 찾기 위해 세상과 잠시 단절되는 것이다. 시키의 문하생 헤키고토(碧梧桐)는 이 하이쿠를 '덧없는 세상의 나를 잊고 청정한 세계에 다가가기 위해 앉아서 조는 것으로 잠을 대신하며 무릎을 끌어안고 있는 모습'이라 해석했다. 부손은 단순한 사생주의자가 아니라 천성적으로 예민한 시인이었다. 봄날 저녁과 동면의 겨울, 인간의 마음에 솟아오르는 불가사의한 번뇌를 누구보다 깊이 느꼈다.

　　잠깐 졸다가
　　추워서 깨어 보니
　　봄은 저물고
　　うたた寝のさむれば春の日くれたり
　　ね　　　　　　　*はる*　*ひ*

내가 나를
손짓해 불러 본다
가을 저물녘

부손

我が手にわれをまねくや秋の暮

蕪村

나는 여기에 존재하지만 여기에 부재한다. 모든 곳에 있는 듯하나 어디에도 없다. 저만치 걸어가는 나, 그 나를 부르는 또 다른 나. 어느 것이 진정한 나이고 어느 것이 허상의 나인가? 저무는 가을은 존재의 근거에 물음을 던진다. 사유 행위를 하기 때문에 우리는 존재하는 것이라고 데카르트는 말했다. 아마도 그는 파리의 가을 저녁에 그 생각을 떠올렸을 것이다. 옥타비오 파스는 '시간의 물결 속에 떨어진 이 놀라운/ 어느 하늘에서 떨어진/ 외로운 나그네인가, 고요한 사람아' 하고 노래한다.

　　문을 나서서

　　죽은 사람을 만났다

　　가을 저물녘

門を出て故人に逢ひぬ秋の暮

사람도 한 명

파리도 한 마리다

넓은 방 안에

잇사

人一人蠅もひとつや大座敷
<small>ひとひとりはえ　　　　　おおざしき</small>

一茶

넓은 방이라 말하는 것으로 보아 잇사 자신의 집은 분명 아니다. 지금 그는 누군가의 집을 방문해 넓은 방에 혼자 앉아 주인을 기다리고 있다. 뭔가 신세 질 일이 있어 찾아갔을 것이다. 예민한 그에게는 그것만으로도 어색하고 불편한 일인 것이 느껴진다.

노천탕에서

사람들 머리 세는

어린 나비

湯入 衆 の 頭 かぞへる小てふ哉
<small>ゆいりしゅう　あたま　　　　こ　　かな</small>

잇사는 사람과 파리, 나아가 부처까지 공존하게 만드는 재주를 지녔다.

사람이 있으면 파리가 있고 부처가 있다

人有れば蠅あり仏ありにけり
<small>ひとあ　　はえ　　ほとけ</small>

쌀 주는 것도
죄짓는 일이구나
싸우는 닭들

잇사

米蒔も罪ぞよ鶏がけ合ぞよ

一茶

세상은 잇사가 바라는 이상적인 곳이 아니다. 그는 『7번 일기』에 썼다. "절에 가는 길에 닭들이 따라와 마음이 편치 않았다. 그래서 쌀을 조금 사서 제비꽃과 민들레 핀 곳에 뿌려 주었더니 닭들이 서로 싸우기 시작 했다. 무사와 농부와 상인, 모든 사람들이 이런 식으로 살아간다."

　　나를 보면서

　　얼굴을 찌푸리는

　　개구리여라
我を見て苦ひ顔する蛙かな

잇사는 시를 쓰려면 특별한 것을 생각해 내야 한다는 관념을 깬다. 상 상력을 왜곡하거나 언어를 비틀지 않는다. 삶의 밑바닥까지 가 본 사람 답게 추상적이거나 비현실적인 주장은 찾기 어렵다.

이 세상은
나비도 아침부터
분주하구나

잇사

世の中は 蝶も朝からかせぐ也
— 茶

자유로운 날갯짓처럼 보이지만 나비는 꽃에서 꽃으로 순례하며 끊임없이 일한다. 헤세는 나비를 죽음과 영속성, 무상함과 투쟁의 상징으로, 상이한 개념의 혼합 속에 태어난 자연의 작품으로 보았다.

불안하게 빗속을 나는 봄날의 나비
うそうそと雨降中を春のてふ

갑자기 예상치 않았던 비가 내리자 나비도 잇사도 놀랐다. 이 세상에서는 누구라도 부지런해야 살아남는다.

덧없는 세상
저런 작은 새조차
둥지를 짓네
憂き世とてあんな小鳥も巣を作くる

돌아눕고 싶으니

자리 좀 비켜 줘

귀뚜라미

잇사

寝返(ねがえり)をするぞわきよれきりぎりす

一茶

방 안의 귀뚜라미가 아니다. 잇사는 지금 방랑 도중 들판의 풀밭에서 노숙하고 있다. 평등사상을 지닌 그는 어떤 생명체도 다른 생명체에 견주어 편애하지 않는다. 저마다 독특함을 지닌 존엄한 존재이다.

구석의 거미

걱정 마 대청소는

안 할 테니까

隅(すみ)の蜘蛛(くも)案(あん)じな煤(すす)は取(と)らぬぞよ

나태주 시인은 말한다. "잇사의 시에 오면 세상의 모든 천대받는 것들, 구박받는 것들, 버림받은 것들이 제대로 대접받고 서로 모여 정답게 대화를 하며 평등하게 어울린다. 참 별난 세계, 꽃 장엄 세상(화엄세상), 또 하나의 열린 아름다운 세상이다."

재주 없으니
죄지은 것도 없다
한겨울 칩거

잇사

能なしは罪も又なし冬籠

一茶

이성복 시인은 하이쿠를 읽었을 때의 감상을 '일본도로 단칼에 내려쳤을 때, 일순 잘린 단면에 아무것도 안 보이다가 잠시 후 피가 뚝뚝 떨어지는 듯한 느낌'이라고 표현했다. 이 하이쿠는 '재주 많으면 죄도 많이 짓는다'는 경고로도 읽힌다. 재능을 가지고 자연 파괴와 생명 살상의 죄를 짓는 이가 얼마나 많은가. 잇사는 어느 곳에도 소속되지 못하는 이방인이었지만 못난 자신을 한탄하는 것이 아니라 오히려 초탈한 경지를 보이고 있다. 잇사답게 겨울의 은둔 생활에도 동반자가 있다.

귀뚜라미도
따라서 들어오는
한겨울 칩거
こおろぎもついて来にけり冬篭り

기나긴 밤
천 년 후를
생각하네

시키

長き夜や千年の後を考へる
子規

잇사와 대조적으로 시키는 유머가 없다. 유머 없음 역시 인간의 모습이다. '기나긴 밤'은 겨울의 계어이다. 생각이 많으면 잠이 오지 않는다. 그래서 혼자 깨어 천 년 후의 일을 생각한다. 병으로 요절한 사람이 쓴 시라는 것을 떠올리면 '천 년 후'가 주는 느낌이 각별하다.

병상에 누워 시키는 친척 어른에게 편지를 썼다. "내가 죽으면 주위에 장례식을 알릴 필요가 없습니다. 집도 작고 골목도 좁아 2, 30명만 와도 관이 움직이지 못합니다. 어떤 종파의 장례식을 치른다 해도 운구 전에 조사를 읊거나 내 약력을 읽을 필요는 없습니다. 계명을 받는 것도 무용지물입니다. 자연석을 깎아 굳이 비석을 만들 필요도 없습니다. 발인 전에 밤을 지새우는 일도 부질없는 짓입니다. 관 앞에서 형식적인 눈물을 흘리는 것도 무의미합니다. 평소처럼 웃고 이야기하면 됩니다."

이 세상의

무거운 짐 내려놓고

낮잠을 자네

시키

世の中の重荷おろして昼寝哉

子規

풀꽃 그리는 것이

하루의 일과이다

가을에 들어

草花を画く日課や秋に入る

병이 깊어지는 가운데 시키는 소일거리로 꽃 그림 그리는 일을 시작했다. 몸을 움직일 수 없어 바닥에 엎드린 채로 그림을 그렸다. 가을 초입이라 그릴 꽃들이 아직 남아 있었다. 가끔은 삶의 무거운 짐들을 다 내려놓고 낮잠을 자곤 했다. 물론 그것이 일과의 전부는 아니었다. 아픈 몸으로도 시키는 중요한 하이쿠 시인들의 작품을 해설하고 신문과 문예지에 하이쿠에 대한 글을 계속해서 발표했다. 침체되었던 하이쿠 문단을 재건하고 세상의 관심을 일깨운 최고의 공로자는 시키였다.

잔물결에 녹는
연못의
얼음이어라

시키

さざ波にとけたる池の氷かな

子規

아직 녹지 않은 얼음 위를 사람들 오간다
まだ解けぬ氷に人の往来か

감정을 드러냄 없이 해빙의 기쁨을 노래한다. 물이 먼저 봄빛을 띠기 때문에 바닷가에 사는 이들은 봄이 바다로부터 온다고 말한다. 폐결핵이 도진 시기라서 그런지 봄의 물을 소재로 한 하이쿠가 많다.

샘물은 계속 솟아 나오네 뻐꾸기 노래하고
しんしんと泉わきけり閑子鳥

봄의 물은 고사리 속을 흐르고(春の水蕨の中を流れけり), 노천 찻집 앞을 흐른다(春の水出茶屋の前を流れけり).

얼음 녹아 돌 가라앉는다 산의 옹달샘
山の井や氷解けて石落ち入れり

214

도토리
떨어져 가라앉네
산의 연못

시키

団栗の落ちて沈むや山の池
子規

시인들은 같은 귀를 가졌는지 러시아 시인 오시프 만델슈탐도 '나무에서 떨어지는 열매의 고요한 소리/ 숲 속 깊은 정적 속/ 잇달아 들려오는 그 소리'라고 썼다. 한적한 산속 연못에 도토리가 떨어졌다. 도토리는 수면에 잠시 떠 있다가 물 밑으로 가라앉는다. 도토리가 수면에 닿는 소리에 주위의 정적이 한층 두드러진다. 도토리는 가을의 계어이다. 근대 하이쿠 시인 이시다 하쿄(石田波郷)는 독특한 도토리 하이쿠를 썼다. 주인공이 아이인가 어른인가에 따라 전달되는 느낌이 다르다.

도토리를
주운 뒤에도
몸을 구부리고 있다

団栗を拾ひしあとも蹲みゐる

풀숲에
이름도 모르는 꽃
하얗게 피어

시키

草むらや名も知らぬ花の白き咲く

子規

4대 강 사업을 하면서 파헤쳐진 풀꽃들, 멸종된 어류들, 회귀하지 못하
는 생명체들이 얼마나 많은가. 곡선을 직선으로 바꾸기 위해 사라진 생
명들이. 자세히 들여다보지 않으면 밟고 지나가게 된다.

저것은 무슨 풀인가

담 안쪽에

핀 꽃

垣の内に花見ゆあれは何の草

자세히 보는 사람은 정지한 채 수동적으로 보는 게 아니라 다가가서 능
동적으로 바라본다. 풀꽃은 그 자체로 순수한 기쁨이다.

풀꽃 피었네 사람 죽은 것은 옛날의 일

草の花人の死にしは 昔 なり

아픈 승려가
마당을 쓸고 있다
매화가 한창

소라

病 僧の庭掃く梅のさかり哉
びょうそう　にわは　うめ　　　　かな

曾良

여행할 때 바쇼는 제자 한두 명과 동행하곤 했다. 글에 '동행(同行)'이라는 단어를 쓰기도 했다. 불교 경전에는 '함께 진리를 추구하며 서로를 부처 대하듯 존경하고 아끼는 것'이 동행이라고 적혀 있다.

바쇼의 동북 지방 여행에 동행한 가와이 소라(河合曾良)는 스스로 삭발하고 승복을 입었다. 여행의 결의를 다지기 위함이었다. 다섯 달에 이르는 긴 도보 여행에 한 사람을 데려간다면 누가 좋을지 바쇼도 깊이 숙고했을 것이다. 많은 문하생 중 다섯 살 연하의 소라를 선택한 것은 그만큼 신뢰했기 때문이다. 소라는 따로 『오쿠노호소미치 수행 일기』를 기록함으로써 후세 사람들이 바쇼의 여행을 이해하는 데 귀중한 도움을 주었다. 시적 재능은 뛰어난 편이 아니어서 10대 제자에는 들지 못했으나 소박하고 진실해 문학사에 길이 남을 여행에 동행할 수 있었다.

겹이라면
여덟겹패랭이꽃
이름이지

소라

かさねとは八重撫子の名なるべし
曾良

여행 중에 비를 만난 바쇼와 소라는 농부 집에서 하룻밤 신세를 지고, 이튿날 다시 넓은 들판을 걷게 되었다. 한 곳에 풀을 뜯는 말이 있어 다가가니 그 옆에 풀 베는 남자가 있었다. 두 사람이 길을 묻자 남자가 말했다. "이 들판은 길이 여러 갈래로 나뉘어 처음 오는 사람은 길을 잘못 들 염려가 있으니, 이 말을 타고 가다가 말이 서는 곳에서 내려 말을 돌려보내 주시오." 말을 타고 가자 농부의 아이들 둘이 말 뒤를 좇아 뛰어왔다. 한 아이는 계집아이인데 이름을 물으니 '가사네'라고 했다. '가사네(重ね)'는 '겹'의 뜻. 시골 아이치고는 품위 있고 아름다운 이름이라서 소라는 이 하이쿠를 읊었다. 홍조 띤 소녀의 얼굴이 분홍색 여덟겹패랭이꽃과 겹친다. 자연보다는 따뜻한 인간애가 담긴 시다. 이윽고 마을에 이르러 두 사람은 답례의 돈을 말안장에 묶어 매고 말을 돌려보냈다.

걷고 걷다가
쓰러져 죽더라도
싸리꽃 들판

소라

行行て倒れ伏とも萩の原

曾良

심한 복통으로 소라는 더는 여행을 함께할 수 없었다. 친척 집으로 떠나며 이 하이쿠를 지었다. 바쇼는 "떠나는 자의 슬픔, 뒤에 남겨진 자의 아쉬움은 민댕기물떼새가 함께 날던 동료 새와 헤어져 구름 사이를 헤매는 것과 같다."라고 적었다. 또 '여행 중에 길에서 쓰러져 죽는다면 그것도 하늘의 뜻'이라는 논어 구절을 인용했다. 바쇼가 흠모한 방랑 시인 사이교에게도 사이주(西住)라는 제자이자 길벗이 있었다. 도중에 피치 못할 사정으로 사이주와 헤어지자 사이교는 이렇게 심경을 적었다. '덧없는 세상 몇 해 동안 가까이 지내다 헤어진 슬픔을 오늘은 떠올릴까'. 바쇼와 작별하기 전날 소라는 썼다.

밤이 새도록 뒷산에 부는 가을바람 듣네
よもすがら秋風聞くや裏の山

이 무렵의
얼음을 밟아 깨는
아쉬움이여

도코쿠

この頃の 氷 踏み割る名残かな
<ruby>ごろ</ruby> <ruby>こおり</ruby><ruby>ふ</ruby> <ruby>わ</ruby> <ruby>なごり</ruby>

杜国

깨지는 얼음과 갈라지는 마음이 중첩된다. 귀향하는 스승 바쇼와 작별하고 돌아오는 길에 얼음을 밟으며 느낀 심경을 쓴 것이다. 쓰보이 도코쿠(坪井杜国)는 부유한 곡물 상인이었으나 창고에 실물이 없는데도 있는 것처럼 꾸며 매매한 죄로 바닷가 마을로 추방당했다. 바쇼가 아낀 제자 중 한 명으로, 바쇼의 『오이노코부미』는 추방된 도코쿠를 위로하기 위해 떠난 여행의 기록이다. 바쇼의 염려에도 불구하고 도코쿠는 30대 나이에 세상을 떴다. 죽기 전에 마지막 하이쿠를 썼다.

서리 내린 아침
멀구슬나무 열매
흩어져 떨어져

霜の朝せんだんの實のこぼれけり

곳간이 불타
가로막는 것 없이
달구경하네

마사히데

蔵焼てさはるものなき月見哉
<ruby>蔵<rt>くらやけ</rt></ruby>焼てさはるものなき<ruby>月見<rt>つきみ</rt></ruby><ruby>哉<rt>かな</rt></ruby>

正秀

재산을 넣어 둔 곳간이 불타 없어지니 달구경을 할 수 있어서 좋다고 말하는 시인을 좋아하지 않을 수 없다. 재난과 비극 속에서도 삶을 낙관하는 자세는 중요하다. 사이교는 '모든 것이 변해 가는 세상 속에서 언제나 똑같은 빛을 비추는 달'이라고 썼다. 미즈타 마사히데(水田正秀)는 이 하이쿠로 바쇼의 극찬을 받고 제자가 되었으나 화재 후 몹시 가난해진 듯하다. 마사히데가 이불이 없어 두 아이에게 모기장을 덮어 주었다고 그를 찾아간 친구는 기록했다. 다음의 사세구를 남겼다.

떠나갈 때는

달이 옆에 나란히

물속의 벗

行く時は月にならびて水の友

221

밤이 새도록
무슨 일로 기러기
급히 가는가

로카

夜通しに何を帰雁のいそぎかな
よどお　　なに　きがん

浪化

귀안(帰雁)은 봄에 북쪽으로 돌아가는 기러기다. 밤하늘 기러기에게 서
두름의 이유를 묻는다. 란세쓰의 기러기도 귀향한다.

　　순례자들에 섞여서 돌아가는 기러기들
　　巡 禮にうちまじり行く帰雁かな
　　じゅんれい　　　　　　　　ゆ　きがん

바쇼는 무리와 떨어진 새에 자신의 모습을 중첩시킨다.

　　구름처럼 친구와 헤어져 기러기 잠시 생이별하네
　　雲とへだつ友かや雁の生き別れ
　　くも　　　　とも　　かり　い　わか

미국 하이쿠 시인 찰스 딕슨도 그 새에 마음을 보낸다.

　　떠나는 기러기 떼
　　뒤처지는 한 마리
　　멀리 더 멀리

222

물새가
가슴으로 가르며 가는
벚꽃잎들

로카

水鳥の胸に分けゆく 桜 かな

浪化

"우리가 시를 읽을 때 단어들이나 이미지나 운율이 살아나지 못한다면 그 시는 죽은 것이고 그 정신은 무미건조하다."라고 영국 시인 테드 휴스는 말했다. 가슴으로 벚꽃잎들을 가르며 헤엄쳐 가는 물새의 모습이 선명하다. 어려서 출가한 로카(浪化)는 바쇼에게 하이쿠를 배웠다.

슬픔이여
겨울비에 물드는
묘비석 글씨

悲しさや時雨に染まる墓の文字

망자는 일찍 죽었는데 비석은 늙어 겨울비에 검어진다. 미국 하이쿠 시인 닉 버질리오의 하이쿠도 같은 심상을 불러일으킨다.

가을비에 검게 물드는/ 베트남전 참전비/ 죽은 동생의 이름

길 잃은 아이
울며불며 붙잡는
반딧불이

바쿠스이

迷ひ子の泣き泣きつかむ 蛍 かな

麦水

우리는 길 잃은 아이이지만 아름다운 것을 붙잡기 위해 손을 뻗는다.
바쇼 사후에 태어난 호리 바쿠스이(堀麦水)는 하이쿠를 되살리기 위해
바쇼의 시풍으로 돌아갈 것을 역설했다. 동시대 시인 료타(蓼太)도 썼다.

　　외로워라

　　병든 아이를 위한

　　반딧불이 통

寂しさやわづらふ児に 蛍 籠

통 안에서 반짝이는 반딧불이는 꿈과 환상의 세계로 인도하지만, 어떤
경우는 가슴 아프다. 료타는 자신의 병든 아이를 위해 여름날 저녁 반
딧불이 몇 마리를 잡아 통 속에 넣어 주었다. 아이는 얼마 못 가 통 속
반딧불이처럼 숨이 지고 말았다.

우물가 벗꽃
위태로워라
술 취한 사람

슈시키

井戸端の 桜 あぶなし 酒の酔
秋色

한 소녀가 공원으로 꽃구경을 갔다가 화견주(花見酒_꽃놀이하면서 마시는 술)에 취한 사람을 보고 영감이 떠올랐다. 소녀는 이 하이쿠를 적어 우물 옆 벗나무 가지에 매달아 놓았다. 잠시 후 왕의 아들이 지나가다가 그것을 읽고 하이쿠의 작자를 찾았다. 그런데 만나 보니 열세 살 소녀였다. 오가와 슈시키(小川秋色)는 그렇게 해서 일약 화제 인물이 되었다. 당시로서는 드문 여성 하이쿠 시인이었던 슈시키는 바쇼의 제자 기카쿠의 문하생이 되어 정식으로 시를 배웠다. 옆에 우물이 있다는 것조차 잊게 하는 벗꽃의 매력! 꽃놀이 술에 취해 벗꽃에 다가가다가 언제 우물에 빠질지 모른다. 이 벗나무는 그 후 '슈시키 벗나무'로 불리게 되었으며, 이를 기념하는 슈시키의 하이쿠 비가 현재에도 도쿄 우에노 공원에 세워져 있다.

꿈 깨어서도
색깔 눈에 선하다
제비붓꽃

슈시키

見し夢のさめても色の杜若

秋色

꿈속에서 제비붓꽃을 보고 깨어났는데 눈앞에 제비붓꽃이 피어 있다.
그런데 꿈에서 본 제비붓꽃의 색깔이 더 선명하다. 현실 속의 붓꽃을 보
다가 꿈속의 붓꽃을 보러 떠나는 것이 죽음이다. 슈시키의 사세구이다.
부손도 제비붓꽃 하이쿠를 썼다.

　　저녁 어스름

　　빗속에 말없이 핀

　　제비붓꽃
宵宵の雨に音なし杜若
제비붓꽃은 일본 전통시의 중요한 소재였다. 소기도 썼다.

　　너를 보는 사람의 여정을 생각하라 제비붓꽃
みる人の旅をし思へかきつばた

봄날 밤
꿈꾸고 피었는가
다시 온 꽃

지요니

春の夜の夢見て咲や帰花

千代尼

꽃에게 시인이 묻는다. 넌 무엇 때문에 다시 피었는가? 꿈에 본 지난 일들에 이끌려 세상에 다시 왔는가? 유명한 하이쿠 시인을 말할 때 바쇼 다음에 오는 이름이 여성 시인 가가노 지요니(加賀千代尼)이다. 원래 이름은 '지요조(千代女)'이나 불교에 귀의했기 때문에 '지요니'라고 불리는 그녀는 일본인들에게 다음 페이지의 나팔꽃 하이쿠로 친숙하다. 바쇼의 제자 시코가 어린 지요니의 재능을 발견하고 문단에 소개함으로써 이름이 알려졌다. 시코가 죽었을 때 지요니는 다음의 하이쿠를 썼다.

아쉽고 아쉬워라
질 때까지 보지 못한
매화꽃

なごりなごり散までは見ず梅の花

나팔꽃 넝쿨에
두레박줄 빼앗겨
얻어 마신 물

지요니

<ruby>朝<rt>あさ</rt></ruby><ruby>顔<rt>がお</rt></ruby>に <ruby>釣<rt>つる</rt></ruby><ruby>瓶<rt>べ</rt></ruby><ruby>取<rt>と</rt></ruby>られて <ruby>貰<rt>もら</rt></ruby>ひ <ruby>水<rt>みず</rt></ruby>

千代尼

나팔꽃 넝쿨이 두레박을 휘감아 물을 길을 수 없어 옆집에서 물을 얻어다 마셨다. 나팔꽃을 키워 본 사람이면 이 말이 과장이 아님을 안다. 스즈키 다이세쓰는 『선과 일본 문화』에서 이 하이쿠를 깨달음의 표현으로 해석한다. "지요니로 하여금 아름다움과 소통하도록 한 것은 나팔꽃이었다. 어느 여름날 아침, 그녀는 나팔꽃 넝쿨이 두레박줄을 감고 올라간 것을 발견했다. 그 아름다움에 그녀는 자신의 목적을 잊었다. 이는 주체와 객체, 보는 사람과 보이는 대상의 완전한 하나됨이다. 우주 전체가 한 송이 나팔꽃이 된 것이다. 마음이 꽃으로 채워졌고, 세상 전체가 그 꽃으로 변했으며, 그녀 역시 꽃이 되었다. 그래서 두레박을 사용하려면 넝쿨을 걷어 버려야 한다는 생각은 할 수 없었던 것이다. 그렇기에 이웃집으로 물을 얻으러 간 것이다."

손으로 꺾는 이에게
향기를 주는
매화꽃

지요니

手折らるる人に薫るや梅の花
千代尼

지요니의 하이쿠가 낮게 평가된 이유는 시키의 제자 교시의 비평 때문이었다. 그는 라디오방송에서 지요니의 나팔꽃 하이쿠를 작위적이라며 깎아내렸다. 나팔꽃을 있는 그대로 보지 않고 개인화시켰다는 것이다. 그리고 은근히 친절을 내세웠다고 비판했다. 나팔꽃을 꺾지 않으려고 이웃집으로 가서 물을 얻었다는 것은 작위적이라는 것이었다. 교시가 편협한 견해를 갖게 된 것은 그녀를 좋아하지 않는 승려로부터 그녀에 대한 이야기를 들었기 때문이었다. 방송을 들은 사람들로부터 항의 편지가 몰려오자 교시는 여성과 아이들까지도 부손 대신 지요니를 더 많이 아는 것에 짜증을 냈다. 하지만 교시는 당시 하이쿠 문단의 막강한 권위자였기 때문에 그 후 지요니를 저평가하는 편견이 굳어졌다. 그러나 좋은 시는 그것을 깎아내리는 이에게도 향기를 준다.

저 나비
무슨 꿈을 꾸길래
날개를 파닥이나

지요니

ちょうちょう なに ゆめみ はね
蝶　蝶 や何を夢見て羽づかひ

千代尼

나비가 풀잎에 앉아 마치 꿈을 꾸고 있는 듯이 날개를 열었다 닫았다
하고 있다. 무슨 꿈일까? 여성다운 섬세한 시선이 돋보인다.

　　나비들

　　여자가 걷는 길

　　앞과 뒤에서
ちょうちょう みち あと さき
蝶　蝶 やをなごの道の跡や先

이 나비는 남자일까? 지요니는 아름다운 외모로도 유명했다. 결혼 여부
는 확실치 않으나 결혼했다면 하이쿠에 전념할 수 없었으리라는 주장
도 설득력이 있다. 바쇼의 제자 오쓰유는 그녀를 이렇게 묘사했다.

　　아홉 겹 교토를 홑꽃잎으로 걸어가는 나리꽃
きゅうちょう ひとえ ある さゆり
九　重 を一重で歩く早百合かな

줍는 것마다
모두 다 움직인다
물 빠진 갯벌

지요니

拾ふもの皆動くなり塩干潟

千代尼

영어의 '동물animal'은 '숨'을 뜻하는 라틴어 '아니마anima'에서 나왔
으며, 우리말의 '숨'은 '삶', '살다'와 같은 어원이다. 숨 쉬는 것은 살아 있
는 것이고 움직이는 것이다. '갯벌'은 봄의 계어이다.

봄비 내리네

다 아름다워지는

것들뿐
春雨や 美 しうなる 物ばかり

봄비 내리면 갯벌의 생명들도, 쓰레기 더미의 풀꽃도, 말라붙었던 물웅
덩이도 아름답게 빛난다. 모두 생명을 얻는 봄의 힘이다.

매화꽃 핀다 무엇이 내려도 봄은 봄
梅咲や何が降ても春ははる

잠자리 잡으러
오늘은 어디에서
헤매고 있니

지요니

蜻蛉釣今日はどこまで行ったやら
千代尼

해 질 녘 문 앞에 서서 노을에 물든 하늘을 바라보며 죽은 아이의 모습
을 그리워하는 엄마의 슬픈 심정이 가슴이 먹먹하다. 잠자리 잡으러 뛰
어다니던 아이는 지금 어느 들판을 뛰어다니고 있을까? 실제로 지요니
에게는 아들이 없다거나, 원래 지요니의 작품이 아닌데 그녀의 인기에
편승해 끼어든 타인의 작품이라는 설도 있으나 그녀의 작품으로 보는
견해가 유력하다. 지요니의 이름으로 된 작품 중에는 종종 진위가 불분
명한 것이 있다. 다음의 하이쿠도 그중 하나이다.

찢은 아이는

이 세상에 없는데

장지문 추위

破る子のなくて 障 子の寒さ哉

굴러떨어지면

그저 그런 물일 뿐

잇꽃의 이슬

지요니

こぼれてはただの水なり紅の露

千代尼

잇꽃은 노란색과 붉은색 물을 들이는 염료로 쓰인다. 잇꽃에 얹힌 이슬
은 붉은색을 투과해 아름답다. 스승들의 잇단 죽음에 무상함을 느낀
지요니는 쉰둘에 출가했다. "내가 머리를 깎은 것은 세상을 등지기 위함
이 아니라 흐르는 강처럼 덧없는 세상에 무력감을 느꼈기 때문이다."

차꽃 피어서

날조차 저무는 걸

뒤로 미루네

茶のはなや此夕暮を咲のばし

차꽃은 순백색이어서 어둠이 밀려와도 빛이 꽃 위에 머물러 있는 듯하
다. 찬 서리 내리는 시월에 피며 희고 작은 꽃이 무리를 이루어 마치 구
름 같다 해서 운상화(雲翔花)라고도 한다.

강물에서만
어둠이 흘러가는
반딧불이여

지요니

川ばかり闇はながれて 蛍 かな

千代尼

강 위에서 무리 지어 명멸하는 반딧불이의 불빛이 수면을 비추어 그곳
만 희미하게 빛나고 있다. 그래서 마치 그곳에서만 어둠이 흐르는 것처
럼 보인다. 희미한 기억의 빛을 받아 마음 깊은 곳에서 흘러가는 것을
포착해 군더더기 없이 표현한 수작이다. 시키도 쓴다.

　　모여 있다가

　　제각기 흩어지는

　　강 위의 반딧불이

　　かたまるや散るや 蛍 の川の上

현대 하이쿠 시인 셋츠 유키히코(攝津幸彦)는 독특한 하이쿠를 썼다.

　　사랑하는 마음을 품으면 거울 뒤에서 빛나는 반딧불이

　　愛しきを抱けば 鏡 裏に蛍 かな

234

가을 밝은 달
아무리 가도 가도
딴 곳의 하늘

지요니

名月や行つても行つてもよその空
<ruby>名<rt>めいげつ</rt></ruby>

千代尼

젊은 시인 시라오(白雄)는 지요니를 처음 만났을 때 소박한 그녀의 삶과 자기를 낮추는 태도에 감동해 눈물을 흘렸다고 기록했다. 그리고 『지요니 하이쿠집』 서문에 쇼인(松因)은 적었다. "지요니의 시는 장식이 없고 순수하다. 삶과 시가 다 맑고 순결하다. 실제로도 돌을 베개 삼을 만큼 단순한 삶을 산다. 도의 길을 알며 자연과 조화를 이룬다."

달그림자조차
잠시 멈추었다
꽃의 새벽

月影もたたずむや花のあさぼらけ

봄날 새벽에는 달그림자가 길어져서 마치 꽃을 보려고 하늘에서 멈춘 것처럼 보인다. 새벽의 꽃 앞에 달만 멈춘 것이 아니라 시인도 멈추었다.

모자 멀어져

나비가 될 때까지

그리워하네

지요니

蝶 ほどの 笠 になるまで 慕 ひけり

千代尼

당시의 시대적 분위기와 달리 지요니는 많은 남성 시인들과 교류했으나
그녀의 사랑에 대해선 알려진 바가 없다. 사랑은 하이쿠에 자주 등장하
는 주제가 아니지만 지요니는 섬세한 감성과 은유로 그것을 표현했다.

소리 나지 않으면

그것으로 작별인가

고양이 사랑

声立てぬ 時がわかれぞ 猫の恋

일본 문학사에서 가장 유명한 사랑의 시인으로 꼽히는 이즈미 시키부
(和泉式部)는 노래한다.

이 세상 떠나서도 생각나도록

단 한 번만이라도 만날 수 있다면

동틀 녘이면
어제의 반딧불이
둔 곳을 잊어

지요니

しののめやとめし 蛍 を置忘れ
　　　　　　　ほたる　おきわす

千代尼

반딧불이는 날이 밝으면 빛을 잃기 때문에 간밤에 둔 곳을 찾을 수 없다. 한때 빛나던 것들, 곁에 두었던 것들도 시간이 지나면서 빛을 잃는다.

첫눈 내리네

글자 쓰면 사라지고

쓰면 사라지고

はつ雪やもの書けば消え書けば消え
　　ゆき　　　か　　き　か　　き

눈 위에 쓰는 시처럼 모든 존재들도 눈 녹듯이 사라진다.

꽃도 되었다

물방울도 되었다

이 아침의 눈

花となり雫となるや今朝の雪
はな　　しずく　　　けさ　ゆき

썰물에

발끝으로 서 있는

나비여라

지요니

蝶　蝶 のつまだてて居る潮干かな

千代尼

사물은 시인을 통해 말하며, 시인은 그 사물을 통해 자신이 살아온 인생에 대해 말한다. 지요니는 나비를 좋아해 나비에 대한 시를 많이 썼다. 시 속 나비는 주로 자신을 상징한다.

　　말할 것도

　　날개로 움직일 뿐인

　　나비

　　いふことも羽でととのふこてふ哉

나비는 언제나 날갯짓으로 말하며, 시인이 사용하는 언어도 그 날갯짓과 같다. 현대 하이쿠 시인 오리가사 비쇼(折笠美秋)는 썼다.

　　바다의 나비 마지막은 파도에 내려앉네

　　海の 蝶 最後は波に止まりけり

238

백 개의 열매
덩굴 한 줄기의
마음으로부터

지요니

百 生やつる一筋の 心 より
ひゃくなり   ひとすじ こころ

千代尼

지요니가 스물네 살 때 한 승려가 "시가 무슨 소용이 있는가?"라며 삼계(욕계, 색계, 무색계)를 주제로 시를 써 보라고 했다. 시를 세속적인 행위라 여긴 사람이었다. 지요니는 이 하이쿠로 답했다. 크고 작고, 길고 짧은 열매를 맺는 조롱박도 한 줄기의 심(心)에서, 즉 마음에서 비롯된다.

가을 들녘 꽃을 피우는 풀과 피우지 않는 풀
秋の野や花となる草ならぬ艸
あき の はな   くさ   くさ

다양성은 지요니의 강점이다. 한 마음에서 다양한 시의 열매를 맺었다.

헤치고 들어가면

물소리뿐

봄의 풀들
分け入れば水音ばかり春の草
わ い   みずおと   はる くさ

보름달 뜬 밤
돌 위에 나가 우는
귀뚜라미

지요니

月^{つき}の夜^よや石^{いし}に出^でて鳴^なくきりぎりす

千代尼

바쇼의 제자 시코가 왔다는 소식을 듣고 지요니가 찾아가자 시코는 열일곱 살인 그녀에게 '두견새'를 주제로 하이쿠를 짓게 했다. 몇 편 지어서 보여 주었지만 시코는 추상적이고 관념적이라고 지적했다. 지요니는 밤새도록 주제에 몰두했으며 어느덧 새벽이 오고 장지문이 희미하게 밝아 왔다. 마침내 그녀는 다음의 하이쿠를 썼다.

두견새 두견새 생각하다 날이 밝았네
ほととぎすほととぎすとて明^{あけ}にけり

시를 보여 주자 시코는 훌륭한 하이쿠라며 기뻐했다. 머리로 짜낸 것이 아니라 진실한 경험이 담겨 있기 때문이었다.

보름달 아래 눈을 밟고 걸으면 자갈 소리
名月^{めいげつ}や雪^{ゆき}踏^ふみ分^わけて石^{いし}の音^{おと}

붉은색 바른

입술도 잊어버린

샘물이어라

지요니

紅さいた口もわするるしみづかな

千代尼

샘물이 너무 맑아 입술에 연지 바른 것도 잊고 물을 마셨다. 또는 입술
에 바르려고 잇꽃 염료를 물에 섞으려는 순간, 물이 맑고 투명해 자신의
허영심으로 오염시키는 것이 망설여진다는 뜻으로 해석된다. 지요니는
물에 대한 하이쿠를 35편이나 쓸 만큼 물 이미지를 자주 사용했다.

　　아침저녁으로

　　물방울 부풀어 오르는

　　나무의 싹

　　朝夕に雫のふとるこのめ哉

싹이 커지면 그 위에 얹힌 물방울도 커져 간다. 시선이 투명하다.

　　흐르는 물에 자기 그림자 좇는 고추잠자리

　　行く水におのが影追ふ蜻蛉かな

241

어찌 되었든
바람에 맡겨 두라
마른 억새꽃

지요니

ともかくも風<ruby>風<rt>かぜ</rt></ruby>にまかせてかれ尾花<ruby>尾花<rt>おばな</rt></ruby>

千代尼

마른 억새꽃은 집착 없이 바람에 자신을 맡기는 무념의 손짓이다. 시인
으로서 적극적으로 활동했고 이름도 알려졌지만 지요니는 매우 단순한
삶을 살았다. 그녀와 교류했던 여성 시인 고코(耕子)는 지요니의 겸허함
에 대해 '나팔꽃 피었네 덧없는 세상에서 담장도 없이'라고 묘사했다.

혼자 자다가

눈떠져 깨어 있는

서리 내린 밤

独<ruby>独<rt>ひと</rt></ruby>り寝<ruby>寝<rt>ね</rt></ruby>のさめて霜夜<ruby>霜<rt>しも</rt>夜<rt>よ</rt></ruby>をさとりけり

생의 마지막을 향해 다가가는 시인의 심경이 전해진다.

첫 기러기 난다 더욱 길어지는 밤의 길이

初雁<ruby>初<rt>はつ</rt>雁<rt>かり</rt></ruby>やいよいよながき夜<ruby>夜<rt>よ</rt></ruby>にかはり

물 시원하고
반딧불이 사라져
아무도 없네

지요니

せいすい　　　　　ほたる
清水すずし 蛍 のきえてなにもなし

千代尼

지요니는 죽음을 눈앞에 둔 상태에서도 이 하이쿠를 조금씩 다르게 네 편이나 썼다. 방해할 수 없는 고요가 느껴진다. 끝까지 어떤 느낌을 표현하려고 노력하는 것은 고귀한 일이다. 임종 때 다음의 하이쿠를 썼다.

　　달도 보았으니

　　나는 세상에 대해

　　이만 말 줄임
つき　み　　われ　　　　　よ　　　　かな
月 も 見て我はこの世をかしく 哉

살면서 많은 경험을 했고 죽기 직전에는 가을 보름달도 보았으니 더 이상 할 말이 없다. 보름달은 깨달음의 상징이다. 마지막 하이쿠답게 세상과의 작별을 '말 줄임'으로 마무리했다. '가시쿠(かしく)'는 여성들이 편지 말미에 적는 인사로, '삼가 이만 줄입니다'라는 뜻이다.

나무 뒤에 숨어
찻잎 따는 이도 듣는가
두견새 울음

바쇼

<ruby>木<rt>こ</rt></ruby><ruby>隠<rt>かく</rt></ruby>れて <ruby>茶<rt>ちゃ</rt></ruby><ruby>摘<rt>つ</rt></ruby>みも <ruby>聞<rt>き</rt></ruby>くやほととぎす

芭蕉

두견새 울음이 아니라 타인에 대한 관심이 시에 깊이를 준다. 자신이 차
밭에서 두견새 울음을 들었다고 썼다면 평범한 하이쿠가 되었을 것이
다. 분주하게 차를 따느라 차나무 사이에 보였다 안 보였다 하는 사람,
그리고 그 사람을 생각하는 시인. 두견새 울음이 그 둘을 이어 준다.

두견새 울고

울다가 또 날다가

분주하여라

ほととぎす <ruby>鳴<rt>な</rt></ruby>く <ruby>鳴<rt>な</rt></ruby>く <ruby>飛<rt>と</rt></ruby>ぶぞ <ruby>忙<rt>いそが</rt></ruby> はし

두견새는 여름의 도래를 알리는 새이다. 울다가 날아오르고, 날아올라
공중에서 또 운다. 계절의 변화는 빨라 시간의 흐름 속에서 모습은 보
이지 않지만 찻잎 따는 이도 그 소리를 듣고 있다.

더욱 보고 싶어라
꽃에 사라져 가는
신의 얼굴을

바쇼

<ruby>猶<rt>なお</rt></ruby>みたし <ruby>花<rt>はな</rt></ruby>に <ruby>明<rt>あけ</rt></ruby><ruby>行<rt>ゆく</rt></ruby><ruby>神<rt>かみ</rt></ruby>の <ruby>顔<rt>かお</rt></ruby>

芭蕉

방랑 중에 오사카 근처 벚꽃 핀 산을 보며 지은 하이쿠이다. '새벽의 벚꽃을 더 보고 싶어라'는 의미와 '이른 새벽 벚꽃에서 신의 얼굴을 본다'는 의미가 중첩되어 있다. '새벽이면 벚꽃이 밝아져 오면서 사라지는 신의 얼굴을 보고 싶다'는 해석도 있다.

봄밤은 벚꽃에 날이 새며 끝이 나누나
<ruby>春<rt>はる</rt></ruby>の <ruby>夜<rt>よ</rt></ruby>は <ruby>桜<rt>さくら</rt></ruby>に <ruby>明<rt>あ</rt></ruby>けてしまひけり

이 하이쿠도 '꽃이 밝아져 오면서 봄밤은 끝이 난다'로도 읽히고 '꽃을 감상하느라 밤을 새우게 된다'로도 읽힌다. "시에 뜻을 둔 이는 자연의 조화에 순응하고 사계절의 변화를 벗 삼아야 한다."라고 바쇼는 썼다.

향기 찾다가 매화를 바라보는 헛간 처마 끝
<ruby>香<rt>か</rt></ruby>を <ruby>探<rt>さぐ</rt></ruby>る <ruby>梅<rt>うめ</rt></ruby>に <ruby>蔵<rt>くら</rt></ruby><ruby>見<rt>み</rt></ruby>る <ruby>軒<rt>のき</rt></ruby><ruby>端<rt>ば</rt></ruby><ruby>哉<rt>かな</rt></ruby>

울적한 나를
더욱 외롭게 하라
뻐꾸기

바쇼

憂き我をさびしがらせよ閑古鳥

芭蕉

바쇼는 고독을 물리치는 것이 아니라 적극적으로 초대한다. 이 하이쿠 앞에 '홀로 있는 것만큼 즐거운 것은 없다'라고 쓰고 '객이 반나절의 한 가함을 얻으면 주인은 반나절의 한가함을 잃는다'라는 말을 인용했다. 그리고 사이교의 다음 시를 생각하며 썼다고 밝혔다.

　　사람의 발길도 끊어진 산골 마을

　　외로움이 없다면 살기 괴롭겠지

사이교는 승려 시인으로, 전국을 떠돌며 시를 지었다. 그의 시와 삶은 바쇼에게 큰 영향을 미쳐 바쇼의 글 곳곳에 등장한다. 사이교는 '바라 건대 봄날 벚꽃 아래서 죽고 싶어라 음력 2월 보름달 뜰 무렵'이라는 유 명한 시를 지었다. 그리고 정말로 보름날보다 하루 늦은 16일에 만개한 벚꽃 아래에서 생을 마쳤다.

봄비 내려
벌집 타고 흐르네
지붕이 새어

바쇼

はるさめ はち す やね も
春雨や蜂の巣つたふ屋根の漏り
芭蕉

비 새는 지붕은 현실에서는 빈곤한 삶이지만 시적으로는 풍요롭다. 새
는 지붕으로 내려온 봄비가 벌집을 타고 방울져 떨어진다. 바쇼는 이 하
이쿠를 짓고 나서 스스로 감격해 몇 번이나 눈물지었다고 한다. 완성하
기 위해 수없이 입 안에서 굴렸을 것이다. 눈으로만 읽는 것이 아니라
소리 내어 읊었을 때 시는 울림이 깊어진다. 바쇼는 『교라이초』에서 제
자들에게 "혀끝에서 천 번 굴려라."라고 충고했다. 시의 음악성을 중시한
것이다. 시를 운문(韻文)이라고 하는 이유가 거기에 있다.

　　물이 불어나

　　별도 객지 잠 자네

　　바위 위에서
　　たかみず　ほし　たびね　いわ　うえ
　　高水に星も旅寝や岩の上

쇠약함이여
치아에 씹히는
김에 묻은 모래

바쇼

<ruby>衰<rt>おとろ</rt></ruby> ひや<ruby>歯<rt>は</rt></ruby>に<ruby>喰<rt>く</rt></ruby>ひ<ruby>当<rt>あ</rt></ruby>てし<ruby>海苔<rt>のり</rt></ruby>の<ruby>砂<rt>すな</rt></ruby>

芭蕉

늙음은 치아의 부실과 직결된다. 그래서 육신의 노쇠는 치아에서부터
온다. 돌도 씹어 먹는 나이가 지나고 김에 묻은 모래를 씹어도 이가 시
큰거린다. 이 하이쿠를 쓸 때 바쇼는 마흔여덟 살이었으나 치아가 부실
해졌고 그 당시의 김은 모래 섞인 것이 많았다.

사이교는 시에 대해 이렇게 말했다. "시는 언어유희가 아니다. 무엇보다
존재하는 사물과 현상에 민감하게 반응하는 마음 상태를 간직하는 것
이 중요하다. 그 마음이 대상에 공감하면 저절로 시가 된다."

살아 있으면서
한 덩어리로 얼어붙은
해삼이어라

いきながら<ruby>一<rt>ひと</rt></ruby>つに<ruby>冰<rt>こお</rt></ruby>る<ruby>海鼠<rt>なまこ</rt></ruby>かな

이 달팽이

무얼 생각하나

뿔 하나는 길고 하나는 짧고

부손

かたつむりなにおも　つの　なが
蝸牛 何思ふ角の長みじか

蕪村

직역하면 '달팽이 무엇을 생각하나 뿔의 길고 짧음'이다. 우스꽝스러운 표정의 달팽이는 심각한 사람의 얼굴을 닮았기 때문인지 하이쿠에 자주 등장한다. 잇사의 달팽이도 생각에 잠겨 있다.

무슨 일로

그리 심사숙고하나

달팽이
なにごと　ひとぶんべつ　かたつむり
何事の一分別ぞ蝸牛

달팽이라는 존재를 깊이 이해하기 위해서는 달팽이에 대한 하이쿠를 열 편 읽는 것보다 직접 한 편 써 보는 것이 더 의미 있다. 과묵하고 유머러스한 얼굴, 부지런함, 외로움, 집을 이고 다녀야 하는 숙명. 달팽이와 인간이 별로 다르지 않음을 느끼게 된다.

시원함이여
종에서 떠나가는
종소리

부손

涼しさや鐘を離るる鐘の声

蕪村

누군가 종을 치고 그 종소리가 점점 멀어진다. 대기 중에 울려 퍼지는 음의 파문이 시원한 여름 아침 공기의 파문을 암시한다. 『부손 하이쿠집』의 서평을 쓴 이와쓰 고(岩津航)는 이 하이쿠에 대해 말했다. "내가 좋아하는 것은 부손만의 독특한 시간 감각이다. 바쇼 이래 하이쿠는 어떤 순간을 포착하는 카메라적 수법을 발달시켰다. 부손에게도 그것이 있다. 그러나 부손의 순간은 그다음 순간까지 포함하고 있는 경우가 많다. 눈으로 볼 수 없는 것을 시각화해 종소리가 들리지 않을 때까지의 시간까지 내포하고 있다."

바쇼는 종소리에서 꽃향기를 듣는다. 문향(聞香), 향기를 '듣는' 것이다.

　　종소리 멎고 꽃향기 울려 퍼지는 저녁이어라
　　鐘消えて花の香は撞く夕　哉

외로움에도
즐거움이 있어라
저무는 가을

부손

淋しさの嬉しくもあり秋の暮
　さび　　うれ　　　　　あき　くれ

蕉村

만년의 부손이 그림 여백에 적은 하이쿠가 있다.

　　이 드러내고

　　붓 끝의 얼음 씹는

　　밤이어

　　歯あらはに筆の氷を嚙む夜かな
　　は　　　　ふで　こおり　か　よ

그림은 삭발한 승려를 그린 일종의 자화상으로, 서궤 앞에 앉아 붓을 들고 있는 뒷모습을 그렸다. 늙어서 야윈 잇몸을 드러내고 추위에 얼어붙은 붓 끝을 이로 씹어 녹이고 있다. 노년까지 시와 그림에 몰두하는 겨울밤 모습이 감동적이다. 소설가 다카하시 오사무는 스스로를 '부손한테 미친 자'라고 말하며 "이 세상에는 부손을 좋아하는 사람과 그렇지 않은 사람 두 종류가 있다."라고 단언했다.

혼자서 오는
술병이라도 있다면
한겨울 칩거

부손

ひとり行く 徳利もがもな冬籠
ゆ　とっくり　　　　　　　ふゆごもり

蕪村

원문의 정확한 의미는 '혼자 가서 속 채워 오는 술병이라도 있다면 한겨
울 칩거'이다. 선승 모리야 센안(守屋仙庵)의 묘비에 적힌 시가 있다.

　　내가 죽으면

　　술통 밑에 묻어 줘

　　운이 좋으면

　　밑동이 샐지도 몰라

부손의 칩거에는 손님이 이따금 찾아온다.

　　초겨울

　　찾아가려 했던 사람

　　찾아왔네

　　初冬や訪はんと思ふ人来ます
　　はつふゆ　と　　　　　　おも　ひとき

252

짧은 밤이여
갈대 사이 흐르는
게들의 거품

부손

短　夜や芦間流るる蟹の泡

蕪村

하지 전후에는 새벽 5시면 날이 밝는다. 동틀 녘 습지에 웅크리고 앉아 있으면 물도 고요히 흐르고, 아직 세상이 깨어나기 전이라서 고요가 마음속 본성에 닿는다. 부손은 '짧은 밤'을 소재로 44편의 하이쿠를 썼다.

　　짧은 밤 지나고 얕은 우물에서 감꽃 길어 올린다
　　みじか夜や浅井に柿の花を汲

부손의 하이쿠가 거품과 갈대로 고요한 회화적 이미지를 전하는 반면에 바쇼의 하이쿠에는 발등으로 기어오르는 촉감이 살아 있다.

　　작은 새끼 게 발등에 기어오르는 맑은 물
　　さざれ蟹足這ひ上る清水哉

중간의 '발등에 기어오르는'이 앞뒤에 걸려 새끼 게만이 아니라 맑은 물도 발등으로 기어오르는 이중적인 의미가 담겨 있다.

잠이 든 나비
들불의 연기가
뒤덮을 때까지

잇사

<ruby>寝<rt>ね</rt></ruby>る <ruby>蝶<rt>ちょう</rt></ruby> や <ruby>焼野<rt>やけの</rt></ruby> の <ruby>煙<rt>けむり</rt></ruby> かかる <ruby>迄<rt>まで</rt></ruby>

一茶

뛰어난 하이쿠 영역자 R. H. 블라이스는 '하이쿠는 닫힌 듯 보이는 열린
문이다'라고 했다. 닫힌 문 너머의 것을 보기 위해 독자는 그 문을 여는
창조적인 과정을 거쳐야 한다. 그렇지 않으면 닫힌 문만 보게 될 것이고
하이쿠가 의미하는 것을 이해하지 못할 것이다. 나비 자신이 되려고 노
력해야 잇사의 하이쿠를 이해할 수 있다.

　　나도 너처럼 늙을까 가을의 나비
　　あのやうに我も老しか秋のてふ

미국 하이쿠 시인 제리 킬브라이드는 겨울의 눈과 나비를 중첩시킨다.

　　올라앉는 나비들
　　유리창으로 바라보는
　　눈송이들

254

봄날 저녁
물 있는 곳에는
남아 있는 빛

잇사

春の日や水さへあれば暮残り

一茶

봄날은 천천히 저문다. 어둠이 주위를 감싸도 강이나 연못, 웅덩이 등에
는 어렴풋한 미명이 남아 있다. 오니쓰라도 썼다.

봄의 물

여기도 또 저기도

눈에 보이네
春の水ところどころに見ゆるかな

근대 시인 구보타 만타로(久保田万太郎)도 봄의 물에 대해 썼다.

밝아 오는

봄날의 짧은 밤

물 내음
短夜のあけゆく水の匂かな

무를 뽑아서
무로 길을
가르쳐 주네

잇사

$$\overset{\text{だいこ}}{\text{大根}}\overset{\text{ひ}}{\text{引き}}\overset{\text{だいこ}}{\text{大根}}で\overset{\text{みち}}{\text{道}}を\overset{\text{おし}}{\text{教}}へけり$$

一茶

시는 무엇인가를 가리키는 손가락이다. 화려한 장식을 한 손가락보다 밭에서 뽑은 무로 가리켜 보이는 것이 더 분명하고 힘 있다. 미국 하이쿠 시인 앨런 피자렐리도 가리켜 보인다.

　　주유소 남자가

　　길을 가리켜 보인다

　　기름 호스로

부손은 그만의 공간감으로, 길을 묻고 멀리 가 버린 사람을 응시한다.

　　밭을 간다

　　길을 묻던 사람

　　보이지 않고

$$\overset{\text{はた}}{\text{畑}}うつや\overset{\text{みちとふひと}}{\text{道問人}}の\overset{\text{み}}{\text{見}}えずなりぬ$$

256

눈 녹아
온 마을에 가득한
아이들

잇사

雪とけて村いっぱいの子どもかな
　一茶

봄은 정신까지도 밖으로 불러내어, 외부의 빛이 내부까지 다다른다. 벌레도, 잎사귀도, 아이들도 밖으로 나온다. 녹은 눈 밑에서 드러나는 흙, 다시 들리는 왁자지껄한 소리, 마을 전체를 내려다보는 공간감이 한 줄의 시를 채우고 있다. 세상의 행복과 평화가 느껴지는 잇사의 대표작이다. 눈 녹아 온 마을에 가득한 '물'이 연상되려는 찰나, '아이들'이 등장한다. 대부분의 하이쿠가 가진 반전의 매력이다.

현대 하이쿠 시인 아와노 세이호(阿波野青畝)는 봄날 절에 들른다.

눈 녹은
낙숫물 떠들썩한
큰 절

にぎわしき 雪解 雫 の伽藍かな

사람이 오면
개구리로 변해라
물속 참외야

잇사

ひとき　　　かわず　　　　　　ひや　うり
人来たら 蛙 となれよ冷し 瓜

一茶

차게 해서 먹으려고 물에 담가 둔 참외, 누가 먹어 버릴지 모른다. 잇사
를 만나면 참외도 개구리로 변신하는 재주를 갖는다. 그뿐만이 아니다.

그런 목소리라면

춤도 한번 추어 봐

개구리야

こえ　　　　　おど　　なくかわず
その声でひとつ踊れよ鳴 蛙

참새도 예외가 아니다.

좀 거들어서

이 좀 잡아 줘

어린 참새야

てつだ　　しらみ　ひろ　すずめ　こ
手傳つて 虱 を拾え雀 の子

꽃은 피는데
생각나는 사람들
모두 멀어라

시키

<ruby>花<rt>はな</rt></ruby><ruby>咲<rt>さ</rt></ruby>いて<ruby>思<rt>おも</rt></ruby>ひ<ruby>出<rt>だ</rt></ruby>す<ruby>人<rt>ひと</rt></ruby><ruby>皆<rt>みな</rt></ruby><ruby>遠<rt>とお</rt></ruby>し

子規

나 병이 들어

벚꽃에 생각나는

일 참 많아라

<ruby>我<rt>われ</rt></ruby><ruby>病<rt>や</rt></ruby>んで <ruby>桜<rt>さくら</rt></ruby>に<ruby>思<rt>おも</rt></ruby>ふこと<ruby>多<rt>おお</rt></ruby>し

시키의 이 하이쿠 두 편은 바쇼의 하이쿠를 떠올리게 한다.

여러 가지 일 생각나게 하는 벚꽃이어라
さまざまの<ruby>事<rt>ことおも</rt></ruby>思ひ<ruby>出<rt>だ</rt></ruby>す <ruby>桜<rt>さくら</rt></ruby>かな

낮은 신분으로 태어난 바쇼는 자신이 섬기던 군주가 젊은 나이에 요절
하자 생의 무상함을 느끼고 길을 떠났다. 20년이 지나 그 군주의 아들
이 주최한 벚꽃 놀이에 초대받은 자리에서 이 하이쿠를 읊었다. 그때의
그 나무와 꽃은 같은데 그 사이에 많은 일들이 일어났다.

거미 죽인 후의

쓸쓸함

밤이 춥다

시키

蜘蛛殺す後の淋しき夜寒哉

子規

"우리는 불확실성 속에서 노래한다. 고독하다는 인식 때문에 우리의 리듬은 떨린다."라고 예이츠는 말했다. 방에 들어온 거미를 죽인 후의 정신적 추위는 고독을 심화시킨다. 더구나 그 자신 불치병에 걸려 죽음을 앞둔 몸이면서 다른 생명을 손으로 내리쳐 죽였다는 자책감에 시의 끝이 떨린다. 교시도 '거미 쳐서 놀란 마음 가라앉지 않네(蜘蛛打つて 暫く 心 静まらず)'라고 썼다.

『길 위에서』를 쓴 비트 세대의 대표 작가 잭 케루악은 최초로 영어로 하이쿠를 쓰기 시작한 사람이다. 다음은 그의 대표 하이쿠이다.

　　약장 안에

　　겨울 파리 한 마리

　　늙어서 죽은

흰 이슬
감자밭에 내려온
은하수

시키

白露や芋の畠の天の川

子規

시는 우리가 돌아갈 본향을 가리킨다. 그 본향을 감자밭 이랑이 가리켜 보인다. 한밤중, 이슬 내린 감자밭 이랑이 지평선으로 뻗어 가 은하수에 맞닿는다. 릴케는 말한다. "우리는 미의 본질이 인간의 영향 속에 있지 않고 존재에 있음을 알아야 한다. 그렇지 않다면 꽃 전시회나 유원지가, 어딘가에서 혼자 꽃 피우고 아무도 그것에 대해 알지 못하는 들판의 가꾸지 않은 장소보다 더 아름다워야 할 것이다."

흰 이슬 위에 흐릿하다 은하수
白露の上に濁るや天の河

떠돌이 시인 이젠은 물 채운 논에서 그 본향을 발견한다.

깊어 가누나 물 채운 논에 내린 은하수
更け行くや水田の上の天の川

쓸쓸하여라
불꽃놀이 끝난 뒤
별의 떨어짐

시키

<ruby>淋<rt>さび</rt></ruby>しさや<ruby>花火<rt>はなび</rt></ruby>のあとの<ruby>星<rt>ほし</rt></ruby>の<ruby>飛<rt>と</rt></ruby>ぶ

子規

영국 작가 토머스 브라운은 "삶은 순수한 불꽃이다. 우리는 우리 안의 보이지 않는 그 불꽃에 의해 살아간다."라고 말했다. 밤하늘에 환상 세계를 연출하는 불꽃놀이의 화려함이 끝나면 적막감이 밀려온다. 별똥별만 어둔 하늘에 빗금을 그어, 화려함이 사라진 후의 적막은 더 깊다.

사람들 함성에

흩어져 떨어지는

불꽃들

<ruby>万人<rt>まんにん</rt></ruby>の<ruby>声<rt>こえ</rt></ruby>に<ruby>散<rt>ち</rt></ruby>り<ruby>落<rt>お</rt></ruby>つ<ruby>花火<rt>はなび</rt></ruby><ruby>哉<rt>かな</rt></ruby>

마치 사람들의 환호성에 놀라 불꽃이 사방으로 흩어지는 것 같다. 다 쏘아 올린 것 같은데도 덤같이 계속되는 불꽃은 "더 봐, 더 봐." 하고 말하는 것처럼 기대하게 된다.

설교에

때 묻은 귀를

소쩍새

시키

説 教 にけがれた耳を 時 鳥
せっきょう　　　　　　　みみ　ほととぎす

子規

사물들은 설교하지 않고 그 자체의 존재로 빛난다. 가식적인 설교를 듣고 나면 새소리가 더욱 순수하게 들린다. 독일의 신비가 에크하르트는 말했다. "모든 존재는 신으로 가득 차 있으며 신에 대한 책과 같다. 저마다 신이 들려주는 한마디의 말이다. 한 마리 풀쐐기라도 충분한 시간을 갖고 들여다본다면 따로 설교 준비를 할 필요가 없다."

작자를 모르는

봄의

빼어난 노래

読み人を知らざる春の秀歌かな
よ　びと　し　　　　　　　はる　しゅうか

"개똥지빠귀의 울음은 무더운 한낮에 들어도 샘에서 막 길어 올린 물처럼 청정하다."라고 소로우는 썼다.

눈 내리는
들판에서 죽으면
나도 눈부처

조스이

降る雪の野に死なば我も雪仏

長翠

하기와라 사쿠타로는 하이쿠를 설명하며 말했다. "이 심오한 감정을 열일곱 자로 표현할 수 있는 문학은 세계에 오직 하이쿠밖에 없다. 번역도 불가능하고 설명도 불가능하다. 단지 우리 일본인이, 일본 문자로 직접 읽어, 일본어 발음으로 음률을 넣어 음미하는 수밖에 없다."

당연히 시는 그것이 쓰인 모국어로 읽어야 제대로 음미할 수 있다. 그러나 이러한 주장은 각 나라의 언어가 가진 무한한 표현 능력과 울림에 대한 무지에서 비롯된 발언이다.

닉 버질리오가 사쿠타로의 주장에 멋진 영어 하이쿠로 답한다.

수련   lilly
물 밖으로   out of water
자기 밖으로   out of itself

개에게 던질
돌멩이 하나 없다
겨울 달밤

다이기

いぬ　いし　きて　ふゆ　つき
犬にうつ石の扱なし冬の月
太祇

혼자 걷는 밤길이 춥고 고독하다. 어둠 속에서 개가 으르렁거리지만 사방이 얼어붙어 돌멩이도 없다. 사실적인 표현에 능한 단 다이기(炭太祇)의 대표작이다. 부손이 비현실적인 미를 지닌 몽환의 세계를 연출한 데 반해, 다이기는 일상의 경험을 직접적으로 묘사했다.

파리를 치는 목도 엄격하다 국경의 관리
はえ　くび　きび　せき　ひと
蝿をうつ首も厳しや関の人

불야암(不夜庵)으로도 불린 다이기는 부손과 동시대인으로 주로 인간사에 관한 하이쿠를 썼다. 부손과의 만남은 시적 천재성이 분출하는 계기가 되었다. '한 촛불이 다른 초에게' 불을 전한 것이다.

저마다 별들 나타나 있는 추위여라
ほし　さむ
それぞれの星あらはるる寒さかな

황매화 피네
잎에 꽃에 또 잎에
꽃에 또 잎에

다이기

<ruby>山吹<rt>やまぶき</rt></ruby>や<ruby>葉<rt>は</rt></ruby>に<ruby>花<rt>はな</rt></ruby>に<ruby>葉<rt>は</rt></ruby>に<ruby>花<rt>はな</rt></ruby>に<ruby>葉<rt>は</rt></ruby>に

太祇

원본처럼 세로로 길게 한 줄로 쓰면 아래로 늘어진 황매화의 느낌이 더 잘 전달된다. 생김새가 매화와 비슷해 황매화라 부르지만, 매화가 까다로워서 고상한 느낌인 반면에 황매화는 소박하고 풍성하며 가리는 것 없이 잘 자란다. 영어로 번역해도 운율이 살아난다.

A yellow plum leaf flower leaf flower leaf flower leaf flower

쉬운 시처럼 보여도 다이기는 수없이 시를 고쳐 쓰는 것으로 유명했다. 부손은 그런 다이기를 절대적으로 신뢰했다.

느리게 흘러가는
날들을 본다
안경을 쓰고

<ruby>遅<rt>おそ</rt></ruby>き<ruby>日<rt>ひ</rt></ruby>を<ruby>見<rt>み</rt></ruby>るや<ruby>眼鏡<rt>めがね</rt></ruby>を<ruby>懸<rt>かけ</rt></ruby>ながら

꺾지 마시오
하곤 꺾어서 주네
뜰에 핀 매화

다이기

な折そと折てくれけり 園の梅

太祇

어느 집 뜰에 매화가 이제 막 꽃이 피고 있어서 허락을 구하지도 않고 꽃가지 하나를 꺾으려 하자 집주인이 "꺾지 마시오." 한다. 그러고는 직접 자기 손으로 한 가지를 꺾어서 준다. 운치를 아는 주인이다. 꺾지 못하게 소리만 지르고 말았다면 시가 되지 못했을 것이다.

　　동백꽃 꺾은 사람 나무에 숨어 대답하네
　　椿 折る人木隠れて答へけり

아무도 그 존재를 몰랐던 다이기를 재발견한 시키는 "부손 이후에 다이기만 한 시인이 없다."라고 높이 평가했다. 그러나 시키가 일찍 세상을 떠나는 바람에 다이기에 대한 평가는 더 진전되지 못했다.

　　불어서 날려도 하늘에서 또 내린다 봄의 눈
　　吹きはれてまたふる空や春の雪

지나가는 배
물가를 친다
봄의 물

다이기

行く船に岸根をうつや春の水
ゆ　ふね　きし ね　　　　　　はる　みず

太祇

봄에는 강을 지나가는 배의 물결이 물가에 닿을 때 나는 소리의 느낌도
다르다. 시키의 배는 물가와 온종일 대화를 나눈다.

　　배와 물가가 이야기를 나누는 봄날 긴 하루
　　舟と岸と 話 してゐる日永かな
　　ふね きし はなし　　　　　　ひ なが

"이 나무와 이 하늘의 한 모퉁이 사이에 관계를 맺어 놓는 것은 바로 우
리이다. 우리 덕분에 수만 년 이래 죽어 있던 별과 달의 일부분과 컴컴
한 강이 어느 한 풍경의 통일 속에 나타난다. 우리가 눈을 돌리면 이 경
치는 증인도 없이 영원한 어둠 속에 잠길 것이다." 사르트르의 말이다.
다이기는 또 썼다.

　　비 새는 것을 다른 사람과 이야기하는 봄날 저녁
　　漏る雨を人と語るや春の宵
　　も　あめ ひと かた　　はる よい

268

옮기는 손에 빛나는 반딧불이 손가락 사이

옮기는 손에
빛나는 반딧불이
손가락 사이

다이기

うつす手に光る 蛍 や指のまた

太祇

반딧불이가 내는 빛은 열이 없는 '차가운 빛'이다. 그 차가운 빛은 여름의 또 다른 빛이다. 반딧불이를 뜻하는 독일어 로이히트쾨퍼는 불빛을 켜 든 투구풍뎅이, 영어 파이어플라이는 불을 짊어진 파리, 프랑스어 베르 뤼장은 반짝이는 곤충이다. 일본어 호타루는 불을 받든 벌레이다. 어느 나라에서나 반딧불이는 점점 사라져 가고 있다. 일본에서는 최근 몇 년에 걸쳐 반딧불이의 부활을 위해 노력을 기울이는 사람들이 늘어나 어느 정도 성공을 거두었다. 매년 5월 말, 국가에서 천연기념물로 지정한 야마구치의 이치노사카 강에서 반딧불이 축제가 열려 수만 명의 인파가 모여든다. 그러나 반딧불이는 혼자 볼 때 더 신비롭다.

반딧불이 날자 '저것 봐' 하고 소리칠 뻔했다 나 혼자인데도

飛ぶ蛍 あれと言はんも独 かな

270

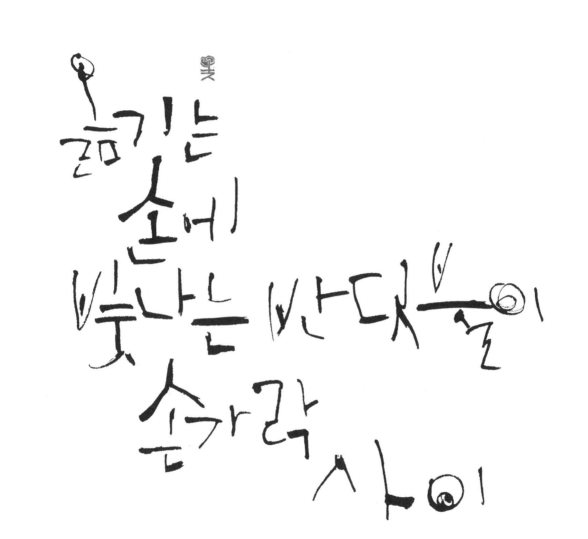

꽃기는 손에
빛나는 반대술이
손가락 사이

아름다워라

눈 내려 쌓인 후

맑게 개인 날

다이기

うつくしき日和になりぬ雪の上

太祇

밤새 눈이 내려 쌓인 뒤의 맑게 개인 아침에는 세상이 다르게 보인다. 다이기는 마흔 살 넘어 교토의 절에서 수행에 전념했다. 그러다가 몸 파는 여자들이 밀집한 시내 유곽에 '불야암'이라는 암자를 짓고 이사했다. 그렇게 한 데는 이유가 있었다. 유곽 주인이 다이기의 하이쿠 제자였는데, 유녀들에게 하이쿠를 가르쳐 달라고 부탁했기 때문이다. 당시는 유녀들에게도 하이쿠가 필수 과목이었다. 불야성을 이루며 밤새 흥청거리는 유곽의 눈 내린 아침, 눈에 반사되는 햇빛이 특별히 아름답다.

지붕에서 자는

주인 없는 고양이

봄비 내리고

屋根に寝る主なし猫や春の雨

뒤쪽으로
잔물고기 흘러가는
맑은 물이여

기토

あとさまに小魚 流るる清水哉
几董

자연은 자식을 강인하게 길러 내는 어머니와 같아서 어린 물고기는 흐름에 밀리면서도 안간힘을 다해 강을 거슬러 올라야 한다. 다카이 기토(高井几董)는 부손에게 하이쿠를 배웠다. 문하생 중 시적 재능이 가장 뛰어나 부손 시문집 대부분을 편집했으며, 부손 사후에는 공식적인 계승자가 되었다. 그러나 기토가 일찍 세상을 떠나는 바람에 부손의 시풍은 대를 잇지 못하고 끊겼다고 시키는 〈부손과 기토〉라는 글에서 못내 아쉬움을 토로한다.

호수의 물
기울여 얻어 쓰는
모내기
湖 の水かたぶけて田植かな

다 보여 준
봄의 모퉁이에서
늦게 핀 벚꽃

기토

底たたく春の隅より遅桜

几董

아름다워라

보이는 것마다에

봄은 지나고
めづらしと見るもの毎に春や行く

사이교는 『산가집(山家集)』에서 노래한다.

봄바람에 꽃이 지는 꿈은

깨어나서도 가슴 두근거려라

근대 시인 오카모토 가노코(岡本かの子)는 〈벚꽃〉을 제목으로 시 139편
을 한꺼번에 발표해 유명해졌다. 시집 첫머리에 그는 썼다.

벚꽃, 목숨 다해 필 테니

목숨 걸고 나는 바라본다

인쇄물 위에
문진 눌러놓은 가게
봄바람 불고

기토

絵草紙に鎮おく店や春の風

几董

가판대의 인쇄물까지도 봄바람에 펄럭인다. 무엇보다 마음을 들썩이게
하는 것이 봄바람의 힘이다. 기토의 대표작이다. 감정을 넣지 않고 순수
객관으로 사물을 바라보는 시적 표현이 살아 있다.

'에조시'(絵草紙)는 에도 시대에 유행하던, 항간의 사건에 그림과 설명을
곁들인 흥미 위주의 인쇄물이다. 오랜 전쟁이 끝나고 평화로워지자 학
문과 예술이 부흥했다. 막부는 무사들에게 학문을 가르치고 상인과
장인들도 읽기와 쓰기 교육을 중시했다. 더불어 인쇄 문화가 활성화되
어 다양한 책이 출간되었다. 지게에 책을 짊어지고 다니며 돈 받고 빌
려 주는 직업까지 생겨났다. 유행에 민감해 남자들은 연극배우 옷차림
을 흉내 냈으며 여성들 옷차림도 화려하고 사치스러워졌다. 머리에 얹
어 풍성하게 만드는 큰 가발이 유행한 것도 이때의 일이다.

등 켜지 않고
봄을
아쉬워하네

기토

<ruby>行灯<rt>あんどん</rt></ruby>をとぼさず<ruby>春<rt>はる</rt></ruby>を<ruby>惜<rt>お</rt></ruby>しみけり

几董

불을 켜면 꽃이 빛을 잃기 때문에 봄을 조금이라도 더 붙들어 두기 위해 저녁이 와도 불을 켜지 않는다. 시키는 더 적극적이다.

공들여

꽃나무에 램프를

매달다

<ruby>工夫<rt>くふう</rt></ruby>して<ruby>花<rt>はな</rt></ruby>にランプを<ruby>吊<rt>つる</rt></ruby>しけり

등을 켜지 않는 것이나 켜는 것이나 꽃을 더 오래 보기 위한 의도이다.

생각하면 멀어진

옛날이어라

저녁 봄 안개

<ruby>夕霞<rt>ゆうがすみ</rt></ruby><ruby>思<rt>おも</rt></ruby>へば<ruby>隔<rt>へだ</rt></ruby>つ<ruby>昔<rt>むかし</rt></ruby>かな

사람 그리워

불 밝힐 무렵이면

벚꽃은 지고

시라오

人恋し灯ともし頃をさくら散る

白雄

벚꽃과 관련한 일본어는 다양하다. 마쓰하나(待つ花)는 피는 시기를 기다리는 꽃, 하쓰하나(初花)는 처음 피어난 꽃, 하나노쿠모(花の雲)는 구름처럼 가득 핀 모습, 하나후부키(花吹雪)는 눈보라처럼 바람에 흩날리는 꽃잎, 하나이카다(花筏)는 수면에 떨어져 뗏목처럼 줄지어 떠내려가는 꽃잎, 오소자쿠라(遅桜)는 늦게 피는 벚꽃……. 가야 시라오(加舍白雄)는 많은 시인을 배출한 하이쿠 스승으로 기교를 배제한 섬세한 시를 썼다. 가토 교타이도 떠나가는 봄을 아쉬워한다.

나를 위해

불 늦게 켜 주시게

저무는 봄날

我ためにとぼし遅かれ春の暮

나와 나의
허물을 애도하는
매미의 울음

야유

われとわが殻やとむらふ蝉の声

也有

내가 곧 벗어 버리게 될 육체인 이 허물을 애도하며 매미가 미리 울어
주고 있다. 일본 문화 연구가 패트릭 한은 말한다. "인간이 육체를 이탈
하는 것은 매미가 그 허물을 벗는 것과 동일하다. 새로운 육신을 얻을
때마다 전생의 기억이 어두워진다. 우리가 전생을 기억 못 하는 것은 매
미가 자신이 나온 허물을 기억 못 하는 것과 같다. 매미가 자신이 벗어
던진 껍질인지도 모르고 그 옆에서 노래하는 것을 자주 볼 수 있다."
요코이 야유(橫井也有)는 에도 시대 중기 시인으로 시적 재능이 뛰어
났지만 굳이 스승을 찾지 않았고 시의 격식에도 구애받지 않았다.
사이교는 직설 화법으로 노래한다.

　　　매미 허물 같은 몸이 허껍데기라는 것은 알고 있어도
　　　눈 내리는 날에는 추위라

277

매화 꽃잎 져서
안으로 들어가네
빈 숯 가마니

야유

梅の散るあたりや炭のあき 俵

也有

검은 숯 가마니 안으로 떨어지는 순백의 매화 꽃잎처럼 자연은 미추를 구분하지 않는다. 그것이 자연의 아름다움이다. 진정으로 아름다운 것은 어디에 놓여도 아름답다.

현대 하이쿠 시인 야마구치 세이시(山口誓子)는 제비꽃을 노래한다.

　검은 흙과 혼동될 정도로 색이 진한 제비꽃
　黒土にまぎれるばかり 菫 濃し

바쇼는 다음의 하이쿠에서 암시하듯이 언제나 '자세히 보라'고 말한다.

　사람들 보지 않아도

　봄이구나

　손거울 뒤에 그려진 매화
　人も見ぬ春や 鏡 の裏の梅

278

짧은 밤이여
나에게는 길고 긴
꿈 깨어나네

야유

短 夜や我には長き夢さめぬ
<small>みじかよ　われ　なが　ゆめ</small>

也有

82세의 봄에 죽은 야유의 사세구이다. 인생은 짧은 밤에 불과하고 우리
는 그 속에서 긴 꿈을 꾸고 있다. 왜 이 꿈속에 던져졌는지는 신비이다.

늙은이의 배

입춘에도

춥구나
年寄りの腹立 春 の寒さかな
<small>としよ　はらりっしゅん　さむ</small>

야유는 마음이 맞는 하인과 30년간 은거하면서 시인의 삶을 살았다.

재채기하다

눈에서 놓쳐 버린

종달새
くさめして見失うたる雲雀かな
<small>みうしな　ひばり</small>

그다음은
저세상에서 들을게
뻐꾸기야

무명씨

そのあとは冥途できかん郭公
めいど　　　　　　　かんこどり

無名氏

'음악이 없는 삶은 오류'라는 니체의 말은 '시가 없는 삶은 오류'라고 바꾸어도 진리이다. 옥타비오 파스는 인간과 실존 사이의 간격을 시가 메울 수 있다고 말했다. 이 하이쿠는 바쇼와 같은 시대를 산 무명 시인의 작품으로, 죄를 저질러 사형당하기 직전에 지은 하이쿠로 알려져 있다. 무슨 죄목이었는지는 기록에 없다. 사형수가 아니더라도 우리 모두가 '그다음 노래'는 저세상에서 들어야 한다.
게이샤였다고 전해지는 오슈(奧州)는 이렇게 부탁한다.

　　사랑 때문에 죽으면

　　내 무덤에서 울어 줘

　　두견새야
　　恋ひ死なば我塚でなけほととぎす
　　こ　し　　　　わがつか

흩어지는 꽃 아래

아름다운

해골

세이후

散花の下にめでたき髑髏かな

星布

백골 위로 점점이 뿌려진 분홍 꽃잎들이 화려함과 무상함을 동시에 이야기한다. 하이쿠에서 화려함과 무상함은 동의어이다. 부손과 동시대를 산 여성 하이쿠 시인 에노모토 세이후(榎本星布)는 뛰어난 감성과 담대함, 그리고 고전 실력으로 남성들뿐인 하이쿠 세계에 파문을 일으켰다.

가는 봄이여

쑥 속에 누워 있는

사람의 해골

ゆく春や蓬が中の人の骨

쑥을 뜯다가 사람 해골을 발견했다. 쑥 하이쿠는 대기근을 상징한다. 봄이 되어 들판에 지천으로 자란 쑥 무더기 근처에 배고픔을 견디지 못하고 죽은 사람의 뼈가 누워 있다. 세이후는 60세에 출가했다.

쫓겨 다니다
달 속에 숨어 버린
반딧불이

료타

追_おはれては月_{つき}にかくるる蛍_{ほたる}かな

蓼太

작은 빛이 밝고 큰 빛 속으로 숨었다. 우리는 어둠과 빛 중에서 어디로
숨을 것인가? 모리타케는 썼다.

　　장맛비에 빛의 비 섞인다 반딧불이
　　五月雨_{さみだれ}に火_ひの雨_{あめ}まじる蛍_{ほたる}かな

오시마 료타(大島蓼太)는 곳곳을 여행하며 시를 가르쳐 문하생이 3천 명
이 넘었다. 시키가 "분위기가 속되다."라고 평한 것이 료타에 대한 편견
으로 굳어졌으나 바쇼 이후 하이쿠를 부흥시킨 역할은 부손보다 크다.

　　내 그림자
　　벽에 스미는 밤
　　귀뚜라미 소리
　　わが影_{かげ}の壁_{かべ}にしむ夜_よやきりぎりす

저 뻐꾸기
올여름 한 곡조만 부르기로
결심했구나

료타

ほととぎすひとこえなつ
郭公 一声 夏をさだめけり

蓼太

자연은 단순하다. 삶의 큰 흐름 또한 단순하다. 그 단순성이 복잡한 세상을 지탱하는 힘이다. 매일 같은 곡조로 들려오는 뻐꾸기 소리는 신이 존재하며 이 세상에 아무 문제도 없음을 증명하는 소식이다.

조소는 종다리에게서 그 소식을 듣는다.

아침마다
같은 종다리인가
지붕 위 하늘
あさ　おな　ひばり　やね　そら
朝ごとに同じ雲雀か屋根の空

사이교는 뻐꾸기에게 묻는다.

산속 마을에서 누구를 또 부르는 걸까 뻐꾸기
여태 혼자 사는 줄 알았는데

아무 말 없이
손님과 집주인과
하얀 국화와

료타

ものいはず 客 と亭主と白菊と

蓼太

"시는 침묵으로부터 나오며 침묵을 동경한다. 시는 침묵 위로 비상하고
침묵 위를 선회한다. 인간은 자신이 나온 침묵의 세계와 자신이 들어갈
또 하나의 침묵의 세계 사이에서 살고 있다." 독일 시인 막스 피카르트
는 『침묵의 세계』에서 말했다. 우리는 침묵을 두려워하며 대화의 단절
이라고 여긴다. 아무 말 없이 존재하는 흰 국화 옆에 손님도 주인도 침
묵 속에 앉아 있다. 그 침묵은 거북하지 않으며 소란스러운 감정이 담겨
있지 않다. 침묵이 더 깊은 소통일 때가 있다.

깊어 가는 밤

숯을 가지고 숯을

부수는 소리

更くる夜や炭もて炭をくだく音

세상은
사흘 못 본 사이의
벚꽃

료타

世の中は三日見ぬ間に桜かな

蓼太

우리가 분주함에 사로잡혀 있는 사이 봄은 사흘 만에 벚꽃 천지를 만들었다가 또 금방 사라지게 한다. 이 벚꽃 하이쿠는 에도 시대에 속담처럼 널리 유행했다. 그러나 그 의미에 관해서는 해석이 분분하다. 사흘 못 본 사이에 벚꽃이 다 져 버렸다는 뜻인가, 아니면 만발했다는 뜻인가? 또는 '사흘밖에 볼 수 없는 벚꽃'이라는 의미인가? 어쨌거나 사흘을 놓치면 벚꽃뿐 아니라 인생의 많은 것을 놓친다.

한편, 바쇼는 꽃들의 과시욕에 아랑곳하지 않는 떡갈나무를 칭송한다.

저 떡갈나무,

꽃에는 아무 관심 없는

모습이어라

樫の木の花にかまはぬ姿かな

못자리에

작은 뱀 건너가는

저녁 햇빛

오에마루

苗代や小蛇のわたる夕日影

大江丸

M. 하이데거는 말한다. "우리에게 익숙하고 우리가 믿고 있는 현실에 비
해서 시는 무엇인가 비현실적인 꿈 같은 느낌을 일으킨다. 그러나 사실
은 뒤바뀌어진 것으로서 시인이 말하고 시인이 이렇다고 긍정한 것이야
말로 현실이다." 모를 심기 위해 물 채운 논을 물뱀 한 마리가 석양빛 속
에 미끄러지듯 건너간다. 부손은 더 그림처럼 쓴다.

벚꽃잎 지는

못자리 물 위에

별 비치는 밤

さくら散る苗代水や星月夜

오토모노 오에마루(大伴大江丸)는 부손을 비롯해 많은 하이쿠 시인들과
교류했으며 료타에게 시문학을 배웠다.

잡으러 오는 이에게

불빛을 비춰 주는

반딧불이

오에마루

_お_{ひと}_み_{ほたる}
追ふ人にあかりを見する 蛍 かな

大江丸

반딧불이의 본성은 빛을 내는 것이기 때문에 목숨이 위협받는 상황에
도 빛을 발한다. 자신을 잡으려는 사람에게 빛을 비춰 줄 수밖에 없는
것이 반딧불이의 숙명이다. 그러나 빛이 없는 존재라면 아무도 쫓아오
지 않을 것이다. 현대 하이쿠 시인 이바라기 가즈오(茨木和生)는 쓴다.

숨결 고요한 사람과 함께하는 반딧불이의 밤
_{いき}_{しず}_{ひと}_{ほたる}_よ
息づかひ静かな人と 蛍 の夜

두 사람이 나란히 반딧불이를 보면서 같은 공기를 마시고 같은 숨을 공
유하고 있다. 미국 하이쿠 시인 M. L. 비틀-델라파도 반딧불이를 본다.

반딧불이

저쪽에 있다 아니

저쪽이 아니라 저쪽

파도의 꽃
흩어지네 물가의
벚꽃조개

소마루

波の花散りてや磯のさくら貝

素丸

물보라를 일본어로 '파도의 꽃'이라 한다. 봄의 바다, 분홍색 벚꽃조개에
파도의 꽃이 흩어진다. 바쇼도 꽃조개에 대해 쓴다.

파도 사이

작은 조개에 섞인

싸리 꽃잎들

波の間や小貝にまじる萩の塵

현대 하이쿠 시인 마쓰모토 다카시(松本たかし)는 분홍 조개를 줍는다.

눈에 대면

바다가 비쳐 보이네

벚꽃조개

眼にあてて海が透くなり桜貝

288

올려다보면
내려다보는 것보다
벚꽃다워라

소마루

見あぐれば見おろすよりも 桜 哉

素丸

에도 시대 후기의 하이쿠 시인 엔도 아쓰진(遠藤日人)은 이렇게 썼다.

세상을 나무 아래 둔 벚꽃이어라
世の中を木の下にする 桜 かな

화가이며 시인이었던 사카이 호이쓰(酒井抱一)도 썼다.

꽃잎들이

산을 움직이는

벚꽃이어라
花びらの山を動かすさくらかな

일본 문학에서는 사라지는 것들의 아름다움과 무상함을 노래할 때 벚
꽃을 소재로 삼는다. 산 가득 벚꽃이 바람에 날린다. 산 전체가 날린다.
미조구치 소마루(溝口素丸)는 료타와 벗하며 활동했다.

호박은 뚱뚱해지고
나는 말라 간다
한여름 더위

도운

<ruby>南瓜<rt>かぼちゃ</rt></ruby><ruby>肥<rt>こ</rt></ruby>え<ruby>我<rt>われ</rt></ruby>は<ruby>痩<rt>や</rt></ruby>せ<ruby>行<rt>ゆ</rt></ruby>く<ruby>暑<rt>あつ</rt></ruby>さかな

吐雲

'더위와 추위도 피안까지'라는 일본 속담이 있다. '피안'은 춘분과 추분을 중심으로 앞뒤 사흘을 합친 7일 동안을 말한다. 겨울 추위는 춘분 무렵까지, 여름 더위는 추분 무렵까지일 뿐 그 후에는 누그러져 견디기 쉽다는 의미이다. 산 도운(山吐雲)은 에도 시대 후기에 풍속화(우키요에) 화가로 이름을 떨쳤다.

교라이는 눈이 상할 정도의 더위를 이야기한다.

돌도 나무도 눈에 빛이 나는 무더위여라
<ruby>石<rt>いし</rt></ruby>も<ruby>木<rt>き</rt></ruby>も<ruby>眼<rt>まなこ</rt></ruby>に<ruby>光<rt>ひか</rt></ruby>る<ruby>暑<rt>あつ</rt></ruby>さかな

세이시는 산 위에서 내려다본다.

인간 세상의 빛나는 것들 무더운 날의 증거
<ruby>暑<rt>あつ</rt></ruby>き<ruby>日<rt>ひ</rt></ruby>の<ruby>證<rt>あかし</rt></ruby><ruby>下界<rt>げかい</rt></ruby>に<ruby>光<rt>ひか</rt></ruby>るもの

아지랑이 속
모든 것들
바람의 빛

교타이

陽炎の物みな風の 光 かな

暁台

봄에는 모든 것들 위에서 빛이 일렁인다. 바람의 빛을 느끼는 것이 봄의
일이다. 가토 교타이(加藤暁台)는 부손과 교류하며 하이쿠를 썼다.

　　마음만큼

　　움직이는 것 없는

　　저무는 봄
　　こころほどうごくものなし 春の 暮

매우 느리게, 하지만 붙잡을 수 없이 저녁이 저물고 봄도 끝나 간다.

　　바람 묵직하고

　　사람 달콤해지는

　　봄날은 가네
　　風おもく 人 甘くなりて 春くれぬ

불을 밝히면
매화 꽃잎 뒷면이
비쳐 보여라

교타이

火ともせばうら梅がちに見ゆるなり

暁台

매화 그림은 간송미술관에 소장된 김홍도의 〈백매(白梅)〉를 으뜸으로 친다. 비틀어지고 꺾인 늙은 가지에 소박한 백매 몇 송이가 담채로 그려져 있다. 어느 선 하나 그냥 그려진 게 없는 듯 섬세하다. 그림을 보고 있으면 꽃 자체가 작은 등불들이다.

태평양전쟁으로 남편을 잃은 현대 하이쿠 시인 바바 이쿠코(馬場移公子)는 완전히 다른 의미의 하이쿠를 썼다. 일본이 일으킨 이 전쟁으로 일본에서만 187만 명의 미망인이 발생했다. 남편 사망 33주기에 썼다.

매화꽃 진다
똑똑히 기억나는 옛날의
전사 소식

梅散るやありあり遠き戦死報

날 밝을 녘
흰 물고기의 흰 빛
한 치의 빛남

바쇼

明けぼのや白魚しろきこと一寸

芭蕉

칼 샌드버그는 "시는 문을 활짝 열고 들여다보는 것이 아니라, 문을 반
쯤 열었다 닫고 그 안에 무엇이 있는지 상상하는 것이다."라고 했다.
세상은 아직 어두운데 흰 물고기가 한 치의 흰 빛으로 어른거린다. 백어
에 대해 '겨울에는 한 치, 여름에는 두 치'라는 속담이 있으므로 이 하
이쿠의 배경은 겨울이다.

　　물풀에 모이는 흰 물고기 잡으면 사라지겠지
　　藻にすだく白魚やとらば消えぬべき

몸이 투명해서 마치 물이 움직이는 것 같은 백어는 잡으려고 손을 뻗으
면 물빛처럼 흩어진다. 잇사는 이렇게 표현했다.

　　백어 우르르 태어나는 아련함이여
　　白魚のどつと生まるるおぼろ哉

293

말을 하면
입술이 시리다
가을바람

바쇼

物言へば　唇　寒し秋の風

芭蕉

이 하이쿠가 실린 『파초암 소문고』에 바쇼는 '남의 단점을 말하지 말고, 자신의 장점을 말하지 말라'고 적었다. 가을바람만이 아니라 남에 대해 좋지 않게 말하는 입술도 차갑고 냉정하다. 그러나 '남의 말 하면'이라고 교훈적으로만 해석하면 이 작품에 담긴 뛰어난 계절감이 약해진다. 좋은 말을 하든 나쁜 말을 하든 찬 바람 속에서는 입술이 시리다.

　　남의 말 하는 사람마다
　　입 속의 혀
　　아래쪽 붉은 단풍잎

人ごとの口にあるなりした椛

바쇼 초기의 대표작 중 한 편이다. '남의 말(人言)'이라는 뜻과 '저마다(人ごと)'라는 뜻의 발음이 같은 것을 이용하고 있다.

294

일어나 일어나
내 친구가 되어 줘
잠자는 나비

바쇼

起きよ起きよ我が友にせん寝る胡蝶
芭蕉

벌레 중에서도 나비는 땅바닥을 기어가는 벌레들과는 다른 인상을 준
다. '꽃에 앉아 졸고 있는 나비여, 장자는 인생이 나비의 꿈 같은 것이라
고 했는데, 그렇다면 네 꿈의 내용을 알고 싶다. 만일 네가 장자의 꿈을
꾸고 있는 나비라면 나에게 중국의 시에 대해 말해 다오.' 잇사가 썼다
해도 의심하지 않을 이 하이쿠는 잇사의 작품으로 잘못 소개되기도 한
다. 바쇼는 '일어나 일어나 나하고 동무하자 취한 나비'로도 썼다. 바쇼
의 작품으로 전해지는 다음의 하이쿠도 실제 작자가 불분명하다.

　　낮에 보면
　　반딧불이 목덜미가
　　붉다
昼見れば首筋赤き蛍哉

이쪽으로 얼굴을 돌리시게
나 역시 외로우니
가을 저물녘

바쇼

こちらむけ我も寂しき秋の暮
芭蕉

승려 운치쿠(雲竹)가 고개를 옆으로 돌리고 있는 자신의 자화상을 그린 후 바쇼가 잠시 묵고 있던 교토의 환주암(幻住庵)으로 찾아와 그 그림에 넣을 하이쿠 한 편을 부탁했다. 바쇼는 그에게 말했다. "당신은 예순 살이고 나는 이제 쉰 살이 되었다. 우리 둘 다 꿈속 세상을 살면서 꿈을 그리고 있다. 이 꿈의 그림에 나는 잠꼬대 하나를 보탠다." 그리고 위의 하이쿠를 적어 주었다.

다음의 하이쿠도 초기의 걸작 중 한 편이다.

어디서 겨울비 내렸나
우산 손에 들고
돌아온 승려

いづく時雨傘を手に提げて帰る僧

땅에 떨어져
뿌리에 다가가니
꽃의 작별이라

바쇼

地にたふれ根により花の別れかな

芭蕉

알고 지내던 승려의 죽음을 애도하며 쓴 작품이다. '꽃은 뿌리로 돌아
간다'는 말은 에도 시대의 속담으로, 땅에 떨어진 꽃은 나무의 거름이
되어 새로운 꽃으로 피어난다는 의미이다. 또한 슬픔으로 땅에 엎드린
사람의 모습도 암시하고 있다.

여름풀이여

무사들의

꿈의 자취

夏草や 兵 どもが夢の跡

친지의 죽음을 추모하며 다음의 하이쿠를 써 보낸 적도 있다.

재 속의 불도 사그라드네 눈물 끓는 소리에

埋火も消ゆや 涙 の烹ゆる音

상자를 나온
얼굴 잊을 수 없다
인형 한 쌍

부손

箱を出る顔わすれめや雛二対

蕪村

인형 축제 히나마쓰리가 다가오면 인형 상자 안에 들어 있던 인형들이 세상 밖으로 나온다. 일 년에 한 번 보는 얼굴이지만 전에도 본 적 있는 그 얼굴을 기억하는 여자아이의 마음이 그려진다고 시키는 해석한다. 하지만 시키의 제자 메이세쓰(鳴雪)는 한쪽 상자를 나온 인형과 다른 쪽 상자를 나온 인형이 서로의 얼굴을 기억한다는 의미로 풀이했다. 부손에 비해 시키는 염세적이다.

　　인형도 나와서 잠시 덧없는 세상의 먼지를 쓰네
　　雛も出てしばし浮世のほこり哉

잇사는 훨씬 더 인간적이다.

　　한쪽 구석의 그을린 인형 한 쌍도 부부
　　片隅に煤けし雛も夫婦かな

298

인형 가게가
불 끌 무렵
봄비 내리고

부손

ひなみせ せ ひ ひく はる あめ
雛見世の灯を引ころや春の雨

蕪村

딸의 아름다운 성장과 행복을 기원하는 인형 축제가 되면 화려한 옷을 입힌 인형을 제단에 진열한다. 따라서 인형 파는 가게들도 북적대는데, 밤이 되면 발길이 끊기고 가게들은 불을 끈다. 비 내리는 봄밤, 어둠 속에 앉아 있는 화사한 인형들 모습이 화폭에 담겨 있다.

부모님이
손가락으로 집었구나
인형의 코

たらちねの抓までありや雛の鼻

어린 시절 낮은 코가 높아지라고 어머니가 손가락이나 빨래집게로 코를 집어 주던 것처럼, 어린 딸의 행복한 인생을 비는 인형 축제에 등장한 작은 종이 인형도 손가락으로 집은 것처럼 콧날이 오똑하다.

두 그루 매화

그 느림과 빠름을

사랑하노라

부손

ふた   うめ   ち そく あい   かな
二もとの梅に遅速を愛す哉

蕪村

『한 줄도 너무 길다』에서는 '두 그루의 매화, 얼마나 보기 좋은가/ 하나
는 일찍 피고/ 하나는 늦게 피고'라고 번역했다. 봄을 조금이라도 길고
다양하게 하려는 신의 계획인 양 똑같은 햇빛을 받아도 일찍 피는 꽃이
있고 더디 피는 꽃이 있다. 잇사도 꽃의 느림과 빠름을 이야기한다.

한마음으로

피려고 하지 않는

문 앞의 매화
          さ   かど うめ
ひたすらに咲かうでもなし門の梅

당나라 원오극근 선사는 노래한다.

봄볕은 위아래 없이 고루 비추지만

꽃가지 스스로 길고 짧아라

느린 날들이
모여서 멀어져 간
옛날이어라

부손

遅<ruby>遅<rt>おそ</rt></ruby>き<ruby>日<rt>ひ</rt></ruby>のつもりて<ruby>遠<rt>とお</rt></ruby>きむかしかな

蕪村

'느린 날'은 봄을 상징하는 계어이다. 춘분이 지나면 낮 시간이 길어지고 하루가 더디 흘러간다. 회화 시의 대가인 부손의 시가 다시 한 번 가슴에 파문을 던진다. 오늘 또한 옛날이 될 것이고, 지나간 날들이 쌓여 삶을 이룬다. 봄밤, 선잠에서 깨어 읊은 시인 것처럼 애틋하게 다가온다. 사쿠타로는 『향수의 시인 요사 부손』에서 "부손의 대표작은 바로 이 작품이다."라고 단언했다. 그리고 "시간의 먼 피안에 있는, 마음의 고향을 추억한다. 화창한 봄날에 꿈을 꾸는 듯한 기분이 들게 한다."라고 썼다.

봄비 내려서
저물 듯 저물지 않는
오늘이어라
<ruby>春雨<rt>はるさめ</rt></ruby>や<ruby>暮<rt>く</rt></ruby>れなんとしてけふもあり

여름 장맛비
이름도 없는 강의
무서움

부손

五月雨や名もなき川のおそろしき

蕪村

장맛비 내려 둑이 넘치면 평범한 개천이 자기 존재를 과시하기 시작해
사람도 집도 탁류에 휩쓸린다. 물이 점점 불면서 시각적으로 압박해 오
는 강의 공간적 확장, 시간의 흐름에 따른 변화가 부손답다. 소리가 들
리지 않아서 오히려 심리적 긴장감이 더하다. 옛날의 여행자들은 도보
로 여행했기 때문에 장마에 불어난 강은 고립과 단절을 의미했다.
바쇼의 문하생 시다 야바(志太野坡)의 하이쿠에도 긴장감이 살아 있다.

　　여름 장맛비 흙 인형 파는 맞은편 가게
　　五月雨や土人形のむかひ店

바쇼는 청각적으로 쓴다.

　　여름 장맛비 한밤중에 물통테 터지는 소리
　　五月雨や桶の輪切るる夜の声

모 심는 여자
자식 우는 쪽으로
모가 굽는다

잇사

早乙女や子の泣く方へ植ゑていく

一茶

많은 문학평론가들이 이 하이쿠를 '일본어로 쓰인 최고의 시'로 꼽는데 주저하지 않는다. 모를 심고 있는데 논둑에 눕혀 놓은 아이가 운다. 여자는 일을 멈출 수 없지만 모 심은 줄이 자신도 모르게 우는 아이 쪽으로 굽는다. 엄마의 심정과 모 심는 정경이 잘 그려져 있다.

파란만장한 삶을 산 현대 미술의 거장 조지아 오키프는 "내가 살아온 환경은 중요하지 않다. 내가 무엇을 그리는가가 중요하다."라고 말했다. 마찬가지로 잇사의 시를 이야기할 때 흔히 그의 불행했던 삶에 관해 말하지만 그것은 그의 삶을 이해하기 위함일 뿐, 그것이 시 해석의 열쇠는 결코 아니다. 시는 시인의 생의 충실한 증언이지만 예술적 관점에서 예술가의 생애와 예술 작품은 별개이다. 그의 삶이 어떠했는가보다 그 삶이 어떤 시를 탄생시켰는가가 더 중요하다.

젊었을 때는

벼룩 물린 자국도

예뻤었지

잇사

蚤の迹それも若きはうつくしき

一茶

잇사는 불결함과 혐오감마저 친밀감으로 바꾸는 재주를 지녔다.

죽이지 마 죽이지 마

죽이지 마 아이들아

자식 있는 벼룩이야

追な追な追な子どもよ子持蚤

짧은 시에 '죽이지 마'를 세 번이나 반복하고 있다. 한 줄 시 속에서 들리는 외침이 다급하다. 잇사는 끊임없이 약자에 대한 예의를 말한다.

내 집의 벼룩

가엾어라 어느새

수척해지네

庵の蚤不憫やいつか痩るなり

이슬방울
함부로 밟지 말라
귀뚜라미여

잇사

白露の玉ふむかきなきりぎりす
一茶

세상에 눈을 뜬다는 것은 모든 존재가 의미와 가치를 지니고 있음을 깨
닫는 일이다. 이슬방울과 귀뚜라미는 어느 것으로도 대체될 수 없는 존
재들이며, 어떤 것도 함부로 밟아서는 안 된다고 잇사는 말한다.

그 돌 위험해
머리를 부딪겠어
반딧불이야
其石が天窓あぶないとぶ 蛍

어느 하나가 사라지는 것은 세상이 그만큼 균형을 잃고 기울어지는 일
이다. 이렇듯 정통 하이쿠의 품위와 우아함을 버리고 속어와 방언을 대
담하게 구사하며 강한 세력에 대한 반항과 약한 존재에 대한 동정을 표
현한 잇사의 시풍을 '잇사조(一茶調)'라 부른다.

휘파람새는
왕 앞에 나와서도
같은 목소리

잇사

鶯 や御前へ出ても同じ声

一茶

상대적 차원에서는 왕 앞에 고개를 숙여야 하지만, 절대적 차원에서는
왕과 평민의 구분이 없다. 자연계는 절대적 차원을 따른다. 반골 기질을
가진 잇사는 정치인이든 종교인이든 권위 있는 자에게 저항해 시 속에
민중을 위한 길을 열었다.

　　휘파람새
　　오줌을 누면서도
　　경전을 외네
　　鶯 や尿しながらもほっけ 経

신성함과 속됨의 구분까지 깬다.

　　커다란 불상 콧구멍에서 제비 날아 나온다
　　大仏の鼻から出たる乙鳥哉

평등하게
새해의 눈비 맞는
작은 집

잇사

まんべんに御降受ける小家かな
　一茶

일본에서는 정초 사흘 동안 내리는 눈과 비를 '오사가리(御降)'라고 하며
풍년의 징조로 여긴다. 눈은 논밭을 적시는 물이 된다. 오사가리는 원래
신단이나 불단에 바쳤다가 나온 음식으로, 눈과 비가 하늘로부터 내려
지는 축복이라는 믿음이 담겨 있다. 자신의 작은 집에도 평등하게 내리
는 눈을 잇사가 기뻐하고 있다. 소세키도 오사가리에 대해 썼다.

　　숨어 사는 집에 새해의 첫눈 내린다 세상은 멀고
　　隠れ住んで此御降や世に遠し

잇사는 운명의 시인이었다. 그는 스스로 정한 시의 규칙 같은 것도 없었
고 운명과 함께 움직였다. 자신의 운명을 한탄하지도 거부하지도 않았
다. 하이쿠 시인들은 풍경을 있는 그대로 받아들였지만, 잇사는 운명을
받아들였다.

초겨울 찬 바람
귀 기울이면 온갖
소리 들려라

시키

こがらし　　き　ちぢ　ひび　かな
凩 によく聞けば千千の響き哉

子規

사람은 죽으면 바람이 되어 육신의 제약을 받지 않고 자유롭게 여행하기 때문에 영혼은 자신이 생전에 살았던 장소들을 바람처럼 여행한다고 켈트 족은 믿었다. 아메리카 원주민들도 영혼은 무덤 속에 잠드는 것이 아니라 천 개의 바람이 되어 돌아다닌다고 여겼다.

겨울 찬 바람이
유리로 들여다본다
실내에 핀 꽃
こがらし　　　　　　　むろ　はな
凩 ののぞくがらすや室の花

현대 하이쿠 시인 무로오 사이세이(室生犀星)는 병중에 이렇게 썼다.

찬 바람 분다 목숨 같은 것쯤이야 하고 생각해도
こがら　　　　　　　　　　　おも
木枯やいのちもくそと思へども

308

큰 절에서
혼자 잠든다
밤이 춥다

시키

大寺に一人宿かる夜寒かな
おおでら　ひとりやど　　よさむ

子規

프랑스 시인 르네 타베르니에는 말했다. "시인들에게는 은밀한 공통점이
있다. 그것을 영감이라고도 하지만, 영감보다는 염원에 가깝다. 일상을
넘어서려는 염원이며, 침묵에 가까운 발언을 하겠다는 염원이다."
앨런 피자렐리도 혼자의 밤을 경험한다.

　　오늘 밤

　　쓸 것이 아무것도 없다

　　단지 이것이 전부

일본에서 '큰 절'하면 흔히 나라 현의 '도다이지(東大寺)'를 말한다. 한때
절에서 참선 수행을 한 적이 있는 시키의 제자 헤키고토도 썼다.

　　절에 있을 때의 벗 떠올리면 은행잎 노랗게 진다

会下の友想へば銀杏黄落す
え げ　とも おも　　いちょう おうらく

가을의 모기
죽을 각오를 하고
나를 찌르네

시키

<ruby>秋<rt>あき</rt></ruby>の<ruby>蚊<rt>か</rt></ruby>や<ruby>死<rt>し</rt></ruby>ぬる<ruby>覚悟<rt>かくご</rt></ruby>でわれを<ruby>刺<rt>さ</rt></ruby>す

子規

가을 모기는 시간이 얼마 남지 않았음을 안다. 그러나 시키의 생은 더 짧게 남아 있었다. 모기도 그것을 아는지 더 맹렬히 덤빈다.

병들어 누우니 마음 초조해져 모기 때려잡는다
<ruby>病 床<rt>びょうしょう</rt></ruby>に<ruby>心<rt>こころ</rt></ruby>いらちて<ruby>蚊<rt>か</rt></ruby>を<ruby>叩<rt>たた</rt></ruby>く

시키의 하이쿠는 때로 매우 솔직하며, 그래서 비극적인 상황인데도 유머가 느껴진다. 삶에서나 시에서나 솔직한 것은 중요한 일이다.

불나방이 책 읽는 사람의 죄를 묻는다
<ruby>火取虫<rt>ひとりむし</rt></ruby><ruby>書<rt>しょ</rt></ruby>よむ<ruby>人<rt>ひと</rt></ruby>の<ruby>罪<rt>つみ</rt></ruby><ruby>探<rt>さが</rt></ruby>し

모기 때문에 잠을 이룰 수 없는 잇사도 특유의 유머를 발휘한다.

모기는 내가 귀머거리인 줄 아나 자꾸 또 오네
<ruby>一<rt>ひと</rt></ruby>つ<ruby>蚊<rt>か</rt></ruby>の<ruby>聾<rt>つんぼ</rt></ruby>と<ruby>知<rt>し</rt></ruby>て<ruby>又来<rt>またき</rt></ruby>たか

번개에
사람 언뜻 보이는
들길

시키

稲妻に人見かけたる野道哉
<small>いなずま　ひとみ　　　　　のみちかな</small>

子規

캄캄한 들길을 걷는데 번개가 치고 그 빛 속에서 사람 모습이 언뜻 보인다. 나는 혼자가 아닌 것이다.

번개에

마음 위로받는

감옥이어라

稲妻に 心 なぐさむひとやかな
<small>いなずま　こころ</small>

병 때문에 움직이지 못하고 방 안에 갇혀 지내는 생활을 '감옥'으로 표현하고 있다. 죽기 2년 전부터 시키는 수염을 기르기 시작했다. 이때 찍은 옆모습 사진이 대표적인 사진이 되었다.

겨울 다가와 올해는 수염을 길렀다

多近く 今年は 髯を 蓄 へし
<small>ふゆちか　ことし　ひげ　たくわ</small>

봄날의 들판
무엇하러 사람 가고
사람 오는가

시키

春の野や何に人行き人帰る

子規

'봄의 들판(春の野)'은 예로부터 하이쿠뿐 아니라 일본 시가에 자주 등장해 온 소재로, 눈이 녹고 싹이 터 나날이 초록으로 물들어 가는 세계를 뜻한다. 『만엽집』에서 가인 야마베노 아카히토(山部赤人)는 노래한다.

　봄날 들판에 제비꽃 꺾으러 왔다가

　　들판의 아름다움에 이끌려 하룻밤 머무네

『고금와카집』에 실린 고코 천황(光孝天皇)의 시도 있다.

　그대 위해 봄의 들판에 나가 봄나물 뜯는

　　내 소맷자락에 자꾸만 눈이 쌓이네

현대 하이쿠는 정취가 다르다. 우시로 보세키(右城暮石)의 작품이다.

　자전거 불빛 지나가는 봄의 들판 저물지 않고

　自転車の灯の行く春野暮れきらず

등잔불에
언 붓을
태우다

다이로

灯火に氷れる筆を焦がしけり
ともしび　こお　　ふで　こ

大魯

글을 쓰기 위해 언 붓을 녹이려다 등잔불에 태워 버린 핍진한 삶이 한 줄의 시가 되었다. 송나라 시인 증자고(曾子固)도 썼다.

　　매화꽃병에서 먹물을 얻으려 하니

　　서리와 바람에 물이 얼었네

요시와케 다이로(吉分大魯)는 부손의 문하생으로 원래 무사였으나 시를 좋아해 검을 버렸다. 무사답게 성격이 불같아 다른 문하생들과 어울리지 못하고 후원자들도 등 돌린 탓에 강퍅하게 살아야 했다. 부손은 재능 있는 애제자를 필사적으로 감쌌지만 헛일이었다. 부손은 다이로를 만나러 간 여행길에서 안타까운 마음을 이렇게 읊었다.

　　초겨울 바람 아가미에 분다 갈고리에 매달린 물고기

　　凩に鰓吹かるるや鉤の魚
　　こがらし　えらふ　　　かぎ　うお

꽃 묵직하게
싸리나무에 물 흐르는
들판 끝

쇼하

花を重み萩に水行く野末かな

召波

싸리나무는 비가 내리면 물이 꽃대를 타고 흘러내리기 때문에 바닥까지 굽는다. 7-8월에 꽃이 피니까 들판에는 지금 여름비 내리는 중이다.

　살아서 세상에

　잠을 깨니 기뻐라

　늦가을 찬비

生きて世に寝覚嬉しき時雨かな

구로야나기 쇼하(黑柳召波)는 부손의 제자로 사제지간의 신뢰가 깊었다. 쇼하가 먼저 세상을 떠나자 부손은 "나의 하이쿠가 저물었다."라며 탄식했다. 쇼하의 유고집에 쓴 서문에서 부손은 자신의 시정신인 이속론(離俗論)을 토로하고 있다. 단순히 속세를 떠남이 아니라 속에 있되 속되지 않음을 추구하는 정신이다.

수레 소리에
잠 깨어 떠나가는
풀잎의 나비

쇼하

地車に起き行く草の胡蝶かな

召波

거칠고 소란스러운 것들에 밀려 부드럽고 연약한 것은 떠나간다. 소음과 진동이 섬세함과 고요를 압도한다. 사라지고 파괴되는 것을 지켜봐야 하기 때문에 이 세상의 아름다움은 고통스러운 아름다움이다.

괴로운 일을 해파리에게 이야기하는 해삼

憂きことを海月に語る海鼠かな

느릿느릿 움직이는 해삼이 자신의 괴로운 일을 흔들흔들 이동하는 해파리에게 말하고 있다.

초겨울
하늘에 불려 가는
거미줄

はつ冬や空へ吹かるる蜘蛛のいと

손에서 사라지는
겨울 국화 잎의
얼음이여

겟케이

手に消ゆる寒菊の葉の氷かな

月溪

국화에 내린 이른 눈이 얼음이 되었다. 그 얼음을 떼어 손바닥 위에 올려놓자 금방 녹는다. 한국(寒菊)은 늦가을부터 겨울에 걸쳐 피는 국화 품종이다. 눈 내려 얼음이 맺혀도 꽃이 피어 있다. 그리고 이듬해 언 땅을 뚫고 쑥처럼 생긴 기다란 싹이 나온다. 생명력 강한 꽃이다.

마쓰무라 겟케이(松村月溪)는 에도 시대 중기의 이름난 화가로 부손에게 그림과 하이쿠를 배웠다. 부손은 제자에게 보낸 편지에서 겟케이를 가리켜 '그림은 어리석은 노인인 나 자신도 두려워할 만한, 당대에 둘도 없는 천재'라고 칭찬했다. 죽어서 부손의 무덤 옆에 나란히 묻혔다. 화가로서의 이름은 고슌(吳春)이다.

　뜻밖이구나 반딧불이 낮에도 잠들지 않고
　あさましや昼の蛍の寝もやらず

생선 먹고
입에 비린내 나는
눈 내린 낮

세이비

魚食うて口なまぐさし昼の雪
うお く　　　　くち　　　　　　　ひる　ゆき

成美

순백의 눈에 대비되어 입에서 풍기는 생선 비린내가 강하다. 색과 냄새
라는 두 이미지의 효과가 크다. 현실은 때로 지독한 비린내이다.

다리 벌리고

힘껏 잡아당겼는데

뿌리 작은 무
ふんばりて引けば根浅き大根かな
　　　　　　ひ　　　　　ね あさ　だい こ

나쓰메 세이비(夏目成美)는 에도의 유복한 상인 집안에서 태어나 독학으
로 하이쿠를 배워 시인이 되었다. 허약한 체질에 통풍까지 걸려 다리를
저는 등 병을 많이 앓았다. 잇사를 옹호하고 물질적인 도움을 주었다.

패랭이꽃 마디마디 비치는 저녁 햇살
撫子のふしぶしにさす夕日かな
なで こ　　　　　　　　　　　ゆう ひ

흰 모란꽃
무너질 듯하면서
이틀 더 본다

세이비

<ruby>白牡丹<rt>しろぼたんくず</rt></ruby>崩れんとして<ruby>二日見<rt>ふつかみ</rt></ruby>る

成美

만개한 백모란이 금방 무너질 듯한 모습으로 버티고 있다. '이틀'이라는
시간의 한정이 그 견디는 모습을 더 안타깝게 한다. 큰 꽃봉오리가 다
벌어져 한 잎씩 지는 모습은 정말로 '무너진다'는 표현이 어울린다.

근대 시인 기노시타 리겐(木下利玄) 역시 모란에 대한 명시를 남겼다.

　　모란꽃 어김없이 피어

　　고요히 꽃이 차지한 위치의 정확함

바쇼는 모란에 대해 뜻밖의 하이쿠를 썼다.

　　문학적 재능은

　　내려놓으라

　　모란꽃

　　<ruby>風月<rt>ふうげつ</rt></ruby>の<ruby>財<rt>ざい</rt></ruby>も<ruby>離<rt>はな</rt></ruby>れよ<ruby>深見岬<rt>ふかみぐさ</rt></ruby>

가는 봄을
거울에다 원망하는
한 사람

세이비

行く春を 鏡 にうらむひとりかな

成美

남자는 죽음을 두려워하지만 여자에게는 늙음이 더 큰 실존적 위협이
라는 말이 있다. 잇사도 썼다.

젊었을 때는
소문날 정도로 사랑받았지
늙은 벚나무
さくらさくらと唄はれし老木哉

나이에 상관없이 봄의 순간들은 아름답고 순결하다. 세이비는 쓴다.

위를 향하면
입 안 가득해지는
봄날의 햇빛
あふむけば口いつぱいにはる日かな

물새 한 마리

가슴에 부리 묻고

물에 떠 자네

긴코

水鳥の胸に嘴置く浮寝かな
みずとり　むね　はしお　うきね

吟江

한 편의 시에서 핵심적 역할을 하는 부분을 시안(詩眼), 즉 시의 눈이라
고 한다. 청나라 문예 이론가 유희재는 『예개(藝槪)』에서 "시안에는 시집
전체의 눈도 있고, 시 한 편의 눈도 있고, 몇 구절의 눈도 있으며, 한 구
절의 눈도 있다."라고 말했다. 하이쿠는 시 전체가 시안인 문학이다.

나쓰메 긴코(夏目吟江)는 세이비의 동생으로 부모 형제 모두 하이쿠 시
인이었다. 지요니도 혼자 있는 물새를 바라본다.

　　원앙새도 혼자 떠 있는가 초겨울 비
　　おしはまた 独 ながれか初しぐれ
　　　　　　 ひとり　　　　　 はつ

현대 하이쿠 시인 시바타 하쿠요조(柴田白葉女)는 자연의 삶을 동경한다.

　　물새 조용히 자신의 몸을 흐르게 하네
　　水鳥のしづかに己が身を流す
　　みずとり　　　　 おの　み　なが

320

천둥에도
떨어뜨리지 않던 젓가락을
소쩍새 울자

아키나리

かみなり　おと　　はし
雷 に落さぬ箸をほととぎす
　秋成

"들어 보라, 노래하는 것은 종달새가 아니다. 그것은 무한의 색깔을 가진 새이다."라고 아돌프 르쎄는 말했다. 그 무한의 색깔을 가진 소리가 우리의 마음을 움직인다. 우에다 아키나리(上田秋成)는 천연두를 앓아 손가락이 불편했다. 그 손가락으로 하이쿠뿐 아니라 짧은 이야기를 많이 썼으며, 특히 근세 일본 문학의 대표적 괴기소설이며 미조구치 겐지(溝口健二) 감독이 흑백 영화로 만든 『우게쓰 이야기』의 저자로 유명하다. 부손과 교류했으며 그만의 독특한 세계가 있다.

산 씻는 비 그러나 색깔 없는 가을의 물
やまあら　あめ　　　　　　　　あき　みず
山 洗ふ雨のいろなし秋の水

벚꽃잎들 떨어져 미인의 꿈속에 든다
さくらさくら ち　　　かじん　ゆめ　い
桜 桜 散って佳人の夢に入る

문 열고
찻잎 버리러 가는데
눈보라

소바쿠

門あけて茶のから投る吹雪哉

素檗

"시의 본질은 발견이다."라고 새뮤얼 존슨은 말했다. 찻잎 찌꺼기를 버리기 위해 문을 열고 마당으로 나가는데 눈보라가 얼굴을 때린다.

후지모리 소바쿠(藤森素檗)는 화가이자 시인으로, 어떤 인물화는 부손의 그림보다 뛰어나다는 평가를 받는다. 당대에는 잇사보다 유명했다.

내리는 것도
잊어버릴 만큼의
눈의 고요함

降るをさへわするる雪のしづかさよ

우리가 자연을 신비롭게 여기는 것은 단순성과 복잡성 때문이다.

해마다 벚꽃 적게 피는 고향이어라

年年に桜少なき故郷かな

저 달에게
배우는
달구경이어라

소바쿠

あの月に教へられたる月見哉

素檗

달구경하는 법을 가장 잘 가르쳐 주는 것은 달이다. 보름달은 보름달대로, 초승달은 초승달대로. 그 달이 점점 멀어지고 있다. 바쇼는 썼다.

　　구름이 이따금

　　달구경하는 사람들에게

　　쉴 틈을 주네

雲折折人を休むる月見哉

인간의 달 착륙 직후 현대 하이쿠 시인 마사키 유코(正木ゆう子)는 썼다.

　　물의 지구

　　조금은 멀어진

　　봄의 달

水の地球 すこしはなれて春の月

바라본 만큼

꽃들이 짐이 되는

날들이어라

소바쿠

見たほどの花は重荷となる日かな

素檗

곧 사라질 아름다움은 감동과 함께 허무를 안겨 준다. 아름다움도 아
프게 다가오는 계절이 봄이다. 정토종 창시자 신란(親鸞) 선사는 '내일이
있다고 생각하는 마음이여/ 벚꽃은 한밤중 세찬 바람으로 꽃잎을 떨굴
지도 모르네'라고 썼다. 여성 하이쿠 시인 고유니(古友尼)도 쓴다.

　　꽃 지고 나서 다시 평화로워진 사람의 마음
　　花ちりて静かになりぬ 人 心

바쇼의 제자 샤도도 썼다.

　　꽃 다 지고

　　대나무 보는 처마의

　　평온함이여
　　花散て竹見る軒のやすさかな

들판 태운다
생각하지 말라
불꽃과 연기

바이카

野を焼くと人な思いそ火と煙
<ruby>野<rt>の</rt></ruby>を<ruby>焼<rt>や</rt></ruby>くと<ruby>人<rt>ひと</rt></ruby>な<ruby>思<rt>おも</rt></ruby>いそ<ruby>火<rt>ひ</rt></ruby>と<ruby>煙<rt>けむり</rt></ruby>

梅價

봄이 오면 해충을 죽이기 위해 마른 들판에 불을 놓지만, 이 봄의 불꽃과 연기는 나의 시신을 화장하는 것이니 그리 알라는 것이다. 에도 후기의 시인 기타가와 바이카(北川梅價)의 사세구이다.

근대 하이쿠 시인 이다 다코쓰(飯田蛇笏)도 들판의 불에 대해 쓴다.

오래된 세상의

불의 색깔 번져 가는

들판에 불 놓기

<ruby>古<rt>ふる</rt></ruby>き<ruby>世<rt>よ</rt></ruby>の<ruby>火<rt>ひ</rt></ruby>の<ruby>色<rt>いろ</rt></ruby>うごく<ruby>野焼<rt>のやき</rt></ruby>かな

소재는 약간 다르나 부손도 빼어난 연기 하이쿠를 썼다.

화로에 태워 연기로 잡아 보는 단풍잎이여

<ruby>炉<rt>ろ</rt></ruby>に<ruby>焼<rt>た</rt></ruby>けぶりを<ruby>握<rt>にぎ</rt></ruby>る<ruby>紅葉<rt>もみじ</rt></ruby>かな

숨 막히는 초록 속
목련꽃
활짝 피었네

료칸

青みたるなかに辛夷の花ざかり
良寛

어느 봄날 승려 료칸(良寛)은 툇마루 아래에서 대나무 싹 세 개가 올라오는 것을 발견했다. 싹은 빠른 속도로 자라 금세 마룻바닥에 닿았다. 료칸은 고심 끝에 판자에 구멍 세 개를 뚫어 준 뒤 대나무에게 아무 염려 하지 말고, 필요하면 처마도 뚫어 주겠다고 말했다.

료칸은 도겐, 하쿠인과 함께 일본 3대 선승 중 한 명이다. 다른 두 선승과 달리 은둔과 걸식의 생을 살았으며 승려이면서도 설법을 하지 않았다. 한번은 동생이 료칸을 초대해 자기 아들의 방탕한 생활을 꾸짖어 달라고 부탁했다. 그러나 그는 조카에게 아무 말도 하지 않았다. 이튿날 떠날 때까지도 말이 없었다. 조카가 료칸의 짚신을 묶어 주는데 따뜻한 물 한 방울이 손등에 떨어졌다. 올려다보니 자신을 내려다보는 료칸의 눈에 눈물이 가득했다. 그 후 조카는 방탕한 생활을 접었다.

탁발 그릇에
내일 먹을 쌀 있다
저녁 바람 시원하고

료칸

鉄鉢に明日の米あり夕涼み
良寛

어린 시절 료칸은 성격이 조용했고 몇 시간씩 책 읽기를 좋아했다. 집 안은 유복했으며 열여덟 살 때 아버지 뒤를 이어 마을 촌장직을 물려받았다. 그러나 천성적으로 솔직하고 시시비비를 싫어해 마을의 갈등과 문제를 해결하는 일에 심적 부담을 느꼈다. 마침내 승려가 되기로 결심하고 삭발하고 선원에 들어갔다. 그곳에서 스무 해 동안 생활한 후 고향 마을에서 조금 떨어진 산 중턱의 버려진 오두막을 발견하고 혼자 들어갔다. 스스로 지은 오두막 이름은 '오홉암'이다. 5홉, 즉 다섯 줌 정도의 식량만 있으면 만족한다는 뜻이다.

료칸이 스승에게 받은 법명은 대우(大愚), 큰 바보이다. '큰 바보'는 '큰 깨달음'과 통한다는 뜻이다. 생애 대부분을 집집마다 다니며 탁발해서 먹고 살았으며 자신에게 주어진 것에 만족했다.

제비붓꽃
내 오두막 옆에서
나를 취하게 해

료칸

かきつばた我れこの亭に酔ひにけり
良寛

학자 가메다 호사이(龜田鵬齋)가 료칸을 방문했다. 료칸은 툇마루에서 좌선 중이었다. 방해하지 않으려고 기다렸는데 세 시간 뒤에야 눈을 떴다. 료칸은 반갑게 손님을 맞이했으며 둘이서 오랫동안 시와 철학에 대한 대화를 나누었다. 저녁이 되자 료칸은 술을 구해 오겠다며 산을 내려갔다. 그러나 아무리 기다려도 돌아오지 않아 호사이가 료칸을 찾아 산을 내려갔더니 놀랍게도 료칸은 오두막에서 얼마 떨어지지 않은 소나무 아래 앉아 꿈꾸는 표정으로 보름달을 바라보고 있었다. 호사이가 걱정했다고 하자 료칸이 말했다. "때마침 잘 왔소. 달이 참으로 아름답지 않소?" "그런데 술은 어디에 있나요?" "술? 아, 술! 미안하오. 깜빡했소. 잠깐만 기다리시오. 금방 다녀올 테니." 료칸은 벌떡 일어나 산길을 내려갔다. 료칸을 세상에 알린 이가 바로 가메다 호사이이다.

불 피울 만큼은
바람이 낙엽을
가져다주네

료칸

焚くほどは風がもてくる落葉かな
良寛

인근 지역의 번주(봉건 영주)가 절을 지어 주겠다며 료칸의 오두막을 찾아왔다. 이 하이쿠는 그 제안에 대해 료칸이 하이쿠로 답한 것이다. 권력자가 지어 준 절에서 부자유하게 사느니 낙엽으로 땔감을 쓸지언정 자유롭게 살겠다는 의지의 표현이다. 료칸의 명성을 들은 왕이 불러도 산을 내려가지 않고 다음의 시를 써서 보냈다.

　　자루에는 쌀 석 되
　　화롯가에는 땔감 한 단 있으니
　　미망이나 깨달음은 아무래도 좋고
　　먼지 같은 명성과 이익은 나와 무관하다
　　오두막 지붕 위에 내리는 밤비 소리 들으며
　　두 다리 뻗고 한가로이 앉았노라

쓰러지면
쓰러지는 대로
마당의 풀

료칸

たふるればたふるるままの庭の草
<ruby>庭<rt>にわ</rt></ruby>の<ruby>草<rt>くさ</rt></ruby>

良寬

료칸은 자신이 승려도 아니고 속인도 아니라고 했다. 시에 대해서도 이렇게 썼다. '누가 나의 시를 시라고 하는가/ 나의 시가 시가 아니라는 걸 안 후에야/ 비로소 나와 함께 시를 논할 수 있으리'. 한번은 지방 세력가가 료칸을 초청하기 위해 심부름꾼을 보냈다. 료칸이 탁발을 나가고 없어서 기다리는 동안 심부름꾼은 오두막 주위의 무성한 잡초를 뽑았다. 돌아온 료칸은 탄식했다. "풀을 다 뽑아 버렸으니 풀벌레 소리도 못 듣겠구나." 료칸 말년에 그의 오두막에 들른 한 나그네는 다음의 기록을 남겼다. "살이 빠져 마른 몸매에 어깨는 비틀어지고, 얼굴빛은 창백한 늙은 거지중으로 변했으나 료칸은 말없이 고요했다. 그의 침묵은 어쩐지 무서웠다. 왜냐하면 그 침묵은 그의 수행이 얼마나 충실하고 투철했는가를 보여 주는 것이었기 때문이다."

사람들 모두
잠들려고 할 때
개개비새

료칸

人の皆ねぶたき時の行行子

良寛

물가 풀밭에 사는 개개비새는 시끄럽게 우는 것으로 유명하다. 그래서
개개비새(行行子)를 뜻하는 '교교시'와 '허풍이 세다'를 의미하는 교교시
이(仰仰しい)가 발음이 같은 것을 이용했다. 료칸은 프란체스코 성인의
감성을 지니고 있었다. 탁발을 하다가 새 떼를 만나면 방해하지 않으려
고 걸음을 멈추고 날아갈 때까지 바라보았다. 나무 그늘에서 쉬고 있으
면 어느새 새들이 날아와 탁발 그릇 속의 쌀과 잡곡을 쪼아 먹었지만
쫓지 않았다. 또 아이들을 데리고 들이나 산으로 놀러 가기를 좋아했
다. 그때마다 한참을 돌아서 가거나 장애물 경주를 하듯 뛰어넘으며 갔
다. 사람들이 그 이유를 물으면 이렇게 답했다. "꽃을 밟지 않기 위해서
다. 애써 핀 꽃을 밟는 것은 꽃에게 미안한 일이다. 꽃은 사람을 즐겁게
해 주는데 그것을 밟는 것은 은혜를 저버리는 것이다."

아이들 떠들어
잡을 수 없는
첫 반딧불이

료칸

さわぐ子のとる智慧はなしはつほたる

良寛

하루는 아이들과 숨바꼭질을 하다가 료칸은 밭에서 혼자 잠이 들었다. 이튿날 아침 농부가 료칸을 발견하고 놀라서 소리를 지르자 그는 "쉿! 조용히 하시오! 큰 소릴 내면 아이들이 날 찾아내잖소!" 하고 말했다. 『료칸 선사의 일화(良寬師奇話)』를 쓴 게라 요시시게(解良栄重)는 료칸에게서 우러나오는 존재의 향기에 깊은 감화를 받았다.

"료칸이 이틀 동안 내 집에 머무는 동안 온 식구가 화목해서 부드러운 기운이 집안에 충만하고, 떠난 다음에도 며칠간 모두 사이좋게 지냈다. 그와 하룻밤 이야기하면 가슴이 맑아져 옴을 느꼈다. 그는 조금도 설교를 하거나 착한 일을 권하지 않았다. 부엌으로 내려가 불 땔 때는 일을 거들기도 하고 안방에서 좌선도 했다. 그의 말에는 특별한 내용도 없었다. 다만 그의 존재가 사람을 감화시킬 뿐이었다."

오늘 오지 않으면

내일은 져 버리겠지

매화꽃

료칸

今日来ずば明日は散りなむ梅の花

良寛

이 매화꽃, 오늘은 가지 위에 피어 있지만 내일은 어떻게 될 것인가.『고금와카집』에서 기노 도모노리(紀友則)도 노래한다.

　　이렇게 햇빛 화창한 봄날에

　　왜 꽃은 서둘러 지려고 하는가

스승 고쿠센(国仙)이 료칸에게 준 깨달음의 인가는 이렇다. "그대는 바보처럼 가면 갈수록 발밑이 넓어져 가는구나. 발 닿는 대로 가는 그대를 어느 누가 경계하겠는가. 그 어느 곳 바위 그늘에서 낮잠이라도 자라."

　　이왕이면

　　꽃 아래서 하룻밤

　　잠들리라

同じくば花の下にて一とよ寝む

탁발하러 나갔다 봄의 들판에서
제비꽃 모으며 시간 다 보냈어라

료칸

飯乞ふとわが来しかども春の野に
　菫 摘みつつ時を経にけり

良寛

료칸은 하이쿠보다 단가와 한시에 뛰어났다. 그래서 하이쿠는 아니지만 5·7·5/7·7의 단가를 여기에 한 편 싣는다. 이 두 줄의 시에 료칸의 모든 것이 담겨 있다. 걸식에 의지하며 마음을 단속하는 삶, 어디에도 얽매이지 않는 자유분방함, 어린아이 같은 순진무구함, 자연과의 친화력……. 료칸은 탁발을 하고 돌아오다가 먹을 것을 얻지 못한 다른 걸인을 만나면 자신이 얻은 것을 전부 나눠 주곤 했다.

　　만일 나의 검은색 승복이 충분히 크고 넓다면
　　세상의 모든 가난한 사람들을
　　나의 소매로 덮어 주리

료칸에 관해서는 많은 일화가 전해지지만, 모든 이야기에 공통된 것은 그의 따뜻한 마음과 순수성이다.

도둑이
남겨 두고 갔구나
창에 걸린 달

료칸

盗人に取り残されし窓の月

良寛

창에 걸린 달은 누구도 훔쳐 갈 수 없다. 그것은 언제나 그곳에 있으며 누리기만 하면 된다. 보름달이 깨달음을 상징한다는 것을 알면 이 하이쿠가 더 특별하게 다가온다. 료칸의 오두막은 마을에서 떨어진 곳에 있었기 때문에 도둑이 드는 일이 가끔 있었다. 도둑은 아무래도 외지인이었을 것이다. 그렇지 않으면 아무것도 가진 것 없는 사람의 집에 도둑질하러 오지 않았을 것이다. 때마침 오두막으로 돌아온 료칸은 아무 수확도 얻지 못한 도둑에게 자신이 걸치고 있던 옷과 담요를 슬그머니 건네주었다. 도둑은 당황해서 얼떨결에 그것을 받아 쥐고 황급히 달아났다. 도둑이 열어 놓고 간 덧문으로 달빛이 쏟아져 들어왔다. 료칸은 벌거벗은 채 앉아 달을 올려다보았다. 그리고 중얼거렸다. "도둑이 달을 두고 갔구나. 그에게 저 달을 줄 수 있다면 좋으련만."

눈 녹은 물
흐르는 시든 들판
쇠뜨기풀들

료칸

雪しろの寄する古野のつくづくし

良寛

료칸은 독특한 서체를 구사한 서예가로 유명하다. 자유분방한 정신 때문이기도 했지만 가난한 탓에 재료가 부족해 나뭇가지로 글씨를 쓰곤 했다. 종이가 없을 때는 손가락으로 허공에 글씨 연습을 했다.

승려이면서도 절의 주지를 한 적 없고, 그 대신 아이들과 꽃을 좋아했다. 법통을 이은 후계자도 없었다. 그래서 사람들은 그를 미치광이로 여겼다. 그러나 소박한 품성 탓에 모두가 그를 좋아했으며, 잠시 그와 함께 있는 것만으로도 배움을 얻었다고 느꼈다. 또 다른 도둑이 들었을 때 료칸은 다음의 시를 지었다.

어디서 이 추운 밤을 보내는가

초겨울 찬 바람 시작되는데

어둔 세상의 외로운 나그네여

지는 벚꽃

남은 벚꽃도

지는 벚꽃

료칸

散る 桜 残る 桜 も 散る 桜

良寛

료칸의 사세구이다. 그런데 삶의 실체를 직시하는 이 하이쿠가 태평양 전쟁 당시 가미카제 특공대의 주제가가 되는 어처구니없는 일이 일어났다. 선승 료칸에 대한 참담한 모독이다.

    무엇을 유물로 남길 것인가

    봄에는 꽃

    여름에는 소쩍새

    가을에는 단풍잎

자연만이 우리가 세상에 남기는 진정한 유물이다. 소설가 가와바타 야스나리(川端康成)는 노벨 문학상 수상 연설에서 료칸의 이 시를 인용했다. 스즈키 다이세쓰는 "우리가 한 사람의 료칸을 아는 것은 일본인의 마음속에 살고 있는 수십만의 료칸을 아는 것이다."라고 했다.

뒤를 보여 주고
앞을 보여 주며
떨어지는 잎

료칸

<ruby>裏<rt>うら</rt></ruby>を<ruby>見<rt>み</rt></ruby>せ<ruby>表<rt>おもて</rt></ruby>を<ruby>見<rt>み</rt></ruby>せて<ruby>散<rt>ち</rt></ruby>るもみじ

良寛

건강이 나빠져 신도의 집으로 거처를 옮긴 료칸은 그곳에서 데이신(貞心)이라는 이름의 젊은 비구니를 만났다. 결혼했으나 얼마 후 남편이 죽자 승려가 된 여성이었다. 료칸과 데이신은 만나는 즉시 사랑에 빠졌다. 그들은 몇 시간씩 시와 문학과 종교에 대한 이야기를 나누었다. 데이신은 병든 료칸을 죽을 때까지 수발했다. 그리고 료칸의 이 마지막 하이쿠를 받아 적었다. 료칸은 자신의 앞과 뒤, 약한 부분까지도 전부 보여 준 사람에게 최후의 시를 읊은 것이다.

삶은 이슬 같아서 텅 비고 덧없다
나의 세월이 가 버렸으니
떨고 부서지며
나도 사라져야 하리

무릎 끌어안고

말 없는 두 사람

달 밝은 밤

다요조

膝 抱いて二人無言や月の夜
ひざ だ　　　　ふたり む ごん　　つき　よる

多代女

가는 사람도

오는 사람도 모두

봄바람 부는 둑길

行くも来るも皆春風の 堤 かな
ゆ　く　みなはるかぜ　つつみ

이치하라 다요조(市原多代女)는 일찍 남편과 사별하고 하이쿠를 쓰기 시

작했다. 바쇼의 영향을 많이 받았다. 병약했지만 아흔 살까지 살았다.

너무 오래 살아 나도 춥구나 겨울 파리여

生きすぎて我も寒いぞ冬の蠅
い　　　　われ　さむ　　　ふゆ　はえ

마지막으로 다음의 하이쿠를 썼다.

마침내 가는 길 어디인가 꽃구름

終に行く道はいづこぞ花の雲
つい　ゆ　みち　　　　　　はな　くも

몸에 스미는
무의 매운맛
가을바람

바쇼

身にしみて大根からし秋の風

芭蕉

처음의 '몸에 스미는'이 중간과 마지막에 다 걸린다. 얼얼한 무의 맛과
함께 가을바람이 몸에 스민다. "달과 별들이 떠오른다. 바람과 서리와
함께."라고 니체가 말한 것도 이 계절이다. 그다지 주목받지 못한 하이
쿠이나 바쇼가 왜 하이쿠의 대가인지 말해 주는 작품이다. "삶은 시로
이루어져 있다."라고 보르헤스는 말했고, 투르게네프도 "시는 운문 속에
만 있는 것이 아니다. 시는 곳곳에 가득하다."라고 했다.

국화 진 후에

무 뿌리밖에는

아무것도 없다

菊の後大根の外更になし

국화 지면 이듬해 첫 매화 필 때까지는 시의 소재로 삼을 꽃이 없다.

죽지도 않은
객지 잠의 끝이여
가을 저물녘

바쇼

死にもせぬ旅寝の果よ秋の暮
芭蕉

"들판의 해골이 될 각오로 여행을 떠났으나 아직 죽지 않았다. 여전히 객지에서 잠들 뿐이다." 여덟 달의 방랑 끝에 지쳐 가는 몸으로 뜨겁게 토로하고 있다. 바쇼의 여행을 관통하는 것은 시작부터 끝까지 '죽음'에 대한 생각이었다. 초고는 '죽음이여 죽지 않은 덧없는 몸의 끝은 가을 저물녘'이다. 바쇼는 초고의 단어들도 삭제하지 않고 남겨 두었다. 처음이 더 나을 수도 있기 때문이다. 이 시기부터 바쇼의 하이쿠에 미묘한 변화가 일어났다. 『오쿠노호소미치』 서두에서 바쇼는 "많은 예술인들이 길에서 죽음을 맞이했다."라고 썼다. 그가 흠모하는 사이쿄는 절에서, 소기는 여인숙에서 객사했다. 바쇼도 객지에서 최후를 맞았다.

객지 잠 자면 내 시를 이해할 수 있으리 가을바람
旅寝して我が句を知れや秋の風

불을 피우게
좋은 걸 보여 줄 테니
눈 뭉치

바쇼

きみ ひ た み ゆき
君 火 焚けよきもの見せん 雪 まろげ

芭蕉

혼자 사는 스승을 위해 제자들이 번갈아 오두막에 들러 먹을 것과 땔 감 챙기는 일을 도왔다. 이날 소라가 왔을 때 바쇼는 눈 뭉치를 굴리고 있었다. 고뇌하는 시인의 풍모를 가졌지만 어린아이 같은 천진함이 드러난다. 이 하이쿠 앞에 바쇼는 다음의 글을 적었다. "소라가 내 오두막 근처에 임시 거처를 정해 우리는 아침저녁으로 서로를 방문한다. 내가 밥을 하면 그가 불을 때고, 내가 차를 끓이면 그가 얼음을 깨어 물을 길어 온다. 그는 천성적으로 고독을 좋아해 우리는 서로 통하는 데가 있다. 어느 눈 내린 저녁 그가 찾아왔다."
같은 날 다음의 하이쿠를 썼다.

첫눈 내리네 다행히 오두막에 있을 동안에
はつゆき さいわ あん
初雪や 幸 ひ 庵にまかりある

자, 그럼 안녕
눈 구경하러
넘어지는 곳까지

바쇼

いざさらば雪見(ゆきみ)にころぶ所(ところ)まで

芭蕉

나고야에서 서적상을 하는 제자 유도(夕道)의 집에서 눈 구경 하이쿠 모임이 열렸다. 때맞춰 눈이 내리기 시작하자 바쇼는 말한다. 자, 그럼 눈 구경하러 가겠네. 길에서 미끄러져 넘어진다면 더 즐겁겠지. 눈 구경에 들뜬 기대감이 묻어난다. '자, 가지 눈 구경하러 넘어지는 곳까지(いざ行(ゆか)む雪見(ゆきみ)にころぶ所(ところ)まで)'가 초안이지만 위의 하이쿠가 작별의 하이쿠로 가장 많이 애송된다.

바쇼는 눈을 좋아해 눈에 관해 백여 편의 하이쿠를 쓸 정도였다.

평소 얄밉던
까마귀도 눈 내린
아침에는
ひごろ憎(にく)き烏(からす)も雪(ゆき)の朝(あした)哉(かな)

별의 마을의
어둠을 보라는가
우는 물떼새

바쇼

星崎の闇を見よとや啼く千鳥
芭蕉

'별의 곳(星崎)'이라는 뜻의 호시자키는 나고야의 해안에 있는 장소로 물떼새로 유명하다. 별의 고장이지만 그곳의 어둠을 응시하라고, 존재의 근원을 묻듯이 새들이 울고 있다. 어디에나 인공조명이 밤을 밝히고 있어서 진정한 어둠이 사라진 시대에 새롭게 다가오는 하이쿠이다.

　　바다 저물어

　　야생 오리 우는 소리

　　어렴풋이 희다
海くれて鴨のこゑほのかに白し

열일곱 자의 대가답게 어둠 속에서 희미하게 들리는 야생 오리 울음소리를 '어렴풋한 흰색'으로 묘사하고 있다. 청각을 시각으로 전환시킨 성공적인 예로 자주 인용되는 작품이다.

겨울비 내리네
옛사람의 밤도
나와 같았으려니

부손

しぐるるや我も古人の夜に似たる

蕪村

내가 맞고 있는 이 비를 옛사람도 맞았을 것이고, 그도 고독한 밤을 보냈으리라. 여기서 옛사람은 바쇼이다. 부손은 평생 바쇼의 시를 흠모했다. "나는 스승의 예민함과 단순성을 추구할 것이다. 사흘이라도 그의 시를 암송하지 않으면 입 속에 가시가 돋을 것이다."라고도 했다. 한편 제자에게 보낸 편지에는 "나의 시는 바쇼의 시풍을 그대로 모방하려는 것이 아니다. 다만 마음 가는 대로 어제의 시와 오늘 시의 변화를 즐길 따름이다."라고 썼다. 바쇼의 시를 존경하나 자신의 시는 바쇼와 다름을 분명히 하고 있다. 부손은 그림과 글씨를 팔아 유곽에 드나들었지만 바쇼는 금욕주의자였다. 부손의 색은 원색이고 바쇼의 색은 흑백이다.

　　연인이 살던 집 울타리에 냉이꽃 피었네
　　妹が垣根三味線草の花咲きぬ

꽃 질 때마다
늙어 가는 매화의
우듬지여라

부손

散るたびに老行く梅の梢 かな

蕪村

옛 문인들이 최고로 여긴 매화는 네 가지 조건을 갖추어야 했다. 첫째, 꽃이 드물어야 한다(稀). 빽빽하게 핀 매화는 고매함이 없이 산만하다. 둘째, 늙은 나무여야 한다(老). 고목이 되어 생명이 다한 것 같은 나무에서 여린 꽃이 피어나는 모습은 감동을 준다. 늙어서 구불구불하고 괴이하게 생겨도 세월의 연륜이 묻어 있다. 셋째, 가지가 마르고 야위어야 한다(瘦). 매화꽃은 다른 꽃들에 비해 작고 여려서 가지가 굵으면 꽃이 묻힌다. 넷째, 꽃봉오리가 맺힌 상태여야 한다(蕾). 꽃잎이 벌어지기 전의 기대와 설렘을 간직한 상태가 더 아름답기 때문이다.

사이교도 노목에 대해 썼다.

유독 돌아다보는 늙은 나무는 꽃도 애처로워라
이제 몇 번이나 더 봄을 맞이할까

석공의 손가락
찢어져
철쭉은 피고

부손

せっこう　　　　ゆび
石工の指やぶりたるつつじかな

蕪村

돌에 찧은 석공의 손가락에서 붉은 피가 떨어진다. 철쭉이 그 피로 더 선연하다. 붉은 꽃의 피어남에서도 찢기는 아픔이 느껴진다. 부손의 색채감은 비교 대상이 없을 정도이다. 한두 편은 비슷한 수준에 도달할 수 있겠지만 거의 모든 작품이 부손의 경지에 오르기는 힘들다. 그는 자신의 물감 상자의 색을 모두 쓰기 때문에 수묵화보다 채색화 느낌이 강하다. 그것이 그를 먼 시대로부터 무리 없이 현대로 데리고 나온다. 부손이 없었다면 하이쿠의 세계에는 중요한 색깔들이 누락되었을 것이다.

　　피는 것으로도 지는 것으로도 보이는 산벚꽃
　　　　　　　ち　　　　　　　　み　　　　　やまざくら
　　まだきとも散りしとも見ゆれ山 桜

피는 처음처럼도 보이고 지는 마지막처럼도 보이는 산벚꽃. 모르는 사이에 피고 모르는 사이에 지는 산벚꽃처럼 인간의 삶도 그렇다.

도깨비불이
옮겨붙을 정도로
마른 억새꽃

부손

狐 火の燃えつくばかり枯尾花
きつねび も かれ おばな

蕪村

도깨비불은 밤에 들판이나 무덤 같은 축축한 땅에서 번쩍이는 푸른 불꽃이다. 마른 억새는 군집하면 빛을 흡수해 난반사하는 성질이 있어서 어두운 밤에도 은은하게 발광한다. 억새꽃은 떨어지지 않고 선 채로 마른다. 억새에 대한 하이쿠로는 다코쓰의 작품이 유명하다.

　　꺾어 들면 나긋하게 묵직한 억새꽃
　　折りとりてはらりとおもきすすきかな
　　お

부손은 불우한 시인이었다. 당대에는 거의 인정받지 못하고 이류 시인 취급을 받았으며 궁핍 속에 허무하게 죽었다. 그러나 오늘날 부손은 누구나 인정하는, 바쇼와 더불어 하이쿠의 2대 시성(詩聖)이다.

　　지난해보다 더 쓸쓸한 가을 저물녘
　　去年より又さびしいぞ秋の暮
　　きょねん また あき くれ

348

유채꽃 피었다
달은 동쪽에
해는 서쪽에

부손

菜の花や月は 東 に日は西に

蕪村

동쪽 하늘에는 떠오르는 달이, 서쪽 하늘에는 지는 해가, 그 사이에는
드넓은 유채밭이 펼쳐져 있다. 한 장소의 확장된 공간감과 원근감, 그리
고 시간의 지속을 이렇게 표현할 수 있는 것은 부손 특유의 재능이다.
교과서에 가장 많이 실리는 그의 대표작 중 하나이다. 시인 나나오 사카
키(ななお さかき)는 이 하이쿠에 영감을 얻어 다음의 시를 썼다.

반경 백만 킬로미터, 유채꽃 피고 달은 동쪽에 해는 서쪽에
반경 백억 킬로미터, 태양계 만다라를 어제처럼 지나고
반경 1만 광년, 은하계 우주는 지금 봄꽃이 한창
반경 백만 광년, 안드로메다 성운은 벚꽃 눈보라에 녹고
반경 백억 광년, 시간과 공간과 모든 생각이 불타는 곳
그곳에서 사람은 앉아서 기도하고 노래한다

고아인 나는
빛나지도 못하는
반딧불이

잇사

みなしご　われ　ひ　　　ほたる
　孤 の我は光からぬ 蛍 かな

　一茶

어떤 상황에서든 유머를 발휘하는 잇사이지만 어떤 시는 가슴이 아프
다. 하지만 아픈 이야기도 다른 것들처럼 기록되어야 한다. 그것이 삶이
기 때문이다. 이 하이쿠는 본능적으로 우리 모두 고아이며 어떤 부분은
끝내 빛날 수 없음을 말한다. 일본 고전 문학『겐지 이야기(겐지모노가타
리_源氏物語)』는 왕실에서 태어나 세 살에 어머니를 잃고 파란만장한 사
랑과 풍류의 삶을 산 히카루 겐지(光源氏)가 주인공이다. 똑같이 세 살
에 모친을 잃은 잇사는 겐지와 볼품없는 자신을 비교하며 탄식한다.

　이 세상은
　풀벌레까지도
　잘 우는 놈 못 우는 놈
　よ　なか　なくむし　　じょうずへた
　世の中や鳴虫にさへ上 手下手

혼자라고
숙박부에 적는
추운 겨울밤

잇사

一人 と 帳 面につく 夜寒 哉

一茶

몇 가지 상황이 추측된다. 지방의 초라한 여관에 혼자서 묵는 쓸쓸함일
수도 있고, 자기 외에는 다른 투숙객이 아무도 없어 숙박부에 자신의
이름만 적혀 있는 것일 수도 있다. 여관 전체에 자기 혼자 묵는다고 생
각하면 겨울밤의 추위가 더 엄습해 온다.

불평을 말할 상대는 벽뿐 저무는 가을
小言いふ相手は壁ぞ秋の暮

혼자일 때는 꽃들도 외로움을 깊게 한다.

쓸쓸함이여

어느 쪽을 향해도

제비꽃
淋しさはどちら向ても菫かな

몸에 따라다닌다
전에 살던 사람의
추위까지도

잇사

身に添ふや前の 主 の寒さ迄
_{み　そ　　まえ　あるじ　きむ　まで}
一茶

'달팽이 껍질'만 한 셋방을 얻고 나서 썼다. 당시의 추위가 혹독해서 큰
강이 얼어 배가 다닐 수 없을 정도였다는 기록이 남아 있다. 집이 어찌
나 추운지 전에 살던 사람의 추위까지 느껴진다고 잇사는 농담을 한다.
그 집마저 고향에 다녀온 사이 집주인이 다른 사람에게 주었다.

자벌레까지 자로 재고 있다 내 단칸방 기둥을
虫にまで 尺 とられけり 此はしら

거처가 없어진 잇사는 다른 시인들의 집을 전전해야만 했다.

봄은 오는데

마흔세 해 동안을

남의 밥이라
春立や四 十 三 年 人 の飯

나는 외출하니
맘 놓고 사랑을 나눠
오두막 파리

잇사

留守にするぞ恋して遊べ庵の蠅
る す こい あそ いお はえ

一茶

집을 나서며 이런 당부를 하는 이는 전 세계에 잇사 한 사람이다. 그의
유머는 따뜻하고 인간적이어서 삶이 힘들 때면 그리워진다.

얌전하게 빈집 잘 지키고 있어 귀뚜라미야
おとなしく留守をしてゐろきりぎりす

고통스러운 삶이 시에 반영되어 있기는 하지만 그것만이 주제였다면 잇
사의 하이쿠는 음울하고 슬프기만 했을 것이다. 그의 천진한 유머가 하
이쿠마다 빛을 발한다.

나와, 반딧불이

방문을 잠글 거야

어서 나와, 반딧불이
出よ蛍 錠をおろすぞでよほたる

사립문 위에
자물쇠 대신 얹은
달팽이 하나

잇사

柴門(しばのと)や錠(ぢょう)のかわりの 蝸牛(かたつむり)

一茶

아침에 내리는 비
어느새 곁에 있는
달팽이
朝雨(あさあめ)やすでにとなりの 蝸牛(かたつむり)

잇사는 달팽이에 대한 하이쿠를 여러 편 썼다. 그의 가장 유명한 달팽이 하이쿠는 교과서에 실린 다음의 작품이다.

달팽이 천천히 올라라 후지 산
蝸牛(かたつむり) そろそろ登(のぼ)れ富士(ふじ)の山(やま)

달팽이처럼 꾸준히 오르면 언젠가는 산 정상에 오른다고도 해석하지만, 실제로는 '당신이 만일 달팽이라면 달팽이로 존재하라'는 뜻이다. 다른 사람이 아니라 자신이 가진 본성의 속도에 따라 산을 오르라는 것.

연미붓꽃
한 송이 하얗게 핀
봄날 저녁

시키

一八の一輪白し春の暮
<ruby>一八<rt>いちはつ</rt></ruby>の<ruby>一輪白<rt>いちりんしろ</rt></ruby>し<ruby>春<rt>はる</rt></ruby>の<ruby>暮<rt>くれ</rt></ruby>

子規

"우리는 때때로 특별한 이유 없이, 혹은 흔히 쓰는 표현대로 '그냥', 우리를 둘러싸고 있는 것을 제대로 볼 때가 있다. 그때 세계는 우리에게 자신의 주름살과 심연을 보여 준다. 우리는 매일같이 똑같은 거리와 정원을 지난다. 매일 오후 도시적 삶에 찌든 저 벽돌담과 눈이 마주친다. 그런데 갑자기, 예기치 않게, 거리는 별세계가 되고, 정원은 막 창조되고, 피곤에 찌든 벽은 기호로 뒤덮인다. 언제 그것을 본 적이 있던가 하고 눈이 휘둥그레진다. 너무나, 정말 압도적으로, 생생하다. 선명해진 현실은 우리로 하여금 이것이 진짜인지, 과거의 것이 진짜인지 의심하게 한다. 처음 본 것 같은 이것('연미붓꽃')은 과거에도 분명히 여기 있었다. 한 줄기 바람이 우리의 이마를 때린다. 우리는 마법에 걸려, 시간이 멈춘 오후 한가운데서 허공중에 떠 있다." 옥타비오 파스의 글이다.

그대를 보내고
생각나는 일 있어
모기장 안에서 운다

시키

君を送りて思ふことあり蚊帳に泣く

子規

고향 친구이고 대학 동창이며 하숙방을 같이 쓴 아키야먀 사네유키(秋
山真之)가 미국 유학을 떠난다는 소식을 알리러 찾아왔다가 돌아간 후
에 쓴 하이쿠이다. 그날 밤 시키 자신도 미국으로 떠나기로 결정하는
꿈을 꾸었다고 교시에게 보낸 편지에 적었다. 병으로 인해 여행이 불가
능하지만 세계를 내 눈으로 보고 싶다는 희망이 컸다. 사네유키는 그
후 러일전쟁에서 해군 핵심 참모로 이름을 떨쳤다. 두 사람의 이야기는
일본에서만 2천만 부가 팔린 시바 료타로우(司馬遼太郎)의 소설 『언덕
위의 구름(坂の上の雲)』에 실려 NHK 방송의 드라마로도 방영되었다. 그
러나 전쟁을 미화한 극우 사관이 반영된 작품으로 비난받는다.

개가 와서 물 마시는 소리 밤이 춥다
犬が来て水飲む音の夜寒かな

어부의 집에

건어물 냄새 나는

무더위

시키

海士が家に干魚の臭ふ暑さかな

子規

어떤 것이 시의 소재가 될 수 있는가 없는가는 소재 그 자체가 아니라
그 경험이 얼마만큼 경험자의 심층부에 닿았는가에 달려 있다. 그것이
무더위 속에서 코를 찌르는 생선 비린내일지라도 하이쿠는 지금 이 장
소, 이 순간의 명징한 경험이다. 아일랜드 시인 셰이머스 히니는 쓴다.
'모든 곳에 존재한다는 것은 아무 곳에도 없다는 것이다/ 누가 한 장소
이외의/ 또 다른 장소를 증명할 수 있는가'.

바쇼는 시각으로 무더위를 확인한다.

　　대합조개가

　　입을 다물고 있는

　　무더위여라

　　蛤 の口しめてゐる暑さかな

오래된 벽
구석에서 움직이지 않는
임신한 거미

시키

古壁の隅に動かずはらみ蜘

子規

우리가 물을 이해하지 못해도 물은 우리를 적시고, 불을 이해하지 못해도 불은 우리를 태운다. 사물을 이해하지 못해도 사물이 우리에게 말을 걸 때가 있다. 벽 구석의 움직이지 않는 임신한 거미처럼.
구석의 벌레는 잇사에게도 말을 건다.

　　풀벌레 운다

　　어제는 못 보았던

　　바람벽 구멍
　　虫なくやきのふは見へぬ壁の穴

미국 시인 시어도어 로스케는 거꾸로 벌레에게 말을 건다.

　　벌레야, 내 곁에 있어 주렴

　　내가 아주 힘들거든

이 무렵의

나팔꽃 남색으로

정해졌구나

시키

この頃の 槿 藍に定まりぬ

子規

산문『작은 뜰의 기록』에서 시키는 "나에게 스무 평 남짓한 뜰이 있다. 그 뜰은 나의 세상의 전부이다."라고 쓰고 있다. 그 뜰에는 나팔꽃, 싸리 꽃, 맨드라미 등이 있었다. 기력이 없어 밖에 나갈 수 없던 시키는 그 꽃들에 대한 시를 쓰고 그림을 그리며 위안을 삼았다.

나팔꽃이여

햇빛 가장자리에

남은 꽃 하나

朝顔や日うらに残る花一つ

방에 누워 장지문 유리로 내다보는 조그마한 뜰, 그곳에 나팔꽃 한 송이가 가을 햇살 속에 색이 바랜 채 피어 있다. 저물어 가는 생에 대한 고독한 응시와 초연한 거리감이 담겨 있다.

다음 생에는
제비꽃처럼 작게
태어나기를

소세키

<ruby>菫<rt>すみれ</rt></ruby> ほどな<ruby>小<rt>ちい</rt></ruby>さき<ruby>人<rt>ひと</rt></ruby>に<ruby>生<rt>う</rt></ruby>まれたし

漱石

"불유쾌함으로 가득 찬 인생을 터벅터벅 걷고 있는 나는 자신이 언젠가 반드시 도착하지 않으면 안 되는 죽음이라는 경지에 대해 항상 생각하고 있다. 그리고 그 죽음이라는 것을 삶보다는 더 편한 것이라고 믿고 있다. 어느 때는 그것을 인간으로서 도달할 수 있는 가장 지고한 상태라고 여길 때조차 있다."(김정숙 역, 나쓰메 소세키 『유리문 안에서』)

일본 근대 소설의 최고 작가인 나쓰메 소세키(夏目漱石)는 불행한 유년기를 보낸 뒤 도쿄대학 영문학부에 입학했다. 그곳에서 문학 동료 시키를 만났다. 졸업할 즈음 가족들의 잇단 죽음을 겪으며 폐결핵과 고질적인 신경쇠약에 시달렸다. 심한 염세주의에 빠진 것도 이 무렵의 일이다.

수선화 피었네 코감기 걸린 사람 머리맡에서

<ruby>水仙<rt>すいせん</rt></ruby>の<ruby>花<rt>はなはな</rt></ruby><ruby>鼻<rt></rt></ruby>かぜの<ruby>枕元<rt>まくらもと</rt></ruby>

밑바닥의 돌
움직이는 듯 보이는
맑은 물

소세키

底の石動いて見ゆる清水哉
_{そこ いしうご み しみずかな}

漱石

좋은 시는 시적인 순간으로 우리를 데려간다. 화려한 수사도 필요 없이 곧바로 느끼게 한다. 그렇지 못하면 시인 자신이 그 순간에 명징하게 도달하지 못한 것이다. 이성선 시인이 좋은 시의 예를 보여 준다.

새는 산속을 날며

그 날개가 산에 닿지 않는다

시냇물이 어찌나 맑은지 마치 돌들이 흘러가는 것처럼 보인다. 투명하게 대상과 하나가 되는 순간이다.

가을 강에서

새하얀 돌 하나

주워 들다

秋の川真白な石を拾いけり
_{あき かわ ましろ いし ひろ}

사람이 그리웠나
어깨에 와서 앉은
고추잠자리

소세키

<ruby>肩<rt>かた</rt></ruby>に<ruby>来<rt>き</rt></ruby>て<ruby>人<rt>ひと</rt></ruby>懐かしや<ruby>赤<rt>あか</rt></ruby><ruby>蜻蛉<rt>とんぼ</rt></ruby>

漱石

한 시인이 풀숲에서 날아온 여치와 눈이 마주친 적이 있다고 한다. 그 순간 여치에게 말을 건네고 싶었는데 말이 통하지 않아 쩔쩔맸다고 했다. 그때 우주는 무한히 깊고 인간의 말은 하찮았다. 어깨에 날아와 앉은 잠자리에게 소세키는 누군가 그리웠느냐고 묻는다. 인간의 언어를 초월한 물음이다. 사람이 그리웠던 건 소세키 자신이었을 것이다.

대학 졸업 후 중등학교 교사를 하던 소세키는 서른넷에 문부성 장학생으로 영국 유학을 떠났다. 런던 생활은 외롭고 궁핍했으며 영문학 공부에 대한 거부감과 동양인이라서 당하는 차별로 마음을 잡지 못하고 몇 번이나 거처를 옮겼다. 마침내 소세키가 정신 이상자가 되었다는 소문이 들리자 문부성은 귀국 명령을 내렸다. 당시 일본인 유학생들이 서구 세계로 자신을 포장하며 지식인인 양 행세한 것과는 대조적이었다.

소쩍새가 부르지만
똥 누느라
나갈 수 없다

소세키

時鳥　厠　半ばに出かねたり
ほととぎすかわやなか　　　で

漱石

아사히 신문에 기사로 실리기도 한 일화이다. 기사 제목은 '수상의 문인 초대와 소세키 씨의 양귀비'. 수상이 주최한 문인 초청 만찬의 초대장을 받은 소세키는 소설 『양귀비』 집필을 이유로 이 하이쿠를 적어 보내며 퉁명스럽게 거절했다. 수상에 대한 결례라며 문제시되었던 작품이다.

'소세키'라는 이름은 고어 '수석침류(漱石枕流_돌로 양치질하고 흐르는 물을 베개로 삼는다)'에서 따온 것으로 '억지 고집을 부린다'는 의미이다. 소세키 특유의 반골 기질이 드러난다. 시키가 준 이름이다.

　　새로 온 가정부
　　'꽃'이라고 이름 말하는데
　　절름발이여라
　　出代りや花と答へて　跛　なり
　　でがわ　　はな　こた　　びっこ

흰 국화 앞에서
잠시 마음 흔들리는
가위인가

소세키

白菊にしばしためらふ 鋏 かな

漱石

옥타비오 파스는 이 하이쿠에 대해 이렇게 해설을 썼다. "죽음은 별개로 떨어져 있는 것이 아니다. 말로 표현하기 어렵지만 죽음이 곧 삶이다. 우리를 존재의 창조로 이끌어 가는 것은 우리가 아무것도 아니라는 사실의 깨달음이다. 무에 던져진 인간은 무에 맞서서 자신을 창조한다." (『활과 리라』) 유명한 소설가가 되기 전에 소세키는 많은 하이쿠를 썼지만 스스로 하이쿠에는 소질이 없다고 느꼈다. 만일 그가 계속해서 하이쿠에 전념했다면 『나는 고양이로소이다』, 『도련님』, 『풀베개』, 『마음』, 『길 위의 생』을 비롯한 일본 근대 소설의 대표작들은 탄생하지 못했을지도 모르는 일이다.

　　너의 본래 면목은 무엇이니 눈사람아
　　本来の面目如何雪達磨

그대 돌아오지도 못할
어느 곳으로
꽃을 보러 갔는가

소세키

君帰らず何処の花を見にいたか

漱石

자살한 동료 문인을 애도하며 쓴 이 하이쿠는 그 후 동일본 대지진을
비롯해 수많은 추도식에서 낭송되고 인용되어 왔다.

죽은 자를 위한 염불

잠시 멈춘 사이

귀뚜라미 우네

通夜僧の 経 の絶間やきりぎりす

스물다섯 젊은 나이에 형수가 죽자 소세키는 여러 편의 하이쿠를 썼다.

미인이었던

그대의 마지막도

해골이구나

骸骨や是も美人のなれの果

365

눈썹 가늘게 밀고

그 후에 바로

세상 떠나네

소세키

細眉_{ほそまゆ}を落_{おと}す間_まもなく此世_{このよ}をば

漱石

형수의 죽음을 슬퍼하며 썼다. 남몰래 사모하던 그녀의 가는 눈썹이야
말로 잊기 힘든 것이다. 자신과 나이가 같은 셋째 형수의 죽음에 13편
의 하이쿠를 쓴 것을 보면 얼마나 큰 상실감에 젖었는지 알 수 있다.

무슨 일인가

고인에게 바친 꽃에

미친 나비

何事_{なにごと}ぞ手向_{たむ}けし 花_{はな}に狂_{くる}ふ 蝶_{ちょう}

몸부림치는 자신의 모습을 죽은 꽃에 미친 나비에 빗댈 만큼 사랑하는
이의 죽음은 끝내 현실이 아니다. 죽은 사람에게 바친 꽃도 나비에게는
똑같은 꽃일 뿐이다. 형수의 죽음은 결핵으로 피를 토하는 친구 시키의
상황과 겹쳐 소세키를 극도의 신경쇠약으로 몰아넣었다.

있는 국화

모두 던져 넣어라

관 속으로

소세키

ある程の菊投げ入れよ棺の中

漱石

가까운 친구의 아내이자 작가인 오쓰카 구스오코(大塚楠緒子)의 죽음을 애도하며 쓴 하이쿠로 최후의 산문집 『유리문 안에서』에 실려 있다. 그 녀에게 은밀히 마음을 주었는데 죽고 만 것이다. 다듬어지지 않은 거친 표현이지만, 그 말투에서 오히려 깊은 상실감이 묻어난다. 처음에는 '있 는 정 모두 넣으라 관 속의 사람(あるだけの情け集めよ棺の人)'이었으 나 지인의 제안으로 수정했다. 이 무렵 소세키는 심한 불안 증세와 위장 병 재발로 요양 중이었으며, 창작도 하지 않고 무기력증에 빠져 있었다.

　　떠난 자에게

　　남아 있는 자에게

　　오는 기러기

　　逝く人にとどまる人に来たる雁

겨울 찬 바람
저녁 해를 바다로
불어 내리네

소세키

凩 や海に夕日を吹き落す

漱石

소세키는 소설『길 위의 생』에서 썼다.

"그는 과거와 미래로 자기의 생을 나누어 보려고 했다. 그러자 깨끗이 잘라져야 할 과거가 오히려 그를 뒤쫓아 왔다. 그의 눈은 앞으로 나아가기를 원했지만 발은 저도 모르게 뒷걸음질 쳤다."

눈이 아파서
불을 켤 수 없다
여름 장맛비

眼を病んで灯をともさぬや五月雨

눈병은 다른 병과 달리 주로 정신적인 문제에서 비롯된다는 말이 있다. 장마 기간의 밤은 특히 어두워 일본에서는 '오월 어둠(五月闇)'이라는 단어까지 생겨났다. 낮 동안의 어둠에 대해서도 그 단어를 쓴다.

바람에게 물으라
어느 것이 먼저 지는지
나뭇잎 중에

소세키

風に聞けいずれか先に散る木の葉

漱石

쉰 살에 세상을 떠나며 썼다. 위궤양 악화로 절에서 요양하던 중 피를 토하며 가사 상태까지 이르렀던 소세키는 도쿄의 단골 병원에 갔다가 병원장의 사망 소식을 듣는다. 어느 잎이 먼저 질지 아무도 모른다.

참새 날아와
장지문에 흔들리는
꽃 그림자

雀 来て 障子にうごく花の影

소세키는 여전히 일본의 국민 작가이며 천 엔짜리 지폐에 그의 얼굴이 인쇄되어 있다. 그의 결벽성과 순수성, 인간 내면의 에고이즘과 윤리관의 추구, 지식인의 고뇌는 다음 세대 작가들에게 깊은 영향을 주었다. 아쿠타가와 상으로 유명한 아쿠타가와 류노스케도 그의 제자였다.

떠내려가는
무 잎사귀의
빠름이여

교시

流れ行く大根の葉の早さかな
虛子

수로를 따라 무 잎사귀가 떠내려가고 있다. 시인은 다리 위에서 그것을 보고 있다. 일상의 극히 사소한 현상을 하이쿠에 담았다. 시인의 시선은 흘러가는 무 잎이 아니라 그 잎의 '속도'를 향해 있다. 보르헤스는 썼다.

　　시간이란 또 다른 강임을 기억하라

　　우리들은 강처럼 사라지고

　　우리 얼굴은 물처럼 흘러감을

시키의 계승자 다카하마 교시(高浜虛子)는 근대 하이쿠의 주춧돌을 쌓은 인물이다. 고등학교 때 동급생 헤키고토에게서 시키에 대한 이야기를 듣고 시키에게 장문의 편지를 보냈다. 그 후 두 사람 사이에 편지가 오가고, 문학에 대해 막연한 꿈을 가지고 있던 교시는 결국 학교를 자퇴하고 헤키고토와 함께 시키를 찾아가 문학에 투신했다.

금풍뎅이
내던지는 어둠의
깊이

교시

こがねむし なげう やみ ふか
金亀子 擲 つ闇の深さかな

虚子

하이쿠 모멘트haiku moment, 즉 하이쿠적 순간이 있다. 사물을 분명
하게 보고 그것과 하나가 되는 순간이다. 등껍질이 금빛인 금풍뎅이는
곧잘 불빛을 보고 집 안으로 날아든다. 손으로 잡아 밖의 어둠 속으로
날려 보내면 본능적으로 죽은 척하며 바닥으로 떨어진다. 어둠 속으로
던져지는 금풍뎅이의 희미한 금빛을 통해 '어둠의 깊이'를 안다. 금풍뎅
이는 던지는 사람의 내면으로 던져지는 것이다.

교시의 제자 하라 세키테이(原石鼎)는 나비의 깊이에 시선을 던진다.

높이높이
나비 떠가는 골짜기의
깊이여
たかだか ちょう たに ふか
高高と 蝶 こゆる谷の深さかな

먼 산의

해와 맞닿은

시든 들판

교시

とおやま　ひ　あ　　　かれ の
遠山に日の当たりたる枯野かな

虚子

마른 들판에 이어진 산에 해가 걸려 붉은색을 띠고 있다. 회색 들판에
대비해 원경이 더 밝다. 시든 들판은 자신의 인생을 비유한 것이라고 교
시는 말했다. 순수한 객관 사생인 이 작품을 스스로 자신의 대표작으
로 꼽았다. '객관 사생'은 교시가 처음 사용한 말이다. 개인의 의견이나
상상을 배제하고 대상을 잘 관찰해 그 상태만을 묘사하는 기법이다.
"하이쿠는 문학의 일부이다."라고 선언한 시키는 언어유희로 전락한 하
이쿠를 비판하고, 자신의 문하생인 교시의 작품을 높이 평가했다.

하늘과 땅 사이

흐느끼듯 내리는

겨울비

あめつち　あいだ　　　　しぐれ
天地の間にほろと時雨かな

첫 나비 날아와

무슨 색인가 물어

노란색이라 답한다

교시

<ruby>初<rt>はつ</rt></ruby> <ruby>蝶<rt>ちょう</rt></ruby> <ruby>来<rt>く</rt></ruby><ruby>何色<rt>なにいろ</rt></ruby>と<ruby>問<rt>と</rt></ruby>ふ<ruby>黄<rt>き</rt></ruby>と<ruby>答<rt>こた</rt></ruby>う

虚子

뜰에 첫 나비가 날아온 걸 보고 "첫 나비가 왔네." 하고 말하자 상대방이 "무슨 색?" 하고 물어 "노란색."이라고 답했다는 것이다. 그 반대 입장일 수도 있다. 일상의 대화 속에 '첫 나비의 노란색'이 인상 깊게 새겨진다. 패전 직후에 쓴 하이쿠로 봄의 첫 나비에 대한 감동이 담겨 있다.

　나비가 먹는 소리의 조용함이여

　<ruby>蝶<rt>ちょうちょう</rt></ruby> <ruby>蝶<rt></rt></ruby> のもの<ruby>食<rt>く</rt></ruby>ふ<ruby>音<rt>おと</rt></ruby>の<ruby>靜<rt>しず</rt></ruby>かさよ

나비의 작은 소리가 세상으로 퍼져 간다. 시는 작은 것을 크게 만든다.

　물을 뿌리면

　여름 나비 그곳에서

　태어나네

　<ruby>水<rt>みず</rt></ruby><ruby>打<rt>う</rt></ruby>てば<ruby>夏<rt>なつ</rt></ruby> <ruby>蝶<rt>はつちょう</rt></ruby> そこに<ruby>生<rt>う</rt></ruby>まれけり

그가 한마디
내가 한마디
가을은 깊어 가고

교시

<ruby>彼<rt>かれ</rt></ruby><ruby>一語<rt>いちご</rt></ruby><ruby>我<rt>われ</rt></ruby><ruby>一語<rt>いちご</rt></ruby><ruby>秋深<rt>あきふか</rt></ruby>みかも

虚子

시키의 '떠나는 내게 머무는 그대에게 가을이 두 개'에 화답한 하이쿠이다. 천지간에 단 두 사람만 마주 앉아 있다. 그가 한마디 불쑥 던진다. 나도 한마디 대답한다. 말이 많지 않은 조용한 대화 속에서 가을이 깊어 가고, 서로의 이해도 깊어진다.

　　가을 하늘 밑 들국화 꽃잎이 부족하다
　　<ruby>秋<rt>しゅう</rt></ruby> <ruby>天<rt>てん</rt></ruby>の<ruby>下<rt>もと</rt></ruby>に<ruby>野菊<rt>のぎく</rt></ruby>の<ruby>花弁<rt>かべん</rt></ruby><ruby>欠<rt>か</rt></ruby>く

우루과이 시인 사울 이바르고옌은 썼다. "시는 저 깊은 곳에서 울려 나오는 인간 내면의 목소리를 시각적으로 나타낸 것이다. 시를 쓰기 위해서는 먼저 그 내면의 소리에 귀를 기울여야 한다."

　　바다로 들어가 다시 태어나는 으스름달
　　<ruby>海<rt>うみ</rt></ruby>に<ruby>入<rt>い</rt></ruby>りて<ruby>生<rt>う</rt></ruby>まれかわろう <ruby>朧<rt>おぼろ</rt></ruby><ruby>月<rt>づき</rt></ruby>

374

흰 모란이라
말할지라도
분홍색 어렴풋

교시

<ruby>白牡丹<rt>はくぼたん</rt></ruby> といふといへども <ruby>紅<rt>こう</rt></ruby> ほのか

虚子

범주화는 인간의 편리한 생존 전략 중 하나로 발달한 것이므로 사물의 본질과 거리가 멀 때가 많다. 예술가는 그 범주화를 뛰어넘는다. 그래야만 백모란이라고 이름 붙여진 흰 꽃 속에 숨은 붉은색을 감지할 수 있기 때문이다. 여기에는 시간의 경과도 담겨 있다. 흰색 모란의 아름다움에 이끌려 꽃을 주시하면 무엇인가 다른 색이 희미하게 보인다. 범주화의 관념을 뚫고 본질에 접근하기 위해서는 몰입의 시간이 필요한 것이다. 교시가 흠모한 부손도 인간의 색깔 관념에 의문을 던진다.

차꽃 피었네

흰색인지 노란색인지

의심스러워

<ruby>茶<rt>ちゃ</rt></ruby>の<ruby>花<rt>はな</rt></ruby>や<ruby>白<rt>しろ</rt></ruby>にも<ruby>黄<rt>き</rt></ruby>にもおぼつかな

하늘의 불이
지상의 꽃에 내린
백일홍

교시

炎天の地 上 花あり百日紅

虚子

"이렇게 표면이 매끈한, 붉은 꽃 무리가 피는 독특한 나무가 있다니!" 하
고 교시는 처음 백일홍을 보았을 때의 감동을 전한다. 마이니치 신문의
칼럼 〈여록(余録)〉은 이 하이쿠를 인용하며 다음의 글을 실었다.

"화려한 꽃이 바람에 흔들리는 백일홍은 꽃이 부족한 한여름에 귀중한
색채를 가져다준다. 이름에서 드러나듯 개화 시기가 길다. 나쓰메 소세
키의 『나는 고양이로소이다』의 이름 없는 고양이는 백일홍이 피어 있는
동안에 『미학원론』을 다 쓰고 허세를 부렸지만 역시나 허풍으로 끝났
다. 봄에 늦게 잎을 틔우고 가을에는 맨 먼저 낙엽이 지기 때문에 '게으
른 나무'라는 별명도 있다. 출근길에 마치 불꽃이 터지는 것처럼 흐드러
지게 피어 있는 백일홍을 보고 8월임을 실감했다. 작년과 다르지 않은
나무이나, 대지진 후라서 그것에 기대는 인간의 마음이 더욱 절실하다."

거미로 태어나
거미줄 치지 않으면
안 되는 건가

교시

蜘蛛に生れ網をかけねばならぬかな

虚子

거미로 태어난 이상, 거미줄을 쳐서 곤충을 포획하지 않으면 안 된다. 잔혹해 보이지만 거미로 태어났으므로 그렇게 살아가야 한다. 교시는 '거미로 태어나 거미줄 치는 나인가'라고 고쳐 쓰기도 했다.

현대 하이쿠 시인 가토 슈손(加藤楸邨)은 쇠똥구리로 답한다.

　　쇠똥구리로 태어나

　　똥 굴리는 것

　　말고는 없지

糞ころがしと生れ糞押すほかはなし

그러면서 슈손은 말한다. "삶이 인간에게 숭고하다면, 똥을 굴리는 일도 방귀를 뀌는 일도 쇠똥구리한테는 숭고한 삶이다." 하지만 그런 건가? 인간도 그렇게 하지 않으면 안 되는 건가?

오동잎 하나
햇빛을 받으면서
땅에 떨어져

교시

桐一葉日当たりながら落ちにけり

虚子

있는 그대로의 상태를 묘사할 뿐 다른 것은 말하지 않음으로써 오히려 그 이면의 많은 것을 전하는 것이 객관 사생의 하이쿠이다. 이처럼 교시는 느낌을 드러내지 않고 담백하게 표현하기를 좋아했다.

바쇼는 한 걸음 가까이 다가온다.

　　외로움을 물으러 오지 않겠나 오동잎 한 잎
　　さびしさを問てくれぬか桐一葉

"사계절의 변화에 마음을 두고 그 안에서 안주하는 세계를 찾는 것은 하늘이 준 축복이며, 그것에 정을 보내는 마음이 하이쿠의 길이다."라고 교시는 말했다.

　　이른 봄의 뜰을 거닐며 문을 나서지 않네
　　早春の庭をめぐりて門を出でず

봄의 우수여
차가워진 두 발을
포개어 놓고

교시

春愁や冷えたる足を打ち重ね
　しゅんしゅう　　ひ　　　　あし　　う　　かさ

虚子

겨울이 지났는데도 아직 차가운 기운이 남아 있는 봄의 추위를 '여한
(余寒)'이라고 한다. 일찍 핀 꽃들을 얼음꽃으로 만드는 여한은 혹한이
또 닥칠지 모른다는 우울한 예감을 안겨 준다. 현대 하이쿠 시인 에쿠
니 시게로(江國滋)는 암 선고를 받은 후 다음의 하이쿠를 썼다.

봄의 추위여

이 내가 이 내가

암

残寒やこの俺がこの俺が癌
　ざんかん　　　おれ　　　　おれ　　がん

고야마 사치코(小山さち子)는 봄날 기차를 타고 간다.

봄날의 우수여 기차 차창에 어린 얼굴

春愁や列車の窓に写す顔
　しゅんしゅう　れっしゃ　まど　　うつ　　かお

379

큰 절을 에워싸고
아우성치는
나무의 싹들

교시

大寺(だいじ)を包(つつ)みてわめく木(き)の芽(め)かな

虚子

'아우성'이 봄날 어린싹들의 싱그러운 '설법'으로 읽힌다. 절 안에서 진리
를 찾지 말고 봄의 싹들을 바라보라는, 약동하는 생명 옆에서 이 순간
의 살아 있음을 느끼라는 법문으로. 잭 케루악은 하이쿠에 대해 "지우
는 것, 부정하는 것에서 크고 긍정적인 것이 나온다."라고 했다. 하이쿠
는 숨 한 번 길이만큼의 시 속에 무언의 깨달음을 담는다.

뿌리와 헤어져

떠가는 잎사귀 하나

봄의 물 위에
一(ひと)つ根(ね)に離(はな)れ浮(う)く葉(は)や春(はる)の水(みず)

물에 떠가는 잎사귀보다 봄의 물의 투명함과 싱그러움이 더 다가온다.
뿌리를 떠난 잎사귀조차 생명의 아름다운 순환으로 느껴진다.

굴을 나오는
뱀을 보고 있는
까마귀

교시

穴を出る蛇を見て居る 鴉 かな

虚子

봄이 되자 땅속 생명들이 구멍에서 나온다. 뱀도 굴에서 기어 나온다. 까마귀가 뱀을 잡아먹으려고 기다리고 있는 것인지는 확실하지 않다.

　　스무 개의 눈 덮인 산

　　단 하나 움직이는 것은

　　검은 새의 눈

하이쿠라 해도 의심하지 않을 이 시는 하이쿠의 영향을 받아 쓴 윌리스 스티븐스의 시 〈검은 새를 보는 열세 가지 방법〉의 일부이다. 내적 심경을 통해 검정 새의 다양한 이미지를 묘사하고 있다.

교시는 이상한 느낌이 엄습하는 하이쿠도 썼다.

　　뱀의 굴을 나와서 보면 주나라 천하여라

　　蛇穴を出て見れば 周 の天下なり

햅쌀
한 톨의
빛이여

교시

新米の其一粒の 光 かな
<small>しんまい そのひとつぶ ひかり</small>

虚子

어떤 흠집도 없는 이 빛 알갱이들을 보라. 그 빛이 우리 입 속으로 들어와 몸과 영혼을 살찌운다. 햅쌀 한 톨을 '빛 알갱이'로 묘사한 것은 천부적인 감각이다. 멕시코 시인 호세 에밀리오 파체코는 말한다. "나의 시가 당신 마음에 든다면 그것이 나의 시든 타인의 시든 어느 누구의 시도 아니든 무슨 상관인가. 당신이 읽은 시는 진정 당신의 것이다."

수많은 생명을 앗아 간 동일본 대지진 직후에 실시된 하이쿠 공모에서 에자키 요시히토(江崎義人)가 쓴 다음의 하이쿠가 대상에 선정되었다.

밥을 지어라

산 자와 죽은 자에게

올해의 쌀로

炊き上げて死者に生者に今年米
<small>す あ ししゃ せいしゃ ことしまい</small>

늙은 매화나무
추할 정도로 많은
꽃을 피웠네

교시

老梅の 穢 き迄に 花 多し
ろうばい　きたな　　　まで　　はなおお

虚子

죽음을 향해 가고 있음에도 넘치는 생명력을 발산하는 자신에 대한 당혹스러움을 '추할 정도로'라고 표현하고 있다. 여든세 살 때의 작품이다.

연달아

재채기해서 위엄이

무너지네

つづけざまに 嚔 して威儀くづれけり
　　　　　　くさめ　　　　いぎ

인간의 일은 어떤 것이든 시의 소재가 될 수 있다.

목숨 걸고

애벌레 싫어하는

여자여라

命 かけて芋虫憎む 女 かな
いのち　　　　いもむしにく　　おんな

겨울 햇살이
지금 눈꺼풀 위에
무거워라

교시

冬日今 瞼 にありて重たけれ
<small>ふゆ び いま まぶた</small> <small>おも</small>

虚子

불문학자 구와바라 다케오(桑原武夫)는 유명한 저서 『제2예술론』에서 '해석의 자의성, 애매함'을 하이쿠의 약점으로 지적했다. 명쾌하게 분석되어야만 의미와 가치가 있다는 주장이다. 좋은 시는 명쾌하게 이해되는 시가 아니라 독자에 의해 새로운 의미가 창조되는 함의를 지닌 시다.

가을바람 분다

마음속 수많은

산과 강에

秋風や 心 のなかの幾山河
<small>あきかぜ こころ いくさん が</small>

누구나 마음속에 산과 강이 존재한다. 비와 바람이 그것을 상기시킨다.

가을바람 분다 눈 속에 있는 것 모두 하이쿠

秋風や眼 中 のもの皆俳句
<small>あきかぜ がんちゅう みなはいく</small>

툇마루 위에
어디선지 모르게
떨어진 꽃잎

교시

濡縁にいづくともなき落花かな

虛子

문학평론가들로부터 높이 평가받은 교시의 대표작이다. 사생(写生)은 자연이나 인간과 관계된 것을 세밀하게 관찰하고 묘사하는 것이다. 말을 꾸미거나 과장하지 않고 있는 그대로를 그려 내는 것이다. 작자의 주관이 지나치게 드러나면 독자는 부담을 느낀다.

썩은 물에
동백꽃 떨어져서
움푹 패이네

腐れ水 椿 落つれば窪むなり

비바람이 불었을 것이고, 그래서 동백꽃이 졌을 것이다. 시인의 마음 상태를 암시하는 것일 수도 있지만 드러내지는 않았다. 하이쿠는 생략의 문학이다. 열일곱 자의 세계 안에 인생에 대한 생각과 감정을 담는다.

비유하자면
팽이가 튕겨 나간
것 같은 거지

교시

たとふれば独楽のはじける如くなり

虚子

가스통 바슐라르가 인용한 조제프 주베르의 말을 상기해야 한다. "인간에 대해 알고자 하는 철학자가 가장 먼저 해야 할 공부는 시인들이다." 시키가 세상을 뜨자 교시와 헤키고토는 〈두견〉지를 발간하며 하이쿠 시단을 이끌었다. 교시가 전통을 고집한 반면 헤키고토는 형식을 파괴한 신경향 하이쿠를 추구했다. 두 사람은 같은 하숙집에서 생활했고, 함께 학교를 중퇴하고 시키의 제자가 되었다. 그러나 결국 의견 대립과 경향 차이 때문에 멀어졌다. 두 팽이가 돌다가 부딪쳐 튕겨 나간 것이다.

고무공 놀이
슬픈 사연을
아름답게
手毬唄かなしきことをうつくしく

불을 켜는
손가락 사이
봄밤의 어둠

교시

灯をともす指の 間 の春の闇
<small>ひ ゆび あいだ はる やみ</small>

虚子

누구나 자기만의 불을 켜고 있고, 손가락 사이의 어둠을 가지고 있다. 달 없는 봄밤, 아무것도 없는 것 같고 무언가 있는 것도 같은 어렴풋한 어둠을 응시하는 일도 삶의 한 부분이다. 방 밖의 어둠을 말하는 것이 보통인 '봄밤의 어둠'을 자신의 손가락 사이로 가져온 감각이 섬세하다.

눈을 감으면
젊은 내가 있어라
봄날 저녁

眼つむれば若き我あり春の宵
<small>め わか われ はる よい</small>

그 청춘의 날들, 반짝이던 봄날의 감성은 다시 돌아오지 않을지도 모른다. 기억을 꺼내다가 그 불에 데는 날들만 남아 있을지도. 다른 계절도 아닌 봄밤의 언저리, 어슴푸레한 어둠 속에 젊은 날의 내가 서 있다.

지난해 올해
가로지르는
막대기 같은 것

교시

こぞ ことしつらぬ ぼう ごと
去年今年 貫く棒の如きもの

虚子

지난해와 올해를 관통하는 '막대기'가 무엇인지 해석이 분분하다. 하이쿠 연구가 야마모토 겐키치는 '시간의 연속성'을 말한 것이라 풀이한다. 한일 합병 직후 조선을 여행한 교시는 여행기 『조선』을 썼다. 그는 조선인의 수준을 낮게 보고 일본의 지배를 찬양함으로써 조선 총독의 사례까지 받았다. 친일 지식인 홍원선에 대해서는 '색이 바랜 코트를 걸치고 가끔 히죽히죽 웃기만 했다. 이는 완전히 틀니였고, 꾹 다문 입가에는 참혹한 그림자가 떠돌았다.'고 묘사했다. 홍원선의 이가 틀니였던 이유는 한일 합병에 반대해 당한 고문으로 이가 모두 빠졌기 때문이었다. 홍원선은 겉으로만 친일을 하는 척했던 것이다. 귀국 길에 교시는 "과연 일본인은 위대하다."라고 썼다. 시대 상황이 어떠하든 시인이 진실의 편에 서지 않는다면 그의 시는 의미와 가치를 상실한다.

봄이 오는 산
시신을 땅에 묻고
허무하여라

교시

春の山 屍 をうめてむなしかり
^{はる} ^{やまかばね}

虚子

만물이 소생하는 봄에 죽은 사람을 땅에 묻는 것은 허무한 일이다. 이 하이쿠를 쓰고 이틀 뒤 교시는 세상을 떠났다. 벚꽃 만개한 무렵이었다. 그가 혼수상태로 누워 있을 때 전통 연극 노의 악사인 다카하시 스스무(高橋進)가 병문안 와서 노래를 불렀다. "꽃의 자취 찾아가니, 꽃의 자취 찾아가니, 눈으로 내리고 비가 되네." 그러자 하늘에 먹구름이 일고 천둥 번개가 치며 강풍이 불었다. 벚꽃이 산산이 흩어지고 말았다.

하이쿠를 재발견하고 그것의 문학적 가치를 세상에 알림으로써 관심을 자극한 사람이 시키라면, 그 뒤를 이어 〈두견〉지를 발간하며 본격적인 하이쿠 운동을 전개한 사람은 교시이다. 헤아릴 수 없이 많은 하이쿠 시인들이 교시의 문하에서, 혹은 그와의 교류를 통해 탄생했다. 현대 하이쿠는 교시로부터 출발했다 해도 틀린 말이 아니다.

잊지 말게나
덤불 속 피어 있는
매화꽃을

바쇼

忘るなよ藪の中なる梅の花

芭蕉

아무도 눈길 주지 않는 덤불 속에 핀 매화, 부디 잊지 말고 다시 찾아와
주면 좋으리. 행각을 떠나는 승려에게 준 이별의 시로, 봄이 되면 지나
는 길에 자신의 오두막에 꼭 들러 달라는 마음을 표현하고 있다. 스스
로를 '덤불 속에 핀 매화'로 묘사한 심정이 엿보인다. 『신고금집』에 실린
시 '바라보는 오늘이 옛날이 되어도 집 앞 매화여, 나를 잊지 말게나'를
염두에 두고 쓴 작품이다.

　　주인 없는 집

　　매화조차 남의 집

　　담장 너머에

　　留守に来て梅さへよその垣穂かな

부재중인 집주인 얼굴 대신 매화라도 감상하려 했더니 옆집 나무이다.

나팔꽃이여
너마저 나의 벗이
될 수 없구나

바쇼

<ruby>朝<rt>あさがお</rt></ruby>顔 や是<ruby><rt>これ</rt></ruby>も又<ruby><rt>また</rt></ruby>我<ruby><rt>わ</rt></ruby>が友<ruby><rt>とも</rt></ruby>ならず

芭蕉

하루 만에 지는 나팔꽃은 친구가 될 수 없다. 이 무렵 바쇼는 육체적으로나 정신적으로나 쇠약해져 있었다. 그래서 한 달 남짓 오두막 문을 안으로 잠그고 세상과 격리된 생활을 했다. "누가 오면 불필요한 말을 해야 한다. 내가 다른 사람을 찾아가면 그를 방해했다는 미안한 느낌이 든다. 벗 없음을 벗으로 삼고, 가난함을 부로 삼아야 한다. 쉰 살 먹은 노인이 직접 이 글을 써서 자신의 계율로 삼는다." 이러한 글과 함께 다음의 하이쿠를 지었다.

나팔꽃 피어

낮에는 자물쇠 채우는

문의 울타리

朝顔や昼は 錠 おろす門の垣

의지할 곳은
언제나 잎사귀 하나
벌레의 노숙

바쇼

よるべをいつ一葉に虫の旅寝して
芭蕉

언제 해안에 다다를 것인가. 물에 떨어진 잎사귀 배에 풀벌레 한 마리
가 올라타 바람 가는 대로 여행을 하고 있다. 기약 없이 방랑을 계속하
는 자신의 모습과 다를 바 없다. 여행기는 보통 여행을 마치는 것으로
끝맺는 것이 일반적이지만, 바쇼의 『오쿠노호소미치』는 또 다른 여행을
떠나는 것으로 끝난다.

　가진 것 하나 나의 생은 가벼운 조롱박
　もの一つ我が世は軽き瓢哉

바쇼는 이 여행기에 적고 있다. "밤이 깊어지자 천둥이 치고 비가 쏟아
져, 누운 자리 바로 위에서는 비가 새고, 벼룩과 모기에 시달려 잠을 이
룰 수 없다. 더구나 지병까지 도져 정신을 잃을 지경이다." 그러나 '수도
하는 마음으로 하는 여행', 다음 날 아침 일찍 또다시 여행길에 오른다.

손에 잡으면
사라질 눈물이여 뜨거운
가을의 서리

바쇼

手に取らば消えん 涙ぞ熱き秋の霜
芭蕉

세상을 떠돌다 오랜만에 고향에 오니 어머니는 이미 돌아가셨다. 귀밑
머리 하얀 형도 말을 잇지 못한다. 형이 부적 주머니를 열어 어머니의
백발을 보여 주자 바쇼는 끝내 울음을 쏟는다. 뜨거운 눈물에 어머니의
백발이 서리처럼 녹아 사라질 것만 같다. 격한 감정을 표현하기 위해 규
정보다 많은 5·10·5자로 썼다. 『노자라시 기행』에 수록된 작품이다.
'서리'는 가을의 계어이다. 몸이 병약해 평생 어머니에게 의지해 산 현
대 하이쿠 시인 기시다 지교(岸田稚魚)의 하이쿠가 있다.

　　서리가 된 이슬

　　화장품 바른 어머니에게

　　내렸구나

　　露霜の紅さして母残りけり

일생을 여행으로 쟁기질하며
작은 논을
가고 오는 중

바쇼

世を旅に代かく小田の行きもどり

芭蕉

모내기할 논의 흙덩이를 깨기 위해 쟁기질하며 왔다 갔다 하는 농부를
보고 지은 하이쿠이다. 자신의 삶과 여행이 저렇게 한 뙈기의 논을 왔다
갔다 한 것에 불과했다고 진솔하게 말하고 있다.

바쇼는 『교리쿠에게 주는 작별의 글』에서 난잔(南山) 대사의 말을 인용
한다. '옛사람의 발자취를 따르지 말고, 옛사람이 추구한 바를 따르라.'
누구를 숭배할 것이 아니라 그가 이상으로 삼은 것, 그것을 이루기 위
해 그가 가졌던 자세와 정신을 따르라는 것이다. 제자가 되려고 찾아온
젊은 약사에게 바쇼는 다음의 하이쿠를 주었다.

　　나를 닮지 말라 둘로 쪼갠 참외일지라도
　　我に似るなふたつに割れし真桑瓜

둘로 쪼갠 참외처럼 같을지라도 나를 모방하지 말라는 것이다.

화장한 뼈를
줍는 사람 가까이
제비꽃

부손

骨拾ふ人にしたしき 菫 かな

蕪村

파블로 네루다는 "시는 어둠 속을 걸으며 인간의 심장을, 여인의 눈길을, 거리의 낯선 사람을, 해가 지는 석양 무렵이나 별이 빛나는 한밤중에 한 줄의 시를 필요로 하는 사람들을 대면해야 한다."라고 말했다.
옛날에는 들판에 장작을 쌓아 놓고 시신을 화장했다. 유족의 슬픔을 달래듯 근처에 제비꽃이 피어 있다. 흰 뼈와 보라색 제비꽃의 색감이 강조되고 있다. 심각하고 감상적으로 다가가기보다 유골 수습하는 사람과 제비꽃을 화면 구성의 일부로 사용함으로써 심각해지기 쉬운 장면을 회화적으로 다루고 있다. 하기와라 사쿠타로는 "화장터 근처에 제비꽃이 피어 있다. 유골을 수습하는 사람들에게 초봄의 제비꽃 같은 슬픔이 있다."라고 감상을 썼다. 제비꽃은 자세히 보면 사람의 얼굴을 닮았다고 예전부터 말해 왔다.

흰 이슬

찔레나무 가시마다

하나씩 맺혀

부손

<ruby>白露<rt>しらつゆ</rt></ruby>や <ruby>茨<rt>いばら</rt></ruby> の <ruby>刺<rt>はり</rt></ruby> にひとつづつ

蕪村

날이 추워져 찬 이슬 내리고, 가시나무에 다가가서 보면 가시 끝마다 이슬방울이 매달려 빛나고 있다. 날카로운 가시와 둥글고 투명한 물방울의 대비가 선명하다. 마치 신이 작고 빛나는 물방울들을 가시 하나하나에 걸어 둔 것 같다. 이슬도 그 자체의 삶이 있다. 해가 뜨면 생을 다하고 증발해 사라진다. 시간의 지속과 부재라는, 부손 특유의 관찰이 여기서도 드러난다. '희게 반짝이는 이슬'은 가을의 계어이다.

시키도 비슷한 풍경을 묘사하지만 둘은 다르다.

저녁 소나기

개구리 얼굴에

물 세 방울쯤

<ruby>夕立<rt>ゆうだち</rt></ruby>や <ruby>蛙<rt>かわず</rt></ruby> の <ruby>面<rt>つら</rt></ruby> に三<ruby>粒<rt>みつぶ</rt></ruby>ほど

봄비 내리네
물가의 작은 조개
적실 만큼만

부손

<ruby>春雨<rt>はるさめ</rt></ruby>や<ruby>小磯<rt>こ いそ</rt></ruby>の<ruby>小貝<rt>こ がい</rt></ruby>ぬるるほど

蕪村

하루 종일 가랑비 내리는 해변, 희미하게 젖어서 빛나는 조개들, 그 껍질에 고인 물, 갈색으로 젖은 모래……. 한 줄의 시에 색깔과 소리와 움직임이 고요히 있다. 부손 하이쿠의 독특한 세계이다.

씨앗 든 자루 적시며 봄비 내리네
<ruby>物種<rt>もの だね</rt></ruby>の <ruby>袋<rt>ふくろ</rt></ruby> ぬらしつ<ruby>春<rt>はる</rt></ruby>の<ruby>雨<rt>あめ</rt></ruby>

부손은 봄비를 소재로 한 하이쿠를 많이 썼다.

봄비 내리네 사람 사는 집 벽에서 연기 새어 나오고
<ruby>春雨<rt>はるさめ</rt></ruby>や<ruby>人<rt>ひと</rt></ruby>住<rt>す</rt>みて <ruby>煙<rt>けむり</rt></ruby><ruby>壁<rt>かべ</rt></ruby>を<ruby>洩<rt>も</rt></ruby>る

현대 하이쿠 시인 요시오카 미노루(吉岡実)의 유명한 작품이 있다.

봄비 내린다 사람의 말에 거짓이 많다
<ruby>春雨<rt>はるさめ</rt></ruby>や<ruby>人<rt>ひと</rt></ruby>の<ruby>言葉<rt>こと ば</rt></ruby>に<ruby>嘘<rt>うそ</rt></ruby><ruby>多<rt>おお</rt></ruby>き

마른 정강이
병들었다 일어난
학의 추위여

부손

瘠せ脛や 病 より起つ鶴寒し

蕪村

아픈 기색이 역력한, 찬 바람에 깃털이 날리는 학 한 마리가 야윈 정강
이로 버티고 있다. 흔들리는 다리는 학이 가을과 겨울의 경계선, 삶과
죽음의 경계선에 서 있음을 말해 준다. 병이 든 제자 다이로의 회복을
기원하며 쓴 하이쿠이다. 다이로는 석 달 뒤 세상을 떠났다.

첫서리 내려

병든 학을

멀리서 보네
初霜やわづらふ鶴を遠く見る

히노 소조도 첫서리에 대해 쓴다.

첫서리 내려 혼자 하는 기침은 자신이 듣는다
初霜やひとりの咳はおのれ聴く

지고 난 후에 눈앞에 떠오르는 모란꽃

지고 난 후에
눈앞에 떠오르는
모란꽃

부손

散りて後面影に立つ牡丹かな

蕪村

부재와 종말은 어떤 것의 존재를 더 절실하게 만든다. 사라진 뒤에 더
선명하게 떠오르는 것은 단지 꽃만이 아니다.

모란꽃 꺾어

기운 아주 없어진

저녁이어라

牡丹切て気のおとろひしゆうべ哉

시키의 표현을 빌면, 부손의 모란 하이쿠는 마치 모란과 겨루는 듯하다.

적막하게도

손님 끊긴 사이의

모란꽃이여

寂として客の絶え間のぼたんかな

400

지금 남들에
눈앞에
떠오르는
꽃다운

나팔꽃으로

지붕을 새로 엮은

오두막

잇사

<ruby>朝<rt>あさがお</rt></ruby>顔の<ruby>花<rt>はな</rt></ruby>で<ruby>葺<rt>ふ</rt></ruby>いたる <ruby>庵<rt>いおり</rt></ruby> かな

一茶

부손은 모란꽃에 대한 하이쿠를 여러 편 썼고, 바쇼는 제자와 함께 달 구경하러 간 기행문을 썼다. 그러나 잇사는 말한다. "요시노 산의 벚꽃보다, 사라시나 산의 보름달보다, 자신의 일에서 즐거움을 느껴라. 보리 이삭의 색은 모란꽃보다 더 만족감을 준다."

그네를 타네

벚꽃 한 가지를

손에 쥐고서

ぶらんどや <ruby>桜<rt>さくら</rt></ruby> の<ruby>花<rt>はな</rt></ruby>を<ruby>持<rt>も</rt></ruby>ちながら

단순히 풍경을 묘사한 듯해도 잇사의 시에는 인간미가 있다.

이러니저러니 말하는 것도 잠시뿐 눈사람

<ruby>彼 是<rt>あれこれ</rt></ruby> といふも <ruby>当坐<rt>とうざ</rt></ruby>ぞ <ruby>雪 仏<rt>ゆきぼとけ</rt></ruby>

이 가을 저녁
인간으로 태어난 것이
가볍지 않다

잇사

なかなかに人と生まれて秋の暮

一茶

직역하면 '간단치 않게 인간으로 태어나 저무는 가을'이다. 인간으로 환
생하려면 8천4백만 번의 윤회를 거쳐야 한다고 불교는 말한다. 산스크
리트어에서는 인간을 '둘라밤'이라고 하는데, 인간의 모습을 갖는 것이
'매우 얻기 힘든 기회'라는 뜻이다. 과연 그 말이 사실인지 자신의 삶과
존재에 의문을 던지는 가을 저녁의 일이다.

나비가 난다

나의 몸도

먼지 같은 것

蝶 とんで我身も塵のたぐひ哉

'몸무게를 달아 보니 65킬로그램, 먼지의 무게가 이만큼'이라고 쓴 것은
자유율 하이쿠 시인 오자키 호사이(尾崎放哉)이다.

얼마나 운이 좋은가
올해에도
모기에 물리다니

잇사

目出度さは今年の蚊にも喰われけり
　　一茶

죽지 않고 살아 모기에 물린 것만큼 기쁜 일은 없다고 기뻐하고 있다. 잇사는 시적 천재성을 타고나진 않았지만 자신의 경험을 솔직하게 표현하며 단순성과 인간미를 잃지 않았다. 그는 학교가 아닌 삶을 통해 배웠기 때문에 사람들에게 더 다가온다. 바쇼는 하이쿠의 초석을 쌓았고 부손은 하이쿠의 영역을 확장시켰다. 그리고 잇사는 하이쿠를 인간의 영역으로 올려놓았다는 평가를 받는다. 바쇼는 하이쿠의 길을 걸었고 부손은 예술의 길을 걸었지만, 잇사는 인간의 길을 걸었다.

　　내 집에서는

　　휘파람만 불어도

　　모기가 달려오네
　　我宿は口で吹いても出る蚊哉

저녁의 벚꽃
오늘도 또 옛날이
되어 버렸네

잇사

夕ざくらけふも 昔 に成りにけり
　一茶

신비는 우리 곁에 있는 것들이 알 수 없는 세계로 사라져 갈 때 깊어진
다. 영속성은 어떤 것이 끝없이 뒤로 밀려 사라지고 새로운 것이 다가온
다는 의미일 수도 있다. 저녁 벚꽃 아래서 시인은 무상한 꽃과 함께 옛
날의 일이 되어 가야만 하는 오늘에 대한 소회를 말한다. 시간은 순환
하면서 과거로 돌아가고, 오늘은 그리운 옛날이 될 것이다. 시적 감성을
높고 추상적인 것에 두지 않고, 시간에 얽매인 한 인간으로서 꽃을 바
라보며 느낀 솔직한 감정을 표현하고 있다.

재 속의 불
살 나이 줄어듦도
저러하겠지

炭の火や 齢 のへるもあの通り

좋은 눈으로 봐도

추운

기색이다

잇사

ひいき目に見てさへ寒きそぶり哉

一茶

아무리 호의적으로 봐도 자신에게서 느껴지는 기색이 춥다. 추울 뿐 아니라 초라하고 볼품없다. 잇사는 이 열등감을 불운으로 받아들이지 않고 사실을 있는 그대로 직시하며 유머까지 섞는다. 이 하이쿠는 자화상 옆에 직접 써 넣은 것이다. 지금은 매우 유명해진 이 자화상은 "기술적으로는 서툴다고 할 수도 있지만 어떤 미묘한 느낌이 담겨 있다. 잇사 특유의 개성과 해학이 느껴진다."라는 평을 받는다. 얼마나 고심했는지 잇사는 이 하이쿠를 조금씩 다르게 여러 편 썼다.

좋게 보려고 해도

역시 추운

그림자

ひいき目に見てさへ寒し影法師

초겨울 바람
길에서 날 저무는
거리의 악사

잇사

木がらしや地びたに暮るる辻諷ひ
一茶

잇사의 생애는 비극 동화 그 자체이다. 세 살 때 어머니 사망, 심술궂고 잔인한 계모 등장, 어려서 집을 떠나 끝없는 유랑 생활……. 고향을 떠나는 그에게 아버지는 근처까지 배웅해 주며 "해로운 것은 먹지 마라. 남에게 나쁜 인상을 주지 마라. 가끔 집에 와서 건강한 모습을 보여 다오." 하고 충고하지만 떠나는 잇사의 속마음은 '방해가 되는 존재이므로 고향에서 쫓겨났다'는 생각으로 가득했다. 오랫동안 그는 고향에 돌아가지 않았다. "이 집 처마 밑에서 이슬을 피하고, 저 집 그늘에서 서리를 피하고, 어떤 날은 산속을 헤맸다. 괴로운 나날을 보내는 동안 불현듯 해학적이고 소박한 하이쿠를 읊고 싶어졌다."

　달팽이 나와 함께 살자 첫 겨울비
　蝸牛 我と来て住め初時雨

감을 먹으면
종이 울린다
호류지

시키

<ruby>柿<rt>かき</rt></ruby>食<ruby><rt>く</rt></ruby>へば<ruby>鐘<rt>かね</rt></ruby>がなるなり<ruby>法<rt>ほう</rt></ruby><ruby>隆<rt>りゅう</rt></ruby><ruby>寺<rt>じ</rt></ruby>

子規

일본인들이 '하이쿠' 하면 맨 먼저 떠올리는 것이 바쇼의 '오래된 연못 개구리 뛰어드는 물소리'이고, 두 번째가 시키의 이 하이쿠이다. 의미는 단순하다. 감을 먹고 있는데 호류지(법륭사. 나라 현에 있는 큰 절)의 종이 울렸다. 그뿐이다. 그런데 왜 이 하이쿠가 국민적 하이쿠 2위일까.

하이쿠 시인 하세가와 가이(長谷川櫂)는 설명한다. 먼저, 매우 일본적인 풍경이라는 것이다. 감, 호류지, 종소리. 이것만으로도 풍경이 떠오르고, 그곳에 가지 않아도 간 것 같은 기분이 든다. 어쩌면 실제의 호류지를 이 하이쿠에 맞춰야 할지도 모른다. 이제 호류지에 가면 감을 먹고 종소리를 들어야만 하게 되었다. 나라 현은 감 생산지로 유명하다. 시키는 고향에서 요양하다가 도쿄로 가는 길에 나라에 들렀다. 병이 심해졌지만 좋아하는 감은 맛있고 절의 종은 울린다. 병은 병이고, 감은 감이다.

장미를 보는
눈의 피로함이여
병에서 일어나

시키

薔薇を見る眼の草臥や病上り

子規

오랫동안 병상에 누워 있다가 일어나서 바라보는 장미의 화려함에 눈이 피로하다. 그러나 싫지만은 않은 피로함이다. 병세는 좋아지지 않았지만 지난해보다는 비교적 안정되었다. 불치병에 대한 생각도 바뀌어서, 병상에 있는 처지를 자신의 일상으로 받아들이는 경지에 이르렀다. 이해에 장미를 소재로 자신의 상황을 표현한 하이쿠를 몇 편 썼다.

의자를 가져다 놓았다

장미에

무릎이 닿는 곳에

椅子を置くや薔薇に膝の触るる処

의자를 뜰로 가지고 갈 정도로 좋아진 몸, '장미에 무릎이 닿는 곳'이라고 구체적으로 말할 만큼 방 밖으로 나온 기쁨이 전해진다.

뒤돌아보면
길에서 만난 사람
짙은 봄 안개

시키

かへり見れば行きあひし人の霞みけり

子規

'안개(霧)'는 가을의 계어이지만 여기서의 '안개(霞)'는 봄 안개를 말한다. 일반적인 안개보다 봄 안개는 훨씬 넓게 퍼진다.

　　나비가 난다

　　산은 봄 안개에

　　멀어지고

　　蝶 飛ぶや山は 霞 に遠くなる

현대 하이쿠 시인 하라다 스스무(原田暹)도 안개를 만난다.

　　준급행열차

　　잠시 멈추는

　　봄 안개

　　準 急 のしばらくとまる 霞 かな

매화꽃

가지 하나는

약병에

시키

一枝は 薬 の瓶に梅の花
(ひとえだ) (くすり) (びん) (うめ) (はな)

子規

객혈을 한 해에 쓴 하이쿠이다. '약병'이 암시하는 결핵과, 꽃가지를 약병에 꽂고 회복을 희망하는 마음이 느껴진다.

　뜰에 나가서

　씨앗을 심는다

　병에서 일어나

庭に出て物種まくや病み上り
(にわ) (で) (ものだね) (や) (あが)

온갖 복합적인 힘들을 다해 똑바로 서려고 노력하는 존재가 인간이다.

　마음 한가하다

　장지문 구멍으로

　바다 보이고

長閑さや 障 子の穴に海見えて
(のどか) (しょうじ) (あな) (うみみ)

410

남은 생
얼마만큼인가
밤은 짧고

시키

余命_{よめい}いくばくかある夜_{よみじか}短し

子規

친구 소세키에게 보낸 편지에 이 하이쿠가 실려 있다. 편지 말미에 "몸이 쇠약해 글씨가 알아보기 힘든 것을 이해해 주기 바란다."라고 썼다. 병상에서 문득 눈을 뜬 새벽, 여름철은 밤이 짧아 이미 주위는 희미하게 밝아오고 누워서 자신의 미래를 생각한다. 남은 생은 결코 길지 않을 것이다. 특히 이번에는 고열이 계속되어 지금까지 경험한 적 없는 고통을 맛본 후라서 암담한 생각이 밀려온다. 그동안의 다른 하이쿠들에서는 자신의 감정을 직접적으로 드러내지 않고 사물을 묘사하는 것으로 감정을 대신했지만, 생사의 문제에 직면한 지금 '남은 생 얼마만큼인가'와 같은 미숙한 표현이 사용되고 있다. 그만큼 고뇌가 전해진다.

이 무더위 속 어느 때든 죽을 수 있다고 생각했어라
この暑_{あつ}さある時_{ときし}死ねと思_{おも}ひけり

붉은 동백이
흰 동백과 함께
떨어졌어라

헤키고토

<ruby>赤<rt>あか</rt></ruby>い <ruby>椿<rt>つばき</rt></ruby> <ruby>白<rt>しろ</rt></ruby>い <ruby>椿<rt>つばき</rt></ruby> と<ruby>落<rt>お</rt></ruby>ちにけり

碧梧桐

돌담 위에 떨어진 붉은색 동백과 흰색 동백이 발길을 멈추게 한다. "멈추는 것은 분명히 보고 듣는 일이다. 꽃잎이 날고 잎사귀가 떨어지는 것도 분명하게 보고 듣지 않으면 풀 수 없다."라고 바쇼는 말했다. 교시와 함께 시키 문하의 쌍벽을 이룬 가와히가시 헤키고토(河東碧梧桐)는 시키보다 여섯 살 아래로 시키와 같은 고장 출신이다. 시키에게 처음 하이쿠를 가르친 이가 헤키고토의 아버지였다. 동급생 교시를 유혹해 함께 학교를 중퇴하고 시키에게 하이쿠를 배우게 한 것도 헤키고토였다.

미끄럼 타며
떨어지는 억새풀 속
반딧불이

すべり<ruby>落<rt>お</rt></ruby>ちる <ruby>薄<rt>すすき</rt></ruby> の<ruby>中<rt>なか</rt></ruby>の <ruby>蛍<rt>はたる</rt></ruby> かな

허공을 집은
게가 죽어 있다
뭉게구름

헤키고토

空をはさむ蟹死にをるや雲の峰

碧梧桐

"당신이 바닷가에서 붉게 빛이 바랜 오래된 동전 하나를 주웠다고 하자. 그리고 그것을 1,2분 동안 젖은 모래로 힘껏 문질렀다고 하자. 그러면 동전은 금방 황금색으로 빛이 나 처음 만들어진 그날처럼 깨끗한 모습이 될 것이다. 시도 동일한 효과를 단어 위에 미친다. 무미건조하고 평범한 낱말들을 빛나게 한다." 영국 시인 세실 데이 루이스의 말이다.

온 세상을 움켜잡을 것처럼 집게발을 휘두르던 게가 허공을 붙잡은 채 멈춰 있다. 그 게의 사체 위로 눈발이 날린다.

갯바람에
춤추며 떨어지는
싸라기눈

吹きまはす浦風に霰霙かな

413

국화가 나른하다고 말했다
견딜 수 없다고
말했다

헤키고토

菊がだるいと言つた堪へられないと言つた

碧梧桐

전통적인 형식을 중시한 교시와 달리 헤키고토는 이처럼 과감하게 형식의 자유를 시도했다. 이른바 신경향 하이쿠이다. 사실적인 태도를 철저하게 지키면서도 정해진 틀에 구애받지 않는 이 파격적인 시도로 큰 논란이 일었다. 헤키고토는 새로운 하이쿠 운동을 전파하기 위해 '삼천리여행'이라 이름 붙인 전국 도보 여행을 두 차례나 했다.

최근에 아내 죽어 채소를 쌓고 파를 쌓는 채소 가게 주인과 딸

この頃妻亡きや八百屋栄を積む葱を積む 主 娘

아내가 죽자 채소 가게를 하는 남편과 어린 딸은 할 일이 산더미처럼 쌓였다. 그 많음을 묘사하기 위해 기존의 자수와 운율을 과감히 깨고 단어들을 길게 나열했다. 어린 딸과 파릇파릇한 채소와 양파와 감자가 시 속에 한 줄로 늘어서 있다.

사과를 집어
다 말하려 해도
반복하지 않으면 안 되네

헤키고토

林檎をつまみ云ひ尽くしてもくりかへさねばならぬ
碧梧桐

마주 앉아 다 말하려고 마음먹지만 결국 사과만 남김없이 먹었을 뿐이다. 시키의 영향 하에 쓴 초기 작품들도 뛰어나지만 이러한 자유율 형식의 하이쿠도 읽는 즐거움이 크다. 비판을 무릅쓰고 정형을 깬 것은 반복해서 말해도 전달되지 않는 어떤 것을 말하기 위한 시도였다.

　　그늘에서 나비가 어쩐지 쓸쓸하게 날고 있다
　　日陰 蝶 がうら淋しそうに飛んでいる

하이쿠는 '기물진사(寄物陳思)'의 시라고 말한다. 『만엽집』의 '사물에 기대어 생각을 표현한다'에서 나온 말이다. 생각을 드러내 놓고 말하는 것보다 그것이 훨씬 더 심층적으로 전달할 수 있기 때문이다.

　　미모사 필 무렵에 온 미모사를 병에 꽂는다
　　ミモザの咲く頃に来たミモザを活ける

지진 난 줄 모르고

깜빡 잠들다

봄날 저녁

헤키고토

地震知らぬ春の 夕 の仮寝かな
じしんし　　　　　はる　ゆうべ　かりね

碧梧桐

한 해 동안 일본의 지진 발생 횟수는 평균 만 번에 달한다. 그럼에도 봄
날 저녁의 졸음은 지진도 방해하지 못한다.

매화를 꺾으니

더불어 꽃이 진다

눈썹 위로

梅折つてかつ散る花や眉の上
うめお　　　　ち　はな　まゆ　うえ

정형을 그대로 따른 초기의 하이쿠들도 좋은 작품이 많다.

생각지 않은 병아리 태어났네 겨울의 장미

思わずもヒヨコ生れぬ冬薔薇
おも　　　　　　うま　　　ふゆそうび

추운 봄 논의 물에 비친 떠가는 구름

春寒し水田の上の根なし雲
はるさむ　みずた　うえ　ね　　ぐも

416

이 길에
의지할 수밖에 없는
마른 들판이어라

헤키고토

この道に寄る外はなき枯野かな

碧梧桐

의지할 곳은 자신이 걸어가는 길밖에 없다. 신경향 하이쿠를 시도하기
직전에 쓴 것으로 전통을 깨고 자신의 길을 가겠다는 의지가 엿보인다.

천편일률적으로 나는 잠자리여라
千編を一律に飛ぶ蜻蛉かな

어느 하이쿠나 거의가 다 운율의 변화가 없다. 바꿔 말해, 많은 삶의 모
습이 천편일률적이어서 재미가 없다. 헤키고토는 시키를 거역한 것이 아
니라 시키의 하이쿠 혁신 운동의 개혁적인 측면을 맡은 것이다. 시키가
주도한 객관 사생의 하이쿠를 실험적이고 입체적으로 전개하는 일에
고심하고, 시대의 새로운 표현을 찾기 위해 노력했다.

끌려가는 소가 네거리에서 계속 돌아보는 가을 하늘
曳かれる牛が辻でずっと見回した秋空だ

먼 곳의 불꽃놀이
소리만 나고
아무것도 없어라

헤키고토

遠花火音して何もなかりけり
とおはなびおと　なに

碧梧桐

어디선가 불꽃 쏘는 소리가 들려 밤하늘을 쳐다봐도 건물들에 가려 아무것도 없다. 다시 소리가 들려 또 쳐다봐도 역시 보이지 않는다.

　　파리 때려잡기 전에는 이것은 파리채가 아니었다
蠅打つまで蠅　叩　なかりし
はえう　　　はえたたき

인간이 만든 규칙에 얽매이지 않고 가능한 한 진실에 다가가는 것이 시여야 한다고 헤키고토는 믿었다. 그 결과 정형을 중시한 교시로부터 뭇매를 맞고 문하생들 사이에서도 더 이상 따르지 않겠다며 이탈자가 속출했다. 규모에 있어서 교시 파에 상대가 되지 못했으나 세상에서는 헤키고토의 자유로운 시풍을 재미있다고 받아들인 면도 없지 않았다.

　　벌집의 벌 화나게 한 작대기 버리고 달아나다
巣の蜂怒らせし竿を捨てたり
す　はちいか　　　さお　す

418

내 목소리를

불어 되돌려 보내는

태풍이어라

메이세쓰

わが声の吹きもどさるる野分かな

鳴雪

나이토 메이세쓰(内藤鳴雪)는 20년 후배인 시키에게 시를 배웠으며, 시키에게는 한시를 가르쳤다. 죽기 전 다음의 하이쿠를 지었다.

단 한 가지 부탁은

유단포 한 개

춥구나

只たのむ湯婆一つの寒さかな

유단포는 탕파라고도 하는, 발을 따뜻하게 하는 데 쓰이는 보온 물주머니이다. 죽음이라는 추운 길을 떠나는데 따뜻한 물주머니 하나만 부탁한다는 것이다. 혼자 떠나는 고독감과 의연함이 동시에 느껴진다.

이른 아침 떠나는 말 머리의 은하수

朝立や馬のかしらの天の川

부서져도
부서져도 여전히 있는
물속의 달

조슈

砕<small>くだ</small>けても 砕<small>くだ</small>けてもあり 水<small>みず</small>の 月<small>つき</small>

聴秋

물결이 일어 잠시 흐트러져도 곧 본래의 모습을 완벽하게 되찾기 때문에 물속의 달은 존재의 참본성을 상징한다. 우에다 조슈(上田聴秋)는 메이지 시대의 하이쿠 시인으로 시키, 메이세쓰와 함께 필력을 날렸다. 18세기 말에 활동한 시인 즈이류(隨柳)도 놀라운 하이쿠를 썼다.

물새가

쪼아 부수는

물속의 달

水鳥<small>みずとり</small>のつつきくだくや 浪<small>なみ</small>の 月<small>つき</small>

현대 하이쿠 시인 이다 류타(飯田龍太)도 물새와 달을 이야기한다.

물새의 꿈 허공에 있는 환한 달

水鳥<small>みずとり</small>の 夢<small>ゆめ</small> 宙<small>ちゅう</small> にある 月<small>つき</small> 明<small>あか</small>り

겨울 꿀벌이
죽을 자리도 없이
걸어서 가네

기조

冬蜂の死にどころなく歩きけり

鬼城

여름에 힘차게 날아다니던 벌이 겨울이 되자 날 힘도 없이 땅에 떨어져 있다. 그래도 죽음에 도달할 때까지 벌은 추위 속을 묵묵히 걸어간다. 삶과 죽음 사이를 방황하는 벌은 이미 자신의 남은 생을 알고 있다. 살아 있는 것이 두려워도 견뎌 내야만 한다. 작은 곤충에 연민의 감정을 이입시켜 병을 앓는 자신의 모습을 투영시키고 있다. 교시의 추천을 받아 〈두견〉지 동인으로 활동한 무라카미 기조(村上鬼城)의 작품으로 일본 교과서에 실려 있다.

정신줄 놓으면
죽을 수도 있는
무더위여라

念力のゆるめば死ぬる大暑かな

벌레 소리와

사람 목소리 듣는

각각 다른 귀

와후

虫聴くと 話 聞く別別の耳

和風

에도 시대에는 여름에 숲을 헤치고 들어가 풀벌레 소리를 감상하는 '무시키키(聴虫)' 명소가 곳곳에 있었다. 도시가 확장되면서 그곳들이 점차 사라지고 짚으로 만든 조롱에 넣은 풀벌레가 잘 팔렸다. 도매상이 있을 정도였다. 풀벌레 판매는 봄여름 진행되다가 우란분재(지옥에 떨어진 조상의 영혼을 구제하는 음력 7월 15일의 의식)가 되면 불살생 원칙에 따라 숲에 놓아주었다. 안도 와후(安藤和風)는 가난해서 학교를 중퇴했으나 독학으로 뛰어난 시인이 되었다. 동시대의 오자키 고요(尾崎紅葉)도 썼다.

번갈아 운다

팔려 온 벌레통 속

풀벌레들

鳴き交ふや買ふて来た虫籠の虫

나비 사라지자

내 혼이 나에게로

되돌아왔다

와후

蝶 消えて 魂 我に 返りけり

和風

시선은 사물에 흔적을 남긴다고 러시아 시인 브로드스키는 말했다. 역
으로, 사물은 우리의 혼에 흔적을 남긴다. 현대 하이쿠 시인 야스다 쿠
니에(安田くにえ)도 나비 하이쿠를 썼다.

나비가 와서 능청스럽게 그림 위에 앉았다

蝶 が来てしらじらしくも絵にとまる

상상력은 관념적인 이미지로부터 정신을 해방시킨다. 와후와 동시대에
활동한 사쿠라이 바이시쓰(桜井梅室)의 하이쿠가 그것을 말해 준다.

그러고 보니

저 달이 울었는가

두견새

扨はあの月が鳴いたか 時 鳥

걸인이 걸어가고

그 뒤에 나란히

나비가 따라간다

세이세이

蝶 蝶 にさきを歩かす乞食かな

青青

봄날, 걸인과 나비는 동격이다. 자유롭기 때문이다. 마쓰세 세이세이(松瀬青青)는 시키 문하에서 하이쿠를 배운 두견파 시인이다.

불볕더위 속

나비 날개 스치는

소리 들린다

日盛りに 蝶 のふれ合ふ音すなり

반면에 오시마 료타는 나비의 꿈을 자신의 꿈과 겹쳐 놓는다.

나비여

걸식하는 꿈

아름다워라

蝶 蝶 や乞食の夢のうつくしき

물속에서
움직이지 않는 물고기
가을바람

세이세이

水 中 に動かぬ魚や秋の風

青青

'카멜레온도 물만큼 자주 색깔을 바꾸지는 못한다'라고 가스통 바슐라르는 책에서 인용한다. 투명한 가을 물속에 물고기가 정지해 있다. 곧 추운 날들이 오고 물빛은 더욱 투명해져서 빙결의 끝으로 가리라는 것을 물고기도 안다. 돌 틈에서 그 변화를 응시하고 있다.

미국 하이쿠 시인 제임스 해케트도 물고기를 들여다본다.

　　물 깊은 곳 큰 물고기 움직임 없다 물결 바라보며

소세키는 병상에 누운 시키에게 쓴 편지에 가을의 물을 담아 보냈다.

　　풀 그늘 속
　　물고기도 움직이지 않는
　　가을의 강

藪影や魚も動かず秋の水

살아남아서
또 여름풀 눈에
스민다

슈세이

生きのびてまた夏草の目にしみる

秋声

갑자기 병으로 쓰러져 생사의 경계를 넘나든 뒤, 여름에 기적적으로 회복되어 일어난 후에 쓴 하이쿠이다. 살아남은 것은 시인과 여름풀 둘 다이다. 도쿠다 슈세이(德田秋声)는 자서전에서 "나는 유년 시절부터 고독했다. 우울의 벌레가 내 몸속에 소굴을 뚫고 있었다."라고 고백했다. 그 우울의 벌레가 그를 근대 자연주의 문학을 대표하는 소설가로 만들었다. 지금과 달리 당시의 소설가들은 거의 모두 하이쿠를 썼다.

물을 마시는 고양이의 목젖 가을 늦더위
水をのむ猫の小舌や秋あつし

다음의 하이쿠를 쓴, 슈세이의 스승 오자키 고요도 소설가였다.

가을 이슬 마르기 전에 죽는 것도 재미있는 일
死なば秋露の干ぬ間ぞ面白き

가루약
위로 향한 입에
가을바람

가후

粉薬やあふむく口に秋の風

荷風

나가이 가후(永井荷風)는 소설 〈냉소〉, 〈지옥의 꽃〉 등을 통해 사회의 부조리와 인간 내면의 암흑성을 묘사한 소설가이면서 하이쿠를 썼다. 입에 털어 넣는 흰 가루약이 가을바람에 흩날린다. 그렇지 않아도 가루약은 쓴데 스산함까지 더한다. 살아 있기 위해 우리는 수많은 약을 입에 털어 넣는다.

현대 하이쿠 시인 미스 기미코(三栖君子)도 가루약의 비애를 말한다.

　　초췌한 가슴에 떨어져 흩어지는 가루약
　　 悴みて胸にこぼるる粉薬

구와지마 다케코(桑嶋竹子)도 쓴다.

　　겨울옷 두껍게 입어 무릎에 엎지른 가루약
　　 着ぶくれて膝にこぼして粉薬

무더운 날에
승려가 되겠다고
마음먹었다

도세이

暑き日に坊主になろと思ひけり

稲青

가을에 충동적으로 출가한 사람은 오래가지 못하고 환속한다는 말이
있다. 그러나 권태에 찌든 무더운 여름의 결심은 깊다. 나카야마 도세이
(中山稲青)는 농사를 지으며 시키에게 하이쿠를 배웠다. 실제로 승려가
되지는 않았으며 하이쿠 잡지 〈싸라기눈(アラレ)〉을 창간해 운영했다.

사람들 연달아 나고 드는 다리 위에서 바람 쐬기
入りかはり立ちかはり橋の涼みかな

평생 정해진 주거 없이 하이쿠에 전념한 소세키의 문하생 마쓰네 도요
조(松根東洋城)는 또 다른 결심을 한다.

결혼하지 않기로 스스로 결정한 가을 저물녘
妻もたぬ我と定めぬ秋の暮

그런 단호한 결심을 한 이유는 복잡한 여자관계 때문이라는 설이 있다.

428

내렸다가 그치고
불었다가 그치는
밤의 고요

오쓰지

降り止みし吹きやみし夜のさゆるなり

乙字

『벽암록』은 '마음과 눈이 서로 비춘다(心眼相照)'고 했는데, 마음과 귀도 서로 비춘다. 귀가 듣는 비바람 소리가 마음에도 불었다가 일순간 고요해진다. 그러다가 또다시 마음의 뜰에 뿌려진다. 바쇼의 귀도 깨어 있다.

물 항아리 터져

한밤중 빙결에

잠을 깸이여
瓶割るる夜の 氷 の寝覚かな

오스가 오쓰지(大須賀乙字)는 도쿄대학교 문학부 시절 헤키고토의 문하생으로 입문해 정형을 파괴한 신경향 하이쿠 운동에 참여했다.

장마 끝나고 들국화 핀 강둑 올려다보네
梅雨明に野菊咲く土手仰ぐなり

429

초상화 속 아버지
기침도 하지 않는
소나기

스이하

小照の父咳もなき夕立かな

水巴

결핵을 앓던 아버지는 비만 오면 기침을 했으나 이제 소나기 퍼부어도
기침 소리 들리지 않고 작은 초상화 속에서 응시할 뿐이다. 죽음에 이
르는 병의 해방은 죽음이다. 와타나베 스이하(渡辺水巴)는 교시의 제자
로 두견파를 대표하는 하이쿠 시인이다. 평범한 소재로 잔잔하고 격조
있는 작품을 썼다. 스이하의 아버지는 화가였으며, 초상화는 아마도 아
버지의 자화상일 것이다. 스이하는 추위가 가시지 않은 봄날 거리에서
인형극 공연을 하는 가난한 인형 놀이 배우에 대한 하이쿠도 썼다.

꽃샘추위에

기침이 멎지 않는

늙은 인형사

春寒く咳入る人形遣かな

나비 집으면
두려워하는 모습
가을 늦더위

스이하

<ruby>蝶<rt>ちょう</rt></ruby> つまめば <ruby>恐<rt>おそろ</rt></ruby>しき <ruby>貌<rt>かお</rt></ruby>の<ruby>秋暑<rt>あきあつ</rt></ruby>し

水巴

나비는 자기의 날개를 잡은 인간의 손이 아니라 늦더위 이후에 닥쳐올
죽음을 두려워한다. 그 두려움이 나비를 잡은 사람에게까지 번진다.

한낮은

나의 영혼

떨어지는 잎

<ruby>白日<rt>はくじつ</rt></ruby>は<ruby>我<rt>わ</rt></ruby>が<ruby>霊<rt>たま</rt></ruby>なりし<ruby>落葉<rt>おちば</rt></ruby>かな

고요 속에서 신비한 빛을 뿌리는 한낮의 투명함, 그것은 자신의 영혼과
같다고 스이하는 말한다. 그는 그 '고요하고 신비한 빛'을 자기 시의 이
념으로 삼았으며, '한낮'으로 시작되는 연작 하이쿠를 여러 편 썼다.

한낮은 나의 영혼 가을바람

<ruby>白日<rt>はくじつ</rt></ruby>は<ruby>我<rt>わ</rt></ruby>が<ruby>霊<rt>たま</rt></ruby>なりし<ruby>秋<rt>あき</rt></ruby>の<ruby>風<rt>かぜ</rt></ruby>

겨울 산
어디까지 오르나
우편배달부

스이하

冬山やどこまで登る郵便夫

水巴

"시는 순간의 형이상학이다."라고 바슐라르는 말한다. "하나의 짧은 문
장 속에서 시는 영혼의 비밀과 사물을 동시에 보여 주어야만 한다. 시
가 단순히 삶의 시간을 따라가기만 한다면 시는 삶만 못한 것이다. 시는
오직 삶을 정지시키고 기쁨과 아픔의 변증법을 즉석에서 실천함으로써
삶 이상의 것이 될 수 있다. 다른 모든 형이상학적 글들은 끝없는 서론
을 준비하는 데 비해 시는 소개말과 원칙과 방법론과 증거 따위를 아예
거부한다. 시가 필요로 하는 것은 기껏해야 침묵의 서두 정도이다."

달빛에
부딪치며 간다
산으로 난 길
月光にぶつかつて行く山路かな

한데 모여서
옅은 빛을 내는
제비꽃

스이하

かたまつて薄き光の菫かな

水巴

야생 제비꽃은 짙은 자주색이지만 지금 옅은 빛을 내는 이유는 봄볕이
비추고 있기 때문이다. 작고 애틋한 존재인 꽃들이 지금 한 무리로 모여
피어서 바라보는 이의 마음에 오래 남는다. 스이하의 대표작이다.

　　수선화 다발을 푼다 꽃 흔들면서
　　水仙の束とくや花ふるへつつ

스이하는 독특한 미의식의 소유자로서, 자신이 관찰한 것을 사실적으
로 묘사하면서 비현실적인 빛으로 그 주위를 감싼다.

　　도토리 한 알

　　자신의 낙엽에

　　파묻혀 있네

　　団栗の己が落葉に埋れけり

어리석게도
어둠 속 가시 잡은
반딧불이

바쇼

<ruby>愚<rt>ぐ</rt></ruby>に<ruby>暗<rt>くら</rt></ruby>く <ruby>茨<rt>いばら</rt></ruby>をつかむ <ruby>蛍<rt>ほたる</rt></ruby> <ruby>哉<rt>かな</rt></ruby>

芭蕉

'어리석음'과 '어둠'의 이미지가 겹쳐진다. 반딧불이를 잡으려고 손을 뻗었다가 가시에 찔린 것인지, 아니면 반딧불이가 어둠 속에서 가시를 붙잡은 것인지 시인은 명확함을 거부하고 애매모호하게 남겨 둔다. "모든 것을 다 말해 버리면 무엇이 남는가."라고 바쇼 자신은 말했다.

　　어두운 밤

　　둥지를 잃고 우는

　　물떼새

　　<ruby>闇<rt>やみ</rt></ruby>の<ruby>夜<rt>よ</rt></ruby>や<ruby>巣<rt>す</rt></ruby>をまどはして<ruby>鳴<rt>な</rt></ruby>く<ruby>衙<rt>ちどり</rt></ruby>

둥지를 찾지 못하는 새가 운다. 이 무렵 바쇼도 이 집 저 집 옮겨 다녔다.

　　보름 다음 날 밤 적지만 어둠의 시작

　　<ruby>十六夜<rt>いざよい</rt></ruby>はわづかに<ruby>闇<rt>やみ</rt></ruby>の<ruby>初<rt>はじ</rt></ruby>め<ruby>哉<rt>かな</rt></ruby>

434

제비붓꽃을
이야기하는 것도
여행의 하나

바쇼

<ruby>杜 若<rt>かきつばた</rt></ruby> 語るも <ruby>旅<rt>たび</rt></ruby>のひとつ <ruby>哉<rt>かな</rt></ruby>

芭蕉

도호가 엮은 『삼책자』에서 바쇼는 말한다. "소나무의 일은 소나무에게 배우고 대나무의 일은 대나무에게 배우라." 관념이나 정보에 의존하지 말고 대상이 가지고 있는 본질적이고 고유한 본성을 직접 경험하고 느끼라는 것이다. 그것이 각각의 존재의 미묘한 삶을 지각하는 길이다.

온갖 풀꽃들

제각기 꽃 피우는

공덕이어라

<ruby>草<rt>くさ</rt></ruby>いろいろおのおのはなの<ruby>手柄<rt>てがら</rt></ruby>かな

풀꽃처럼 시인들도 저마다의 특색이 있음을 암시한 하이쿠이다.

무슨 나무의 꽃인지는 몰라도 향기가 나네

<ruby>何<rt>なに</rt></ruby>の<ruby>木<rt>き</rt></ruby>の<ruby>花<rt>はな</rt></ruby>とは<ruby>知<rt>し</rt></ruby>らず<ruby>匂<rt>にほ</rt></ruby>ひ<ruby>哉<rt>かな</rt></ruby>

나무다리 위
목숨을 휘감는
담쟁이덩굴

바쇼

<ruby>桟<rt>かけはし</rt></ruby> や <ruby>命<rt>いのち</rt></ruby> をからむ<ruby>蔦<rt>つた</rt>葛<rt>かずら</rt></ruby>

芭蕉

제자와 함께 가을 보름달을 보러 산에 올랐다가 구름다리를 건너게 되었다. 이 다리는 본래 담쟁이덩굴을 엮어 만든 것이었다. 바쇼가 도착했을 때는 돌과 쇠로 다시 세워졌지만 다리를 건너는 것은 여전히 두려운 경험이었다.

돌산의 돌보다 하얗다 가을바람
<ruby>石山<rt>いしやま</rt></ruby>の<ruby>石<rt>いし</rt></ruby>より<ruby>白<rt>しろ</rt></ruby>し<ruby>秋<rt>あき</rt></ruby>の<ruby>風<rt>かぜ</rt></ruby>

풍수 사상에서 가을바람은 흰색이다. 특히 서리 내려앉은 날의 바람은 하얗다. 스물여섯에 요절한 당나라 시인 이하(李賀)도 '가을 들판 밝히는 가을바람이 하얗다'고 썼다.

돌산의 돌에 세차게 흩날리네 싸라기눈
<ruby>石山<rt>いしやま</rt></ruby>の<ruby>石<rt>いし</rt></ruby>にたばしる<ruby>霰<rt>あられ</rt></ruby> かな

436

나의 집에서
대접할 만한 것은
모기가 작다는 것

바쇼

わか宿は蚊のちいさきを馳走かな

芭蕉

문하생 아키노보(秋之坊)가 방문했을 때 지은 하이쿠이다. 아키노보는
특이한 인물이다. 정월 초나흘에 자신을 찾아온 한 친구 시인에게 아키
노보는 말했다. "내가 달력을 만들었네. 하루에 한 편씩 시를 적는 달력
이지. 오늘의 시를 들어 보게." 그러고는 시를 읊었다.

　　정월 초나흘

　　죽기에 이보다 더

　　좋은 날 있을까
　　正月四日よろず此の世を去るによし

시를 읊고 나서 아키노보는 고개를 떨구고 죽었다. 그는 원래 무사였으
나 삭발을 하고 움막에 은둔했다. 두 차례 바쇼와 만났는데, 첫 만남에
서는 단 한마디도 나누지 않고 그저 묵언 속에 마주 앉아 있기만 했다.

첫 겨울비
원숭이도 도롱이를
쓰고 싶은 듯

바쇼

初時雨猿も小蓑をほしげなり
（はつしぐれさる　こみの）

芭蕉

여행 중 비를 만나 짚으로 만든 도롱이를 쓰고 산길을 걷던 중 비를 맞고 있는 원숭이를 보았다. 그 정경이 애처로웠다. 비 그치고 나면 더 추워질 날들을 예감하며 자신 역시 마땅한 옷조차 없는 신세임을 떠올렸다. 바쇼가 제자들과 함께 펴낸 하이쿠 문집 『원숭이 도롱이』의 제목이 이 작품에서 나왔다.

　　하룻밤 묵을 곳 구해 이름을 말한다 첫 겨울비
　　宿借りて名を名乗らする時雨哉
　　（やどか　　な　　なの　　　しぐれかな）

늦가을부터 초겨울에 걸쳐 내리는 비 '시구레(時雨)'는 '때맞춰 내리는 비'라는 뜻이다. 바쇼가 좋아한 소기는 이렇게 썼다.

　　세상을 사는 것은 거듭 겨울비를 긋는 것
　　世にふるも更に時雨のやどりかな
　　（よ　　　　さら　しぐれ）

우물 바닥에

얇은 식칼 떨어뜨린

한기여

부손

井のもとへ薄刃を落す寒さかな

蕪村

시를 읽는다는 것은 그 시를 쓴 시인의 감성과 소통하는 일이다. 부손과 현대의 독자 사이를 가로막는 장애물은 거의 없어 보인다. 시인 하기와라 사쿠타로는 에도 시대의 많은 시인 중에서 유독 부손에게만 호감을 표시한다. 부손의 시가 '새롭고 신선하며 현대시와 공통된 감각을 갖고 있기 때문'이라는 것이다. 사쿠타로는 부손의 하이쿠는 색채감과 명암 대비가 강렬해 인상과 회화와 유사하다며, 젊음과 색채를 배제한 바쇼와 견주어 부손의 다채로운 젊음을 높이 평가한다.

　　저 뻐꾸기도

　　나무 가랑이에서

　　태어났겠지

かんこ鳥木の股よりや生れけん

휘파람새 운다
그토록 작은
입을 벌려

부손

<ruby>鶯<rt>うぐいす</rt></ruby> の<ruby>鳴<rt>な</rt></ruby>くやちいさき <ruby>口<rt>くち</rt></ruby><ruby>開<rt>あ</rt></ruby>けて

蕪村

사쿠타로는 이 작품에 대한 감상을 이렇게 말했다. "단순한 인상을 포
착한 순수 사생의 하이쿠처럼 여겨진다. 그러나 휘파람새라는 가련한
새가 진홍색 작은 입을 열고 봄 햇살 속에서 힘을 다해 울고 있는 모습
을 떠올리면 무엇인가 애처로운 감정에 빠지게 된다. 시인은 그 옛날 사
별한 가엾은 누이동생이나 전에 정을 나누었던 작은 연인을 추억하고,
그리움과 애틋함이 교차하는 마음을 비통하게 읊었을 것이다."
부손의 휘파람새에 화답하는 미우라 조라의 휘파람새도 있다.

휘파람새 운다

어제 이맘때

바로 그 시간

<ruby>鶯<rt>うぐいす</rt></ruby> の<ruby>鳴<rt>な</rt></ruby>くや<ruby>昨日<rt>きのう</rt></ruby>の <ruby>今時分<rt>いまじぶん</rt></ruby>

휘파람새 운다
저쪽을 보고
이쪽을 보고

부손

鶯の鳴くやあち向きこちら向き

蕪村

부손은 열일곱 자 안에 공간을 창조하는 천부적인 재능을 지니고 있다. 누구를 부르는 걸까? 무엇을 찾는 걸까? 휘파람새가 이쪽저쪽으로 고개를 돌릴 때마다 공간이 창조된다. '휘파람새가 히에 산을 뒤로 하고 소리 높여 운다(鶯の日枝をうしろに高音哉)'에서 그 공간은 봄이 와서 더 높아져 보이는 산으로까지 확장된다. 옥타비오 파스도 '두 마리의 새가 정원을 창조한다'라고 썼다. 하이쿠 읽기는 그 풍경에 숨은 의미를 '읽어 내는' 일이다. 바쇼의 두견새도 공간을 창조한다.

두견새
사라져 간 쪽에
섬 하나

ほととぎす消え行く方や島一つ

종이 연
어제의 하늘에 있던
그 자리에

부손

凧　きのふの空の有りどころ

蕪村

어제 연이 떠 있던 하늘 그 자리에 오늘도 연이 떠 있다. 혹은 어제의 하늘 그 자리에 오늘은 연이 사라지고 없다로도 읽힌다. 그러나 이 상반된 두 의미는 사실은 하나이다. 어느 날이든 그 연은 사라질 것이기 때문이다. 시간의 경과에 따른 존재와 부재가 겨울 하늘에 투영된다.

사쿠타로는 이렇게 풀이한다. "북풍 부는 겨울 하늘에 연이 날리고 있다. 어제도 그 자리에 연이 날리고 있었다. 유리처럼 차가운 하늘, 슬프게 외쳐 부는 바람 속에 어제도 오늘도 외로운 연이 날리고 있다. 무한히 높은 창공 위에서 슬퍼하면서, 하나의 먼 추억이 떠올라 있다."

부손은 동일한 심상을 다른 소재로도 표현하고 있다.

　저기에서 어제도 울었던 뻐꾸기
　彼処にて昨日も啼きぬ閑古鳥

연못과 시내
하나가 되었어라
봄비 내리고

부손

池と川ひとつになりぬ春の雨
（いけ　かわ　　　　　　　　　　はる　あめ）

蕪村

공간을 창조하고 확장하는 능력은 부손의 거의 모든 하이쿠에서 빛난
다. 겨울 동안 말라 있던 연못이 봄비에 물이 불어 반짝인다. 물은 들판
을 적시며 시내와 합쳐져 멀리 흘러간다. 바쇼의 시가 구심적인 반면에
부손의 시는 원심적이다.

류타의 대표작도 점점 확장되는 시 속 공간으로 독자를 초대한다. 음력
일월의 눈 녹아 흐르는 풍경이다.

일월의 강 일월의 골짜기 속으로
一月の川一月の谷の中
（いちがつ　かわいちがつ　　たに　　なか）

부손은 다시 쓴다.

봄비에 젖는 지붕 위에 얹힌 공놀이 공
春雨にぬれつつ屋根の手毬かな
（はるさめ　　　　　　やね　てまり）

443

주무시는 모습
파리 쫓아 드리는 것도
오늘이 마지막

잇사

寝すがたの蝿追ふもけふがかぎり哉

一茶

아버지의 임종 전날 썼다. 오랫동안 떨어져 지낸 아들과 임종을 맞이한 아버지의 소원했던 관계를 파리 한 마리가 이어 주고 있다. 아버지가 장티푸스에 걸렸다는 전갈에 잇사는 아버지를 간호하러 고향에 돌아갔지만 아버지는 한 달 뒤 숨을 거두었다. 잇사는 아버지의 죽음을 하이분(俳文_간결한 산문과 하이쿠로 이루어진 일종의 시적 산문으로 에도 시대부터 유행했다)으로 풀어 낸 『아버지의 임종 일기』를 썼다. 화장장에서 죽은 아버지의 유골을 수습한 날 아침에 쓴 하이쿠가 있다.

살아남은
나에게 걸리는
풀잎의 이슬

生き残る我にかかるや草の露

고향 땅이여
닿는 것 스치는 것
가시나무꽃

잇사

故郷やよるも障るも茨の花

一茶

아버지 사망 후 잇사는 유산을 상속받기 위해 고향까지 240킬로미터를 걸어서 갔으나 계모와 이복동생은 아버지의 유언을 따르지 않고 잇사 몫의 유산을 가로챘다. 마을 이장 역시 분쟁에 휘말리기를 꺼려 잇사 편을 들어주지 않았다. 결국 아버지의 무덤만 보고 그대로 돌아설 수밖에 없었다. 잇사는 다시 10년 넘게 궁핍한 생활에 시달리며 에도와 고향을 오가며 계모와 법적 투쟁을 벌였다. 고향에 가면 마을 사람들에게서 '유산을 노리고 어슬렁거리며 찾아왔다.'는 차가운 시선을 받았다.

고향 땅이란
파리마저 사람을
찌르는구나

故郷は蠅まで人を刺しにけり

445

달과 꽃이여
마흔아홉 해 동안
헛걸음이라

잇사

月花や四十九年のむだ歩き

一茶

에도를 떠나 고향 가시와바라(柏原)로 돌아가면서 쓴 하이쿠로, 열일곱 자로 된 자서전이다. 인생을 다 담기 위해 봄과 가을의 계어 둘 다를 사용했다. 지난 삶이 모두 헛되었다는 것은 아니다. 시의 소재로 '달'이 더 중요한가 '꽃'이 더 중요한가를 논하는 에도 시인들의 고상한 하이쿠를 추종한 지난 세월을 부정하고 "이제부터는 나의 하이쿠이다!"라고 선언하는 의미가 담겨 있다. 그러나 잇사의 생은 결코 헛걸음이 아니었다. 가난하고 힘든 삶을 살았으나 무엇보다 시에 바친 삶이었다.

다만 살아 있을
뿐이어라 나와
이 양귀비꽃
生きて居るばかりぞ我とけしの花

446

고요함이여
호수 밑바닥
구름의 봉우리

잇사

しづかさや湖水の底の雲の峰

一茶

여름의 뭉게구름이 단순히 수면에 비치고 있다는 것이 아니다. 구름의
봉우리가 호수 밑바닥에 깊이 잠겨 있다는 것이다. 별로 주목받지 않는
작품이지만, 인생의 한과 괴로움의 봉우리들을 무음의 고요한 밑바닥
에 가라앉힌 대시인의 품격이 느껴지는 수작이다.

마음으로부터
고향에
눈이 내리네
心 からしなのの雪に降られけり

멀리서 어렵게 찾아온 고향이지만 사람들의 냉대로 떠나려 하는데 눈
이 내린다. 유산상속 문제로 귀향했을 때의 일이다. 눈이 퍼붓고 그 폭
설에 마음의 정처가 끊길 때가 있다.

이곳이 바로
마지막 거처인가
눈이 다섯 자

잇사

是これがまあつひの 栖すみか か雪ゆき五ご尺しゃく

一茶

계모와의 유산 분쟁이 해결되고, 떠도는 생활 36년 만에 쉰 살 넘어 정착한 고향 가시와바라의 눈 덮인 오두막을 바라보는 잇사의 모습이 그려진다. 가시와바라는 매서운 추위와 함께 눈 많은 고장으로 유명하다. 이제부터는 그곳에서 결사적으로 살아 나가지 않으면 안 된다. 잇사의 일생은 불행했던 고향으로부터의 탈출이었으나 결국 고향으로 돌아가지 않을 수 없었다. 그를 맞이한 것은 눈이 1.5미터나 쌓인 집. '눈 다섯 자'는 구체적인 눈의 양일 뿐 아니라 자신에게 덮쳐 온 중압감의 표현이다. 결국 그 중압감은 현실이 되어 집이 얼마 후 화재로 전소했다. 추위와 배고픔, 불행은 마지막 거처에서도 계속되었다.

음력 정월 매화 대신 날리는 큰 눈보라
正しょう月がつや梅うめのかはりの大おおふぶき吹雪

물에 내리는 눈
물속으로부터
내리네

세이센스이

<ruby>雪<rt>ゆきみず</rt></ruby>水に<ruby>降<rt>ふ</rt></ruby>る<ruby>水<rt>みず</rt></ruby>の<ruby>中<rt>なか</rt></ruby>から<ruby>降<rt>ふ</rt></ruby>る

井泉水

하이쿠 시인들은 자신의 풍경 속으로 독자를 초대한다. 수면에 비쳐 마치 물속으로부터 내리는 것처럼 보이는 흰 눈은 우리 존재 안으로부터도 내린다. 인간의 내면은 외부의 풍경을 반영하며 깊어진다.

　나무의 싹 젖는 만큼 사람도 젖어서 간다
　<ruby>木<rt>き</rt></ruby>の<ruby>芽<rt>め</rt></ruby>ぬれるほどは<ruby>人<rt>ひと</rt></ruby>のぬれて<ruby>行<rt>ゆ</rt></ruby>く

도쿄대학 문학부를 졸업한 오기와라 세이센스이(荻原井泉水)는 헤키고토와 함께 글자 수와 계어에 얽매이지 않는 신경향 하이쿠 운동에 앞장섰으며, 시 잡지 〈층운(層雲)〉을 창간해 자유율 하이쿠를 확립시켰다. 그의 고교 동창인 호사이, 그리고 산토카도 여기에 가담했다.

　내 머리도 떠 있어서 좋은 온천이어라
　<ruby>私<rt>わたし</rt></ruby>の<ruby>首<rt>くび</rt></ruby>も<ruby>浮<rt>う</rt></ruby>かして<ruby>好<rt>よ</rt></ruby>い<ruby>湯<rt>ゆ</rt></ruby>である

겨울밤
내 그림자와 함께
나에 대해 쓴다

세이센스이

冬の夜のおのが影とおのが事書く

井泉水

겨울밤 나에 대해 쓴다. 벽에 비친 그림자도 자신에 대해 쓰고 있다. 밤과 죽음에 대한 시를 많이 쓴 딜런 토머스는 한 편의 시를 500번 넘게 수정했다고 한다. 그에게도 밤과 죽음은 쉬운 주제가 아니었던 것이다.

　태양 아래

　이것은 외로운

　엉겅퀴 하나

太陽のしたにこれは淋しき薊が一本

가시 있는 보라색 꽃과 높이 때문에 엉겅퀴는 들에서도 유독 혼자처럼 보인다. 자신이 소개한 시인 산토카의 죽음을 맞아 세이센스이는 썼다.

　그대도 나도 겨울나무로 계속 서서 그림자 떨구네

君もわたしも立ちつづけて冬の木影をひく

민들레 민들레
모래톱에
봄이 눈을 뜨고

세이센스이

たんぽぽたんぽぽ砂浜に春が目を開く

井泉水

해변의 모래톱 여기저기에 마치 봄이 눈을 뜬 것처럼 민들레꽃이 피어
있다. 규칙을 과감히 파괴한 자유율 하이쿠의 대표작 중 하나이다.

나비가 나비를

나비에게 빼앗겨

날고 있다

蝶が蝶を蝶にとられて飛んでいる

시는 감각과 상상력을 자극한다. 나비 세 마리 뒤엉켜 허공을 난다.

바닥에 앉아

모래를 손에 쥐니

모래의 따뜻함

座りて砂手にして砂のあたたかし

자신의 밥그릇이
있는 집으로
돌아오고 있다

세이센스이

<ruby>自分<rt>じ ぶん</rt></ruby>の<ruby>茶碗<rt>ちゃわん</rt></ruby>のある<ruby>家<rt>いえ</rt></ruby>に<ruby>戻<rt>もど</rt></ruby>つてゐる

井泉水

절망의 시인 다쿠보쿠는 썼다. '사람이 모두 집을 갖는다는 슬픔이여/
무덤에 들어가듯이/ 돌아가서 잠드네'.

　　전부를 잃어버린

　　손과 손이

　　살아서 맞잡는다

　　すべてを <ruby>失<rt>うしな</rt></ruby> うた<ruby>手<rt>て</rt></ruby>と<ruby>手<rt>て</rt></ruby>が<ruby>生<rt>い</rt></ruby>きて<ruby>握<rt>にぎ</rt></ruby>られる

전부를 잃어도 맞잡을 손이 있다면 다 잃은 것이 아니다.

　　내 얼굴 맞댄

　　이 얼굴은 어머니의

　　마지막 얼굴

　　<ruby>我<rt>われ</rt></ruby><ruby>顔<rt>がお</rt></ruby><ruby>寄<rt>よ</rt></ruby>せてこれぞいまわの<ruby>母<rt>はは</rt></ruby>の<ruby>顔<rt>がお</rt></ruby>

시체이구나
가을바람 통과하는
콧구멍

다코쓰

なきがらや秋風かよふ鼻の穴

蛇笏

죽어서 누워 있는 사람의 고요가 투명한 가을바람에 나부낀다. 시신에
관한 가장 뛰어난 하이쿠로 평가받는 하이쿠이다. 시인이면서 입관사로
오랫동안 일한 아오키 신몬(青木新門)은 『입관부 일기』에서 "매일 죽은
자만 보고 있으면, 죽은 자는 고요하고 아름답다."라고 썼다.

이다 다코쓰(飯田蛇笏)는 교시의 영향을 받아 하이쿠를 썼으며 청춘기
를 제외하고는 전 생애를 고향에서 보내며 수많은 작품을 썼다. 한 아
들은 병으로 죽고 두 아들은 전쟁터에서 죽었다.

　　여름 한낮

　　죽음은 반쯤 뜬 눈으로

　　사람을 보네

夏真昼死は半眼に人を見る

죽을병 얻어
손톱만 아름답다
난로 탓인가

다코쓰

死病 得て爪 美しき火桶かな
蛇笏

화로 앞에 앉아 불을 쫸다. 따뜻해진 손에 혈색이 돌아 손톱 색도 살아
난다. 당시의 '죽을병'은 결핵이다. 소설가 아쿠타가와 류노스케도 이 작
품을 읽고 다음의 하이쿠를 썼다.

폐병 걸린 뺨 아름답다 겨울 모자 쓰니
癆咳の頬 美しや冬帽子

다코쓰는 뛰어난 하이쿠를 여러 편 썼다. 다음도 그중 한 편이다. 병을
앓던 아들은 죽어서 약 냄새와 함께 떠나고 슬픔만 뒤에 남았다.

명이 다하자
약 내음만 차갑게
떠나갔구나
命尽きて藥香さむくはなれけり

454

검은 쇠의 가을
풍경은
울리고

다코쓰

くろがねの秋の風鈴鳴りにけり
蛇笏

절의 풍경이 맑은 소리를 낸다는 것은 시적 표현일 뿐, 검은 쇠로 만든 풍경은 서양의 윈드 차임과는 달리 소리가 둔탁하고 투박하다. 사실은 그래서 좋은 소리이다. '좋은 소리'가 꼭 맑은 음만은 아니다. '쇠로 만든 풍경'은 가을의 계어이다. 바람은 어느 계절에나 불지만, 가을바람에 울리는 풍경은 듣는 이의 내면에 더 크게 울리기 때문이다. '풍경이 울린다'는 평범한 서술에 '검은 쇠'가 깊이를 더한다.
근대 하이쿠 시인 아카보시 스이치쿠쿄(赤星水竹居)는 썼다.

　　풍경 소리

　　들리지 않으면 외롭고

　　들리면 성가시고
　　風鈴のならねば淋しなれば憂し

한 사람 가면
두 사람 다가오는
모닥불 피우기

만타로

一人退き二人よりくる焚火かな
ひとりの　ふたり　　　　　たきび

万太郎

야마오 산세이(山尾三省)는 "인간은 불을 지피는 동물이었다. 불을 지필
수 있으면 그것으로 이미 인간이었다."라고 썼다. 추운 날, 모닥불 쬐는
손들은 동등하다. 이제는 모닥불도 마음대로 피울 수 없다. 다이옥신 규
제 때문이기도 하지만 불을 피우는 것에 세상이 신경질적이 되었다.

　　서늘한 불빛
　　서늘하지만
　　슬픈 불빛
　　涼しき灯すずしけれども哀しき灯

구보타 만타로(久保田万太郎)는 대학 시절에 소설과 희곡을 잇달아 발표
해 작가로 이름을 날렸다. 가족을 먹여 살리느라 하이쿠를 스스로 취미
활동이라 불렀지만 마음 깊은 곳에 와 닿는 작품을 많이 썼다.

나팔꽃
첫 꽃봉오리
원폭 터진 날

만타로

あさがほのはつのつぼみや原爆忌

万太郎

지구 상에는 3만여 개의 핵무기가 존재한다. 열화 우라늄탄도 이름만
다를 뿐 핵무기의 일종으로, 걸프 전쟁 이래 90만 발 넘게 발사되었다.
나가사키에서 피폭당한 시인 다케야마 히로시(竹山広)는 노래한다.

　지상에는 좋은 핵 나쁜 핵 있어

　반딧불이 빛나는 밤이 된다

전쟁의 참화를 겪고도 반성하지 않는 일본, 또다시 우익 집단의 광기에
휩쓸리고 있다. 현대 하이쿠 시인 우다 기요코(宇多喜代子)가 쓴다.

　장수풍뎅이

　지구를 해치지 않고

　걷는다

　かぶとむし地球を損なわずに歩く

탕두부여
목숨 끝의
어스름이여

만타로

<ruby>湯豆腐<rt>ゆどうふ</rt></ruby>やいのちのはてのうすあかり

万太郎

간을 하지 않은 담백한 맛의 두부를 다시마 물에 끓인 탕두부는 그릇
에 덜어 가며 간장에 찍어 먹는 단순한 음식이다. 물이 좋은 교토의 유
도후(탕두부 요리)가 유명하다. 음식 먹는 내내 탕 속에 두부를 끓이는
데, 두부 자체의 순도와 정밀도가 뛰어나 오래 끓여도 처음 맛과 마지막
맛이 같다. 바쇼도 탕두부 하이쿠를 썼다.

　　색이 묻는구나 두부에 떨어진 옅은 홍단풍
　　<ruby>色付<rt>いろづ</rt></ruby>くや<ruby>豆腐<rt>とうふ</rt></ruby>に<ruby>落<rt>お</rt></ruby>ちて<ruby>薄紅葉<rt>うすもみじ</rt></ruby>

교토의 난젠지(南禅寺) 앞 탕두부 요리점 뜰에서 두부를 먹고 있으면 가
끔 단풍잎이 두부 위로 내려와 색을 더한다. 옛날에는 '단풍 두부'라는
것도 있어서 두부에 단풍잎 도장을 찍어 팔기도 하고, 단풍잎 모양으로
두부를 만들어 그 위에 잎을 얹기도 했다.

나비를 좇아
봄날의 깊은 산을
헤매었어라

히사조

<ruby>蝶<rt>ちょう</rt></ruby> <ruby>追<rt>お</rt></ruby>うて <ruby>春山<rt>はるやま</rt></ruby><ruby>深<rt>ふか</rt></ruby>く <ruby>迷<rt>まよ</rt></ruby>いけり

久女

나비가 유혹해 산을 헤매 다녔지만 잡지 못했다. 스기타 히사조(杉田久女)는 화가와 결혼했으나, 예술가의 꿈을 버리고 평범한 교사 생활에 만족하는 남편에게 실망해 하이쿠를 쓰기 시작했다. 교시의 제자가 된 그녀는 스승에게 몸과 마음을 다 주었으며, 국화 꽃잎으로 베개를 만들어 바치기도 했다. 이는 마쓰모토 세이초(松本淸張)의 소설 『국화 베개』의 모티브가 되었다. 소설 속 여주인공은 정신병원에서 숨을 거둔다. 실제로 히사조는 교시를 독차지하려는 마음이 지나쳐 〈두견〉지 동인에서 제명되고 결국 영양실조로 숨졌다. 처음에는 하이쿠 응모전에 다음의 작품을 투고해 10만 명 중에서 뽑혔다. 이때 심사 위원이 교시였다.

메아리쳐서 산 두견새 마음껏 운다
<ruby>谺<rt>こだま</rt></ruby> して<ruby>山<rt>やま</rt></ruby>ほととぎすほしいまま

동백꽃 냄새 맡고는

내던지고

걸인이 걸어가네

다케지

椿 嗅いで棄てし乞食が歩き出したり

武二

꽃은 현실에는 무용지물이지만, 꽃 내음을 맡을 때는 현실을 잊게도 한
다. 겨울날 붉은 동백꽃 지는 길로 걸인이 걸어간다.

　　죽은 친구의 편지 다발 그 파란 끈을 푼다
　　亡き友の手紙の束その青き紐をとく

오자와 다케지(小沢武二)는 잡지 〈층운〉을 통해 산토카, 호사이 등과 함
께 신경향 하이쿠에서 자유율 하이쿠로 발전한 작품들을 발표했다.

　　고인의 얼굴 화장할 붉은색이 보이지 않는다
　　死顔に化粧する紅が見あたらない

이 하이쿠들에서도 보듯이 5·7·5의 음수율을 무시하고 있다.

　　징 치며 가는 여자의 등에서 깊이 잠든 아이여
　　鉦たたきゆく女の背に深くねむる子よ

460

날개 쪼개어
무당벌레
날아오른다

스주

翅わつててんとう虫の飛びいづる

素十

모든 인간의 내면에는 어린아이로 죽은 시인이 있다. 〈두견〉 동인으로
교시에게 사사한 다카노 스주(高野素十)는 교시가 주창한 객관 사생에
따라 자연을 철저하게 객관적으로 묘사하는 순수 사생파에 속했다.

거미줄 한 줄 앞을 가로지르는 백합꽃
くもの糸一すぢよぎる百合の前

교시는 스주의 하이쿠를 '완벽하게 사실적이고 자연스럽다'고 평했다.

기러기 울음 잠깐 동안 하늘에 울려 퍼지다
雁の声のしばらく空に満ち

아무 특별한 것 없는 풍경의 미를 느껴 그것을 하이쿠로 표현하고 있다.

밭둑에서 피어오르는 한 줄기 연기를 뒤돌아본다
ひとすぢの畦の煙をかへりみる

툇마루 끝에
다만 앉아 있는
아버지의 두려움

스주

端居してただ居る父の恐ろしき
素十

'툇마루 끝에 앉는 것'은 여름의 계어로, 더위를 피하거나 바람을 쐬기 위한 것이다. 그러나 지금 아버지는 더위를 피해 그곳에 앉아 있는 것이 아니다. 툇마루 끝은 그의 인생의 끄트머리다.

바람 불어와 나비 급히 날아가네
風吹いて 蝶 蝶 迅く 飛びにけり

멕시코 시인 프란시스코 에르난데스는 하이쿠풍의 시를 많이 썼다.

연못 한가운데
백조 한 마리
물속에 비친
자신의 목 그림자에
질식하고 있다

가을 저물녘
큰 물고기 뼈를
바다가 끌어당긴다

산키

秋の暮大魚の骨を海が引く
あき くれたいぎょ ほね うみ ひ
三鬼

사이토 산키(西東三鬼)의 이 하이쿠는 발표되자마자 화제작이 되었다. 그가 말년을 보낸 바닷가에서는 어부들이 버린 큰 물고기 뼈를 자주 볼 수 있었다. 그 물고기 뼈를 원래 살던 곳으로 데려가는 가을의 썰물을 바라보는 노년의 생이 중첩된다. 다음의 하이쿠도 대표작이다.

　　얼음 베개 부스럭거리면 추운 바다가 있다
　　水枕ガバリと寒い海がある
　　みずまくら　　　　さむ　うみ

산키 스스로도 이 작품으로 하이쿠에 눈을 떴다고 고백했다. 바다 근처의 집에서 감기가 악화되어 죽을 만큼 폐렴을 앓을 때 쓴 작품이다. 고열을 내리기 위해 얼음 베개를 베는 순간, 베개 안에서 얼음 부딪치는 소리가 나면서 몽롱한 머릿속에 얼음이 북적대는 '추운 바다'의 세계가 펼쳐진다. 죽음의 그림자를 '추운 바다'로 표현하고 있다.

죽은 반딧불이에게
빛을 비추어 주는
반딧불이

고이

死 蛍 に照らしをかける 蛍 かな
しほたる　て　　　　　　　ほたる

耕衣

살아 있는 것이 아픈 이유는 많은 존재들이 죽기 때문이다. 마치 죽은
반딧불이가 다시 살아나 반짝일 것만 같다. 나가타 고이(永田耕衣)는 공
고 졸업 후 제지 공장에서 일하다가 기계에 손가락 세 개를 잃고 고향
에 머물던 중 절의 선승에게 선문답을 듣고 선적 세계를 추구하기 시작
했다. 객관 사생만을 고집해 독자의 상상력에 대부분을 맡기는 두견파
의 시론에 의문을 던지고, 바쇼의 시풍을 따랐다.

　　은하수 본다 유리 깨어진 집에 기대어 서서
　　天の川硝子こはれし家に凭れ
　　あま　がわがらす　　　　いえ　よ

어머니의 죽음과 관련해서도 여러 편의 좋은 하이쿠를 썼다.

　　나팔꽃이여 백 번 만나면 어머니 죽겠지
　　朝顔や百たび訪はば母死なむ
　　あさがお　ひゃく　　と　　はは し

죽은 친구가
어깨에 손을 얹는 것처럼
가을 햇살 따뜻해

구사타오

亡き友肩に手をのするごと秋日ぬくし

草田男

친구의 죽음은 부모 형제의 죽음과 또 다르다. 그 슬픔을 아는지 햇살
이 어깨에 내린다. 독일 문학을 전공하다가 일본 문학으로 바꾼 나카무
라 구사타오(中村草田男)는 신경쇠약에 시달리며 니체, 도스토옙스키, 횔
덜린, 체호프를 읽었다. 하이쿠가 '기교'(하이쿠의 특수성)와 '문학'(보편성)
으로 이루어진다고 생각했으며, 두견파의 전통 하이쿠에는 '기교'가, 신
경향 하이쿠에는 '문학'이 결여되어 있다고 비판했다. 따라서 '열일곱 자
의 틀과 계절의 제약 속에서 자유롭게 표현하는 것'의 가치를 중요하게
여겼다. 그것이 그로 하여금 시류에 가담하지 않고 독자적인 목소리를
갖게 했다. 전쟁 후 폐허를 일구는 사람을 보며 다음의 하이쿠를 썼다.

　씨앗 뿌리는 사람들의 발자국 널려 있어라

　種蒔ける者の足あと治しや

눈이 내리네
메이지 시대는
멀어져 가고

구사타오

降る雪や明治は遠くなりにけり

草田男

『구사타오 하이쿠 365일』에 따르면 구사타오는 이 작품을 하이쿠 대회
에 출품했다고 한다. 심사 위원이던 교시는 이 작품을 채택하지 않았다.
그러나 돌아가는 길에 엘리베이터에서 우연히 동승한 구사타오를 보고
교시가 "그 하이쿠, 아무래도 뽑아야겠다."라고 해서 추가로 채택되었다.
폭설이 내리는 날, 자신이 다닌 초등학교를 방문해 하얗게 내리는 눈 저
편으로 학교 건물을 바라보았을 때의 느낌을 쓴 것이다. 끊임없이 내리
는 눈 속에 있으면 때와 장소에 대한 의식이 공백이 되어, 현재가 그대
로 어린 시절인 것 같은 착각과 그 시절이 영원히 사라져 버렸다는 생각
이 동시에 든다. 현재 그 초등학교에는 이 하이쿠를 새긴 시비가 서 있
다. 일본인들이 좋아하는 하이쿠 다섯 편 안에 드는 명시이다. 눈이 내
리고, 우리가 몸을 비비며 지나온 시대가 멀어져 간다.

겨울의 물
나뭇가지 하나의 그림자도
속이지 않고

구사타오

<ruby>冬<rt>ふゆ</rt></ruby>の<ruby>水<rt>みず</rt></ruby><ruby>一枝<rt>いっし</rt></ruby>の<ruby>影<rt>かげ</rt></ruby>も <ruby>欺<rt>あざむ</rt></ruby>かず

草田男

연못 수면에 신의 손금 같은 잔가지들이 투영되어 있다. 겨울을 나기 위해 비본질적인 것은 다 떨어뜨리고 뼈만 남은 나무의 모습이 수면에 비쳐 있다. 투명하다 못해, 오히려 물에 비친 허상이 실제의 나무보다 더 실제처럼 여겨진다. 구사타오의 대표작 중 하나이다. 마지막 '속이지 않고'를 읽고 교시가 혼자서 신음 소리를 냈다는 일화가 전해진다.

차가운 별들 신이 놓는 주판알 단 은밀하게
<ruby>寒星<rt>かんせい</rt></ruby>や<ruby>神<rt>かみ</rt></ruby>の<ruby>算盤<rt>そろばん</rt></ruby>ただひそか

겨울의 별을 일본어로 '동성(凍星)', 즉 얼어붙은 것처럼 선명한 별이라 부른다. 밤마다 신은 그 별들을 배치하기 위해 주판을 놓는다.

추억도 금붕어의 물도 푸른색을 띠고
<ruby>思<rt>おも</rt></ruby>ひ<ruby>出<rt>で</rt></ruby>も<ruby>金魚<rt>きんぎょ</rt></ruby>の<ruby>水<rt>みず</rt></ruby>も<ruby>蒼<rt>そう</rt></ruby>を<ruby>帯<rt>お</rt></ruby>びぬ

곧장 가라고
백치가 가리키는
가을의 길

구사타오

<ruby>真<rt>まっ</rt></ruby><ruby>直<rt>す</rt></ruby>ぐ<ruby>往<rt>ゆ</rt></ruby>けと<ruby>白痴<rt>はくち</rt></ruby>が<ruby>指<rt>さ</rt></ruby>しぬ<ruby>秋<rt>あき</rt></ruby>の<ruby>道<rt>みち</rt></ruby>

草田男

백치가 길을 가리켜 보인다. 인간이 '길 위의 존재'라는 것은 '길을 찾아야만 하는 존재'라는 뜻이다. 가을에는 어느 길로 갈지 망설여진다.

가을비 속

선로 많은 기차역에

도착하다

<ruby>秋雨<rt>あきさめ</rt></ruby>や<ruby>線路<rt>せんろ</rt></ruby>の<ruby>多<rt>おお</rt></ruby>き<ruby>駅<rt>えき</rt></ruby>につく

인간 내면을 파고들었기 때문에 구사타오는 인간 탐구파라 불렸다.

아버지 무덤에 어머니 이마를 묻고 소리도 없이

<ruby>父<rt>ちち</rt></ruby>の<ruby>墓<rt>はか</rt></ruby>に<ruby>母<rt>はは</rt></ruby><ruby>額<rt>ぬか</rt></ruby>づきぬ<ruby>音<rt>おと</rt></ruby>もなし

차가운 다다미에 차가운 발로 서서 아내가 울고 있다

<ruby>足<rt>あし</rt></ruby>はつめたき<ruby>畳<rt>たたみ</rt></ruby>に<ruby>立<rt>た</rt></ruby>ちて<ruby>妻<rt>つま</rt></ruby><ruby>泣<rt>な</rt></ruby>けり

귀뚜라미여
이 집도 시시각각
낡아 가는 중

세이시

きりぎりすこの家刻刻古びつつ
<ruby>刻刻<rt>いえこくこくふる</rt></ruby>

誓子

이미지즘 시인 아치볼드 매클리시는 "시는 자신이 있는 풍경을 그대로 담아내는 일이다. 달이 올라올 때 마치 그 달이 얽힌 나무들에서 가지를 하나하나 풀어 주듯이."라고 말했다.

　　여름 잡초에 기관차의 바퀴도 멈추어 서네
　　夏草に機関車の車輪来て止まる

교시가 이끄는 두견과 내부에서 단조로운 객관 사생을 거부하고 자아와 감각을 중시하는 신흥 하이쿠 운동이 일어났다. 야마구치 세이시(山口誓子)는 이 새로운 시 운동에 앞장선 시인으로, 심리적 표현이 강한 작품들을 발표했다.

　　매화꽃 보러 간다 머언 옛날의 기차를 타고
　　探梅や遠き昔の汽車にのり

바다에 나간
초겨울 찬 바람
돌아갈 곳 없다

세이시

海に出て木枯帰るところなし
<small>うみ　で　　こがらしかえ</small>

誓子

돌아갈 곳 없는 것은 겨울바람만이 아니다. 찬 바람 속 우리도 돌아갈
곳이 없다. 바쇼와 동시대를 산 이케니시 곤스이(池西言水)도 썼다.

초겨울 찬 바람

끝은 이곳이구나

바다의 소리

凩 の果はありけり海の音
<small>こがらし　はて　　　　　うみ　おと</small>

차가운 바람이 바다 위 허공중에 소용돌이친다. 세이시는 다시 쓴다.

원시 때부터

푸른 겨울 바다는

색이 변하지 않았지

原始より碧海冬も色変えず
<small>げんし　　へきかいふゆ　いろか</small>

얼마 동안은
꽃에 달이 걸린
밤이겠구나

바쇼

しばらくは花の上なる月夜かな

芭蕉

만개한 꽃, 그 위에 달이 걸려 있다. 단순한 꽃구경이 아니라 보름달이
상징하는 인생에 대한 깨달음이 담겨 있다. 달과 꽃은 수시로 위치를 바
꾼다. 바쇼는 『오이노코부미』에 썼다. "보는 것 모두 꽃 아닌 것 없으며,
생각하는 것 모두 달 아닌 것 없다. 그 꽃을 보지 못하는 사람은 야만인
과 다름없다. 또한 그것을 보는 마음이 꽃이 아니라면 새나 짐승과 다
를 바 없다."

　　달과 꽃을 아는 이들이야말로 진정한 주인들
　　月華の是やまことのあるじ達

'달과 꽃의 시인'으로 불린 사이교는 썼다.

　　꽃에 물든 마음만 남았어라

　　전부 버렸다고 생각한 이 몸속에

조만간 죽을

기색 보이지 않는

매미 소리

바쇼

やがて死ぬけしきは見えず蟬の声

芭蕉

곧 죽을 운명임에도 열창하는 것은 매미만이 아니다. 그러나 바쇼는 교훈에 머물지 않고 더 나아간다. 매미의 삶은 어느 순간에라도 끝나지만 노래할 수 있는 한 살아 있는 것이다. 노래할 수 없다면 죽은 것이다. 이 하이쿠 앞에 적은 '무상신속(無常迅速)'은 바쇼가 좋아한 단어였다.

나무 끝에서

덧없이 떨어지는

매미의 허물

梢 よりあだに落ちけり蟬のから

매미 허물이 아니라 '덧없음'에 더 주목하고 있다. 소세키도 썼다.

가을의 매미 그 목소리에 죽기 싫은 기색 역력하다

秋の蟬死に度くもなき声音かな

472

이 가을에는
어찌 이리 늙는가
구름 속의 새

바쇼

此秋は何で年寄る雲に鳥

芭蕉

보름 뒤 바쇼는 세상을 떠날 것이다. 마지막 여행길에서 그는 중얼거린
다. '이 가을 녘, 육신의 늙음을 느끼는구나.' 흔한 독백을 '구름 속의 새'
로 마무리한 것은 바쇼다운 시적 감각이다. 끝이 보이지 않는 여행길,
압박해 오는 육신의 노쇠함, 허무의 구름 속으로 빨려 들어가는 가을의
적막감이 묻어난다. 그 고독을 함께 나눌 이조차 없다.

　　병든 기러기 추운 밤 뒤처져서 길에서 자네
　　病 雁の夜寒に落ちて旅寝哉

바쇼는 이때 오한에 시달리고 병에 걸렸다. 제자 교리쿠의 집에서 하이
쿠 모임이 열렸을 때는 겨울비가 내렸다.

　　오늘만은 사람도 늙는구나 초겨울 비
　　けふばかり人も年寄れ初時雨

흰 이슬의
외로운 맛을
잊지 말라

바쇼

<ruby>白露<rt>しらつゆ</rt></ruby>に <ruby>淋<rt>さび</rt></ruby>しき <ruby>味<rt>あじ</rt></ruby>を <ruby>忘<rt>わす</rt></ruby>るるな

芭蕉

가을의 흰 이슬은 어떤 맛인가? 덧없고 무상한 맛이다. 모든 맛을 즐기
더라도 그 맛을 잊지 않아야 한다고 바쇼는 말한다.

서리를 입고 바람을 깔고 자는 버려진 아이
<ruby>霜<rt>しも</rt></ruby>を<ruby>着<rt>き</rt></ruby>て<ruby>風<rt>かぜ</rt></ruby>を<ruby>敷<rt>し</rt></ruby>き<ruby>寝<rt>ね</rt></ruby>の<ruby>捨子<rt>すてご</rt></ruby>哉<rt>かな</rt></ruby>

제자 호쿠시가 엮은 『산중문답』에서 바쇼는 불역유행론(不易流行論)을
펼친다. "불역의 이치를 잃지 않으면서 유행의 변화를 건넌다." 바꿀 것
은 바꾸되 바꾸지 말아야 할 것은 바꾸지 않는다는 뜻이다. 시대에 따
라 변화하는 것이 있지만, 어느 시대든 기본이 되는 진리가 있다. 변하
지 않는 원칙을 지키되, 새로움을 추구하며 자기 혁신을 꾀해야 한다.

부러워라 속세의 북쪽에 사는 산벚나무
うらやまし<ruby>浮世<rt>うきよ</rt></ruby>の<ruby>北<rt>きた</rt></ruby>の<ruby>山<rt>やま</rt></ruby>桜<rt>ざくら</rt></ruby>

한겨울 칩거
다시 기대려 하네
이 기둥

바쇼

冬籠り又寄添はんこの 柱

芭蕉

인간이 기댈 가장 튼튼한 기둥은 홀로 있음이다. 그 기둥을 존재의 중심에 세운 이는 어떤 바람에도 넘어지지 않는다. 사이교는 '버렸다 해도 숨어 살지 않는 사람은 여전히 속세에 있는 것이나 매한가지'라고 했다.

때때로 나 자신의 숨을 본다 겨울의 칩거
折折に伊吹を見ては冬籠り

바쇼는 친구에게 보내는 편지에 썼다. "이 도시의 시인들은 상을 타거나 이름을 내려고 노력한다. 그들이 어떤 시를 쓰는지는 알 필요도 없다. 내가 입을 열면 거친 말로 끝나기 때문에 차라리 듣지도 보지도 않는 편이 낫다." 제자 기카쿠와 란세쓰도 시류에 편승해 하이쿠 심사 위원이 되었다. 바쇼는 벚꽃 필 무렵에 어떤 하이쿠 모임도 거부했다. "벚꽃으로 이름난 장소들은 소음이나 내며 명성을 추구하는 자들로 북적인다."

가는 봄이여
머뭇거리며 피는
철 늦은 벚꽃

부손

ゆく春や逡<ruby>巡<rt>しゅんじゅん</rt></ruby>として遅ざくら

蕉村

'유채꽃 피었다 달은 동쪽에 해는 서쪽에'와 같은 대표작이 교과서에 실려 있음에도 대부분의 일본인들은 그림을 통해 부손을 처음 만난다. 그의 그림을 보고 있으면 화폭을 지배하는 정신의 깊이에 압도당한다. 국보로 지정된 부손 만년의 걸작 〈야색누대도(夜色楼台図)〉는 원경에 펼쳐진 부드러운 능선의 산과 나무들, 그 아래 맞배지붕을 맞대고 층층이 늘어서 있는 집들, 그 위에 흰 꽃처럼 고요히 내려 쌓이는 눈, 그리고 집의 장지문에서 비치는 희미한 불빛들이 가로로 긴 화폭에 그려져 있다. 부손의 그림을 보면 왜 그의 하이쿠가 그 자체로 한 폭의 회화를 보는 듯한 느낌을 주는지 이해할 수 있다.

매화꽃 꺾어 주름진 손 안에 향기를 가둔다
梅折りて皺手にかこつ薫りかな

476

여름 소나기
풀잎을 부여잡은
참새 떼들아

부손

夕立や草葉をつかむ群 雀
ゆうだち　くさば　　　　　　　むらすずめ

蕪村

부손은 마치 그림을 그리기 위해 포착한 장면을 언어로 그리는 듯하다. 되풀이해 읽으면 그의 시는 더 깊이 들어간다. 그 깊이 들어가는 순간을 '시적 순간'이라고 부른다. 시인이 시의 영감을 받는 순간도 '시적 순간'이며, 독자가 시의 심층부와 만나는 순간도 '시적 순간'이다.

　　한겨울 매화 어제쯤 져 버렸나 돌 위의 꽃잎
　　冬の梅きのふやちりぬ石の上
　　ふゆ　うめ　　　　　　　　　いし　うえ

순간과 지속은 부손 하이쿠에 거의 언제나 나타나는 두 가지 측면이다. 시키는 부손의 객관적 묘사 능력을 높이 평가했지만 중요한 점을 간과했다는 지적도 받는다. 단순한 풍경 묘사로 끝나는 듯하나, 부손의 시는 언제나 시간의 경과에 따라 나타났다가 사라지는 사물들에 대한 애틋한 감정을 담고 있는 것이 특징이다.

다리 없는데
해 떨어지고 있는
봄날의 강

부손

橋なくて日暮んとする春の水
はし　　　　ひくれ　　　　　　　　はる　みず

蕪村

아직은 차가운 봄의 강물 위로 땅거미가 내리고 있다. 다리 없는 강은
하늘로 열린 공간을 창조한다. 시인 안도 쓰구오는 이 강이 마을의 강
이 아니라 '넓은 들판의 강'이라고 풀이했다. 교시는 이렇게 해석한다.
"어느 강에 나왔다. 부득이 이 강을 건너지 않으면 안 된다. 그런데 주위
를 둘러보아도 다리가 없다. 이미 저녁이 되었기 때문에 머뭇거리면 곧
해가 넘어갈 것이다. 그렇지만 '봄날'이라는 단어 속에 '낮이 길어져 해
가 늦게 진다'는 의미가 슬쩍 담겨 있다. 흐르는 물도 봄의 물이기에 부
드럽고 조용하게 흐르고 있다. 시인도 조급하거나 절박한 심경이 아니
다. 봄의 여유로움이 시 속에 충분히 잘 나타나 있다."

　　봄의 물줄기 산이 없는 고장을 흘러서 가네
　　春の水山なき國を流れけり
　　はる　みずやま　　　くに　なが

478

눈에 부러진 가지
눈 녹여 물 끓이는
가마솥 아래

부손

ゆきおれ　ゆき　ゆ　たくかま　した
雪折や雪を湯に焚釜の下

蕪村

일본에 귀화한 미국인 도널드 킨은 일본 문화 연구의 일인자로 정평이
났으며 하이쿠 연구에도 조예가 깊다. 그는 부손을 이렇게 평한다.
"가난과 역경에 처하면 바쇼는 반드시 그 역경 속으로 침잠해, 마침내
그곳에서 한 줄기 빛을 발견한다. 그러나 부손에게는 하이쿠 자체가 빛
이며, 동시에 가혹한 현실로부터의 도피였다. 부손의 하이쿠는 그것들
이 쓰인 배경을 생각할 필요 없이 감상할 수 있다. 바쇼의 하이쿠들은
연대순으로 늘어놓고 여행기나 그 밖의 기록에 맞춰 읽으면 바쇼라는
인물의 위대성을 느낄 수 있다. 그러나 부손의 하이쿠는 한 편씩 독립적
으로 읽어도 연대순으로 보는 것과 동일한 감동을 맛볼 수 있다."

　재 속의 불 마침내 끓는 냄비 요리
うずみび　　　に　　なべ　もの
埋 火やつひには煮ゆる鍋の物

겨울 강으로

부처님께 바친 꽃

떠내려오네

부손

冬川や 仏 の花の流れ来る
ふゆかわ　ほとけ　はな　なが　く

蕪村

차가운 겨울 강에 꽃이 떠내려온다. 회색 풍경 속에 꽃 색깔이 선명하다. 누군가는 불상 앞에 꽂혀 있던 꽃을 들고 밖으로 나온다.

오월 장맛비

고인에게 바친 꽃

버리러 가네

五月雨や 仏 の花を捨てに出る
さみだれ　ほとけ　はな　す　で

영원하고 파괴되지 않는 본성을 상징하는 불상과 그 앞에 인간이 바치는 꽃의 유한성을 말하고 있다. '겨울 강'에 대한 하이쿠는 많은 시인들이 썼다. 시키는 슬프고 황량한 풍경을 묘사한다.

겨울 강에 버려진 개의 사체

冬川に捨てたる 犬 の 屍 かな
ふゆかわ　す　いぬ　かばね

올빼미여
얼굴 좀 펴게나
이건 봄비 아닌가

잇사

ふくろう　つらくせなお　はる　あめ
梟　よ面癖直せ春の雨

一茶

삶이 힘들 때마다 읊조리게 되는 하이쿠이다. 집을 떠난 잇사는 잠깐
남의집살이한 것을 제외하고는 줄곧 떠돌이 생활을 했으며, 가난에 시
달리면서도 시에 전념했다. 쉰 살에 고향으로 돌아온 그는 젊은 여성과
첫 결혼을 한다. 녹록지 않은 삶이었다. 이 하이쿠는 잇사가 쉰세 살에
쓴 작품으로, 그때 아내의 나이는 스물아홉이었다. 시 앞에 '비둘기가
말하기를'이라는 글이 달려 있다. 다시 말해 이 하이쿠는 비둘기가 올빼
미에게 하는 말이다. 비둘기는 젊은 아내이고, 올빼미는 잇사 자신이다.
고독하게 떠돌아다녀 얼굴에 가난과 고초가 배어 있지만 얼굴을 펴고
밝게 살자고, 주어진 상황을 긍정적으로 받아들이자고 아내의 충고인
것처럼 스스로에게 다짐하고 있다. 감성의 아름다움, 삶에 대한 의지가
전해진다.

이 세상은
지옥 위에서 하는
꽃구경이어라

잇사

世の中は地獄の上の花見かな

一茶

세상은 지옥이라는 평범한 등식 위에 '꽃구경'이라는 단어를 올려놓은
언어 감각이 뛰어나다. 쉰세 살에 첫아들을 얻지만 아이는 한 달 만에
죽는다. 그다음에 태어난 딸은 천연두로 1년밖에 살지 못한다. 두 번째
아들도 몇 달을 넘기지 못했다. 이듬해 세 번째 아들을 낳다가 아내는
세상을 떠나고, 아이도 곧 숨을 거둔다. 이 기간에 잇사는 뇌졸중으로
몸에 마비가 찾아왔다. 지옥 같은 삶! 그러나 꽃은 피고 또 핀다. 아내가
죽고 잇사는 썼다.

　　나비 날아가네

　　마치 이 세상에

　　바랄 것 없다는 듯

　　蝶 とぶや此世に望みないやうに

첫 반딧불이
왜 되돌아가니
나야 나

잇사

初 蛍 なぜ引返すおれだぞよ
<ruby>初<rt>はつ</rt></ruby> <ruby>蛍<rt>ほたる</rt></ruby> なぜ<ruby>引返<rt>ひきかえ</rt></ruby>すおれだぞよ

一茶

"반가워서 부르는데 왜 도망가니, 나 잇사야. 너를 해칠 사람이 아니야."
모두가 하는 경험이지만 잇사만이 이렇게 표현할 줄 안다.

　　첫 반딧불이

　　휙 하고 벗어나는

　　손바람

はつ <ruby>蛍<rt>ほたる</rt></ruby> ついとそれたる<ruby>手風哉<rt>てかぜかな</rt></ruby>

태어나자마자 죽은 자식들을 그리워해선지 반딧불이가 자주 등장한다.

　　휴지에 싸여 있어도

　　빛나는

　　반딧불이

<ruby>鼻紙<rt>はなかみ</rt></ruby>に<ruby>引<rt>ひ</rt></ruby>つつんでもほたるかな

가지 마 가지 마
모두 거짓 초대야
첫 반딧불이

잇사

行な行なみなうそよびぞはつ 蛍

一茶

잇사는 '하이쿠의 성인'이라 불리는 바쇼와는 대조적으로, 세속의 먼지
와 풍파 속에서 부대끼고 자신의 아집과 물욕과도 발버둥 친 사람이다.
하이쿠에서도 초월을 이야기하지 않는다. 쉰 살이 넘어 20대의 아내를
맞이한 기쁨에 아내와 잠자리를 한 횟수까지 일기에 기록했을 정도이
다. 그러나 아내와 아이들에 대한 사랑의 환희는 마치 거짓 초대였던 것
처럼 잇따른 비극으로 금방 끝이 났다. 간신히 뇌졸중에서 회복한 잇사
는 그 지역 무사의 딸과 재혼했다. 그러나 잇사의 초라한 집과 금방이라
도 무너질 듯한 삶을 경멸의 시선으로 바라보던 새 아내는 두 달도 넘
기 전에 친정으로 도망쳤다.

　반딧불이 이리 와 반딧불이 이리 와 혼자 마시는 술
　蛍 こよ 蛍 こよとよひとり 酒

가을바람 속

꺾고 싶어 하던

붉은 꽃

잇사

<ruby>秋<rt>あき</rt></ruby><ruby>風<rt>かぜ</rt></ruby>やむしりたがりし<ruby>赤<rt>あか</rt></ruby>い<ruby>花<rt>はな</rt></ruby>

一茶

가을바람에 흔들리는 붉은색 꽃은 태어나서 얼마 안 돼 죽은 딸이 무척 좋아해 꺾고 싶어 하던 꽃이다. 어떤 사물들은 우리의 기억 속에 상징으로 남는다. 우리는 사랑하는 사람과 결별하기도 하고, 재난으로 갑자기 가족을 잃기도 한다. 사물들이 그 일을 상기시킨다.

우는 풀벌레도

곡조를 붙이는구나

이 세상에

<ruby>鳴<rt>な</rt></ruby><ruby>虫<rt>くむし</rt></ruby>も<ruby>節<rt>ふし</rt></ruby>を<ruby>付<rt>つけ</rt></ruby>たり<ruby>世<rt>よ</rt></ruby>の<ruby>中<rt>なか</rt></ruby>は

그 곡조는 즐거운 곡조인가, 슬픈 곡조인가?

밤에 우는 풀벌레 너에게도 어머니가 있니 아버지가 있니

<ruby>夜<rt>よ</rt></ruby><ruby>鳴<rt>なくむし</rt></ruby><ruby>虫<rt></rt></ruby> <ruby>汝<rt>なんじ</rt></ruby> <ruby>母<rt>はは</rt></ruby>あり<ruby>父<rt>ちち</rt></ruby>ありや

이슬의 세상은

이슬의 세상이지만

그렇지만

잇사

露の世は露の世ながらさりながら

一茶

이슬처럼 덧없다는 것은 애초부터 알고 있었다. 그것은 알지만……. '사랑하는 자식을 잃고'라고 하이쿠 앞에 적었다. 이렇게도 썼다.

　이슬의 세상이라는 것은 이해하지만 하지만
　露の世は得心ながらさりながら

잇사의 대표작 중 하나인 이 하이쿠는 일본 동북 지방 대지진으로 수만 명이 목숨을 잃었을 때 처참한 파괴 현장 사진과 함께 가장 많이 인용되었다. 덧없는 세상이지만, 계속해서 살아가야 한다.

　울지 마 풀벌레
　헤어지는 사랑은
　별에도 있어
　鳴くな虫別かるる恋は星にさへ

손을 마구 휘둘러도
나비는 닿을 듯
닿지 않네

세이손

めちゃくちゃに手をふり蝶にふれんとす
青邨

광물 연구가인 야마구치 세이손(山口青邨)은 대상이나 자신의 감정을 일정한 거리에서 바라보는 시풍을 전개했다. 도쿄대학 교수로 있으면서 도쿄대 하이쿠 모임을 결성했다. 〈두견〉지 동인으로 활동하며 하이쿠 잡지 〈여름풀(夏草)〉을 창간해 많은 시인을 배출했다.

가라앉아 가는 해파리 물 색깔이 되어 사라진다
沈みゆく海月みづいろとなりて消ゆ

노자와 세츠코(野澤節子)는 나비에 질감과 색감을 입힌다.

첫 나비 스치는 풀 끝마다 초록 물드네
初蝶の触れゆく先の草青む

화가 마티스도 뛰어난 색채감을 발휘해 이렇게 썼다.

파란 나비 너무 파래서 내 심장을 뚫고 들어왔다

귀뚜라미의
이 고집스러운
얼굴을 보라

세이손

こほろぎのこの一徹の貌を見よ

青邨

'귀뚜라미'는 가을 계어로, 이 하이쿠는 많은 세시기(계어를 모아 놓은 책)에 인용된다. '고집스러운 얼굴'로 귀뚜라미의 특징을 잘 파악하고 있다. 구상 시인은 시 〈귀뚜라미〉에서 노래한다.

창밖 뜰 어디서
귀뚜라미 우는 소리가 들린다
저 소리는 운다기보다
목숨을 깎고 저미는 소리랄까
문득 그 소리가 내 가슴속에서도 울려온다
내 가슴속 어느 구석에도
귀뚜라미가 숨어 사나 보다
머지않을 나의 죽음이 떠오른다

씨앗을
손에 쥐면 생명이
북적거린다

소조

ものの種^{たね}にぎればいのちひしめける

草城

씨앗은 가볍지만 그 안에 묵직한 생명을 담고 있다. 결핵으로 입원한 병상에서 자신의 목숨을 움켜잡듯이 씨앗을 무심코 손에 쥐었다. 히노 소조(日野草城)는 일찍부터 〈두견〉 지에 하이쿠를 투고하면서 등단했다. 그러나 두견파의 엄격한 규칙을 조롱하며 전통 하이쿠에서 다루지 않았던 청춘의 사랑, 처녀성, 독신녀, 나체 등과 같은 주제들을 써서 보수적인 독자와 평자들에게 충격을 안겼다.

　　차를 마실 뿐 북쪽 끝에서 온 친구와 함께
　　茶^{ちゃ}を飲^のむのみ北^{きた}の涯^{はて}より来^きし友^{とも}と

녹내장으로 오른쪽 눈의 시력을 잃었다.

　　오른쪽 눈에는 보이지 않는 아내 왼쪽 눈으로 본다
　　右眼^{うがん}には見^みえざる妻^{つま}を左眼^{さがん}にて

나비 추락해
크게 울려 퍼지는
얼음판

가키오

蝶 墜ちて大音 響 の結 氷 期
赤黄男

나비 한 마리가 추락하는 소리가 결빙기의 세계에 울려 퍼진다. 나비의
날갯짓이 지구의 기상에 변화를 가져온다는 나비효과 이론이 존재하기
도 전에 시인은 직감으로 그것을 알고 있었다.

　　나비 반짝반짝 나는 어두워진다
　　蝶 ひかりひかりわたしは昏くなる

도미자와 가키오(富澤赤黄男)는 '하이쿠는 시다'라고 선언한 신흥 하이쿠
운동에 앞장섰으며 종종 글자 수를 어긴 자유율 하이쿠를 썼다.

　　나방이의 푸른색 나는 잠들지 않으면 안 된다
　　蛾の青さわたしは睡らねばならぬ

　　차가운 달, 아아 얼굴이 없다 얼굴이 없다
　　寒い月ああ貌がない貌がない

490

아버지의 기일
눈 내려 쌓이는
숯 가마니

린카

父の忌の雪降りつもる炭 俵
_{ちち き ゆきふ すみだわら}

林火

오노 린카(大野林火)는 어머니의 기침을 주제로도 여러 편의 하이쿠를
썼다. "기침은 천식 증상을 동반해 두 달 가량 격심하게 지속되었다."

어머니의 기침 집 밖에서도 들려 마음 아프다
母の咳道にても聞え悲します

"외출에서 돌아와 듣는 어머니의 기침은 집 전체에 울렸고 너무 슬펐다.
이대로 어머니가 쇠약해져서 돌아가시는 것은 아닌가 하는 생각마저
들었다. 힘없는, 하지만 분명하고 멀리까지 들리는 기침이었다."

지는 해 추운 집
이곳저곳에서
어머니 기침 소리
入日の冷え家のそここ母の咳

잠들어서도
여행길에 본 불꽃
가슴에 피어

린카

ねむりても旅の花火の胸にひらく

林火

태평양전쟁이 끝난 후 하이쿠 대회 참석차 지방에 내려간 시인은 저녁에 불꽃놀이를 목격했다. 암울한 시기를 거친 끝이라 화려하게 흩어지는 불꽃들은 더 아름다웠다. 밤에 자려고 눈을 감아도 불꽃들이 마음속에 선명히 떠오르면서 오늘 이곳에 살아 있어서 다행이라는 생각이 들었다. 앨런 피자렐리는 어둠으로 불꽃을 감싼다.

불꽃 하나
바닥에 떨어져 어두워진다
그것이 전부

아와노 세이호(阿波野青畝)는 어느 집의 가출한 자매에 대해 듣는다.

먼 불꽃놀이를 보고 이 집을 나간 자매
遠花火この家を出し姉妹

시리도록 푸른

하늘을 남기고 간

나비의 작별

린카

あをあをと 空を残して 蝶 分れ

林火

두 마리 나비가 함께 날다가 헤어져 떠나갔다. 그 순간까지 느끼지 못하던 텅 빈 창공이 시야에 들어온다. 바쇼도 여행 중에 나비를 좇는다.

나비 날 뿐인

들판 한가운데의

햇살이어라

蝶 の飛ぶばかり野中の日影かな

노무라 도시로(能村登四郎)는 나비에게서 영혼의 어른거림을 본다.

부전나비 두 마리

먼저 간 아이의

영혼이런가

しじみ 蝶 ふたつ先ゆく子の霊か

원폭 그림 속 입 벌리다
나도 입 벌리다
한기

슈손

原爆図中口あくわれも口あく寒

楸邨

원자폭탄 터지는 그림을 본다. 그림 속 사람들 모두 입을 벌려 고통의
비명을 지르고 있다. 그림을 보는 자신도 입을 벌린다. 5·7·5가 아닌 7·
4·7·2의 불규칙한 리듬이 긴장감을 더한다. '입 벌리다'의 반복과 함
께 '한기'로 끝맺음으로써 아비규환의 참상을 강조했다. 원폭 투하 직
후의 폐허와 무음의 공포스러운 세계가 압도해 온다. 가토 슈손(加藤楸
邨)은 인간 내면 심리를 추구해 구사타오와 함께 인간 탐구파로 불렸다.
그러나 전쟁을 지지하는 하이쿠를 발표해 후대에 비난을 받았다.

개미를 죽이다가
아들 셋에게
들켜 버렸다
蟻殺すわれを三人の子に見られぬ

494

깊이깊이
폐 파랗게 될 때까지
바다 여행

호사쿠

しんしんと肺碧きまで海のたび

鳳作

서른 살 젊은 나이에 죽은 시인의 시라는 것을 알면 폐가 파랗게 될 때까지 바다 속으로 여행하는 심정이 마음 아프게 다가온다. 시노하라 호사쿠(篠原鳳作)는 〈두견〉지에 작품을 발표하며 문단에 나와 계어에 구애받지 않는 새로운 형식을 시도했다. 이 하이쿠 역시 계어가 있는 듯하나 없다. 어느 계절이든 푸르른 바다 속으로 들어가고 또 들어가면 폐가 파랗게 될 것이다. 섬에 교사로 부임했을 때 쓴 작품이다.

　꽉 쥐고 꽉 쥐어도 손바닥에 아무것도 없다
　にぎりしめにぎりしめし掌に何もなき

죽기 전 마지막으로 다음의 하이쿠를 썼다.

　개미야 장미 꼭대기까지 올라가도 볕이 멀다
　蟻よバラを登りつめても陽が遠い

495

돌아보면
장지문 문살에 어린
밤의 깊이

소세이

ふりむけば 障子の桟に夜の深さ

素逝

어두운 밤 집을 나서다가 창문에 어린 어둠의 깊이를 느낄 때가 있다.
어떤 기척도 없이 정적이 다가온다. 하세가와 소세이(長谷川素逝)는 육군
포병 장교로 태평양전쟁에 참가했다가 병으로 서른아홉에 요절했다. 생
의 불안감을 '밤의 깊이'로 나타내고 있다.

안녕이라고
장맛비 내리는 차창에
손가락으로 쓰다

さよならと梅雨の車窓に指で書く

단순한 낙서가 아니다. 전쟁의 포화 소리가 드높던 시대의 표현이다.

봄밤의 차가운 손바닥을 포개 놓는다

春の夜のつめたき掌なりかさねおく

496

달개비꽃
기도하는 것 같은
꽃봉오리

다카시

露草のをがめる如き 蕾 かな

たかし

랭보는 "시의 혁신은 사상이나 형식에 있는 것이 아니라 사물과 현상이
지닌 숨겨진 의미를 보편적 영혼들이 감지할 수 있도록 잡아내는 능력
에 있다."라고 했다. 달개비꽃은 닭의장풀의 다른 이름으로 일본에서는
이슬풀, 반딧불이풀이라고도 부른다. 그 꽃이 지금 봉오리로 기도하고
있다. 마쓰모토 다카시(松本たかし)는 전통 연극 노의 배우 집안에 태어
났으나 폐렴으로 몸이 약해 노 연기를 단념하고 하이쿠에 흥미를 갖게
되었다. 작품마다 병약한 사람이 갖는 특유의 미의식이 있다.

마른 국화라고

말을 내뱉는 것

풍취 없어라

枯菊と言ひ捨てんには 情 あり

빗소리에
부딪쳐 사라지네
풀벌레의 집

다카시

あまおと
雨音のかむさりにけり虫の宿
たかし

나나오 사카키는 〈일곱 줄의 시〉에서 썼다.

　비 내려 젖지 않는 것 없다

　바람 불어 흩날리지 않는 것 없다

빗줄기가 점점 거세져 마침내 집 전체가 빗소리에 파묻힌다. 풀벌레 요
란하게 울어 대는 집과 그 집에 퍼붓는 비의 정경이 압축과 생략으로
묘사되어 있다. 소리의 강약, 시간의 흐름이 내재율로 살아 있다. 병약한
육체와 청년기를 괴롭힌 정신적 문제와도 관계가 있어 보인다.

　연 그림자

　달려가며 나타나는

　눈밭 위
たこ　かげはし　あらわ　ゆき　うえ
凧の影走り現る雪の上

땅 밑에 있는
많은 것들
봄을 기다려

다카시

地の底に在るもろもろや春を待つ
たかし

'봄눈 내리네 풋나물 데치고 있는 사이에도(春の雪青菜をゆでてゐたる間も)'라고 쓴 이는 현대 하이쿠 시인 호소미 아야코(細見綾子)이다. 봄눈을 헤치고 대지에 귀를 대면 땅 밑에 웅성거리고 있는 생명들이 느껴진다. 근대 하이쿠 시인 마에다 린가이(前田林外)는 물빛에서 봄을 본다.

　　길어 올리는 물에 봄을 맞이하는 빛이어라
　　汲上る水に春たつ光かな

세이세이는 더 경이로운 세계로 시선을 이동시킨다.

　　동틀 무렵

　　북두칠성 적시는

　　봄의 밀물
　　暁や北斗を浸す春の潮

499

무당벌레야
일개 병사인 내가
죽지 않았다

아쓰시

てんと虫一兵われの死なざりし

敦

2차 세계대전이 막바지에 이른 1945년 8월, 일등병 시인은 폭탄을 등에 지고 미군 탱크 밑으로 뛰어들어 자폭하는 훈련을 하고 있었다. 그러다 가 일본이 패전을 선언했다는 소식을 듣는다. 그때 땅바닥에 엎드려 들 고 있던 그의 총신에 무당벌레가 날아와 앉았다. 햇빛에 빛나는 무당벌 레의 반점을 보는 순간 생명의 감동이 밀려왔다. 작은 곤충 하나가 거대 한 전쟁의 소용돌이 속에서도 살아 있음을 확인시켜 준 것이다.

아즈미 아쓰시(安住敦)는 시인이며 수필가로, 두견파에 반발해 개인의 서정을 중요시하는 신흥 하이쿠 운동에 앞장섰다.

아쓰시와 함께 신흥 하이쿠 운동을 편 산키도 썼다.

    패전한 날 물 마시는 개여 나도 마신다
    敗戦日の水飲む犬よわれも飲む

겨울비 내리네
역에는 서쪽 출구
동쪽 출구

아쓰시

しぐるるや駅に西口 東 口

敦

지하철이 발달하면서 '출구'가 중요해졌다. 지하의 삶, 출구를 제대로 찾지 못할 때가 많아졌다. 약속을 한 상대가 서쪽 출구로, 자신은 동쪽 출구로 나와 버렸다고 시인은 주석을 달았다. 겨울비 속에 출구가 엇갈려 헤어진 것이다. 시인 오카베 게이이치로(岡部桂一郎)의 와카가 있다.

　　곧장 나를 향해 더듬어 찾아온

　　구시로에서 보낸 엽서

　　비에 젖었다

구시로가 어느 곳인지(북쪽의 눈이 많이 오는 고장 정도), 구시로에서 온 엽서에 무슨 내용이 쓰여 있는지, 발신인과 수신인의 관계가 무엇인지 암시조차 없기 때문에 전혀 알 수 없지만 '엽서가 비에 젖었다'는 표현 하나로 시인은 할 말을 다 했다.

비처럼 쏟아지는 매미 소리
아이는 구급차를
못 쫓아오고

히데노

せみしぐれ こ   たんそうしゃ お
蟬時雨子は担送車に追ひつけず

秀野

'세미시구레(蟬時雨)'는 비처럼 한바탕 쏟아지는 매미 소리를 일컫는 말
로 '눈물을 쏟는다'의 은유적 의미도 있다. 요란한 매미 울음 속에 윙윙
거리며 달리는 구급차를 아이가 쫓아온다. 얼굴이 눈물로 뒤범벅된 채.
결국 아이는 엄마가 탄 차를 따라잡지 못하고 애타게 멀어진다. 이시바
시 히데노(石橋秀野)는 교시 문하의 대표 여성 시인이었으나 전쟁 중에
폐결핵을 앓아 서른아홉에 세상을 떴다. 환자 수송 침대에 누워 운반되
는 자신과 쫓아오다 뒤처진 외동딸, 그리고 슬픔을 열창하는 매미들.

　봄날 새벽
　내가 토해 낸 것의
　빛 투명하다
しゅんぎょう わ は   ひか す
春　暁 の我が吐くものの光り澄む

새장 안의 독수리
외로워지면
날개를 치나

하쿄

檻の鷲 さびしくなれば羽搏つかも

波郷

프랑스 시인 발모르는 썼다. "높이 나는 새여! 우리 머리 위로 흩어지는 자유로운 노래가 되기 전 너는 무엇이었는가? 사로잡혀 있던 어떤 생각이 아니었는가?" 메이지대학 문예학부를 중퇴한 이시다 하쿄(石田波郷)는 구사타오, 슈손 등과 함께 인간 탐구파로 불린 시인으로, 하이쿠 잡지 〈학(鶴)〉을 창간해 동인을 이끌면서 현대 하이쿠 시단에 깊은 영향을 미쳤다. 스무 살에 문학 실력을 인정받아 도쿄로 올라오며 쓴 다음의 하이쿠로 명성을 얻었다.

버스 기다리는
큰길에 봄이 옴을
의심치 않아

バスを待ち大路の春をうたがはず

기러기 떠나네
뒤에 남는 것 모두
아름다워라

하쿄

雁 や残るものみな 美しき

波郷

이 하이쿠를 쓸 당시 하쿄는 군대 소집을 명받아 대륙으로 떠나야만 했다. 기러기가 떠나는 봄, 가족과 친구들을 뒤로 하고 중국의 전쟁터로 가야만 했다. 아내가 첫아들을 낳은 직후였다. 그는 자신의 하이쿠 시집에 태평양전쟁을 칭송하는 작품들을 실었었다. 불행히도 자신이 칭송한 전쟁이 지금 사랑하는 가족과 자신을 갈라놓은 것이다. 하쿄는 중국에서 늑막염을 얻어 25년간 수술과 입원을 반복하며 평생 고통받았다. 분명 많은 것을 깨달았을 것이다. 결국 폐결핵으로 사망했다.

백일홍 피었다
벌컥벌컥 물을
마실 뿐

百日紅ごくごく 水を呑むばかり

눈이 내리네
시간의 다발이
내리듯이

하쿄

<ruby>雪<rt>ゆき</rt></ruby>降れり<ruby>時<rt>じ</rt></ruby><ruby>間<rt>かん</rt></ruby>の<ruby>束<rt>たば</rt></ruby>の<ruby>降<rt>ふ</rt></ruby>るごとく

波郷

눈이 계속 내리고 그 사이에 시시각각 시간은 흐른다. 그것을 예리하게
의식에 올려 '시간의 다발이 내리는 것 같다'라고 표현했다. 결핵 요양원
에 입원해 있을 때의 작품이다. 폐쇄된 병실에 갇혀 창밖으로 끝없이 퍼
붓는 흰 눈을 바라보는 전율과 허무가 담겨 있다.

　　반딧불이여

　　질풍과도 같은

　　어머니의 맥

　　<ruby>蛍<rt>ほたる</rt></ruby> <ruby>火<rt>び</rt></ruby>や<ruby>疾風<rt>はやて</rt></ruby>のごとき<ruby>母<rt>はは</rt></ruby>の<ruby>脈<rt>みゃく</rt></ruby>

반딧불이의 반짝임은 아름답지만 명멸하는 생명의 맥박도 느껴진다. 어
머니의 맥이 빠른 것에 놀라면서도 그 맥이 오래도록 멈추지 않기를 바
라는 마음에 아들은 어머니의 손을 놓지 못한다.

얼굴이 깃들어 있다
참억새 속에
버린 거울

소노코

<ruby>貌<rt>か·お</rt></ruby>が<ruby>棲<rt>す</rt></ruby>む <ruby>芒<rt>すすき</rt></ruby> の<ruby>中<rt>なか</rt></ruby>の<ruby>捨<rt>す</rt></ruby>て <ruby>鏡<rt>かがみ</rt></ruby>

苑子

우리가 머물렀던 장소들에는 우리의 혼이 깃들며, 그 혼의 흔적들을 되밟아 나가면 자신의 바스러진 과거를 추적할 수 있다고 프랑스 소설가 파트리크 모디아노는 『어두운 상점들의 거리』에서 썼다. 늦가을 억새풀 속에 버려진 거울 속에 얼굴 하나가 살고 있다. 자신이 버린 거울을 다시 가서 들여다본 것인지, 아니면 마음속에 떠오른 환영인지는 알 수 없다. 몽환적인 시풍을 구사한 나카무라 소노코(中村苑子)이기에 이 거울 속 얼굴은 죽은 사람의 혼령이라는 해석도 있다.

    못 쓰는 종이

    태우고 있는 이번 생의

    가을 저녁

<ruby>反故<rt>ほ·ご</rt></ruby><ruby>焚<rt>た</rt></ruby>いてをり <ruby>今<rt>こんじょう</rt></ruby> <ruby>生<rt></rt></ruby> の<ruby>秋<rt>あき</rt></ruby>の<ruby>暮<rt>くれ</rt></ruby>

입춘이다
들에 서 있는 막대기에
물이 흐르고

소노코

りっしゅん　の　　　た　　ぼう　　みず
立 春 や野に立つ棒を 水つたひ

苑子

입춘은 달력 상의 봄에 불과할 때가 많지만, 들판에 서 있는 막대기에서 눈 녹은 물인지 봄의 수액인지 방울져 흘러내리고 있다. '입춘'은 '봄이 선다'는 뜻이다. 그것을 '서 있는' 막대기와 교묘하게 겹처 '서다'를 두 번이나 반복하면서 에로틱한 연상을 불러일으키고, 이를 통해 뭇 생명이 탄생하는 봄의 원동력을 표현하고 있다.

금붕어 팔이

자신의 그림자에

물을 흘리다

きんぎょ う　　おのれ　　かげ　みずこほ
金魚売り己 の影へ水零す

금붕어 장수는 물을 흘리는 것이 특징이지만, 양지쪽 바닥과 그림자와 그 그림자를 적시는 물이 떠오르면서 까닭 모를 쓸쓸함이 느껴진다.

꺾어도 후회되고
꺾지 않아도 후회되는
제비꽃

나오메

摘むもをしつまぬもをしき董 かな

直女

우리는 한 그루의 나무나 풀이 실제로 무엇인지 알지 못한다고 피카소
는 말했다. 모든 존재는 신비 그 자체이기 때문이라는 것이다.

근대 하이쿠 시인 오다시마 고주(小田島孤舟)도 제비꽃을 노래한다.

　　손에 잡으면 더욱 아름다워라 제비꽃
　　手に取ればなは 美 しき董 かな

바쇼도 썼다. '씨름꽃'은 제비꽃의 별명이다.

　　좁은 길 씨름꽃 위에 얹힌 이슬
　　道ほそし相撲取り草の花の露

잇사도 특유의 제비꽃 하이쿠를 60여 편이나 썼다. 그중 한 편.

　　휴지를 깔고 앉는데 제비꽃
　　鼻紙を敷て居れば 董 哉

민달팽이라는 글자
어딘지
움직이기 시작한다

히나오

なめくじ　　　　じ　　　　うご　だ
蛞蝓 といふ字とこやら 動き出す

比奈夫

한글이든 한자든 일본어든 손글씨로 '달팽이'를 쓰면 진짜 달팽이처럼 종이 위를 기어가기 시작한다. 직선과 곡선이 만나 의미를 만들고, 그 의미가 머리와 가슴에 전달되는 것이 인간이 발명한 문자의 신비이다. 그러나 이제는 손글씨가 사라지고, '쓰는' 시대에서 '입력하는' 시대가 되었다. 활자는 그런 힘이 약하다. 〈두견〉지로 등단해 작품 활동을 한 고토 히나오(後藤比奈夫)의 대표작이다. 부손의 하이쿠도 있다.

달팽이 그 뿔로 뭉그적거리며 글자 쓰기

つの　も　じ　　　　か
ででむしやその角文字のにじり書き

도미야스 후세이도 글자의 신비를 말한다.

곰팡이라는 글자의 우울한 점과 획이여

かび　　　　じ　　うつうつ　じかく
黴といふ字の鬱鬱と字画かな

맨드라미에
맨드라미 툭툭
부딪친다

덴코

<ruby>鶏頭<rt>けいとう</rt></ruby>に <ruby>鶏頭<rt>けいとう</rt></ruby>ごつと <ruby>触<rt>ふ</rt></ruby>れいたる

展宏

맨드라미는 '닭벼슬꽃'이라고도 한다. 뼈처럼 곧게 뻗은 꽃대 끝에 특이
한 색감과 촉감의 검붉은 꽃이 달려 있다. 가을 저녁의 뜰, 꽃과 꽃의 부
딪침이라기보다 존재와 존재의 부딪침이 전해져 온다. 가와사키 덴코(川
崎展宏)는 이렇듯 관상화도 아닌 맨드라미에 주목했다.

맨드라미 밑
맨드라미 뽑아 낸
구멍

鶏頭の下鶏頭を抜きし穴

다니카와 슌타로는 시 〈구월의 노래〉에서 썼다.

당신에게 전할 수 있다면 그것은 슬픔일 수 없다
바람에 흔들리는 맨드라미를 말없이 바라본다

510

겨울비 내리네
논의 새 그루터기가
검게 젖도록

바쇼

しぐるるや田のあら株の黒む程
芭蕉

만년에 제자들이 사세구를 묻자 바쇼는 말했다. "옛날부터 사세구 남기는 일이 관습이니 나도 그렇게 해야 할 것이다. 그러나 삶의 모든 순간이 마지막 순간이고, 모든 하이쿠가 다 마지막 하이쿠이다. 무엇 때문에 지금 마지막 한 편을 써야만 하는가? 어제의 시는 오늘의 사세구이고, 오늘의 시는 내일의 사세구이다. 나의 생에 쓴 시 중에서 작별의 시 아닌 것은 한 편도 없다. 만일 나의 사세구가 무엇이냐고 묻는 이가 있다면, 나는 이렇게 답할 것이다. 최근에 쓴 시가 모두 나의 사세구라고."

첫 겨울비

내가 처음 쓰는 글자는

첫 겨울비

初時雨初の字を我が時雨哉

가을 깊어져
나비도 핥고 있네
국화의 이슬

바쇼

秋を経て 蝶 もなめるや 菊の露
芭蕉

어떤 나비들은 겨울을 나기 위해 먼 거리를 이동하지만 일반적으로 가을은 나비에게는 마지막 계절이다. 그런데 이 나비는 국화의 이슬을 빨고 있다. 국화에 모인 이슬은 수명을 연장해 준다는 설화가 있다. 나비가 느끼는 갈증을 바쇼도 느끼고 있다. 죽기 나흘 전, 자신의 여생이 얼마 남지 않은 것을 깨달은 바쇼는 그동안 경제적 후원을 해 준 제자 산푸 앞으로 편지를 썼다. "오랫동안의 두터운 정, 죽은 후에도 잊기 어려울 것이오. 갑작스럽게 여기서 끝맺는 몸이 되어 유감이나 이것도 하늘의 뜻, 어쩔 수 없는 일이라 각오하고 있소. 더 열심히 시의 길을 정진하기 바라오." 이 해 가을 바쇼 자신도 37편의 하이쿠를 썼다.

생선 가시 핥을 정도로 늙은 자신을 보네
魚の骨しはぶる迄の老を見て

이 길
오가는 사람 없이
저무는 가을

바쇼

此の道や行く人なしに秋の暮
芭蕉

오가는 사람 없는 '가을 저녁'의 '외길'은 고독의 무한 중첩이다. 죽기 한
달 전에 쓴 하이쿠라는 것을 알면 떠남과 죽음에 대한 생각이 의미를
더한다. 독일 신학자 하인리히 오트는 이 시를 읽고 "일본어는 몰라도
느껴진다."라고 했다. '이 길'은 바쇼가 생애를 걸고 추구해 온 길일 것이
다. 지금 그는 제자들이 그 길을 이어 갈 수 있을지 의문을 나타내고 있
다. 하이쿠에 나오는 '저무는 가을(秋の暮)'은 '가을의 황혼 녘', '가을이
끝날 무렵' 또는 '떠남'을 의미한다. 같은 시기에 다음의 하이쿠도 썼다.

　　사람 소리 들리네

　　이 길 돌아가는

　　가을 저물녘

　　人声や此道かえる秋のくれ

방랑에 병들어
꿈은 시든 들판을
헤매고 돈다

바쇼

<ruby>旅<rt>たび</rt></ruby>に<ruby>病<rt>や</rt></ruby>んで<ruby>夢<rt>ゆめ</rt></ruby>は<ruby>枯野<rt>かれの</rt></ruby>をかけ<ruby>廻<rt>めぐ</rt></ruby>る
芭蕉

여행이 숙명인 사람은 마지막 순간에도 한곳에 안주하지 않는다. 자기보다 어린 제자들의 잇따른 죽음은 이미 약해져 있던 건강을 무너뜨렸다. 지팡이 없이는 걷기도 힘들었고 이도 몇 개 빠졌다. 그런데도 바쇼는 죽음을 앞지르려는 듯 다시 여행을 떠났다. 오사카에 도착해 오한과 심한 설사로 쓰러진 그는 새벽 2시에 먹을 갈게 해 이 하이쿠를 받아 적게 했다. 사세구를 묻는 제자 교라이에게 바쇼는 "이것은 병중에 지은 것이지 사세구는 아니다. 그러나 사세구가 아니라고도 할 수 없다."라고 말했다. 병상에 누워서도 '아직 헤매 다니는 꿈의 마음'이나 '시든 들판을 도는 꿈의 마음'이 좋을지 고민했다. 그리고 사흘 뒤 잠자듯 숨을 거두었다. 51세였다. 세상에 대한 집착을 버린 여느 사세구들과 달리 마지막까지 자신이 추구하는 바를 멈추지 않는 간절함이 드러난다.

514

가을 깊은데
이웃은 무얼 하는
사람일까

바쇼

秋深き 隣 は何をする人ぞ
<small>あきふか　となり　なに　　　　ひと</small>

芭蕉

『설국』의 작가 가와바타 야스나리는 자살하기 직전 친구에게 쓴 편지에 이 하이쿠를 적어 보냈다. 바쇼가 병상에서 일어나 직접 쓴 마지막 작품이다. 이 한 편의 하이쿠로 바쇼는 시성(詩聖)의 자리에 올랐다. 은둔과 적막의 계절에 이웃에 관심을 돌린다. 무엇으로 생계를 잇는 사람일까? 무엇을 생각하며 무엇을 위해 살아갈까? 그 이웃은 자신이 묵는 객실 창문으로 보이는 옆집만이 아니라 모든 타인에 대한 관심이다. 자신의 안위보다 먼저 다른 존재에 관심을 기울이는 순간, 가을은 더 이상 적막하지 않다. 바쇼 하이쿠의 근본이념이 무엇이든, 결국 그를 시성의 위치로 끌어올린 것은 타인에 대한 관심과 염려, 따뜻한 인간애이다.

나비가 못 되었구나 가을이 가는데 이 애벌레는
胡 蝶 にもならで秋経る菜虫哉
<small>こちょう　　　　　　あきふ　　なむしかな</small>

연꽃 향기
물 위로 솟아오른
줄기 두 마디

부손

蓮の香や水をはなるる茎二寸

蕪村

세계는 보여지기를 바란다. 연꽃 한 송이가 수면 위로 솟아오르자 하나의 공간이 창조된다. 연꽃은 확고하게 줄기 두 마디를 드러낸다.

바슐라르는 『꿈꿀 권리』에서 모네의 수련에 대해 쓰다가 다음의 이야기를 전한다. "나는 다음과 같은 것을 읽은 적이 있다. 동양의 뜰에는 꽃이 더욱더 아름다워지도록 하기 위해, 스스로의 아름다움에 믿음을 갖고 더욱 빨리 그리고 침착하게 피어나도록 하기 위해, 젊은 꽃이 약속되어 있는 활기찬 줄기 앞에 두 개의 램프와 한 개의 거울을 가져다 놓는 배려와 애정을 기울인다는 것을. 그러면 꽃은 밤에도 스스로의 모습을 거울에 비춰 볼 수가 있다."

개연꽃 두 줄기 꽃이 피었네 내리는 빗속

河骨の二もとさくや雨の中

흰 팔꿈치 괴고
승려가 졸고 있네
봄날 저녁

부손

肘白き僧のかり寝や宵の春

蕪村

다탁에 기대어 졸고 있는 승려, 그가 늙은 스님인지 젊은 스님인지 알
수 없다. 다만 저녁 어스름 속에 하얗게 떠오른 신체 일부에 초점을 맞
출 뿐이다. 바쇼는 주관적이고 부손은 객관적이라는 평가는 시키의 지
나친 해석이다. 바쇼는 더 구도자적이고 부손은 더 예술가적일 뿐이다.

팔베개하고 꾼 꿈은 머리에 꽂은 벚꽃 가지
手まくらの夢はかざしの桜哉

제자 쇼하로부터 시에 대한 질문을 받고 부손은 답했다. "시의 본질은
평범한 단어를 사용해 평범함을 뛰어넘는 일이다." 그것을 읽어 내는 것
은 독자의 일이다. "창조는 독자에게서 완성된다. 예술가는 자신이 시작
한 일을 완성하는 배려를 타인에게 맡겨야만 하며, 자기 자신을 작품의
본질적인 것으로 생각해서는 안 된다."라고 사르트르는 말했다.

흰 매화가
고목으로 돌아가는
달밤이어라

부손

しら梅の枯木にもどる 月夜かな
蕪村

보름달이 뜨자 달빛으로 인해 흰 매화꽃은 거의 보이지 않고 검은 가지만 보인다. 그래서 매화는 다시 겨울나무로 돌아간 것처럼 보인다. 백색이 같은 계통의 빛에 의해 상쇄되는 현상을 화가의 눈으로 포착했다.

　　동백꽃 떨어져

　　어제 내린 비를

　　엎지르네

　　椿 落ちてきのふの雨をこぼしけり

시키의 재평가로 부손은 근대 하이쿠에 바쇼보다 더 큰 영향을 미쳐 수많은 순수 객관의 하이쿠들을 탄생시켰다. 그의 하이쿠는 어느 것이나 섬세한 묘사와 색들로 가득하다. 이 하이쿠를 쓰고 나서 부손은 산에 버섯을 따러 갔다가 병으로 누웠다.

흰 매화꽃에
밝아져 가는 밤이
되리니

부손

白梅に明くる夜ばかりとなりにけり

蕪村

흰 매화꽃은 그 주변에서부터 새벽이 먼저 밝아져 오는 듯한 느낌을 준다. 꽃은 밝음을 굳이 다른 곳에서 빌려 올 필요가 없다. 밝음이 이미 꽃 안에 있기 때문이다. 부손의 마지막 하이쿠라는 걸 알면 울림이 더 크다. 최후까지도 부손은 먹의 어둠을 배경으로 신령하게 밝아 오는 흰 매화꽃을 문인화처럼 그려 냈다. 평생 열일곱 자의 언어로 뛰어난 회화를 탄생시킨 천재 예술가의 저력이다. 이른 아침 숨을 거두었다.

　　나도 죽어서 비석 근처에 서 있으리 마른 억새꽃
　　我も死て碑に辺せむ枯尾花

생전에 소망하던 대로 부손은 바쇼의 시비가 있는 교토의 절에 묻혔다. 마지막 날들과 죽음에 대한 기록은 제자 기토가 남겼다. 부손의 아내는 삭발하고 비구니가 되었으며, 몇 해 더 살다가 부손 옆에 묻혔다.

두견새가
관을 붙잡네
구름 사이에서

부손

ほととぎすひつぎ   くもま
子 規 柩 をつかむ雲間より

蕪村

관이 운구되는 순간 새들도 슬픔에 겨워 운다. 아니면 벌써 새가 되어 구름 사이에서 자신의 관을 내려다보며 우는 혼령일까? 부손은 최후까지도 바쇼를 생각했다. "이처럼 병들었음에도 나는 시를 구상하는데, '꿈은 시든 들판을 헤매고 도는' 높은 경지에는 미치지 못한다."

민들레 하나

잊혀진 꽃 있구나

서리 내린 길
たんぽぽ わす はな みち しも
蒲公英の忘れ花あり路の霜

사후 백 년 넘게 부손은 화가로만 알려져 있었다. 그러다가 시키가 바쇼와 부손에 대한 에세이를 신문에 발표하면서 시인 부손에 대한 집중적인 관심과 재조명이 일어났다. 그렇게 그는 관 속에서 부활했다.

다만 있으면
이대로 있을 뿐
눈은 내리고

잇사

只居れば居るとて雪の降りにけり

一茶

눈은 내리고, 나는 그저 지금 여기에 존재할 뿐이다. 그것이 유일한 진리이다. 삶의 질곡을 겪고도 이곳에 이렇게 있는 것, 그 이상도 이하도 아니다. 한 승려가 백장 선사에게 묻는다. "세상에서 가장 큰 기적은 무엇입니까?" 백장이 답한다. "나는 오로지 나 스스로 여기에 앉아 있다."

눈이 녹는다

어제는 못 보았던

'집 세놓음' 팻말

雪散るやきのふは見へぬ借家札

눈이 녹아 뜻밖의 셋집 팻말이 보인다. 집 없는 사람의 눈길이 머문다.

흩날리는 눈 반쯤 섞여 내린다 봄비

たびら雪半分交ぜや春の雨

극락세계에
가지 않은 축복
올해의 술

잇사

極楽に行かぬ果報やことし酒

一茶

한 스승이 임종 직전에 울음을 터뜨리며 소리쳤다. "나는 죽기 싫다! 죽고 싶지 않다!" 놀란 제자들이 눈물을 닦아 주려고 다가갔는데 그의 눈에는 눈물이 전혀 없었다. 그는 '자연스러운 반응'으로 죽음을 맞이한 것이다. 동시에 '자연스러운 반응'에 얽매이지 않았다. 누군가 선승 센가이(仙厓)에게 사는 것에 염증을 느낀다고 하자 센가이는 시로써 답했다.

　　죽음이 와서 죽을 때가 되면 죽는 것이 좋다

　　죽을 때가 되었는데 죽지 않으면 더욱 좋다

예순넷에 잇사는 세 번째 아내를 맞이했지만 이듬해 집에 불이 나 전소했다. 잇사는 임신한 아내와 함께 좁은 헛간으로 옮겼다.

　　극락세계가 가까워져 오지만 몸은 춥구나

　　極楽が近くなる身の寒さ哉

태어나서 목욕하고
죽어서 목욕하니
종잡을 수 없음

잇사

<ruby>盥<rt>たらい</rt></ruby> から <ruby>盥<rt>たらい</rt></ruby> へうつるちんぷんかん

一茶

원문 그대로 직역하면 '대야에서 대야로 옮겨 가는 종잡을 수 없는 일'
이다. 사람이 태어나면 대야의 따뜻한 물로 몸을 씻고, 죽으면 관에 넣
기 전에 또다시 대야의 물로 몸을 씻는다. 인생은 결국 그 사이의 이동
기간에 불과하다. 이 하이쿠가 잇사의 사세구이다.

불을 끄러
때맞춰 왔구나
나방이

<ruby>消<rt>け</rt></ruby>してよい<ruby>自分<rt>じぶん</rt></ruby>は<ruby>来<rt>く</rt></ruby>るなり<ruby>火取<rt>ひとり</rt></ruby>むし

헛간에서 살던 잇사는 갑자기 숨을 거두었다. 그 후에 딸이 태어났다.
이 딸은 죽지 않고 살아남아 잇사의 혈통을 이었다. 그렇게 잇사는 누구
도 모방할 수 없는 독특한 하이쿠들을 남기고 세상과 작별했다.

아름다워라
찢어진 문틈으로
보는 은하수

잇사

うつくしや 障子の穴の天の川

一茶

손가락 하나에도 쉽게 찢기는 장지문의 불규칙한 구멍으로 광대무변의
은하수가 내다보인다. 연약해서 허무한 것과 아득해서 영원한 것의 대
비가 선명하다. 만화경을 들여다보듯 찢어진 문틈으로 밤하늘을 내다보
며 은하수에 감탄하고 있는 병든 시인이 그려진다.

호프만슈탈은 『산문집』에서 썼다. "영혼의 풍경은 별 가득한 하늘 풍경
보다 더 경이롭다. 영혼의 풍경은 수많은 별들로 이루어진 은하를 지니
고 있을 뿐 아니라, 그늘 드리워진 심연이 살아 있어서 그 생의 과잉이
저 스스로를 오히려 어둡게 휘덮기까지 한다."

나쓰메 소세키는 칠석날 썼다.

헤어져 가는구나 꿈 한 줄기의 은하수

別るるや夢一筋の天の川

죽으면

나의 날을 울어 줘

뻐꾸기

잇사

死んだならおれが日を鳴け閑古鳥

一茶

잇사는 일본인이 가장 사랑하는 시인이다. 고통으로 얼룩진 삶을 살았
지만 두려움 없이 살았다. 당시에도 시를 쓰기 위해 수도승처럼 사는 것
은 쉬운 일이 아니었다. 그는 사람들의 시선에 아랑곳하지 않고 남루한
수도승 차림으로 돌아다녔다. 그런 행색은 그의 하이쿠만큼이나 유명했
다. 한번은 지방 영주가 그의 문학에 대해 질문하자 잇사는 세도가의
눈을 똑바로 쳐다보며 자신의 문학을 취미 차원으로 끌어내리지 말라
고 일갈했다. 바쇼의 무덤을 방문해 다음의 하이쿠를 바쳤다.

외로운 무덤

언제나 함께 있는

굴뚝새

あら淋し塚はいつもの鷦鷯

3천 편의
하이쿠 살펴본 후
감 두 개

시키

三千の俳句を閲し柿二つ

子規

시인 리처드 윌버는 "시는 병 속에 담겨야 더 힘을 낸다."라고 썼다. 감성과 상상력의 물을 꽃병에 채워 꽃을 싱싱하게 되살아나게 하는 일은 독자의 몫이다. "위대한 시가 있으려면 위대한 독자가 있어야 한다."라고 말한 것은 휘트먼이다. 체코의 작가 카를레 챠베크는 "진정한 원예가는 꽃을 만드는 것이 아니라 흙을 만드는 것."이라고 했다. 독자는 그 원예가와 같아야 한다. 꽃이 비옥한 흙에서 더 신비로워지듯 하이쿠는 그것을 읽는 이의 풍부한 감성 속에서 더 깊어진다.

하이쿠는 세상의 많은 시 속에 존재한다. 미당 서정주는 쓴다.

　　무슨 꽃으로

　　문지르는 가슴이기에 나는

　　이리도 살고 싶은가

자유율 하이쿠

*

자유율 하이쿠는 5·7·5자의 정형 하이쿠와 달리 글자 수와 계어에 얽매이지 않고 마음의 움직임 그대로를 내재율에 담아 자유롭게 쓴 시 형식을 말한다. 자유율 하이쿠의 탄생을 준비한 것은 헤키고토의 신경향 하이쿠이다. 시키의 하이쿠 혁신 운동 이후 헤키고토는 자연주의 영향을 받아 개성을 중시하는 시풍을 주도했다. 뒤이어 하이쿠 잡지 〈층운〉을 창간한 세이센스이는 신경향 운동의 어중간한 성격을 비판하며 '틀에 사로잡히지 않고 자신의 내면세계를 자유로이 노래하며 문단에 혁명을 일으킨다'를 잡지의 슬로건으로 삼았다. 이 잡지를 통해 자유율 하이쿠의 천재 시인 다네다 산토카와 오자키 호사이가 등장했다.

자유율 하이쿠에서는 도무지 시심을 발견할 수 없으며 시라고 할 수조차 없다고 말하는 사람도 있다. 그러나 '자유율'이라는 형식으로 이들의 시를 볼 것이 아니라, 그들의 '시'를 먼저 봐야만 한다. 그들이 정형의 틀을 깨고 새 형식을 시도할 수밖에 없었던 이유, 세련된 언어가 아니라 가슴에서 토해 내는 외마디 같은 한 줄 시를 써야만 했던 필연성, 자신을 극한의 고독으로 몰고 간 절실함을 읽을 수 있어야 한다. "진정한 나의 시를 쓰고 죽겠다."라는 소망을 이루기 위해 무전 걸식으로 전국을 떠돌다 생을 마친 산토카, 전도유망한 법대 출신이었으나 가족과 직장을 버리고 유랑의 끝, 섬의 암자에서 고독한 죽음을 맞이한 호사이, 이 두 시인의 대표작들을 여기에 싣는다. 산토카의 하이쿠는 시집 『초목탑(草木塔)』에, 호사이의 하이쿠는 『넓은 하늘(大空)』에 실려 있다.

모두 거짓말이었다며 봄은 달아나 버렸다

산토카

모두 거짓말이었다며 봄은 달아나 버렸다

みんな嘘にして春は逃げてしまつた

山頭火

어떤 아름다움은 통증이다. 다 거짓말이었던 것처럼 봄도 사람도 갑자기 떠나간다. 이 하이쿠를 쓴 4월 마지막 날의 일기에 다네다 산토카(種田山頭火)는 "늦봄에서 초여름으로 바뀌는 계절의 상투적인 병—초조, 우울, 고뇌를 나는 아직도 간직하고 있다."라고 적었다.

빛과 그림자 뒤엉켜 나비 죽어 있다
光と影ともつれて 蝶 蝶死んでをり

'빛과 그림자'라고 하면 태양 아래 날아가는 흰색 나비의 이미지가 떠오르지만 이 나비는 빛과 그림자를 데리고 바닥에 떨어져 죽어 있다. 그 나비에 자신의 모습이 겹쳐지고 있다.

산에서 불어온 바람이 풍경을 흔든다 살아서 아프다고 생각한다
山から風が風鈴へ、生きてゐたいとおもふ

530

봄
거짓말 듯이었다가

살은 날아나

버렸다

곧은길은 외로워라

산토카

まつすぐな道でさみしい

山頭火

삶과 타협하지 않는 길, 그 길은 외로울 수밖에 없다. 산토카는 '표박의 시인', 정처 없이 떠돌아다닌 사람이다. 그는 산문에 "자신의 길을 걷는 사람에게 추락은 없다."라고 썼다. 아버지의 방탕으로 집이 파산, 어머니 자살, 남동생마저 자살, 얼마 후 한 살 터울인 누나 사망, 본인은 이혼 후 승려가 되었으나 정신 불안으로 자살 미수. 도무지 어찌할 도리가 없는 그의 앞에는 곧고 외로운 길밖에 없다.

　　헤어져 온 길은 곧아라

　　わかれてきた道がまつすぐ

산문 〈걷고 또 걸어 도착하다〉에서 그는 썼다. "나는 걸었다. 계속해서 걸었다. 걷고 싶었으니까. 아니, 걷지 않으면 안 되었으니까. 아니 아니, 걷지 않고서는 견딜 수 없었으니까. 그래서 계속 걸었다."

헤치고 들어가도 헤치고 들어가도 푸른 산

산토카

分け入つても分け入つても青い山

山頭火

'해결되지 않는 번뇌를 등에 지고 걸식 유랑을 떠나다'라고 시 앞에 적었다. 자신을 괴롭히는 상념을 끊을 작정으로 삭발하고 절에 들어갔지만 그곳도 오래 머물 장소는 아니었다. 오히려 더 미혹에 시달릴 뿐이었다. 그래서 정처 없이 길을 떠났다.

산토카의 삶과 하이쿠에는 가식이나 꾸밈이 없다. 스승 세이센스이에게 보낸 편지에 산토카는 썼다. "나는 오직 걷고 있습니다. 걷고 걷는 일이 일체를 해결해 줍니다." 특별한 목적이나 의미를 부여하지 않고 그냥 걷는 것. 그때 인생 그 자체의 모습이 홀연히 드러난다. 그것이 산토카가 도달한 경지이다. 세이센스이가 화답한다.

　　어느 쪽을 보아도 산토카가 걸어간 산 가을의 구름

どちら見ても山頭火が歩いた山の秋の雲

거미는 거미줄 치고 나는 나를 긍정한다

산토카

蜘蛛は網張る 私 は 私 を肯定する

山頭火

거미줄은 거미에게 집인 동시에 먹이를 얻기 위한 도구이며 자기 몸의 일부이다. 이 기묘한 자기 완결의 공간에 생과 사가 공존한다. 그런 거미가 자신을 긍정하지 않으면 어떻게 거미줄을 뽑을 것이며, 어떻게 기다림이 가능할 것인가. 거미가 거미 자신을 긍정하지 않으면 누가 거미를 긍정할 것인가. 떠돌던 산토카는 폐렴에 걸려 병원에 입원했다. 상태가 나빠 보름 동안 움직이지 못했다. 그 무렵 위의 하이쿠를 썼다.

　　언제든 죽을 수 있는 풀이 꽃도 피우고 열매도 맺고
　　いつでも死ねる草が咲いたり実つたり

풀꽃들은 '언제든 죽을 수 있다'는 각오가 되어 있다.

　　갑자기 눈을 뜨자 눈물이 흘러내린다
　　ふとめざめたらなみだこぼれてゐた

헤어지고 온 짐의 무거움이여

산토카

別れてきた荷物の重いこと

山頭火

힘든 것은 이미 떠나간 것과 작별하는 일이다. 인생을 고통스럽게 하는 것은 마음에서 내려놓지 못하는 것들의 무게이다. 어머니의 비극적인 죽음, 명문가인 집안을 짊어져야 했음에도 불구하고 아버지와 함께 날려 버린 회한, 아내와 자식을 팽개치고 방랑길로 도피한 자책감…… 과거의 짐도 있지만 앞으로의 짐도 늘어날 것이다.

　버리지 못하는 짐의 무거움 앞과 뒤
　捨てきれない荷物のおもさまへうしろ

산토카의 생애에서 주목하게 되는 것은 버리는 문제에 대해 고심한 흔적이다. "나의 과거 일체를 청산하지 않으면 안 된다. 그러나 버리고 또 버려도 버려지지 않는 것에 눈물이 흐른다."라고 일기에 적고 있다. "짐은 적어져야 하는데 점점 많아진다. 버리지 않고 줍기 때문이다."

불태워 버린 일기의 재 이것뿐인가

산토카

焼き捨てて日記の灰これだけか

山頭火

산토카는 첫 번째 방랑 중에 쓴 일기가 유치하게 느껴져 태워 버렸다. 일기를 태우는 것도 과거의 일과 감정들로부터 작별하는 방법이다. 그 많던 일들도 태우고 나면 한 줌 재에 불과해서, 이것뿐이었나 하는 생각이 든다. 하지만 산토카는 다시 일기를 쓰기 시작했다. "방랑으로 하루를 보내며, 변화해 가는 마음을 있는 그대로 적는다. 일기는 내 생의 기록이다." 산토카는 죽기 사흘 전까지 10년 넘게 일기를 썼다. 그의 일기는 '아무리 해도 버릴 수 없는 짐'의 극명한 기록이다. 일기 외에도 50여 명의 지인에게 1,300통의 엽서를 보냈다. 엽서는 편지보다 우표값이 절반이었으며 지니고 다니기도 편했다. 그래서 늘 엽서를 가지고 다니며 별 용건이 없어도 지인들에게 자신의 근황을 알렸다. 먹을 것이 없어 굶는 날은 있어도 엽서를 쓰지 않는 날은 없었다.

정처 없이 밟고 걸어간 풀 모두 시들었어라

산토카

あてもなく踏みあるく草皆枯れたり

山頭火

신경쇠약으로 대학을 중퇴한 산토카는 고향에서 가업인 양조장 일을 도왔다. 이때부터 하이쿠 잡지 〈층운〉에 작품을 발표했다. 아버지의 방탕과 자신의 주벽으로 양조장이 파산한 후 잠시 고서점을 운영했다. 결국 이마저 실패해 아내와 이혼하고 절에 들어갔으며 이내 구걸하는 시인으로 전국을 떠돌기 시작했다. 이것이 산토카의 간단한 약력이다. 그 '간단함' 속에 용광로 같은 고뇌가 있다.

나비 한 마리 날아가도 날아가도 온통 돌무더기

蝶ひとつ飛べども飛べども石原なり

나비 나는데 꽃은 없고 돌뿐이다. 집을 떠나기 전에 쓴 하이쿠이다.

죽고 싶지도 살고 싶지도 않다 바람이 건드리고 간다

死にたくも生きたくもない風が触れてゆく

아버지 닮은 목소리가 나오는 여행은 슬프다

산토카

父によう似た声が出てくる旅はかなしい

山頭火

은연중에 아버지의 목소리로 말하는 자신을 볼 때가 있다. 오롯이 자기 자신이고 싶은 것은 모든 이의 소망이다. 산토카에게 아버지는 깊은 상처를 안긴 인물이다. 아버지의 여자 문제로 어머니는 어린 산토카가 보는 앞에서 우물에 몸을 던져 자살했다. 아버지도 결국 자살로 끝났다.

민들레 지네 자꾸만 생각나는 어머니의 죽음

たんぽぽちるやしきりにおもふ母の死のこと

산토카는 방랑 중에도 어머니의 위패를 소중히 간직하고 다녔다.

우동을 바치며, 어머니, 나도 잘 먹겠습니다

うどん供へて, 母よ, わたしもいただきまする

미국 하이쿠 시인 닉 버질리오의 하이쿠가 겹쳐진다.

내 웃음에서 죽은 동생의 웃음소리가 들린다

삶과 죽음의 한복판으로 끝없이 눈이 내린다

산토카

生死<small>せいし</small>の中<small>なか</small>の雪<small>ゆき</small>ふりしきる

山頭火

'삶을 밝히고 죽음을 밝히는 것이 인생 일대사'라는 도겐 선사의 말을 하이쿠 앞에 인용했다. 걸식 방랑으로 체력을 소진한 산토카는 발열과 오한에 시달렸다. 거처가 없어 산과 들에서 노숙해야 했기 때문에 죽음은 늘 눈앞에 직면한 문제였다.

이렇게 죽어 버릴지도 모르는 차가운 땅에서 잠든다

このまま死んでしまふかも知れない土にねる

산토카의 여행은 단순한 여행이 아니었다. 그 자신의 사는 법과 죽는 법을 모색하는 여행이었고, 여행 자체가 자기 존재를 확인하는 일이었다. 그 길밖에 없는 길을 혼자서 갔다(この道しかない一人で歩く).

탁발 그릇 안으로도 싸라기눈

鉄鉢の中へも霰

무엇을 찾아 바람 속을 가는가

산토카

何を求める風の中ゆく
<small>なに もと かぜ なか</small>

山頭火

주로 길에서 쓴 하이쿠들이라서 바람이 많다. 무엇을 구하여 그렇게 바람 속을 가는가? 버리지 않으면 안 된다고 하면서 무엇을 구하려는 것은 모순이 아닌가? 그러나 머물면 죽은 것이라고 산토카는 믿었다. 일기에 자신을 특징짓는 세 가지를 적었다. "걷지 않는 날은 외롭다. 마시지 않는 날은 외롭다. 쓰지 않는 날은 외롭다."

　　다시 볼 수 없을지도 모르는 산이 멀어진다
　　また見ることもない山が遠ざかる
<small>　　み やま とお</small>

엽서에는 이렇게 썼다. "이곳까지 걸어왔으나 우울할 뿐이다. 다시 한 번 힘을 내어 이번 생의 마지막 길에 들어가고 싶다. 걷고 있으면 행복하다."

　　반딧불이야 얼른 와, 고향에 왔다
　　ほうたるこいこいふるさとにきた

잡초여 구애받지 않고 나도 살아가고 있다

산토카

雑草よこだはりなく 私 も生きてゐる

山頭火

산토카의 하이쿠에는 잡초가 자주 등장한다. '역시 혼자가 좋구나 잡초야(やっぱり一人がよろしい雑草)', '어쨌든 계속 살아 있다 잡초 속에서(ともかくも生かされてはゐる雑草の中)'. 떠돌아다니다가 시인들의 도움으로 혼자 살 오두막을 마련했다. 오두막은 풀로 뒤덮였다. 산토카는 일기에 적었다. "잡초! 나는 잡초를 노래한다. 잡초 속에서 흔들리는 나의 삶, 내 안에서 흔들리는 잡초의 삶을."

　　마음 놓고 죽을 수 있을 것 같다 마른 풀
　　おちついて死ねさうな草枯るる

사이교의 시가 렌가처럼 뒤따른다.

　　자고 또 자면 쓰러져 죽을 거야
　　애처로운 길가 잡초의 이슬처럼

540

힘주고 또 힘주어 힘이라고 쓴다

산토카

つぎつぎに 力ちから をこめて 力ちから と書か く

山頭火

산토카와 문학적 교류를 했으며 훗날 『산토카의 생애』를 쓴 하이쿠 시인 오야마 스미타(大山澄太)가 산토카의 오두막을 찾았을 때였다. 산토카는 스미타에게 점심을 먹었느냐고 물었다. 먹지 않았다고 하자 산토카는 쇠로 된 밥그릇에 잡곡밥을 담아 고추 하나와 함께 내놓았다. 고추가 너무 매워 스미타가 눈물을 흘리며 먹는 동안 산토카는 앞에 앉아 그를 바라보았다. "왜 당신은 먹지 않는가?" 하고 묻자, 산토카는 "밥그릇이 하나뿐."이라고 대답했다. 스미타가 다 먹자 산토카는 그 그릇에 다시 밥을 담아 스미타가 먹다 남은 고추와 함께 먹었다. 그리고 쌀 씻은 물에 밥그릇을 씻은 다음 그 물을 텃밭에 부었다. 산토카의 바람은 '진정한 나의 시를 창조하는 것'과 '누구에게도 폐를 끼치지 않고 죽는 것'이었다. 그것이 그가 살아갈 힘, 시를 쓸 힘을 얻는 방식이었다.

언제나 줄에 묶여 짖을 줄만 아는 개입니다

산토카

いつもつながれてほえるほかない犬です

山頭火

한겨울에 스미타가 산토카의 오두막에서 하룻밤 잔 적이 있다. 산토카는 하나뿐인 담요를 스미타에게 주고 잡지 세 권으로 베개를 만들어 주었다. 그리고 본인의 속옷과 여름옷을 스미타의 몸에 덮었다. 그래도 추울 것 같았던지 작은 책상을 가져다가 몸 위에 얹어 주었다. 마침내 스미타는 잠이 들었다. 스미타가 새벽에 눈을 떴을 때 산토카는 그때까지 참선하는 자세로 앉아 있었다.

던져 준 동전 한 닢의 빛
投げ与へられた一銭のひかりだ

줄에 묶인 개가 되지 않기 위해 많은 것을 포기한 사람의 삶이다.

그것은 죽기 전의 나비의 춤
それは死の前のてふてふの舞

여름풀 무성하다 언제 길을 잘못 들었던가

산토카

夏草のいつ道をまちがへた

山頭火

언제 길을 잘못 들었고, 어디서부터 삶이 얽혀 버렸는지 알 길이 없다. 잘못 든 길이 목적지도 없는 곳으로 우리를 데려가고 있다. 그곳에 풀이 무성하다. "내가 걷고 있는 곳이 곧 내가 죽을 장소."라고 산토카는 썼다. 그만큼 고행과 걸식이 녹록지 않았다.

　　하루 종일 말없이 바다를 마주하고 있으면 밀물이 차 왔다

一日物いわず海にむかへば潮満ちて来ぬ

민속학자 아카사카 노리오(赤坂憲雄)는 "머묾은 그 안에 떠남을 담고 있으며, 떠남 또한 고유의 머묾을 삶의 방식으로 담고 있다."라고 말했다. 산토카에게는 마지막까지 떠남이 유일한 머묾이었다.

　　버스 지나가는 무논의 별들 물기에 흐려졌다가 돌아온다

バスが通る水田の星もうるめいてゐるを戻る

눈물이 흐른다 무슨 눈물인가

산토카

なみだこぼれてゐるなんのなみだぞ

山頭火

시인 나나오 사카키의 말대로 산토카는 감상적이다. 그 자신뿐, 사회도 우주도 없다. 다른 동물과 인간 존재에 대한 애정도 없다. 단지 나르시시즘과 감상뿐이다. 그러나 사카키의 말대로, 우리에게는 감상적인 시인도 필요하다. 건강한 문학만 있다면 문학은 도덕의 일부일 뿐이다.

하늘로 뻗는 어린 대나무 고뇌 하나 없구나
空へ若竹のなやみなし

산토카는 중고등학교를 우수한 성적으로 마치고 와세다대학에 입학한 엘리트였다. 또한 일찍부터 러시아 문학을 번역하기도 한 선구자였다. 고뇌 하나 없는 어린 대나무 같던 푸르른 시기가 있었다.

다친 손에 햇볕을 쪼인다
傷ついた手に陽をあてる

슬픔은 맑아지고 연기 똑바로 올라간다

산토카

悲(かな)しみ澄(す)みて 煙(けむり) まつすぐに昇(のば)る

山頭火

화장터 연기이다. 죽은 자를 태우는 일은 비통하지만 연기는 혼의 상승과 고통에서의 해방을 상징한다. 왜 자유율 하이쿠를 추구했는지 이해되는 작품이다. 전통적인 형식으로는 담기 어려운 것을 단문처럼 느껴지는 한 줄 시에 담고 있다. 죽음은 삶보다 맑고 명징하다.

죽은 사람 주위에 사람들이 몰려든다 구름 없는 하늘
死人(しびと)とりまく 人人(ひとびと)に雲(くも)もなき空(そら)や

도쿄예술대학 서양화과를 중퇴하고 인도를 여행한 후『인도 방랑』을 쓴 후지와라 신야(藤原新也)는 갠지스 강변의 화장터 불빛을 보고 썼다.

멀리서 바라보면
인간이 타며 내는 불빛은 기껏해야
60와트 3시간

머물 곳이 없다 순식간에 저물었다

산토카

泊るところがないどかりと暮れた

山頭火

누군가 겨울 코트를 선물하자 산토카는 사흘 정도 입고 다른 사람에게
주었다. 세이센스이가 찾아와 오두막 이름을 붓글씨로 써 주자 그것도
한동안 감상하다가 남에게 주었다. 그에게 필요한 것은 다른 것이었다.
"죽음, 그렇지 않으면 여행……. all or nothing."이라고 일기에 적었다.

　　자, 어디로 갈 것인가 바람이 분다
　　さて、どちらへいかう 風がふく

시인 야기 주키치(八木重吉)는 '나 자신의 안에라도 좋으니/ 내 바깥 세
계라도 좋으니/ 어딘가에 '참으로 아름다운 것'은 없을까/ 그것이 적이
라도 상관없으니/ 다만 '있다'는 것을 알 수만 있다면' 하고 썼다.

　　겨울비 내려 길의 표지판 글자를 읽을 수 없다
　　しぐれて道しるべその字が読めない

기침이 멎지 않는다 등 두드려 줄 손이 없다

산토카

咳がやまない背中をたたく手がない

山頭火

기본적으로 튼튼한 체격이었지만 노숙과 빈속에 마시는 술 때문에 병이 잦았다. 혼자일 때 기침을 하면 고독이 깊다.

　까마귀 울어 나도 혼자
　鴉 啼いてわたしも一人

자유율 하이쿠의 동지인 호사이의 '기침을 해도 혼자'에 대한 화답으로 썼다. 호사이가 죽자 산토카는 일기에 적었다. "호사이의 서간집을 읽는다. 그가 삶과 죽음을 무시―초월은 아니다. 그는 오히려 죽음을 서둘렀다―했다는 것이 부럽다. 나는 세 번 자살을 시도했지만 삶의 집착이 없었다고는 말할 수 없다. 번번이 미수에 그친 것이 그 증거이다."

　혼자서 모기에 물리고 있다
　ひとりで蚊にくはれてゐる

이 길 몇 사람 걸어간 길 나 오늘 걸어가네

산토카

このみちやいくたりゆきしわれはけふゆく

山頭火

눈 내린다 혼자서 혼자서 간다

雪ふる一人一人ゆく

얼핏 보면 자유율 하이쿠는 정형 하이쿠에 비해 쓰기 쉬워 보인다. 그
러나 "문에 들어가기는 쉽고, 마루에 올라가기는 어렵다. 방에 들어가는
것은 더욱더 어렵다."라고 산토카는 말했다. 문학평론가 무라카미 마모
루(村上護)가 지적한 것처럼 물 흐르듯이, 구름이 흘러가듯이, 피었다가
시드는 풀꽃처럼 사는 것을 지향하는 인간에게는 애초부터 정해진 형
식이란 맞지 않는다. 산토카는 일기에 이렇게 적었다. "하고 싶은 일을
하고, 하고 싶지 않은 일은 하지 않는다."

팔랑팔랑 나비는 노래할 줄 모르네

ひらひら蝶はうたへない

언제까지 여행할 것인가 발톱을 깎는다

산토카

いつまで旅をする事の爪をきる

山頭火

오늘도 하루 종일 바람 속을 걸어왔다
けふもいちにち風をあるいてきた

살아 있는 한 여행을 계속할 수밖에 없고, 몸을 구부려 발톱을 깎아야
만 한다. 다쿠보쿠도 썼다.

왠지 모르게
오늘 아침은 조금 나의 마음이 밝아진 듯하여
손톱을 깎아 보네

노숙자에게 손톱 발톱은 더 빨리 자란다. 호사이도 방황하는 중에 손
톱을 깎는다.

손톱을 깎았다 손가락이 열 개
爪切つたゆびが十本ある

살아남은 몸 긁고 있다

산토카

生き残つたからだ掻いてゐる

山頭火

산토카는 "고통은 싸워 이길 수 있는 것이 아니며 때린다고 부서지는 것도 아니다. 고통은 끌어안아야 비로소 누그러드는 것이다."라고 썼다.

　이렇게 야위어 버린 손을 맞잡아 봐도
　こんなに痩せてくる手をあはせても

몸이 약해져 길에서 이가 빠지기도 했다. '돈도 없고 물건도 없고 이도 없다 혼자일 뿐(銭がない物がない歯がないひとり)'.

　뒷모습이 초겨울 비에 젖어서 가는가
　うしろすがたのしぐれてゆくか

산토카의 하이쿠는 대부분 자신을 이야기한다. 또 하나의 내가 겨울비 속으로 사라져 가는 자신을 바라보고 있다. 자기에게는 보이지 않는 자신의 뒷모습에 비유해 본인의 삶을 객관적으로 묘사하고 있다.

혼자만의 불길이 타오르는 것을

산토카

ひとりの火の燃えさかりゆくを

山頭火

세상을 등진 술고래에다 무능한 밑바닥 인생이라고 평가받은 사람, 평범한 삶을 사는 것을 생각만 해도 불안해지던 사람, 완전한 폐인이었지만 극도로 섬세한 시를 쓴 사람, 본명 쇼이치(正一)를 버리고 마음속에 타오르는 불길을 어떻게 폭발시킬까 하여 필명을 산토카, 즉 '머리에 불이 난 산'으로 정한 사람, 이상하게 마음을 잡아끈다. 시를 쓰기 시작한 산토카는 다쿠보쿠가 쓴 다음의 시를 읽고 큰 충격을 받았다.

높은 곳에서 뛰어내리는 마음으로
일생을
마침이 옳지 아니한가

이 시가 산토카의 인생 방향을 결정지었다. 그리고 "낡은 하이쿠는 태워 버려라."라고 역설한 세이센스이에게 깊은 영향을 받았다.

헤어져 멀리서 당신의 술에 취해 있다

산토카

別れて遠いあなたの酒で酔うてゐる

山頭火

"쓸모없음에 쓸모없음이 겹쳐진 인생이었다. 끊임없이 술을 부어, 그곳에서 시가 탄생하는 그런 인생이었다."라고 산토카는 고백했다.

　　술에 취하면 온갖 목소리가 들린다 겨울비 내리고
　　　　酔えばいろいろの声が聞こえる冬雨

작별의 말 언제까지나(おわかれの言葉いつまでも) 나를 취하게 하고, 헤어진 다음부터 매일 눈이 내렸다(わかれてからのまいにち雪ふる).

　　너를 생각하고 또 생각하고 걷고 또 걸으며
　　　　あんたのことを考へつづけて歩きつづけて

헤어진 아내를 생각하며 지은 하이쿠이다. 그리고 어머니.

　　꿈속 여인의 손을 잡았으나 꿈
　　　　夢の女の手を握つたりなどして夢

552

엉겅퀴 선명하다 아침에 비 개인 뒤

산토카

あざみあざやかなあさのあめあがり

山頭火

한 사물의 아름다움을 인식하면 모든 존재가 공유하고 있는 본성의 아름다움에 눈뜨게 된다. 투명한 공기 속에 홀로 서 있는 보라색 엉겅퀴에 감탄한 마음을 표현하기 위해 '아(あ)' 음을 연속적으로 썼다.

들국화만 꺾어 든 아이 얼굴에 옅은 햇살
野菊ただに摘む児が顔に薄日して

"마음이 정확히 표현될 때, 감각미는 저절로 감각미 이상의 것을 암시하고 이른바 상징 예술이 탄생한다."라고 산토카는 말한다.

울며 돌아온 아이에게는 내 집 등불 밝아라
泣いて戻りし子には明るきわがいえの灯

산 있으면 산을 본다 비 내리는 날은 비를 듣는다
山あれば山を観る雨の日は雨を聴く

553

가을밤 깊어 심장 소리 듣는다

산토카

秋の夜ふかうして心臓を聴く

山頭火

불온한 시인들은 시와 삶이 닮았다. 권총으로 자신의 심장을 쏘아 자살한 러시아 시인 마야콥스키는 썼다.

사람들의 심장은 가슴에 있겠지만

나의 몸은 구석구석 어디든 심장뿐

다다르는 곳마다 기적을 울린다

마야콥스키처럼 산토카도 자신의 심장에서 시를 꺼내 보여 주었다. 평생 심각한 자아 분열로 고통받았지만 무라카미 마모루가 말했듯이 산토카는 타고난 시인이었다. 그는 하이쿠 외에는 아무것도 관심이 없었고 그 밖에는 전부 버렸다.

타고 또 타오르는 불처럼 아름답게

燃えに燃ゆる火なりうつくしく

뜨거운 하늘을 머리에 받들고 걸식하며 걷는다

산토카

炎天をいただいて乞ひ歩く

山頭火

태양 아래를 걸식하며 걷는 것은 수행의 의미가 컸다. 시를 쓰며 자신을 찾는 구도의 길이었다. 그래서 '머리에 받들고'라는 단어를 쓰고 있다. 산토카는 바쇼 이후 하이쿠를 쓰며 도보 여행을 한 유일한 시인이다.

오줌이 붉다 여행을 언제까지 계속할 수 있을까
赤い尿していつまで旅をつづける事か

바쇼가 썼다고 전해지는 '방랑 규칙' 첫 번째는 "한 번 잔 곳에서 다시 자지 말고, 덥혀지지 않은 이불을 청하라."이다. 정형 하이쿠의 대가인 바쇼의 사상을 격식의 파괴자인 산토카가 실천하고 있는 것이다. 산토 카는 바쇼의 『오쿠노호소미치』 여행길을 따라 일곱 달 넘게 방랑했다.

차가운 대지에 열에 들뜬 몸을 눕힌다
大地冷え冷えとして熱のあるからだを負かす

간신히 피어난 흰 꽃이었다

산토카

やつと咲いて白い花だつた

山頭火

'공감'은 나의 슬픔에도 불구하고 다른 존재의 아픔에 귀를 기울이겠다는 선택이다. 간신히 피어난 꽃이 마음속에 파문을 던진다. 네팔 시인 두르가 랄 쉬레스타는 쓴다.

　　불에 덴 상처는 시간이 해결해 준다

　　가시를 밟은 상처도 다 나았다

　　그러나 꽃을 밟은 상처

　　아직도 아프다

"계절 변화에 민감한 식물은 풀, 동물은 풀벌레, 인간은 고독한 자, 나그네이다. 이 점에서 나는 풀이나 풀벌레와 같다."라고 산토카는 썼다.

　　오늘의 길을 따라 민들레 피었다

　　今日の道のたんぽぽ咲いた

흔들리며 우듬지도 부풀어 오르는 것 같은

산토카

ゆらいで 梢 もふくらんできたような

山頭火

봄바람에 부풀어 오르는 것은 나무만이 아니다. "어디로 가도 무엇을 해도 앞날이 밝지 않은 나, 동에서 서로 표박하며 남은 생 끝나기를 기다리고 있다."라고 쓴 산토카의 마음도 봄이면 부풀었다. "나는 줄 것이 없기에 부족하게 받아도 만족해야 한다."

　　이따금 구걸을 멈추고 산을 보고 있다
　　　あるひは乞ふことをやめ山を観てゐる

무라카미 마모루는 대담에서 "산토카는 사회적인 옷차림은 걸인이라는 형태로 살았지만 마음 자체는 매우 고귀하고, 그의 언어는 그런 고귀한 것을 비추는 거울과 같은 것이었다."

　　묘지 옆에 아름다운 봄이 왔다
　　　墓地をとなりによい春が来た

충분히 잘 먹고 혼자의 젓가락을 내려놓는다

산토카

いただいて足りて一人の箸をおく

山頭火

사세구로 삼기에 좋은 하이쿠이다. 충분히 잘 먹고 감사히 젓가락을 내려놓는다고 구걸하며 방랑한 시인이 말한다. 어느 날 산토카는 늦게 오두막으로 돌아왔다. 그때 개 한 마리가 다가와 입에 물고 있던 큰 떡을 내려놓았다. 산토카는 그 떡을 고맙게 받아서 구워 먹었다. 그는 일기에 썼다. "나의 염원은 단 두 가지이다. 정말로 나 자신의 하이쿠를 쓰는 일이 한 가지이고, 다른 하나는 갑자기 죽는 것이다. 병들어 오래 고통받지 않고 남에게 폐를 끼치지 않고, 갑작스럽게 잘 죽는 일이다."

　한 마리 와서 울지 않는 새가 있다
　一羽来て啼かない鳥である

동북 지방을 방랑하고 돌아온 산토카는 이듬해 생을 마쳤다. 소원대로 자신만의 하이쿠를 '충분히' 쓰고 펜을 내려놓았으며, 갑자기 죽었다.

해를 들이마시다

陽を吸ふ

계속 걷는다 피안화 피고 또 피어 있다

歩きつづける彼岸花咲きつづける

시간, 공간, 이 나무 이곳에 시들다

時間, 空間, この木ここに枯れた

미끄러져 구른 산의 고요

すべつてころんで山がひつそり

올빼미는 올빼미로 나는 나로 잠들지 못한다

ふくろふはふくろふでわたしはわたしでねむれない

뒤돌아보지 않을 길을 서둘러 간다

ふりかへらない道をいそぐ

소리는 겨울비인가

おとはしぐれか

오늘도 하루 종일 아무도 오지 않았다 반딧불이만이

けふもいちにち 誰^{だれ}も 来^こなかつたほうたる

파리를 치고 모기를 치고 나를 치고

蠅^{はえ}を打^うち蚊^かを打^うち我^{われ}を打^うち

이 길밖에 없다 봄눈 내린다

この道^{みち}しかない春^{はる}の雪^{ゆき}ふる

죽은 나뭇가지 부러뜨리며 아무 생각도 하지 않는다

枯枝^{かれえだ}ぽきぽきおもふことなく

책상 위 꽃 한 송이 서서히 벌어진다

机^{つくえ}上^{うえ}一^{いち}りんおもむろにひらく

태어난 집은 흔적도 없고 반딧불이만이

生^うまれた家^{いえ}はあとかたもないほうたる

기침을 해도 혼자

호사이

咳をしても一人

放哉

인간의 절대 고독을 묘사한 하이쿠로 자주 인용되는 오자키 호사이(尾崎放哉)의 대표작이다. 세계 안에서 혼자 기침을 하고 있는 절대 고독에 대한 자각이 7자의 짧은 시에 담겨 있다. '기침을, 해도, 혼자(세키오 시테모 히토리)'라는 3·3·3으로 툭툭 끊어지는 운율이 적막한 기침을 반영한다. 방 안에 기침 소리가 울리는 풍경적인 고독, 그리고 기침을 해도 걱정해 주는 이 없는 사회적인 고독이 그곳에 있다. 호사이의 기침은 폐결핵 때문이었다. 섬에 부는 겨울바람은 상상 이상으로 매서워 병든 몸은 기침으로 반응할 수밖에 없었다. 하지만 혼자이기 때문에 외롭다는 것이 아니라 '오직 혼자'라는 객관적인 인식이 밑바닥에 깔려 있다.

엎드려서 쓰고 있는 편지를 닭이 엿보고 있다

ねそべつて書いて居る手紙を 鶏 に覗かれる

몇 개비나 성냥을 꺼뜨리며 바닷바람에게 말 걸다

호사이

何本（なんぼん）もマッチの棒（ぼう）を消（け）し海風（うみかぜ）に話（はな）す

放哉

세상으로부터 밀려나 외딴 섬 암자에 병든 몸을 의탁한 사람이 쓴 하이쿠임을 알면 울림이 다르다. 절벽에 서서 바닷바람에게 성냥불로 말을 걸지만 바람은 대화를 거부하며 불을 꺼뜨린다. 그래도 계속 성냥을 긋는다. 한 문장에 자신의 삶과 마음뿐 아니라 언어적 긴장까지 담았다.

　한 사람이 소매 속에 성냥을 가지고 있다
　一人（ひとり）のたもとがマッチを持（も）つて居た

시인이라기보다 폐인에 가까운 두 사람이었지만 산토카와 호사이는 젊은이들 사이에 많은 독자를 가지고 있다. 단순히 인생에 실패한 것이 아니라 솔직하게 살고 혼의 절규를 하이쿠로 표현했기 때문이다.

　흘러가는 바람에 떠밀려 바다로 나간다
　流（なが）るる風（かぜ）に押（お）され行（ゆ）き海（うみ）に出（で）る

무엇인가 잡은 표정으로 아이가 덤불에서 나왔다

호사이

何かつかまへた顔して児が薮から出てきた

放哉

얼굴의 미소로 보아 아이는 잡은 곤충을 빨리 누군가에게 보이고 싶은 표정이다. 잠시 번뇌를 잊고 동심의 세계를 부러워하는 것이 느껴진다.

바람 속 달려온 손 안의 뜨거운 동전
風の中 走り来て手の中のあつい銭

산토카와 함께 자유율 하이쿠를 대표하는 호사이는 안주할 곳을 찾아 떠돌다가 외롭게 죽은 시인이다. 아버지가 지방 재판소 서기여서 유복하게 자랐지만 자신의 주위를 병풍으로 둘러치고 그 안에서 바깥 세계와 차단된 채 혼자 책을 읽는 기벽이 있었다. 어려서부터 결벽증이 심해 이발소에 가서도 얼굴을 면도하거나 머리 감는 것을 싫어했다.

조금 아픈 아이에게 금붕어를 사 준다
少し病む児に金魚買うてやる

담을 곳이 없어 두 손으로 받는다

호사이

入れものが無い 両手で受ける

放哉

구걸을 하지만 너무 가난해서 그릇조차 없어 두 손을 모아서 받는다. 세이센스이는 "본래무일물 사상을 가진 호사이는 탁발로 생활하면서 물건 담을 그릇도 없는 빈털터리였으나 양손에 넘쳐흐르는 풍족함이 느껴진다."라고 풀이했다.

그러나 이 하이쿠가 호사이 자신의 상황을 이야기한 것이 아니라 섬에서 본, 두 손으로 무엇인가를 받는 아이의 모습을 읊은 것이라는 또 다른 해석도 있다. 호사이는 매우 자존심이 강했기 때문에 아무리 궁핍해도 걸인처럼 두 손으로 쌀이나 돈을 공손히 받았을 리 없다는, 일종의 호사이 옹호론이다.

손톱 자르는 가위조차 빌리지 않으면 안 된다
爪切るはさみさへ借りねばならぬ

살이 말라 가고 굵은 뼈가 남는다

호사이

肉にくがやせて来くる太ふとい骨ほねである

放哉

호사이는 원래 다부진 체격이었다. 젊었을 때는 살이 많아 당뇨병 체질에 가까웠기 때문에 그런 모습을 아는 사람은 그가 폐병을 앓는 것을 이상하게 여길 정도였다. 병에 걸리고 나서 점점 드러나는 자신의 뼈의 굵기에 스스로 놀라고 있다. 하이쿠로 그린 자화상이다.

　　내 얼굴이 있는 작은 거울을 사 가지고 돌아왔다
　　わが顔かおがあった小ちいさい 鏡かがみ 買かうてもどる

열다섯 살부터 교지에 하이쿠를 발표한 호사이는 고등학교 때 하이쿠 모임에 참가했다가 한 학년 위인 세이센스이와 만났다. 세이센스이는 훗날 자유율 하이쿠의 지도자로서 산토카와 호사이를 세상에 소개한 중요한 인물이다. 호사이는 자신을 가장 잘 이해하는 세이센스이를 스승으로 삼아 죽을 때까지 거의 유일한 인간관계를 이어 갔다.

밑이 빠진 국자로 물을 마시려 했다

호사이

底が抜けた 杓 で水を呑もうとした
<ruby>底<rt>そこ</rt></ruby>が<ruby>抜<rt>ぬ</rt></ruby>けた <ruby>杓<rt>ひしゃく</rt></ruby> で<ruby>水<rt>みず</rt></ruby>を<ruby>呑<rt>の</rt></ruby>もうとした

放哉

놀라운 비유로 자신의 삶을 이야기하는 호사이의 또 다른 걸작이다. 한 가지도 이루지 못하고 수포로 돌아간 과거를 묘사하고 있다. 모두의 기대를 저버리고 불필요한 존재가 된 그 자신이 '밑 빠진 국자'이다. 호사이의 하이쿠는 강렬해서 일순간 생각이 정지하는 '사이'가 있다.

　　열쇠 구멍이 어두워 덜거덕거리며 끼운다
　　かぎ<ruby>穴<rt>あな</rt></ruby>暮れて居るがちがちあはす

도쿄대학 법학부에 입학한 호사이는 교시가 펴내는 〈두견〉지에 하이쿠를 투고하기 시작했다. 이즈음 사촌 누이에게 반해 청혼을 했으나 그녀의 오빠가 근친결혼은 의학상 좋지 않다는 이유로 반대해 결국 실연당했다. 크게 상처 입은 호사이는 문학과 철학에 빠져들었다. 술을 마시기 시작한 것도 이때부터였다. 대학 졸업을 간신히 할 정도였다.

못통 속의 못이 모두 구부러져 있다

호사이

<ruby>釘<rt>くぎ</rt></ruby><ruby>箱<rt>ばこ</rt></ruby>の<ruby>釘<rt>くぎ</rt></ruby>がみんな<ruby>曲<rt>まが</rt></ruby>つて<ruby>居<rt>い</rt></ruby>る

放哉

구부러진 못은 쓸모없는 못이다. 불행한 인간관계, 절망, 생활고, 병 등 자신을 둘러싼 비극과 한없이 초라해진 자신의 모습을 표현하고 있다. 새 못으로서 가졌던 희망은 사라지고 쓸모 없는 못이 되고 말았다.

치다가 망쳐 버린 못이 고개를 숙였다

<ruby>打<rt>う</rt></ruby>ちそこねた<ruby>釘<rt>くぎ</rt></ruby>が<ruby>首<rt>くび</rt></ruby>を<ruby>曲<rt>ま</rt></ruby>げた

대학을 졸업한 호사이는 일본통신사에 취직했으나 곧 그만두었다. 이 듬해 동양생명보험사에 취직하고 먼 친척 집 딸과 결혼했다. 처음에는 잘 적응했지만 인간관계에 지치고 술버릇도 심해져서 결국 과장에서 평사원으로 추락하는 굴욕을 당했다. 근속 10년째 되던 해 망년회에서 간사를 맡은 호사이는 회비로 모은 10엔 지폐들을 전부 길에다 뿌리는 기행을 저지르고 곧 퇴사했다.

흡묵지가 글자를 흡수하지 않게 되었다

호사이

吸取紙が字を吸ひとらぬやうになつた

放哉

글씨가 번지거나 묻어나지 않도록 위에서 덮으면 잉크나 먹물을 빨아들이는 것이 흡묵지이다. 그 종이가 더 이상 기능을 발휘하지 못하게 되었다. 그렇다고 먹물을 잘 흡수하던 시절을 그리워하거나 세상으로 돌아가고 싶은 마음은 없다. 자업자득의 결과를 담담히 받아들일 뿐이다.

헤어지고 와서 외로움에 꺾는 들국화여라

別れ来て淋しさに折る野菊かな

고향에 내려가 있던 호사이는 지인의 소개로 조선화재해상보험사에 취직해 아내와 함께 조선으로 왔다. 재기를 다짐하고 아버지와 금주 서약까지 쓰고, 어머니의 임종 소식을 듣고도 귀국하지 못할 만큼 의욕적으로 일했지만 1년 만에 해고당했다. 이번에도 술 때문이었다. 귀국 후 "함께 죽자."라는 호사이의 부탁에 아내는 결별을 선언하고 떠났다.

책상의 한쪽 다리가 짧다

호사이

机の足が一本短い

放哉

회사 생활에 세 번이나 실패함으로써 현실에서의 삶이 불가능하다고 여긴 호사이는 빈털터리로 절에 들어가 탁발, 노동, 독경으로 소일했다. 한쪽 다리가 짧은 책상처럼 기우뚱거리는 인생이 되었지만, 이때부터 그의 하이쿠는 눈부신 빛을 발한다.

하나뿐인 종이우산을 빌려 주었다
一本のからかさを貸してしまつた

절의 추위와 노동으로 병약한 육체의 한계에 부딪친 지식인 호사이는 심적으로도 고통이 많아 다른 선원으로 옮겼다. 그러나 세이센스이가 찾아오자 재회의 기쁨에 술에 잔뜩 취해 한 달 만에 쫓겨나고 말았다. 여자관계에 따른 오해도 이유 중 하나였다. 곧이어 지인의 소개로 또 다른 절에 몸을 의탁했지만 그곳 생활도 오래가지 못했다.

외로워서 혼자 손가락 다섯 개를 펴 본다

호사이

寂^{さび}しいぞ一人^{ひとり}五本^{ごほん}のゆびを開^{ひら}いてみる

放哉

하이쿠에서 외롭다는 말을 드러내 놓고 쓰는 것은 드문 일이다. 이 무렵의 호사이는 아직 혼자에 익숙하지 않았기 때문인지 '외롭다'는 단어가 자주 등장한다. 살아 있음의 증거를 찾기 위해 자신의 손을 펴 본다.

외로운 몸에서 손톱이 자란다
淋^{さび}しいからだから爪^{つめ}がのび出^だす

몸은 야위어 가는데 손톱은 자란다. 손톱은 고밀도의 죽음을 상징한다. 고독해서인지 자신의 신체를 지각하는 작품이 많다.

텅 빈 가슴에 눈이 두 개 열려 있다
うつろの心^{こころ}に眼^めが二^{ふた}つあいてゐる

성냥개비로 귀 파는데 날이 저물고 있다
マツチの棒^{ぼう}で耳^{みみ}かいて暮^くれてる

남을 비난하는 마음을 버리고 콩 껍질 깐다

호사이

人_{ひと}をそしる 心_{こころ}をすて豆_{まめ}の皮_{かわ}むく

放哉

자신을 배반하고 욕한 사람, 자신에게 매정하게 군 사람일지라도 비난하면 자신이 더 괴롭다. 세상의 오해에 대한 호사이의 자세가 드러난다.

꽃 여러가지 피어 모두 팔려 나간다

花_{はな}がいろいろ咲_さいてみな売_うられる

세이센스이는 호사이의 하이쿠를 인용하며 말했다. "시는 머리만으로는 쓸 수 없다. 재능만으로도 쓸 수 없다. 기교만 있는 시는 한때의 찬사는 받을 수 있어도 얼마 안 가 싫증이 난다. 시인의 진정성이 스며 나오는 시, 혹은 시인의 '나'가 사라진 시(이 둘은 사실 하나이지만)가 좋은 시다. 순수가 담겨 있는 시가 진정한 시다."

이곳까지 와 버리고는 급히 편지 쓰고 있다

ここまで来_きてしまつて 急_{いそぐ}な手紙_{てがみ}書_かいてゐる

오랫동안 문을 닫고 외로움을 채운다

호사이

障子しめきつて淋しさをみたす
<small>しょうじ</small>　<small>さび</small>

放哉

외로울 때는 외로움에 기대야 한다. 랭보의 스승 이장바르는 랭보에게
썼다. "시인이 되기를 원하는 사람이 가장 먼저 해야 할 일은 자기 자신
을 깨닫는 일이다. 자신의 영혼을 끊임없이 점검하고 시련을 가하고 단
련시켜야 한다. 자신의 영혼을 알고 나서는 그것을 가꾸어야 한다."

　　하루 종일 말을 하지 않았다 나비 그림자 비치고
　　一日物云はず 蝶 の影さす
　　<small>いちにちものい</small>　　<small>ちょう</small>　<small>かげ</small>

나비의 그림자만 창문에 스쳐 지나가는 봄날의 하루, 언제나 혼자이다.

　　외롭게 잠든다 책이 없다
　　淋しい寝る本がない
　　<small>さび</small>　<small>ね</small>　<small>ほん</small>

다쿠보쿠는 '눈을 감아도/ 마음에 떠오르는 것 아무것도 없어/ 쓸쓸하
게도 다시 눈 떠 보네'라고 썼다.

봉숭아 씨앗을 터뜨려 봐도 외롭다

호사이

鳳仙花の実をはねさせて見ても淋しい

放哉

호사이의 하이쿠는 단순하지만 이상할 정도로 힘이 있다.

아무것도 없는 책상 서랍을 열어 본다
なんにもない 机 の引き出しをあけて見る

무겁지만은 않은 그 힘이 사람의 마음을 잡아끈다.

사람을 기다리는 작은 손님방에서 바다가 보인다
人を待つ小さな座敷で海が見える

눈이 아파 한쪽 눈으로 외롭게 편지 쓰고 있다
眼をやめば片眼淋しく手紙書き居る

인간의 약함, 슬픔, 예민함 등이 솔직한 언어로 표현되어 있다.

가만히 외로운 내 그림자를 움직여 본다
つくづく淋しい我が影よ動かして見る

모조리 죽어 버린 들판에 내 발자국 소리

호사이

何もかも死に尽したる野面にて我が足音

放哉

일본인은 방랑하는 시인을 좋아한다. 절규하듯 노래한 두 명의 하이쿠 시인도 포함된다. 산토카가 평범한 삶을 못 견뎌 박차고 떠난 반면에 호사이는 평범한 삶을 살려고 부단히 시도했지만 기질이 맞지 않아 사회로부터 계속 튕겨졌다. 산토카는 스스로 원해 걸식 방랑을 했지만, 호사이는 상처 입은 짐승이 안주의 장소를 찾듯이 각처를 떠돌았다.

　　넓은 하늘 바로 밑 모자를 쓰지 않고
　　大空のました帽子かぶらず

랜스턴 휴스는 시 〈75센트의 블루스〉에서 썼다.

　　어디에 가는지는 몰라

　　그저 이제 여기에서

　　벗어나는 거야

참새의 온기를 손에 쥐어 보고는 놓아준다

호사이

雀のあたたかさを握るはなしてやる

放哉

브로드스키는 노래한다. '그대여 말하라/ 삶의 모습이 어떠한가를/ 새의 비상에서 보는 삶이 어떤가를'

    산에 오르면 외로운 마을이 전부 보인다
    山に登れば淋しい村がみんな見える

천재 극작가이며 시인인 데라야마 슈지(寺山修司)의 시가 있다.

    내가 잊어버린 노래를
    누군가는 떠올려 노래하겠지
    그렇기에 나는
    언제라도 혼자가 아니다
    그렇게 되뇌면서
    하루 내내 앞바다의 갈매기를 바라보던 날도 있었다

장지문 구멍으로 엿봐도 빈집이다

호사이

障子の穴から覗いて見ても留守である

放哉

절대 고독에 내던져진 시인만이 뛰어난 시를 탄생시키는 것일까? 잇사는 장지문의 찢어진 틈으로 은하수를 내다보며 전율하지만 호사이는 그 구멍으로 집 안을 들여다본다. 호사이 자신이 그 빈집이다.

아내 없는 빈집 장지문이 갑자기 어두워졌다
妻が留守の障子ぽっとり暮れたり

혼자 집에 있으면 자기가 있는데도 빈집처럼 느껴질 때가 있다. 호사이가 절실히 원한 것은 함께 있을 사람이었다. 그리고 차 한 잔.

뜨거운 차 한 잔 마시고 싶어 잠들어 버린다
熱いお茶一杯呑みたくて寝てしまう

저녁 하늘을 보고 나서 저녁 먹을 젓가락 든다
夕空見てから夜食の箸とる

얼굴을 낮추고 사과하러 간다

호사이

わが顔ぶらさげてあやまりにゆく

放哉

인간은 실수하는 존재이다. 무슨 잘못을 저질렀는지 모르지만 자존심 센 시인이 고개를 떨구고서 사과하러 가고 있다. 그 사과가 받아들여졌는지도 알 수 없다.

　　한쪽 눈 가진 사람에게 주시당하고 있다
　　片目の人に見つめられて居た

자유율 하이쿠의 일인자답게 뛰어난 절제미와 유머가 살아 있다.

　　멋진 젖가슴에 모기가 앉아 있다
　　すばらしい乳房だ蚊が居る

시인의 운명인 것처럼 불행의 극한에 이를수록 하이쿠가 좋아졌다.

　　언제인지 모르게 따라온 개와 함께 해변에 있다
　　いつしかついて来た犬と浜辺に居る

무엇인가 원하는 마음 바다에 놓아준다

호사이

何か求むる心 海へ放つ
放哉

몸이 자주 아프자 호사이는 죽음을 예감하고 세이센스이에게 "바다가 보이는 곳에서 죽고 싶다."라고 호소했다. 세이센스이는 남쪽 섬 쇼도시마(小豆島)의 암자를 주선해 주었다. 평소에 염원하던 '독거 무언의 장소'를 얻은 호사이는 겨우 안정을 찾고 시적 재능을 불태우기 시작했다.

친구의 여름 모자가 새것이네 바다에 갈까
友の夏帽が新らしい海に行かうか

그러나 그해 섬에는 유례없는 혹한이 닥쳤다. 건강에 치명적이었다. 일본의 명수필에 뽑힌 〈바다〉에서 호사이는 썼다. "나는 현자도 철학자도 아니지만 바다를 좋아한다. 결국 나는 사랑에 굶주린 인간이다. 이 개인주의적이고 전투적인 세상 어디에서 인간의 사랑을 구할 것인가? 그것은 간단한 일이 아니다. 그래서 그것을 자연에서 찾게 되는 것이다."

마음을 정리하는 연필 뾰족하게 깎는다

호사이

心をまとめる鉛筆とがらす

放哉

건강한 몸으로 돌아갈 수 없음을 깨달은 호사이는 한층 깊은 하이쿠의 세계로 들어갔다. 병마와 세상에 지친 심신을 정리하듯 연필을 뾰족하게 깎아 하이쿠를 쓰는 것만이 유일한 일이었다.

색연필의 파란색을 조용히 깎고 있다
色鉛筆の青い色をひつそりけづつて居る

무채색에 가까웠던 호사이의 하이쿠에 갑자기 '파란색'이 등장한다. 암담한 삶 속에 유일한 색채인 바다의 파랑이다. 그것을 색연필과 겹친 감각이 놀랍다. 게다가 색연필을 깎듯 예전의 삶에서 탈피하겠다는 의지도 담겨 있다. 오래가지는 않았지만, 생의 한때가 파랑으로 칠해졌다.

여기서 파도 소리 들리지 않을 만큼 먼 바다의 파랑
ここから浪音きこえぬほどの海の青さの

이렇게 좋은 달을 혼자서 보고 잔다

호사이

こんなよい月を一人で見て寝る

放哉

뒤엉키기만 하는 인간관계를 피해 은둔의 장소로 숨어들었으나 '사람이 그립다'는 마음을 감출 수 없다. 그 마음을 안고 혼자 잠이 든다. "이곳에는 오직 고독뿐."이라고 호사이는 지인에게 보낸 편지에 썼다. 이 하이쿠에 산토카는 화답한다.

　　지는 달을 보고 있다 혼자서
　　落ちかかる月を観てゐるに一人

호사이와 산토카는 동시대에 작품 활동을 했으나 서로 만난 적은 없었다. 산토카가 만나러 가기 전에 호사이는 세상을 떠났다. 산토카는 두 번 호사이의 무덤을 찾았다.

　　불꽃이 쏘아 올려지는 하늘 쪽이 마을이다
　　花火があがる空の方が町だよ

발바닥 씻으니 하얗다

호사이

足の裏洗えば白くなる

放哉

발바닥이 더러워서 때를 벗기니 하얗다. 이것은 시가 아니라고 말하는 이들도 많다. 세이센스이조차 처음에는 "뭐지? 이런 하이쿠가 다 있나?" 하고 어리둥절해했다. 그러나 하이쿠는 반드시 이러해야 한다는 보수적인 기준을 부수려는 운동이 자유율 하이쿠이다. 삶에는 정형화된 틀로는 표현하기 힘든 내적 경험이 있기 때문이다.

　　날이 저물어 발을 씻고 있다
　　とつぷり暮れて足を洗つて居る

식은땀으로 때투성이가 되었지만 몸을 씻는 것이 쉽지 않다. 발만이라도 물에 넣자 창백한 피부가 드러난다. 아, 이 정도로 쇠약해졌던가.

　　우물의 어둠 속에서 내 얼굴을 찾아낸다
　　井戸の暗さにわが顔を見出す

장지문 열어 둔다 바다도 저물어 온다

호사이

しょうじ あ おう み く
障子開けて置く海も暮れきる

放哉

산토카가 동적이었다면 호사이는 정적이었다. 산토카가 산을 좋아한 반면에 호사이는 바다를 좋아했다.

바다가 조금 보이는 작은 창 하나가 있다
うみ すこ み ちい まどひと
海が少し見える小さい窓一つもつ

호사이에 대한 세간의 평판은 오해투성이였다. 그의 전기 소설을 쓴 요시무라 아키라(吉村昭)가 섬을 방문했을 때 현지 주민들은 "왜 그런 인간을 글로 쓰느냐."고 따졌다. "염치없이 돈을 요구하고, 술버릇이 나빴으며, 도쿄대 출신임을 은근히 자랑하는 등, 만일 지금 그가 살아 있으면 아무도 교제하지 않았을 것."이라고 아키라는 썼다. 소설 제목은 위의 하이쿠에서 딴 『바다도 저물어 온다』이며, 드라마로도 방영되었다. 인간은 누구나 약한 부분이 있으며 호사이에게도 그런 면이 있었다.

벽의 신문 속 여인은 언제나 울고 있다

호사이

壁の新聞の 女 はいつも泣いて居る

放哉

흙벽에 벽지 대신 바른 오래된 신문, 거기에 실린 소설 속 삽화의 여인은 언제 봐도 울고 있다. 슬프게 헤어진 아내를 생각했는지도 모른다. 누구도 관심 갖지 않는 대상을 생생한 언어로 재현하고 있다. 호사이가 죽고 70년 뒤, 세이센스이의 아들 집에서 호사이의 하이쿠 2천여 편이 발견되었다. 이 하이쿠는 그 안에 포함된 작품이다. 마지막에 혼신의 힘을 다해 하이쿠를 썼음을 알 수 있다. 그것이 건강을 더 악화시켰다.

꺾어진 꽃을 병든 사람이 보고 있다
切られる 花を 病 人見てゐる

그의 모든 하이쿠가 말 그대로 절명시(絶命詩_죽음을 앞두고 쓴 시)였다.

입 열지 않고 가막조개 죽어 있다
口 あけぬ 蜆 死んでゐる

반딧불이 반짝이지 않는다 몸이 굳어 있다

호사이

蛍 光らない堅くなつてゐる
ほたるはか　　　　かた

放哉

섬에서 창작에 몰두하던 호사이의 병은 늑막염에서 폐결핵으로 발전했다. 얼마 후 목에 염증이 생겨 음식을 삼키는 것조차 불가능해졌고 이내 숨을 거두었다. 쓸쓸한 임종을 지킨 사람은 인근에 사는 어부의 늙은 아내뿐이었다. 마흔한 살의 짧은 생이었다. 반딧불이는 빛을 잃고 몸이 굳어 버렸다. 아내가 달려왔지만 한발 늦어 만나지 못했다. 섬에서 산 여덟 달 동안 어느 것 하나 처지지 않는 수천 편의 하이쿠를 썼다.

작가 사이토 다카시(斎藤孝)는 말한다. "호사이는 스스로를 극한의 고독으로 내몰았다. 자신도 어찌할 수 없는 방랑벽 때문에 아내와도 멀어졌다. 마음이 말 그대로 '밑이 빠진 국자'였다. 도쿄대 법학부 출신의 엘리트가 모든 것을 버려 나갔다. 그 가속도가 이상하게 사람을 잡아끈다. 세상과의 관계가 힘들 때 호사이의 하이쿠가 가슴을 파고든다."

무덤 뒤를 돈다

호사이

墓のうらに廻る
<small>はか　　　　　　まわ</small>

放哉

세상 속에 살아 있다는 느낌을 상실하고 무덤 주위를 도는 심정은 어떠했을까? 호사이와 거의 동시대를 산 김소월은 썼다.

　　나는 혼자 뫼 위에 올랐어라

　　솟아 퍼지는 아침 햇빛에

　　풀잎도 번쩍이며 바람은 속삭여라

　　그러나 아아 내 몸의 상처받은 맘이여

　　맘은 오히려 저프고 아픔에 고요히 떨려라　　('저프고' - '두렵고'의 옛말)

호사이가 머물던 암자는 현재 복원되어 기념관이 되었다. 그의 무덤 앞에는 꽃과 술이 끊이지 않는다. 사람들은 그의 무덤 주위를 돈다.

　　바닷가에서 뒤돌아보면 내 발자국도 없다

　　なぎさふりかへる我が足跡も無く
<small>　　　　　　　　　　わ　あしあと　な</small>

혼자의 길이 저물었다

호사이

一人の道が暮れて来た

放哉

죽으면 흙을 덮으러 와 달라고 호사이가 몇 번 부탁했기 때문에 비보를 들은 세이센스이는 곧바로 섬으로 건너왔다. 방은 참새의 둥지나 다름 없었고 유품은 아무것도 없었다. 책상 위에 하이쿠를 빼곡히 적은 낡은 수첩만이 남아 있었다. 맨 끝 장에 다음의 하이쿠가 적혀 있었다.

봄 산 뒤쪽에서 연기가 나왔다

春の山のうしろから 烟 が出だした

늦어지는 봄을 기다리다가 산 뒤쪽의 연기를 보고 봄이 왔다고 기뻐했지만 그것이 마지막이었다. 바깥의 봄을 보기 위해 이불 속에서 나오는 것조차 불가능했다. 장례식을 마치고 세이센스이는 썼다.

여윈 손을 모으고 있는 그에게 손을 모은다

痩せきった手を合わしている彼に手を合わす

기차가 달린다 산불 번지고
汽車が走る山火事

죽은 나뭇가지 부러뜨리기 좋다
枯枝ほきほき折るによし

봄이 왔다고 크게 광고하는 신문
春が来たと大きな新聞広告

바다가 보고 싶다고 생각했다
海が見たいと思った

불 없는 화로가 보이는 침상이다
火の無い火鉢が見えて居る寝床だ

그림을 그리고 싶어 하는 아이가 놀러 와 있다
絵の書きたい児が遊びに来て居る

골똘히 생각에 잠긴 우렁이가 기어가고 있다
考えごとをしている田螺が歩いている

빗속에서 흙 묻은 손을 씻는다
雨の中泥手を洗ふ

어린잎 향기 속 화장터에 도달했다
若葉の匂の中焼場につきたり

하나둘 반딧불이 보며 찾아가는 집
一つ二つ蛍見てたづぬる家

자면서 들으면 먼 옛날을 우는 모기여라
寝て聞けば遠き昔を鳴く蚊かな

외로운 채로 열 식어 있다
淋しきままに熱さめて居り

고요한 연못에 거북이 한 마리 떠올라 온다
沈黙の池に亀一つ浮き上る

언어의 정원에서 읽는 열일곱 자의 시

― 하이쿠의 이해

세계에는 지금 '한 줄로 된 시'를 쓰는 사람들이 점점 늘고 있다. 노벨 문학상 수상 시인들을 비롯해 각 나라를 대표하는 시인들, 소설가들, 문학을 사랑하는 일반인들, 정치인과 외교관들까지 '한 줄 시'를 쓰고 그것을 대중지와 신문과 인터넷에 발표한다. '한 줄 시' 전문가를 자처하며 오로지 한 줄로 된 시만을 쓰는 시인들도 있다. 이들은 말의 홍수 시대에 자발적으로 말의 절제를 추구하며, 짧은 시가 긴 시보다 더 많은 것을 말할 수 있다고 믿는다. 단순히 촌철살인의 재치나 언어유희로 대중의 인기를 얻으려는 것이 아니라 문학적인 은유와 상징을 통해 삶에서 얻은 깨달음, 인간 존재의 허무와 고독, 자연과 계절에 대한 느낌, 그리고 해학을 표현한다. 이 '한 줄 시'를 공통적으로 하이쿠(俳句)라 부른다.

'세상에서 가장 짧은 시'로 일컬어지는 하이쿠는 본래 5·7·5의 열일곱 자로 된 정형시이다. 450년 전쯤 일본에서 태어나고 성장했으나 세계인의 사랑을 받으며 애송되고 있고, 현재도 많은 시인들이 자국의 언어로 하이쿠를 짓고 있다. 정작 이웃 나라인 우리에게는 아직도 낯선 단어로 다가오지만 하이쿠는 일본의 문학을 넘어 세계인의 문학으로 자리 잡은 지 오래이다.

하이쿠 애호가들은 하이쿠가 "열일곱 자에 인생의 생로병사와 삶의 진리까지 모두 담아낼 수 있다."라고 말한다. 하이쿠는 압축된 언어로 순간을 포착하는 문학이다. 하이쿠의 최대 장점은 말의 절제와 압축에 있다. 단 한 줄로 사람의 마음에 감동과 탄성을 일으킨다. 한 줄이지만 그 여운은 오래간다. 수백 년 동안 파격을 거의 허용하지 않은 이 독특한 시작법은 생략함으로써 더 가슴에 가닿으려는 시도이다. 때로는 일반 시의 제목보다도 짧아서 시의 제목으로 오해받기도 한다.

하이쿠는 원래 와카(和歌) 혹은 단가(短歌)로 불리는 정형시의 일부로 출발했다. '와카'는 '일본의 노래'라는 뜻으로 계절의 변화와 남녀 간의 사랑을 노래한 5·7·5 / 7·7의 서른한 자로 된 정형시이다. 중세의 일본 시인들은 이 와카를 두 명 이상이 돌아가며 짓는 시놀이로 즐겼다. 한 사람이 먼저 와카의 첫 구 5·7·5의 열일곱 자를 매기면 그다음 사람이 뒤 구 7·7의 열네 자로 받으면서 계속 이어가는 집단 창작시 형태이다. 그러던 것이 첫 구, 즉 5·7·5의 열일곱 자가 독립되어 의미와 계절 감각을 갖춘 하나의 완성된 시 형태로 발전한 것이 하이쿠이다.

따라서 하이쿠는 일본 시의 모태라 할 수 있는 와카의 역사와 깊은 관계가 있다. 일본 시문학의 최초의 기록은 서기 712년에 완성된, 일본의 가장 오래된 역사서 『고사기(고지키_古事記)』에 실린 운문들이다. 겐메이 왕(元明天皇)의 지시로 집필된 이 책은 나라를 세운 신의 이야기를 비롯해 고대 신화와 전설을 담고 있다. 여기에 수록된 단순한 형식의 운문들은 계절의 변화와 자연의 아름다움, 사랑과 그리움, 군주에 대한 충성 등을 담고 있다.

> 비새, 물떼새, 멧새들같이
>
> 당신은 왜 눈꼬리를 날카롭게 칠했는가요
>
> 아가씨를 직접 만나기 위해 나는
>
> 눈꼬리를 날카롭게 칠했다오
>
> 胡燕子鶺鴒千鳥ま 鶺 など黥ける利目
>
> 媛女に直に逢はむと我か黥ける利目

나라 시대(나라에 수도가 있었던 710년에서 794년까지의 시기) 말기에 이르러서는 『만엽집(만요슈_万葉集)』이 편찬되었다. 그때까지 노래로만 불리던 시를 한자음을 빌려 문자로 기록한 이 작품집은 전 20권으로 한 번에 완성된 것이 아니라 여러 편집자들의 손을 거쳐 오랜 기간에 집대성한 것으로 여겨진다. 7세기 초부터 8세기 중반에 걸쳐 왕, 왕족, 무사, 승려, 평민, 유녀, 걸인 등 다양한 계층 500여 명이 지은 운문 4,500여 수가 실려 있다. 이는 그 당시 시를 짓는 것이 특별한 문학적 재능을 가진 소수의 전유물이 아니었음을 말해 준다. 소재와 형식, 시인의 다양성 등에서 유례가 없을 만큼 폭이 넓으며 일본을 대표하는 시가집으로 손색이 없다. 일본인들은 이 『만엽집』을 자신들의 정신적인 고향으로 여기며, 가장 오래되고 가장 뛰어난 문학으로 세계에 내세우고 싶어 한다.

바다의 들에

안개 길게 깔리고

두루미 울음

슬프기만 한 밤은

고향을 생각하네

海原(うなばら)に 霞(かすみ) たなびき 鶴(つる)が 音(ね)の 悲(かな)しき 宵(よい)は 国辺(くにへ)し 思(おも)ほゆ

'만엽'의 '엽(葉)'은 '시노래(詩歌)'로 해석되기도 하고 '세대(代)'로 풀이되기도 한다. 제목 그대로 '만 가지 사연을 담은 시 모음집'인 『만엽집』의 시들은 자연과의 교감, 사랑과 이별, 수행, 사계절, 만물의 무상함에서 느끼는 슬픔 등을 직접적으로 읊고 있다. 화려한 기교를 사용하는 대신 사랑의 감정을 자연에 빗대어 묘사하거나, 자신의 생각을 사물에 비유하기도 하고, 계절에 대한 인상과 감각을 표현하기도 한다.

천둥소리가

조금 들려오고

구름이 끼면

비라도 내리지 않을까

그러면 그대를 붙잡을 수 있을 텐데
鳴る神の少し響みてさし曇り 雨も降らぬか君を留めむ

천둥소리가

조금 들려오고

비록 그 비가 내리지 않아도

나는 여기에 남아 있어요

있으면 좋겠다고 그대가 말한다면
鳴る神の少し響みて降らずとも 我は留まらむ妹し留めば

『만엽집』에 수록된 시들은 크게 두 가지 형식으로 되어 있다. 짧은 시 단가(短歌)와 긴 시 장가(長歌)가 그것이다. 단가는 5·7·5 / 7·7의 음수율로 이루어져 있으며, 장가는 이것이 계속 반복되는 형식이다. 수록 시들은 대부분 단가이며 장가도 일부 실려 있다. 이 단가를 '와카'라고 부른다. 짧은 시 속에 자연과 삶을 함축적으로 담는 와카는 단순하면서도 격조 있는 일본 문학의 꽃이다. 그런데 이 와카의 시초로 인정받는 시가 4세기 일본에서 활동하며 한자를 전해 준 백제 왕인(王仁) 박사의 작품이다.

나니와 나루에

피는구나 이 꽃은

겨울잠 자고

지금 봄이 왔다며

피는구나 이 꽃은

難波津に咲くや木の花ふゆごもり 今は春べと咲くや木の花

'나니와'는 오사카의 옛 이름이며, 닌토쿠 왕(仁德天皇)의 즉위를 권하며 읊은 시라고 기록되어 있다. 일본 시문학의 근본을 이루는 와카의 첫 작품을 한반도에서 건너간 백제인이 지은 것이다.

헤이안 시대(간무 왕이 수도를 지금의 '나라'인 헤이조쿄에서 지금의 '교토'인 헤이안쿄로 옮긴 794년부터 가마쿠라 막부가 세워진 1185년까지)에는 당나라 문화를 수입한 상류층에서 시 짓는 것이 유행했다. 궁중에서 시 짓기 대회가 열리고 시가집들이 편찬되었다. 가장 널리 알려진 시가집은 『고금와카집(고킨와카슈_古今和歌集)』으로, 왕의 지원 아래 펴낸 최초의 와카 모음이다. 왕인 박사가 지은 와카도 이 책의 서문에 실려 있다. 수록된 시들은 중국 문화의 영향으로 『만엽집』의 작품보다 복잡하고 섬세하며 기지에 차 있다. 대부분의 작품은 궁중 상류층이 저자이며, 그 밖에 왕이 지은 시, 불교 승려의 작품도 있다. 기요하라노 후카야부(淸原深養父)는 '눈 내리는 풍경'을 읊는다.

겨울인데도

하늘로부터 꽃이

뿌려지는 건

구름의 저쪽 편은

봄이기 때문일까

冬ながら空より花の散りくるは 雲のあなたは春にやあるらむ

아리와라노 나리히라(在原業平)는 벚꽃을 읊는다.

　　벚꽃잎이여

　　하늘도 흐려지게

　　흩날려 다오

　　늙음이 찾아오는

　　길 잃어버리게

　　<ruby>桜<rt>さくら</rt></ruby> <ruby>花<rt>はな</rt></ruby><ruby>散<rt>ち</rt></ruby>り<ruby>交<rt>か</rt></ruby>ひ<ruby>曇<rt>くも</rt></ruby>れ<ruby>老<rt>お</rt></ruby>いらくの <ruby>来<rt>こ</rt></ruby>むといふなる <ruby>道<rt>みち</rt></ruby>まがふがに

사랑의 감정을 토로한 기노 쓰라유키(紀貫之)의 와카도 유명하다.

　　색깔도 없던

　　마음을 그대의 색으로

　　물들인 후로

　　그 색이 바래는 것은

　　생각할 수도 없어라

　　<ruby>色<rt>いろ</rt></ruby>もなき <ruby>心<rt>こころ</rt></ruby>を<ruby>人<rt>ひと</rt></ruby>に<ruby>染<rt>そ</rt></ruby>めしより うつろはむとは <ruby>思<rt>おも</rt></ruby>ほえなくに

작자 미상의 와카도 있다.

　　그리움으로

　　지쳐 버린 내 혼이

　　길을 잃으면

사랑으로 빈 껍질이 되었다는

헛된 이름만 남을까

恋<ruby>こい</ruby>しきにわびてたましひ迷<ruby>まど</ruby>ひなば むなしきからのなにやのこらむ

『고금와카집』편찬으로 '와카'는 일본 시문학의 공식적인 이름으로
자리 잡았다. 『만엽집』에도 '와카'라는 말이 나오지만, 『고금와카집』
에는 서문에서 와카의 개념을 정립해 놓았다.

"와카는 인간의 마음이라는 씨앗으로부터 싹이 터서 무수한 말의
잎사귀가 탄생한 것이다. 세상 속에 살고 있는 사람은 끊임없이 온갖
일들을 겪는데, 그 마음에 떠오르는 일들을 눈에 보이는 것과 귀에
들리는 것에 의탁하여 표현하는 것이 시노래이다. 꽃 사이에서 우는
휘파람새, 물에 사는 개구리의 목소리를 들으면 살아 있는 모든 것은
노래 부르지 않는 것이 없다. 힘을 하나도 들이지 않고 천지를 움직
이고, 눈에 보이지 않는 귀신의 마음도 움직이며, 남녀를 가까이 다
가가게 하며, 용맹한 무사의 마음도 부드럽게 하는 것이 바로 시노래
이다."

16세기까지 일본어로 쓰여진 거의 모든 시가 이 5·7·5 / 7·7의 서른
한 자로 된 단가 형식이다. 『고금와카집』의 시들도 1,111편 중 10편
을 제외하면 모두 이 형식이다.

아리와라노 나리히라의 와카도 단가 형식이다.

깬 것도 아닌

잔 것도 아닌 채로

밤 지새우곤

하루 종일 봄비를

바라보며 지냈네
起きもせず寝もせで夜を明かしては 春の物とてながめくらしつ

오토모노 구로누시(大友黒主)의 와카도 그중 하나이다.

피는 벚꽃에

마음 빼앗긴 몸의

무익함이여

몸에 병이 들어온

것도 알지 못하고
さく花に思ひつくみのあぢきなさ 身にいたつきの入るも知らずて

『고금와카집』은 백제인이라는 설이 있는 헤이안 시대의 대표 가인 기노 쓰라유키 등이 편찬했으며 국보로 지정되었다. 『만엽집』의 여러 편집자 중 한 사람이며 가성(歌聖)으로 추앙받은 가키모토 히토마로(柿本人麻呂) 역시 백제 도래인으로 추정되고 있다. 이렇듯 일본 시가의 탄생과 성립에 백제인들의 역할이 지대했음을 일본인들도 부인하지 못한다.

『고금와카집』이 편찬된 헤이안 시대 중기에 활동한 여류 가인 이즈미 시키부(和泉式部)의 자유롭고 애수에 찬 와카들도 오늘날까지 널리 애송되고 있다.

어떤 일이나

마음에 간직하고

숨기는데도

어찌하여 눈물이

먼저 알아차릴까

何事も 心 に込めて 忍ぶるを いかで 涙 のまづ知りぬらん

학문을 가까이한 귀족 집안에서 태어나 결혼 후 딸까지 낳은 이즈미
시키부는 남편이 타지로 부임하면서 집을 비운 사이 왕의 셋째 아들
인 다메타카 친왕(爲尊親王)과 사랑에 빠졌다. 세상의 비난이 쏟아졌
고 남편도 시키부를 떠났으며 부모는 그녀와 의절했다. 하지만 뛰어
난 외모에 여성 편력이 화려했던 다메타카는 스물여섯 살에 병사했
다. 상실감에 빠져 있던 그녀는 이듬해 다메타카의 동생 아쓰미치 친
왕(敦道親王)의 구애를 받아들여 또다시 격렬한 사랑에 빠졌다. 그러
나 아쓰미치 역시 4년 후에 요절했다. 아쓰미치와 그녀의 사랑 이야
기는 『이즈미 시키부의 일기』에 150편의 와카 형식으로 기록되어 있
다. 자유로운 언어로 사랑의 아픔을 노래한 그녀의 와카는 후세에
높은 평가를 받았다.

그 어느 쪽을

이 세상에 없다고

생각할 거나

나를 잊은 사람과

잊혀져 버린 나와

いづれをか世になかれとは思ふらん　忘るる人と忘らるる身と

곧 죽어 사라지겠지

이 세상 떠나서도

생각나도록

단 한 번만이라도

만날 수 있다면

あらざらむこの世の外の思ひ出に　今ひとたびの逢ふこともがな

그리움으로 번뇌하고 있으면

연못가를 나는

반딧불이도

내 몸에서 빠져나온

영혼처럼 보여라

物おもへば沢の蛍もわが身より　あくがれ出づる魂かとぞ見る

행실에 대해서는 비난을 받았으나 시키부의 와카들은 뛰어난 작품으로 인정받는다. 험난한 사랑의 길로 들어가는 마음의 번뇌 또한 그녀의 시의 주제였다.

어둡고

어두운 길로

들어가야 하니

먼 곳까지 비추어라

산 끝에 걸린 달

冥_{くら}きより冥_{くら}き道_{みち}にぞ入_いりぬべき　はるかに照_てらせ山_{やま}の端_はの月_{つき}

이즈미 시키부는 그녀 사후에 왕의 칙명으로 편찬된 와카 모음집 『후습유와카집(고슈이와카슈_後拾遺和歌集)』에 가장 많은 와카가 수록된 시인이다.

*

가마쿠라 시대(미나모토노 요리토모가 일본 최초의 무신 정권인 가마쿠라 막부를 세운 1185년부터 약 150년 동안의 시기) 초기에는 왕의 자리에서 물러난 고토바(後鳥羽) 상왕의 명에 의해 후지와라노 데이카(藤原定家)를 비롯한 다섯 명의 편집자가 『신고금와카집(신코킨와카슈_新古今和歌集)』을 편찬했다. 고대 와카의 종언과 중세 와카의 태동을 예고한 이 뛰어난 시가집은 『만엽집』, 『고금와카집』과 함께 3대 와카집으로 꼽는다. 전 20권에 작자 미상을 제외하면 394명의 와카 2천여 편이 수록되었다. 당시의 가인들은 새로운 경향의 와카를 지었기 때문에 『신고금와카집』이라는 제목이 붙었으며, 후지와라노 데이카와 함께 새로운 시풍의 와카를 이끌어 간 이 시기의 가인들을 '신고금가단(新古今歌壇)'이라고 부른다. 이들은 우타아와세(歌合)를 개최해 새로운 시 운동을 주도했다. '우타아와세'는 헤이안 시대의 귀족들 사이에 유행했던 놀이로, 좌우 두 패로 나뉜 사람들이 각자 지은 와카를 한 편씩 짝 지어 놓고 판정자가 그 우열을 매겼다.

『신고금와카집』에 실린 시들은 『고금와카집』과 마찬가지로 봄, 여름, 가을, 겨울, 이별, 사랑 등으로 분류되어 있는데, 불교적인 인생관과 무상관(無常觀_일체의 사물이 오래 머무름 없이 변하여 없어짐)이 중요한 주제로 등장했다. 봄노래보다 가을을 소재로 한 노래가 많아진 것도 특징이다. 또한 달, 꽃, 산, 바람 같은 자연 소재가 눈에 띄게 늘었다. 감각적이고 회화적인 묘사와 더불어 아름다운 상징미가 돋보이는 시들이 많이 실려 있다.

후지와라노 데이카가 지은 다음의 와카는 고등학교 교과서에 자주 실리는 유명한 작품이다.

> 멀리 바라보면
>
> 꽃도 단풍도
>
> 없어라
>
> 해변 움막에는
>
> 가을 저물녘

見渡せば花も紅葉もなかりけり　浦の苫屋の秋の夕暮

해석이 분분한 이 시는 왕실에서 태어나 어려서 어머니를 잃고 파란만장한 삶을 산 히카루 겐지(光源氏)의 이야기를 담은 『겐지 이야기 (겐지모노가타리_源氏物語)』의 내용과 관계가 있다. 정적들을 피해 외딴 아카시 해변으로 피신한 겐지가 맛보아야 했던 고독이 시의 배경이며, 그 내용을 알고 읽으면 쓸쓸함이 더해진다. 데이카는 이 시만이 아니라 다른 와카들에서도 '없다'는 표현을 많이 썼는데, 이 표현은 단순한 없음이 아니라 '어떤 것의 있음'을 가리키기 위함이다. 꽃도 단풍도 없지만 그곳에 무엇인가가 있다. 그는 '모든 것이 없다'거나 '아무것도 없다'고 말하지 않는다. 그 부정을 통해 풀로 엮은 바닷가의 쓸쓸한 움막 전경에 꽃과 단풍의 환영이 솟아오른다. 그 환영이 고독을 더한다. 눈앞에 펼쳐진 경치보다 심오하고 미묘한 이미지가 그 속에 담겨 있다. '없다'는 표현이 '없는 것'을 '있는 것'으로 전환하는 힘을 가지고 있는 것이다.

후지와라노 기요스케(藤原淸輔)의 와카 역시 유명하다.

오래 살다 보면

지금 이때도

그리워하게 될까

괴롭다 여긴 옛날의 일도

지금은 그리워지듯

永らへばまたこの頃やしのばれむ 憂しと見し世ぞ今は恋しき

후지와라노 도시나리(藤原俊成)의 와카도 실려 있다.

또 볼 수 있을까

가타노 들판의

벚꽃 놀이를

눈처럼 꽃잎 날리는

봄날 새벽녘

またや見む交野のみ野の 桜 狩り 花の雪散る春のあけぼの

후지와라노 이에타카(藤原家隆)의 와카도 자주 인용된다.

마음 맞는 이와

어딘지도 모르고 가는 사이

날은 저물고

꽃의 집을 빌려 다오

들판의 휘파람새야

思ふどちそことも知らず行き暮れぬ 花の宿かせ野べの 鶯

『신고금와카집』이 편찬될 무렵은 무인들의 세력이 강해지고 상대적으로 궁정 정치가 약화되는 시기였다. 『신고금와카집』은 몰락해 가는 귀족 문학의 마지막 불꽃이었다고 할 수 있다. 귀족의 몰락과 더불어 와카가 차츰 시들해지고 렌가(連歌)가 꽃을 피웠다. 와카는 한 사람이 5·7·5 / 7·7의 31음절 시를 완성하지만, 렌가는 두 명 이상의 복수의 사람들이 모여 한 사람이 위 구(가미노쿠_上句) 5·7·5를 읊으면 다음 사람이 아래 구(시모노쿠_下句) 7·7을, 그리고 그다음 사람이 다시 5·7·5를 읊는 형식이다. 그렇게 계속 이어진다. 일본 중세 시대(1192-1603)에는 렌가가 와카를 누르고 대표적인 문학으로 유행하여 5·7·5구와 7·7구를 합쳐 50구 또는 100구까지 지어 내려가는 형식이 정착되었다.

이 렌가를 문학적으로 완성시킨 사람이 이오 소기(飯尾宗祇 1421-1502)이다. 소기는 불교 승려이면서 당대 최고의 시인이었다. 대표적인 렌가 선집이 그가 중심이 되어 펴낸 『신선쓰쿠바집(신센쓰쿠바슈_新撰菟玖波集)』이다.

소기는 자신의 출생지를 비밀로 할 정도로 미천한 집안 출신이었지만 시인으로서는 최고의 위치라 할 수 있는 교토의 시 경연 위원장에 지명되었으며, 여러 권의 렌가 모음집을 엮었다. 1488년 초에 소기는 제자 소초(宗長)와 쇼하쿠(肖柏)를 교토와 오사카 사이에 있는 미나세라는 마을에서 만나 『미나세삼음백운(미나세산긴햐쿠인_水無瀨三吟百韻)』을 지었다. 책 제목은 '미나세에서 세 사람이 렌가 백 구를 읊다'라는 뜻이다. 렌가의 인기가 한창일 때 지어진 이 시집은 렌가의 최고 걸작 가운데 하나로 평가받는다.

첫 구를 소기가 읊는다.

    잔설 있는데

    산기슭에 안개 낀

    저녁이어라

    雪ながら山もとかすむ夕かな

이어서 두 번째 구를 쇼하쿠가 읊는다.

    물 흘러가는 멀리

매화 향 어린 마을
行く水とほく梅にほふ里

다시 첫 구를 소초가 읊는다.

강바람 부는

버드나무 몇 그루

봄이 보이네
川かぜに一むら柳春見えて

평생을 방랑하며 산 소기는 규슈 지방을 여행한 후 여행기를 썼다.
이는 훗날 마쓰오 바쇼(松尾芭蕉)의 삶과 여행의 지향점이 되었다. 바
쇼 역시 제자들과 함께 자주 렌가를 짓고, 하이쿠가 실린 여러 권의
여행기를 썼다.

렌가의 시작이 되는 첫 구를 홋쿠(發句)라고 하는데, 말 그대로 '발단
이 되는 구'라는 뜻이다. 이 홋쿠에는 세 가지 규칙이 있었다. 무엇보
다 5·7·5의 열일곱 자 음수율을 지켜야 하며, 반드시 계절을 나타내
는 단어를 포함시켜야만 했다. '봄꽃', '초겨울 찬비'처럼 계절을 직접
적으로 언급하는 단어도 있지만 '벚꽃'이나 '나비'는 봄을 상징하고,
'반딧불이'와 '거미'는 여름을, 그리고 '흰 이슬'과 '은하수'는 가을을
나타내는 단어들이다. 그리고 시의 운율을 맞추기 위해 도중에 '끊
는 말'을 넣어야만 했다. 이러한 규칙들 때문에 홋쿠는 한 편의 구로
서 완결성이 특히 요구되었다. 이처럼 자체적으로 완성도가 높은 홋

쿠는 렌가 시대부터 이미 단독으로 읊어져 이것이 훗날 독립된 시의 형태인 하이쿠로 발전하게 되었다. 그리고 홋쿠의 규칙은 그대로 하이쿠의 규칙이 되었다.

*

무로마치 시대(1336년부터 1573년까지의 무인 정권 시대) 후반부터 렌가에 독특한 분파가 생겨났다. 무로마치 시대에는 출신이 미천한 농민과 상인층의 사회 진출이 두드러졌다. 일본 역사상 최초로 민중이 크게 활약한 시대로, 서민 계급의 출현에 따른 서민 문화가 형성되었다. 이들은 렌가가 너무 지적이고 귀족적이라고 여겼다. 따라서 더 서민적이면서 재미있고 해학적인 시를 지으려는 움직임이 일었다. 그렇게 해서 탄생한 것이 하이카이 렌가(俳諧連歌), 즉 '해학적인 렌가'이다. 서민들도 즐길 수 있는, 쉽고 재미있으면서 익살스럽고 재치 넘치는 시 형식이 등장한 것이다. 이 '하이카이 렌가'를 줄여서 '하이카이'라 부르게 되었다.

무로마치 시대는 무력에 의한 쇼군 쟁탈전으로 정치적으로는 혼란이 거듭되었으나 문화적으로는 찬란한 예술이 꽃피어난 시기였다. 오늘날까지도 일본 문화를 상징하는 다도, 꽃꽂이, 수묵화가 이 시기에 절정을 이루었다.

하이카이라는 말은 '익살'을 뜻하는 한자어 '골계(骨稽)'에서 왔다. 민중의 시 짓기 놀이로 시작된 하이카이는 상류층의 전유물인 와카나 렌가의 세계를 조롱하는 언어유희적인 측면이 강했다. 그렇지만 서민들을 문학의 세계로 끌어들인 매우 의미 있는 역할을 했다. 이것은 일본 중세 시대에 수많은 시인과 소설가, 폭넓은 독자들이 탄생한 배경이 되었다. 이오 소기에 의해 완성된 렌가가 지적이고 보수적이라는 특성 때문에 민중으로부터 멀어질 무렵 등장한 시인이 야마자키 소칸(山崎宗鑑 1465-1554)이다.

> 두 손 짚고서
>
> 노래 불러 바치는
>
> 개구리여라
>
> 手をついて 歌申しあぐる 蛙 かな

지체 높은 왕이나 귀족들 앞에서 고상한 렌가를 읊는 이들을 개구리에 비유해 조롱하고 있다. '바치는'이라는 단어에 비굴함이 담겨 있다. 하이카이의 개척자로 꼽히는 소칸은 격식 대신 자유를, 고상한 언어 대신 활달한 민중 언어를 추구했다. 그러한 파격과 분방함의 이면에는 삶의 무상함에 대한 깨달음이 있었다. 무사 집안에서 태어난 소칸은 어려서부터 무로마치 막부의 9대 쇼군 아시카가 요시히사(足利義尚)를 모셨다. 그러나 요시히사가 전투 중에 17세에 병사하자 생의 덧없음을 느끼고 곧바로 출가했다. 처음에는 소기, 소초 등과 교류했지만 무사 출신답게 천성이 솔직하고 소탈한 소칸에게는 귀족적이고 전통을 중요시하는 렌가의 세계가 맞지 않았다. 그래서 언어의 재치를 추구하는 보다 자유로운 하이카이 렌가, 즉 '하이카이'의 세계로 들어섰다.

달에 손잡이를 달면

얼마나 멋진

부채가 될까

月に柄をさしたらばよき団扇哉

이 무렵의 하이카이는 독립된 시 형식이 아닌 렌가의 여흥으로 취급받았다. 보수적인 렌가 시인들은 소칸의 작품을 천박한 우스갯소리라고 비웃었지만, 민중적인 시풍에서 자신의 길을 발견한 소칸은 단순한 말놀이로 버려지는 하이카이들을 공들여 기록해 『신선이누쓰쿠바집(신센이누쓰쿠바슈_新撰犬筑波集)』을 엮었다. 거의 최초의 하이카이 선집에 해당하는 이 시집에 실린 신선하고 자유분방한 시들은 에도 시대의 하이쿠 시인들에게 많은 영향을 미쳤다. 그러나 이 시선집은 100년 동안 출간되지 못했다. 당시의 주류를 이룬 시문학과 달리 세속적이고 불경스러운 내용을 담고 있었기 때문이다.

안개 옷자락이

촉촉이 젖었어라

봄의 여신이

선 채로 오줌을

누었기 때문

霞の衣 裾は濡れけり 佐保姫の春立ちながら尿をして

당시는 이 하이카이처럼 뒤 구를 앞으로 가져와 7·7 / 5·7·5 로도 썼다. 무로마치 시대 말기에 시작된 하이카이는 에도 시대(도쿠가와 이에야스가 지금의 도쿄인 에도에 무신 정권을 세워 통치한 1603년부터 1867년까지의 시기)에 활짝 피어났다. 에도 시대에 가장 인기 있었던 장르는 와카나 렌가보다 단연 하이카이였다. 이 시기의 하이카이는 문학의 주요 소비층으로 부상한 조닌(町人)이 즐겨 읊었는데, 조닌은 에도 시대에 상공업의 부흥과 더불어 경제적으로 넉넉해진 상인과 장인들을 일컫는 말이다. 조닌들은 하이카이를 통해 귀족들의 세계를 조롱하고 서민의 재치와 해학, 웃음을 거침없이 표현했다.

도둑놈

잡고 보니

내 아들이네

끊고 싶기도 하고

끊기 싫기도 하고

盗人を捕らえて見れば我が子なり 切りたくもあり切りたくもなし

*

하이카이는 서민들의 말놀이였으며 문학성을 기대하긴 어려웠다. 초기에는 소칸이나 모리타케(守武) 같은 문학성 뛰어난 시인들도 있었지만 대부분은 기발한 언어 사용을 중시하는 경향이 지배적이었다. 그런데 말놀이로 시작된 이 하이카이가 17세기 후반에 이르러 시문학의 중심이 되는 대사건이 일어났다. 다름 아닌 위대한 시인 마쓰

609

오 바쇼가 등장한 것이다. 하이카이의 성인이라 불리는 바쇼는 하이카이를 말놀이가 아닌 예술의 경지로 승화시켜 와카나 렌가 같은 정통 시문학과 어깨를 나란히 하는 위치에 올려놓은 천재 시인이다. 그를 통해 하이카이는 언어유희가 아니라 고차원적인 사상과 내용을 담은 문학으로 자리 잡았다. 그리고 그의 문하에 모여든 수많은 시인들이 그 강물을 도도한 흐름으로 만들었다. 세계에서도 유례를 찾기 힘들 정도로 오랜 전통을 자랑하고 있으며 오늘날에도 하이쿠가 대중시로서 확고한 위치를 차지하고 있는 것은 바로 이 무렵 바쇼라는 스승을 중심으로 하이쿠에 열정을 불사른 이들이 있었기에 가능한 일이었다.

바쇼는 하이카이 렌가의 첫 구, 즉 홋쿠를 매우 중요하게 여겨 홋쿠만 독립적으로 쓰기도 했으며, 차츰 이 홋쿠의 비중이 더 커졌다. '하이쿠'는 이 '하이카이의 홋쿠'를 줄인 말로, 메이지 시대(1868-1912)에 마사오카 시키(正岡子規)가 처음 확립한 용어이다.

바쇼를 알기 위해서는 먼저 사이교(西行 1118-1190)를 알아야만 한다. 바쇼보다 5백 년 앞서 산 이 천재 시인은 무사 집안에서 태어났으나 스물세 살에 아내와 자식 등 세속의 모든 것을 버리고 출가해 죽을 때까지 방랑으로 일관했다. 그리고 길 위에서 2천여 편의 뛰어난 와카를 지었다. 사이교는 당대에도 보통 사람과는 차원이 다른 인물이었다. 그는 자신보다 130년 전 사람인 방랑승 노인(能因)의 삶을 본받아 수차례 긴 도보 여행을 떠났다. 노인은 스물여섯 살에 사랑하던 여인이 죽자 세상을 등지고 출가해 떠돌이로 살며 시를 썼다. 사이교가 출가한 이유도 가까웠던 친구의 죽음 때문이라는 설이 있지만, 결혼한 몸으로 다른 여인을 사랑하는 고뇌를 이기지 못했기 때문이라는 설도 있다. 출가를 결심한 사이교는 자신의 심경을 이렇게 읊었다.

공허해지는

이내 마음 봄날의

안개와 같아

속세를 떠나려는

상념만 일어나네

そらになる 心は春の 霞にて 世にあらじとも 思ひ立つ哉

사이교의 시와 방랑은 바쇼의 시와 삶에 지대한 영향을 미쳤다. 바쇼는 사이교의 삶을 본받아 일생을 여행과 방랑으로 일관했다. 또한 자신의 기행문 곳곳에 사이교의 시를 인용했으며 여행 중에 일부러 사이교의 발자취를 찾아 들르곤 했다. 사이교가 지은 뛰어난 와카들은 『신고금와카집』과 그의 시선집 『산가집(산카슈_山家集)』에 수록되어 있다.

애처로워라

풀잎에 맺힌 이슬

떨어지겠지

가을바람 스치는

미야기노의 벌판

あはれいかに 草葉の露の こぼるらむ 秋風立ちぬ 宮城野の原

들판의 풀잎에 맺힌 이슬은 언제 가을바람에 날려 사라져 버릴지 알지 못한다. 그 긴박감과 위태로움을 표현하기 위해 첫 구를 다섯 글자가 아닌 여섯 글자로 시작했다. 이 역시 바쇼가 즐겨 사용한 하이쿠 작법 중 하나이다. 후지 산을 읊은 와카도 유명하다.

바람에 날려

하늘로 사라지는

후지 산 연기

행방을 알 수 없듯

내 사념도 그렇게

風になびく富士の 煙 の空に消えて 行方も知らぬわが思ひかな

거듭된 방랑을 통해 마음속 번민을 객관적으로 볼 수 있게 된 경지가 엿보인다. 화산의 연기가 하늘로 사라져 가듯 계속해서 솟았다가 사라지는 끝없는 사념이 있다. 인간으로서 갖지 않을 수 없는 번뇌가 있다. 그러한 사실을 인정하면서 그것을 고통으로 여기지는 않는다. 자기를 있는 그대로 바라보는 차원에 도달했음을 알 수 있다. 깊은 번뇌를 자각하면서도 여전히 집착을 끊지 못하는 자신을 한탄하는 시도 있다.

감정이 없는

이내 몸도 애절함은

알고 있어라

청둥오리 날아오르는

연못가 가을 해 질 녘
心 なき身にもあはれは知られけり　鴫立つ沢の秋の夕暮れ

훗날의 하이쿠 시인들에게 나타나는 은둔과 자발적인 고독에의 추구도 사이교 문학의 특징 중 하나이다. 바쇼는 이러한 사이교의 정신을 흠모하고 거의 모방하다시피 했다.

외로움을

잘 견디는 사람이

또 한 명 있다면

작은 집 나란히 지으리

이 겨울 산골 마을
さびしさに堪へたる人のまたもあれな　庵 ならべむ冬の山 里

누군가 오려나

달빛에 이끌려서

생각하다 보니

어느 틈에 벌써

날이 새고 말았네
誰来なん月の 光 にさそはれてと　思ふに夜半の明けぬなるかな

여행에 동행하던 제자이자 도반인 사이주(西住)가 먼저 중병에 걸려 세상을 뜨자 사이교는 자신의 심정을 이렇게 노래한다.

　　둘이서 함께

　　바라보고 또 바라보던

　　가을 보름달

　　혼자 바라보게 될

　　그것이 슬퍼라

　　もろともに眺め眺めて秋の月 ひとりにならんことぞ悲しき

매년 가을 함께 달을 보고 또 보며 깨달음에 이르기를 기원했건만 한 사람이 먼저 죽어 남은 사람 혼자서 달을 바라보게 되는 것은 정말로 슬픈 일이다. 생을 마칠 무렵 사이교는 다음의 시를 썼다.

　　몸의 번뇌

　　깨우치지 못하고

　　끝이 났으리

　　구도의 길마저 없는

　　세상이었다면

　　身のうさを思ひしらでややみなまし そむくならひのなき世なりせば

*

정통을 패러디하는 장난스러웠던 하이카이가 마쓰오 바쇼에 의해 삶과 인간의 본질을 담은 깊이 있는 예술로 발전했다. '쇼후(蕉風_바쇼풍)'라고 불리는 예술성 높은 시풍을 확립함으로써 후세에 '하이쿠의 성인'으로 일컬어지게 된 바쇼는 세계적으로도 널리 알려진 일본 최고의 하이쿠 시인이다. 일본의 문화와 문학을 이해하기 위해서는 바쇼의 시와 산문을 비켜 갈 수 없다고 해도 지나친 말이 아니다. 350여 년 전 사람이지만 바쇼는 오늘날에도 일본을 대표하는 문인 다섯 명 안에 든다.

바쇼는 에도 시대 전기인 1644년 하급 무사의 집안에서 태어나 열세 살에 아버지를 여의었다. 십 대 후반에는 가난에서 벗어나기 위해 지역 사무라이 대장의 집에서 허드렛일을 거들며 그 집 아들 도도 요시타다(藤堂良忠)의 시중을 들었다. 요시타다는 하이카이를 무척 즐기는 사람이어서, 바쇼도 이때 하이카이를 접했을 것으로 추측된다. 그러나 4년 뒤 요시타다가 스물다섯의 나이로 요절하자 바쇼는 고향을 떠나 교토로 갔다. 분명한 기록은 없지만 요시타다의 갑작스러운 죽음으로 인생무상을 느끼고 교토의 절에 머물며 불교에 심취한 것으로 보인다. 그렇게 행적이 불분명한 상태에서 이십 대를 보낸 바쇼는 서른한 살에 교토의 하이카이 스승 기타무라 기긴(北村季吟)에게서 시적 능력을 인정받고 에도로 향했다. 기긴 문하에서 함께 시를 배운 소도(素堂)와 함께 하이카이 문집도 출간했다.

삼십 대 후반에 이미 하이카이 지도자로 명성을 얻은 바쇼의 문하에 산푸(杉風), 란세쓰(嵐雪), 기카쿠(其角) 등 뛰어난 제자들이 모여들기 시작했다. 그의 삶은 이제 문학적으로나 경제적으로나 안정된 길에 접어들었다. 그러나 이때 바쇼는 모든 지위와 명예를 내려놓고 한

겨울에 에도의 변두리 후카가와에 있는 작은 오두막으로 은둔해 들어갔다.

바쇼의 근본 사상은 안주의 거부였다. 서른일곱 살에 '옹(翁)'이라는 경칭을 들을 만큼 문화의 중심지 에도에서 덴자(点者_하이쿠의 우열을 가려 평점을 매기는 사람)로서 명성이 높았으나, 돌연 안정된 삶을 청산하고 은둔과 방랑에 투신한 것이다. 이는 그 개인에게는 자살행위나 다름없는 일이었다. 바쇼가 제자들로부터 존경받은 것은 단순히 시적 재능 때문만이 아니라 스승으로서의 이러한 실천적 자세 때문이었다.

그리고 4년 뒤 바쇼는 이 은둔 생활마저 박차고 천 리 길 여행을 떠났다. '식량도 갖추지 않고 옛 사람의 말처럼 지팡이에 의지해 가을 강가에 있는 허물어진 집을 떠나려 하니 바람 소리가 어쩐지 춥게만 들린다'로 시작하는 긴 도보 여행이었다. 이 『노자라시 기행(野ざらし紀行)』은 여덟 달 동안 일본의 관서 지방을 여행한 기록으로, 바쇼의 첫 기행문이다. 여행에서 겪은 일들과 감상의 토로, 그리고 뛰어난 하이쿠들이 단문들과 함께 곳곳에 실려 있다. 이 여행은 '방랑 미학의 실천자' 바쇼의 삶이 펼쳐지는 계기가 되었다. 여행을 떠나며 첫 페이지에 적었다.

들판의 해골 되리라

마음먹으니

몸에 스미는 바람
野ざらしを 心 に 風のしむ身かな

616

안주해서 남의 하이쿠나 품평해 주는 그저 그런 삶을 사느니 들판의 해골이 되는 한이 있어도 진정한 시를 추구하는 삶을 살겠다는 서늘한 각오가 읽는 이의 마음에도 스민다. 그러한 정신이 바쇼라는 대시인을 탄생시켰고 하이쿠 문학의 토대가 되었다.

은둔과 방랑을 반복하며 시를 쓰던 바쇼는 마흔다섯 살 되던 해인 1689년에 충실한 제자 가와이 소라(河合曾良)와 함께 다시 여행길에 올랐다. 그가 흠모한 사이교의 500주기가 되는 해였다. 에도에서 출발해 156일 동안 일본 동북부 지방 2,400킬로미터를 걷는 대장정이었다. 이 여행의 기록 『오쿠노호소미치(奧の細道_깊은 곳으로 가는 좁은 길)』는 단순한 여행기가 아니라 바쇼의 삶과 시가 담긴 위대한 문학 작품으로, 후대 하이쿠 시인들의 교과서가 되었으며 오늘날까지도 일본 최고의 기행 문학으로 꼽는다.

이 여행에서 각지의 뛰어난 시인과 문인들이 바쇼와 친교를 맺고 바쇼의 문하에 들어왔다. 유례없는 이 조직은 바쇼풍의 하이쿠가 다져지는 기초가 되었다. 바쇼가 걸어간 이 여정은 현재 일본인들이 가장 걷고 싶어 하는 대표적인 길이 되었다. 후대의 많은 시인들이 그 길을 따라 걸었으며, NHK 방송에서 31회에 걸쳐 전체 여정을 소개하기도 했다. 길의 명소마다 바쇼가 그곳을 지나며 지은 하이쿠가 돌과 나무에 새겨져 있다.

바쇼는 자기보다 앞선 수행자나 예술가들을 본받아 여행에 나섰으며, 그들처럼 여행의 고난을 수행의 방편으로 삼았다. "시인은 날마다 자신을 단련해야 한다."라고 그는 말했다. 여행을 떠나기 전 그는 "저 아득한 길을 여행하고픈 마음에 아무것도 손에 잡히지 않았다."

라고 고백한다. 그리고 '불현듯 결심하고' 출발한다. 야위어서 뼈만 앙상한 어깨에 짐의 무게를 느끼며.

가는 봄이여

새는 울고 물고기

눈에는 눈물

ゆ　　はる　　とりなきうお　め　　なみだ
行く春や鳥啼魚の目は泪

바쇼는 물질적으로 풍요로워져 가는 에도 시대의 화려함과는 대조적으로 끝까지 검소하고 소박한 생활을 고집했다. 자신의 시에 담긴 자연주의, 단순 지향의 정신과 일치하는 삶이었다. 바쇼가 살던 시대는 도쿠가와 이에야스가 무신 정권을 세운 지 반세기 흐른 뒤로 도시 문물이 발달하고 다양한 문화 예술이 꽃을 피웠다. 이전까지는 낮은 신분에 속하던 '조닌'이라고 불리는 도시 상인들이 나날이 커져 가는 경제력을 바탕으로 문화 생산과 문화 소비의 한 축을 차지하게 되었다. 이들은 지식인과 귀족들이 향유하던 고상한 한시나 와카보다도 새로운 시 형식인 해학적이고 서민적인 하이쿠를 통해 자신들의 문학적 욕구를 표현하고자 했다. 따라서 이들에게 하이쿠를 지도하거나 평가하는 이름난 시인은 경제적으로 풍족한 삶을 누릴 수 있었다. 그중 가장 인기 있는 하이쿠 지도자 중 한 명이 바쇼였다.

바쇼는 그 모든 풍요를 내던지고 스스로 은거하거나 변방 오지로의 고된 도보 여행을 선택했다. 진정한 시인이 되기 위한 몸부림이었다. 그 이후 그는 자신이 읽은 중국 시인들보다 더 가난하게 살면서, 시를 신앙처럼 여긴 사이교를 존경하고, 진정한 문학을 위해 전 생애를 걸었다. 바쇼가 하이쿠의 성인으로 일컬어지는 것은 이러한 인간성과 진실성 때문이다. 그는 자신이 쓴 시를 산 것이다. "무릇 천하의 스승이라면 먼저 스스로 품격을 갖추어야만 사람들이 따른다."라고 그는 말했다. 바쇼에게는 많은 제자가 있었다. 이것이 말해 주듯이 그는 인간을 싫어해서가 아니라 세속으로부터 벗어나 문학에 전념하기 위해 은둔 생활을 추구했다.

사람 소리 들리네

이 길 돌아가는

가을 저물녘

人声や此道かえる秋のくれ

바쇼의 하이쿠에서는 그의 옷깃에 묻은 찬 서리가 묻어난다. R. H. 블라이스는 말한다.

"고독과 가까운 사람들이 있다. 그것은 타고난 천성과도 같다. 그들은 사람들 속으로 친구를 찾아 들어가지만 고독만 한 친구가 없다는 걸 알고 다시금 이 오래된 친구에게 돌아온다."

싸락눈 듣네

이 몸은 본디

늙은 떡갈나무

霰聞くやこの身はもとの古柏

한겨울에 부근에서 일어난 대화재로 오두막이 전소되어 바쇼는 이듬해 가을 오두막을 새로 지을 때까지 여러 제자들의 집에 머물렀다. 그때의 심경을 쓴 것이다.

바쇼는 천재 시인이 아니었다. 동시대 인물 오니쓰라가 25세에 시적 성숙에 이른 것에 비해 바쇼는 순전한 노력과 배움, 끝없는 추구를 통해 내면의 기둥을 우뚝 세웠다. 그리고 그 기둥에 숱한 제자들이 기대었다. 고향으로 돌아가는 제자 교리쿠에게 쓴 『교리쿠에게 주는 작별의 글』에서 바쇼는 "나의 시는 하로동선(夏炉冬扇_여름의 화로, 겨울의 부채)처럼 대중의 취향과 달라 쓸모가 없다."라고 말했다. 자신의 시를 비하하고 있지만 글에서 느껴지는 것은 오히려 자신의 시에 대한 강한 의지이다.

> 봄의 첫날
>
> 외로운 가을의 끝을
>
> 생각하네
>
> 元日や思へばさびし秋の暮

말년에 바쇼는 시에 대한 애착이 평온한 삶을 방해하는 세속적인 집착이 될 수도 있다고 여겼다. 하지만 그럼에도 시를 포기할 수 없었던 이유에 대해 이렇게 말했다.

"어떤 때는 싫증이 나서 던져 버릴까도 했고, 어떤 때는 열심히 노력해 세상 사람에게 자랑하려고도 했다. 한번은 남들처럼 출세하기 위해 뜻을 세운 적도 있었으나 시가 방해가 되어 그것도 안 되었고, 또

한번은 불교를 배워 어리석음을 깨닫고자 한 적도 있지만 그 역시
시 때문에 뜻을 이루지 못했다. 끝내는 무능무예, 오로지 시의 길 하
나로 일관하게 되었다."

흰 물고기
검은 눈을 뜬
진리의 그물
白魚や黒き目を明く法の網

당나라 말기에 기행을 일삼은, 늘 새우를 잡아먹은 현자(蜆子)라는 선
승이 있었다. 새우처럼 백어도 깨달음의 그물에 걸려 검은 눈을 반짝
인다. 그 반짝이는 눈은 깨달음의 상징이다.

바쇼가 그의 진면목을 발휘한 때는 죽기 전 10여 년에 걸친 방랑의
시기였다. 바쇼는 '발꿈치가 닳도록' 돌아다닌 자신의 방랑을 자주
'행각(行脚)'이라는 단어로 표현했으며, 그의 행각은 구도 행각과 다르
지 않았다. 그리고 그는 자신의 경제생활을 '걸식'이라고 표현했다.

바쇼는 진정한 의미에서 하이쿠를 시작한 사람이다. '하이쿠'라는 용
어는 그의 사후에 만들어졌지만 그는 누구나 인정하는 하이쿠의 대
가이다. 그의 작품 속에는 문학을 뛰어넘는 것, 예술 너머의 것이 있
다. 그는 시가 미적 추구도, 도덕적인 교훈도, 지적인 재치도 아니라
는 것을 알았다. 어떤 학자들은 바쇼가 불교를 배웠기 때문이라고
해석한다. 그러나 꼭 그렇다고 할 수만은 없다. 그는 문하생들에게 참
선을 하라거나 시와 연결시켜 종교를 이야기한 적이 없다.

바쇼는 모든 예술에 담긴 순수하고 진실한 감동을 '마코토(真)', 즉 '진실함'이라고 했다. 그리고 그 진실은 먼 곳에 있거나 거창한 것이 아니라 가깝고 평범한 일상에서 찾아야 한다고 역설했다. 그는 거창한 작품을 시도하는 기카쿠에게 "그대는 무엇인가 특별한 것을 말하려는 약점을 갖고 있다. 멀리 있는 것들에서 빛나는 시구를 찾으려 한다. 그러나 사실 빛나는 시구는 모두 그대 가까이에 있는 사물들 속에 있다."라고 말했다.

소금 절인 도미의

잇몸도 시리다

생선 가게 좌판
塩鯛の歯ぐきも寒し魚の棚

바쇼는 자신의 시작법에 대해 "모습을 앞에 두고 마음은 뒤에 둔다." 라고 했다. '모습을 앞에 둔다'는 것은 사물이 어떠한 상태인지를 그 사물의 언어로 묘사하는 것이다. 대상이 지금 그곳에 어떻게 존재하는가를 나타내는 것이며, 그 묘사를 통해 그때의 마음이 자연스럽게 드러난다. 마음은 굳이 말하지 않아도 그 모습 뒤에 따라온다고 바쇼는 강조했다.

제자 도호가 엮은 『삼책자(산조시_三冊子)』에서 바쇼는 제자들에게 충고한다. "높이 마음을 깨닫고 세상으로 돌아가라."

불과 열일곱 자로 언어의 세계에 일대 혁명을 일으킨 이가 바쇼이다. 그의 출생지 이가 시(伊賀市)의 우에노 성 안에는 1942년, 바쇼 탄생

300주년을 기념해 세운 하이카이 성전이 있다. 건물의 형태는 바쇼의 도보 여행을 기려 나그네 모습을 본떴다. 둥근 지붕은 삿갓, 팔각형의 차양은 비옷으로 입은 도롱이, 기둥은 지팡이, 그리고 '하이세이덴(俳聖殿)'이라 써진 현판은 얼굴을 형상화했다.

*

인간의 궤적은 안에서 밖으로, 밖에서 안으로를 반복한다. 나무가 자라듯이 밖으로 성장하는 고통이 있고, 나이테처럼 안으로 응축되는 고통이 있다. 한 편의 예술 작품을 탄생시킨다는 것은 그만큼 성장했다는 의미이다. 고통을 수반하지 않는 성장은 없다. 하이쿠 시인들의 공통점은 누구도 순탄한 삶을 살지 못했다는 것이다.

바쇼와 나란히 하이카이 성전에서 빛나는 별 요사 부손(与謝蕪村)도 예외가 아니다. 부손은 비교적 부유한 농가에서 태어났으나 열다섯에 부모를 여의고 자신의 말대로 '천애고아'가 되었다. 스무 살 무렵에는 에도의 하이쿠 스승 하야노 하진(早野巴人) 문하에서 시를 배웠다. 그러나 친자식처럼 아껴 주던 스승마저 세상을 떠나고 다시 고독한 처지가 되었다.

스승이 죽은 후 부손은 바쇼를 동경해 그의 궤적을 따라 동북 지방을 여행했다. 그때 그의 나이 스물일곱이었다. 그 후에도 계속해서 떠돌이 생활을 한 그는 마흔두 살이 되어서야 비로소 교토에 집을 얻어 정착했다. 궁핍에서 헤어나지 못해 결혼도 마흔다섯 살에야 했다. 그리고 처음에는 시가 아니라 그림에 몰두했다. '부손'은 하이쿠 시인으로서의 필명이고, 화가로서의 예명은 '슌세이(春星)'였다.

사실 부손은 일본 문인화를 대표하는 화가이다. 그의 본업은 어디까지나 화가였으며, 그림을 팔아 아내와 외동딸 세 사람의 생계를 이었다. 그림의 스승은 갖지 못하고 독학한 듯하다. 고화에 의지해 중국 문인화를 혼자서 배우고 갖가지 화풍을 섭렵했다. 그는 회화의 요소를 하이쿠에 도입해 시각적 묘사와 원근감, 색채감이 뛰어난 시를 쓴 것으로 평가받지만, 한편으로는 일찍이 배운 하이쿠의 정취를 회화에 끌어들여 자신만의 독특한 화풍을 발전시켰다. 그는 하이가(俳画)의 창시자이기도 하다. 하이가는 일본화의 한 양식으로, 하이쿠에 그림을 그려 넣는 담채화이다.

부손의 시풍은 회화적이지만 시 속 풍경은 현실을 그대로 묘사한 것이라기보다는 이상화된 공상 세계에 가깝다. 그것이 부손의 하이쿠가 지닌 독특한 매력이다.

모기장 안에

반딧불이 날리니

재미있구나

蚊帳の内にほたる放してアア楽や

뛰어난 하이쿠는 영원한 것과 순간적인 것을 동시에 표현한다. 어떤 것은 영원처럼 보여 아름답지만 실제로는 순간을 머무는 것이기에 그 아름다움이 절실하다. 설령 영원한 것이라 할지라도 그것을 바라보는 우리 자신은 찰나를 살 뿐이다. 영원과 순간이 뒤섞인 삶을 부손만큼 예리하게 포착한 시인도 드물다. 모기장 안에서 반짝이는 반딧불이는 고뇌를 잊게 할 만큼 우리를 순수로 되돌린다. 그러나 새벽이 오면 반딧불이는 빛을 잃을 것이다. 이렇듯 부손의 하이쿠에는 시간의 아픈 흐름이 잠재되어 있다.

비 그친 달밤

누군가 밤낚시하는

하얀 정강이
雨後の月誰そや夜ぶりの脛白き

'요부리(夜ぶり)'는 밤에 배 위에 횃불을 밝혀 놓고 불빛에 이끌려 오는 물고기를 잡는 고기잡이다. 부손은 언어로 그림을 그리는 시인이다. 비 그친 뒤의 청량함, 구름 걷힌 밤하늘의 달, 강에 비치는 달빛, 바지를 걷어 올린 흰 정강이가 원경의 화폭에 담겨 있다. 이 자체로 문인화의 한 폭이다. 그러나 이것이 다가 아니다. 여기에 부손은 시간의 경과를 감춰 놓는다. 그의 하이쿠는 순간을 묘사하지만 그 자체로 정지되어 있지 않고 시간의 흐름이 배경에 깔린다. 달은 이동하고 하얀 정강이는 새벽녘이면 빛을 잃을 것이다.

구름 삼키고

꽃잎을 토해 내는

요시노 산
雲を呑んで花を吐くなるよしの山

요시노 산은 나라 현에 있는 산으로 일본 제일의 벚꽃 명소로 꼽힌
다. 3만 그루의 벚나무가 산기슭부터 꽃이 피기 시작해 산 중턱과 꼭
대기, 깊은 산속까지 차례로 만개하기 때문에 매년 4월 초부터 4월
말까지 벚꽃의 장대한 아름다움을 감상할 수 있다. 450미터의 야트
막한 산 전체를 벚나무가 뒤덮고 있기 때문에 꽃잎이 날리면 산이
날린다. 요시노 산에 피는 벚꽃의 아름다움을 읊은 노래는 수를 헤
아릴 수 없을 정도이다. 요시노 산은 지금 유명한 관광지가 되었지만
옛날에는 순례의 중심지였다.

도끼질하고

향기에 놀랐어라

겨울나무 숲

斧入れて香におどろくや冬木立

도끼질과 함께 공기 중에 퍼지는 소나무와 참나무의 향, 동작과 소리
와 냄새가 한 줄의 시에 풍성하다. 이렇듯 하이쿠는 감각의 향연이고
깨어남이다. 나무 향이 퍼지는 곳은 겨울 숲이 아니라 우리의 마음
속이다.

하얀 연꽃을

꺾으려 마음먹네

땡중 녀석이

白蓮を切らんとぞおもふ僧のさま

부손은 바쇼가 세상을 뜬 지 20년쯤 후에 태어났다. 이십 대 후반부터 10년 넘게 방랑 생활을 하면서 각지에 흩어진 시인들을 만나고 시적 교류를 했을 것으로 추정된다. 그러나 바쇼의 문하생들은 분열되고, 하이쿠도 바쇼가 추구하던 치열한 정신을 잃어 세속적인 말의 유희로 회귀하고 있었다. 마침내 바쇼의 시정신으로 돌아가자는 목소리가 높아졌다. 그 중심에 선 이가 부손이었다.

국화에 고인

이슬 받아서 쓰는

벼루의 목숨

菊の露受けて 硯 の 命 かな

이 하이쿠에는 국화 그림과 함께 설명이 붙어 있다. 산골 마을에 국화를 키우는 집이 있다고 해서 보러 갔는데, 늙은 집주인이 종이와 벼루를 꺼내 하이쿠를 한 수 부탁한다. 이에 부손이 위의 하이쿠를 적어 주었다. '붓의 수명은 일수로 따지고, 먹의 수명은 달수로 따지고, 벼루의 수명은 햇수로 따진다'는 말이 있듯이 붓, 먹, 벼루 중에 벼루의 생명이 가장 길다. 국화꽃에 고인 찰나의 수명을 가진 이슬을 받아 긴 생명을 가진 벼루에 갈아 덧없는 시를 쓴다는 것이다.

부손의 운명이 그러했다. 당시 그는 하이쿠 시인으로서는 국화에 고인 이슬 같은 존재였다. 그가 죽으면서 그의 하이쿠도 잊혀졌다. 그로부터 150년 후, 우연히 고서점을 뒤지던 일본 근대 문학의 대표 시인 마사오카 시키가 부손의 시집을 발견했다. 시키는 단번에 부손의 천재성을 알아보고 바쇼에 버금가는 시인임을 직감했다. 그렇게 해서 부손의 작품이 세상에 알려지게 되었으며 하이쿠의 세계는 놀라운 색채와 공간감을 되찾게 되었다.

*

부손이 세상을 떠났을 때 고바야시 잇사(小林一茶)는 스무 살이었다. 문하생이 아니었음에도 바쇼의 시정신은 부손에게 강한 영향을 미쳤다. 그러나 잇사는 부손을 만난 적도 없으며 아무 영향도 받지 않았다. 잇사는 스승도 제자도 갖지 않았다. 그만큼 그의 시 세계는 독자적이고 개성적이었다. 하이쿠 세계의 이 이단아는 생활 방식이나 행색에 있어서도 사회와의 타협을 거부한 기인이었다. 옷차림에도 신경 쓰지 않았고, 마흔 살이 넘어서는 전통적으로 하이쿠에서 사용해 온 시어에도 무관심해져서 일상용어들을 자유롭게 구사했다.

이 모기

여인의 방 불빛을 보고

몸을 불살랐구나
閨の蚊のぶんとばかりに焼れけり

잇사의 하이쿠는 어떤 시인의 작품과도 닮지 않았다. 격식과 품위를 신분의 표상으로 여기던 풍요의 시대에 그는 기꺼이 달팽이, 파리, 벼룩의 친구가 되었으며 '파리의 시인', '개구리의 시인', '벼룩의 시인'으로 불리는 것에 개의치 않았다.

　뛰어라 벼룩
　이왕이면
　연꽃 위에서
　とべよ蚤同じ事なら蓮の上

　술잔에 떨어진 벼룩
　어서 헤엄을 쳐
　헤엄을 쳐
　盃に蚤およぐぞよおよぐぞよ

바쇼와 부손과 잇사, 세 사람 모두 지방 출신으로 젊어서 수도인 에도로 나와 문학과 예술을 배웠다. 세 사람 다 여행을 하면서 많은 시간을 보냈고, 여인숙과 절에서 잠을 청했으며, 시골과 도시에서 열린 하이쿠 모임에 참석하며 여러 곳을 방문했다. 부손과 잇사는 바쇼처럼 삭발에 승복 차림을 하고 여행을 다녔다. 그들이 바쇼의 발자취를 따라 여행한 것은 세상에 대한 견문을 넓히기 위함이 아니었다. 자신을 발견하기 위함이었다. 잇사는 자신에 이르기 위해 수많은 다리를 건넜다.

　번개에
　휘청거리며 다리를

건넜어라

稲妻にへなへな橋を渡りけり

번개를 두려워하며 구부정한 자세로 다리를 건너는 모습과 다리 자체가 낡아 걸을 때마다 휘청거리는 모습이 그려진다.

내 오두막은

풀들도 여름이면

여위어 가네

我庵は草も夏瘦したりけり

노숙자와 다름없이 떠돌던 잇사는 마침내 쉰 살이 넘어 결혼을 하고 고향에 정착했다. 그러나 네 명의 자식은 태어난 지 얼마 안 되어 잇달아 숨을 거두었다. 한 아이는 엄마 등에 업힌 채 숨을 거두었다. 그럼에도 그는 단 한 번도 신을 원망하지 않았다. 인간의 본질적인 고독, 삶의 부조리에 대한 냉철한 시선이 시에 응축되어 있으며 생을 마치는 순간까지도 절망에 대한 유머를 잃지 않았다. 그러한 그에게 제자가 한 명도 없었다는 것이 수수께끼로 여겨질 정도이다.

오는 반딧불이

내 오두막이라고

깔보는 건가

来る蛍おれが庵とあなどるか

어떤 고난에도 잇사가 유머를 잃지 않고 더 발전시킬 수 있었던 이유는 무엇일까? 그는 자기 삶의 고통을 잊지도 않고, 그렇다고 속세를 등지고 떠나지도 않으면서 계속 현실에 부대끼며 살았다. 고통과 가난이 시에 반영되어 있기는 하지만 그것이 주제였다면 시는 암울하고 슬프기만 했을 것이다. 곳곳에 해학과 재치가 넘쳐 난다.

산 위의 달
꽃 도둑에게 빛을
내려 주시네
山の月 花ぬすびとを 照らしたまふ

일본뿐 아니라 전 세계 교과서와 동화책에 가장 많이 실리는 작품이 잇사의 하이쿠이다. 고통을 이겨 내는 가장 큰 힘은 웃음이라는 것을 보여 주고 있기 때문이다. 그것이 바쇼와 부손이 갖지 못한 잇사만의 특징이다. 바쇼는 선택한 가난이었지만 잇사는 강요된 가난이었다. 부손은 자신이 창조한 꿈과 색채의 세계로 도피하지만 잇사는 현실에서 부대낀 것을 그대로 시에 옮겼다. 잇사에게 시를 쓰는 일은 고통을 이겨 내기 위한 방편이었으며 그는 종교처럼 시에 헌신했다.

비 내리는데
어딘가로 향하는
달팽이
此雨の降にどつちへでいろ 哉

저녁달 아래

허리까지 옷 벗은

달팽이여라
夕月や大はだぬいでかたつむり

이 달팽이

무엇을 먹고 사나

가을 저물녘
かたつむり何をかせぐぞ秋の暮

잇사는 달팽이에 대해 54편, 개구리에 대해 200편, 반딧불이에 대해 230편, 모기에 대해 150편, 파리와 벼룩에 대해 190편 등 보잘것없는 미물들에 대해 무려 1천 편이 넘는 하이쿠를 썼다. 다른 소재의 뛰어난 하이쿠도 많지만 잇사의 대표작들은 역시 이 작은 존재들에게 바치는 작품들이다. 다들 잘난 체하며 으스대는 세상에서 그 자신이 작고 하찮은 존재였기 때문이다.

흰 이슬에도

큰 이슬

작은 이슬
白露の身にも大玉小玉から

하이쿠는 생명 가진 것들의 존재 이유와 본질을 들여다보려는 문학적 시도이다. 하이쿠를 백 편 읽은 사람보다 한 편이라도 하이쿠를 지어 본 사람이 하이쿠를 더 잘 이해한다는 말은 진리이다. 그 이해는 곧 대상에 대한 이해로 이어지기 때문이다. 달팽이에 대한 하이쿠를 한 편 쓰면 어떤 경우에도 달팽이를 해치지 않게 된다.

도망쳐 와서
한숨을 쉬는 거니
첫 반딧불이
逃て来てため息つくかはつ 蛍

날뛰는 벼룩
내 손에 걸려들어
부처 되어라
あばれ蚤我手にかかつて 成 仏せよ

생의 질곡을 초월해 무념무상의 부처가 되기를 열망하는 것은 시인 자신이다. 잇사가 없었다면 하이쿠는 땅바닥을 기어 다니거나 날아다니는 뭇 생명체들을 재산 목록에 올리지 못했을 것이다. 그렇게 되었다면 하이쿠의 세상에는 인간과 고상한 동물들과 자연 풍경만이 존재했을 것이고, 그만큼 풍성함을 잃었을 것이다. 잇사는 사후의 일도 인간이 아니라 귀뚜라미에게 부탁한다.

내가 죽으면

무덤을 지켜 주게

귀뚜라미여
我死なば墓守となれきりぎりす

서양에 하이쿠를 소개하는 데 가장 크게 기여한 R. H. 블라이스는
"사람들이 소크라테스가 아니라 예수를 따르게 된 것은 예수가 본질
적으로 시인이기 때문이다."라고 말했다. 소크라테스는 우리의 무지
를 일깨워 주었지만, 예수는 사랑하는 마음으로 세상 만물을 보라고
가르쳤다.

쓸모없는 풀

너도 높아져 가고

해도 높아지고
むだ草や汝も伸びる日ものびる

시는 사물들로 하여금 말하게 해야 한다. 사물들은 시인을 통해 말
하고 싶어 하기 때문이다. 시인이 사물을 제치고 너무 크게 말하면
독자는 무슨 말인지 알아듣지 못한다. 잇사의 '쓸모없는 풀'을 포함
해 모든 존재는 스스로 자신의 이야기를 들려주고 있다. 시는 그 이
야기들에 귀를 기울이게 한다. 시인은 사물들의 대변인이다.

흔들리면서

봄이 사라져 가네

들판의 풀들
ゆさゆさと春が行くぞよのべの草

아름다움은 영원이 아니라 소멸에 있다. 모든 하이쿠는 '사라지는 것들에 대한 헌시'이다. 사라지는 것은 풀이 아니라 우리 자신이다.

불운한 삶을 살았으나 유머를 잃지 않은 잇사. 그의 유머는 폐부를 찌른다. 살아가는 게 힘들 때면 잇사의 유머가 그립다. 삶에 서툰 것, 그것이 인간의 실존이다. 잇사는 삶에 서툴고 관계에 서툴렀지만 하이쿠만큼은 누구보다 뛰어났다.

오고 또 와도

서툰 꾀꼬리

우리 집 담장
来るも来るも下手 鶯 ぞおれが垣

뛰는 솜씨가 서툰

요 벼룩

귀여움은 한 수 위
飛下手の蚤のかわいさまさりけり

뛰는 솜씨가 서툰 벼룩을 따뜻한 시선으로 바라보는 잇사. 그는 모든 것이 서툴러 밑바닥 삶을 살았지만 작은 존재에 대한 애정 어린 눈길만은 '한 수 위'였다. 바쇼와 마찬가지로 잇사는 방랑 걸식하면서 고독의 극한을 시로 승화시켰다. 바쇼는 고행자이고 구도자적인 시인이었다. 예술가이자 탐미주의자였던 부손은 원근감과 공간 배치에 능했다. 반면에 잇사는 인간주의자였다. 안에서 흐른 눈물이 웃음으로 나온 것이 잇사의 하이쿠이다.

나의 가을

달은 흠 없는 달

그렇지만

身の秋や月は無瑕の月ながら

잇사의 문학적 위대성은 그의 불행했던 삶과 연결시키지 않더라도 그의 하이쿠가 모두에게 공감을 불러일으킨다는 점이다. 다시 말해 그는 자기 삶의 희생자가 아니었다. 오늘날 일본인들이 가장 많이 애송하는 하이쿠가 잇사의 작품이다. 유치원 아이들도 잇사의 하이쿠를 외운다. 그의 하이쿠는 저항 문학으로도 읽히고, 생태주의 문학으로도 읽히며, 고통받는 자의 노래로도 읽힌다. 그러나 어떻게 읽히든 사람들의 가슴에 그의 시가 와 닿는 것은 시 속에서 비쳐 나오는 '순수와 밝음의 빛' 때문이다.

번개에

열매를 잉태했구나

갈퀴덩굴풀

稲妻に 実 を孕むや 葎 迄

스페인의 철학자 호세 오르테가 이 가세트는 『철학이란 무엇인가』에서 잇사의 하이쿠를 인용하며 말한다. "이 세상 모든 사제들이 그러하듯 일본의 승려들도 현세적인 것, 지상의 것에 대해서는 비판적이었다. 그래서 이 세계의 공허함을 단적으로 표현하기 위해 이들은 현세를 '이슬의 세계'라고 불렀다. 시인 고바야시 잇사의 작품 중에 나를 매료시키는 짧막한 구절이 하나 있다." 그러면서 오르테가는 다음의 하이쿠를 인용한다.

이슬의 세상은

이슬의 세상이지만

그렇지만

露の世は露の世ながらさりながら

그러면서 오르테가는 말한다.

"그렇지만…… 이 이슬의 세계를 더욱 완전한 삶을 창조하기 위한 질료로 받아들이자."

첫 번째 아내가 죽고 두 번째 아내는 도망가고, 잇사는 나이 예순에 다시 혼자가 되어 다음의 하이쿠를 썼다. 가을의 끝에 이르면 억새 이삭이 바람에 흩어진다. 힘들었든 즐거웠든 자신이 살아온 생이 마른 억새처럼 흩날리는 것이 보인다.

지는 억새꽃

점점 추워하는 게

눈에 보이네
散る 芒 寒くなるのが目に見ゆる

*

하이쿠에는 세 가지 약속이 있다. 이 약속은 앞에서 간단히 설명했듯이 렌가의 홋쿠에서 내려온 규칙들이다. 첫 번째 약속은 5·7·5의 열일곱 자로 음수율을 맞추는 것이다. 그런데 간혹 시인이 의도적으로 혹은 어쩔 수 없이 규정보다 한두 글자 넘치게 짓는 경우가 있다. 이를 '지아마리(字余り)', 즉 '글자가 남음'이라고 한다. 글자 수가 부족하게 짓는 것은 '지타라즈(字足らず)', 즉 '글자가 부족함'이다.

대표적인 지아마리는 바쇼의 이 하이쿠이다.

손에 잡으면

사라질 눈물이여 뜨거운

가을의 서리
手に取らば消えん涙ぞ熱き秋の霜
(테니토라바 키엔나미다조아쓰키 아키노시모)

오랜만에 들른 고향에서 바쇼는 어머니의 부음을 듣고 가슴에서 터져 나오는 슬픔의 격정을 표현하려는 듯 규칙을 깨고 5·10·5의 스무 자로 읊었다. 규칙을 존중하지만 규칙이 전부라면 죽은 문학일 것이다. 때로 파격은 작품에 생동감을 불어넣는다.

바쇼의 다음 하이쿠도 지아마리의 예로 자주 인용된다.

파초에는 태풍 불고

대야에 빗물 소리

듣는 밤이여
芭蕉 野分して盥に雨を聞く夜かな

(바쇼오노와키시테 타라이니아메오 키쿠요카나)

파초 잎을 격렬하게 흔드는 태풍을 묘사하는 데 5음으로는 부족하다는 듯 규칙을 깨고 8·7·5로 썼다. 바쇼는 규칙에 충실한 정통 하이쿠 시인이었지만 동시에 규칙을 뛰어넘는 활달함을 발휘하기도 했다. 다음 하이쿠도 5·10·5의 음수율이다.

마른 가지에

까마귀 앉아 있다

가을 저물녘
枯れ枝に烏のとまりたるや秋の暮

(카레에다니 카라스노토마리타루야 아키노쿠레)

가와히가시 헤키고토(河東碧梧桐)의 다음 하이쿠도 첫 음절을 6음으로 시작한다.

붉은 동백이

흰 동백과 함께

떨어졌어라

赤い 椿 白い 椿 と落ちにけり
<small>あか　　つばきしろ　つばき　　お</small>

(아카이쓰바키 시로이쓰바키토 오치니케리)

다카하마 교시(高浜虚子)는 만년에 지타라즈와 지아마리가 섞인 불규칙한 음수율로 다음의 하이쿠를 썼다.

두견과

짧았던 날, 그 후

기나긴 날도

子規と短かき日その後永き日も
<small>しき　　みじ　　ひ　　あとなが　ひ</small>

(시키토 미지카키히소노아토 나가키히모)

여기서 '두견'은 교시의 스승 시키를 가리킨다. 일찍 병사한 스승과의 짧았던 날의 아쉬움을 표현하기 위해 첫 구를 5음 대신 3음으로 시작하고 있으며, 그 후의 그리움에 사무치는 감정을 9음으로 썼다.

하이쿠의 두 번째 약속은, 시가 짧은 만큼 한 번에 읽어 내려가는 것을 막고 여운을 주기 위해 중간에 '끊는 말'을 넣는 것이다. 이것을 하이쿠 용어로 '기레지(切れ字)'라 한다. 5·7·5의 어느 한 곳에 여운이나 감탄을 나타내는 어미를 써서 흐름을 끊어 주는 것을 말한다. 끊는 말을 사용하면 읽을 때 여운이 생겨 의미가 더 깊어진다. 대표적인 끊는 말은 '~や(~이여)', '~かな(~여라)', '~けり(~구나)' 같은 것이다.

오래된 연못

개구리 뛰어드는

물소리

古池や 蛙 飛こむ水の音
ふるいけ かわずとび みず おと

(후루이케야 카와즈토비코무 미즈노오토)

여기서 '오래된 연못(古池や)'이라고 끊지 않고 '오래된 연못에(古池に)'라고 이어지게 썼다면 시적 여운은 사라지고 설명적인 문장이 되었을 것이다. 끊음은 단절이 아니라 침묵과 여운 속에 더 큰 울림의 공간을 불러들이려는 시도이다. 짧은 시 속에 한순간의 쉼표를 넣음으로써 그 시를 둘러싼 환경이나 배경, 감정 등을 독자 스스로 상상할 수 있게 만든다. 기카쿠의 하이쿠에도 끊는 말이 있다.

번개

어제는 동쪽에서

오늘은 서쪽에서

稲妻や昨日は 東 今日は西
いなずま きのう ひがし きょう にし

그러나 현대에 와서는 끊는 말의 규칙이 점점 사라지고 있다. 끊는 말을 꼭 넣지 않고도 의미상으로 끊어져 있으면 효과를 낼 수 있기 때문이다. 바쇼 자신도 "기레지를 넣는 것은 시를 도중에 끊기 위해서다. 그러나 이미 끊어져 있는 시는 굳이 기레지로 끊을 필요가 없다. 사실 모든 글자가 기레지가 될 수 있다."라고 말했다. 끊는 말은 시의 내용과 의미에 달린 것이지 반드시 끊는 말이 있어야 하는 문제가 아니라는 것이다.

*

하이쿠의 세 번째 중요한 약속은 계절을 담는 것이다. 하이쿠에서 계절을 나타내는 단어를 계어(季語)라고 한다. 계절만큼 인생의 변화, 시간의 한계, 살아 있는 것들의 유한함을 일깨우는 것은 없다. 하이쿠가 계절을 중요한 규칙으로 삼은 이유가 거기에 있다. 계절은 단순한 시적 소재가 아니라 인간을 포함한 모든 생명 가진 존재를 에워싼 숙명적인 환경이다.

바쇼는 "계어를 하나라도 찾아내는 것은 후세의 시인들에게 좋은 선물이 될 것이다."라고 계어를 중시했다. 시키는 열일곱 자에 불과한 짧은 시 안에서는 계어가 불러일으키는 사계절의 연상이 매우 중요한 역할을 한다고 여겼다. 시키의 생각을 이어받은 교시는 사계절을 반영한 자연과 그 안에서 일어나는 인간의 일이 하이쿠의 주제가 되어야 한다고 단언했다.

1920년대에 일어난 새로운 하이쿠 운동은 계어에서 탈피해 도시의 삶과 전쟁 등 사회적 소재를 다루는 것을 용납했다. 현대 하이쿠 시인 하시모토 스나오(橋本直)는 "계어의 본래 역할은 시적 기능을 이끌어 내기 위한 것이며, 마치 멍에처럼 자유를 속박하는 것은 아니다."라고 문제 제기를 했다. 오늘날에는 계어를 절대적인 규칙으로 여기지 않는 무계 하이쿠(無季俳句)를 쓰는 시인도 많다.

그러나 현대 하이쿠 시인 마쓰다 히로무(松田ひろむ)는 말한다.

"하이쿠에 계어는 있어도 좋고 없어도 좋은 것일까? 그렇지 않다. 분명히 말해 계어는 있어야 한다. 하이쿠에서 계어는 중요한 역할을 한다. 계어는 상징적인 이미지를 부여하며, 연상을 불러일으키는 힘이다. 또 시간과 공간을 크게 확대하는 역할을 한다."

일본의 시가에서 계절은 오래전부터 중요하게 여겨져 왔다. 고대 시가집 『만엽집』과 『고금와카집』의 일부는 계절에 따라 분류되어 있다. 렌가에서도 첫째 구(홋쿠)는 반드시 그때의 계절에 맞추어 짓는 것이 필수였다. 렌가와 하이카이에서의 계어 사용은 헤이안 시대의 세이쇼나곤(淸少納言)이 쓴 『마쿠라노소시(枕草子_베갯머리 책)』에서 비롯되었다는 설이 있다. 세이쇼나곤은 『겐지 이야기』의 저자 무라사키 시키부(紫式部)만큼이나 일본 고전 문학의 중요한 여성 작가이다. 『겐지 이야기』가 일본 소설의 출발이 되었듯이 『마쿠라노소시』는 일본 수필 문학의 효시이다. 이 책에서 세이쇼나곤은 자기가 생각하는 사계절의 가장 아름다운 순간들을 적어 내려간다.

"봄은 동틀 무렵. 조금씩 밝아 오던 산 능선이 점점 환해지면서 그 위로 보랏빛 구름이 가늘게 떠 있는 풍경이 아름답다.

여름은 밤. 달이 뜬 밤은 더할 나위 없이 좋고, 칠흑같이 어두워도 반딧불이가 반짝이며 여기저기 날아다니는 모습이 보기 좋다. 반딧불이가 한 마리나 두 마리 희미하게 빛을 내며 지나가는 것도 운치 있다. 비 내리는 밤도 좋다.

가을은 해 질 녘. 석양이 비치고 산봉우리가 가까이 보일 때 까마귀가 세 마리나 네 마리, 아니면 두 마리가 짝을 지어 둥지로 날아가는 모습은 뭉클한 감동을 준다. 기러기가 줄지어 저 멀리 날아가는 광경은 한층 더 정취 있다. 해가 진 후 바람 소리나 벌레 소리가 들려오는 것도 기분 좋다.

겨울은 아침. 눈 내린 아침은 더욱 좋다. 서리가 하얗게 내린 것도 멋있다. 몹시 추운 날 서둘러 불을 지피며 숯을 들고 지나가는 모습은 이맘때 어울리는 풍경이다."

계절의 변화 자체가 이미 하이쿠이며 하이쿠는 곧 계절이라고 할 수 있다. 사물들은 우리가 눈치채지 못할 정도로 매우 느리게 변해 가지만 한 차례의 비, 한 번의 차가운 바람으로 그 변화를 우리의 피부와 감각 속에 밀어 넣는다. 어떤 계절 변화는 신체적으로, 또 어떤 계절은 심리적으로 파고든다. 조개껍질 속에 부는 가을바람을 들을 수 있다면 그는 이미 시인이다. 사물에 눈과 귀를 가까이 가져가는 영혼은 자연의 빛으로 밝아진다.

하이쿠에서 계절을 상징하는 계어들을 사계절과 열두 달로 분류해 정리해 놓은 것이 세시기(사이지키_歲時記)이다. '세시기'는 본래 계절에 따른 풍속이나 행사를 기록한 책이지만, 일본에서는 그것이 계어를 모은 책을 가리키게 되었다. 가장 오래된 세시기는 1636년 에도 시대의 하이쿠 시인 노노구치 류호(野野口立圃)가 정리한 하이쿠 작법 『하나비구사(花火草)』로, 590개의 계어가 소개되어 있다. 현대의 세시기는 5천 개가 넘는 계어를 싣고 있다. 계어에는 '봄비', '여름 장마', '가을바람'처럼 계절을 직접적으로 드러내는 단어도 있지만 '약속한 계어'도 있다. 이것은 실제로는 여러 계절을 통해 볼 수 있는 것이라도 전통적인 미의식에 바탕을 둔 약속으로 계절을 정한 것이다. '꽃'은

봄이고, '천둥'도 봄이며, '풀벌레'는 가을이다. 또한 '북창을 막는다
(北窓を塞ぐ)'는 초겨울을 나타내는 계어이고, '북창을 연다(北窓を
開く)'는 봄의 한가운데를 표현하는 계어이다.

봄의 계어는 무엇보다 '봄비'이다.

　　남에게 빌려 주어

　　나에게 우산 없는

　　봄비
　　人に貸して我に傘なし春の雨

오랫동안 투병 생활을 하고 있는 시키의 우산을 빌려 간 이는 누구
일까? 그는 지금 병상에 누워 종일토록 내리는 봄비를 바라보고 있
다. 그 비를 맞으러 밖으로 나가고 싶지만 우산이 없다. 그러나 실제
로는 외출이 불가능한 몸이다. 그런데도 그는 우산을 생각하고 있다.
우산이 없다는 것은 거동하지 못하는 자신의 신체적 한계를 상징하
는 말이다. 소생을 알리는 계절과 소생을 희망하지만 불가능을 인식
한 담담한 절망이 봄비에 섞여 내린다.

시키의 절친한 벗 나쓰메 소세키(夏目漱石)가 화답한다.

　　봄비 내리네

　　몸을 붙여서 걷는

　　한 개의 우산
　　春雨や身をすり寄せて一つ傘

어린 남매 둘이 우산을 쓰고 가는 것일까? 아니면 친구나 연인일까? 차가운 겨울비나 격렬한 여름비와 달리 봄비는 어깨를 붙이고 한 우산 속에서 한가로이 걷고 싶게 만든다.

근대 하이쿠 시인 나가이 가후(永井荷風)는 미묘한 봄비의 정서를 묘사한다. 봄비는 가늘게 내리지만 깊이 적신다.

우산 받치지 않고

사람 오가네

봄비 속

傘ささぬ人のゆききや春の雨

자연과 가까이 산 아메리카 인디언들은 비를 남자비와 여자비로 나누었다. 흙냄새 풍기며 쏟아지는 비는 남자비, 조용히 풀잎을 적시는 비는 여자비, 하루 종일 부슬부슬 구시렁대는 비는 할머니비다. 봄이 되면 비의 냉기도 옅어지고 이슬비처럼 가늘어져서 꼭 우산을 쓰지 않아도 된다. 봄비는 아침에 내리든 밤에 내리든 우울하지 않다. 막움이 튼 나무들을 적시고 죽었던 흙에 반짝이는 생명을 준다.

에도 중기의 시인 이노우에 시로(井上士朗)는 썼다.

아무 일 없이

입춘을 맞이하는

아침이어라

何事もなくて春立つあしたかな

646

봄이 시작되기 때문에 '입춘'이라고 한다. 보통 2월 4일경인 입춘은 실제 봄보다 반달 정도 이르다. 이날부터 봄이라 해도 전과 다른 특별한 일이 일어나는 것은 아니다. 그러나 그 '아무 일 없이 시작되는 봄'은 더 반갑다. 부손의 시풍을 따른 조라(樗良)도 봄비를 맞는다.

밤은 기쁘고
낮은 고요하여라
봄비 내리고
夜はうれしく昼は静なり春の雨

봄은 해빙과 부활의 계절이다. 봄이 없다면 '영원히 죽는 것은 없다'는 사실을 일깨워 줄 풍경은 존재하지 않았을 것이다. 한자 '봄(春)'의 어원은 '둔덕에서 햇볕을 받아 초목이 돋아 나오다'라는 뜻이다. 국어학자 양주동은 우리말 '봄'의 어원에 대해, 겨우내 언 땅 밑에 갇혀 살던 만물이 날씨가 풀리고 얼음이 녹자 머리를 들고 땅 밖으로 나와 세상을 다시 본다고 '봄'이라고 했다고 풀이했다. 봄은 땅속이든 내면이든 안에 갇혔던 것들이 밖으로 나와 세상을 보는 계절이다. 불치병에 걸렸어도 시키의 봄은 희망적이다.

눈 녹자
말들 풀어 놓은
마을
雪解に馬放ちたる部落かな

미국 시인 에드나 빈센트 밀레이는 시 〈봄〉에서 '무슨 목적으로, 사월이여, 다시 돌아오는가/ 아름다움이란 답으로는 충분치 않다'고 썼다. 무슨 목적으로 다시 오는가에 대해 봄은 대답하지 않지만, 눈은 녹고 대지는 꽃으로 웃는다. 소세키는 유채꽃 하이쿠를 썼다.

창문 낮은데

유채꽃 환해라

흐린 저물녘
窓低し菜の花明り夕曇り

유채꽃에서 묻어나는 노란 색채감이 봄날 저녁을 물들인다. 시키와 소세키는 도쿄대학 영문학과 동창생으로 만나 문학적으로나 인간적으로 많은 영향을 주고받았다. 시키가 자신이 쓴 한시와 하이쿠를 모은 문집 『나나쿠사슈(七草集)』를 만들 때 소세키가 권말에 비평을 써 주면서 둘 사이의 우정이 시작되었으며, 이때 처음으로 시키가 준 '소세키'라는 필명을 사용했다.

교시는 또 다른 의미에서의 봄을 이야기한다. 어떤 결심은 봄에 하면 안 된다. 봄은 너무도 빨리 지나가기 때문이다.

길 떠난다고

마음먹었던 봄도

저물어 가네
旅せんと思ひし春も暮れにけり

봄의 하이쿠에는 무수한 나비가 등장한다. 나비는 아름답고 신비롭고 부지런한 활동가이면서 동시에 덧없음의 상징이다. 김기림은 '아무도 그에게 수심을 일러 준 일이 없기에/ 흰나비는 도무지 바다가 무섭지 않다'라고 썼다. 순박하고 투명한 존재, 그리고 현실의 어려움과 냉혹함을 그는 그렇게 묘사했다. 이상은 〈오감도〉에서 '내가 죽으면 앉았다 일어서듯이 나비도 날아가리라'라고 썼다.

시키의 하이쿠에 나비가 난다.

> 펄럭이며
> 바람에 흘러가는
> 나비 한 마리
> ひらひらと風に流れて蝶一つ

바람에 펄럭이며 나는 나비는 동시의 소재이면서 하이쿠의 소재이다. 그러나 하이쿠로 읽을 때 많은 층의 의미가 담긴다. 그것이 하이쿠의 특별함이다.

교시에게 하이쿠를 배운 후카미 겐지(深見けん二)의 하이쿠에도 나비가 날아간다.

> 멈춰 앉은 나비
> 팔랑거리며
> 바람을 받아
> とまりたる蝶のくらりと風を受け

나비와 더불어 매화는 대표적인 봄의 계어이다. 매서운 북풍과 흩날리는 눈발 속에서 꽃을 피우는 매화는 시와 그림이 사랑하는 봄의 신령한 상징이다. 화가 김용준은 명수필 〈매화〉에서 "세인이 말하기를 매화는 늙어야 한다 합니다. 그 늙은 등걸이 용의 몸뚱어리처럼 뒤틀려 올라간 곳에 성긴 가지가 군데군데 뻗고 그 위에 띄엄띄엄 몇 개씩 꽃이 피는데 품위가 있다 합니다."라고 쓰고 있다.

대표적인 매화 하이쿠는 핫토리 란세쓰(服部嵐雪)의 작품이다.

　　　매화 한 송이

　　　한 송이만큼의

　　　따스함이여
　　　梅一輪一輪ほどの 暖 かさ

매화가 한 송이씩 피어나면서 봄의 온기가 대기에 번져 가는 것이 느껴진다. 현대 하이쿠 시인 나가타 고이(永田耕衣)는 어머니가 세상을 떠난 후 매화 하이쿠를 여러 편 썼다.

　　　어머니 기일

　　　뒤돌아서도

　　　매화꽃
　　　母の忌や後ろ向いても梅の花

사람은 부재해도 꽃은 핀다. 그 꽃은 가는 곳마다 눈에 밟힌다. 꽃은 아름다움뿐 아니라 보는 이에게 많은 추억과 심상을 불러일으킨다. 고이는 6,300여 명이 사망한 1995년 한신 대지진의 희생자들을 애도하며 다음 하이쿠를 썼다.

　　흰 매화

　　하늘에 지고 땅에 지고

　　허공에 지네

　　白梅や天没地没虚空没

근대 하이쿠 시인 가와바타 보샤(川端茅舍)의 하이쿠 속 매화도 눈을 시리게 한다.

　　매화꽃 피어

　　어머니 초칠일 제 드리기에

　　좋은 날씨

　　梅咲いて母の初七日いい天気

시키의 제자 헤키고토는 음수율을 어긴 하이쿠를 많이 썼지만 계어의 규칙만은 대부분 지켰다. 어느 것이 하이쿠에서 더 중요하다고 말하기는 어렵지만 계절은 하이쿠적 영감의 출발점에 있다.

　　매화꽃 아래

　　걷다가

광산을 지나쳤다
梅に下りて鑛山過ぎざりし

매화꽃이 피어 있는 길을 걸으면 많은 것을 잊게 된다. 봄은 어떤 것을 잊게도 하고 어떤 것을 기억하게도 한다.
시키는 감정과 기억을 은근하게 감추는 하이쿠적 묘사에 능숙하다.

무슨 이름의

새인지는 몰라도

매화 가지에
何といふ鳥かしらねど梅の枝

이름을 모르는 새는 더 신비롭다. 이름은 대상에 더 가까이 다가가게 하는 듯하지만 실제로는 대상이 가진 신비를 그 이름으로 가둬버리고 만다. 나가이 가후는 봄의 하이쿠를 여러 편 썼다. 다음 하이쿠도 그중 한 편이다.

휘파람새

장지문에 어리는

물무늬
うぐひすや障子にうつる水の紋

봄볕은 우리에게 이리 와 앉으라고 말한다. 추사 김정희도 "작은 창

에 햇볕 가득하여 오래 앉아 있게 한다."라고 썼다. 봄날 풍경이다. 새
가 날아와 물을 먹는다. 그 물무늬가 빛을 반사해 창호지 문에 일렁
인다. 봄이 물무늬로 찾아온 것이다. 가후는 두 손을 오므려 봄의 물
을 떠다가 우리에게 보여 준다.

깊은 강

꽃은 아직 없어도

봄의 물
深川や花は無くとも春の水

그리고 봄을 맞은 사람의 맨발에는 진흙이 묻어 있다고 그는 쓴다.

목욕하고 돌아오는

맨발의 진흙

봄비 내리고
湯帰りの素足の泥や春の雨

'진흙'이 봄의 계어로 사용되는 것은, 언 땅의 해빙을 상징하기 때문
이다. 두보는 '눈 덮인 언덕에 떨기진 매화 피었고 봄의 진흙땅에 온
갖 풀 돋았네(雪岸叢梅發 春泥百草生)'라고 썼다.
봄은 특유의 고요 속에서 다가온다. 근대 하이쿠 시인 하세가와 소
세이(長谷川素逝)는 꽃이 열리기를 기다리는 벌레처럼 봄의 두근거림
을 묘사한다.

싹이 트는

고요함이여

가지 끝
芽ぶかんとするしづかさの枝の先

봄의 가지 끝에는 고요가 있다. 어떤 사건이 일어나기 직전의 고요, 기대로 가득한 고요이다. 자세히 보면 가지 끝에서 미세한 푸른빛이 올라오고 있다. 어김없이 봄이 와, 싹 하나가 움을 틔우는 일만큼 대사건이 어디 있겠는가? 추운 시기를 지나 햇살이 점점 봄다워질 무렵 시인은 가지 끝에서 싹의 고요를 듣는다.

바쇼는 교토의 봄에 대한 다음의 하이쿠를 썼다.

교토에 있어도

교토가 그리워라

소쩍새 울음
京にても京なつかしや時鳥

소쩍새 울음을 들으면 고향에 있어도 고향이 그립다. 봄을 알리는 새의 울음이 봄에 대한 더 진한 그리움과 여운을 불러일으킨다. 바쇼의 여성 문하생 지게쓰(智月)도 썼다.

휘파람새 소리에

하던 일 멈추었네

우물가에서
うぐいす て やす
鶯 に手もと休めむながしもと

휘파람새는 봄의 계어로 하이쿠에 자주 등장하는 새이다. 봄의 하이
쿠들을 읽으면 마치 모든 새가 봄에 우는 듯하다. 시 속의 새는 종종
'의미를 배제한 순수한 생명의 가치'로 우리에게 다가온다. '포수는
한 덩이 납으로/ 그 순수를 겨냥하지만/ 매양 쏘는 것은/ 피에 젖은
한 마리 상한 새에 지나지 않는다'고 박남수는 썼다. 새의 순수는 인
간의 언어나 문명으로는 포획할 수 없다.

이 마을
지나는 길 올해의
첫 새 울음
さと とお はつね
この里の通りすがりの初音こそ

현대 하이쿠 시인 야마구치 세이손(山口青邨)의 작품이다. 지나가는
산골 마을은 특별히 인상에 남는 것이 없다. 그때 갑자기 이름 모를
새의 울음이 걸음을 멈추게 한다. 올해 처음 들은 그 새소리가 그 마
을에 잘 어울린다는 느낌이 든다.
다음은 에도 시대 전기의 하이쿠 시인 나리야스(成安)의 작품이다.

오늘은 꽃
어제까지는

꽃봉오리
今日は花さくじつ迄はつぼみかな

이미 핀 꽃도 있고, 아직 피지 않은 꽃도 있다. 정현종은 썼다. '더 열심히 그 순간을 사랑할 것을/ 모든 순간이 다아 꽃봉오리인 것을/ 내 열심에 따라 피어날 꽃봉오리인 것을'. 꽃이 아름다운 것은 꽃봉오리였을 때의 그 투혼 때문이다.

시키도 썼다.

봄 기다린다

동백의 꽃봉오리

새장 속의 새
春待つや椿の蕾籠の鳥

봄을 기다리는 것은 꽃과 새만이 아니라 투병 생활을 하는 시키 자신이다. 잇사의 봄은 폐부를 찌른다.

그럴 가치도 없는 세상

도처에

벚꽃이 피었네
此やうな末世を桜だらけ哉

당연히 그래야만 하는 것처럼 세상이 어쩌하든 꽃은 핀다. 만해 한

용운은 '지난겨울 내린 눈이 꽃과 같더니/ 이 봄에는 꽃이 도리어 눈과 같다/ 눈도 꽃도 참이 아니거늘/ 어째서 내 마음은 흔들리는가'라고 썼다.

낮이 짧은 겨울에 비해 봄이 되면 하루가 길어진다. 따라서 '긴 하루'와 '짧은 밤'은 봄의 계어이다. 잇사는 한탄한다.

늙은 몸은

하루가 길어도

눈물이 나네

老いぬれば日の永いにも 涙 かな

봄날, 왜 눈물이 날까? 날들은 뒤로 밀려가고 기억 속의 일들은 더 선명해지기 때문이다. 꽃을 바라보는 사람의 기쁨과 번민이 녹아 있다. 근대 시인 도미야스 후세이(富安風生)는 밤 벚꽃을 노래한다.

밤 벚꽃이여

멀어질수록 더욱

뒤돌아보는

夜 桜 や遠ざかり来てかへりみる

시 〈벚나무 아래에는〉에서 시인 가지이 모토지로(梶井基次郎)는 뜻밖에도 '벚나무 아래에는 시체가 매장되어 있다'고 썼다. 그래서 벚꽃이 화사하게 피고 또 덧없이 빨리 진다는 것이다. 그러고 보면 밤에 보는 벚꽃은 그런 기묘한 느낌을 준다. 그래서 자꾸만 뒤돌아보게 되는 것일까?

제비꽃 역시 봄의 계어이다. 여성 하이쿠 시인 지요니(千代尼)의 제비 꽃 하이쿠가 있다.

뿌리를 내린

여자의 욕망이여

제비꽃

根を付て女子の欲や菫草

욕망은 제비꽃처럼 드러나 있을 때도, 박꽃처럼 숨어 있을 때도 있다.

박꽃이여

숨어 있어서

아름다워라

ゆふがほや物のかくれてうつくしき

박꽃은 여름의 계어이다. 황혼 녘에 피는데 처음에는 희미하게 흰색 꽃잎을 열다가 밤이 어두워지면 더 하얗게 빛난다. 그래서 일본에서 는 박꽃을 '유가오(夕顔)', '저녁의 얼굴'이라고 부른다. 나팔꽃은 '아사 가오(朝顔)', '아침의 얼굴'이다. 나팔꽃은 전통적으로 가을의 계어이 나 현대 하이쿠 협회에서는 나팔꽃을 여름의 계어로 봐야 한다는 주장을 제기하고 있다. 잇사의 하이쿠.

나팔꽃이여

사람의 얼굴에는

결점이 있다
朝顔や人の顔にはそつがある

바쇼의 십대 제자 중 한 명인 다치바나 호쿠시(立花北枝)는 봄의 작별
을 노래한다. 그러나 벚꽃이 아니라 모란꽃 진 다음의 작별이다. 모란
은 초여름을 상징하는 계어로 분류된다. 반면에 모란의 싹은 이른
봄의 계어이다.

모란꽃 져서

아무 미련 없이

헤어지네
牡丹散つて心もおかず別れけり

모란꽃은 한 번에 지지 않는다. 꽃잎이 한 장씩 천천히 진다. 겹겹의
꽃잎마다 이별의 미련이 묻어 있다. 다 지면 남는 것이 없다.
그러면 여름이 시작되고 매미가 울기 시작한다. 여름 하이쿠는 매미
와 함께 등장한다. 시키의 문하생 나이토 메이세쓰(内藤鳴雪)가 첫 매
미를 발견한다.

첫 매미가

땅바닥 기어가는

아침의 습기

初せみの地をはふ朝の湿りかな

시인이면서 구도자의 길을 걸은 야마오 산세이는 '개미 한 마리'를 이야기한다. "삼라만상이 진실하다는 것은 개미 한 마리가 진실하다는 것이다. 때로 인간이라는 생각을 벗어던지고 한 마리 개미가 되어 엄숙하고 조용히 걸어 보지 않겠는가." 첫 매미가 땅바닥을 기어간다. 매미는 주로 나뭇가지에 매달려 허물을 벗기 때문에 이 매미는 어쩌다가 바닥으로 떨어졌을 것이다. 그러나 곧 날아올라 잠시 동안 지상에서 살 것이다. 매미는 덧없음의 상징이다. 낮에는 시끄럽다가 밤이 되면 조용해지고 가을바람과 함께 사라진다.

매미와 함께 여름을 대표하는 계어는 모기이다. 거의 모든 시인이 모기 하이쿠를 썼지만 무사였다가 검을 버리고 시인이 된 요시와케 다이로(吉分大魯)의 하이쿠는 더 가슴에 와 닿는다. 부손의 문하생이었던 그는 타협을 거부하는 고집스러운 성격으로 궁핍의 밑바닥에서 헤어나지 못했다.

내가 짊어진 죄는

아내와 자식을 모기가

물어뜯는 것

我にあまる罪や妻子を蚊の喰ふ

시키는 여름의 계어인 모기를 가을의 계어로 탈바꿈시킨다.

660

가을 모기

비틀비틀 날아와

사람을 무네
秋の蚊のよろよろと来て人を刺す

교시는 하이쿠를 '객관 사생(客観写生)'이라고 정의했지만, 객관 사생이 생의 느낌을 배제하고 음풍농월하는 것은 아니다. 교시의 다음 하이쿠가 그것을 말해 준다.

꼴사나워라

늦더위의

끈질김
見苦しや残る暑さの久しきは

객관을 추구한 그에게도 늦더위는 견디기 힘들다. 그렇다고 늦더위를 피할 수도 없다. 계절을 향해 불평하는 것은 인간뿐이다. 현대 하이쿠 시인 미쓰하시 도시오(三橋敏雄)는 여름 더위 속에 빨리 시드는 꽃을 죽은 자와 겹쳐 놓는다.

줄기 자른 꽃은

장례식 때 쓰는 꽃

여름날 저녁
切花は死花にして夏ゆふべ

부손은 병든 사람의 여름과 가을을 중첩시킨다.

병든 사람의

가마도 지나간다

보리의 가을

<ruby>病<rt>びょうにん</rt></ruby> 人の<ruby>駕籠<rt>かご</rt></ruby>も<ruby>過<rt>すぎ</rt></ruby>けり<ruby>麦<rt>むぎ</rt></ruby>の<ruby>秋<rt>あき</rt></ruby>

보리는 초여름에 이삭이 누렇게 익기 때문에 '보리의 가을'은 여름이
다. 몸이 아파 안색이 창백한 사람에게도 여름은 이미 가을이다.
시키는 불나방 하이쿠를 썼다. '벌레'는 주로 풀벌레를 가리키므로
가을의 계어이지만 '불나방'은 여름 계어이다.

불나방

불상 앞의 불에도

불살라졌구나

<ruby>火取虫<rt>ひとりむし</rt></ruby> <ruby>仏<rt>ほとけ</rt></ruby> の<ruby>灯<rt>ひ</rt></ruby>にも<ruby>焼<rt>や</rt></ruby>かれけり

하이쿠에 가장 많이 등장하는 반딧불이도 여름의 어두운 하늘을 명
멸하며 날아다닌다. 근대 시인 구보타 만타로(久保田万太郎)는 잇사풍
의 반딧불이 하이쿠를 썼다.

어버이 하나

자식 하나

반딧불이 빛나네
おやひとり こ ひとりほたるひか
親一人子一人 蛍 光りけり

여름밤에 어버이와 자식이 함께 서서 어둠 속을 나는 반딧불이를 구경하고 있다. 그 반딧불이들도 어버이와 자식이다. 반딧불이는 세이쇼나곤의 『마쿠라노소시』에서 현대 애니메이션 영화 〈반딧불이의 숲으로(蛍火の杜へ)〉에 이르기까지 시대를 초월해 일본의 밤하늘을 수놓고 있다.

'저녁 소나기(夕立)'는 여름의 계어이다. 다음은 현대 하이쿠 시인 호시노 다쓰코(星野立子)의 작품이다.

저녁 소나기

한 번도 쳐다보지 않은

책 읽기
ゆうだち いっこ どくしょ
夕立に一顧もくれず読書かな

기카쿠의 소나기 하이쿠도 대표작이다. 격렬한 비에 혼을 빼앗긴 여인의 표정에서 '허무한 미', 빗속에 감도는 관능미를 포착하고 있다.

여름 소나기

혼자서 밖을 보는

여인이여
ゆうだち そとみ おんな
夕立にひとり外見る女かな

'폭풍우'도 여름의 계어이다. 헤키고토는 쓴다.

　　돌담에 오리들

　　불어서 한데 모으는

　　폭풍우여라
　　石垣に鴨吹きよせる 嵐 かな

그러나 맹위를 떨치던 여름은 물러가고 모기장도 어색해진다. 바쇼의 문하생 고큐(胡及)가 썼다.

　　왠지 허전해

　　잠 못 드는 밤이여

　　모기장 걷고
　　ばつとして寝られぬ蚊屋のわかれかな

여름이 끝나면 가을은 갑자기 열기를 냉기로 바꾸고 꽃을 잃은 나비는 돌 위에 내려앉는다. 무엇보다 바람의 무늬가 달라진다. 폴 발레리의 '바람이 분다, 살아야겠다'는 가을의 시편이다. 겨울바람은 신체적으로 춥지만 가을바람은 정신적으로 춥다. 두견파 시인 와타나베 스이하(渡辺水巴)가 그 바람을 묘사한다.

　　뒤에서부터

　　가을바람 불어오네

들풀 속에서
うしろから秋風来たり草の中

뒤에서부터 불어오는 가을바람은 존재 속으로 깊이 파고든다. 그 바람은 의식에 파문을 일으킨다. 교시의 문하생 이다 다코쓰(飯田蛇笏)의 하이쿠에도 그 바람이 회오리친다.

가을 들어서

강여울에 섞이는

바람 소리
秋たつや川瀬にまじる風の音

가을바람은 강의 여울보다 우리의 마음속에 섞인다. 여름의 열기로 잠시 잊고 있던 존재의 심연에 파문을 일으켜 놓고 바람은 다시 강의 여울로 돌아간다. 우리 존재 안의 어떤 것은 계절의 변화와 함께 짧게 떨린다. 그 짧은 떨림이 하이쿠이다.

날려 보내는

가을바람이 학을

걷게 하네
吹きおこる秋風鶴をあゆましむ

이시다 하쿄(石田波郷)의 대표작 중 하나이다. 병들어 가벼워진 자신의 육신을 가을바람에 떠밀리는 학에 비유하고 있다. 학은 본래 겨울의 계어이나 여기서는 가을바람과 함께 있으므로 가을 하이쿠가 되었다. 학은 기품을 상징하는 새다. 그 학이 무엇인가의 힘에 밀려한 걸음 앞으로 내딛는다. 계절은 생기를 잃어 가고 만물은 찬 바람에 떠밀려 가지만 학은 의연한 모습을 잃지 않으려고 마지막까지 정신을 다잡는다.

부손은 남루한 허수아비에게서 계절에 떠밀려 가는 자신을 본다.

가을바람에

허수아비도 움직여

걸어가네

秋風の動かして行く案山子かな

가을바람이 풀들을 움직여 마치 허수아비가 걸어가는 것 같다. 가만히 서 있어도 계절은 우리의 등을 떠밀며 재촉한다.

밭 주인이

허수아비 안부 묻고

돌아오네

畠主の案山子見舞いて戻りけり

밭 주인과 허수아비가 서로의 안부를 묻는다. 허수아비도 밭 주인도 허리가 구부정하게 늙었다. 부손의 하이쿠에 일관되게 나타나는 따뜻한 외로움 같은 것이 담겨 있다. 〈두견〉지 동인 다카다 조이(高田蝶衣)는 허수아비처럼 추워한다. 그는 병으로 고향에 돌아가 하이쿠에 전념하다가 마흔다섯에 죽었다.

가을바람이

뼛속까지 지나는

허수아비여
秋風の骨まで通る案山子かな

허수아비는 여름부터 들판에 서 있지만 가을의 계어이다. 부손과 동시대에 활동한 단 다이기(炭太祇)는 허수아비를 나무란다.

바람에 넘어져

세우면 또 넘어지는

허수아비
吹倒す起す吹るる案山子哉

에도 시대 중기의 시인 나쓰메 세이비(夏目成美)도 쓴다.

비가 내리면

사람을 곧잘 닮은

허수아비여
雨ふれば人によく似る案山子哉

하기조(萩女)는 허수아비와 함께 비를 맞는다.

　　모자 벗겨져

　　비 사정없이 맞는

　　허수아비여

　　笠_{かさ} とれて雨_{あめ}無_む残_{ざん}なる案山子_{かかし} 哉_{かな}

허수아비가 인간을 닮아서 우스꽝스러운가, 인간이 허수아비를 닮아서 우스꽝스러운가. 바쇼는 '빌려서 자야겠네 허수아비 소맷자락 한밤의 서리(借りて寝ん案山子の袖や夜半の霜)'라고 자신의 가난을 노래했다.

　　서 있는 허수아비

　　나이는

　　일흔두셋

　　立ち案山子 年は七 十 二三かな

에도 시대 중기의 하이쿠 시인으로 잇사와 교류한 사쿠라이 쇼우(桜井蕉雨)의 하이쿠이다. 텅 빈 가을 들녘, 땅바닥에 그림자를 드리우고 우두커니 서 있는 나이 일흔두셋의 허수아비는 시인 자신이고 우리 자신이다.

　　물을 마시는

고양이의 목젖

가을 늦더위

水をのむ猫の小舌や秋あつし

근대 하이쿠 시인 도쿠다 슈세이(德田秋声)의 수작이다. 입추 지나서도 이어지는 '가을 늦더위' 혹은 '잔서(残暑)'는 가을 계어이다. 다음의 유명한 늦더위 하이쿠는 다치바나 호쿠시의 작품이다.

사마귀가

허공을 노려보는

늦더위

かまきりの虚空をにらむ残暑かな

늦더위는 사마귀가 노려볼 만큼 혹독하다. 사람이 더우면 사마귀도 덥다. 무사처럼 사마귀가 허공을 노려본다. 잇사의 하이쿠에는 늦더위가 매우 시적으로 표현되어 있다.

물억새 잎사귀에

하늘하늘 남아 있는

늦더위여라

荻の葉にひらひら残る暑哉

교시도 비슷한 풍의 하이쿠를 썼다.

남아 있는 더위도

흔들흔들

싸리나무의 이슬

やうやうに残る暑さも萩の露

가을을 대표하는 단어는 무엇보다도 '달'이다. 보름달은 매달 한 번씩 뜨지만 하이쿠 속의 '보름달'은 음력 팔월 대보름을 가리키는 가을의 계어이다. 승려가 된 지요니는 팔월 대보름달을 깨달음의 상징으로 삼았다.

보름달

눈 속에 두고서

멀리서 걷네

名月や眼に置きながら遠歩行

그 달과 깨달음은 세상 만물을 아름답게 비춘다.

무엇을 입어도

아름다워지는

달구경

何着てもうつくしうなる月見哉

계절 속에서 우리는 아름다움을 입고, 계절 속에서 아름답게 살다

죽는다. 때로 우리가 그 아름다움을 인식하지 못한다 해도. 섬세한 감성과 시적 감각을 지닌 지요니는 계절 묘사 속에 자신의 시적 의도를 감추는 능력이 누구보다 뛰어났다.

수선화 향기

흩어져도

눈밭

水仙の香やこぼれても雪の上

거꾸로 읽으면, 눈 덮였어도 수선화 향기 흩어진다. 계절은 그렇게 겨울과 봄, 여름과 가을이 뒤섞여 인간의 감성을 자극한다. 그 감성은 우리를 실존의 경험으로 데려간다.

지요니는 자주 풀벌레 소리에 귀를 기울인다.

긴 밤

번갈아 가며 우는

풀벌레 소리

長き夜やかはりがはりに虫の声

그냥 들으면 풀벌레 소리이지만 계절의 심층부에서 들리는 소식이다. 매미는 여름의 계어이나 잇사는 가을 계어 '이슬'과 중첩시킨다.

이슬의 세상

이슬을 노래하는

여름 매미

<ruby>露<rt>つゆ</rt></ruby>の<ruby>世<rt>よ</rt></ruby>の<ruby>露<rt>つゆ</rt></ruby>を<ruby>鳴也<rt>なく</rt></ruby><ruby>夏<rt>なつ</rt></ruby>の<ruby>蟬<rt>せみ</rt></ruby>

바쇼의 매미를 비롯해 하이쿠에 자주 등장하는 것이 매미이다. 시키도 잇사의 하이쿠에 가을 매미로 화답한다.

죽어 가면서

더욱 시끄럽다

가을의 매미

<ruby>死<rt>し</rt></ruby>にかけて<ruby>猶<rt>なお</rt></ruby>やかましき<ruby>秋<rt>あき</rt></ruby>の<ruby>蟬<rt>せみ</rt></ruby>

다음 하이쿠도 시키의 작품이다. 귀뚜라미도 매미 못지않게 하이쿠에 자주 등장하는 가을 계어이다.

귀뚜라미 우네

개를 묻은 마당

한구석에서

こほろぎや<ruby>犬<rt>いぬ</rt></ruby>を<ruby>埋<rt>うず</rt></ruby>めし<ruby>庭<rt>にわ</rt></ruby>の<ruby>隅<rt>すみ</rt></ruby>

관동 대지진 직후에 스이하는 다음 하이쿠를 발표했다.

끝없는 하늘

672

그저 웃고 싶어라

가을꽃 들판

天渺渺 笑いたくなりし 花野かな

10만 명이 넘는 일본인이 죽고 폭도 누명을 쓴 한국인 6천 명이 일본인에 의해 억울하게 목숨을 잃은 대지진 후, 그저 공허하게 웃고 싶을 뿐 다른 할 말이 없다.

'이슬'은 일 년 내내 발생하지만 가을에 가장 많이 만들어지므로 가을의 계어이다. 바쇼는 『노자라시 기행』에서 정신적 스승으로 여긴 사이교를 생각하며 이슬 하이쿠를 읊는다.

이슬 방울방울

시험 삼아 덧없는 세상

씻고 싶어라

露とくとく試みに浮世すすがばや

세상의 먼지를 가을의 투명한 이슬로 씻고 싶어 하는 마음이 오롯이 전해진다. 이슬은 순수함과 투명함의 상징이기도 하지만 금방 사라져 덧없음의 상징이다. 겨울에는 이슬이 얼어 서리가 되기 때문에 '서리'는 겨울 계어이다. 바쇼는 '이슬'에 대한 하이쿠를 여러 편 썼다.

이슬 한 방울도

엎지르지 않는

국화의 얼음

一露もこぼさぬ菊の 氷 かな
<small>ひとつゆ　　　　　きく　こおり</small>

연약한 이슬과 단단한 얼음뿐만 아니라 '엎지르다(고보스_こぼす)'와
'얼음(고오리_こおり)'의 고어인 '고보리(こぼり)'의 어감을 엇걸고 있다. 바
쇼의 시적 천재성은 다음 하이쿠에서도 여실히 드러난다.

춥지 않은

이슬이어라

모란꽃의 꿀

寒からぬ露や牡丹の花の蜜
<small>さむ　　　　つゆ　ぼたん　はな　みつ</small>

이슬은 가을의 계어이나 모란은 초여름의 계어이다. 모란의 꽃술에
맺힌 이슬은 춥게 느껴지지 않는다. 진한 꿀이 들어 있기 때문이다.
바쇼의 이 두 하이쿠 속에 '이슬'이라는 계어가 존재하지 않는다면
시적 여운은 사라질 것이다. 다음의 하이쿠도 마찬가지이다.

벼루인가 하고

주워 보는 오목한

돌 속의 이슬

硯 かと拾ふやくぼき石の露
<small>すずり　　　ひろ　　　　　いし　つゆ</small>

가을이 저물면 겨울을 알리는 찬 바람이 분다. 태평양 쪽에서 늦가

을부터 초겨울 사이에 불어오는 '고가라시(木枯し)'는 일본의 기후에 매우 중요한 요소이다. 그래서 매년 10월 말이나 11월 초가 되면 일본 기상청은 고가라시 1호를 발표한다. '고가라시'는 나무를 마르게 하는 바람이라는 의미로, 바람 풍(風) 안에 나무(木)가 들어 있는 일본식 한자(凩)로도 쓰며 일본인에게는 매서운 추위의 시작을 알린다. 말 그대로 겨울의 시작을 실감하게 하고 계절의 변화를 피부로 느끼게 하는 바람이기 때문에 고가라시는 하이쿠에 수없이 불어온다. 지금은 겨울 계어로 쓰이지만 옛날에는 가을 계어로 분류되었다. 고가라시가 불어 오동잎이 진다고 여겼기 때문이다. 바쇼는 이 바람을 소재로 독특한 하이쿠를 썼다.

초겨울 찬 바람

볼이 부어 쑤시는

사람의 얼굴
こがらしや頬腫痛む人の顔

볼거리(유행성 이하선염)에 걸려 타액선이 비대해져서 통증을 느끼는 사람이 찬 바람 부는 초겨울 거리를 걸어가고 있다. 왠지 더 아플 것 같은 느낌과 얼얼한 추위가 실감 나게 전해진다.

에도 중기의 시인 요코이 야유(橫井也有)의 하이쿠는 더 감각적이고 역동적이다.

초겨울 찬 바람

바다로 들어가는

종소리
木がらしや海へとらるる鐘の声

부손은 고가라시에도 색채를 입힌다.

초겨울 찬 바람

들여다보고 달아나는

연못의 색
こがらしや覗いて逃ぐる淵の色

초겨울 어둑어둑한 길에 휘몰아치는 바람, 그 무서운 느낌이 살아 있다. 봄바람은 연못 가장자리의 얼음을 녹이지만 겨울바람은 연못 속 혼들을 더 깊은 곳으로 몰아간다.
도미야스 후세이는 다음 하이쿠를 썼다.

늦은 국화 옆에서

서성이는 손님을

마중 나가네
殘菊に佇む客を出て迎ふ

늦가을까지 피어 있는 잔국은 저무는 해의 애틋함을 머금고 있어서 특별히 눈길을 끈다. 그래서 손님은 곧바로 집 안으로 들어오지 않고 마당에 핀 국화 옆에서 서성이고 있다.

> 수백 호 넘는 마을
>
> 국화 없는 집
>
> 보이지 않네
>
> 村百戶菊なき門も見えぬ哉

바쇼도 쓴다

> 오래된 마을
>
> 감나무 없는 집
>
> 한 집도 없다
>
> 里古りて柿の木もたぬ家もなし

부손은 다시 시선을 돌려 철 따라 이동하는 기러기에 대해 쓴다.

> 어제 떠나고
>
> 오늘 떠나 기러기
>
> 없는 밤이여
>
> きのふ去にけふ去に雁のなき夜哉

떠들썩하던 기러기들의 울음소리와 날갯짓이 사라지자 갑자기 고요
해진다. 기러기는 가을에 시베리아 등지에서 한국, 일본으로 날아와

월동한 뒤 봄에 다시 북쪽으로 돌아간다. 따라서 기러기는 가을의 계어이지만, '귀안(歸雁)', 즉 온 곳으로 되돌아가는 기러기는 봄의 계어이다.

바쇼는 갈매기에게 자신을 감정이입시킨다. 갈매기는 세시기에 실려 있지 않으나 여기서는 시의 문맥으로 보아 겨울이다.

　　물은 차갑고

　　갈매기도 쉬이

　　잠들지 못하네
　　水寒く寝入りかねたる 鴎 かな

겨울 계어는 무엇보다 기침이고 눈이다. 영화배우 나리타 미키오(成田三樹夫)가 쓴 빼어난 하이쿠가 있다.

　　기침이 심해

　　말하고 싶은 것이

　　넘쳐 난다
　　咳こんでいいたいことのあふれけり

'일본도 같은 서늘함을 지닌 배우'라는 평가를 받아 온 미키오는 영화 〈야성의 증명〉 등에 출연해 개성파 악역으로 강한 존재감을 드러냈다. 취미로 하이쿠를 썼다는데 뜻밖의 좋은 작품을 많이 남겼다. 다음 작품 역시 미키오의 겨울 하이쿠이다.

눈이 좋아라

상상임신인지도

몰라
雪が好き 想像妊娠かも知れぬ

눈이 좋다며 입을 벌리고 내리는 눈을 받아먹는다. 상상임신한 여자처럼 괜히 마음이 설렌다. 시키와 동시대에 활동한 오노 샤치쿠(大野酒竹)의 감성도 살아 있다.

잔설과 함께

결이 쪼개어지는

장작이어라
残雪と共に割らるる 薪 かな

장작이 마르면서 쪼개진다. 그 틈새에 눈이 내려와 얹힌다. 하이쿠는 지적인 감각을 거부하는 대신 자연의 미묘한 현상에 눈을 연다. 윌리엄 워즈워스는 "시인이란 어떤 사람인가? 우리는 무슨 말을 그에게서 기대할 것인가?"라고 묻고는 이렇게 답한다. "시인은 인간의 본성을 깊이 알고, 예민한 감성을 지닌 사람이다. 그에게는 두드러진 특성이 있다. 그는 아무것도 보이지 않는 곳에서 마치 어떤 것을 보듯 마음을 움직인다."

동양인이든 서양인이든 계절에 대한 감수성은 동일하다. 미국 하이쿠 시인 버지니아 브래디 영은 봄의 시작과 겨울 끝을 중첩시킨다.

봄의 첫날

가지에서 가지로

지는 눈송이

지요니도 아무것도 없는 곳에서 어떤 것을 본다.

들에 산에

움직이는 것 없는

눈 내린 아침

野に山に動くものなし雪の朝

미국 하이쿠 시인 도로시 맥러플린은 거미줄로 시선을 돌린다.

눈 내려 쌓인

헛간 그늘 아래께

하얀 거미줄

동양 문학에 심취해 많은 시들과 함께 하이쿠를 영역한 시인 로버트 블라이도 같은 시적 순간을 경험한다.

"홀로 있는 순간 우리는 마음의 심층부를 통과하게 되고, 그 순간 어떤 먼 곳을 여행하다가 영혼과 멀리 떨어져 있는 것이 아니라 영혼 가까이 있는 자신을 발견할 때처럼 사물들 속으로 들어가게 된다. 그때 다른 세계로부터 오는 감각을 자각하게 된다."

블라이는 종종 하이쿠풍의 짧은 시를 발표했다.

> 갑자기 선명한 눈으로 나는 본다
> 말의 갈기 위에 방금 떨어진
> 흰 눈송이를

바쇼의 제자 노자와 본초(野沢凡兆)의 아내 도메(羽紅)는 눈 뭉치에 대한 하이쿠를 썼다.

> 동상 걸린 손
> 불며 나아가는
> 눈 뭉치
> 霜やけの手を吹いてやる雪まろげ

눈이 내리는데 밖으로 나오지 못하는 사람이 있다면 그는 외롭거나 아픈 사람이다. 바쇼의 제자 기카쿠는 쓴다.

> 첫눈 내리네
> 집 안에 있을 사람
> 누구인가
> はつ雪や内に居さうな人は誰

에도 중기의 시인 고미 가쓰리(五味可都里)도 눈 구경을 나선다.

한 사람씩 계속

눈 속으로 사라지는

눈 구경
一人づつ降隠れ行く雪見かな

잇사는 눈을 통해 타인과 소통의 길을 낸다.

오는 사람이

길을 내 주네

대문 앞의 눈
来る人が道つけるなり門の雪

다케베 소초(建部巣兆)는 그림도 높은 수준에 오른 문인으로 잇사와
교류했다. 화가와 시인의 감성이 그의 하이쿠에 섞여 있다.

눈에 반사되어

환해진 방

또한 춥다
雪明りあかるき閨は又寒し

한겨울 잠이 깨어 창문에 반사되는 눈의 희미한 빛을 본다. 서늘하고
신비한 빛이다. 그런 순간이 있다. 우리는 갑자기 안과 밖, 존재와 무
의 경계에 놓인다. 고요가 그 느낌을 심화시킨다. 혼자인 사람은 그

느낌이 더하다.

소초와 거의 동시대를 산 오시마 료타(大島蓼太)도 눈 내리는 밤의 하이쿠를 썼다.

　　등불을 보면

　　바람이 분다

　　눈 내리는 밤
　　ともしびを見れば風あり夜の雪

에도 중기의 하이쿠 시인 가야 시라오(加舍白雄)는 눈에 보이는 듯 귀에 들리는 듯한 겨울 하이쿠를 썼다.

　　재 속의 불

　　코 고는 소리 속

　　희미한 불빛
　　埋 火や鼾の中のほのあかり

기카쿠의 다음 하이쿠는 바쇼의 까마귀 하이쿠를 떠올리게 한다.

　　겨울 찾아와

　　허수아비에 앉은

　　까마귀
　　冬来ては案山子のとまる 鴉 かな

수확기가 지난 들판, 허수아비는 외롭다. 풍경은 차가워지고 이제 혼자서 겨울 찬비와 서리를 맞아야 한다. 허수아비가 갑자기 더 외로워졌음을 말하는 게 아니다. 외로움은 항상 존재하는 본질적인 것이다. 다만 풍경으로 가려져 있었을 뿐이다. 기카쿠는 또 쓴다.

초겨울 찬 바람

불어 간 후에 달팽이

빈 껍질
　凩　となりぬ蝸牛の空せ貝

부손의 제자 다카이 기토(高井几董)는 겨울 삭풍의 매서움을 이렇게 묘사한다.

초겨울 찬 바람과

겨루는 듯 들리는

종소리여라
　凩　に争ふごとし鐘の声

같은 달, 같은 새이지만 겨울은 풍경에 회색 마술을 건다. 현대 하이쿠 시인 히노 소조(日野草城)가 회색 운율로 그것을 묘사한다.

새의 그림자도

낙엽으로 보이는

적막한 겨울 달
鳥影も葉に見て淋し冬の月

일본에서 하이쿠 상을 수상한 적 있는 미국 시인 매튜 루비에르는 겨울 우체통에 대한 재치 있는 하이쿠를 썼다.

겨울바람

휘파람 소리 내는

우체통 구멍

교시의 문하생 다카노 스주(高野素十)는 가을과 겨울의 경계선으로 걸어 나간다. 가을 저녁의 길 끝은 겨울이다.

똑바른 길에

나갔어라

가을 저녁
まっすぐの道に出でけり秋の暮

'연'은 하이쿠에서 봄의 계어이나 우리의 감성에서는 겨울의 계어로 더 다가온다. 교시의 문하에서 〈두견〉지 동인으로 활동한 구보타 구혼타(久保田九品太)의 연이 특히 그렇다. 바람을 타고 드높은 창공을 날던 연, 실이 끊어지면 갑자기 아무 힘 없는 무생물이 되어 땅을 향해 추락한다. 인간의 삶도 마찬가지다.

땅으로

떨어지는 연에는

영혼이 없어라
地に下りて凧に 魂 なかりけり

하이쿠는 계절의 시다. 계절 속에서 우리는 외부의 풍경이 내면의 깊이로 탈바꿈하는 것을 경험한다. 계절의 순환 속에서 살아가는 우리 모두는 시인일 수밖에 없다. 만일 계어를 포함시키는 규칙이 없었다면 모든 하이쿠는 '센류(川柳)'가 되었을 것이다. 센류는 하이쿠와 마찬가지로 하이카이의 홋쿠에 기원을 갖는 5·7·5의 정형시이지만, 자연 대신 인간 생활의 세태를 풍자하는 것이 특징이다. 따라서 센류는 계어를 필요로 하지 않는다. 또한 자신의 생각을 직설적으로 말하고 여운을 남기지 않는다.

상자에 넣어 두니

안에서

벌레가 붙네
箱入りにすれば内にて虫がつき

딸이 나쁜 남자의 꼬임에 빠질까 봐 걱정한 부유한 상점 주인이 딸을 집 안에서만 키웠더니 가게 종업원과 연인 사이가 되었다는 이야기이다. 가을을 상징하는 '벌레'가 있어도 잇사의 다음 하이쿠 속 벌레와는 그 정취와 여운이 사뭇 다르다.

울지 마 풀벌레

때가 되면

세상이 나아질 거야
<ruby>鳴<rt>な</rt></ruby>な<ruby>虫<rt>むし</rt></ruby><ruby>直<rt>なお</rt></ruby>る<ruby>時<rt>とき</rt></ruby>には<ruby>世<rt>よ</rt></ruby>が<ruby>直<rt>なお</rt></ruby>る

계절은 하이쿠뿐 아니라 모든 시의 변함없는 주제이며 배경이다. 그 배경 속에서 시는 공감과 깊이를 획득한다. 인간의 삶은 계절 속에서 궤적을 그리며 순환한다. 어떤 것은 변하고, 또 어떤 것은 계절이 바뀌어도 변하지 않는다. 변하지 않는 것과 변하는 것이 모두 하이쿠의 주제이고 시의 주제이다.

"사계절의 변화에 마음을 두고, 그 안에서 안주하는 세계를 찾는 것은 하늘이 준 축복이며, 그것에 정을 보내는 마음이 하이쿠의 길."이라고 교시는 정의했다. 모든 시인은 하이쿠적인 감성을 지니고 있다. 계절의 한 순간에서 삶의 진실을 발견하는 일은 시적 본질이다.

*

하이쿠는 반쯤 열린 문이다. 활짝 열린 문보다 반쯤 열린 문으로 들여다볼 때 더 선명하다. R. H. 블라이스는 "하이쿠는 짧은 시 속에 섬광처럼 지나가는 삶의 진실에 대한 깨달음을 담고 있다."라고 정의했다. 롤랑 바르트는 『기호의 제국』에서 "글쓰기는 깨달음이다."라고 전제한다. 그러면서 하이쿠를 가리켜 '아무것도 말하려 하지 않는 독특한 성격의 문학'이라고 정의한다. 그 뒤에 첨언하면 하이쿠는 '아무엇도 말하려 하지 않으면서도 모든 것을 말하는 문학'이다. 드러내 놓고 다 말하려고 하는 것은 시의 길이 아니다. 바르트의 지적대로 서구 문학은 '긴 수사학적 노동'을 요구하는 반면에 하이쿠는 보는 것과 느끼는 것을 스스로 선택한 '작은 한계'에 담는다. "하이쿠는 사진을 찍을 때의 섬광 같은 것이지만 카메라에 필름 넣는 것을 잊어버린 상태."라고 그는 말한다.

하이쿠에서 5·7·5의 음수율, 계어의 사용, 그리고 끊는 말, 이 세 가지 규칙보다 더 중요한 규칙은 '설명하거나 주장하지 않아야 한다'는 것이다. 그것이 바쇼가 말한 "마음은 뒤에 감추고 모습을 보여 주라."에 해당하는 말이다. 바쇼는 "모든 것을 다 말해 버리면 무엇이 남는가? 말하고자 하는 것을 7할이나 8할 정도만 드러내도 좋다. 5할에서 6할 정도를 드러낸다면 그 시에 질리지 않는다."라고 충고한다. 전부를 드러내지 않을 때 시가 담고 있는 의미가 더 풍성해진다. 명확하게 이해되는 시가 좋은 시가 아니라 독자에 의해 새로운 의미가 창조되는 시가 좋은 시이다.

독일의 미학자 아도르노는 말했다.

"삭제하는 일에 인색해서는 안 된다. 길이는 아무래도 좋다. 분량이 너무 적지 않을까 하는 두려움은 유치하다. 버리기 아까운 사유조차 포기하는 것이 작가의 기술이다."

하이쿠는 한 줄의 시 속에 여러 의미를 함축하는 문학이다. '말하지 않으면서 어떤 것을 말하려는' 시도이다. 말해지지 않고 남아 있는 그것이 말해진 것보다 더 많은 것을 말하는 형식이다. 그 숨은 의미를 끌어내 마음속에서 상상하고 완성하는 것은 독자의 몫이다.

그리고 앨런 와츠는 하이쿠를 '언어가 없는 시'라고 정의했다. 시는 시인에게서 독자에게로 건너가는 수동적인 의미 전달이 아니라, 언어를 매개로 시인과 독자의 상상력이 만나 완성되는 예술이다. 하이쿠를 흔히 '생략의 미학'이라고 하지만, 더 정확히 말하면 '생략을 읽어 내는 미학'이다. 하이쿠를 '읽는다'는 것은 '읽어 낸다'는 것과 동의어이다. 필름은 독자의 마음속에 있는 것이다. 현대 하이쿠 시인 이다 류타(飯田龍太)는 "명쾌하게 해석되는 하이쿠는 대개 별 볼 일 없는 작품이다. 진정으로 뛰어난 작품은 의미 해석의 영역을 넘어 읽는 사람의 가슴을 울린다."라고 단언했다.

하이쿠에 정해진 해석은 있을 수 없다. 설령 작가 자신의 해석이 있다 할지라도 그것은 말 그대로 작가 자신의 해석일 뿐이다. 하이쿠는 지은 사람의 의도와 관계없이 그것에 새로운 의미와 해석을 부여하는 독자에 의해 매번 새롭게 탄생한다. 하이쿠의 해석은 전적으로 읽는 이의 몫이다. 무엇을 보는가가 아니라 어떻게 느끼는가가 하이쿠의 명제이듯이 '무엇을 읽는가'가 아니라 '어떻게 읽는가'가 하이쿠 읽기의 핵심이다. 진부한 표현은 있어도 진부한 감정은 없다는 말은 하이쿠에 해당하는 진리이다.

매월당 김시습은 말했다. "시는 무엇인가. 시는 샘물이다. 돌에 부딪치면 흐느껴 울고 못에 고이면 거울처럼 비친다." 시가 자신의 사상과 메시지를 전하는 도구로 사용된다면 이미 시가 아니다. 시의 중요한 가치는 읽는 이가 상상과 의미 해석을 통해 그 시에 새로운 생명을 부여하는 데 있다. 그것이 시가 오늘날까지 살아남은 이유이다.

단 한 줄의 시에 자연과 인생의 깨달음을 담는 하이쿠는 짧기 때문에 함축미가 있고 다양한 해석이 가능하다. 문제는 어느 해석이 옳은가가 아니라 한 편의 하이쿠가 왜 이와 같이 다양한 해석을 이끌어 내며 지금까지 꾸준히 읽혀 왔는가이다. 객관적인 묘사로 보이면서도 여러 의미가 중첩되어 있어 독자의 상상력을 환기시키는 것이 하이쿠의 장점이다.

따라서 이 책에 실린 나의 해설과 감상은 전적으로 개인적인 하이쿠 읽기이지 모범 답안이 될 수 없다. 그 누구의 해석이라 해도 예외가 아니다. 하이쿠 읽기는 타인의 교과서적인 해석에 얽매이지 않는 주체적이고 자유로운 행위이며, 그럼으로써 하이쿠는 읽는 이에 의해 재탄생한다. 그렇게 거듭되는 탄생에 의해 깊이가 형성된다. 몇 글자밖에 안 되는 불분명한 서술과 묘사를 단서로 의미를 찾아 나가는 것이 하이쿠 읽기의 묘미이다. 반쯤 열린 문으로 내다보는 풍경은 눈의 각도를 달리할 때마다 다른 느낌으로 다가온다.

그 누구도 없는

온 하늘

자존의 가을

誰彼もあらず一天自尊の秋

다코쓰의 사세구(辭世句)이다. 사세구는 세상을 떠나면서 남기는 마지막 시를 말한다. 죽음을 눈앞에 둔 가을 하늘, 그곳에는 아무도 없다. 오직 자신뿐. 이 하이쿠처럼 읽을 때마다 다르게 읽히는 시가 살아 있는 시다. 해석이 끝나 버린 시는 박제된 시다. 교시도 말의 군더더기를 없애고 최대한 압축한다.

> 돌 위의
>
> 먼지에 떨어지는
>
> 가을비
>
> 石の上の 埃 に降るや秋の雨

여운이 많은 것을 이야기한다. 그래서 하이쿠의 해석은 십인십색(十人十色)이라고 한다. 열 사람이 읽으면 열 사람의 해석이 다 다르다. 로후(盧鳳)의 하이쿠 속 바닷게는 죽음을 경계한다.

> 발자국을
>
> 게가 의심하는
>
> 썰물이어라
>
> 足跡を蟹のあやしむ汐干かな

더 깊은 여운을 갖는 하이쿠는 근대 하이쿠 시인 무라카미 기쇼(村上鬼城)의 작품이다.

> 추운 봄
>
> 부딪치며 걷는
>
> 장님 개
>
> 春寒やぶつかり歩く 盲 犬

개로서의 기능과 사명을 상실하고 주인에게마저 버림받은 개가 봄의 추위 속을 정처 없이 서성이며 걸어간다. 눈먼 개의 비애가 가슴에 느껴진다. 곰곰이 생각해 보면 눈먼 개의 비애는 동물 전체의 비애이며 인간도 예외가 될 수 없다.

기토 역시 말을 하려다 만다.

    짧은 밤

    게의 껍질에 부는

    아침 바람
   短　夜や蟹の殻に朝の風

부손은 매화에 대해 쓴다.

    구석구석에

    남아 있는 추위여

    매화꽃 피고
   隅隅に残る寒さや梅の花

매화가 피고 봄다워졌지만 아직 여기저기 추위가 남아 있다. 혹은 곳곳에 추운 기운이 남아 있지만 매화가 피어 봄을 알린다. 혹은 봄은 바로 옆에 있지만 좀처럼 오지 않는다는 의미로도 읽힌다.

    시라네 산정

저 세상의 눈을

빛내다
奧白根かの世の雪をかがやかす

근대 하이쿠 시인 마에다 후라(前田普羅)의 뛰어난 하이쿠이다. 이바라키 현 닛코 시 인근에 있는 시라네(白根) 산은 이름 그대로 '흰 뿌리'의 산이다. '하얀 고양이'를 뜻하기도 하는 이 눈 쌓인 산의 비할 바 없는 장엄한 아름다움을 달리 어떻게 표현할 것인가? 그리고 이 이상 표현하려고 한다면 그 장엄함은 언어적 묘사에 의해 오히려 빛을 잃을 것이다. 시라네 산을 묘사한 글과 문장이 많이 있지만 이 하이쿠가 대표적으로 인용되는 이유가 그것이다.

잇사보다 조금 앞선 시기에 활동한 시인 마쓰오카 세이라(松岡青蘿)의 뛰어난 하이쿠가 있다.

달밤에는

땅에 그림자 비치는

반딧불이
月の夜は地に影うつる蛍かな

오조 법연(五祖法演) 선사는 "길에서 도인을 만나면 말이나 침묵으로 대하지 말라."라고 가르친다. 그러면 무엇으로 대할 것인가? '말도 아니고 침묵도 아닌 것'으로 대해야 한다. 하이쿠가 추구하는 지점이 그것이다. 사르트르는 이렇게 시를 정의한다. "시는 산문과 똑같은 방법으로 말을 사용하지 않는다. 시는 전혀 말을 사용하지 않는다고 하는 편이 옳을 것이다. 시인은 언어 밖에 있다. 사실 시인은 '도구로서의 언어'와는 인연을 끊는다."

시인은 자주 언어와 침묵을 오간다. 그 접점에 하이쿠가 있다. 재미 일본인 학자 케네스 야스다는 『일본의 하이쿠The Japanese Haiku』에서 이렇게 썼다.

"아름다운 일몰이나 사랑스러운 꽃을 볼 때 한순간 그 자리에서 멈춰 서게 된다. 이 마음 상태를 '아! 하는 순간'이라고 부를 수 있다. 숨을 들이쉬는 짧은 순간 자신도 모르게 '아!' 하는 탄성을 내지르는 것이다. 대상이 그를 사로잡아 형태, 색깔, 그림자 등만을 자각한다. 거기 관찰자의 판단이나 느낌을 설명할 시간과 공간은 사라진다. 그런 순간을 만드는 것이 모든 하이쿠의 의도이다."

시는 깨어 있는 눈으로 대상을 응시하고 경험하는 일이다. 삶에서 그런 순간을 경험할 때가 있다. '나'가 사라지고 주위 사물에 활짝 열려 있게 되는 순간이다. 하이쿠는 자주 그런 순간들로 우리를 데려간다. 하이쿠의 해석보다 더 중요한 것이 그런 순간들이다.

넘어진

허수아비 얼굴 위의

하늘

倒れたる案山子の顔の上に天

사이토 산키(西東三鬼)의 하이쿠에서처럼 직관이 있는 곳에서 언어는 끊어진다. 긴 말로 생각과 감정을 표현하는 것은 쉽다. 시는 눈에 보이는 것들을 매개로 눈에 보이지 않는 것을 보여 주려는 노력이다. 그래서 말을 적게 하려고 노력한다. 말은 사물을 다 표현해 내지 못한다. 마음속의 미묘한 것은 말로 표현할 수 없다. '숨긴다는 것은 글 밖에 의미가 중첩된 것(隱也者文外重旨也)'이라고 중국 양나라 시대의 유협(劉勰)은 말했다. 같은 시대의 종영(鍾嶸)도 '글은 다했어도 뜻의 여운이 남는다(文已盡而意有餘)'라고 했다.

문학은 단지 수동적으로 감상하는 것이라는 인식은 하이쿠에 어울리지 않는다. '시를 읽는다는 것은 그 시를 창조한 시인의 언어와 그 언어에 담긴 의미를 읽는 것만이 아니라, 독자 스스로 그 언어에 자신의 의미를 부여하는 일'이라는 말이 가장 정확하게 해당되는 장르가 하이쿠이다.

칠레 시인 비센테 우이도브로는 〈시학〉에서 쓴다.

　　시가 열쇠가 되기를

　　수많은 문을 열 수 있기를

　　나뭇잎이 떨어지는 것은 무언가가 날아가는 것

*

어느 날 세상을 보았다. 세상은 시로 가득했다.

탄생한 지 수백 년이 흐른 뒤에도 여전히 애송되고 있고 현재도 계속해서 새로운 하이쿠가 창작되고 있는 이유는 여러 가지가 있겠지만,

그중 하나는 하이쿠가 가진 시적 소재의 다양성이라고 할 수 있다. 하이쿠는 이른바 시적인 소재나 '시어'에 구애받지 않으며 그 어떤 일상적인 일들도 제외시키지 않는다. 추상성이나 언어적 추구는 오히려 하이쿠 정신으로부터 멀리 있다. 다양한 일상 속에서 시를 건져 내는 노력이 없었다면 하이쿠는 이미 '고전 문학'이 되어 버렸을 것이다. 신은 어떤 것도 허투루 창조하지 않았다. 도겐 선사는『정법안장(正法眼藏)』에서 "긴 것은 긴 부처이고 짧은 것은 짧은 부처이다(長者長法身 短者短法身)."라고 말한다. 소재의 다양성은 시를 풍요롭게 하고 독자의 감성을 다양하게 환기시킨다.

히노 소조의 대표작으로 자주 인용되는 하이쿠가 있다.

남자인 우리

복어에 내걸 만한

목숨이런가

男 の子われ河豚にかけたる 命 かな

독성이 있어서 위험한 음식의 대표이지만 복어는 그 맛을 좋아하는 사람이 많다. 독 때문에 죽을 수도 있다는 사실을 알면서도 인간은 맛의 쾌감을 추구한다. 복어 먹기는 일종의 '담력 시험'이다. 아무리 맛있다고 해도 생선 맛에 목숨을 거는 것은 바보짓이다. 그러나 두렵다고 먹지 않는 사람은 목숨을 걸 정도로 맛있는 복어 맛을 모르고 살아갈 테니 역시 바보이다. 인간은 어느 쪽이든 바보가 되지 않으면 세상을 살아가기 어렵다. 바쇼도 복어 하이쿠를 썼다.

야, 아무렇지도 않네

어제는 지나갔다

복어 국이여

あら何ともなやきのふは過ぎて河豚と汁

'아무렇지도 않다'는 감격을 표현하기 위해 첫 구를 8음으로 시작하고 있다.

부손도 두 편의 복어 하이쿠를 썼다.

복어의 얼굴

세상 사람들을

노려보네

河豚の面世上の人を白眼む哉

복어 국 먹고

나 살아서

잠에서 깨어났다

ふく汁の我活きて居る寝覚哉

요시와케 다이로가 선택한 소재는 모란이다.

모란꽃 꺾어

아버지 화내신 일

그리워라

牡丹折りし 父の 怒 ぞなつかしき

오월은 돌아오고 모란은 다시 피었건만 모란을 사랑하던 아버지는 세상에 없다. 야단맞았던 기억마저 그립다. 바쇼와 동시대에 활동한 우에시마 오니쓰라(上島鬼貫)는 뻐꾸기에게 말을 건다.

저쪽을 향하고 있는

뻐꾸기 너도

무엇인가 말해 봐

あちらむく 君も 物言へ 郭 公

잇사는 매미를 하이쿠 속으로 초대한다.

위를 향하고

떨어지며 우네

가을 매미

仰のけに 落ちて 鳴きけり 秋の 蟬

나무 아래로 떨어지면서도 죽기 싫어 얼굴을 위로 향하고 마지막 울음을 운다. 나쓰메 소세키의 매미도 함께 운다.

울기 시작한

쓰르라미 오늘이

죽는 날

鳴立ててつくつくぼうし死ぬる日ぞ

매미 하이쿠라면 나가타 고이를 빼놓을 수 없다.

떨어지는 매미

누구인가가 먼저

떨어지고 있다

落蝉や誰かが先に落ちている

시인 말년에 쓴 대가다운 작품이다.

소세키는 소를 통해 인간의 실존을 묘사한다. 치질 수술로 입원할 당시 지은 작품이다.

가을바람 속

도축당하러 가는

소의 엉덩이

秋風や屠られに行く牛の尻

다음 하이쿠는 중병에서 회복한 후에 쓴 작품이다.

가을 강에

박아 넣는 말뚝의

울음이어라

秋の江に打ち込む杭の 響 かな

구름 한 점 없는 가을 하늘, 넓은 강, 멀리까지 울려 퍼지는 말뚝 박는 소리가 시각과 청각을 동시에 전달한다. 건강이 아직 회복되기 전 자신의 심경을 외부 풍경으로 묘사한 수작이다.

시키의 제자 이시이 로게쓰(石井露月)는 가게의 인형을 소재로 썼다.

인형 가게들

불 켤 무렵에

비가 내리고

雛市の灯ともし頃を雨が降る

일본의 인형 축제 히나마쓰리(雛祭り)는 딸의 아름다운 성장과 행복을 축원하는 행사로 각 가정마다 인형을 장식하고 친지를 불러 함께 축하하는 날이다. 복숭아꽃을 장식하기 때문에 이날을 '모모노셋쿠(桃の節句)'라고도 한다. 히나마쓰리는 에도 시대에 이미 음력 3월 3일 삼짇날의 명절로 정착되었다. 여자아이의 첫 명절을 축하하는 의미에서 히나 인형을 주고받는 풍습이 생겼으며, 성장한 딸이 시집갈 때도 인형을 지참하게 되었다. 대대로 내려오는 명문가에서는 할머니와 어머니, 그리고 딸의 인형 등 몇 대에 걸친 인형을 함께 진열하는 경우도 있다. 지금도 해마다 2월에 접어들면 백화점과 제과점들은 히

나 인형과 관련된 상품을 진열하느라 바쁘다. 부손 시대부터 현대까지 히나마쓰리를 소재로 한 하이쿠는 수없이 많다.

지요니도 인형 하이쿠를 썼다.

넘어져도

미소 지을 뿐인

인형이어라

転びても 笑ふてばかり 雛 かな

현대 하이쿠 시인 호소미 아야코(細見綾子)의 소재는 겨울 장미이다.

겨울 장미

붉게 피어나도

검은빛 품어

冬 薔薇赤く 咲かんと 黒みもつ

붉게 피는 장미이지만 겨울 추위를 이겨 내느라 봉오리일 때는 검은 빛이 더 강한 것을 포착했다.

부손은 우아한 음악의 상징인 거문고와 혐오감의 대명사인 쥐를 연결시켜 겨울비 듣는 밤의 쓸쓸함을 절묘하게 표현한다.

겨울비 내리네

쥐는 거문고 위를

건너가고

しぐるるや 鼠 の渡る琴の上

계어는 '시구레(時雨)'로, 늦가을에서 초겨울에 걸쳐 갑자기 내렸다 그치기를 반복하는 비이다. 이 비와 함께 겨울이 성큼 다가온다. 다음의 하이쿠도 부손 작품이다.

온천 밑바닥의

내 발을 보는

오늘 아침의 가을

温泉の底に我足見る今朝の秋

'오늘 아침의 가을'은 입추를 의미한다.

하이쿠의 소재는 실로 다양하다. 구보타 만타로는 시계방의 시계에서 하이쿠 소재를 발견한다. 이 하이쿠는 일본의 중학교 교과서에 실려 있다.

시계방의 시계

봄밤 어느 것이

정말인가

時計屋の時計春の夜どれがほんと

시계 파는 가게의 벽에 걸린 많은 시계. 그 모두가 다른 시간을 가리키고 있고 어떤 것은 정지해 있다. 봄이고 밤이다. 어느 시계가 정확한지 알아내기가 어렵다. 무심코 발견한, 누구나 한번은 본 풍경이지만 따뜻함이 있다.

다카노 스주는 전혀 다른 소재에서 하이쿠를 발견한다.

잡아끄는 실

똑바르다

딱정벌레

引張れる 糸まつすぐや 甲虫

기노시타 유지(木下夕爾)는 레몬 하이쿠를 여러 편 썼다.

차고 투명한

밤의 레몬을 한 개

안주머니에

冴ゆる夜のレモンをひとつふところに

일생에

한 가지 비밀

레몬의 노란색

生涯に一つの秘密のレモンの黄

레몬의 노란색으로 유지는 자신의 문학적 비밀을 암시하고 있다. 다음 하이쿠도 그의 작품이다.

　　마른 들판을 걷는

　　내 마음속

　　푸르른 습지
　　　枯野ゆくわがこころには蒼き沼

인간의 삶과 정신을 지탱하는 것은 바로 그 마른 들판에서 그려 내
는 상상 속 '푸르른 습지'이고, 안주머니의 '차고 투명한 레몬'이다.
문학에는 시대 상황을 고발하는 기능도 있지만, 그것이 문학이 가진
기능의 전부는 아니다. 현실 참여 문학의 관점에서 읽으면 이 하이쿠
들은 개인적인 감상 이상의 것이 아니다. 제한된 관점에서 문학을 정
의하면 하이쿠는 무용지물의 문학이다. 그래서 바쇼는 자신의 하이
쿠를 가리켜 '여름의 화로와 겨울의 부채'처럼 쓸모없는 것이라고 자
조적으로 말했다. 하지만 수많은 하이쿠 시인들은 그 쓸모없는 것에
일생을 걸었다.

바쇼 연구의 권위자 김점례는 말한다.

"시인은 잠수함의 새와 같아야 한다는 말이 있다. 잠수함에 산소가
모자라면 가장 먼저 알아채고 우는 새. 그 새의 울음이 배 안의 사
람들을 일깨워야 하는 것처럼 시대의 공기 속에 산소가 모자랄 때
그 상황을 시로 읊어야 하는 것이 시인과 시의 사명이라는 것이다.
그러나 이 말을 굳게 믿고 있는 사람이라면, 하이쿠 속의 꽃과 나무
가 너무나 생소할 것이다. 이데올로기 지향적이며 시와 시인의 사회

적 책임이 강조되는 우리나라 시의 저 먼 대극점, 그곳에 하이쿠가 있기 때문이다. 사람들로 하여금 지금 눈앞의 자연에 눈을 돌리게 하고, 일상의 한순간을 사진 찍듯이 언어로 읊어 내서 다른 사람들과 그 순간을 공유하며 옆 사람과 대화하게 하는 시가 곧 하이쿠이다. 17음절의 그 사소함과 섬세함이 빚어내는 자연 친화적인 시 세계 속에 거대한 시대 담론이 끼어들 여지가 없다."

기노시타 유지가 쓴 또 다른 뛰어난 하이쿠가 있다.

집집마다

유채꽃 색깔의

등을 켜고

家家や菜の花いろの燈をともし

2차 세계대전이 끝난 이듬해에 쓴 하이쿠이다. 평화가 돌아온 창에서 새어 나오는 백열등 불빛이 노란 유채꽃 색을 띠고 있다. 어리석은 전쟁이 종식되고 인간의 마을에 봄이 왔다. 이데올로기의 광풍이 지나간 뒤 맞이하는 봄은 더 눈에 시리다. 시대의 담론을 들이대면 하이쿠는 무용지물로 비난받지만 인간의 삶을 이데올로기와 현실 정치 논리만으로 해석할 수는 없다.

현대 하이쿠 시인 하시모토 다카코(橋本多佳子)는 썼다.

달빛 아래

의자 하나를

갖다 놓는다
月光に一つの椅子を置きかふる

'남편의 기일에'라는 앞글이 있다. 다카코는 서른여덟 살에 남편을 병으로 잃었다. 그 후 '달빛'을 주제로 일련의 하이쿠를 썼다. 의자는 남편이 앉던 의자일 것이다. 그 빈 의자에 달빛이 내린다. 시인 오오카 마코토(大岡信)는 "아름다운 달빛 아래 사람은 한 사람이지만 실은 두 사람이 있다."라고 이 하이쿠를 해석한다. 의자를 비추는 달빛이 지금은 부재하는 존재를 드러낸다. 그 부재하는 존재로 인해 갑자기 의자 둘레가 환해진다.

*

소세키의 문하생 마쓰네 도요조(松根東洋城)는 다이쇼 왕이 하이쿠의 정의에 대해 묻자 '떫은 감 같은 것이라 아뢰옵니다(渋柿のごときものにては 候 へど)'라는 하이쿠로 대답했다. 도요조는 이 하이쿠를 기념해 자신이 펴내는 하이쿠 잡지의 제목을 〈떫은 감〉이라고 정했다. 교시는 하이쿠를 '객관 사생'이라 했고, 현대 하이쿠 시인 후루사와 다이호(古沢太穂)는 "하이쿠는 인간이다."라고 정의했다.

1968년에 창설된 미국 하이쿠 협회는 하이쿠에 대한 사전적 정의를 내리기 위해 권위 있는 사람들이 2년 동안 무려 20만 자가 넘는 단어들을 교환했다. 열일곱 자로 이루어진, 세상에서 가장 압축된 형태의 문학인 만큼 그것에 대한 정의는 실로 다양하다.

영국 하이쿠 시인 제임스 커컵은 '하이쿠는 다만 우물에 던져진 작은 돌, 작은 물결 일으키는'이라는 하이쿠로 하이쿠를 정의했다. 일본학 학자 해럴드 헨더슨은 하이쿠를 '한두 방울의 시적 정수(에센스)'라고 표현했다. 오오카 마코토는 '하이쿠는 감동적인 침묵을 만들어 내는 언어 장치'라고 정의 내렸다. 캘리포니아를 중심으로 일어난 반문화 운동의 기수였던 앨런 와츠는 하이쿠를 '언어가 없는 시'라고 했다.

19세기 말에서 20세기 초에 걸쳐 서구에 하이쿠를 소개하는 일에 큰 공을 세운 도쿄대학 교수 B. H. 체임벌린은 '하이쿠는 어느 한순간 대자연을 향해 열려 있는 창'이라고 했다. 그리고 R. H. 블라이스는 "하이쿠는 우리가 항상 알고 있었는데도 알고 있는 것을 몰랐다는 것을 가르쳐 준다."라고 하면서 '하이쿠는 닫힌 듯 보이는 열린 문'이라고 정의했다.

마침내 미국 하이쿠 협회에서 최종적으로 내린 하이쿠의 정의는 이것이다. '인간의 본성이 자연과 연결될 때 예민하게 인식되는 순간의 정수를 기록한 일본의 시 형식.'

롤랑 바르트는 하이쿠를 가리켜 '가까이 하기 쉬운 세계, 그러나 아무것도 말하려 하지 않는 이중의 성격을 가진 독특한 문학 양식'이라고 정의했다. 짧기 때문에 그만큼 많은 것이 함축되어 있어 난해한 것이 하이쿠이다. 『박희진 일행시 칠백수』를 펴낸 박희진 시인은 1행시의 의미를 이렇게 말한다. "1행시는 단도직입이다. 번개의 언어이다. 1행시는 점과 우주를 하나로 꿰뚫는다. 1행시는 직관적 상상력의 산물이다." 하이쿠에도 해당되는 정의이다.

하이쿠는 모두가 좋아할 수 있고 모두에게 다가가는 문학은 아닐는 지 모른다. 쉽고 자세히 설명해야 이해가 가능한 사람은 하이쿠라는 세계가 다소 낯설 것이다. 여전히 하이쿠를 시라고 정의할 수 있는가 에 의문을 품는 사람이 많다. 이런 시시한 문장이 왜 그렇게 유명한 지 의아해하는 사람들도 있다. 그러나 첫 만남은 예기치 않게 시작된 다. 어느 날 하이쿠가 당신의 눈에 띌 것이다. 그리고 그것이 서서히 당신의 마음과 혼에 스며들기 시작할지도 모른다. 교시의 다음 하이 쿠처럼.

그가 한마디
내가 한마디
가을은 깊어 가고
彼一語我一語秋深みかも

일본의 하이쿠가 본격적으로 해외에 소개되기 시작한 것은 메이지 시대이다. B. H. 체임벌린에 이어 R. H. 블라이스가 하이쿠를 집대성 해 영역하면서 이미지즘(낭만파에 대항해 20세기 초에 일어난 영국과 미국의 시 운동) 시인들의 시작 활동에 영향을 주었다는 것은 널리 알려진 사 실이다.

블라이스는 매우 독특한 이력을 지닌 사람이다. 문학에 심취한 웨일 스계의 이 영국인은 열여섯 살에 이미 학교 교사로 채용되었는데 가 르친 과목은 놀랍게도 영어, 프랑스어, 스페인어였다. 1차 세계대전이 일어난 열일곱 살에는 병역을 거부해 2년간 감옥살이를 했으며, 석

방된 후 런던대학에 입학해 고전 문학을 전공했다. 우등생으로 졸업한 블라이스는 인도로 건너갔다가 서울대학교의 전신인 경성제국대학 영어영문학과의 외국인 강사로 초빙되었다. 경기도 숭인면 청량리에 있는 일본식 집에 살면서 말을 타고 음악을 즐기며 학생들을 좋아한 이 괴짜 교수는 채식주의자이자 자칭 원시 불교도로 절에서 참선하기를 즐겼다. 그는 자신의 월급을 학생들에게 나눠 주고 조선인 학생 한 명을 입양해 런던으로 유학을 보내기도 했다. 그에게 우리말을 가르친 이가 당시 그 대학 학생이던 『메밀꽃 필 무렵』의 작가 이효석이다.

경성(서울)에서 만난 일본인 여성과 결혼한 블라이스는 일본으로 건너가 가나자와대학에서 영문학을 가르쳤으나 태평양전쟁이 발발한 1941년 적국인이라는 이유로 고베의 강제수용소에 갇혔다. 단테를 읽으려고 이태리어를 배우고, 돈키호테를 읽으려고 스페인어를 배우고, 괴테를 읽으려고 독일어를 배우고, 바쇼를 읽으려고 일본어를 배운 열정 넘치는 사람이었다.

수용소에 갇힌 블라이스는 그곳에서 매일 하이쿠를 읽고 공부하면서 책을 썼다. 그로서는 더할 나위 없이 좋은 기회였다. 그리고 수용소에서 만난 하와이 출신의 미국 청년 로버트 에이트컨에게 선불교를 가르쳤다. 학교 졸업 후 괌에서 건설 노동자로 일하다가 그곳을 점령한 일본군에게 붙잡혀 난데없이 포로 생활을 하던 에이트컨은 뜻밖의 장소에서 블라이스를 만나 제자가 됨으로써 생의 일대 전기를 맞이했다. 전쟁이 끝난 후 풀려난 에이트컨은 하와이로 돌아가 대학에서 일본어를 배운 뒤, 하이쿠 공부를 하기 위해 다시 일본으로 가서 오랜 기간 선사들 밑에서 수행했다. 2010년 세상을 떠날 때까지 에이트컨은 미국에서 가장 존경받는 불교인이자 영성가였으며, 핵실험 반대 운동과 양방향 군비 축소 운동, 핵잠수함 반대 운동을 펼치며 말과 행동이 일치하는 삶을 살았다.

에이트컨은 미국 정부에 세금을 낼 때 군비에 쓰일 몫만큼은 제하고 납부하는 것으로도 유명했다. 그런 면에서 소로우와 정신이 일치했다. 실제로도 불경 외에 가장 좋아하는 책으로 소로우의 『월든』과 『소로우의 일기』를 들었다. 블라이스와의 만남이 평범했던 한 청년을 선승이자 환경 운동가로 변모시킨 것이다.

블라이스가 열정을 바쳐 영어권 세계에 소개한 하이쿠는 이미지즘 문학 운동의 발단이 되었다. 에즈라 파운드를 포함해 다수의 시인들이 그들이 '홋쿠'라고 부른 시를 썼다. 미국 출신으로 런던에서 문학 활동을 하던 파운드는 하이쿠가 가진 선명한 시각적 요소에 충격을 받고 '일생 동안 긴 시를 쓰는 것보다 단 한 작품이라도 강렬한 이미지를 발견하는 것이 중요하다'고 생각해 이미지즘 운동을 일으켰다. 그때까지 서양의 시문학은 의미와 감정을 중시하는 장시가 지배적이었다. 그런데 고도의 압축과 시각적 묘사로 뚜렷한 인상을 남기는 하이쿠에서 파운드는 새로운 시의 가능성을 발견한 것이다.

군중 속 얼굴들의 혼령
젖은 검은 나뭇가지의 꽃잎들

이 시 〈지하철역에서〉는 파운드의 시 가운데 가장 짧은 2행이 전부인 작품이지만 이미지즘을 말할 때 대표적으로 인용되는 시다. 런던의 어느 어두운 지하철역에서 차창에 비친 승객들의 얼굴을 보고 순간적으로 느낀 것을 쓴 것이다. 이미지즘 작가들이 금기로 여긴 추상적인 언어가 전혀 사용되지 않았으며, '혼령 같은 얼굴들'과 '비에 젖은 검은 나뭇가지의 꽃잎들' 두 이미지가 겹쳐 선명한 효과를 거두고 있다.

하이쿠의 영향을 받은 파운드가 이미지즘 시의 원리로 삼은 것은 객관성과 사실성이었다. 시는 주관적이든 객관적이든 사물을 직접 다루어야 하며 구체적인 이미지를 통해 대상을 객관화시켜야 한다는 그의 주장은 감정과 음악성을 중시한 낭만주의와는 대조적이었다. 시각적 이미지 뒤에 감정을 숨기려고 노력한 이미지즘의 시도는 현대 시의 새로운 지평을 여는 데 크게 기여했다.

블라이스가 영역한 하이쿠는 앨런 긴즈버그, 게리 스나이더, 잭 케루악 같은 비트 계열의 시인들에게도 영향을 미쳤다. 긴즈버그는 비트 세대의 월트 휘트먼으로 불리는 시인이다. '최고의 정신을 가진 나의 세대가/ 광기로 파괴되어 가는 것을 보았다'로 시작하는 대표 장편 시 〈울부짖음*Howl*〉을 발표해 풍요 속에서 삶의 의미를 잃고 불행과 절망감에 빠져 있던 젊은 세대를 열광시켰다. 긴즈버그는 카페와 노천에서 시를 낭송하며 돌아다녔다. 히피와 마약에서 출발한 초기와는 달리 불교 명상과 선에서 시적 영감을 받았으며, 월트 휘트먼과 로버트 프로스트 이래 미국에서 가장 인기 있는 시인이 되었다. 그 배경에 블라이스가 있었다. 1950년대 중반, 버클리에 있는 자신의 집 뒷마당 오두막에서 블라이스가 엮은 『하이쿠*Haiku*』(전 4권)를 읽고 감동받은 긴즈버그는 그 자리에서 여러 편의 하이쿠를 썼다.

어깨 너머로
보는 내 등 뒤쪽
벚꽃이 만발

지붕 위의 달
뜰에는 풀벌레들
내가 세 든 집

꽃들의 이름
알지 못했는데도
뜰은 시들고

시인이며 선불교도인 게리 스나이더는 스즈키 다이세쓰의 책을 통해 불교를 배우고, 블라이스의 번역서로 하이쿠를 알았다. 그 후 스나이더는 두 차례나 일본으로 건너가 10년 넘게 머물며 선 수행을 하고 동양의 시인들과 교류하며 하이쿠를 번역했다. 그는 '하이쿠의 구루'라고 불릴 정도로 수많은 하이쿠풍의 시를 써서 마사오카 시키 국제 하이쿠 상을 수상했다. 자연의 신비를 외경의 시선으로 바라본 스나이더는 '비트 세대의 소로우'로 불리며, '미국인이 아니었다면 진작 노벨 문학상을 받았을 시인'으로 평가된다. 그는 "하이쿠는 혼탁한 우리의 내면에 맑고 순수한 공기를 불어넣는다."라고 말했다.

비 새는 지붕

몇 주나 보다가 오늘 고쳤네

판자 하나 움직여

한 줄로 뻗은 산과 산들

한 해가 가고 또 가도

나는 여전히 사랑하네

지금 이 순간

계속 살아 나가서

먼 옛날이 된다

미국 반체제 문학의 고전이 된 작품 『길 위에서』의 작가 잭 케루악은 가난한 프랑스계 캐나다인 가정에서 태어나 컬럼비아대학에 입학했다. 2차 세계대전 때 해군으로 참전한 그는 종전 후 대학을 자퇴하고 긴즈버그 등과 함께 미국 서부와 멕시코를 도보로 여행했다. 이때의 체험을 쓴 『길 위에서』가 당시의 젊은이들에게 열광적인 반응을 일으켜 케루악은 단숨에 비트 세대를 대표하는 작가로 자리 잡았다. 블라이스의 하이쿠 해설서를 읽은 케루악은 셔츠 윗주머니에 스프링 달린 작은 수첩을 넣고 다니며 하이쿠를 썼다.

약장 안에

겨울 파리 한 마리

늙어서 죽은

새의 물통 속
얼어붙은
잎사귀 하나

여름 의자
혼자 흔들리는
눈보라

하이쿠가 미국 문학의 흐름에 큰 영향을 미치지 않았다는 주장에도 불구하고 많은 시인들이 하이쿠를 창작했다. W. H. 오든, 리처드 윌버, 제임스 메릴, 윌리엄 스태포드, W. S. 머윈, 존 애쉬베리, 빌리 콜린스 등이 그들이다.
아일랜드 출신의 노벨 문학상 수상 시인 셰이머스 히니도 손글씨로 여러 편의 하이쿠를 썼다.

위태로운 길
하지만 올해는 아버지의
지팡이를 짚고 건네

스페인어권 문학에 하이쿠가 소개된 것은 19세기 말에서 20세기 초의 일이다. 불교와 노장사상에 대한 관심이 높아지면서 하이쿠는 동양 미학의 정수로 여겨졌다. 몇몇 시인은 '사물의 영혼'을 시의 주제로 삼았다. 윤영순은 현대 멕시코 시인 프란시스코 에르난데스의 하이쿠를 소개한다.

> 푸른 숲 속에
> 마른 소나무 한 그루
> 불꽃

푸른색, 회색, 붉은색의 극명한 대비와 함께 살아 있는 소나무들도 마른 소나무처럼 불에 태워질 운명임을 암시한다.

생애 대부분을 도서관 사서로 보내며 책을 너무 많이 읽어서 눈이 먼 20세기 라틴 문학의 대표 작가 호르헤 루이스 보르헤스는 불교에 깊은 애정과 이해를 가지고 있어서 불교 강의서를 쓰기도 했다. 그는 수십 편의 하이쿠를 썼다. 보르헤스의 이야기들이 대체로 짧은 것은 마흔 살 이후 시력을 상실한 탓도 있지만, 그는 의도적으로 짧은 형식의 글을 추구했다. 그러나 그의 작품에 담긴 정신의 밀도는 매우 높다. 짧은 글에 대한 그의 편애는 낯선 나라의 문학인 하이쿠에 대한 관심으로 이어졌다. 아니, 하이쿠로 인해 그 편애가 극대화되었다고 할 수 있다.

일본 이즈모(出雲) 지방을 방문한 보르헤스는 다음과 같은 환상 이야기를 썼다. 이즈모는 음력 9월 그믐날이나 10월 초하루에 전국의 신들이 모인다는 일본 고대 문화 발상지이다. 보르헤스의 이야기 속에서 신들은 공포스러운 무기를 발명한 인류를 멸해 버리자고 말한다.

그런데 그것에 반대하는 의견이 제기된다. 한 신이 말한다.

"확실히 그렇다. 그들은 그 무서운 것을 생각해 내었다. 그러나 17음절이라는 공간에 들어가는 이런 것도 있다."

그러면서 그 신은 그 17음절의 시를 읊었다. 그러자 그 시를 듣고 최연장자인 신이 선고했다. "인간들을 오래 살게 하자."

그렇게 하이쿠 덕분에 인류가 살아남았다는 것이다. 물론 보르헤스가 쓴 것처럼 하이쿠가 인류를 구원하는 것은 아니지만, 이 환상 이야기를 통해 보르헤스가 지향한 바를 알 수 있다.

다음은 보르헤스가 쓴 하이쿠들이다.

동트기 직전
흐려진 꿈
진짜인가 아닌가

점점 흐려져 가는
책, 그림, 열쇠까지도
나의 미래처럼

스스로 꺼지는
이 빛, 하나의 암시
반딧불이인가

릴케는 말년에 '하이카이'라는 명칭으로 독일어 하이쿠를 썼다. 릴케의 영향으로 독일의 많은 시인들이 하이쿠를 썼다.

노벨 문학상 수상 시인 체스와프 미워시는 『하이쿠』라는 제목의 시집을 출간했다. 그는 잇사의 시를 번역해 출판하기도 했다. 역시 노벨 문학상 수상 작가인 라빈드라나트 타고르도 자신의 모국어인 벵골어로 하이쿠를 쓰고 일본 하이쿠를 번역했다.

하이쿠에 깊은 관심을 기울인 또 한 명의 시인은 멕시코 출신의 노벨 문학상 수상자 옥타비오 파스이다. 외교관 자격으로 인도와 일본을 방문하며 동양의 사상과 시를 직접 경험한 파스는 하이쿠에 대한 글을 쓰고 하이쿠풍의 시를 많이 발표했다. 또한 일본 외교관 하야시야 에이키치(林屋永吉)와 함께 바쇼의 『오쿠노호소미치』를 스페인어로 번역했다. 파스는 『시론』에서 말한다.

"한 편의 시를 이해함은 우선 그것을 듣는다는 것을 의미한다. 한 편의 시를 읽는다는 것은 두 눈으로 그것을 듣는 것이며, 듣는다는 것은 귀로 그것을 보는 것이다. 모든 독자는 또 다른 시인이며, 모든 시는 또 다른 시다. 시인은 침묵에 심취해 말하는 수밖에 다른 도리가 없다. 말은 말 이전의 침묵에 의지한다. 시는 하나의 침묵과 다른 침묵 사이의 통행이다."

　　모래 위에
　　새가 쓰고 있다
　　바람의 기억들을

그리고 오렌지에 대해 쓴다.

탁자 위에 고요히
작은 태양이 놓여 있다
영원한 한낮
부족한 것은 밤

파스는 바쇼의 오두막 '파초암'을 소재로 다음의 시를 썼다.

온 세상이
열일곱 자 안에 있다
당신은 오두막 안에 있고

2011년 노벨 문학상을 수상한 스웨덴 시인 토마스 트란스트뢰메르는 자신의 경험을 하이쿠처럼 짧게 압축한 '침묵과 심연의 시'를 발표해 왔다. 그의 시는 강함과 부드러움이 섞인 서정으로 마음에 파고든다. 그는 〈하이쿠〉라는 제목으로도 몇 편의 시를 썼다.

고압선 몇 줄
얼음 어는 나라에 현을 뻗는
음악권 북쪽

낮게 걸린 해
그림자가 거인이다
곧 모두 그림자

자주색 난초

유조선 지나간다

달이 꽉 찼다

하이쿠 시인으로 활동하는 서양인들은 이제 헤아릴 수 없이 많다. 그들은 스스로를 '시인'이라고 하지 않고 '하이쿠 시인'이라고 부르기를 주저하지 않는다. 『하이쿠 수첩*The Haiku Handbook*』에 실린 래리 위긴의 하이쿠가 있다.

귀뚜라미 소리

그때

천둥 치다

천둥이 치면 오히려 더 고요해진다. 귀뚜라미 소리가 더 선명하다. 애니타 버질도 하이쿠 시인이다.

오늘 아침도

굴뚝새가 부르고 또 부른다

죽은 제짝을

살얼음 위를 걷는다

빠졌다

안 빠졌다

그리고 도로시 맥러플린의 하이쿠.

빗속에서 혼자
내 그림자조차
씻겨져 갔다

미국 하이쿠 시인 톰 린치는 마치 동양의 하이쿠 시인처럼 뒤에 남은 '여운'을 쓴다.

무릎 위에
금방 날아왔다가
금방 가 버린 메뚜기

미국 뉴저지 출신의 닉 버질리오는 세계적으로 유명한 하이쿠 시인이다. 30대 후반에 우연히 대학 도서관에서 하이쿠 서적을 읽은 그는 〈아메리칸 하이쿠〉 지에 처음 하이쿠를 발표했고, 그 후 수천 편의 하이쿠를 썼다. 베트남전에서 동생을 잃은 비통함은 그를 더욱 진실한 시인으로 거듭나게 했다. 그의 하이쿠들은 독립된 한 권의 시집으로 소개해도 손색이 없을 정도로 문학성이 높으며 영어로 쓰는 하이쿠의 표본이 되었다.

수련
물 밖으로

자기 밖으로

얼어붙은 눈
떠오르는 해를 반사하는
죽은 사슴의 눈

내 웃음에서
죽은 동생의
웃음소리 들린다

해 질 녘 아무도 없는 교회
반딧불이 하나
침묵을 더하고

*

가을 되었다
한 권의 책을 마저
읽지 못하고
秋立つや一巻の書の読み残し

나쓰메 소세키가 소설가 아쿠타가와 류노스케에게 보낸 편지에 적은 하이쿠이다. 가을이 되자 읽다가 내려놓은 '한 권의 책'은 무엇일까? 인생을 탐구하는 책일까, 아니면 인생 자체를 한 권의 책으로 표현한 것일까? 이제 곧 가을인데 아직 인생의 수수께끼를 풀지 못하고 있는 자신의 상황을 묘사한 것인지도 모른다. 뛰어난 문학은 작가 개인의 문제나 상황에 머무르지 않고 모든 인간 존재가 직면한 상황에 가닿는다.

하이쿠를 일본 문학으로 분류하는 것은 당연한 일이지만, 그것으로 문학적 경계선을 긋는 것은 언어와 국경을 초월해 모든 예술 작품이 공통적으로 표현하고 있는 본질을 외면하는 일이다. "왜 일본의 문학을 소개하느냐?"라며 다분히 감정적으로 묻는 사람들이 있다. 한국의 어느 평론가는 '하이쿠가 상품화되는 경향'을 지적하기까지 한다. 하이쿠는 아직 제대로 소개된 적조차 없는데도, 그는 그것이 '경제성을 지닌 왜색 정서의 잠입을 뜻한다'고 경계한다. 논리의 근거가 빈약한, 비판을 위한 비판에 불과하다. 하이쿠를 '왜색'이라고 배척하는 것은 감정적 편견을 대입해 문학을 국경선 안에 가두는 짓이다. 하이쿠를 소개하는 것은 '일본 문학'을 소개하는 것이 아니라 '좋은 문학'을 소개하는 것이다. 좋은 문학은 민족주의를 뛰어넘어 인간 본래의 경험과 감성에 다가간다.

하이쿠에 대한 우리의 관심은 오히려 너무 늦은 감이 있다. 하이쿠는 이미 영어권, 불어권, 독어권을 비롯해 북유럽과 남미에서도 하나의 문학 장르로 자리 잡은 지 오래이다. 국제 하이쿠 협회에는 28개국의 회원이 가입되어 있으며 50개가 넘는 나라들에서 하이쿠 시집이 출간되었다. 프랑스, 영국, 미국의 중고등학교에서는 수업 시간에 하이쿠를 배우고 직접 짓기도 하며, 세계 50여 개 대학에는 하이쿠

강좌가 개설되어 있다. 유럽에서 하이쿠는 학생이나 지식인들이 즐기는 엘리트 문화로 자리 잡았다. 일본항공은 하이쿠 영역본을 기내에 배치해 외국인에게 하이쿠를 알린다.

일본 내에서도 하이쿠의 인기는 여전히 대단하다. 현재 일본의 하이쿠 애호가는 천만 명에 이르는 것으로 추산되며, 8개의 하이쿠 전문 월간지가 발행되고 있다. 이들 하이쿠 잡지에 정기적으로 글을 발표하는 사람은 3천 명이 넘는다. 하이쿠 결사(結社)도 1,800여 개나 된다. '결사'란 공동의 문학적 취지 하에 잡지를 출간하는 것을 목적으로 모인 창작 집단을 가리킨다. 최근에는 문화 센터와 유사한 하이쿠 교실도 늘고 있다. 중학교 교과서에만 100편 정도의 하이쿠가 실려 있다. 대부분의 신문과 방송은 하이쿠난을 마련해 독자와 시청자들로부터 하이쿠를 공모한다. 하이쿠를 새긴 큰 돌과 바위가 도시와 시골 어디에나 서 있다. 어느 나라에서도 시가 이토록 사랑받는 경우는 없다.

일본의 유명한 녹차 음료회사 이토엔(伊藤園)은 바쇼의 『오쿠노호소미치』 여행 300주년을 맞아 하이쿠를 공모해 우수작으로 선정된 작품들을 녹차 음료수 병 겉면에 실었다. 이것이 큰 인기를 끌어 첫 회에는 4만여 편이 응모했는데 23회 때는 170만 편이 응모할 정도였다. 이 중에는 청소년들의 응모 작품이 절반을 넘었다. 하이쿠 대회도 곳곳에서 열린다. '하이쿠 고시엔(甲子園)'이라는 대회도 있다. '고시엔'은 고교 야구 결승전을 치르는 곳으로, 최고들이 겨루는 격전지의 대명사이다.

뉴욕 시에서는 교통안전 문구를 하이쿠 형식으로 만들어 교통사고 위험이 높은 지역에 표지판으로 설치했다.

> 달려오는 차들
> 각각 3톤짜리 총알
> 그리고 당신의 살과 뼈
> Oncoming cars rush
> Each a 3-ton bullet
> And you, flesh and bone

처음에 서양에서는 하이쿠를 이미지즘 시나 선적인 깨달음의 구절로 이해했지만 오늘날에는 50여 개국에서 시인들이 자국의 언어로 하이쿠를 짓는다. 미국, 영국, 독일, 프랑스뿐만 아니라 이탈리아, 아일랜드, 벨기에, 네덜란드, 러시아, 폴란드, 루마니아, 크로아티아, 스페인, 멕시코, 브라질, 중국, 인도, 아랍권 나라에서도 자국어로 하이쿠를 지으며 아프리카에서도 하이쿠를 짓는다. 2008년 인도 방갈로르에서 열린 세계 하이쿠 페스티벌에는 미국과 유럽뿐 아니라 남미, 인도, 파키스탄, 방글라데시의 하이쿠 시인들이 모였다. 중국에서는 이미 30년 넘게 '한파이(漢俳)'라는 명칭으로 중국어 하이쿠를 지어 왔다. 미국에서는 〈현대 하이쿠〉〈개구리 연못〉 등을 비롯해 6권의 하이쿠 잡지가 발간되고 있으며, 영국에서도 〈세계 하이쿠 리뷰〉 등 3권의 하이쿠 정기 간행물이 있다. 미국에만 하이쿠 동호회가 수백개에 이른다. 이제 하이쿠는 더 이상 일본만의 문학 장르가 아니라 전 세계인의 시다.

언제나 그래 왔지만 지금 일본과 한국의 관계는 매우 좋지 않은 방향으로 가고 있다. 자신들이 저지른 과거의 만행을 인정하지 않고 사죄와 반성은커녕 역사 왜곡을 일삼는 일본의 정치인들과 그들에 놀아나는 우익 단체들 때문이다. 동일본 대지진으로 한순간에 수만 명이 목숨을 잃고, 원자력 발전소 파괴로 방사능이 끝없이 유출되고, 경제가 악화되어 가는 불안감은 이해하지만 그 불안감과 내부 동요를 만회하기 위해 늘 반복해 온 것처럼 타국에 대한 공격을 시도하는 것은 어리석은 일이다. 그것은 세계가 하나로 이어진 이 시대에 스스로를 고립시키는 행위이며, 나아가 자신들이 가진 아름다운 문화유산인 하이쿠에 먹칠을 하는 일이다. 인간의 삶을 보편적으로 다루고 있으며, 자연 친화적이고, 생명 존중을 바탕에 둔 하이쿠 같은 것에서 위기 극복의 기회를 찾아야 한다. 세계가 인정하는 이토록 아름답고 독특한 문학 형태를 발전시켜 온 나라에서 그토록 어리석은 생각과 행동을 하는 것은 자멸을 불러올 뿐이다. 아름다움의 파괴만큼 큰 죄는 없다.

하이쿠의 이해를 통해 한국과 일본의 숙명적인 관계가 조금이나마 나아지기를 희망하며, 하이쿠는 충분히 그런 역할을 할 수 있다고 나는 믿는다. 시는 '민족'과 '국가'의 문제가 아니라 '인간'의 문제에 더 다가가려는 노력이기 때문이다. 하이쿠 읽기가 일본 문학을 경험하는 수준에서 그친다면 실패한 것이다. 하이쿠를 통해 우리는 일본을 이해하고 일본에 다가가고자 하는 것이 아니라 모든 인간 존재가 지닌 감성과 실존에 다가가고자 하는 것이다. 하이쿠에서 '일본'을 떼어 내고 읽는 것은 헤세의 작품에서 '독일'을 떼어 내고 읽는 것과 마찬가지로 모든 문학 읽기의 출발이다.

*

시조와 마찬가지로 하이쿠는 엄격한 글자 수를 가진 정형시이기 때문에 번역에 있어서도 여러 의견과 주장이 엇갈린다. 우리말로 번역할 때도 5·7·5의 음수율을 최대한 맞춰야 한다는 주장은 꽤 강력하며, 그것이 하이쿠 번역의 실력으로까지 간주된다. 학자든 일반인이든 이 번역이 더 '충실하다'고 여긴다. 엄격한 글자 수가 하이쿠의 첫째 원칙이다 보니 그런 주장이 옳아 보인다. 초기 영역자들도 이 원칙에 집착한 나머지 글자 수를 맞추기 위해 '오래된 연못(古池や 후루이케야)'을 'old pondya'라고 일본어의 접미사를 그대로 붙인 경우도 있었다. 만약 이 원칙을 따라야 한다면 각운rhyme이 있는 영시를 번역할 때도 우리말에서 그 각운을 반드시 살려야 할 것이다. 그것은 거의 불가능한 일이며, '형식에 충실함'이 오히려 시를 억지스럽게 만들 수 있다.

열일곱 자를 맞추느라 이미지 전달이 어색해진다면 그 번역은 겉보기에만 성공적일 뿐 문학적으로는 실패한 것이다. 근본적으로 언어가 다르고 음절이 다르기 때문에 외형적인 형태에 맞춰 번역할 것이 아니라 의미와 심상을 전달하는 것이 더 중요하다는 주장이 점차 설득력을 얻고 있다. 영어, 프랑스어를 비롯해 오늘날 하이쿠의 외국어 번역은 모두 이 관점을 택하고 있으며, 그 나라의 언어들로 하이쿠를 창작할 때도 마찬가지로 이 방식을 따르고 있다. 그것이 전 세계에 새로운 하이쿠 문학을 탄생시킨 원동력이 되었다.

하이쿠는 형식이면서 이미지이다. 어느 쪽에 더 초점을 맞추는가에 따라 번역이 다를 수 있다. 따라서 다양한 번역이 시도되어야 한다. '다양한 시도'가 예술을 풍성하게 하는 길이다. 다른 것이 많이 존재할수록 문화적으로나 정신적으로나 더 풍요로워진다는 것은 말할 필요조차 없다. 어느 하나의 번역과 해석이 옳다는 주장도 틀린 것이다. '원문에 충실하다는 것'도 사실은 주관적인 판단인 경우가 많다. 일본에서도 하이쿠 한 편을 놓고 다양한 학자와 전문가와 문학가들이 서로 다른 해석을 내놓는다. 하이쿠를 읽는 즐거움이 거기에 있다. 나 자신도 한 편의 하이쿠를 여러 가지로 번역해 보곤 한다. 그럴 때 그 하이쿠가 더 깊고 풍성하게 다가온다. 압축되고 생략된 언어로 쓰인 짧은 시를 번역한다는 것은 곧 다양한 번역이 가능하다는 것을 내포하고 있다. 바쇼의 대표작 '개구리 하이쿠'도 사람마다 해석이 다를 수 있다.

　오래된 연못

　개구리 뛰어드는

　물소리

　古池や 蛙 飛こむ水の音

이 하이쿠를 놓고 "이 시의 해석은 각양각색이다. 천 사람이 읽으면 천 가지 해석이 나온다."라고 이어령은 말했다. 그 '천 가지 해석'이 시를 더 풍요롭게 만든다. 바쇼 하이쿠의 번역과 바흐 음악의 해석이 번역자와 연주가마다 다를 때, 그것은 혼란이 아니라 다양성이고 깊이이다. 번역자마다 다른 번역을 비교하며 읽는 것도 하이쿠 읽기의 즐거움 중 하나이다.

내가 좋아하는 나쓰메 소세키의 하이쿠가 있다.

> 홍시여, 잊지 말게
>
> 너도 젊었을 때는
>
> 무척 떫었다는 것을
>
> 樽柿の渋き昔を忘るるな

이렇게도 번역해 보았다.

> 홍시여
>
> 젊었을 때는 너도
>
> 무척 떫었지

원문의 '다루가키(樽柿)'는 통에 소금과 함께 넣어서 떫은맛을 우려낸 감이다. 우리말로는 '울군 감' 또는 '삭힌 감'이다. 나는 시인의 의도를 더 명확하게 전달하고 우리말이 주는 미각과 시각적인 효과를 살리기 위해 '홍시'로 번역했다. 참고로, 소세키 하이쿠의 영역자 시게마쓰 소이쿠(重松宗育)는 '단감'으로 번역했다.

Don't forget, sweet persimmon,

Your younger days when

You were still bitter

원문을 직역하면 이렇다.

우린 감의

떫었던 옛날을

잊지 말라

'우린 감'을 먹으며 그 감이 떫었던 때를 잊지 말자고 스스로에게 말
하는 의미와, 감에게 '한때는 너도 무척 떫었지'라고 말하는 이중의
의미가 담겨 있다.

하이쿠는 그 장르의 생소함 때문에 전문가만이 이해할 수 있다고 여
기기 쉽다. 그러나 시를 감상하는 데는 전문가와 비전문가의 구분이
없다. 문헌과 고증에 의존하지 않아도 마음과 느낌으로 읽으면 충분
하다. 다른 문학 장르와 달리 시는 읽는 사람의 것이다. 시인의 손을
떠난 시는 독자의 마음과 심상 속에서 재탄생한다. 그것이 시의 생명
이자 정체성이다. 우리가 불을 이해하지 못해도 불은 우리를 태우듯
이, 시를 이해하지 못해도 시는 우리의 마음에 스며들고 우리의 정신
을 변화시킨다. 멕시코 시인 호세 에밀리오 파체코는 말한다. "시를
읽을 때 당신은 그 시를 새롭게 창조하는 시인 자신이다."

고요함이여

바위에 스며드는

매미의 울음

閑かさや岩にしみ入る蟬の声

바쇼의 이 하이쿠는 나를 뜨겁고 적막한 여름 속의 어린 시절로 돌아가게 했다. 산 아래 집에 살 때였다. 식구들은 모두 외출하고 나 혼자 툇마루에 앉아 있는데 매미가 울기 시작했다. 산골 마을의 적막 속에 매미 소리만 요란했다. 그 매미 소리는 귀를 뚫고, 뜰의 장독대를 뚫고, 그 옆의 바위를 뚫고, 마을을 에워싼 적막을 뚫었다. 순간의 매미 울음이 영원한 고요를 뚫고 있었다. 그 둘이 마치 서로 겨루는 것처럼 느껴졌다. 그래서 나는 바쇼의 하이쿠를 이렇게 번역하기도 했다.

한낮의 정적

매미 소리가

바위를 뚫는다

일본인의 정서에는 '스민다'가 맞을 것이다. 그러나 내 경험에서는 매미의 울음이 바위를 '뚫고' 내 존재를 '뚫는' 것처럼 들렸다. 바쇼의 하이쿠가 나의 첫 시적 경험을 기억나게 한 것이다.

중국의 왕부지(王夫之)는 "작가는 한 가지 생각으로 쓰고, 독자는 각자의 감정에 따라 이해한다(作者以一致之思 讀者各以其情而自得)."라고 했다. 그리고 사르트르는 말했다. "창조는 독자에게서 완성된다. 예술가는 자신이 시작한 일을 완성하는 배려를 타인에게 맡겨야만 하며, 자기 자신을 작품의 본질적인 것으로 생각해서는 안 된다."

하이쿠의 행 구분도 한 가지로 정해진 것은 아니다. 주로 세로글씨를 하는 일본어에서는 하이쿠를 대개 한 줄로 쓰지만, 가로로 쓸 때는 운을 구분하기 위해 3행으로 쓴다. 외국어 번역에서는 3행으로 번역하는 것이 하나의 원칙처럼 굳어졌다. 나 역시 3행의 방식을 택했다. 띄어쓰기를 무시하는 일본어와 달리 띄어쓰기가 엄격한 우리말에서 한 줄은 호흡이 길며 이미지 전달에 다소 무리가 있다.

형식 못지않게 중요한 것은 하이쿠가 지향하는 정신이다. 바쇼가 역설한 '불역유행(不易流行)', 즉 '변하지 않는 원칙을 지키되, 새로움을 추구하며 자기 혁신을 통해 발전하는 것'이 하이쿠의 정신이다.

*

내가 첫 번째 하이쿠 번역서 『한 줄도 너무 길다』를 출간한 것은 2000년 3월, '하이쿠'라는 단어조차 낯설게 들리던 때였다. 그런데 책이 나오자 쏟아진 독자들의 관심에 놀라지 않을 수 없었다. 책이 쇄를 거듭할수록 마음이 무거워졌다. 가까운 나라 일본에, 나의 시적 감성을 자극하고 세계의 시인들이 애호하는 '하이쿠'라는 문학 장르가 있다는 것을 소개하겠다는 가벼운 의도가 책임감이라는 부담으로 바뀌고 있었다. 그래서 정식으로 하이쿠를 소개하는 책을 쓰기로 마음먹고 작업을 시작한 것이 어느덧 10년이 훌쩍 지났다. 책은 처음의 계획과 달리 방대한 분량으로 늘어났다. 계절과 자연에서 시적 영감을 얻은 하이쿠들을 번역하기 위해 시의 현장을 찾아다닌 수많은 날들이 지나갔다. 시골 마을에 가서 소쩍새 울음을 들으며 소쩍새 하이쿠를 번역하고, 반딧불이 하이쿠를 더 생생하게 느끼기 위해 오지 마을을 여행했다. 시는 책상에 앉아 번역할 수 있는 것이 아님을 새삼 느꼈다. 나는 시를 번역한 것이 아니라 시를 '살았다'고 말할 수 있다.

내가 처음 하이쿠를 접한 것은 30년 전 우연히 R. H. 블라이스가 영문으로 번역한 하이쿠들을 읽으면서부터이다. 그것은 큰 충격이었으며 새로운 세계에 들어선 느낌이었다. 나의 시 창작을 돌아보게 되었고, 몇 년 동안이나 시 쓰기를 중단하고 고뇌해야 했다. 그리고 블라이스가 그랬듯이 나 자신도 순전히 하이쿠를 읽기 위해 독학으로 일본어를 공부했다. 그렇게 해서 발견하고 번역한 하이쿠들을 여기에 실었다. 나는 정식으로 일본어를 배우지도 않았고 일본 문학을 전공한 적도 없는, 그저 미천한 일본어 실력을 가진 시인일 뿐이다. 더 많은 전공자와 실력자들이 새로운 번역을 시도한다면 나 또한 즐겁게 읽을 것이다.

아울러, 짧은 시 하이쿠에 긴 해설을 단 만행을 용서해 주기 바란다. 시를 쓴 시인에 대해 알고 그가 산 배경과 문화를 이해하면 시를 더 깊이 이해하는 데 도움이 되겠지만, 무엇보다 시는 읽는 사람의 시적 감성이 기초가 되어야 한다. 그 감성이 부재하면 하이쿠는 알 수 없는 말놀이, 혹은 '쓰다 만 시'로밖에 다가오지 않을 것이다. 그래서 나는 이 하이쿠 모음집을 최소한 두 번 읽기를 권한다. 처음에는 해설과 함께 읽고, 두 번째는 해설과 정보로부터 자유로워져서 자신만의 시적 감성으로 음미하기를. 시를 읽는 사람은 그 순간 누구나 시인이다(해설 없이 하이쿠만을 읽기 원하는 독자를 위해서는 절판되었던 『한 줄도 너무 길다』 개정판을 함께 출간하였다).

잇사의 하이쿠 '번개에 한순간 드러나는 마른 강바닥'처럼 대부분의 하이쿠는 책상에서가 아니라 길 위에서 쓰였다. 로버트 블라이는 스탠퍼드대학의 워크숍에서 "하이쿠는 언제나 우리의 에고를 부숴 버리며 우주의 거대함을 볼 수 있게 한다."라고 말했다. 그러면서 그는 "방 안에서 하이쿠를 쓸 수는 없다. 밖으로 나가야 한다."라고 했다. 이 말은 이렇게 바꿀 수도 있을 것이다. "방 안에서 하이쿠를 읽을 수는 없다. 밖으로 나가 사물들을 보고 직접 하이쿠를 지어 봐야 한다." 시 한 편을 직접 써 보는 것은 삶의 전반에 걸쳐 창조성을 키우는 일이다.

많은 이들의 도움으로 이 책이 가능했다. 찾아다니지 않았는데도 그들이 내 앞에 나타났다. 거리에서 우연히 만난 편집자 변은숙은 마치 예정되어 있었던 것처럼 '충실한 조수'로 이 일에 참여했다. 그는 뛰어난 일본어 실력과 열정을 기꺼이 보태 주었다. 여행 중에 알게 된 하이쿠 애호가 니시야마 겐스케는 보름여를 인도의 게스트하우스에서 함께 지내며 하이쿠 원문의 정확한 의미에 대해 많은 도움을 주었다. 편집자 출신으로 와세다대학에서 고전 문학 박사 과정을 밟은 김소영은 원문의 정확한 표기와 읽는 법을 꼼꼼히 짚어 주었다. 현대 하이쿠 시인들로부터 작품 사용 허락을 받아 준 이도 그였다. 10년 넘게 일본어를 공부한 노경은은 원고 교정과 자유율 하이쿠 부분에서 남다른 실력을 보태 주었다. 아사히 신문사의 다케우치 미오는 끝없는 질문에 언제나 기대했던 것보다 많은 답변을 보내 준 아름다운 사람이다. 시문학을 전공한 편집자 오하라는 조사 하나까지 의견을 제시했고 번역이 원문에서 너무 멀어지지 않도록 균형을 잡아 주었다. 모두에게 깊이 감사드린다.

인도 바라나시의 갠지스 강에서 쓴 하이쿠로 글을 맺는다.

화장터 불빛

손금의 생명선을

비춰 보았지

野辺の火に照らして見たる生命線

류시화

두 사람의 생 그 사이에 피어난 벚꽃이어라　　바쇼　『野ざらし紀行』

오래된 연못 개구리 뛰어드는 물소리　　바쇼　『蛙合』

장맛비 내려 학의 다리가 짧아졌어라　　바쇼　『俳諧東日記』

가는 봄이여 새는 울고 물고기 눈에는 눈물　　바쇼　『奥の細道』

고요함이여 바위에 스며드는 매미의 울음　　바쇼　『奥の細道』

나비 한 마리 절의 종에 내려앉아 잠들어 있다　　부손　『題苑集』

여름 장맛비 큰 강을 앞에 두고 집이 두 채　　부손　『蕪村句集』

저녁 바람에 물결이 왜가리의 정강이 친다　　부손　『蕪村句集』

꿈속 일인 듯 손끝으로 잡아 본 작은 나비　　부손　『蕪村句集』

모란꽃 져서 고요히 겹쳐지네 꽃잎 두세 장　　부손　『蕪村句集』

20　울음 울면서 나무 위의 풀벌레 떠내려가네　　잇사　『発句鈔追加』

벼룩 네게도 분명 밤은 길겠지 외로울 거야　　잇사　『七番日記』

이상하다 꽃그늘 아래 이렇게 살아 있는 것　　잇사　『七番日記』

여윈 개구리 지지 마라 잇사가 여기에 있다　　잇사　『七番日記』

연잎 위에서 이 세상의 이슬은 일그러지네　　잇사　『おらが春』

몇 번씩이나 내린 눈의 깊이를 물어보았네　　시키　『寒山落木 巻五』

노란 유채꽃 확 번져서 환해진 변두리 동네　　시키　『寒山落木 巻一』

손바닥 안의 반딧불이 한 마리 그 차가운 빛　　시키　『寒山落木 巻一』

떠나는 내게 머무는 그대에게 가을이 두 개　　시키　『寒山落木 巻四』

한 송이 지고 두 송이 떨어지는 동백꽃이여　　시키　『俳句稿』

30　추위도 불 가까이 가지 마 눈사람　　소칸　『阿羅野』

두 손 짚고서 노래 불러 바치는 개구리여라   소칸   『阿羅野』

달에 손잡이를 달면 얼마나 멋진 부채가 될까   소칸   『阿羅野』

여름밤은 밝았어도 떠지지 않는 눈꺼풀   모리타케   『俳諧初学抄』

꽃잎이 떨어지네 어, 다시 올라가네 나비였네   모리타케   『菊の塵』

날아가는 매화 가벼움게도 신들의 봄   모리타케   『守武千句』

내 전 생애가 나팔꽃만 같아라 오늘 아침은   모리타케   『俳家奇人談』

모든 사람이 낮잠을 자는 것은 가을 달 때문   데이토쿠   『犬子集』

시드는 빛은 무엇을 근심하는 살구꽃인가   데이토쿠   『犬子集』

흰 이슬방울 분별없이 내리네 어느 곳에나   소인   『俳諧百一集』

40 산다는 것은 나비처럼 내려앉는 것 어찌 되었든   소인   『小町躍』

바라보느라 고개가 뻐근하다 꽃이 필 때면   소인   『牛飼』

꽃을 밟으니 함께 아쉬워하는 목화 면양말   소인   『西山宗因全集』

이 숯도 한때는 흰 눈이 얹힌 나뭇가지였겠지   다다토모   『佐夜中山集』

서리 내리는 달 있는 것은 죽은 몸의 그림자   다다토모   『雑談集』

겨울 눈꽃의 시새움인가 꽃의 눈보라   미토쿠   『吾吟我集』

산 물고기 칼자국의 소금이여 가을바람   시게요리   『松江重頼集』

잠깐 멈추게 꽃이 핀 쪽으로 종 치는 것은   시게요리   『近世俳句俳文集』

처음부터 벌어져 피는구나 눈꽃은   시게요리   『松江重頼集』

밤에 내린 눈 알지도 못한 채로 잠이 갓 들어   시게요리   『松江重頼集』

50 시원함의 덩어리 같아라 한밤중의 달   데이시쓰   『玉海集』

오는 해의 미음에 매달린 목숨이어라   데이시쓰   『玉海集』

여름이라 마른 거야 그렇게 대답하고 이내 눈물짓네   기긴   『落語·崇徳院』

섣달그믐날 정해진 것 없는 세상의 정해진 일들   사이카쿠   『廬分船』

궤짝 속으로 봄이 사라져 가네 옷을 갈아입으며   사이카쿠   『落花集』

뜬세상의 달 더 본 셈이 되었네 마지막 두 해   사이카쿠   『西鶴置土産』

자세히 보면 냉이꽃 피어 있는 울타리여라   바쇼   『続虚栗』

들판의 해골 되리라 마음먹으니 몸에 스미는 바람   바쇼   『野ざらし紀行』

여행자라고 이름 불리고 싶어라 초겨울 비   바쇼   『笈の小文』

무덤도 움직여라 나의 울음소리는 가을바람   바쇼   『奧の細道』

60 너무 울어 텅 비어 버렸는가 매미 허물은   바쇼   『芭蕉全句集』

나팔꽃 한 송이 깊이 모를 심연의 빛깔   부손   『蕪村句集』

외로움에 꽃을 피웠나 보다 산벚나무   부손   『蕪翁句集』

봄날의 바다 온종일 쉬지 않고 너울거리네   부손   『蕪村句集』

한 촛불을 다른 초에 옮긴다 봄날 저녁   부손   『新五子稿』

짧은 밤 벌레의 털에 맺힌 이슬방울들   부손   『蕪村句集』

나의 별은 어디서 노숙하는가 은하수   잇사   『享和句帖』

죽은 어머니 바다를 볼 적마다 볼 적마다   잇사   『七番日記』

옷 갈아입어도 여행길에는 같은 이가 따라나서네   잇사   『西国紀行』

자식이 있구나 다리 위의 걸인도 부르는 반딧불이   잇사   『七番日記』

70 죽이지 마라 파리가 손으로 빌고 발로도 빈다   잇사   『八番日記』

장작을 팬다 누이동생 혼자서 겨울나기   시키   『寒山落木 卷二』

귤을 깐다 손톱 끝이 노란색 겨울나기   시키   『俳句稿』

맨드라미 열네다섯 송이 피어 있겠지   시키   『俳句稿』

물 항아리에 개구리 떠 있다 여름 장맛비   시키   『寒山落木 卷二』

여름 소나기 잉어 이마를 때리는 빗방울   시키   『寒山落木 卷二』

오두막의 봄 아무것도 없으나 모든 게 있다   소도   『江戸弁慶』

꼭지 빠진 감 떨어지는 소리 듣는 깊은 산   소도   『甲山記行』

세상에 들러 잠시 마음 들뜨는 섣달그믐날   소도   『三物集』

날이 밝으면 반딧불이도 한낱 벌레일 뿐   아온   『Haiku Vol. 3』

80 땅에 묻으면 내 아이도 꽃으로 피어날까   오니쓰라   『鬼貫全集』

목욕한 물을 버릴 곳 없네 온통 풀벌레 소리   오니쓰라   『鬼貫句選』

여기야 여기 불러도 반딧불이 떠나 버리네   오니쓰라   『仏兄七久留万』

737

해골의 겉을 옷으로 치장하고 꽃구경하네　　오니쓰라　『鬼貫全集』

나무를 쪼개 보아도 그 속에는 아무 꽃도 없네　　오니쓰라　『鬼貫全集』

매화를 아는 마음도 자기 자신 코도 그 자신　　오니쓰라　『鬼貫全集』

피기만 해도 바라보기만 해도 꽃 지기만 해도　　오니쓰라　『鬼貫句選』

백어 눈까지는 흰 물고기 눈은 흑어　　오니쓰라　『鬼貫句選』

애인이 없는 몸에게도 기쁘다 옷 갈아입기　　오니쓰라　『鬼貫句選』

세상을 진흙이라 보는 눈도 하얀 연꽃　　오니쓰라　『鬼貫句選』

90　산골짜기 물 돌도 노래를 하네 산벚꽃 피고　　오니쓰라　『鬼貫句選』

휘파람새가 매화나무 잔가지에 똥을 누고　　오니쓰라　『鬼貫句選』

벚꽃 필 무렵 새의 다리는 둘 말의 다리는 넷　　오니쓰라　『鬼貫句選』

새는 아직 입도 풀리지 않았는데 첫 벚꽃　　오니쓰라　『鬼貫句選』

헤매 다니는 꿈 불타 버린 들판의 바람 소리　　오니쓰라　『鬼貫句選』

내 것이라고 생각하면 삿갓 위의 눈도 가볍게 느껴지네　　기카쿠　『雑談集』

첫눈 위에 오줌을 눈 자는 대체 누구지　　기카쿠　『獺祭書屋俳話』

단칼에 베인 꿈은 정말이었나 벼룩 문 자국　　기카쿠　『花摘』

저 걸인 하늘과 땅을 입었네 여름옷으로　　기카쿠　『虚栗』

100　한밤중 움직여 위치 바꾼 은하수　　란세쓰　『其便』

매화 한 송이 한 송이만큼의 따스함이어　　란세쓰　『玄峰集』

젖은 툇마루 냉이 나물 넘치네 흙 묻은 채로　　란세쓰　『玄峰集』

얼굴에 묻은 밥알을 파리에게 떼어 주었네　　란세쓰　『玄峰集』

아기 못 낳는 여자 인형 모시는 것 애처로워라　　란세쓰　『服部嵐雪発句選』

죽은 사람의 소매 좁은 옷도 지금 볕에 널리고　　바쇼　『猿蓑』

한밤중 몰래 벌레는 달빛 아래 밤을 뚫는다　　바쇼　『俳諧東日記』

흰 이슬도 흘리지 않는 싸리의 너울거림　　바쇼　『真蹟自画賛』

첫눈 내리네 수선화 잎사귀가 휘어질 만큼　　바쇼　『あつめ句』

휘파람새가 떡에다 똥을 싸는 툇마루 끝　　바쇼　『芭蕉連句抄』

738

귀뚜라미 운다 길 떠나려는 이의 밥상 아래서 　　 조소 　『菊の道』

네, 네 하고 말해도 계속 두드리네 눈 덮인 대문 　　 교라이 　『俳諧世説』

고향에서도 이제는 객지 잠 신세 철새는 날고 　　 교라이 　『けふの昔』

140 　손바닥에서 슬프게도 불 꺼진 반딧불이여 　　 교라이 　『阿羅野』

추켜올린 괭이의 번쩍임 봄날의 논밭 　　 산푸 　『續猿蓑』

이름 몰라도 모든 풀마다 꽃들 애틋하여라 　　 산푸 　『雪七草』

땔감으로 쓰려고 잘라다 놓은 나무에 싹이 돋았네 　　 본초 　『猿蓑』

길고 긴 한 줄기 강 눈 덮인 들판 　　 본초 　『猿蓑』

경전을 읽는 사이 나팔꽃은 활짝 피었네 　　 교리쿠 　『Haiku Vol. 4』

나팔꽃의 뒷면을 보여 주네 바람의 가을 　　 교리쿠 　『A History of Haiku Vol. 1』

피는 꽃을 번거롭게 여기는 늙은 나무 　　 보쿠세쓰 　『続猿蓑』

친해졌지만 헤어져야만 하는 허수아비여 　　 이젠 　『惟然坊句集』

물가 돌에 앉아 물결을 향해 우는 꼽등이 한 마리 　　 이젠 　『惟然坊句集』

150 　오늘이라는 바로 이날 이 꽃의 따스함이여 　　 이젠 　『惟然坊句集』

파초에는 태풍 불고 대야에 빗물 소리 듣는 밤이여 　　 바쇼 　『武蔵曲』

여름에 입은 옷 아직 이를 다 잡지 못하고 　　 바쇼 　『野ざらし紀行』

산길 넘는데 왠지 마음 끌리는 제비꽃 　　 바쇼 　『野ざらし紀行』

야위었지만 어쩔 수 없이 국화는 꽃을 맺었네 　　 바쇼 　『続虚栗』

거미 무슨 음으로 무어라고 우는가 가을바람 　　 바쇼 　『俳諧向之岡』

초겨울 찬 바람 무엇으로 세상 건너나 집 다섯 채 　　 부손 　『蕪村句集』

문을 나서면 나도 길 떠나는 사람 가을 저물녘 　　 부손 　『蕪村句集』

국화 키우는 그대는 국화의 노예여라 　　 부손 　『蕪村句集』

가엾은 민들레 꽃대가 부러져서 젖이 흐르네 　　 부손 　『春風馬堤曲』

160 　재 속의 숯불 숨어 있는 내 집도 눈에 파묻혀 　　 부손 　『蕪村句集』

쇠못 같은 앙상한 팔다리에 가을 찬 바람 　　 잇사 　『志多良』

저녁 제비여 나에게는 내일도 갈 곳 없어라 　　 잇사 　『文化句帖』

740

새끼 참새야 저리 비켜 저리 비켜 말님 지나가신다　　　잇사　『八番日記』

나무 아래 나비와 머무는 것도 전생의 인연　　　잇사　『文政句帖』

고향에는 부처 얼굴을 한 달팽이들　　　잇사　『七番日記』

달팽이가 머리를 쳐드니 나를 닮았네　　　시키　『俳句稿以後』

부서져 다한 가난한 절 마당 파초는 자라고　　　시키　『寒山落木 卷四』

발에 밟힌 바닷게의 사체 오늘 아침의 가을　　　시키　『寒山落木 卷一』

돌에 앉아 잠든 나비 나의 슬픈 인생을 꿈꾸고 있는지도 몰라　　　시키　『寒山落木 卷二』

불 켜면 인형마다 그림자 하나씩　　　시키　『俳句稿』

추워서 잘 수 없다 잠들지 않으면 더욱 춥다　　　시코　『枯尾花』

부러워라 아름다워져서 지는 단풍나무 잎　　　시코　『續猿蓑』

서 있는 것 아무것도 없는 시든 들판에 학의 머리　　　시코　『續猿蓑』

연잎 위에다 오줌을 누니 사리가 구르네　　　시코　『蓮二吟集』

깨어진 종 울림마저 덥다 한여름 달　　　호쿠시　『立花北枝発句選』

사마귀가 허공을 노려보는 늦더위　　　호쿠시　『艶賀の松』

불타 버렸네 그렇긴 하나 꽃은 이미 진 다음　　　호쿠시　『猿蓑』

연못의 별 또 후드득 내리는 겨울비　　　호쿠시　『古典俳句抄』

쓰고 보고 지우고 마침내는 양귀비꽃　　　호쿠시　『A History of Haiku Vol. 1』

그것도 좋고 이것도 좋아지는 늘그막의 봄　　　료토　『一幅半』

알았네 새벽에 울음 우는 저 소쩍새　　　료토　『辞世の句集』

첫눈 얹히니 올해 가지를 뻗은 오동나무에　　　야스이　『冬の日』

보이는 곳 마음 닿는 곳마다 올해의 첫 벚꽃　　　오토쿠니　『續猿蓑』

내 나이 늙은 것도 모르고 꽃들이 한창　　　지게쓰　『俳諧炭俵集』

귀뚜라미가 울고 있네 허수아비 소매 속에서　　　지게쓰　『續猿蓑』

이름을 듣고 또다시 보게 되네 풀에 핀 꽃들　　　데이지　『A History of Haiku Vol. 4』

풀잎에 앉은 귀뚜라미 다리가 부러졌네　　　가케이　『阿羅野』

꽃 피기 전에는 기대하는 이도 없는 진달래어라　　　하리쓰　『Haiku Vol. 1』

190 둥근 집이야말로 사각 집보다 좋아라 한겨울 칩거　　　　로센　『法応寺の句碑』

저세상이 나를 받아들일 줄 미처 몰랐네　　　　하진　『夜半亭発句帖』

넓은 들판을 단 한입에 삼키네 꿩의 울음　　　　야메이　『去来抄』

북쪽은 아직 눈으로 썻을 거야 봄의 기러기　　　　쇼하쿠　『猿蓑』

시월이어서 아무 데도 안 가고 아무도 안 오고　　　　쇼하쿠　『忘梅』

어린아이가 혼자서 밥을 먹는 가을날 저녁　　　　쇼하쿠　『あら野』

어제는 무궁화 오늘은 나팔꽃으로 저무는구나　　　　쇼하쿠　『Japanese Death Poems』

소금 절인 도미의 잇몸도 시리다 생선 가게 좌판　　　　바쇼　『鷹獅子』

모란 꽃술 속에서 뒷걸음질 쳐 나오는 벌의 아쉬움이여　　　　바쇼　『野ざらし紀行』

마른 가지에 까마귀 앉아 있다 가을 저물녘　　　　바쇼　『真蹟自画賛』

200 여름 장맛비 다 모아서 빠르다 모가미 강　　　　바쇼　『奥の細道』

둘이서 본 눈 올해에도 그렇게 내렸을까　　　　바쇼　『庭竈集』

파를 사 들고 겨울나무 속을 돌아왔다　　　　부손　『蕪村句集』

꽃에 저물어 집으로 돌아가는 머나먼 들길　　　　부손　『蕪村句集』

큰스님께서 똥을 누고 계신다 마른 들녘에　　　　부손　『蕪翁句集』

앉아서 졸며 내 안으로 숨어드네 한겨울 칩거　　　　부손　『蕪村句集』

내가 나를 손짓해 불러 본다 가을 저물녘　　　　부손　『蕪翁句集』

사람도 한 명 파리도 한 마리다 넓은 방 안에　　　　잇사　『八番日記』

쌀 주는 것도 죄짓는 일이구나 싸우는 닭들　　　　잇사　『株番』

이 세상은 나비도 아침부터 분주하구나　　　　잇사　『浅黄空』

210 돌아눕고 싶으니 자리 좀 비켜 줘 귀뚜라미　　　　잇사　『七番日記』

재주 없으니 죄지은 것도 없다 한겨울 칩거　　　　잇사　『おらが春』

기나긴 밤 천 년 후를 생각하네　　　　시키　『寒山落木 巻五』

이 세상의 무거운 짐 내려놓고 낮잠을 자네　　　　시키　『寒山落木 巻四』

잔물결에 녹는 연못의 얼음이어라　　　　시키　『寒山落木 巻四』

도토리 떨어져 가라앉네 산의 연못　　　　시키　『寒山落木 巻四』

풀숲에 이름도 모르는 꽃 하얗게 피어   시키   『寒山落木 巻三』

아픈 승려가 마당을 쓸고 있다 매화가 한창   소라   『續猿蓑』

겹이라면 여덟겹패랭이꽃 이름이지   소라   『續猿蓑』

걷고 걷다가 쓰러져 죽더라도 싸리꽃 들판   소라   『奥の細道』

이 무렵의 얼음을 밟아 깨는 아쉬움이여   도코쿠   『春の日』

곳간이 불타 가로막는 것 없이 달구경하네   마사히데   『獺祭書屋俳話』

밤이 새도록 무슨 일로 기러기 급히 가는가   로카   『釈浪化発句選』

물새가 가슴으로 가르며 가는 벚꽃잎들   로카   『記念題』

길 잃은 아이 울며불며 붙잡는 반딧불이   바쿠스이   『葛籠』

우물가 벚꽃 위태로워라 술 취한 사람   슈시키   『江戸砂子』

꿈 깨어서도 색깔 눈에 선하다 제비붓꽃   슈시키   『Japanese Death Poems』

봄날 밤 꿈꾸고 피었는가 다시 온 꽃   지요니   『千代尼句集』

나팔꽃 넝쿨에 두레박줄 빼앗겨 얻어 마신 물   지요니   『千代尼句集』

손으로 꺾는 이에게 향기를 주는 매화꽃   지요니   『千代尼句集』

저 나비 무슨 꿈을 꾸길래 날개를 파닥이나   지요니   『千代尼句集』

줍는 것마다 모두 다 움직인다 물 빠진 갯벌   지요니   『千代尼句集』

잠자리 잡으러 오늘은 어디에서 헤매고 있니   지요니   『千代尼句集』

굴러떨어지면 그저 그런 물일 뿐 잇꽃의 이슬   지요니   『千代尼句集』

강물에서만 어둠이 흘러가는 반딧불이여   지요니   『千代尼句集』

가을 밝은 달 아무리 가도 가도 딴 곳의 하늘   지요니   『千代尼句集』

모자 멀어져 나비가 될 때까지 그리워하네   지요니   『千代尼句集』

동틀 녘이면 어제의 반딧불이 둔 곳을 잊어   지요니   『千代尼句集』

썰물에 발끝으로 서 있는 나비여라   지요니   『千代女句集』

백 개의 열매 덩굴 한 줄기의 마음으로부터   지요니   『千代尼句集』

보름달 뜬 밤 돌 위에 나가 우는 귀뚜라미   지요니   『千代尼句集』

붉은색 바른 입술도 잊어버린 샘물이어라   지요니   『千代尼句集』

어찌 되었든 바람에 맡겨 두라 마른 억새꽃   지요니   『千代尼句集』

물 시원하고 반딧불이 사라져 아무도 없네   지요니   『加賀の千代全集』

나무 뒤에 숨어 찻잎 따는 이도 듣는가 두견새 울음   바쇼   『俳諧別座舗』

더 보고 싶어라 꽃에 사라져 가는 신의 얼굴을   바쇼   『笈の小文』

울적한 나를 더욱 외롭게 하라 뻐꾸기   바쇼   『嵯峨日記』

봄비 내려 벌집 타고 흐르네 지붕이 새어   바쇼   『炭俵』

쇠약함이여 치아에 씹히는 김에 묻은 모래   바쇼   『己が光』

이 달팽이 무얼 생각하나 뿔 하나는 길고 하나는 짧고   부손   『蕪村句集』

250 시원함이여 종에서 떠나가는 종소리   부손   『蕪村句集』

외로움에도 즐거움이 있어라 저무는 가을   부손   『蕪村遺稿』

혼자서 오는 술병이라도 있다면 한겨울 칩거   부손   『蕪村句集』

짧은 밤이여 갈대 사이 흐르는 게들의 거품   부손   『蕪村句集』

잠이 든 나비 들불의 연기가 뒤덮을 때까지   잇사   『文化句帖』

봄날 저녁 물 있는 곳에는 남아 있는 빛   잇사   『文化句帖』

무를 뽑아서 무로 길을 가르쳐 주네   잇사   『七番日記』

눈 녹아 온 마을에 가득한 아이들   잇사   『おらが春』

사람이 오면 개구리로 변해라 물속 참외야   잇사   『七番日記』

꽃은 피는데 생각나는 사람들 모두 멀어라   시키   『寒山落木 卷五』

260 거미 죽인 후의 쓸쓸함 밤이 춥다   시키   『寒山落木 卷四』

흰 이슬 감자밭에 내려온 은하수   시키   『寒山落木 卷四』

쓸쓸하여라 불꽃놀이 끝난 뒤 별의 떨어짐   시키   『俳句稿』

설교에 때 묻은 귀를 소쩍새   시키   『寒山落木 卷四』

개에게 던질 돌멩이 하나 없다 겨울 달밤   다이기   『太祇句選後編』

황매화 피네 잎에 꽃에 또 잎에 꽃에 또 잎에   다이기   『太祇句選』

꺾지 마시오 하곤 꺾어서 주네 뜰에 핀 매화   다이기   『俳句読本』

지나가는 배 물가를 친다 봄의 물   다이기   『太祇句選』

옮기는 손에 빛나는 반딧불이 손가락 사이　　　다이기　　『太祇句選』

아름다워라 눈 내려 쌓인 후 맑게 개인 날　　　다이기　　『太祇句選』

뒤쪽으로 잔물고기 흘러가는 맑은 물이여　　　기토　　『普明集二稿』

다 보여 준 봄의 모퉁이에서 늦게 핀 벚꽃　　　기토　　『井華集』

인쇄물 위에 문진 눌러놓은 가게 봄바람 불고　　　기토　　『井華集』

등 켜지 않고 봄을 아쉬워하네　　　기토　　『井華集』

사람 그리워 불 밝힐 무렵이면 벚꽃은 지고　　　시라오　　『白雄句集』

나와 나의 허물을 애도하는 매미의 울음　　　야유　　『蘿葉集』

매화 꽃잎 져서 안으로 들어가네 빈 숯 가마니　　　야유　　『鶉衣』

짧은 밤이여 나에게는 길고 긴 꿈 깨어나네　　　야유　　『也有園の句碑』

그다음은 저세상에서 들을게 뻐꾸기야　　　무명씨　　『Haiku Vol. 1』

흩어지는 꽃 아래 아름다운 해골　　　세이후　　『星布尼句集』

쫓겨 다니다 달 속에 숨어 버린 반딧불이　　　료타　　『蓼太句集』

저 뻐꾸기 올여름 한 곡조만 부르기로 결심했구나　　　료타　　『蓼太句集』

아무 말 없이 손님과 집주인과 하얀 국화와　　　료타　　『蓼太句集』

세상은 사흘 못 본 사이의 벚꽃　　　료타　　『蓼太句集』

못자리에 작은 뱀 건너가는 저녁 햇빛　　　오에마루　　『Haiku Vol. 2』

잡으러 오는 이에게 불빛을 비춰 주는 반딧불이　　　오에마루　　『Haiku Vol. 3』

파도의 꽃 흩어지네 물가의 벚꽃조개　　　소마루　　『素丸發句集』

올려다보면 내려다보는 것보다 벚꽃다워라　　　소마루　　『素丸發句集』

호박은 뚱뚱해지고 나는 말라 간다 한여름 더위　　　도운　　『A History of Haiku Vol. 2』

아지랑이 속 모든 것들 바람의 빛　　　교타이　　『暮雨巷句集』

불을 밝히면 매화 꽃잎 뒷면이 비쳐 보여라　　　교타이　　『曉台句集』

날 밝을 녘 흰 물고기 흰 빛 한 치의 빛남　　　바쇼　　『野ざらし紀行』

말을 하면 입술이 시리다 가을바람　　　바쇼　　『芭蕉庵小文庫』

일어나 일어나 내 친구가 되어 줘 잠자는 나비　　　바쇼　　『あつめ句』

이쪽으로 얼굴을 돌리시게 나 역시 외로우니 가을 저물녘　　　바쇼　『笈日記』

땅에 떨어져 뿌리에 다가가니 꽃의 작별이라　　　바쇼　『花声集』

상자를 나온 얼굴 잊을 수 없다 인형 한 쌍　　　부손　『蕪村句集』

인형 가게에 불 끌 무렵 봄비 내리고　　　부손　『蕪翁句集』

300　두 그루 매화 그 느림과 빠름을 사랑하노라　　　부손　『蕪村句集』

느린 날들이 모여서 멀어져 간 옛날이어라　　　부손　『蕪村自筆句帖』

여름 장맛비 이름도 없는 강의 무서움　　　부손　『蕪村句集』

모 심는 여자 자식 우는 쪽으로 모가 굽는다　　　잇사　『おらが春』

젊었을 때는 벼룩 물린 자국도 예뻤었지　　　잇사　『七番日記』

이슬방울 함부로 밟지 말라 귀뚜라미여　　　잇사　『七番日記』

휘파람새는 왕 앞에 나와서도 같은 목소리　　　잇사　『文政句帖』

평등하게 새해의 눈비 맞는 작은 집　　　잇사　『八番日記』

초겨울 찬 바람 귀 기울이면 온갖 소리 들려라　　　시키　『寒山落木 卷三』

큰 절에서 혼자 잠든다 밤이 춥다　　　시키　『寒山落木 卷四』

310　가을의 모기 죽을 각오를 하고 나를 찌르네　　　시키　『寒山落木 卷二』

번개에 사람 언뜻 보이는 들길　　　시키　『寒山落木 卷二』

봄날의 들판 무엇하러 사람 가고 사람 오는가　　　시키　『寒山落木 卷三』

등잔불에 언 붓을 태우다　　　다이로　『芦陰句選』

꽃 묵직하게 싸리나무에 물 흐르는 들판 끝　　　쇼하　『春泥句集』

수레 소리에 잠 깨어 떠나가는 풀잎의 나비　　　쇼하　『春泥句集』

손에서 사라지는 겨울 국화 잎의 얼음이여　　　겟케이　『A History of Haiku Vol. 2』

생선 먹고 입에 비린내 나는 눈 내린 낮　　　세이비　『夏目成美全集』

흰 모란꽃 무너질 듯하면서 이틀 더 본다　　　세이비　『成美家集』

가는 봄을 거울에다 원망하는 한 사람　　　세이비　『夏目成美全集』

320　물새 한 마리 가슴에 부리 묻고 물에 떠 자네　　　긴코　『A History of Haiku Vol. 2』

천둥에도 떨어뜨리지 않던 젓가락을 소쩍새 울자　　　아키나리　『上田秋成全集』

문 열고 찻잎 버리러 가는데 눈보라   소바쿠   『素樸句集』

저 달에게 배우는 달구경이어라   소바쿠   『素樸句集』

바라본 만큼 꽃들이 짐이 되는 날들이어라   소바쿠   『素樸句集』

들판 태운다 생각하지 말라 불꽃과 연기   바이카   『Japanese Death Poems』

숨 막히는 초록 속 목련꽃 활짝 피었네   료칸   『良寬句全集』

탁발 그릇에 내일 먹을 쌀 있다 저녁 바람 시원하고   료칸   『良寬句全集』

제비붓꽃 내 오두막 옆에서 나를 취하게 해   료칸   『良寬句全集』

불 피울 만큼은 바람이 낙엽을 가져다주네   료칸   『良寬句全集』

330 쓰러지면 쓰러지는 대로 마당의 풀   료칸   『良寬句全集』

사람들 모두 잠들려고 할 때 개개비새   료칸   『良寬句全集』

아이들 떠들어 잠을 수 없는 첫 반딧불이   료칸   『良寬句全集』

오늘 오지 않으면 내일은 져 버리겠지 매화꽃   료칸   『良寬句全集』

도둑이 남겨 두고 갔구나 창에 걸린 달   료칸   『良寬句全集』

눈 녹은 물 흐르는 시든 들판 쇠뜨기풀들   료칸   『良寬句全集』

지는 벚꽃 남은 벚꽃도 지는 벚꽃   료칸   『良寬句全集』

뒤를 보여 주고 앞을 보여 주며 떨어지는 잎   료칸   『良寬句全集』

무릎 끌어안고 말 없는 두 사람 달 밝은 밤   다요조   『たよめ全集』

340 몸에 스미는 무의 매운맛 가을바람   바쇼   『更級紀行』

죽지도 않은 객지 잠의 끝이어 가을 저물녘   바쇼   『野ざらし紀行』

불을 피우게 좋은 걸 보여 줄 테니 눈 뭉치   바쇼   『花膾』

자, 그럼 안녕 눈 구경하러 넘어지는 곳까지   바쇼   『花摘』

별의 마을의 어둠을 보라는가 우는 물떼새   바쇼   『笈の小文』

겨울비 내리네 옛사람의 밤도 나와 같았으려니   부손   『蕪村句集』

꽃 질 때마다 늙어 가는 매화의 우듬지여라   부손   『蕪村全句集』

석공의 손가락 찢어져 철쭉은 피고   부손   『蕪村句集』

도깨비불이 옮겨붙을 정도로 마른 억새꽃   부손   『蕪村句集』

유채꽃 피었다 달은 동쪽에 해는 서쪽에   부손   『蕪村句集』

350 고아인 나는 빛나지도 못하는 반딧불이   잇사   『八番日記』

혼자라고 숙박부에 적는 추운 겨울밤   잇사   『ひうち袋』

몸에 따라다닌다 전에 살던 사람의 추위까지도   잇사   『小林一茶名句集』

나는 외출하니 맘 놓고 사랑을 나눠 오두막 파리   잇사   『七番日記』

사립문 위에 자물쇠 대신 얹은 달팽이 하나   잇사   『七番日記』

연미붓꽃 한 송이 하얗게 핀 봄날 저녁   시키   『寒山落木 卷五』

그대를 보내고 생각나는 일 있어 모기장 안에서 운다   시키   『俳句稿』

어부의 집에 건어물 냄새 나는 무더위   시키   『寒山落木 卷二』

오래된 벽 구석에서 움직이지 않는 임신한 거미   시키   『寒山落木 卷一』

이 무렵의 나팔꽃 남색으로 정해졌구나   시키   『俳句稿』

360 다음 생에는 제비꽃처럼 작게 태어나기를   소세키   『漱石俳句集』

밑바닥의 돌 움직이는 듯 보이는 맑은 물   소세키   『普明集二稿』

사람이 그리웠나 어깨에 와서 앉은 고추잠자리   소세키   『漱石俳句集』

소쩍새가 부르지만 똥 누느라 나갈 수 없다   소세키   『俳人漱石』

흰 국화 앞에서 잠시 마음 흔들리는 가위인가   소세키   『沙翁物語集』

그대 돌아오지도 못할 어느 곳으로 꽃을 보러 갔는가   소세키   『海南新聞』

눈썹 가늘게 밀고 그 후에 바로 세상 떠나네   소세키   『夏目漱石俳句集』

있는 국화 모두 던져 넣어라 관 속으로   소세키   『硝子戸の中』

겨울 찬 바람 저녁 해를 바다로 불어 내리네   소세키   『漱石俳句集』

바람에게 물으라 어느 것이 먼저 지는지 나뭇잎 중에   소세키   『漱石俳句集』

370 떠내려가는 무 잎사귀의 빠름이여   교시   『五百句』

금풍뎅이 내던지는 어둠의 깊이   교시   『五百句』

먼 산의 해와 맞닿은 시든 들판   교시   『五百句』

첫 나비 날아와 무슨 색인가 물어 노란색이라 답한다   교시   『玉藻』

그가 한마디 내가 한마디 가을은 깊어 가고   교시   『六百五十句』

흰 모란이라 말할지라도 분홍색 어렴풋　　　교시　　『五百句』

하늘의 불이 지상의 꽃에 내린 백일홍　　　교시　　『虛子五句集』

거미로 태어나 거미줄 치지 않으면 안 되는 건가　　　교시　　『七百五十句』

오동잎 하나 햇빛을 받으면서 땅에 떨어져　　　교시　　『五百句』

봄의 우수여 차가워진 두 발을 포개어 놓고　　　교시　　『月斗翁句抄』

380 큰 절을 에워싸고 아우성치는 나무의 싹들　　　교시　　『五百句』

굴을 나오는 뱀을 보고 있는 까마귀　　　교시　　『五百句』

햅쌀 한 톨의 빛이여　　　교시　　『合本現代俳句歲時記』

늙은 매화나무 추할 정도로 많은 꽃을 피웠네　　　교시　　『虛子五句集』

겨울 햇살이 지금 눈꺼풀 위에 무거워라　　　교시　　『五百五十句』

툇마루 위에 어디선지 모르게 떨어진 꽃잎　　　교시　　『五百句』

비유하자면 팽이가 튕겨 나간 것 같은 거지　　　교시　　『五百句』

불을 켜는 손가락 사이 봄밤의 어둠　　　교시　　『七百五十句』

지난해 올해 가로지르는 막대기 같은 것　　　교시　　『六百五十句』

봄이 오는 산 시신을 땅에 묻고 허무하여라　　　교시　　『七百五十句』

390 잊지 말게나 덤불 속 피어 있는 매화꽃을　　　바쇼　　『草木塔』

나팔꽃이여 너마저 나의 벗이 될 수 없구나　　　바쇼　　『今日の昔』

의지할 곳은 언제나 잎사귀 하나 벌레의 노숙　　　바쇼　　『俳諧東日記』

손에 잡으면 사라질 눈물이여 뜨거운 가을의 서리　　　바쇼　　『野ざらし紀行』

일생을 여행으로 쟁기질하며 작은 논을 가고 오는 중　　　바쇼　　『真蹟懷紙』

화장한 뼈를 줍는 사람 가까이 제비꽃　　　부손　　『蕪村句集』

흰 이슬 찔레나무 가시마다 하나씩 맺혀　　　부손　　『蕪村句集』

봄비 내리네 물가의 작은 조개 적실 만큼만　　　부손　　『蕪村句集』

마른 정강이 병들었다 일어난 학의 추위여　　　부손　　『蕪村句集』

400 지고 난 후에 눈앞에 떠오르는 모란꽃　　　부손　　『蕪翁句集』

나팔꽃으로 지붕을 새로 엮은 오두막　　　잇사　　『七番日記』

이 가을 저녁 인간으로 태어난 것이 가볍지 않다　　잇사　『我春集』

얼마나 운이 좋은가 올해에도 모기에 물리다니　　잇사　『七番日記』

저녁의 벚꽃 오늘도 또 옛날이 되어 버렸네　　잇사　『七番日記』

좋은 눈으로 봐도 추운 기색이다　　잇사　『一茶発句集嘉永版』

초겨울 바람 길에서 날 저무는 거리의 악사　　잇사　『七番日記』

감을 먹으면 종이 울린다 호류지　　시키　『寒山落木 卷四』

장미를 보는 눈의 피로함이여 병에서 일어나　　시키　『俳句稿』

뒤돌아보면 길에서 만난 사람 짙은 봄 안개　　시키　『寒山落木 卷四』

410　매화꽃 가지 하나는 약병에　　시키　『寒山落木 卷二』

남은 생 얼마만큼인가 밤은 짧고　　시키　『俳句稿』

붉은 동백이 흰 동백과 함께 떨어졌어라　　헤키고토　『碧梧桐全句集』

허공을 집은 게가 죽어 있다 뭉게구름　　헤키고토　『碧梧桐全句集』

국화가 나른하다고 말했다 견딜 수 없다고 말했다　　헤키고토　『碧梧桐全句集』

사과를 집어 다 말하려 해도 반복하지 않으면 안 되네　　헤키고토　『碧梧桐全句集』

지진 난 줄 모르고 깜빡 잠들다 봄날 저녁　　헤키고토　『碧梧桐全句集』

이 길에 의지할 수밖에 없는 마른 들판이어라　　헤키고토　『碧梧桐全句集』

먼 곳의 불꽃놀이 소리만 나고 아무것도 없어라　　헤키고토　『碧梧桐全句集』

내 목소리를 불어 되돌려 보내는 태풍이어라　　메이세쓰　『鳴雪俳句集』

420　부서져도 부서져도 여전히 있는 물속의 달　　조슈　『聽秋百吟』

겨울 꿀벌이 죽을 자리도 없이 걸어서 가네　　기조　『鬼城句集』

벌레 소리와 사람 목소리 듣는 각각 다른 귀　　와후　『Haiku Vol. 4』

나비 사라지자 내 혼이 나에게로 되돌아왔다　　와후　『Haiku Vol. 2』

걸인이 걸어가고 그 뒤에 나란히 나비가 따라간다　　세이세이　『妻木』

물속에서 움직이지 않는 물고기 가을바람　　세이세이　『妻木』

살아남아서 또 여름풀 눈에 스민다　　슈세이　『徳田秋声全集』

가루약 위로 향한 입에 가을바람　　가후　『荷風全集』

무더운 날에 승려가 되겠다고 마음먹었다　　도세이　『稻青句集』

내렸다가 그치고 불었다가 그치는 밤의 고요　　오쓰지　『乙字俳句集』

430　초상화 속 아버지 기침도 하지 않는 소나기　　스이하　『白日』

나비 집으면 두려워하는 모습 가을 늦더위　　스이하　『水巴句集』

겨울 산 어디까지 오르나 우편배달부　　스이하　『水巴句帖』

한데 모여서 옅은 빛을 내는 제비꽃　　스이하　『白日』

어리석게도 어둠 속 가시 잡은 반딧불이　　바쇼　『俳諧東日記』

제비붓꽃을 이야기하는 것도 여행의 하나　　바쇼　『笈の小文』

나무다리 위 목숨을 휘감는 담쟁이덩굴　　바쇼　『更科紀行』

나의 집에서 대접할 만한 것은 모기가 작다는 것　　바쇼　『泊船集』

첫 겨울비 원숭이도 도롱이를 쓰고 싶은 듯　　바쇼　『猿蓑』

우물 바닥에 얇은 식칼 떨어뜨린 한기여　　부손　『分類俳句全集』

440　휘파람새 운다 그토록 작은 입을 벌려　　부손　『蕪村全句集』

휘파람새 운다 저쪽을 보고 이쪽을 보고　　부손　『蕪村全句集』

종이 연 어제의 하늘에 있던 그 자리에　　부손　『蕪村句集』

연못과 시내 하나가 되었어라 봄비 내리고　　부손　『蕪村遺稿』

주무시는 모습 파리 쫓아 드리는 것도 오늘이 마지막　　잇사　『父の終焉日記』

고향 땅이여 닿는 것 스치는 것 가시나무꽃　　잇사　『七番日記』

달과 꽃이여 마흔아홉 해 동안 헛걸음이라　　잇사　『我春集』

고요함이여 호수 밑바닥 구름의 봉우리　　잇사　『寛政句帖』

이곳이 바로 마지막 거처인가 눈이 다섯 자　　잇사　『七番日記』

물에 내리는 눈 물속으로부터 내리네　　세이센스이　『井泉水句集』

450　겨울밤 내 그림자와 함께 나에 대해 쓴다　　세이센스이　『井泉水句集』

민들레 민들레 모래톱에 봄이 눈을 뜨고　　세이센스이　『井泉水句集』

자신의 밥그릇이 있는 집으로 돌아오고 있다　　세이센스이　『井泉水句集』

시체이구나 가을바람 통과하는 콧구멍　　다코쓰　『山廬集』

죽을병 얻어 손톱만 아름답다 난로 탓인가　　　다코쓰　『飯田蛇笏全句集』

검은 쇠의 가을 풍경은 울리고　　　다코쓰　『霊芝』

한 사람 가면 두 사람 다가오는 모닥불 피우기　　　만타로　『久保田万太郎全句集』

나팔꽃 첫 꽃봉오리 원폭 터진 날　　　만타로　『久保田万太郎全句集』

탕두부여 목숨 끝의 어스름이여　　　만타로　『流寓抄以後』

나비를 좇아 봄날의 깊은 산을 헤매었어라　　　히사조　『杉田久女句集』

460　동백꽃 냄새 맡고는 내던지고 걸인이 걸어가네　　　다케지　『気球の表情』

날개 쪼개어 무당벌레 날아오른다　　　스주　『初鴉』

툇마루 끝에 다만 앉아 있는 아버지의 두려움　　　스주　『雪片』

가을 저물녘 큰 물고기 뼈를 바다가 끌어당긴다　　　산키　『変身』

죽은 반딧불이에게 빛을 비추어 주는 반딧불이　　　고이　『悪霊』

죽은 친구가 어깨에 손을 얹는 것처럼 가을 햇살 따뜻해　　　구사타오　『草田男俳句365日』

눈이 내리네 메이지 시대는 멀어져 가고　　　구사타오　『長子』

겨울의 물 나뭇가지 하나의 그림자도 속이지 않고　　　구사타오　『長子』

곧장 가라고 백치가 가리키는 가을의 길　　　구사타오　『美田』

귀뚜라미여 이 집도 시시각각 낡아 가는 중　　　세이시　『山口誓子全句集』

470　바다에 나간 초겨울 찬 바람 돌아갈 곳 없다　　　세이시　『山口誓子全句集』

얼마 동안은 꽃에 달이 걸린 밤이겠구나　　　바쇼　『初蝉』

조만간 죽을 기색 보이지 않는 매미 소리　　　바쇼　『猿蓑』

이 가을에는 어찌 이리 늙는가 구름 속의 새　　　바쇼　『笈日記』

흰 이슬의 외로운 맛을 잊지 말라　　　바쇼　『真蹟自画賛』

한겨울 칩거 다시 기대려 하네 이 기둥　　　바쇼　『尚白宛真蹟書簡』

가는 봄이여 머뭇거리며 피는 철 늦은 벚꽃　　　부손　『蕪村句集』

여름 소나기 풀잎을 부여잡은 참새 떼들아　　　부손　『蕪村句集』

다리 없는데 해 떨어지고 있는 봄날의 강　　　부손　『蕪村句集』

눈에 부러진 가지 눈 녹여 물 끓이는 가마솥 아래　　　부손　『蕪村句集』

480 겨울 강으로 부처님께 바친 꽃 떠내려오네　부손　『蕪村遺稿』

올빼미여 얼굴 좀 펴게나 이건 봄비 아닌가　잇사　『七番日記』

이 세상은 지옥 위에서 하는 꽃구경이어라　잇사　『七番日記』

첫 반딧불이 왜 되돌아가니 나야 나　잇사　『八番日記』

가지 마 가지 마 모두 거짓 초대야 첫 반딧불이　잇사　『文政句帖』

가을바람 속 꺾고 싶어 하던 붉은 꽃　잇사　『おらが春』

이슬의 세상은 이슬의 세상이지만 그렇지만　잇사　『おらが春』

손을 마구 휘둘러도 나비는 닿을 듯 닿지 않네　세이손　『庭にて』

귀뚜라미의 이 고집스러운 얼굴을 보라　세이손　『庭にて』

씨앗을 손에 쥐면 생명이 북적거린다　소조　『草城三百六十句』

490 나비 추락해 크게 울려 퍼지는 얼음판　가키오　『天の狼』

아버지의 기일 눈 내려 쌓이는 숯 가마니　린카　『大野林火全句集』

잠들어서도 여행길에 본 불꽃 가슴에 피어　린카　『冬雁』

시리도록 푸른 하늘을 남기고 간 나비의 작별　린카　『早桃』

원폭 그림 속 입 벌리다 나도 입 벌리다 한기　슈손　『まぼろしの鹿』

깊이깊이 폐 파랗게 될 때까지 바다 여행　호사쿠　『海の旅』

돌아보면 장지문 문살에 어린 밤의 깊이　소세이　『定本素逝句集』

달개비꽃 기도하는 것 같은 꽃봉오리　다카시　『松本たかし句集』

빗소리에 부딪쳐 사라지네 풀벌레의 집　다카시　『松本たかし句集』

땅 밑에 있는 많은 것들 봄을 기다려　다카시　『松本たかし句集』

500 무당벌레야 일개 병사인 내가 죽지 않았다　아쓰시　『安住敦集』

겨울비 내리네 역에는 서쪽 출구 동쪽 출구　아쓰시　『安住敦集』

비처럼 쏟아지는 매미 소리 아이는 구급차를 못 좇아오고　히데노　『桜濃く』

새장 안의 독수리 외로워지면 날개를 치나　하쿄　『鶴の眼』

기러기 떠나네 뒤에 남는 것 모두 아름다워라　하쿄　『風切』

눈이 내리네 시간의 다발이 내리듯이　하쿄　『酒中花』

얼굴이 깃들어 있다 참억새 속에 버린 거울　　　소노코　　『水妖詞館』

입춘이다 들에 서 있는 막대기에 물이 흐르고　　　소노코　　『中村苑子句集』

민달팽이라는 글자 어딘지 움직이기 시작한다　　　하나오　　『祇園守』

510　맨드라미에 맨드라미 툭툭 부딪친다　　　덴코　　『観音』

겨울비 내리네 논의 새 그루터기가 검게 젖도록　　　바쇼　　『記念題』

가을 깊어져 나비도 핥고 있네 국화의 이슬　　　바쇼　　『笈日記』

이 길 오가는 사람 없이 저무는 가을　　　바쇼　　『其便』

방랑에 병들어 꿈은 시든 들판을 헤매고 돈다　　　바쇼　　『笈日記』

가을 깊은데 이웃은 무얼 하는 사람일까　　　바쇼　　『笈日記』

연꽃 향기 물 위로 솟아오른 줄기 두 마디　　　부손　　『蕪村句集』

흰 팔꿈치 괴고 승려가 졸고 있네 봄날 저녁　　　부손　　『蕪村句集』

흰 매화가 고목으로 돌아가는 달밤이어라　　　부손　　『蕪村句集』

흰 매화꽃에 밝아져 가는 밤이 되리니　　　부손　　『から檜葉』

520　두견새가 관을 붙잡네 구름 사이에서　　　부손　　『蕪村句集』

다만 있으면 이대로 있을 뿐 눈은 내리고　　　잇사　　『寛政句帖』

극락세계에 가지 않은 축복 올해의 술　　　잇사　　『文政句帖』

태어나서 목욕하고 죽어서 목욕하니 종잡을 수 없음　　　잇사　　『辞世のことば』

아름다워라 찢어진 문틈으로 보는 은하수　　　잇사　　『七番日記』

죽으면 나의 날을 울어 줘 뻐꾸기　　　잇사　　『七番日記』

3천 편의 하이쿠 살펴본 후 감 두 개　　　시키　　『俳句稿』

『芭蕉俳句集』　松尾芭蕉　岩波書店　1970

『芭蕉全句集』　松尾芭蕉　角川学芸出版　2010

『Basho-The Complete Haiku』　Jane Reichhold　Kodansha　2007

『芭蕉 おくのほそ道』　松尾芭蕉　岩波書店　1979

『芭蕉七部集』　松尾芭蕉　岩波書店　1966

『芭蕉入門』　井本農一　講談社　1977

『芭蕉−その人生と芸術』　井本農一　講談社　1968

『蕪村俳句集』　与謝蕪村　岩波書店　1989

『蕪村全句集』　与謝蕪村　おうふう　2000

『郷愁の詩人 与謝蕪村』　萩原朔太郎　岩波書店　1988

『詩人 与謝蕪村の世界』　山下一海　講談社　1996

『評釈 蕪村秀句』　永田龍太郎　永田書房　1991

『一茶俳句集』　小林一茶　岩波書店　1990

『一茶』　藤沢周平　文藝春秋　2009

『小林一茶』　童門冬二　毎日新聞社　1998

『荒凡夫 一茶』　金子兜太　白水社　2012

『おらが春・父の終焉日記』　小林一茶　高文堂出版社　1987

『The Spring of My Life』　Kobayashi Issa　Shambhala　1997

『Inch by Inch』　Kobayashi Issa　La Alameda Press　1999

『蕉門名家句選』　堀切実　岩波書店　1989

『鬼貫百句』　鬼貫を読む会　岩波書店　2010

『加賀の千代女五百句』　加賀の千代　桂書房　2006

『Chiyoni』Patricia Donegan, Yoshie Ishibashi　Tuttle Publishing　1998

『良寛』 吉野秀雄　アートデイズ　2001

『風の良寛』 中野孝次　文藝春秋　2004

『Sky Above, Great Wind』 Kazuaki Tanahashi　Shambhala　2012

『One Robe, One Bowl』 John Stevens　Weatherhill　1977

『子規句集』 正岡子規　岩波書店　1993

『病牀六尺』 正岡子規　岩波書店　1984

『正岡子規』 ドナルド・キーン　新潮社　2012

『子規 最後の八年』 関川夏央　講談社　2011

『子規に学ぶ俳句365日』 週刊俳句　草思社　2011

『漱石俳句集』 夏目漱石　岩波書店　1990

『Soseki Zen Haiku』 Soiku Shigematsu Weatherhill　1994

『虚子五百句集』 高浜虚子　岩波書店　1993

『虚子に学ぶ俳句365日』 週刊俳句　草思社　2011

『高浜虚子の世界』 『俳句』編集部　角川学芸出版　2009

『碧梧桐俳句集』 河東碧梧桐　岩波書店　2011

『草田男俳句365日』 宮脇白夜　梅里書房　1996

『山頭火-草木塔』 種田山頭火　日本図書センタ　2000

『山頭火 名句鑑賞』 村上護　春陽堂書店　2007

『山頭火放浪記-漂泊の俳人』 村上護　新書館　1981

『山頭火 俳句の真髄』 村上護　春陽堂書店　2010

『まっすぐな道でさみしい-種田山頭火外伝』 いわしげ孝　講談社　2003

『放哉-大空』 尾崎放哉　日本図書センタ　2000

『尾崎放哉全句集』 村上護 編　ちくま文庫　2008

『流浪の詩人 尾崎放哉』　瓜生鉄二　新典社　1986

『海も暮れきる』　吉村昭　講談社　1985

『放哉評伝』　村上護　春陽堂書店　2002

『新俳句講座』　明治書院編集部　明治書院　2012

『国民的俳句百選』　長谷川　講談社　2008

『名俳句1000』　佐川和夫　彩図社　2002

『十七音の海 俳句という詩にめぐり逢う』　堀本裕樹　カンゼン　2012

『山家集』　西行　岩波書店　1928

『西行・山家集』　井上靖　学習研究社　2001

『俳句の解釈と鑑賞事典』　尾形仂　笠間書院　2000

『現代の俳句』　平井照敏　講談社　1993

『現代俳句−名句と秀句のすべて』　川名大　筑摩書房　2001

『現代秀句』　現代秀句　春秋社　2012

『合本現代俳句歳時記』　角川春樹　角川春樹事務所　1998

『日本の文学』　ドナルド・キーン　新潮社　2011

『A History of Haiku』　R. H. Blyth　北星堂書店　1963

『Haiku』　R. H. Blyth　北星堂書店　1981

『Zen in English Literature and Oriental Classics』　R. H. Blyth　北星堂書店　1942

『The Essential Haiku』　Robert Hass　THE ECCO PRESS　1994

『Haiku Moment』　Bruce Ross　Charles E. Tuttle Company　1993

『Japanese Death Poems』　Yoel Hoffmann　Tuttle Publishing　1986

『The Haiku Anthology』　Cor Van Den Heuvel　W. W. Norton　2000

『Classic Haiku』 Yuzuru Miura Charles E. Tuttle Company 1991

『The Classic Tradition of Haiku』 Faubion Bowers Dover 1996

『Haiku Humor』 Stephen Addiss Weatherhill 2007

『Haiku』 Jackie Hardy Tuttle Publishing 2002

『One Man's Moon』 Cid Corman Gnomon Press 1984

국내 하이쿠 관련 책들

『일본인의 시정』 박순만 성문각 1985

『마츠오 바쇼의 하이쿠』 마츠오 바쇼·유옥희 민음사 1998

『바쇼의 하이쿠 기행 전3권』 마츠오 바쇼·김점례 바다출판사 2008

『일본 하이쿠 선집』 마쓰오 바쇼 등·오석윤 책세상 2006

『하이쿠와 일본적 감성』 유옥희 제이앤씨 2010

『바쇼 하이쿠의 세계』 유옥희 보고사 2002

『하이쿠와 우키요에 그리고 에도 시절』 마쓰오 바쇼·김향 다빈치 2006

『하이쿠의 시학』 이어령 서정시학 2009

『밤에 핀 벚꽃』 최충희 태학사 2008

『봄 여름 가을 겨울』 최충희 제이앤씨 2007

『하이쿠의 사계』 박소현 북코리아 2009

『하이쿠』 박소현 북코리아 2008

『하이쿠 열일곱 자로 된 시』 박소현 북코리아 2008

『순간 속에 영원을 담는다』 전이정 창비 2004

『모노가타리에서 하이쿠까지』 한국일어일문학회 글로세움 2003

『음유시인 바쇼의 동북일본 기행』 바쇼·이만희 학문사 1997

『일본 고전의 방랑문학』 김충영 글로세움 1997

『한 줄도 너무 길다』 류시화 이레 2000

류시화

시인. 시집『그대가 곁에 있어도 나는 그대가 그립다』
『외눈박이 물고기의 사랑』『나의 상처는 돌 너의 상처는 꽃』
을 냈으며, 잠언시집『지금 알고 있는 걸 그때도 알았더라면』
『사랑하라 한번도 상처받지 않은 것처럼』을 엮었다.
인도 여행기『하늘 호수로 떠난 여행』『지구별 여행자』를
펴냈으며, 하이쿠 모음집『한 줄도 너무 길다』『백만 광년의
고독 속에서 한 줄의 시를 읽다』『바쇼 하이쿠 선집』과
인디언 연설문집『나는 왜 너가 아니고 나인가』를 엮었다.
번역서『인생 수업』『술 취한 코끼리 길들이기』
『마음을 열어주는 101가지 이야기』『달라이 라마의 행복론』
『삶으로 다시 떠오르기』『기탄잘리』『예언자』등이 있다.
산문집『새는 날아가면서 뒤돌아보지 않는다』
『내가 생각한 인생이 아니야』등을 출간했다.

강병인

서예와 디자인을 접목한 캘리그래피를 통해 한글의
시각적인 아름다움을 알리고 있는 한국의 대표적인 캘리그라퍼.
드라마와 책, 광고와 상품, 상표 이름 등에서 표정이 있는
글씨, 자연을 담은 글씨를 선보여 왔다. 한글 글꼴의 다양성과
아름다움을 찾아내기 위해 노력하고 있다.

백만 광년의 고독 속에서
한 줄의 시를 읽다

2014년 6월 16일 1판 1쇄 발행
2024년 1월 2일 1판 10쇄 발행

지은이_류시화

펴낸이_황재성·허혜순
책임편집_변은숙·오하라·김소영·노경은·다케우치 미오
디자인_행복한물고기Happyfish

펴낸곳_도서출판연금술사
(08505) 서울시 금천구 가산디지털2로 101 B동 1602호
신고번호 제2012-000255호
신고일자 2012년 3월 20일
전화 02-2101-0662 팩스 02-2101-0663
이메일 alchemistbooks@naver.com
페이스북·인스타그램 @alchemistbooks
ISBN 979-11-950261-4-2 03830

이 도서의 국립중앙도서관 출판예정도서목록(CIP)은
서지정보유통지원시스템 홈페이지(http://seoji.nl.go.kr)와
국가자료공동목록시스템(http://www.nl.go.kr/kolisnet)에서
이용하실 수 있습니다. (CIP제어번호:CIP2014011941)